Barbara Davis

Der Stoff, aus dem das Glück ist

TINTE & FEDER

Das Buch

Paris 1943: Als die begnadete Schneiderin Soline den amerikanischen Widerstandskämpfer Anson Purcell kennenlernt, ist es Liebe auf den ersten Blick. Doch ihnen bleibt nur ein kurzer Moment des Glücks – die Gestapo nimmt Anson ins Visier und Soline flüchtet nach Boston. Ganz auf sich gestellt beginnt sie, in einem Atelier in der Altstadt Kleider zu entwerfen, während ihr Herz ihr immer wieder zuflüstert, dass Anson noch lebt …

Boston 1985: Einst befand sich in der Newbury Street das berühmteste Brautmodengeschäft der Stadt. Nach einem verheerenden Brand steht es seit Jahren leer. Die junge Künstlerin Aurora Grant spürt eine Verbindung zu dem Haus und der geheimnisvollen Eigentümerin. Sie mietet die Räume für ihre Galerie und begibt sich auf Spurensuche …

Die Autorin

Nach zwölf Jahren in der Schmuckindustrie hat Barbara Davis der Geschäftswelt den Rücken gekehrt und sich der Muse ergeben, um ihren lebenslangen Traum, Schriftstellerin zu werden, zu verwirklichen. Sie wurde in New Jersey geboren, wuchs aber in Florida auf. Schließlich führte sie die Arbeit sechzehn Jahre lang weiter durch den Süden der USA, bevor sie sich endgültig in New Hampshire niederließ. Wenn sie nicht schreibt, ist sie begeisterte Leserin, Feinschmeckerin und Musikliebhaberin und obendrein ein tollwütiger Fußballfan. Sie genießt Reisen mit ihrem Ehemann, der im Laufe der Jahre viel mehr über das Verlagswesen und das Handwerk des Schreibens gelernt hat, als er je wissen wollte.

Aus dem Amerikanischen von Astrid Becker

BARBARA DAVIS

Der *Stoff*, aus dem das *Glück* ist

Roman

TINTE & FEDER

Die amerikanische Ausgabe erschien 2021 unter dem Titel
»The Keeper of Happy Endings« bei Lake Union Publishing.

Deutsche Erstveröffentlichung bei
Tinte & Feder, Amazon Media EU S.à r.l.
38, avenue John F. Kennedy, L-1855 Luxembourg
Februar 2022

Die Übersetzung dieses Buches wurde durch Amazon Crossing ermöglicht.

Umschlaggestaltung: zero-media.net, München
Umschlagmotiv: © Abigail Miles / ArcAngel
Lektorat und Korrektorat: VLG Verlag & Agentur, Haar bei München,
www.vlg.de
Gedruckt durch:
Amazon Distribution GmbH, Amazonstraße 1, 04347 Leipzig /
Canon Deutschland Business Services GmbH, Ferdinand-Jühlke-Str. 7,
99095 Erfurt /
CPI books GmbH, Birkstraße 10, 25917 Leck

ISBN 978-2-49670-759-5

www.tinte-feder.de

Anmerkung des Verlags

Dieser Roman ist ein fiktives Werk. Namen, Personen, Organisationen, Orte, Ereignisse und Begebenheiten entstammen der Fantasie der Autorin und werden fiktiv verwendet. Dabei möchten wir betonen, dass die Verfasserin sehr frei mit geschichtlichen Fakten umgeht. Die in diesem Roman dargestellte Welt ist erfunden, auch wenn sie auf bekannte historische Gegebenheiten zurückgreift.

Dieses Buch ist den Millionen von Beschäftigten im Gesundheitswesen auf der ganzen Welt gewidmet, die ihre persönliche Sicherheit riskiert haben, um unsere Lieben im Jahr 2020 und 2021 zu behandeln und zu pflegen – jede von ihnen eine Heldin, jeder von ihnen ein Held.

Es gibt viele Heldinnen und Helden. Die meisten bekommen nie etwas Schimmerndes an die Brust geheftet.

Soline Roussel, *Der Stoff, aus dem das Glück ist*

Wir sind Auserwählte, als Mägde der *Mère divine* entstammen wir einem alten Geschlecht und sind aufgerufen, der Liebe und dem Glück den Weg zu ebnen. Wir sind *les tisserandes de sort* – Schneiderinnen von Zauberkleidern.

Esmée Roussel, *Die Zauberschneiderin*

Prolog
SOLINE

Vertrauen ist alles. Wenn wir das Vertrauen in *la magie* verlieren, haben wir alles verloren.

Esmée Roussel, *Die Zauberschneiderin*

Boston, 13. September 1976

Ich habe immer getrauert, wenn etwas zu Ende ging. Der Nachhall eines Lieds. Das Fallen des Theatervorhangs. Die letzte Schneeflocke des Winters. Abschiede.

So viele Abschiede.

Es ist schon so lange her, aber die Wunden sind noch nicht verheilt. Ich habe heute Abend wohl zu viel Wein getrunken. Davon werde ich sentimental. Oder ich habe zu viel erlebt; zu viel Trauer, zu viele Narben. Und doch beschäftigen mich die Narben immer wieder, diese Landkarte alter Wunden, die mir keinen Weg weist – weder in die Vergangenheit noch in die Zukunft.

Ich habe den Koffer aus dem Schrank hervorgeholt und aufs Bett gestellt. Er wiegt so gut wie nichts, aber die Erinnerungen, die er birgt, liegen mir unendlich schwer auf dem Herzen.

Es ist ein robuster Pappkoffer mit Metallverstärkungen an den Ecken und einer dicken Kordel als Tragegriff. Mit angehaltenem Atem öffne ich den Deckel, schlage das zerknitterte Seidenpapier zurück und betrachte das Kleid. Es ist alt geworden – so wie ich. Auch der mit einem Bändchen zusammengebundene Stapel Briefe ist da, die meisten in Französisch, manche in Englisch geschrieben. Die werde ich später lesen, wie ich es schon so oft in Nächten wie dieser getan habe, wenn sich die Leerstellen meines Lebens als Schatten um mich versammelten. Es ist ein Ritual mit einem festgelegten Ablauf, von dem ich nie abweiche. Wenn man entwurzelt wurde, man so viel verloren hat, dann geben einem Rituale Trost. Selbst wenn es traurige sind.

Ich nehme das Kleid heraus und wiege es im Arm – wie ein Baby oder ein Versprechen –, drücke es eng und etwas zu fest an mich. Als ich vor den Spiegel trete, blickt mir für einen Moment das Mädchen entgegen, das ich gewesen bin, bevor Hitler in Paris einmarschierte, das Mädchen voller Hoffnungen und Träume. Doch es ist sofort wieder verschwunden, und die Frau, die aus ihm geworden ist, steht an seiner Stelle. Einsam und erschöpft. Ohne Träume. Mein Blick schweift zu dem braunen Lederetui auf dem Boden des Koffers, und mein Herz zieht sich zusammen, als ich daran denke, wann ich es das erste Mal gesehen habe. »Bewahre das für mich auf«, hat er gesagt, als er es mir an jenem letzten Morgen gegeben hat.

Zum hundertsten Mal ziehe ich den Reißverschluss auf, streiche über das glatte Perlmuttset – Kamm und Schuhlöffel, Rasierpinsel und Rasierer. Ich ziehe den leeren Flakon aus geschliffenem Glas aus der braunen Hülle, schraube die Kappe ab und sehne mich nach dem hellen, klaren Geruch, der sich in mein Gedächtnis eingebrannt hat. Meeresbrise, ein Hauch von Limonenschale.

Anson.

Aber zum ersten Mal keine Spur von ihm. Seit dreißig Jahren halte ich diesen leeren Flakon an die Nase und tröste mich mit dem Letzten, was mir von ihm geblieben ist – seinem Geruch. Und jetzt ist selbst der verflogen.

Ich warte auf Tränen, aber es kommen keine. Wahrscheinlich bin ich über den Punkt hinweg. Leer geweint. Vielleicht ist es gut so. Ich lege den Flakon zurück ins Etui und ziehe den Reißverschluss wieder zu. Da wären noch die Briefe, normalerweise der letzte Schritt meines kläglichen kleinen Rituals. Heute Nacht werde ich sie nicht lesen. Ich glaube, ich werde sie nie wieder lesen.

Es ist Zeit loszulassen. Zeit, alles loszulassen.

Nachdem ich das Lederetui in den Pappkoffer zurückgelegt habe, falte ich das Kleid. Fast zärtlich kreuze ich die Ärmel über der Korsage – so wie die Arme einer Toten. Passend, nehme ich an. Ich streiche sanft über den Stoff. Ein letztes Mal. Dann schlage ich das Seidenpapier darüber und schließe den Deckel.

Adieu, Anson, mon amour. C'est la fin.

Eins

RORY

Boston, 26. Mai 1985

Es konnte nicht schon wieder Sonntag sein.

Rory schlug auf die Schlummertaste, drehte sich um und wünschte sich, der Tag würde einfach verschwinden. Doch fünf Minuten später schrillte der Wecker erneut, und das konnte nur eins bedeuten. Irgendwie musste eine ganze Woche in einem Nebel aus Junkfood und alten Filmen verschwunden sein, eine Woche, in der sie sich mit dem Happy End der Geschichten von anderen betäubt hatte.

Ein dickes Taschenbuch rutschte auf den Boden, als sie die Decke zurückschlug, und lag dann wie ein abgestürzter Vogel vor ihren Füßen. »Winterrose« von Kathleen Woodiwiss, das sie bis um vier Uhr morgens verschlungen hatte. Sie war nie ein Fan von Trivialromanen gewesen, aber jetzt konnte sie nicht genug von ihnen bekommen. Ein Laster, für das sie sich schämte, als wäre sie spiel- oder pornosüchtig.

Sie warf das Buch in einen Weidenkorb in der Ecke, in dem ein Dutzend von derselben Machart darauf warteten, ins

Fairkaufhaus gebracht zu werden. Neben der Eingangstür stand eine volle Bücherkiste und eine war bereits im Kofferraum. *Junkfood fürs Gehirn*, sagte ihre Mutter dazu. Aber Rory schielte schon auf den Stapel ungelesener Bücher auf dem Nachttisch. Heute Abend war der neueste Roman von Johanna Lindsey dran.

Auf der Suche nach ihrer Rolex aus Stahl und Gold, die ihre Mutter ihr zum Bachelor geschenkt hatte, durchwühlte sie den Haufen ungeöffneter Post neben dem Bett. Die Broschüre mit den Masterkursen ignorierte sie, so gut es ging. Die Uhr war stehen geblieben, wie nicht anders zu erwarten gewesen war. Das Datum unter der kleinen Vergrößerungsblase lag drei Tage zurück. Sie stellte die Uhr und legte sie um ihr Handgelenk. Zeit für einen starken Kaffee, ohne den sie nirgendwohin gehen würde.

Der Anblick der Küche überwältigte sie beinahe. Im Spülbecken stapelte sich das Geschirr, der Abfalleimer war kurz vorm Überquellen, Reste des gelieferten Essens vom Eastern Paradise lagen auf der Arbeitsplatte. Sie hatte alles gleich nach den »Gefundenen Jahren« im Fernsehen wegräumen wollen, hatte sich aber nicht losreißen können, bis Greer Garson und Ronald Colman schließlich vereint waren. Nach den vielen Tränen hatte sie die Küche vollkommen vergessen. Wenn sie bis elf Uhr am anderen Ende der Stadt sein wollte, hatte sie jetzt auch keine Zeit zum Aufräumen.

Sie goss Milch in den Kaffee und spielte mit der Idee abzusagen. Halsschmerzen oder eine Migräne, vielleicht auch eine grässliche Lebensmittelvergiftung? Aber sie hatte diesen Monat schon zweimal in der letzten Minute abgesagt, und das bedeutete, dass sie hinmusste.

Unter der Dusche dachte sie sich Antworten für das bevorstehende Verhör aus. Fragen nach ihrem Studium, ihren Hobbys und ihren Zukunftsplänen. Die Fragen waren immer dieselben, nur dass es Rory immer schwerer fiel, so zu tun, als ginge sie das alles etwas an. In Wahrheit hatte sie keine nennenswerten Hobbys, ihr graute vor dem Gedanken, wieder zur Uni zu gehen, und ihre Pläne für die Zukunft waren in sich zusammengefallen. Aber sie würde ein tapferes Gesicht machen und die richtigen Sachen sagen, weil das von ihr erwartet wurde. Und weil sie der Blick auf die Alternative – hinein in das dunkle Loch, das ihr Leben geworden war – einfach zu sehr erschöpfte.

Sie tapste wieder ins Schlafzimmer, frottierte sich auf dem Weg die Haare und widerstand der Anziehungskraft des Nachttischs. Ihr neues Ritual bestand darin, den Tag mit einem Brief von Hux zu beginnen, aber heute hatte sie keine Zeit dafür. Trotzdem zog sie die unterste Schublade auf und nahm die Schachtel heraus. Sie enthielt dreiundvierzig Umschläge, die in seiner schmalen, aber ausladenden Handschrift adressiert waren – eine Rettungsleine, die sie mit ihm verband und die sie davon abhielt, ins Bodenlose zu fallen.

Der erste Brief war fünf Stunden nach seinem Abflug vom Bostoner Flughafen Logan eingetroffen. Er hatte ihn am nächsten Morgen mit garantierter Zustellung aufgegeben. Den nächsten hatte er in der Wartezeit vorm Gate geschrieben und den darauf im Flugzeug. Zunächst war fast jeden Tag ein Brief gekommen, bevor sich seine Post auf einen oder zwei Briefe die Woche einpendelte. Und dann kamen plötzlich keine mehr.

Sie warf einen Blick auf das gerahmte Foto neben ihrem Bett, das an dem Wochenende nach seinem Heiratsantrag aufgenommen worden war. Dr. Matthew Huxley – Hux, für alle, die ihn näher kannten. Sie vermisste sein Gesicht, sein Lachen, seine albernen Witze und sein falsches Singen. Seinen Sinn für Nebensächlichkeiten und seine perfekten Rühreier.

Sie hatten sich bei einer Wohltätigkeitsveranstaltung für die neue Intensivstation der Neonatologie der Tufts-Uniklinik kennengelernt. Bei seinem Lächeln bekam sie weiche Knie, und als sie den Mann hinter dem Lächeln entdeckte, stand die Sache für sie fest.

Als Kind zweier Sonderschullehrer hatte er früh gelernt, was es hieß, sich in den Dienst einer größeren Sache zu stellen. Seine Eltern waren während seines ersten Studienjahrs gestorben. Ein Holztransporter war auf der Interstate 40 über den Mittelstreifen gebrettert und hatte ihr Auto frontal erfasst. Nach der Bestattung brach er das Studium verbittert ab. Den Sommer verbrachte er orientierungslos auf den Outer Banks vor North Carolina, gammelte am Strand rum, hing mit einer Clique von Surfern ab und betäubte sich mit Captain Morgan.

Irgendwie riss er sich dann doch zusammen, kehrte an die University of North Carolina zurück und begann, Medizin zu studieren. Eigentlich hatte er Internist werden wollen, aber nach einer Hospitation auf der Kinderstation änderte er seinen Plan. Nach dem Ende der Facharztausbildung verpflichtete er sich bei den Ärzten ohne Grenzen, um das Andenken seiner Eltern zu ehren. Sein Einsatzgebiet war der Südsudan.

Das war einer der Gründe, weswegen sie ihn liebte. Seine Geschichte war alles andere als perfekt; Matthew Huxley kannte weder das gesellschaftliche Leben von Country Clubs noch die Annehmlichkeiten eines dicken Bankkontos. Er hatte schwere Zeiten hinter sich, die ihn bis ins Mark erschüttert hatten, aber er hatte wieder Tritt gefasst und einen Weg gefunden, etwas zurückzugeben. Für Rory war es unglaublich schwer gewesen, ihn zu verabschieden, aber sie war stolz darauf, dass er sich zu dieser Arbeit verpflichtet hatte.

Es fiel ihr alles andere als leicht, seine Briefe zu lesen. Er hatte ihr gestanden, mit dem Rauchen angefangen zu haben.

> *Hier rauchen alle wie die Verrückten. Vielleicht, damit die Hände nicht so stark zittern. Wir sind alle unglaublich müde.*

Er hatte ihr von einer Journalistin namens Teresa berichtet, die eine Dokumentation für die BBC machte und ihm das Gefühl vermittelte, nicht komplett von der Welt abgeschnitten zu sein. Er schrieb auch über seine Arbeit, über endlose Schichten in provisorischen OPs, über verstümmelte, verwaiste, traumatisierte Kinder. Es war schlimmer als alles, was er sich vorgestellt hatte, aber es machte einen besseren Arzt aus ihm – zäher und zugleich mitfühlender.

Das Arbeitstempo sei unglaublich, und er habe keine Möglichkeit, seine Erschütterung in den Briefen auszudrücken.

> *Wie verwöhnt wir sind! Wir können uns das Ausmaß an Gesetzlosigkeit und Barbarei nicht vorstellen, die bittere, qualvolle Armut, die in anderen Teilen der Welt herrscht. Das Fehlen von Menschlichkeit. Was wir hier tun, wir alle, das ist ein Tropfen auf den heißen Stein. Was hier los ist …*

Das war sein letzter Brief gewesen.

Kurz darauf verständigte die Organisation sie, dass eine Bande bewaffneter Rebellen drei Ausländer im Südsudan verschleppt hatte. Außer Hux eine neuseeländische Krankenschwester und eine britische Journalistin, die im Auftrag der BBC und der Zeitschrift *World* arbeitete.

Es hatte mehrere Wochen gedauert, bis offiziell feststand, was sie bereits wusste, nämlich dass Hux der verschleppte Amerikaner war. Aber sie hatten keine Spur. Der Laster, den Zeugen hatten wegfahren sehen, war unauffällig gewesen. Niemand konnte oder wollte die Männer beschreiben, die die Ausländer mit vorgehaltener Waffe aus der Klinik entführt hatten. Und niemand übernahm die Verantwortung, was in ähnlichen Fällen spätestens nach achtundvierzig Stunden geschah. Die drei blieben einfach verschwunden.

Fünf Monate später wartete sie immer noch. Laut Außenministerium wurden alle Ressourcen ausgeschöpft, alle Hinweise geprüft, aber es gebe nicht viele. Vor acht Wochen hatte eine nächtliche Razzia in einer abgeschiedenen Gegend in Libyen stattgefunden, nachdem jemand gemeldet hatte, eine Frau gesehen zu haben, auf die die Beschreibung der vermissten Journalistin zutraf. Doch als man die Hütte stürmte, war sie leer.

Die offizielle Verlautbarung des Außenministeriums war, dass man »mit diversen humanitären Organisationen daran arbeite, die Verschleppten aufzuspüren und nach Hause zu bringen«. In Wahrheit waren sämtliche Informationsquellen versiegt, und das bedeutete, dass die Aussicht auf ein positives Ende immer zweifelhafter wurde.

Rory warf einen Blick auf die Schachtel. Wie gerne wäre sie mit ein paar Briefen wieder ins Bett gekrochen! Aber da war nicht nur die Verabredung zum Brunch; sie hatte Lisette versprochen, sie am frühen Nachmittag im Café Sugar Kisses zu treffen.

Zwanzig Minuten später nahm sie Handtasche und Schlüssel und warf einen prüfenden Blick in den Spiegel. Eine ärmellose, pfirsichfarbene Bluse zu einer weißen Hose. Feuchte Haare zum Pferdeschwanz gebunden. Etwas Mascara, ein Hauch von Lipgloss und schlichte Diamantohrstecker. Deutlich unter dem Standard, aber in den Augen ihrer Mutter war es das immer.

Zwei

RORY

Die Aromen von Blaubeerscones und frisch gemahlenem Kaffee begrüßten Rory, als sie die Haustür aufschloss. Aus der Küche war das Geräusch des Entsafters zu hören. Rory streifte ihre flachen Schuhe ab und stellte sie mit den Spitzen zur Tür, nur für den Fall, dass sie die Flucht ergreifen musste. Es wäre bei Gott nicht das erste Mal gewesen.

Das Haus war wie immer makellos sauber. Guter Geschmack, den man sich für viel Geld kaufen konnte, dicke beige Teppiche und sorgfältig zusammengestellte Möbel. Natürlich hingen auch die richtigen Bilder an den Wänden: Schalen mit Obst und Vasen mit verblühenden Mohnblumen in breiten goldenen Rahmen. Nirgends lag etwas herum, nicht einmal ein Staubkörnchen.

Selbst als sie noch klein gewesen war, hatte es wegen der militanten Hausregeln ihrer Mutter so ausgesehen. Keine Straßenschuhe im Haus. Keine Fingerabdrücke an den Wänden. Keine Snacks, keine Getränke außerhalb des Esszimmers, Partys ausgenommen. Und es hatte viele Partys gegeben: Cocktailpartys, Dinnereinladungen, Teegesellschaften und natürlich

Spendenveranstaltungen für die Wohlfahrtsorganisationen ihrer Mutter. Alle mit perfektem Catering. Danach sorgten professionelle Teams dafür, dass es in Windeseile wieder so aussah wie davor.

Ihre Mutter goss frisch gepressten Orangensaft in eine Kristallkaraffe, wobei die vielen Anhänger an ihrem goldenen Armband klimperten, das zu ihrem Markenzeichen geworden war. In der gestärkten weißen Bluse und der kakifarbenen Hose sah sie frisch und ordentlich aus; die dicken goldenen Locken trug sie im Nacken zusammengebunden. Wie immer war auch ihr Make-up makellos: dezent geschminkte Augen, etwas Rouge auf den Wangen, ein Touch von Lipgloss in frostigem Peach. Sie war zweiundvierzig, und auf der Straße drehten sich die Leute nach ihr um.

Als Rory eintrat, sah sie auf. »Da bist du ja«, sagte sie und machte eine ebenso schnelle wie gründliche Inventur ihrer Tochter. »Ich habe schon fast gedacht, du würdest wieder nicht kommen. Sind deine Haare etwa nass?«

»Ich hatte keine Zeit mehr zum Föhnen. Kann ich was helfen?«

»Alles fertig. Hoffentlich noch nicht kalt.« Sie reichte Rory eine perfekt geschnittene Melone und eine bis zum Rand gefüllte Schüssel mit Erdbeeren. »Bringst du dies bitte nach draußen? Ich komme mit dem Rest.«

Rory nahm das Obst und ging hinaus auf die Terrasse. Es war ein perfekter Morgen, der Himmel war strahlend blau, und in der sanften Brise lag das Versprechen des Sommers. Unter ihnen erstreckte sich Boston in alle Himmelsrichtungen, ein Wirrwarr aus gewundenen Straßen. Der Storrow Drive mit seinem endlosen Verkehr, die Esplanade mit ihren grünen Bäumen, der glitzernde Charles River, mit hellen Segelbooten gesprenkelt.

Rory liebte die Stadt mit all ihren Widersprüchen, mit ihrer traditionsreichen Kolonialgeschichte und dem pulsierenden kulturellen Schmelztiegel der Gegenwart. Kunst, Kulinarik, Musik und Wissenschaft wetteiferten um Aufmerksamkeit. Die Stadt so von oben zu sehen, fernab von Hektik und Lärm, hatte immer wieder etwas. Als sie aufgewachsen war, war etwas Magisches dabei gewesen – als hätten ihr plötzlich Flügel wachsen könnten, mit denen sie hätte auf und davon fliegen können.

Als Mädchen hatte sie oft vom Fliegen geträumt, davon, jemand anders zu sein, ein anderes Leben zu leben. Ein eigenes. Einen Beruf zu haben, der nichts mit ihrer Mutter zu tun hatte, und einen Ehemann, der ganz anders als ihr Vater war. Es wäre auch fast so gekommen.

Fast.

Das Wort lag ihr wie ein Stein auf der Brust, dessen Gewicht sie immer mit sich herumschleppte. Selbst einfache Aufgaben wie ein Einkauf auf dem Markt oder ein Treffen mit einer Freundin waren ihr manchmal zu viel. Dieses Bedürfnis, sich von der Welt zurückzuziehen, war nicht normal. Aber es war ihr auch nicht neu. Sie hatte schon immer zur introvertierten Seite des Spektrums tendiert und tat, was sie konnte, um Dinnerpartys und andere gesellschaftliche Ereignisse zu vermeiden. Doch natürlich stand sie als Tochter einer der prominentesten Familien Bostons auch im Licht der Öffentlichkeit.

Nie lag eine Haarsträhne falsch, nie trat sie in ein Fettnäpfchen. Camilla Lowell Grant trug immer die richtigen Kleider, kaufte die richtige Kunst, lebte in dem richtigen Haus. Das Richtige von allem, wenn man von dem chronisch untreuen Ehemann und der widerspenstigen Tochter absah. Doch Camilla trug ihr Kreuz bewundernswert, jedenfalls meistens.

Rory nahm den Tisch in Augenschein, als sie die Obstteller abstellte. Er sah aus, als wäre er einer Zeitschrift entsprungen: ein strahlend weißes Leinentischtuch, das Royal-Albert-Porzellan ihrer Großmutter und neben den beiden Gedecken makellos gefaltete Leinenservietten. In der Mitte stand eine Schale mit wächsernen weißen Gardenien – die Lieblingsblumen ihrer Mutter. Perfekt, wie immer.

Die Brunch-Tradition hatte an ihrem zwölften Geburtstag begonnen und war schnell zu einem wöchentlichen Ereignis geworden. Das Frühstücksangebot variierte von Woche zu Woche – frisches Obst und selbst gebackenes Gebäck, Toast mit geräuchertem Lachs und cremigem Käse, Omeletts mit allem, wofür gerade Saison war … Die einzige Konstante waren Mimosas aus frisch gepresstem Orangensaft und eisgekühltem Veuve Clicquot.

Doch statt dass sie sich in Ruhe austauschten, waren ihre Tête-à-Têtes immer verkrampfter geworden. Ihre Mutter fand immer wieder neue und oft nicht besonders subtile Wege, um Rory deutlich zu machen, dass es an der Zeit war, nach vorne zu schauen.

Rory spielte mit dem kleinen ovalen Rubinring an ihrer linken Hand. Mit diesem Ring hatte Hux' Vater seiner Mutter einen Heiratsantrag gemacht. Etwas Teureres hatte sich der gerade aus dem Koreakrieg zurückgekehrte Soldat nicht leisten können. Hux hatte ihr versprochen, mit ihr einen »richtigen« Ring kaufen zu gehen. Aber für den Heiratsantrag war nur der Ring seiner Mutter infrage gekommen. Diese Geste war aber genug, um ihn als eigentlichen Verlobungsring anzusehen. Jetzt war der Ring seiner Mutter alles, was ihr geblieben war.

Sie schob den Gedanken beiseite, als Camilla mit zwei Tellern erschien. »Pilz-Spargel-Frittata«, verkündete sie und setzte die Teller schwungvoll ab.

»Das sieht ja köstlich aus«, sagte Rory und setzte sich auf ihren Platz. Ihre Mutter war keine gute Hausfrau, aber in der Küche konnte sie zaubern.

Camilla reichte Rory mehrere Kataloge, die sie sich unter die Achsel geklemmt hatte. »Die sind schon letzte Woche angekommen, aber du bist ja nicht zum Brunch erschienen. Ich war versucht, der Postbotin zu sagen, dass ich keine Rory kenne, ob sie nicht etwas für meine Tochter Aurora hätte.«

Rory verzog das Gesicht zu einem trockenen Lächeln. »Denk dir mal was Neues aus, Mutter. Der Witz ist uralt.«

»Rory ist ein Jungenname. Du heißt Aurora. Und das ist ein schöner Name. Der Name einer Lady.«

»Der Name einer alten Lady«, schoss Rory zurück. »Außerdem stammt die Abkürzung von Daddy. Ihn hat sie nie gestört.«

Camilla schnaubte. »Er müsste hier sein, damit sie ihn stören könnte.«

Rory steckte lustlos die Gabel in die Frittata. Es stimmte ja. Die Interessen ihres Vaters hatten immer woanders gelegen. Sie hatte keine Ahnung, wie viele Affären er gehabt hatte, war aber sicher, dass ihre Mutter über die Frauen, die im Leben Geoffrey Grants eine Rolle gespielt hatten, Buch geführt hatte.

Dass Camilla sich nie von ihm hatte scheiden lassen, hatte Rory nie verstanden. Vielleicht hätte das Wochenende, das ihr Vater mit seiner achtundzwanzigjährigen Rezeptionistin in Doral verbracht hatte, der Ehe den Todesstoß versetzt, wenn er nicht vorher im Hotelbett eines plötzlichen Todes gestorben wäre. Es war einer von den Skandalen, von denen sich Gesellschaftsdamen normalerweise nie ganz erholten, ein Klischee der pikantesten Art. Aber für Camilla war es der wertvollste Diamant in ihrer Sammlung von Seitensprüngen, den sie erhobenen Hauptes trug, selbst wenn sie ihn mit ihrem Stolz hatte kaufen müssen.

»Willst du denn gar nichts essen?«

Rory steckte sich pflichtbewusst eine Erdbeere in den Mund. Camilla hatte die Flasche Veuve Clicquot aus dem Eiskühler gezogen und kämpfte mit dem Korken. Nach einer Weile nahm Rory ihr die Flasche ab. »Lass mich das lieber machen, bevor einer von uns ein Auge fehlt.«

Der Korken poppte mit einem hohlen Geräusch heraus. Rory goss erst den Champagner in die beiden Flöten, dann toppte sie ihn mit etwas Orangensaft.

Sie stießen wortlos an. Camilla bestritt das Gespräch, von Rory wurde nur minimaler Input erwartet. Klatsch und Tratsch über Schönheitsoperationen und Scheidungen. Die bevorstehende Reise eines Freundes nach Irland. Was in der nächsten Saison im Bostoner Opernhaus gegeben wurde. Das Thema des Wohltätigkeitsballs im Advent, den Camilla auch dieses Jahr organisierte. Doch irgendwann verlagerte sich das Gespräch auf vertrautes, wenn auch unangenehmes Terrain.

»Neulich habe ich meine Uhr zur Reparatur gebracht, und da ist mir Dinah Marshall über den Weg gelaufen. Denise, ihre Jüngste, geht im Herbst auf das Boston College. Sie will Musik studieren. Harfe, glaube ich. Ich habe Dinah erzählt, dass du im August wieder auf die Tufts gehst, um deinen Master zu beenden. Und dann vielleicht im nächsten Sommer nach Paris wegen des Praktikums. Sie bat mich, dir ihre Glückwünsche zu übermitteln.«

»Denise spielt Klavier«, sagte Rory ausdruckslos. »Patricia spielt Harfe.«

»Ach, ja, stimmt natürlich. Klavier.«

Camilla tupfte sich die Lippen ab. »Was ist mit dir? Freust du dich auf die Uni?«

Rory goss sich Champagner nach. Den Orangensaft strafte sie mit Nichtachtung. Sie trank langsam, dann blickte sie ihre Mutter an. »Ich freue mich auf nichts.«

»Ziehst du eine Schnute, Aurora?«

»Ich bin 23. Ich ziehe keine Schnute mehr.«

»Ach, wirklich? Und wie nennst du das, was du gerade tust?«

Rory stellte das Glas ab und setzte sich aufrecht hin. »Wir haben uns seit drei Wochen nicht gesehen. Willst du dich nicht nach Hux erkundigen?«

Camilla blinzelte nervös. »Natürlich will ich das.«

»Und wann? Wir sind durch mit dem Frühstück. Wir haben über Vicky Fosters Facelift gesprochen, das grässliche Essen in England, deine Pläne für den Adventsball und über die Studienpläne der Tochter von Dinah Marshall. Und du hast keine Gelegenheit gesehen, den Namen meines Verlobten in die Konversation zu schmuggeln?«

»Aber du kannst doch nicht erwarten, dass ich mit so etwas beim Frühstück herausplatze.«

»Was hat denn das Frühstück damit zu tun?«

»Ich habe nur versucht, feinfühlig zu sein«, sagte Camilla und machte doch tatsächlich einen Schmollmund.

»Feinfühlig?« Bei dem Wort biss Rory die Zähne zusammen. Wollte sie das jetzt als Entschuldigung dafür vorschieben, dass es ihr letzten Endes egal war? »Du brauchst nicht feinfühlig zu sein, Mutter. Du solltest dir Sorgen machen. Aber das hast du noch nie getan.«

Camilla riss die Augen auf. »Wie kannst du so etwas sagen?«

»Du konntest ihn nie leiden. Vom ersten Tag an hast du so getan, als wäre Hux nur eine Phase, die ich bald hinter mir lassen würde, so wie Fußballspielen zum Beispiel.«

»Das stimmt doch gar nicht!«

»Natürlich stimmt das. Sein Aussehen hat dir nicht gefallen, dass er surft, dass er aus der Privatpraxis rausgegangen ist. Aber das eigentliche Problem ist, dass er aus einem kleinen Küstenort in North Carolina stammt, den niemand kennt. Und dass seine Eltern Lehrer waren, statt Kartenspiele zu organisieren und Abendgesellschaften zu geben.«

Und da war er wieder, dieser empörte Gesichtsausdruck ihrer Mutter. Patentreif. Die zurückgenommenen Schultern, das erhobene Kinn, der kühle Blick von oben herab. »Wie kannst du mir so etwas unterstellen?«

»Ich habe es nicht unterstellt. Ich habe es ganz direkt ausgesprochen. Die meisten Mütter würden jemanden wie Hux als perfekten Schwiegersohn betrachten, nur du nicht. Du willst einen Mann mit dem richtigen Nachnamen und einem Mayflower-Aufkleber auf seinem Überseekoffer. Und jetzt, wo Hux vermisst wird, witterst du die Chance, mir einen Besseren zu verpassen. Obwohl ich mir beim besten Willen nicht vorstellen kann, wieso du dich mit deiner Ehegeschichte für qualifiziert hältst, irgendwem anders einen Ehemann auszusuchen.«

Camilla erstarrte. Sie sah aus, als hätte sie eine vollkommen unerwartete Ohrfeige bekommen.

»Es tut mir leid«, lenkte Rory ein, »Ich wollte dich wirklich nicht …«

»Natürlich wolltest du das.«

Rory war wütend auf sich selbst. Das war nicht ihr Stil. »Es tut mir leid. Ich habe ausgeteilt, und du warst im Weg.«

Camilla sah sie besorgt an. »Hast du denn … etwas gehört?«

»Nein. Nichts. Ich will nicht drüber reden.«

»Worüber willst du denn dann reden? Ich habe nicht die geringste Ahnung, was in deinem Leben los ist. Du erwiderst meine Anrufe nicht. Du lehnst meine Einladungen zum Abendessen ab. Du hast unseren Brunch an zwei aufeinanderfolgenden Wochen sausen lassen. Was machst du bloß den ganzen Tag?«

Rory starrte in ihr leeres Glas. Plötzlich hatte sie einen Kloß im Hals. »Eigentlich nur warten.«

»Liebes …« Camilla beugte sich über den Tisch und strich ihr den Pony aus der Stirn.

»Lass das!« Rory rückte einen halben Meter zurück. »Ich will nicht, dass du mich bemitleidest.«

»Was willst du denn dann? Ich mache mir Sorgen um dich. Du steckst die Nase in diese grässlichen Bücher oder guckst dir mitten in der Nacht eine dieser alten Schwarz-Weiß-Schnulzen an. Wir haben doch schon öfter darüber gesprochen. Das ist ungesund.«

»Es ist schon okay. Ich brauche einfach …« Sie sah weg. Sie wollte diese Diskussion nicht noch einmal führen. »Ich brauche einfach Zeit.«

»Liebes, es ist jetzt schon fünf Monate her.«

Rory schoss ihr einen Blick zu. »Mir war nicht klar, dass es eine zeitliche Begrenzung gibt.«

»Das habe ich nicht gemeint. Was auch immer Matthew zugestoßen sein mag, ob er irgendwo lebt oder …« Sie unterbrach sich und schien die nächsten Worte sorgfältig zu wählen. »Du bist hier, Aurora. Du lebst. Du musst weitermachen, egal was passiert.«

Rory schluckte die brennenden Tränen hinunter. Sie wollte glauben, dass Hux noch lebte, dass er irgendwann zu ihr nach Hause käme, aber die Angst war immer da, wie eine unsichtbare Hand, die direkt über ihrer Schulter schwebte. Würde sie morgen Nachricht bekommen? Wie würde es passieren? Ein Brief? Ein Anruf? Ein Klopfen an der Haustür? Sie hatte nie den Mut gehabt, nachzufragen. Nachzufragen hätte es noch realer gemacht, und es war jetzt schon real genug.

»Und wenn ich nicht weitermachen kann?«, fragte sie leise.

»Sei nicht albern. Natürlich kannst du das. So sind wir Grants.«

Rory unterdrückte ein Seufzen und wünschte sich, ihre Mutter könnte sie verstehen. »Mir ist alles egal. Alles.« Sie sah ihre kühle und gepflegte Mutter an. Die war durch nichts aus der Fassung zu bringen. »Du hast keinen Schimmer, wie sich das anfühlt, stimmts? Du weißt nicht, wie es ist, morgens aufzuwachen und nicht imstande zu sein aufzustehen, zu duschen, dich anzuziehen. Und draußen vor deiner Tür galoppiert das Leben ohne dich davon. Du hast nie jemanden verloren, an dem dir etwas lag. Und sag nicht Daddy. Wir wissen beide, dass es nicht das Gleiche ist.«

Camilla öffnete den Mund und schloss ihn wieder, als würde sie ihre Antwort doch lieber überdenken. »Du hast keine Vorstellung davon, was ich verloren habe«, sagte sie schließlich.

Camillas geheimnisvoller Ton überraschte Rory. Es gab so viel im Leben ihrer Mutter, was sie nicht wusste. So viel, worüber sie einfach nicht sprach. »Hat es jemanden vor Daddy gegeben?«, fragte Rory vorsichtig.

»Ich war achtzehn, als ich deinen Vater geheiratet habe. Vorher gab es keine Zeit für einen anderen.«

»Na gut, dann vielleicht später … während …«

Camilla starrte sie entgeistert an. »Ganz sicher nicht!«

»Was denn dann?«

Camilla winkte ab. »Egal. Es spielt keine Rolle mehr. Nur dass du's weißt: Mütter sind auch menschliche Wesen. Wir leben wie alle anderen. Wir bluten wie alle anderen. Aber wir haben Verantwortung, müssen unsere Pflichten erfüllen und den Schein wahren. Und deswegen schauen wir nach vorne.«

»Ich kann nicht nach vorne sehen. Ich kann überhaupt nichts sehen. Es ist, als wäre die Zukunft … weg.«

»Du musst unter Leute gehen. Nächste Woche gibt es bei Marcos einen Cocktailempfang. Eine private Veranstaltung von Cassandra Maitland für einen neuen Cellisten, den sie entdeckt hat. Komm doch mit. Erst gehen wir zu Rosella und lassen uns die Haare und die Nägel machen. Sie kriegt das hin mit deinem Pony. Dann finden wir was für dich zum Anziehen. Es geht nichts über einen Kaufrausch vor einer Party, um die Laune zu heben. Es wird dir guttun, ein paar Leute von früher zu sehen, um dich wieder normal zu fühlen.«

Rory warf ihr einen kalten Blick zu. »Normal?«

»Sieh mich bitte nicht so an. Du kannst dich doch nicht immer weiter verstecken. Vielleicht solltest du mit jemandem reden.«

»Hältst du mich für verrückt?«

Camilla faltete ihre Serviette sorgfältig zusammen. »Du hast offensichtlich Schwierigkeiten, mit dem, was vorgefallen ist, zurechtzukommen. Dich mit jemandem zu unterhalten, könnte hilfreich sein.« Sie machte eine Pause. »Mit jemandem, dem du vertraust«, setzte sie sanft hinzu.

Rory saß still da. »Es tut mir leid«, sagte sie schließlich. »Dass ich das vorhin gesagt habe. Es ist nur … Hux …« Ihre Kehle schnürte sich zusammen. »Am Freitag habe ich zwei Stunden telefoniert, die meiste Zeit war ich in der Warteschleife. Niemand ist wirklich zuständig. Sie sagen: Wir tun alles, was wir können. Aber das stimmt nicht. Wenn sie noch nicht einmal wissen, wo er ist.«

Camilla schnalzte mit der Zunge. »Wie ist das möglich? Wir haben doch sicher Leute, die auf so etwas spezialisiert sind. Botschafter. Diplomaten. Der Präsident, verdammt noch mal!«

Der allzu vertraute Stein auf Rorys Brust machte sich bemerkbar, so wie immer, wenn sie sich erlaubte, über das Undenkbare nachzudenken. »Langsam fühlt es sich an, als käme er nie mehr zurück.«

»Psst«, sagte Camilla und nahm ihre Hand. »Sag das nicht. Zähne zusammenbeißen und Kopf hoch!«

Rory schluckte die Tränen hinunter. Sie dachte an ihr erstes Jahr auf der Highschool, als sie sich geschworen hatte, nie wieder in die Schule zu gehen, nachdem sie es nicht ins Schwimmteam geschafft hatte. Damals hatte ihre Mutter sie in den Arm genommen und ihr genau dieselben Worte ins Ohr geflüstert: Zähne zusammenbeißen und Kopf hoch! Aber Rory konnte sich nicht zusammenreißen. Sie war verloren, erschöpft und wie betäubt.

»Irgendwo habe ich gelesen, dass die Chancen, jemanden zu finden, immer geringer werden, je länger er vermisst wird.« Sie löste ihre Hand aus der ihrer Mutter, um sich die Tränen wegzuwischen. »Ich verliere die Hoffnung.«

»Hör auf damit. Ich meine es ernst. Wenn die Uni im Herbst wieder losgeht und du in deiner alten Routine bist, geht es dir bestimmt besser. Deine Kurse, Unternehmungen mit deinen Freundinnen und Freunden, all das wird dir helfen, dich sinnvoll zu beschäftigen.«

Rory dachte an das Vorlesungsverzeichnis auf ihrem Nachttisch und nickte, weil es von ihr erwartet wurde. Zähne zusammenbeißen und ihren Master in Bildender Kunst machen. Wenn es nach ihrer Mutter ginge, schlösse sich das Praktikum an und irgendwann vielleicht ein Job als Kuratorin. So anders als die Zukunft, die Hux und sie für die Zeit nach den Ärzten ohne Grenzen geplant hatten.

»Weißt du«, sagte Camilla zögernd, »ich habe gedacht, es wäre vielleicht eine gute Idee, wenn du wieder nach Hause kommen würdest. Nur bis sich die Situation … beruhigt hätte natürlich. Ich geistere ja ganz alleine hier rum, und dein Zimmer ist noch genauso, wie es war, als du ausgezogen bist.«

»Wieder nach Hause kommen?«

»Ich kann mich um dich kümmern, für dich kochen. Du müsstest dir um nichts als deine Studien Sorgen machen.«

Studien. Uni. Das Treffen mit Lisette!

»Oh, nein! Wie spät ist es?« Rory sah auf die Uhr. »Ich muss los.«

»Was? Jetzt?«

»Janelle Turners kleine Schwester hat sich zur Sommeruni angemeldet, und ich habe ihr versprochen, ihr ein paar Bücher zu bringen.«

»Ausgerechnet heute? Du wusstest doch, dass wir zum Brunch verabredet sind.«

»Ja, schon, aber sie muss um drei in Braintree sein, weil ihre Eltern ein Jubiläum feiern. Und die Kurse fangen morgen an. Es war die einzige Zeit, die irgendwie ging.«

»Aber du hast doch kaum etwas gegessen. Lass mich dir wenigstens einen Teller mitgeben.«

»Danke.« Rory stand auf. »Aber ich habe genug zu essen im Haus. Es tut mir leid, dass ich dich jetzt auch noch alleine abdecken lasse.«

»Es ist ja nicht so, als hätte ich so viel anderes zu tun. Sehen wir uns nächsten Sonntag?«

Irgendetwas, vielleicht die Sorgenfalte zwischen Camillas sorgfältig geschminkten Augenbrauen oder die herabgefallenen Mundwinkel, verursachten Rory Schuldgefühle. »Ja, tun wir. Ich verspreche es.« Sie stand auf und drückte ihrer Mutter einen Kuss auf die Wange. »Es tut mir wirklich leid wegen vorhin. Wegen deiner Ehe. Das hätte ich nicht sagen sollen.«

Camilla zuckte die Achseln. »Nein, hättest du nicht. Aber du hattest nicht unrecht. Und jetzt geh zu dem Treffen mit deiner Freundin.«

DREI
RORY

Rory warf einen Blick auf ihre Armbanduhr, als sie das Sugar Kisses verließ und sich unter die Passanten auf der Newbury Street mischte. Ihr Treffen mit Lisette hatte länger gedauert als erwartet, sodass sie sich jetzt wirklich beeilen musste, wenn sie keinen Strafzettel bekommen wollte.

Als sie an der Ampel auf grünes Licht wartete, dachte sie an das Frühstück mit ihrer Mutter. Rory hatte Dinge gesagt, die sie niemals hätte sagen sollen, selbst wenn sie wahr sein mochten. Und sie hatte einen empfindlichen Nerv getroffen.

Aber es war nicht nur die Empörung ihrer Mutter gewesen, die Rorys Neugier geweckt hatte. Es hatte einen kurzen Moment gegeben, als sie von Hux gesprochen hatte, darüber, wie es war, jemanden zu verlieren, in dem ihre Mutter die Augen geschlossen hatte und ganz still dasaß, als würde sie eine unwillkommene Erinnerung abwehren. Ein seltener Moment der Verletzlichkeit einer Frau, die sich nie verletzlich zeigte.

Wir bluten wie alle anderen.

Nur dass das auf Camilla Grants Fall nicht zutraf. Wenigstens hatte Rory es nie wahrgenommen. In ihrer Kindheit war ihr ihre Mutter wie aus Marmor gemeißelt erschienen, rein und fein und kühl. Wie die griechische Sklavin des Bildhauers Hiram Powers. Nur mit dem Bronzerückgrat von Rodins Eva. Undurchschaubar – so war sie Rory vorgekommen. Bis auf diesen einen Moment heute Morgen. *Du hast keine Vorstellung davon, was ich verloren habe.* Was konnte sie gemeint haben? Sicherlich keinen Geliebten. Nicht, dass sie es ihrer Mutter vorgeworfen hätte, wenn sie sich außerhalb der Ehe Trost gesucht hätte. Rory konnte sich nicht erinnern, ihre Eltern in einem Raum zusammen gesehen zu haben, geschweige denn im selben Bett. Wie einsam Camilla gewesen sein musste!

Endlich sprang die Ampel auf Grün, und die Menge bewegte sich. In dem Moment fiel Rory ein altes Haus an der gegenüberliegenden Ecke ins Auge, und sie blieb wie angewurzelt stehen.

Es war aus verwitterten roten Ziegelsteinen, drei Stockwerke hoch, und aus dem Fenster im Eckturm, der an einen Zauberhut erinnerte, hatte man bestimmt einen guten Blick auf die Straße. Die Newbury Street war mit Häusern wie diesem gesäumt, eigentlich halb Boston. Dennoch war an diesem Haus etwas Besonderes. Etwas, das sie innehalten ließ.

Hinter den schmutzigen Fensterscheiben hingen keine Vorhänge. Der Vorgarten war völlig verwildert, und rund um die kaputten Treppenstufen hatten sich Abfälle angesammelt. Das Haus stand leer, eindeutig. Und doch hatte sie das merkwürdige Gefühl, aus einem Fenster unter dem Dach beobachtet zu werden.

Sie liebäugelte damit, es sich genauer anzusehen, als ein vorbeifahrender Polizeiwagen sie daran erinnerte, dass die Parkuhr lief. Sie hatte keine Zeit. Doch als sie die Newbury Street hinunterlief, drehte sie sich noch ein paarmal mit einem Gefühl von Reue um. Es war ein merkwürdiges Gefühl, so wie wenn man eine Party in dem Moment verlässt, in dem es lustig wird. Irgendetwas sagte ihr, dass dieses Haus noch etwas mit ihr vorhatte.

* * *

Es war fast vier, als Rory wieder zu Hause ankam. Sie war einem Strafzettel knapp entgangen, was sie als gutes Omen ansah. Sie musste nehmen, was sie bekam. Sie wusch das Make-up vom Gesicht und tauschte die Brunchklamotten gegen Jogginghose und T-Shirt. Der Fernseher im Schlafzimmer lief wie immer mit heruntergestelltem Ton. Cary Grant und Katherine Hepburn in »Leoparden küsst man nicht«. Noch so eine neue Angewohnheit, den Fernseher Tag und Nacht laufen zu lassen. Es verschaffte ihr die Illusion von Gesellschaft und füllte die Stille, die sonst voller dunkler Gedanken war.

Du hast offensichtlich Schwierigkeiten, mit dem, was vorgefallen ist, zurechtzukommen.

Das Echo der Worte ihrer Mutter machte sie wütend. Natürlich hatte sie Schwierigkeiten, damit zurechtzukommen. Ihr Verlobter war ohne jede Spur verschwunden. Und ihre Sorgen mit einem Fremden zu teilen, der in regelmäßigen Abständen »Ja, verstehe« murmelte, würde daran nichts ändern.

In der Küche lagen immer noch die Einwegverpackungen von Bringdiensten herum, und der Stapel Geschirr war auch nicht kleiner geworden. Sie wärmte eine Minestrone in der Mikrowelle auf. War das jetzt ihr Leben? Dosensuppen und Junkfood, dreckiges Geschirr im Spülbecken, zerfledderte Liebesromane und wöchentliche Scharmützel mit ihrer Mutter?

Wenn sie nicht aufpasste, würde sie wie eine dieser Frauen enden, deren Leben sich um ihre achtzehn Katzen drehte. Übertrieben? Vielleicht. Aber es war auch nicht unmöglich. Allerdings hätte sie sich dafür noch ein paar Katzen, ein paar geblümte Hauskleider und flauschige Puschen anschaffen müssen.

Was für ein deprimierendes Bild! Sie war privilegiert aufgewachsen, sie war der Inbegriff der einzigen Tochter steinreicher Leute. Luxuslimousinen, Designerklamotten. Elitäre Sommercamps und die allerbesten Schulen. Ihr hatte es an nichts gefehlt – nur an einem eigenen Leben. Sie hatte immer davon geträumt, dem Einfluss ihrer Mutter zu entkommen und ihre eigene Vorstellung vom Leben zu verwirklichen. Und sie war kurz davor gewesen. Dann war Hux verschwunden, und alles war zusammengebrochen.

Wo wäre sie heute – in dieser Minute – gewesen, hätte sie auf Hux gehört und ihren Traum wahr gemacht? Eine eigene Galerie für aufstrebende Künstlerinnen und Künstler. Den Namen hatte sie schon: KunstStoff. Hux hatte den Impuls für den Namen gegeben. Die Galerie war seine Idee gewesen.

Sie hatten sich eine neue Band in einer angesagten Kneipe angehört und waren ewig geblieben. Die Straßen waren dunkel gewesen, und sie hatten sich dafür entschieden, zu Fuß zu gehen, statt ein Taxi zu nehmen. Hux hatte seinen Arm um sie gelegt, und seine Wärme war ihr in der kühlen Herbstnacht willkommen gewesen. Als sie an einer Galerie vorbeikamen, war sie stehen geblieben, um ein Bild im Fenster zu bewundern.

»Du magst Kunst«, stellte Hux fest. »Du studierst Kunst. Warum machst du selbst keine?«

Sie grinste ihn verschmitzt an. »Wer sagt, dass ich keine mache?«

»Warte mal. Du malst?«

»Nein, ich male nicht. Ich experimentiere mit Textilien, aber es ist nur ein Hobby. Wie auch immer. Kunst macht Unordnung, und meine Mutter hat keine Unordnung geduldet. Wenn es nach ihr ginge, träte ich in ihre Fußstapfen und würde mir einen Job als Kunsthistorikerin oder Restauratorin suchen.«

»Und wenn es nach dir ginge?«

Sie sah ihn bestürzt an. Er wartete auf eine Antwort, aber sie hatte keine. Niemand hatte sie je danach gefragt. Man hatte ihr Möglichkeiten vorgegeben, wie in einem chinesischen Restaurant. Such dir eines aus Spalte A und eins aus Spalte B aus. A wäre die Ehe mit einem geeigneten Mann, Kinder und ein geschmackvolles Haus, B wäre eine berufliche Laufbahn. Wenn man es genau nahm, mussten die Grants nicht arbeiten, aber in Familien wie der ihren, mit einem alten Namen und altem Geld, wurde es als vulgär angesehen, sich nicht auf die eine oder andere geeignete Art nützlich zu machen. Schließlich kamen sie nicht aus Palm Beach.

»Ich weiß es wirklich nicht«, antwortete sie schließlich. »Wahrscheinlich hätte ich irgendwo ein kleines Atelier mit Blick aufs Meer, in dem ich Meeresimpressionen aus allen möglichen Textilien schaffen würde.«

»So was geht?«

»Die Richtung nennt sich Textilkunst. Stell dir eine Kombination aus Skulptur und Malerei vor, ausgeführt mit unterschiedlichen Materialien und Stoffen. Ich habe damit angefangen, als ich ein Kind war. Ich habe das Meer schon immer geliebt, aber meine Eltern hatten nie Zeit, mit mir hinzugehen. Also habe ich mir meine eigenen Buchten aus Stoffresten gebastelt. Ab und an spiele ich damit herum, aber während des Semesters ist es schwer, Zeit dafür zu finden.«

»Warum wusste ich nichts davon?«

Sie zuckte mit den Achseln. »Ist nur ein Hobby«, sagte sie etwas verlegen.

Er nahm sie in den Arm und drückte ihr einen Kuss auf die Wange. »Rory Grant, du steckst voller Überraschungen.« Beim Weitergehen steckte sie ihre Hand in seine warme Jackentasche. »Und warum habe ich noch nie etwas von dir gesehen? In deiner

Wohnung hängt nichts von der Art, die du gerade beschrieben hast, oder?«

»Eine Arbeit hängt im Gästezimmer. Und ein paar andere im begehbaren Schrank.«

»Im Gästezimmer? In das ich nicht gehen soll?«

»Weil es so unordentlich ist. In der Zeit, als ich die Arbeiten verkauft habe, habe ich es als Atelier genutzt.«

Er hielt an. »Hast du nicht gesagt, es wäre nur ein Hobby?«

»Ja … und nein. Wie ich gerade gesagt habe: Im Moment habe ich keine Zeit dafür. Aber eine Freundin hat vor einiger Zeit Fotos von meinen Arbeiten gemacht und sie einem Innenarchitekten gezeigt. Und der hat sofort sieben Stücke in Kommission genommen, die sich innerhalb von zwei Wochen verkauft haben.«

»Warum muss ich dir eigentlich alles aus der Nase ziehen? Und wann darf ich mir was ansehen? Oder zähle ich nicht?«

Rory genoss seine Begeisterung unglaublich. Normalerweise sprach sie nicht über ihre Kunst, aber es fühlte sich so gut an, dass er sie ernst nahm. »Wenn es dich wirklich interessiert, kann ich eine Privatführung für dich organisieren. Falls du es nicht allzu eilig hast, nach Hause zu kommen.«

»Was? Jetzt?«

Sie nahm seine Hand. »Also komm.«

Eine Viertelstunde später kamen sie vor Finn's, einem der exklusivsten Seafood-Restaurants von Boston, an und betrachteten eine perfekt in Szene gesetzte Meeresimpression im Schaufenster.

Sie stand still da und versuchte, ihr Werk mit Hux' Augen zu sehen. Als sähe sie es zum ersten Mal. Ein aufgewühltes Meer vor einer felsigen Küste unter einem tiefen, bleiernen Himmel. Sie hatte die Stoffe mit großer Sorgfalt ausgewählt. Seide und Taft, Denim und Twill, Crêpe de Chine und Tüll. Übereinander geschichtete Spitze sorgte für Bewegung und Tiefe.

Sie hatte fast sechs Monate dafür gebraucht und sage und schreibe siebenhundert Dollar eingenommen. Aber das Geld war ihr eigentlich egal. Anders als die meisten Künstler konnte sie sich diesen Luxus leisten. Ihr ging es nur darum, dass es im Fenster eines prominenten Restaurants hing, mit ihren Initialen in der unteren rechten Ecke, sodass ganz Boston es sehen konnte.

»Das ist von dir?«, fragte er, ohne die Augen abzuwenden. »Unglaublich. Ich habe den Eindruck, ich könnte in die Wellen hineingehen. Und der Himmel …« Sein Gesicht lag halb im Dunkeln, als er sich zu ihr wandte, aber die Hälfte, die sie sehen konnte, lächelte. »Rory, das ist mehr als ein Hobby. Es ist eine Begabung. Sind deine anderen Arbeiten auch so?«

»Ähnlich, aber dies ist mein Lieblingsstück. Es heißt ›Nördlich von November‹.«

»Ich kann es kaum glauben. Du solltest deine Sachen überall in der Stadt zeigen.«

»Sehr witzig.«

»Warum?«

»Das würde ich natürlich gerne, aber wenn man ein Niemand ist, hat man mehr Chancen, im Lotto zu gewinnen, als ausgestellt zu werden. Ehrlich gesagt bin ich ziemlich sicher, dass dieses Novemberbild nur hier hängt, weil ich Grant heiße. Der Besitzer hat sich wahrscheinlich vorgestellt, meine Mutter wäre ihm dankbar. Aber da hat er sich vertan.«

»Deine Mutter ist kein Fan?«

»Das Problem liegt darin, dass sie es nicht als Kunst ansieht. Jedenfalls nicht als richtige.«

»Was ist denn richtige Kunst?«

»Die alten Meister. Rembrandt. Raffael. Caravaggio.«

»Die sind schon seit ein paar Jahrhunderten tot.«

»Genau.«

Er runzelte die Stirn. »Dann muss man tot sein, damit die Kunst was wert ist? Das ist doch unfair.«

»Stimmt. Wenn deine Kunst in Auktionshäusern nicht gut verkauft wird, geht niemand das Risiko ein, dich zu vertreten. Wenn ich könnte, würde ich mich darum kümmern, dass es Galerien gibt, die ausschließlich Werke von Künstlern zeigen, von denen noch niemand etwas gehört hat.«

»Wirklich?«

»Ja.«

»Dann mach eine auf. Hier in Boston.«

Sie starrte ihn an, während die Idee schon Gestalt annahm. Eine Ausstellungsmöglichkeit für Künstler, die niemand kannte. Sie wusste nicht, wie man so etwas machte, und ihre Mutter hätte die Idee abscheulich gefunden. Aber die Aufregung bei dem Gedanken ließ sich nicht ignorieren.

»Meinst du, ich könnte das?«

»Warum nicht? Du hast das Geld, die Verbindungen, den Traum.«

»Und wenn es nichts als ein Traum ist?«

Er zog sie an sich und drückte ihr einen Kuss auf den Scheitel. »Träume sind wie Wellen, Babe. Du musst warten, bis die richtige kommt, die, auf der dein Name steht. Und wenn sie kommt, dann gehst du raus und reitest auf ihr. Und auf diesem Traum steht dein Name in Großbuchstaben.«

Damals hatte sie das geglaubt. Aber tat sie es immer noch?

Alles hatte mit ihrer Obsession für Vintagekleidung begonnen. Nicht weil sie die Kleider liebte. Mode hatte sie nie besonders interessiert. Es waren die Stoffe, die sie begeisterten, wie sie fielen, wie sie sich anfühlten. Moiréseide, Zopfmusterstrick, knisternder Organza, hauchzarte Spitze, griffiger Tweed und lammweiches Kammgarn, alle hatten eine ganz eigene Persönlichkeit.

Ihre ersten Versuche als Textilkünstlerin waren primitiv gewesen, aber die Leidenschaft, etwas mit Stoffen zu kreieren, lag ihr im Blut und trieb sie an, neue Techniken zu erlernen und ihre Fertigkeiten zu verfeinern. Es wurde zu ihrer stillen Leidenschaft, die in einer Serie von Werken mit dem Titel »Sturmwache« mündete.

Ihre Mutter bezeichnete die Textilarbeiten abschätzig als Kunsthandwerk, aber der Besitzer eines Inneneinrichtungsladens war so begeistert, dass er sie gleich im Schaufenster präsentierte. Zum Ende des Sommers hatte er die gesamte Serie verkauft, darunter auch das Stück, das jetzt draußen bei Finn's hing.

Als der Anruf kam, dass »Nördlich von November« verkauft war und an einem öffentlich zugänglichen Ort hängen würde, war sie so aufgeregt, dass sie in das Arbeitszimmer ihrer Mutter stürmte. Camilla hatte gelächelt und ihr erklärt, sie sei kein bisschen überrascht. Es sei ein schönes Stück, Touristen liebten so etwas. Sie hatte nicht beabsichtigt, herablassend zu sein, aber die Bemerkung schmerzte Rory mehr, als sie sich anmerken ließ. Danach hatte sie immer weniger an ihrer Kunst gearbeitet. Doch der Abend mit Hux und das Gespräch über Galerien hatte die Glut ihrer Kreativität wieder entfacht. Dann verschwand Hux, und die Flamme erlosch.

Als die Mikrowelle pingte, hatte Rory keinen Appetit mehr. Sie ging ins Gästezimmer, das ihr auch als provisorisches Atelier diente. Sie hatte es seit Hux' Verschwinden nicht mehr betreten. Erst war sie zu verzweifelt gewesen, dann war es ihr unmöglich, irgendetwas anzusehen, was mit Hux zu tun hatte.

Der Raum war kleiner, als sie ihn in Erinnerung hatte, vollgestopft und stickig. In der Luft hing ein Geruch von Stoffkleber. Ein mit Katalogen für Kunstzubehör überhäufter Schreibtisch stand in einer Ecke, eine Staffelei zum Skizzieren in einer anderen. An einer Wand stapelten sich Stoffmuster auf Regalbrettern, und unter dem Fenster stand die gebrauchte

Bernina-Nähmaschine, die sie nur selten benutzt hatte. Sie nähte lieber mit der Hand. Über allem lag Staub.

Ihr Blick glitt zu dem ungerahmten Kunstwerk hinter dem Schreibtisch – eine gigantische Welle, die sich hinter einem Leuchtturm aus Granitsteinen auftürmte. Es war ihr Lieblingsstück, inspiriert von einem Foto, das sie vor langer Zeit gesehen und nie vergessen hatte. Sie hatte es »Furchtlos« genannt. Der Leuchtturm kam ihr gleichmütig und unbezwingbar vor.

Es gab noch vier weitere Arbeiten im Schrank, die zu einer neuen Serie gehörten, an der sie kurz vor Hux' Verschwinden gearbeitet hatte. Vor nicht allzu langer Zeit – war es wirklich erst fünf Monate her? – hatte sie sich vorgestellt, wie sie an der Wand einer Galerie hingen – an der Wand ihrer Galerie. Jetzt konnte sie sich gar nichts mehr vorstellen.

In zwei großen Handarbeitsrahmen schlummerten seit Monaten unfertige Stücke. Sie strich über das größere und erinnerte sich an die stundenlange Filzarbeit, die nötig gewesen war, um all die Wirbel und Wellen zu erzeugen. Sie würde die Arbeit nicht fertigstellen. Im Herbst ging die Uni wieder los, dann hatte sie keine Zeit mehr dafür. Außerdem war es sinnlos.

Wie aus dem Nichts kam ihr das Eckhaus in der Newbury Street in den Sinn. Es war so ein merkwürdiger Moment gewesen – als hätte ihr jemand auf die Schulter geklopft, und beim Umdrehen hätte eine alte Freundin hinter ihr gestanden. Es wirkte so anders als die eckigen, kalten Häuser, die sie sich im letzten Jahr angesehen hatte. Auf einmal wusste sie, dass es mit seiner langen Geschichte und dem alten Bostoner Charme genau das richtige Haus für die Galerie war. Wenn dort erst die Werke hingen, die sie sich vorstellte, würde es die perfekte Verbindung von Alt und Neu sein.

KunstStoff.

Erst war es nur ein Wispern, aber allmählich erwachte der Name wie nach einem schweren Schlaf. Zog sie das tatsächlich in Betracht? Griff sie Pläne auf, die sie vor Monaten ad acta gelegt hatte? Und was war mit Hux? War es egoistisch, so etwas in Erwägung zu ziehen, während sein Leben – und ihr gemeinsames Leben – auf dem Spiel stand? Aber sie spürte es: Die Pläne, die sie längst tot geglaubt hatte, begannen sich wieder mit Leben zu füllen.

Und auf diesem Traum steht dein Name in Großbuchstaben.

Bevor sie den Impuls kontrollieren konnte, öffnete sie die Schreibtischschublade und kramte darin herum, bis sie die Visitenkarte von Brett Gleason fand, dem Immobilienmakler, der letztes Jahr Objekte für sie gesucht hatte. Ein Versuch konnte ja nicht schaden. Höchstwahrscheinlich würde die ganze Sache ohnehin im Sande verlaufen. Es ging nur darum, ihre Neugier zu befriedigen, sagte sie sich, als sie die Nummer ins Telefon tippte.

* * *

Zwei Tage später rief Brett zurück. Rory trug gerade einen Teller mit Rührei ins Wohnzimmer, als das Telefon klingelte. Sie erstarrte wie jedes Mal. War das der Anruf? Gab es endlich etwas Neues? Sie setzte den Teller ab und suchte nach dem Telefon.

»Hallo?«, sagte sie mit klopfendem Herzen.

»Hey, ich bins, Brett.«

Beim Klang seiner Stimme beruhigte sie sich. »Ich habe nicht erwartet, so schnell von Ihnen zu hören. Konnten Sie was rausfinden?«

»Ja, laut Grundbuch gehört das Haus einer gewissen Soline Roussel. Anscheinend betrieb sie dort ein Brautmodengeschäft, das aber vor ein paar Jahren abbrannte. Danach wurde es entkernt und man begann mit der Renovierung, die wurde jedoch nicht beendet. Seitdem steht es leer. Keine einschlägigen Immobilieninserate, was bedeutet, dass sie wahrscheinlich nicht versucht, es zu verkaufen. Es ist merkwürdig, dass sie es leer stehen lässt, anstatt es zu vermieten. Das Haus wäre ein Goldesel.«

Rory ließ sich auf die Couch sinken. Was für Möglichkeiten gab es? Und wie weit wollte sie gehen?

»Rory? Sind Sie noch da?«

»Ja.«

»Ziehen Sie es wirklich in Betracht?«

»Ich weiß es nicht genau. Vielleicht.«

»Na, das ist doch toll! Ich fand die Idee von Anfang an gut. Aber nach all den Objekten, die wir uns im letzten Jahr angesehen, warum jetzt dieses Haus?«

»Ich weiß es nicht. Ich habe es gesehen und wusste es. Als hätte es auf mich gewartet.«

»Weibliche Intuition, oder was?«

»Ja, so in der Art. Würden Sie die Eigentümerin kontaktieren?«

Er schwieg eine Weile. Im Hintergrund hörte man ein Telefon klingeln. »Klar, das kann ich machen«, sagte Brett schließlich. »Aber lassen Sie mich ehrlich sein. Wir haben uns letztes Jahr mindestens zwanzig Immobilien angesehen, und keine hat Ihnen gefallen. Wenn ich diese Dame beknien soll, muss ich wissen, dass Sie wirklich bereit sind.«

Damit hatte er natürlich recht. Sie hatte alle Häuser abgelehnt, die er ihr vorgeschlagen hatte. Nicht, weil sie sich nicht eigneten oder weil sie sich nicht festlegen wollte. Keines hatte sich richtig angefühlt. Aber dieses Haus, das ihr bis gestern noch nie aufgefallen war, dieses Haus fühlte sich richtig an.

»Rory?«

»Ich bin bereit.«

Vier

SOLINE

Wir mögen uns einbilden, unsere Bestimmung aufgeben zu können. Aber sie wird uns niemals aufgeben. Sie wird um uns kämpfen, wird sich uns in den Weg werfen, bis wir es schließlich begreifen. Das ist es, was man unter »auserwählt« versteht.

Esmée Roussel, *Die Zauberschneiderin*

Boston, 29. Mai 1985

Als das Telefon um Punkt acht Uhr klingelt, schrecke ich zusammen. Ich bekomme keine Anrufe mehr, jedenfalls nicht mehr viele. Und wenn, dann nachdem ich meinen Kaffee getrunken habe. Ich lasse es klingeln, während ich heißes Wasser auf das Kaffeepulver in der Glaskanne gieße und das Sieb vorsichtig hinunterdrücke. Es gibt niemanden, mit dem ich sprechen möchte.

Das Telefon klingelt weiter. Ich hebe den Hörer ab und lasse ihn wieder auf die Gabel fallen. Sekunden später klingelt es wieder. Noch mal das gleiche Spiel. Als es ein drittes Mal zu klingeln beginnt, behalte ich den Hörer in der Hand.

»Ich kaufe nichts!«

Ich will den Hörer gerade wieder auf die Gabel knallen, als ich ein bellendes Lachen höre. Es ist ein vertrautes Geräusch – und überraschend angenehm, selbst zu dieser koffeinfreien Tageszeit. Der Anrufer ist mein Anwalt, und wohl auch mein Freund, mit dem ich seit Monaten nicht mehr gesprochen habe.

»Daniel Ballantine – bist du das?«

»Ja, ich bins. Ich will dir auch nichts verkaufen, im Gegenteil. Ich will wissen, ob du etwas verkaufen – oder um genau zu sein – etwas vermieten willst.«

»Worüber sprichst du überhaupt?«

»Gestern Abend hat mich jemand wegen deines Hauses angerufen.«

Es fühlt sich an wie ein eiskalter Windstoß im Nacken. »Jemand interessiert sich für meinen Laden?«

»Na ja, es gibt ja seit Jahren keinen Laden mehr«, sagte er nach einer höflichen Pause. »Aber ja, es interessiert sich jemand für dein Haus.«

»Wer?«

»Der Makler hat seinen Auftraggeber nicht genannt, aber da der Bursche mich gefunden hat, hat er seine Hausaufgaben gemacht. Er heißt Brett Gleason und ist von der Black Bay Land Group.«

»Es steht weder zum Verkauf noch zur Vermietung.«

Daniel macht dieses typische Geräusch, das er immer macht, wenn ich ihn frustriere, halb grunzt er, halb seufzt er. »Soline, es ist jetzt drei Jahre her – mehr als drei Jahre –, und wir wissen beide, dass eine Wiedereröffnung keine Option ist. Das Feuer hat so viel Schaden angerichtet und dann auch noch …«

Und dann auch noch …

Ich hebe meine freie Hand und starre sie an. Die glänzende rosa Haut mit wächsernen weißen Flecken, die klauenartige Krümmung der Finger. Die andere Hand ist etwas besser, aber nicht viel. Es sind Verbrennungen zweiten Grades, die ich mir zugezogen habe, als eine brennende Zigarette mein Brautgeschäft in Brand gesetzt hat. Operationen, Gipsverbände, Schienen, Physiotherapie. Noch mehr Schienen. Noch mehr Physiotherapie. Und dann waren die Ärzte sich einig, dass sie nichts mehr für mich tun konnten.

»Du meinst meine Hände?«, frage ich leise.

»Ich meine alles, Soline. Du bist alleine hergekommen und hast dich halb tot gearbeitet. Du hast dir einen Namen gemacht. Die Menschen werden den Namen Roussel und das, wofür er steht, nicht vergessen. Aber du bist jetzt im Ruhestand. Warum soll das Haus leer stehen? Wir sprechen hier von Höchstpreisen auf dem Immobilienmarkt.«

»Ich brauche kein Geld.«

»Das stimmt allerdings. Aber die Erinnerungen brauchst du auch nicht. Vielleicht ist es Zeit, dich von ihnen zu verabschieden und nach vorne zu blicken.«

»Denkst du wirklich, das wäre so einfach? Ich unterschreibe einen Vertrag, ein anderer zieht ein – und all das geht einfach weg?«

Daniel seufzt. »So habe ich das nicht gemeint. Ich weiß, was du durchgemacht hast. Und ich weiß auch, dass du Gründe hast, dich nicht von dem Haus zu trennen. Aber das müsstest du ja auch gar nicht. Nicht komplett. Auch wenn ich nicht sicher bin, ob es dir guttut, daran festzuhalten.«

Ich werfe der Kaffeekanne einen düsteren Blick zu und verfluche Daniel leise. Warum muss er ausgerechnet jetzt anrufen, wo ich mir einigermaßen erfolgreich vorgemacht habe, nichts zu merken? »Ich will jetzt nicht darüber sprechen.«

»Versprich mir einfach, darüber nachzudenken.«

Ich seufze erschöpft. »Einverstanden.«

»Einverstanden mit der Vermietung?«

»Einverstanden. Ich denke drüber nach.«

»Ich rufe dich morgen wieder an.«

»Morgen nicht«, fahre ich ihn an. »Übermorgen.«

»Gut. Übermorgen.«

Ich lege auf und gehe zur Kaffeekanne. Ich muss noch einmal von vorne anfangen. Ich entferne das Sieb und kippe die lauwarme Brühe in den Abguss. Ich weiß, dass Daniel nur mein Bestes im Sinn hat, und nicht nur, weil ich ihn dafür bezahle. Aber es gibt Teile meiner Geschichte, die selbst er nicht kennt, Teile, die ich weggeschlossen habe. Und nach so vielen Jahren, was macht das schon? Menschen wie ich – wie die Roussels – sind eine aussterbende Art, unsere Gaben von geringem Wert für eine Welt, die nicht mehr an *la magie* glaubt.

Seit Generationen ist meine Familie in ein *conte de fée* verwoben. Wobei »Märchen« vielleicht die falsche Übersetzung wäre. Märchen gehen gut aus. Eine Fabel also, die Lektionen über das Leben erteilt. Und über die Jahre haben die Roussels viele Lektionen lernen müssen.

Es gibt viele Namen für uns. Zauberinnen, weiße Hexen, Schamaninnen. In England nennt man uns *Cunning Folk* – ein Begriff, den ich immer gehasst habe. Vielleicht, weil er Vorstellungen von aalglatten Betrügern hervorruft, die darauf warten, ahnungslose Passanten um ein paar Francs zu bringen. Scharlatane mit ihrer falschen Magie und vulgären Effekthascherei, die sich kleine Vermögen mit Plattitüden ergaunern. Damit haben wir nichts zu tun. Uns ist unser Handwerk heilig, es ist eine Berufung.

In Frankreich, wo ich herkomme, sind wir *les tisserandes de sort* – Zauberinnen –, was der Wahrheit näher kommt. Wir besitzen gewisse Fähigkeiten, wir kennen uns aus mit Zaubersprüchen und Kräutern, Karten und Steinen. Wir

Roussels verrichten unser Handwerk mit Nadel und Faden. Heutzutage gibt es nicht mehr viele von uns, jedenfalls nicht mehr viele, die von diesem Handwerk leben. Aber ein paar gibt es noch, man muss nur wissen, wo man nach ihnen suchen muss. Und eine Zeit lang war ich eine von ihnen, wie meine Mutter und deren Mutter. Wir wohnten in einem der vielen Handwerkerviertel in einer der vielen verwinkelten Gassen von Paris.

Wir waren die Roussels, eine Familie von Schneiderinnen, genauer gesagt von Brautausstatterinnen, aber mit einer Besonderheit: Die Braut, die an ihrem Hochzeitstag ein Roussel-Kleid trägt, wird garantiert glücklich. Wir sind auserwählt, so heißt es zumindest. Mägde der göttlichen Mutter. Und wie alle Mägde sollten auch wir uns mit unserem einsamen Los abfinden und unser Glück im Dienst für andere suchen. Wie den heiligen katholischen Schwestern, die Tante Lilou immer die Schwarzweißlinge genannt hat, wird uns von klein auf beigebracht, dass ein glückliches Leben anderen vorbehalten ist.

Es sei ein Geschenk, beteuerte Maman immer, obwohl ich rückblickend nicht überzeugt bin, dass es den Preis wert war. Und ja, es hatte seinen Preis – wie alles, was mit Magie zu tun hat. Wir Roussels kennen den Preis genau, den man für Ungehorsam zahlt.

Un maléfice liegt auf uns. Ein Fluch, der sich von einer Generation auf die nächste überträgt. Irgendeine Unkluge von uns Roussels, deren Name längst in Vergessenheit geraten ist, hat mithilfe ihrer magischen Künste einer anderen den Mann gestohlen. Und damit hat sie gegen das erste und oberste Gebot unserer Zunft verstoßen: Schade niemandem!

Eine Legende, aber ich vermute, dass sie einen wahren Kern hat. Und wenn etwas nur oft genug wiederholt wird, nimmt es eine eigene Wahrheit an, so wie das ununterbrochene Tropfen von Wasser auf einen Stein allmählich eine Mulde formt. So wurde uns dieser Fluch eingebläut, meiner Mutter und deren Mutter und deren Mutter davor, und wir wurden vor dem unglücklichen Schicksal derer gewarnt, die vom Weg unserer Berufung abgekommen sind.

Unsere Herzen müssen verschlossen bleiben vor allen Versuchungen, die uns dazu bringen könnten, unseren wahren Lebenszweck zu vergessen: das Glück anderer zu gewährleisten. Das ist der Katechismus der Roussels. Doch das Herz sucht sich seinen eigenen Weg, und wenn wir Roussels der Liebe zum Opfer fallen, müssen wir mit den Folgen rechnen.

Manche nennen es Aberglauben. Aber ich habe die Beweise selbst gesehen oder jedenfalls von ihnen gehört. Giselle, die Mutter meiner Mutter, hat ihren Ehemann, einen gescheiterten Künstler, nach der Geburt ihrer zweiten Tochter verlassen. Tante Lilou wurde Witwe, als ihr gut aussehender englischer Ehemann gleich nach ihrer Hochzeitsreise einen tödlichen Autounfall hatte. Maman wurde von ihrem mysteriösen jungen Liebhaber verlassen, als sich herausstellte, dass sie schwanger war. Und ich natürlich. Aber das ist eine Geschichte für ein anderes Mal.

Für dieses Mal kehren wir zurück zu unserem Handwerk. Maman hat es heilig genannt, eine Berufung, die uns lange vor unserer Geburt ins Herz gemeißelt wurde. Das teilen wir mit den Nonnen, auch wenn wir kein Gelübde ablegen. Unser Name ist unser Gelübde. Unser Blut. Und unser Handwerk – ein Zauberspruch, den wir gewissenhaft in die Naht eines weißen Brautkleids einnähen. Und dafür lassen wir uns gut bezahlen.

In Paris, wo Mode und große Namen Hand in Hand gehen, waren wir ziemlich unbekannt. Es war unwahrscheinlich, dass der Name Roussel in den großen Salons fiel, wo es zum guten Ton gehörte, am Champagnerglas zu nippen und an einer *Tarte tropézienne* zu knabbern. Diese Kreise waren den Häusern Chanel, Lanvin, Patou und ihresgleichen vorbehalten. Doch in verschwiegeneren Ecken der Stadt, wo man Frauen dafür bezahlte, anderer Frauen Geheimnisse zu wahren, war Maman, Esmée Roussel, Tochter der Giselle Roussel, als *La Sorcière de la Robe* bekannt.

Als Zauberschneiderin.

Die Bezeichnung ging auf sie über, als meine *grand-mère* starb, und als Maman zum letzten Mal die Nadel weglegte, nannte man mich so. Aber ich wollte den Titel nicht. Ich hatte die Begabung meiner Mutter fürs Nähen geerbt, und meine Entwürfe übertrafen die ihren, aber wenn es um das Handwerk des Zauberwebens ging, konnte ich ihr nicht das Wasser reichen. Ich hatte keine Geduld für so etwas. Ich dachte an anderes und träumte von anderem.

Maman versuchte ihr Möglichstes, mir das auszutreiben. Sie war eine harte Lehrmeisterin. Sie tadelte mich oft, lobte mich selten. In ihren Augen war ich selbstsüchtig und undankbar, ein Wildfang. Es würde schlecht ausgehen mit mir, wenn ich meine albernen Träume nicht vergaß und mich meiner Berufung unterwarf. *»Quelle rêveuse!«*, schreckte sie mich auf, wenn meine Gedanken abschweiften und meine Nähte krumm wurden. Was für eine Träumerin! Das hatte ich natürlich verdient. Ich war eine Träumerin. So blauäugig und fantasievoll, wie jedes junge Mädchen sein sollte.

Und wie die meisten jungen Mädchen hatte ich ein Buch für meine Träume. Nicht das mit Mamans Lektionen, sondern ein anderes. Mit leeren weißen Seiten, die nur auf meine Entwürfe warteten. Kleider und Anzüge und umwerfende Abendroben in allen Farben des Regenbogens. In Ocker und Azurblau und Aubergine.

So bunt waren meine Mädchenträume. Leider bekommen wir Frauen nur selten das Leben, das wir für uns wählen würden. Stattdessen wird unser Schicksal von anderen bestimmt. Bevor wir uns versehen, haben wir die Gestalt einer Person angenommen, die wir nicht erkennen, sind wir nach dem Bild anderer gestaltet worden. Auf die Roussels trifft das ganz besonders zu.

Siebzig Jahre lang unterhielten wir einen Salon in der Rue Legendre, über dem wir in einer kleinen Wohnung lebten. Er machte nicht viel her, war eher klein, aber elegant mit grauen Fensterläden und einer auffälligen violetten Tür. Violett ist unsere Farbe, die Farbe der Magie. Wir hätten es uns durchaus leisten können, mehr herzumachen, mit einem kunstvollen Schild und einer Segeltuchmarkise, aber unsere Kundinnen legten fast ebenso viel Wert auf Diskretion wie auf die Gabe meiner Maman. Und wer hätte es ihnen verdenken können? Keine Frau – und schon gar nicht eine französische – möchte, dass es die Runde macht, dass sie Hilfe in *choses de cœur*, in Herzensangelegenheiten braucht. Und doch waren viele darauf angewiesen. Trotzdem lehnte Maman viele mögliche Kundinnen ab, nämlich all diejenigen, die in ihren Augen nicht zu ihrem Bräutigam passten.

Man schneite nicht einfach von der Straße herein und bestellte ein Brautkleid bei Maman. Eine Roussel-Braut musste drei Voraussetzungen erfüllen: Sie brauchte eine Empfehlung einer früheren Kundin, musste einen Diskretionseid ablegen und verpflichtete sich zu bedingungsloser Ehrlichkeit. Aber selbst dann gab es keine Garantie. Es war ein langer Prozess, in dessen Verlauf Fragen beantwortet und Tests bestanden werden mussten. Und dann waren da auch noch die Lesungen. All das spielte sich in Mamans kleinem Wohnzimmer hinter dem Salon ab.

Die potenzielle Kundin kam zur vereinbarten Zeit. Allein. Niemals im Schlepptau ihrer Mutter. Ein Tablett mit Erfrischungen stand schon bereit – ein Teller mit Keksen und süßer dunkler Schokolade, serviert in dünnen Porzellantassen. Die Braut ließ sich mit ihrer Erfrischung auf ihrem Stuhl nieder.

Maman lächelte ihr entwaffnendes Lächeln über den Rand der Tasse hinweg und begann zu fragen.

Wie lange kennen Sie Ihren jungen Mann schon? Wie haben Sie sich kennengelernt? Ist seine Mutter mit Ihnen einverstanden? Ist Ihre Mutter mit ihm einverstanden? Haben Sie über Kinder gesprochen? Waren Sie beide schon einmal intim? Finden Sie ihn körperlich attraktiv? Ist er Ihnen jemals untreu gewesen? Sind Sie ihm untreu gewesen?

Gelegentlich versuchte eine der jungen Frauen zu lügen, aber es nützte ihr nichts. Maman konnte eine Lüge schon riechen, bevor sie auf der Zunge lag. Und der Preis für eine Lüge hieß Abweisung.

Nach den Fragen kam der eigentliche Test. Beim nächsten Mal sollte die Braut einen persönlichen Gegenstand von sich und einen von ihrem Verlobten mitbringen: eine Haarbürste oder einen Ring, etwas, das sie täglich benutzten. Maman hielt die Gegenstände nacheinander in der Hand, bekam einen ganz weichen Blick, atmete tief und wartete auf die Bilder. Sie nannte sie Echos. Von dem, was war, und dem, was kommen würde.

Es hört sich seltsam an. Nach Hokuspokus. Es war noch seltsamer, all das durchs Schlüsselloch zu verfolgen, als ich ein kleines Mädchen war und noch nicht verstand, was ich da ausspionierte. Doch eines Tages erklärte Maman es mir. Jede Seele erzeugt ein Echo. Wie ein Fingerabdruck oder eine Signatur, die sich den Dingen um uns herum einprägt. Wer wir sind. Wo wir hingehören. Was wir in die Welt tragen sollen. Kein Echo gleicht dem anderen. Aber es ist unvollständig – es ist nur eine Hälfte eines perfekten Ganzen. Wie ein Spiegel ohne Reflexion. Und so ist jedes Echo auf der Suche nach seiner anderen Hälfte, um sich zu vervollständigen. Das ist es, wonach Maman bei ihrer Prüfung gesucht hat: ein Zeichen, dass die Echos der Liebenden zusammenpassen.

Fast zwei Drittel der Bräute, die Mamans Hilfe suchten, wurden abgewiesen. Kein Geldbetrag konnte meine Mutter dazu bewegen, ihre Meinung zu ändern. Schließlich war diese das Resultat ihres kritischen Ausleseverfahrens. Ihr Ruf stand auf dem Spiel, und sie musste vorsichtig sein. Ein Fehler konnte sie und alle anderen Roussels ruinieren.

Ich war zwölf, als sie anfing, mich ernsthaft zu unterrichten. Ein Jahr früher, als ihre Mutter dies mit ihr begonnen hatte. Als ich sie nach dem Grund fragte, sagte sie nur, wir hätten keine Zeit zu verlieren. Ich müsse bereit sein, wenn es so weit sei. Damals verstand ich das nicht. Aber ich beugte mich. Und so begannen meine Lehrstunden zu Füßen der Zauberschneiderin.

Meine Ausbildung bestand aus drei Teilen. Der erste betraf das Wahrsagen, womit sich laut Maman jede Zauberin, die etwas auf sich hält, zuerst beschäftigen sollte. Wahrsagen oder Zeichendeuten oder Lesen. Es macht keinen Unterschied, wie man es nennt. *La magie* ist etwas Geschmeidiges, sie ist so kräftig wie biegsam, sie passt sich mühelos an. Riechen. Hören. Sehen. Fühlen. Sogar der Geschmacksinn kann genutzt werden, wenn die Zauberin erfahren genug ist. Bei uns Roussels geht alles über den Tastsinn. Wir haben die Fähigkeit, die Geschichte einer Person – ihr Echo – durch unsere Fingerspitzen zu *channeln.*

Wenn es um Zauberei – und um Glück – geht, gibt es natürlich keine Patentrezepte. Gute Magie, wirkungsvolle Magie, bedeutete in unserem Fall, die Geschichte der Kundin herauszufinden, um zu erfahren, wer sie war und wie sie ihr Leben lebte, was sie antrieb. Die Wahrheit musste ans Licht kommen.

Wir arbeiteten jeden Tag nach Ladenschluss mit Gegenständen, die Maman gefunden oder auf einem Trödelmarkt ergattert hatte. Sie lehrte mich, innerlich still zu werden, meinen Blick sanft werden zu lassen und meinen Atem zu verlangsamen, bis alles von mir abfiel und Bilder an die

Oberfläche stiegen. Liebschaften, Verluste, Babys, Hochzeiten, Unfälle, Krankheiten zogen vor meinen geschlossenen Augen vorbei wie Seiten eines Albums, durch das der Wind fährt. Danach prüfte Maman, ob meine »Lesungen« mit ihren übereinstimmten.

Am Anfang war ich erschrocken, ja, überwältigt von den auftauchenden Dingen. Ich war jung, es war mir unangenehm, in die intimen Details des Lebens Fremder eingeweiht zu werden, als würde ich durch ihre Jalousien spähen oder in ihren Tagebüchern herumschnüffeln. Maman rollte nur mit den Augen. »Die Echos lügen nicht«, sagte sie dann. »Sie sind die Erinnerungen eines Menschen, bereinigt von Fantasie und Selbsttäuschung, die rohe und ungeschminkte Wahrheit, und diese Wahrheit ist die Grundlage für alles andere.«

Mit *alles andere* meinte sie den Zauber.

Für jede Roussel-Braut muss ein eigener Zauberspruch geschaffen werden, dessen Worte sorgfältig ausgewählt und zu einem Vers verdichtet werden, der Hindernisse beiseite räumen und für einen glücklichen Ausgang sorgen soll. Das Schreiben dieses Bindungszaubers gilt als heilige Arbeit und muss voller Ehrfurcht ausgeübt werden. Niemals in Eile und niemals in der Absicht, den Willen eines anderen zu beugen. Beide Liebenden müssen sich bereitwillig auf den Bund einlassen und volles Vertrauen in die bindende Kraft des Zaubers haben. Vertrauen ist der Grundstein aller Magie. Ohne ihn ist selbst der mächtigste Zauber nutzlos.

Wenn der Zauberspruch vollendet ist, wird er diskret in das Brautkleid gestickt, und zwar in die Naht, die dem Herzen der Braut am nächsten ist. Die Worte werden mit weißem Seidenfaden eingestickt, sodass die Stiche für das bloße Auge fast unsichtbar sind, als Schutz gegen Nachahmung und Missbrauch. Bindungszauber rufen magische Mächte herbei und richten in unachtsamen Händen Schaden an, der nur schwer oder gar nicht rückgängig zu machen ist. Aber in geschickten Händen gewährleisten sie Schutz und Glück. Am Hochzeitstag, wenn die Liebenden ihre Gelübde austauschen, wird ihre Vereinigung *envoûtée* – verzaubert.

Dieser Teil der Ausbildung fiel mir schwer. Ich war ungeduldig, wodurch ich ungeschickt wurde, vielleicht auch, weil ich die Arbeit quälend langweilig fand. Ich sehnte mich danach, Kleider zu machen, schöne, schimmernde Kleider wie die, die in *La Joie des Modes* abgebildet waren. Aber Maman erlaubte mir nicht, mehr zu tun als einen Saum zu nähen oder ein Muster nachzuzeichnen, bis ich die Zauberkunst beherrschte.

Ich fand Maman furchtbar unfair. Mit fünfzehn konnte ich schon so gut mit der Nadel umgehen wie sie, vielleicht sogar besser, und ich hatte ein Skizzenbuch voller Ideen, die ich unbedingt verwirklichen wollte. Voluminöse Prinzessinnenröcke, schmale Taillierungen, perlenbesetzte Mieder und breite Satinschleifen mit Schärpen, die bis auf den Boden fielen. Es waren Kleider, die die weibliche Form zelebrierten und die Blicke auf Schultern, Rücken und Dekolleté zogen.

Maman verabscheute meine Entwürfe und erklärte, sie seien übertrieben und vulgär, nur für die Bühne geeignet. Ihre Meinung verletzte mich mehr, als ich mir anmerken ließ, aber eines Tages, nach einer weiteren harschen Kritik, teilte ich ihr mit, dass ihre formlosen Kleider *très démodées* – langweilig und veraltet – seien. Keine Frau, fuhr ich sie an, nicht einmal eine, die auf unsere Hilfe angewiesen sei, wolle in einem Kleid zum Altar schreiten, das aussah, als wäre es aus dem besten Tischtuch ihrer Mutter genäht worden, und schon gar nicht zu den Preisen, die wir verlangten.

Maman antwortete, wie ich es von ihr erwartet hatte. Sie wies mich darauf hin, dass unsere Kundinnen nicht für die Mode, sondern für ihren Seelenfrieden bezahlten. Dennoch missfiel mir der Gedanke, dass eine Roussel-Braut zwischen

Mode und Magie wählen musste. Ich sah keinen Grund, warum sie nicht beides haben konnte. Wenn Maman mir nur erlaubt hätte, ein paar meiner Skizzen umzusetzen und die Kleider im Salon auszustellen, hätte sie gesehen, dass ich recht hatte. Aber Maman ließ sich nicht überreden. Und so begann ich heimlich zu nähen, arbeitete jede Nacht, nachdem ihr Licht ausgegangen war, und träumte von dem Tag, an dem Frauen in Kleidern zum Altar schreiten würden, die meinen Namen auf dem Etikett trugen.

Jetzt, so viele Jahre später und durch den Atlantik von dem Ort getrennt, an dem alles begann, schmerzen die Erinnerungen immer noch. Aber es war die Arbeit, die mir geholfen hat, mich nach Paris und all dem, was danach kam, wieder zu fangen. Daniel hat recht. Trotz allem habe ich es geschafft, mir einen Namen zu machen und das Erbe der Roussels auf eine Art und Weise weiterzuführen, von der ich hoffte, dass sie Maman stolz gemacht hätte. Mit meinem Laden habe ich mich selbst gefunden. Ihn zu verkaufen, egal wie lange er leer steht, hieße, all das loszulassen – mich selbst loszulassen. Ich weiß nicht, ob ich dazu bereit bin.

Fünf

SOLINE

Es muss immer einen freien Willen geben. Es steht uns nicht zu, anderen unsere Überzeugungen aufzuzwingen oder zu versuchen, jemanden von unserem Glauben zu überzeugen. Wir suchen nicht nach denen, die unsere Hilfe brauchen. Vielmehr müssen sie nach uns suchen und uns um unsere Hilfe bitten.

Esmée Roussel, *Die Zauberschneiderin*

Boston, 31. Mai 1985

Diesmal wartet Daniel bis nach dem Frühstück mit seinem Anruf. Ich erwäge, es klingeln zu lassen, weiß aber, dass es sinnlos ist. Er würde nur mit einer Schachtel meiner Lieblingspralinen vor der Tür stehen. Nach so vielen Jahren weiß er, wie er mit mir umgehen muss.

Ich nehme mir die Zeit, meine Kaffeetasse nachzufüllen, während das Telefon weiter klingelt. Sieben Mal. Acht Mal. Neun Mal. Ich weiß immer noch nicht, was ich sagen soll. Seit seinem ersten Anruf habe ich mir nicht erlaubt, darüber nachzudenken. Aber jetzt muss ich es tun, denn er weiß, dass ich hier bin. Wo sollte ich sonst sein? Und er wird nicht aufgeben.

»Du bist eine schreckliche Nervensäge«, knurre ich ihn an.

»Was, wenn ich gar nicht dran gewesen wäre?« Er klingt zugleich amüsiert und leicht verärgert, weil ich erst so spät ans Telefon gegangen bin.

»Wer sollte mich denn sonst anrufen?«

»Wahr, so wahr. Hast du dir überlegt, was du machen willst?«

Ich trinke einen Schluck Kaffee. Er ist wunderbar heiß und stark. Was ich machen will? Die Uhr zurückdrehen und in einer Zeit leben, in der ich noch Träume hatte. In der mein Herz noch nicht erfroren war. »Nein«, sage ich ausdruckslos. »Ich habe keine Zeit gehabt.«

»Ich weiß jetzt schon etwas mehr als vorgestern. Der Makler hat mich noch einmal angerufen. Seine Klientin sucht nach einem Haus, in dem sie eine Galerie eröffnen kann. Sie möchte etwas mieten, und das heißt, dass du dich nicht von dem Haus trennen müsstest. Du würdest es einfach mit jemandem … teilen. Für den guten Zweck.«

»Die ganze Stadt ist voller Möglichkeiten. Warum will sie ausgerechnet mein Haus haben?«, frage ich seufzend.

»Das kann ich dir auch nicht sagen. In der Galerie sollen aufstrebende Künstlerinnen und Künstler gezeigt werden. Sie hat sogar schon einen Namen: KunstStoff.«

Ich lasse mir das durch den Kopf gehen. Verblüffend. Natürlich ist es eine Frau. »Du hättest ihm sagen sollen, dass es weder zur Miete noch zum Verkauf steht, als er das erste Mal angerufen hat«, schnauze ich ihn an. Ich ärgere mich, dass das Leben mich in die Vergangenheit zurückwirft, obwohl ich doch nur in Ruhe gelassen werden will.

»Ich bin nicht dein Wachhund«, sagt Daniel mit dieser Stimme, die er für meine schlechte Laune reserviert hat. »Ich bin dein Anwalt. Mein Job ist es, dir mit Rat und Tat zur Seite zu stehen, wenn eine ernst zu nehmende Option zur Debatte steht. Und diese Option ist ernst zu nehmen. Die Interessenten wissen, dass es gebrannt hat und dass die Renovierung nicht abgeschlossen ist. Gleason sagt, dass es der Mietinteressentin egal ist. Anscheinend haben sie fast ein Jahr lang nach der richtigen Location gesucht, aber nichts hat den Vorstellungen der Klientin entsprochen. Schließlich hat sie die Idee verworfen. Und als sie dein Haus entdeckt hat, wusste sie sofort, dass es *das Haus* war. Ihre Worte. Sie habe gespürt, dass es auf sie gewartet habe.«

Auf sie gewartet …

Die Worte vibrieren klingend in meiner Brust wie der Ton einer angeschlagenen Stimmgabel. »Sie glaubt, das Haus – mein Haus – habe auf sie gewartet?«

»So hat er es mir weitererzählt. Du weißt ja, wie diese Kunstleute sind.«

»Zu denen zähle ich mich auch«, sage ich trocken.

»Natürlich. Vielleicht seid ihr ja Seelenverwandte. Soll ich ein Treffen vereinbaren?«

»Davon habe ich nichts gesagt.«

»Ich weiß. Aber vielleicht hat sie ja recht. Vielleicht hat das Haus auf sie gewartet. Und du auch. Es geht ja nur um einen Mietvertrag. Und du wüsstest, dass sie etwas Wesentliches damit vorhat. Dass es um Kunst geht.«

»Hör auf, mich zu beschwatzen, Daniel. Ich bin doch kein Kind.«

Immerhin schweigt er tatsächlich. In Wahrheit bin ich manchmal schon ziemlich kindisch. Eigensinnig und stur. Und schwierig, ja. Ich nehme an, das kommt von einem Leben, das einem alle Wünsche verweigert hat. Aber jetzt will jemand anderes etwas. Und sie hat einen Traum. Sie glaubt an Kunst und Kunstschaffende. Will ich da die Spielverderberin sein?

»Soline?«, fragt Daniel schließlich.

»Mach einen Termin aus.«

Er schweigt verblüfft. »Für wann?«

»Wann immer es dir passt. Ich werde nicht teilnehmen.«

»Was? Du willst diese geheimnisvolle Unbekannte nicht kennenlernen?«

»Nein.« Meine Antwort kommt so schnell, dass es selbst mich überrascht. Ich habe mir nie viel aus Geschäftsangelegenheiten gemacht. Deshalb habe ich ja einen Anwalt. Daniel kann die Vertragsverhandlungen führen und zum Abschluss bringen, falls es dazu kommt. Die Papiere kann er mir per Kurier schicken. So viel ertrage ich. Was ich nicht ertrage, ist, lächelnd dazusitzen und so tun, als ob ich mich nicht mehr erinnerte, wie mein Leben Naht um Naht aufgetrennt wurde. Denn das tue ich.

Ich erinnere mich an den Tag, an dem ich erfuhr, dass die Nazis einmarschieren würden. Ich weiß noch, wo ich war und was ich anhatte. Ich weiß noch, was Maman trug und was sie sagte. Und dass ich das alles nicht wahrhaben wollte. Es war unmöglich. Aber Maman wusste es besser und hatte im Stillen begonnen zu horten, was wir brauchen würden – was ich brauchen würde. Und an meinem sechzehnten Geburtstag beschloss sie, dass es an der Zeit war, mich auf das Kommende vorzubereiten.

Sechs
SOLINE

Ein Kruzifix um den Hals und ein Amulett in der Tasche schrecken vielleicht Hexenjäger ab, aber gegen die Nazis vermögen sie nichts auszurichten.

Esmée Roussel, *Die Zauberschneiderin*

Paris, 17. September 1939

Es ist kurz vor Feierabend. Ich bin dabei, das Atelier aufzuräumen, und beschwere mich gerade über die Stoffballen, die sich in den Ecken stapeln, als Mamans Nähmaschine verstummt.

»Es wird eine Zeit kommen«, sagt sie ernst, »in der wir mehr brauchen werden als Mehl und Zucker, um zu überleben.«

Meine Mutter hatte nie einen Hang zum Drama. Sie ist eine Frau, die ihr Leben kühl und vorsichtig lebt, ohne vom Weg abzukommen. Theater zu machen, liegt ihr nicht. Daher bestürzt mich diese düstere Vorhersage aus heiterem Himmel.

Ich sehe sie wachsam an. »Wer hat etwas von Mehl gesagt?«

Sie schaltet das Radio aus und faltet die Hände im Schoß. »Es ist Zeit für mich, dir ein paar Dinge mitzuteilen, Soline, und ich möchte, dass du mir gut zuhörst.«

Das reicht schon, damit ich mich wappne. Maman verliert nie viele Worte, es sei denn, sie hat einen schiefen Saum oder ein unsauberes Schnittmuster zu bemängeln. Aber der Krieg ändert alles. Mein Magen zieht sich zusammen, als ich in ihre Augen blicke, dunkel wie meine eigenen, mit einem schwarzen Wimpernkranz, in dem plötzlich und unerklärlich Tränen schimmern.

Sie deutet auf den leeren Stuhl neben ihrem Arbeitstisch. »Komm, setz dich zu mir.«

»Was ist mit dir?«

»Uns stehen Veränderungen bevor«, beginnt sie. »Dunkle Zeiten, die uns alle auf die Probe stellen werden. Die Zeichen stehen auf Sturm.« Sie umfasst das goldene Kruzifix, das sie seit einiger Zeit trägt. Wie der Rosenkranz aus purpurroten Granaten, den sie abwesend durch die Finger gleiten lässt, wenn sie zufällig die Hände frei hat.

Maman hat einen Rosenkranz. Und sie trägt ein Kreuz um den Hals. Es ist nicht ungewöhnlich für unsere Leute, eine Mischung aus Katholizismus und *la magie des esprits* zu praktizieren. Sie geht weder zur Messe noch zur Beichte, aber sie geht ab und zu in die Kirche, um eine Kerze anzuzünden – um uns vor Unglück zu schützen.

Vielleicht hat es mit den Anfängen der Kirche zu tun, als unsere Festtage in den christlichen Kalender übernommen wurden, um Frauen wie uns in den Pferch des einzig wahren Glaubens zu treiben. Oder es ist ein Überbleibsel aus dunkleren Zeiten, als alles andere, als katholisch zu sein, dazu führen konnte, dass man an den Pranger gestellt und auf dem Scheiterhaufen verbrannt wurde. Was auch immer der Grund sein mag, viele von uns balancieren auf dem schmalen Grat zwischen Heiligen und Geistern. Vor allem die Frauen.

Das weibliche Geschlecht war den Herrschenden schon immer suspekt, denn wir sehen Dinge, wissen Dinge. Und jetzt weiß Maman etwas. Und so sitze ich still und warte.

»Wieder die Deutschen«, sagt sie mit rauer Stimme. »Angeführt von einem Wahnsinnigen mit einer schwarzen Seele. Er wird alles unterwerfen. Und was er nicht unterwerfen kann, wird er zerstören.« Sie hält inne und legt eine Hand auf meinen Arm. »Mach dich auf alles gefasst, So-So.«

Sie berührt mich selten. Und sie nennt mich nie »So-So«. Tante Lilou hat mich manchmal so gerufen, und das hat sie jedes Mal auf die Palme gebracht. Ihr plötzlicher Anflug von Zärtlichkeit ist mir unheimlich.

»Woher weißt du das?«

»Ich habe es schon einmal erlebt. Und es ist noch gar nicht so lange her.« Sie kneift die Augen zusammen, als wolle sie die Bilder verscheuchen. »Dieser Krieg wird unvorstellbar barbarisch.« Sie hebt den Kopf und richtet den Blick auf mich. »Du wirst stark sein müssen, *ma fille*. Und sehr vorsichtig.«

Sie sieht plötzlich blass aus, ihre dunklen Augen sind hart wie Perlen, und sie zwingt mich, ihrem Blick zu begegnen. Wie konnten mir die harten Linien ihrer Gesichtszüge entgehen, das Schmalwerden ihres einst vollen Mundes? Sie hat Angst, und ich habe sie noch nie ängstlich gesehen.

Es gibt etwas, das sie nicht sagt, etwas, das sie mehr ängstigt als die Aussicht auf Krieg. Plötzlich habe ich auch Angst. »Wann, Maman?«

»In einem Jahr, vielleicht noch später. Aber ich habe vorgesorgt und Vorräte angelegt. Es wird immer schwerer werden, Dinge zu bekommen. Essen. Kleidung. Sogar Schuhe. Geld wird keine Rolle spielen, denn es wird nichts zu kaufen geben und niemanden, von dem man es kaufen kann. Deshalb ist das

Atelier so vollgestopft. Und die Vorratskammer ebenso. Damit du hast, was du brauchst, wenn die Zeit kommt. Dinge, die du eintauschen kannst.« Ihre Hand wandert wieder zum Kreuz. »Ich habe Angst um dich.«

Die Worte hängen in der Luft. Es ist ganz still. »Nur um mich?«

Sie sieht mich ruhig an und gewährt mir zum ersten Mal überhaupt einen Einblick in ihre ungeschützten Gefühle. Furcht. Kummer. Und eine stumme Entschuldigung. Plötzlich verstehe ich, was sie nicht sagt und was ich bis jetzt vor mir selbst verborgen habe. Die hohlen Wangen und die verschatteten Augen, das Husten, das ich nachts manchmal höre. Maman ist krank. Bald wird sie nicht mehr da sein.

Sieben

SOLINE

Seit mehr als zweihundert Jahren gibt es eine Zauberschneiderin, Hüterin unseres Geheimnisses und Lehrmeisterin unseres Handwerks. Unsere Gabe wird zwar gelehrt, im Grunde ist sie aber erblich, der Titel wird von einer Generation an die nächste weitergegeben. Wenn die Mutter ihre Nadel niederlegt, nimmt die Tochter sie wieder auf.

Esmée Roussel, *Die Zauberschneiderin*

Paris, 17. Januar 1940

Vorerst scheint nichts zu geschehen. Die Tische in den Straßencafés sind weiterhin voll, in den Kaffeehäusern nippen Künstler und Philosophen stundenlang an ihren Kaffeetassen. Die Köche kochen, der Wein fließt, die Kinos ziehen Unmengen von Zuschauern an, und die Pariserinnen beschäftigen sich mit Mode. Und was noch wichtiger ist – zumindest für uns Roussels –, die jungen Liebenden heiraten erst recht.

Maman sagt, Hitlers Truppen suchen Europa wie eine Heuschreckenplage heim. Die Vorstellung, dass deutsche Soldaten auf unseren Straßen marschieren könnten, macht uns alle nervös, und die Bräute wollen unbedingt vor den Traualtar treten, bevor das Schlimmste eintritt.

Jeden Tag hören wir neue Berichte über Gräueltaten. Eine Frau, die mit ihren alten Eltern aus Berlin geflohen ist, erzählte Maman, dass sie miterlebt hat, wie Dutzende von Juden aus ihrer Nachbarschaft zusammengetrieben wurden, um in Lager abtransportiert zu werden. Im November wurden Synagogen angezündet und viele jüdische Geschäfte zerstört, viele Menschen wurden zu Tode geprügelt. Die Straßen in den jüdischen Vierteln waren mit Glasscherben übersät.

Und heute Morgen hören wir von Müttern, die ihre Kinder in Züge setzen und sie Fremden anvertrauen, um sie vor dem zu retten, was kommt. Maman schluchzt schon seit Stunden. Ihr Zustand verschlechtert sich rapide, sie ist jetzt so dünn, dass sich die Wangenknochen deutlich unter der Haut abzeichnen, und ihr Husten wird jeden Tag schlimmer. Sie weigert sich, einen Arzt aufzusuchen, und versichert mir mit alarmierender Ruhe, dass es nichts ändern würde. Es gibt keine Verstellung mehr zwischen uns. Sie stirbt, und ich kann nur zusehen.

»Wie lange noch?«, frage ich, als sie das Radio ausschaltet und sich in die Kissen sinken lässt. »Bis sie in Paris einmarschieren, meine ich.«

Sie wendet den Kopf ab und hustet in ein Taschentuch. Ein bellendes Rasseln, das sie vollkommen erschöpft. »Sie kommen jeden Tag näher. Sie werden nicht ablassen, bevor alle unterworfen sind.«

Das sagen sie auch auf *Radio Londres.* »Sie haben doch schon halb Europa eingenommen. Wozu brauchen sie Paris?«

»Sie wollen ganz Europa *säubern.* Viele werden sterben. Und die anderen werden alles verlieren.«

Ich nicke, denn es gibt keinen Zweifel mehr, dass sie recht hat. Jeder Tag bringt neue Schreckensnachrichten. Razzien und Verhaftungen. Züge, die quer durch Europa fahren, beladen mit Gefangenen, die nach Dachau, Buchenwald oder Ravensbrück gebracht werden. Kommunisten. Juden. Roma.

»Ist denn niemand vor ihnen sicher?«

»Doch, diejenigen, die wegsehen und sich ruhig verhalten, oder diejenigen, die mitmachen, aber nur die. Einige werden profitieren. Die anderen werden niedergemäht, alle, die sich ihnen in den Weg stellen. Und ich werde nicht mehr da sein. Es wird niemanden geben, der dich beschützt.«

Ich möchte ihr sagen, dass sie sich irrt, dass sie wieder gesund wird und alles gut wird, aber wir wissen es beide besser. Und so schweige ich.

»Ich habe einen Brief von Lilou bekommen«, sagt sie unvermittelt.

Die Nachricht macht mich sprachlos. Maman hat ihrer Schwester nie verziehen, dass sie sich in diesen Engländer verliebt hat und mit ihm durchgebrannt ist. Er war wohlhabend und schnittig, hatte eine Wohnung in London und ein Haus auf dem Land, wo er Pferde und Schafe züchtete. Ich fand das alles furchtbar romantisch. Maman ging es anders, und sie zeigte wenig Mitgefühl, als ein Brief mit der Mitteilung eintraf, dass Lilous Mann gestorben war. Maman zerriss den Brief, warf ihn ins Feuer und murmelte, dass das alles unvermeidlich gewesen sei. Deswegen geschehe es Lilou recht. Sie hätte uns ja nicht verlassen müssen. Das war ein Jahrzehnt her.

»Ich wusste nicht, dass ihr euch Briefe schreibt.«

»Der Krieg ändert alles«, antwortet Maman unwirsch. »Und ich musste ihr … Dinge mitteilen.«

»Du hast ihr mitgeteilt, dass du krank bist?«

»Sie schreibt, du sollst zu ihr kommen.«

Ich starre sie an. »Nach London?«

»Noch ist es möglich. Aber nicht mehr lange.« Sie überrascht mich, indem sie nach meiner Hand greift. Ihre Knöchel sind weiß, als sich ihre Finger um meine schließen. »Ich will, dass du hinfährst, Soline. Ich will dich in Sicherheit wissen. In Paris ist niemand mehr sicher. Du musst abreisen. Morgen.«

»Ohne dich?«

Ihre Augenlider flattern. »*Oui, ma fille*. Ohne mich.«

»Aber wie …«

Sie unterbricht mich. »Du kannst nicht hierbleiben, Soline. Ich war eine Närrin, zu glauben, eine Speisekammer voller Kaffee und Zucker wäre Schutz genug. Es gibt keinen Schutz, wenn sie beschließen, dich zu holen.«

In ihren Augen steht die blanke Panik. Mir sträuben sich die Nackenhaare. Ich frage mich, was sie weiß. »Welchen Grund könnten sie haben, mich zu holen, Maman?«

Ihre Augen glitzern vor Fieber und Angst. »Verstehst du nicht? Sie brauchen keinen Grund! Aber sie werden einen finden. Menschen finden immer eine Rechtfertigung für ihren Hass. Sie legen anderen Worte in den Mund, schleusen sie ein wie Viren und sehen dann zu, wie sie sich verbreiten. Menschen hier in Paris – Menschen, die wir kennen – infizieren sich. Und wenn sich das Virus ausbreitet, verraten sie jeden, um ihre eigene Haut zu retten. Bitte, ich flehe dich an, geh zu Lilou.«

»Wie könnte ich?« Es klingt schärfer als beabsichtigt. Aber sie verlangt Unmögliches von mir. Wir waren uns nie nah – nicht so, wie es die meisten Mütter und Töchter sind –, aber sie ist meine Mutter. Ich kann sie nicht einfach im Stich lassen. »Du bist so schwach, dass du kaum die Treppe runterkommst. Du kannst nicht mehr für dich selbst sorgen. Wenn ich aus Paris fliehe, gibt es niemanden, der sich um dich kümmern würde.«

»Das spielt keine Rolle, Soline. Es geht nicht anders.«

»Was ist mit der Arbeit? Wer soll die Arbeit machen?«

Sie stößt einen Seufzer aus. »Es gibt keine Arbeit mehr. Es gibt keine Bräute, weil es keine Bräutigame gibt. Die Männer sind weg. Alle!«

Ich habe Geschichten über den letzten Krieg gehört, darüber, dass es viel zu wenig heiratsfähige Männer gab, weil sie eingezogen worden waren und nie mehr zurückkamen. Ich hätte nicht gedacht, dass sich das wiederholt. Aber sie hat natürlich recht. Wir haben jetzt schon weniger zu tun. Trotzdem kann ich es nicht.

»Ich lasse dich nicht allein zurück.«

»Wie naiv du bist!« Sie umfasst mein Handgelenk mit blitzenden Augen. »Glaubst du, es macht einen Unterschied, ob du hier bist, wenn meine Zeit gekommen ist? Dass du irgendwie verhindern kannst, was mit mir geschieht? Dagegen gibt es keinen Zauber. Oder gegen das, was auf uns zukommt. Es gibt hier nichts mehr für dich zu tun.«

Ich wende mich ab, ihre Schroffheit verletzt mich. Unsere Beziehung war immer schwierig. Kühle Waffenstillstände und knisterndes Schweigen. Eine unterschwellige Missbilligung. Mein Anblick erinnert sie an vergangene Fehler.

Ich muss ja einen Vater gehabt haben, einen Mann, dem es zumindest ein Mal gelungen war, Esmée Roussel in sein Bett zu locken. Ich weiß nicht, wie er hieß. Ich weiß nur, dass er in Paris zur Musikhochschule ging und dass er sie verließ, ohne sie zu heiraten. Maman hat nie von ihm gesprochen, und Lilou war trotz meiner Neugierde erstaunlich verschwiegen. Er ist ein Schatten geblieben, ein namenloser Fehltritt, für den sie mit einem kleinen Mädchen büßen musste.

Lilou hat mir einmal erzählt, Maman sei eines der schönsten Mädchen in Paris gewesen, und das habe vielleicht damit zu tun, dass wir Roussels zum Teil Roma seien. Von daher stammten auch unsere magischen Kräfte. Maman, so sagte Lilou, habe mehr als ihren Anteil an beidem bekommen. Vielleicht ist es wahr. Vielleicht war Maman einst schön, aber die Bitterkeit hat sie hart werden lassen, und ich habe mir geschworen, dass mir das nie passieren würde. Und doch sehe ich es manchmal, wenn ich vor dem Spiegel stehe – das Ich, das ich werden könnte, wenn ich nicht achtgebe: kalt und spröde und so unendlich einsam. Manchmal blickt Lilou mir aus dem Spiegel entgegen und fragt mich, was ich aus meinem Leben machen will.

Lilou schnitt sich die Haare ab, trug Lippenstift und nannte mich *ma princesse*. Sie hat auf ihr Herz gehört, ihren Engländer geheiratet und Paris verlassen. Sie unterschied sich von Maman auf jede nur erdenkliche Art und Weise, und ich habe sie angebetet. Sie machte sich nichts aus Regeln und glaubte weder an Reue noch an Sünde. Sie bestand darauf, dass die Sünde erfunden wurde, damit Frauen sich für alles schuldig fühlten. Wie habe ich mich danach gesehnt, wie Lilou zu sein! Als junges Mädchen wollte ich das Leben herausfordern, meinen eigenen Träumen folgen und meinen eigenen Wünschen hinterherjagen. Aber zunächst brauchte mich Maman.

ACHT
RORY

Boston, 16. Juni 1985

Rory hielt den Atem an, als sie ins halbdunkle Innere des Hauses trat. Der Strom sollte erst am nächsten Tag wieder angestellt werden, aber seit gestern Abend um sechs Uhr war sie die offizielle Mieterin mit allem Drum und Dran.

Sie konnte nicht lange bleiben, weil sie um elf bei ihrer Mutter zum Brunch sein musste. Aber die neu angefertigten Schlüssel, die Daniel Ballantine ihr am Vorabend übergeben hatte, hätten ein Loch in ihre Tasche gebrannt, wenn sie nicht hergekommen wäre. Sie wollte die Atmosphäre auf sich wirken lassen und den Moment genießen.

Durch das schmutzige Eingangsfenster drang trübes Licht und erzeugte eine verschwommene Unterwasseratmosphäre. Rorys Augen gewöhnten sich allmählich an das Schummerlicht, während sie durchs Erdgeschoss schlenderte. In seinem jetzigen Zustand konnte man das Haus kaum als glamourös bezeichnen. Dabei hatte es einst einen der exklusivsten Brautsalons in Boston beherbergt, geführt von einer Pariser Schneiderin, die für ihren exquisiten Geschmack und ihre avantgardistischen Entwürfe bekannt war.

Hätte sie Zweifel an ihrer intuitiven Wahl gehegt, was nicht der Fall gewesen war, hätte die Geschichte ausgereicht, um sie zum Handeln zu bewegen. Schließlich war dies ein Ort gewesen, an dem mit Taft, Organza und Seide umwerfende Kleider geschaffen worden waren. Es kam ihr wie ein Zeichen vor, so, als hätte das Schicksal tatsächlich eine Welle mit ihrem Namen darauf geschickt. Vielleicht hatte Soline Roussel das Gebäude nach dem Brand nicht verkauft, weil es für Rory bestimmt war – für ihre Galerie.

Die Dinge hatten sich schnell entwickelt, nachdem die Entscheidung gefallen war. Nach mehreren Telefonaten und einer sehr kurzen Besichtigung hatte sie ein Angebot gemacht, das eine weitere Telefonrunde erforderte, bevor es akzeptiert wurde. Sie hatte nervös darauf gewartet, dass die Papiere aufgesetzt wurden, weil sie befürchtete, ihre mysteriöse neue Vermieterin könnte es sich anders überlegen und doch noch aussteigen. Zum Glück war alles wie geplant verlaufen – oder fast alles. Sie hatte gehofft, bei der Unterzeichnung endlich die geheimnisvolle Ms Roussel kennenzulernen, aber wie üblich hatte ihr Anwalt in ihrem Namen gehandelt.

Rory hatte Daniel Ballantine um Ms Roussels Telefonnummer und Adresse gebeten, um sich bei ihr zu bedanken. Aber er hatte ihr erklärt, dass seine Klientin zurückgezogen lebte und alle geschäftlichen Angelegenheiten ihm überließ. Alle Fragen sollten über sein Büro gehen.

Rory nahm nicht an, dass es viele Fragen geben würde. Sie war bereit, mit den Renovierungsarbeiten zu beginnen. Der Brandschaden beschränkte sich größtenteils auf die Wohnung im dritten Stock, wo das Feuer ausgebrochen war, doch auch im Erdgeschoss hatten Rauch und Wasser ihre Spuren hinterlassen. Das Dach und die Dachgauben sowie die Fenster in den oberen

Stockwerken waren bald nach dem Brand ersetzt worden, aber nach dem Beginn der Entkernung waren die Arbeiten zum Stillstand gekommen, sodass das Haus einem Rohbau mit herumliegenden Werkzeugen, Müll und leeren Farbeimern glich.

Der Bauunternehmer, den sie mit den Renovierungsarbeiten beauftragt hatte – ein Freund von Brett –, ging davon aus, dass die Arbeiten im Erdgeschoss in rund drei Monaten abgeschlossen wären. Dann würde sie ein paar Wochen brauchen, um das Haus einzurichten und die erste Ausstellung zu entwickeln und zu hängen. Wenn alles gut lief, war eine Eröffnung im Oktober machbar. Spätestens im November.

Ein Anflug von Vorfreude durchströmte sie, als sie sich das fertige Gebäude vorstellte. Glänzende schwarze Böden, dezente Beleuchtung und zartgraue Wände, an denen schön gerahmte Kunstwerke hingen. Schwarz lackierte Sockelleisten. Acrylglas-Vitrinen. Gut platzierte Bänke zum Verweilen und für Gespräche. Und später sollte es im Obergeschoss Räume zum Lesen, für Vorträge und vielleicht sogar ab und zu für einen Workshop geben.

Sie beäugte die Treppe mit den schwarzen Marmorstufen und den Kunstschmiedearbeiten im Art-déco-Stil. Auch die Treppe musste aufgearbeitet werden, glücklicherweise hatte man sie nicht herausgerissen. Sie fuhr über den kühlen schwarzen Marmor und die fast sinnliche Rundung des eisernen Handlaufs und stellte sich eine dramatische Beleuchtung von schräg oben vor, durch die sich die Treppe an der Wand spiegelte – ganz wie in einem Film noir.

Einen Moment lang spielte sie mit dem Gedanken, den ersten Stock zu erkunden, aber dafür blieb keine Zeit. Nicht, dass sie es eilig gehabt hätte, ihrer Mutter zu sagen, dass sie im Herbst nicht mehr zur Uni gehen würde. Sie hatte das Gespräch absichtlich hinausgezögert, bis der Mietvertrag unterschrieben war. Aber jetzt musste sie sich der Situation stellen.

Vielleicht würde sie nach dem Brunch zurückkommen, ein paar Fenster putzen und den Müll wegräumen, bevor die Handwerker auftauchten. Ihre Hand lag noch auf dem Treppengeländer, als sie etwas spürte – oder zu spüren glaubte. Ein kaum merkliches Vibrieren, das ihr durch die Finger den Arm hinauflief, wie das Summen einer Stimmgabel. Noch seltsamer waren die Quecksilberblitze, ein Wetterleuchten hinter ihren geschlossenen Augenlidern.

Sie zog die Hand zurück und rieb sich den nackten Arm. Ein Schock? Aber wodurch? Der Strom war seit Jahren abgeschaltet. Wider besseres Wissen tippte sie mit flach gehaltenen Fingern schnell auf das Geländer, als wollte sie die Temperatur eines Bügeleisens oder einer Herdplatte testen. Nichts.

Hatte sie sich das nur eingebildet? Sie war sicher, dass der Bauunternehmer bei seiner Begehung die Verkabelung überprüft hatte und auf keinerlei Probleme gestoßen war. Sie würde ihn bitten müssen, sich das noch einmal anzusehen. Das Letzte, was sie gebrauchen konnte, war ein Schmorbrand oder, schlimmer noch, dass jemand bei der Vernissage einen tödlichen Stromschlag erlitt.

Vernissage.

Allein bei dem Gedanken flatterten Schmetterlinge in ihrem Bauch. Weil sie dabei an Hux und seinen Glauben an ihre Vision dachte. Seine Stimme war den ganzen Morgen in ihrem Kopf gewesen – während sie sich die Zähne putzte, während sie Sahne in ihren Kaffee rührte, während sie hergefahren war. Und sie hörte sie, als sie die Tür hinter sich schloss.

Träume sind wie Wellen, Babe. Du musst warten, bis die richtige kommt, die, auf der dein Name steht. Und wenn sie kommt, dann gehst du raus und reitest auf ihr.

Ihre Mutter saß auf der Terrasse, als sie ankam. Sie sah von ihrer *Town & Country* auf, wobei sich ihre nachgezogenen Augenbrauen minimal hoben.

»Aurora. Du bist fast pünktlich.«

Rory nickte knapp. »Dir auch einen guten Morgen.«

»Ich meinte nur, dass ich das Essen noch nicht rausgebracht habe, weil ich nicht so früh mit dir gerechnet habe. Ich habe eine Spinat-Tomaten-Strata und diese kleinen Zucchini-Muffins, die du so magst, im Ofen warm gestellt.« Sie legte ihre Zeitschrift weg und stand auf. »Mach schon mal den Veuve auf, ich bringe das Essen.«

Rory machte sich am Korken zu schaffen. Vielleicht konnte ihre Mutter die schlechte Nachricht mit Champagner etwas besser hinunterspülen. Sie hatte die ganze Fahrt über geprobt, was sie sagen wollte, nur um festzustellen, dass es egal war. Es gab einfach keinen guten Weg, ihr das mitzuteilen.

Ein paar Augenblicke später kehrte Camilla mit einem Krug Orangensaft zurück. »Setzen wir uns.«

Rory ließ sich nieder und stieß dabei fast eine der Champagnerflöten um. Camilla beäugte sie neugierig. »Ist alles in Ordnung mit dir? Du wirkst fahrig.«

»Mir gehts gut. Lass uns was essen.«

Sie bedienten sich schweigend. Schließlich hob Camilla ihr Glas. »Auf einen sonnigen Sonntagmorgen!«, rief sie fröhlich.

Rory hielt gehorsam ihr Glas in die Höhe. Ihre Mutter sah sie auch beim Essen prüfend und neugierig an, bis sie schließlich das Messer beiseitelegte. »Bist du sicher, dass es dir gut geht, Aurora? Du scheinst nicht ganz du selbst zu sein.«

»Doch, mir geht es gut.« Sie griff nach ihrem Glas und nahm noch einen Schluck. »Gibt es Fortschritte bei der Ferienaktion?«

Camilla war sichtlich überrascht. »Ja, eigentlich schon. Ich liebäugele mit einem Motto nach dem Roman ›Der große Gatsby‹. Du weißt schon, Kostüme aus den Goldenen Zwanzigern, eine Jazzband. Federn und Glitzer als Deko. Schwarz und Gold und Crème. Sehr elegant, versteht sich.«

»Ja, versteht sich. Wirst du als Flapper gehen?«

Camillas Lachen hallte über die Terrasse, leicht und fast mädchenhaft. »Ganz sicher nicht. Wer würde mich schon gerne als junge Frau aus den Zwanzigerjahren verkleidet sehen? Ich denke eher an einen Nadelstreifenanzug und Gamaschen, vielleicht noch ein breiter Filzhut. Was meinst du? Ich als Mafioso und du als meine Gangsterbraut. Mit vielen Fransen und einer Federboa. Und knallrot geschminkten Lippen.«

»Klingt witzig. Aber du könntest auch als unabhängige junge Frau durchgehen. Die Beine dafür hast du auf jeden Fall.«

Camilla rollte mit den Augen. »Ich will mich nicht lächerlich machen. Ich bin längst über das Alter hinaus, in dem man seine Knie zeigt.« Sie nahm ein paar Erdbeeren. »Und was ist mit dir? Hast du es geschafft, deine Kurse für den Herbst zu bekommen?«

Und da war er, der Moment der Wahrheit. Rory griff nach ihrem Glas und leerte es in einem Zug. »Nein, das kann man nicht sagen.«

»Aber, Liebes, du hast mir doch versprochen …«

»Ich gehe nicht an die Uni zurück«, platzte es aus ihr heraus. So viel zu einem taktvollen Eröffnungssatz. »Ich habe beschlossen, meine Galeriepläne umzusetzen.«

Camilla ließ den Löffel sinken. Ein paar Beeren kullerten über das Tischtuch. »Eine Galerie? Ich dachte …«

»Ich weiß. Das dachte ich auch. Dann habe ich dieses Haus gesehen, ein altes Haus an der Ecke Newbury und Fairfield, und ich wusste einfach: Das ist das Richtige für mich.«

Camilla stieß einen Seufzer aus. »Aurora, wir haben doch schon so oft darüber gesprochen. Du hast keine Geschäftserfahrung. Und keine Erfahrung in der Kunstwelt. Du musst erst die Uni abschließen, bevor du dich auf so etwas einlässt. Und danach solltest du arbeiten und Referenzen sammeln, damit du etwas hast, auf das du zurückgreifen kannst.«

»Für den Fall, dass ich scheitere, meinst du.«

»Nun ja. Und guck mich nicht so an. Hast du eine Ahnung, wie viele Galerien im ersten Jahr scheitern?«

»Nein, aber ich bin mir sicher, dass du es mir gleich sagen wirst.«

»Ich will dich nicht in der Statistik wiederfinden, Aurora.« Sie schüttelte den Kopf. »Als du das letzte Mal hier warst, hast du kein Wort darüber verloren. Und jetzt willst du einfach so die Uni hinschmeißen?«

Rory hob das Kinn. »Dazu muss ich dich nicht um Erlaubnis bitten.«

Camilla war sichtlich verblüfft. »Das stimmt. Du bist über achtzehn, und du hast dein eigenes Geld. Dafür hat dein Vater ja gesorgt. Aber ein Master ist eine Leistung, auf die du stolz sein kannst, egal, was du später mal machen willst. Und was ist mit Paris? Du wolltest doch immer nach Frankreich, und außerdem macht es sich gut im Lebenslauf. Wer weiß, was die Zukunft für dich bereithält? Vielleicht ist es tatsächlich eine eigene Galerie. Vielleicht aber auch nicht. Warte noch ein bisschen, das ist alles, was ich sagen will.«

Rory befeuchtete ihre Lippen. »Ich habe heute Morgen den Mietvertrag unterschrieben.«

Camilla sah sie ausdruckslos an. »Sag mir, dass das nicht stimmt.«

»Tut mir leid. Ich gehe erst mal nicht zur Uni. Und auch nicht nach Paris. Ich verwirkliche meinen Traum.«

»Deinen Traum. Bis vor einem Jahr habe ich dich das Wort Galerie nie aussprechen hören. Das kommt doch alles von Matthew. Er denkt, weil du Geld hast, macht es nichts, wenn du scheiterst. Er hat keine Ahnung von der Kunstwelt, aber er hat dir diese blöde Idee in den Kopf gesetzt – eine Galerie für Künstler, von denen niemand je gehört hat. Du hattest den Plan doch fallen gelassen! Offenbar weißt du nicht, was du mit dir anfangen sollst.«

»Das ist nicht wahr. Und warum muss alles, was ich tue, eine Art Test bei dir bestehen?«

»Es geht nicht um mich, Aurora. Es geht nicht einmal um dich. Es geht um Matthew. Du versuchst, jemandem, der nicht hier ist, etwas zu beweisen, weil du unglücklich bist und Angst hast. Du hast keine Ahnung, wie man eine Galerie führt oder was passiert, wenn man sich so weit aus dem Fenster lehnt, dass man tatsächlich hinunterfällt. Ich schon. Du bist in keinem Zustand, so etwas anzugehen, und wenn du mal eine Minute innehalten würdest, wäre dir das auch klar.«

Die Worte schmerzten Rory mehr, als sie zugeben wollte. Es war alles so schnell gegangen, innerhalb einer Woche und ohne die notwendige Sorgfalt. Wenn ihre Mutter nun recht hatte? Wenn sie wegen Hux ins kalte Wasser gesprungen war, nur weil sie den Gedanken nicht ertragen konnte, dass sie ihn vielleicht nie wiedersehen würde?

»Du hast das nicht richtig durchdacht, Aurora. Wenn du es mir erlaubst, kontaktiere ich Steven Mercer und lasse ihn ein oder zwei Anrufe machen. Es könnte dich etwas kosten – das ist meistens so mit überstürzten Entscheidungen –, aber er kennt sich mit Verträgen aus. Er holt dich da raus.«

Die kühle Zuversicht ihrer Mutter machte Rory wütend. »Ich will da nicht rausgeholt werden.«

Camilla umklammerte die Tischkante. »Was ist, wenn es nicht klappt? Hast du darüber nachgedacht? Oder hast du vor, so lange mit Geld um dich zu werfen, bis du alles verbrannt hast?«

Rory sackte auf ihrem Stuhl zusammen. »Dein Vertrauen in mich ist überwältigend.«

Camillas Gesichtszüge wurden weich. »Mit Vertrauen hat das nichts zu tun. Ich will dir die Enttäuschung ersparen. Es ist eine große Sache, eine Galerie zu eröffnen. Und eine noch größere, wenn man nicht bereit ist. Statistisch …«

»Ja, ja, das hast du schon gesagt. Wenn's schief geht, ziehe ich weg aus Boston und nehme einen anderen Namen an. Dann muss es dir nicht so peinlich sein. Doch wer weiß, vielleicht gibt es dir ja einen Grund, endlich stolz auf mich zu sein.«

Einen kurzen Moment sah Camilla sie verdutzt an. »Ich war immer stolz auf dich, Liebes, immer.«

Rory hielt ihrem Blick stand. »Wirklich?«

»Natürlich.«

»Dann freu dich für mich. Nach all den grauenvollen Monaten passiert endlich etwas Gutes in meinem Leben. Feiere mit mir. Bitte.«

Camilla nickte kühl, ein widerwilliges Eingeständnis ihrer Niederlage. Sie schenkte ihnen Champagner und einen Hauch Orangensaft nach, dann hob sie ihre Mimosa. »Auf meine Tochter – die Galeristin.«

»Danke«, sagte Rory. Es war keine begeisterte Reaktion, aber damit hatte sie auch nicht gerechnet. Immerhin hatten sie eine Art Waffenstillstand erreicht und das musste fürs Erste reichen. Ihre Beziehung war von jeher ein Auf und Ab gewesen: zwischen gezielten Pfeilen und weißen Tüchern. »Ich weiß, dass du dir das nicht wünschst. Aber ich wünsche es mir.«

Camillas dünnes Lächeln verflog. »Du warst schon immer so viel mutiger als ich.«

Ein merkwürdiges Eingeständnis. Kein Geständnis – daran glaubte ihre Mutter nicht –, aber ein unerwartetes Kompliment.

»Mit Mut hat das wenig zu tun. Ich habe Angst, dass alles, was du gesagt hast, richtig ist. Dass ich nicht bereit bin. Dass ich es aus dem falschen Grund tue. Doch die Galerie ist seit Monaten das Erste, an dem mir etwas liegt. Ja, es ist alles sehr schnell gegangen. Und ja, ich gehe ein großes Risiko ein, aber es gibt mir einen Grund, morgens das Bett zu verlassen. Und das ist mir von Tag zu Tag schwerer gefallen.« Erst in diesem

Moment wurde ihr bewusst, wie sehr diese Worte zutrafen. »Es geht eigentlich gar nicht darum, was ich will. Ich brauche das.«

»Na, dann erzähl mir mal von dem ominösen Haus. Ich fürchte, der Auflauf ist mittlerweile kalt. Soll ich ihn noch mal in den Ofen schieben?«

»Nein, lass mal, wir essen ihn so.«

Camilla legte ihnen auf. »Er ist noch lauwarm. Jedenfalls zieht der Käse Fäden. Also, wo ist das Haus? Wie sieht es aus?«

»Auf der Newbury, neben DeLuca's. Aus Backstein mit einem süßen kleinen Turm und einem bauchigen Erkerfenster zur Straße hinaus. Aber es steckt ordentlich Arbeit drin. Vor ein paar Jahren hat es dort gebrannt, und die Renovierungsarbeiten wurden abgebrochen.«

»Also steht es seit der Zeit leer?«

»Ja. Die Besitzerin hat sich dafür entschieden, den Laden nicht wiederzueröffnen. Aber sie wollte das Gebäude auch nicht verkaufen. Der Bauunternehmer sagt, eine Eröffnung im Herbst sei machbar. Wir beginnen im Erdgeschoss und arbeiten oben weiter, wenn die Galerie schon geöffnet ist. Ach ja, es gibt eine wunderbare Treppe aus schwarzem Marmor mit einem schmiedeeisernen Geländer. Dramatisch. Ich denke an zartgrau, perlmuttfarben, gedämpfte Beleuchtung und einen glänzenden schwarzen Fußboden.«

Camilla sah auf. »Hört sich an, als hättest du dich intensiv damit beschäftigt.«

»Ich wusste immer, welche Atmosphäre ich schaffen wollte. Sauber, monochrom. In der Sekunde, in der ich das Haus gesehen habe, wusste ich, dass es das richtige ist. Es hat mir dieses Gefühl vermittelt.«

Camilla tat sich noch ein paar Erdbeeren auf und hob eine Augenbraue. »Von was für einem Gefühl sprichst du?«

»Ich weiß es nicht. Also ob alles so sein sollte. Ich bin wahrscheinlich schon hundertmal daran vorbeigegangen, und es ist mir noch nie aufgefallen. Aber nach meinem Treffen mit Lisette nach unserem Brunch am letzten Sonntag ist mir das Haus regelrecht ins Gesicht gesprungen. Ich schwöre, es hatte etwas von Magie.«

»Was war denn vorher da drinnen?«

»Ein Brautsalon. Die Besitzerin heißt Soline Roussel. Ich hatte gehofft, sie kennenzulernen, als ich den Vertrag unterschrieben habe, aber sie ist nicht gekommen. Ihr Anwalt sagt, sie geht nicht mehr oft aus.«

Camilla sah sie nachdenklich an. »Ich glaube, ich kenne sie.«

»Du kennst Soline Roussel?«

»Sorry, nein, ich weiß, wer sie ist. Früher wussten das alle. Aus Paris, oder jedenfalls sagt sie das. Ich erinnere mich nicht mehr an den Namen des Ladens, es war irgendetwas Französisches. Sie hatte eine außergewöhnliche Kundschaft und war berühmt für ihre Schleifen.«

»Ihre Schleifen?«

»Die waren ihr Markenzeichen. Die Roussel-Schleife. Alle ihre Kleider hatten eine, entweder an der Taille oder an den Schultern oder an der Tournüre. Damals war sie *à la mode*. Kein Wunder bei ihrem eleganten Brautsalon, ihrem Akzent und dem Versprechen, dass ihre Kleider Glück bringen.«

»Dass sie Glück bringen?« Rory war fasziniert.

»Das erzählte man sich. Irgendeinen Unsinn darüber, dass ihre Kleider Garanten für eine glückliche Ehe seien. Sie fertigte sie alle von Hand an, sie waren nicht nur maßgeschneidert, sie waren angeblich auch eine Art von Glücksbringer. Ein origineller Verkaufstrick, wenn man das überzeugend vermitteln kann. Die meisten Bräute glauben einfach alles. Und dann auch noch das Pariserische – und sie fressen einem aus der Hand. Und so war es auch. Alle meine Freundinnen waren verrückt nach diesen Kleidern.«

»Du nicht?«

Camilla zuckte die Schultern. »Ein Salon hier aus der Stadt, das war mir einfach nicht gut genug.«

»Warum nicht?«

»Ich war eine Lowell, Liebes. Für eine Lowell muss es ein Kleid aus Paris sein. Wir sind nach Paris zu Dior gereist. Wir haben mit zwei Schrankkoffern aus Boston abgelegt und sind mit sieben dort wieder an Land gegangen.«

»Dior«, hauchte Rory. Sie hatte sich nie viel aus Mode gemacht, aber selbst sie wusste, dass ein Hochzeitskleid von Dior etwas Ehrfurchtgebietendes war. »Schade, dass es keine Fotos mehr gibt. Du musst umwerfend ausgesehen haben.«

Camilla machte eine wegwerfende Geste. »Mein Kleid war weiß, es kam aus Frankreich, und es war so eng, dass ich Angst hatte, auf dem Weg zum Altar ohnmächtig zu werden, aber es hat den Job getan.«

Den Job.

Diese beiden Worte gaben genau die Auffassung wieder, die Camilla vom heiligen Stand der Ehe hatte. Sie signalisierten Rory auch, dass es Zeit war, die Unterhaltung in sicherere Gewässer zu steuern.

»Was weißt du noch über Soline Roussel?«

»Nicht viel. Warum?«

»Na ja, es ist schon eine irre Geschichte, findest du nicht? Magische Brautkleider mit dem Versprechen von einem Happy End wie im Märchen. Und dann wird ihr Geschäft durch ein Feuer zerstört. Ich frage mich, warum sie es nicht wieder eröffnet hat. Von ihrem Anwalt habe ich den Eindruck vermittelt bekommen, dass sie wie eine Einsiedlerin lebt. Es ist wirklich traurig.«

»Ich erinnere mich an das Feuer – oder genauer gesagt, an die Berichterstattung. Es war in der Zeit, in der dein Vater gestorben ist. Ich weiß nicht mehr, wie es ausgebrochen ist, aber ich weiß noch, dass sie mit schlimmen Brandverletzungen im Krankenhaus lag.«

Brandnarben. Das konnte eine Erklärung für ihr zurückgezogenes Leben sein. »Und dann? Was ist dann mit ihr passiert?«

»Das kann ich dir auch nicht sagen. Es ist ja immer das Gleiche mit den Medien. Nur die Tragödien sind ihnen einen Bericht wert. Das, was danach kommt, ist keine Sensation mehr. Wie auch immer, sie vermietet dir ihr Haus, und das ist alles, was zählt.«

Rory nickte halbherzig. Es stimmte ja. Eigentlich sollte Soline Roussels Geschichte sie nicht weiter berühren, aber sie tat es dennoch. Vielleicht weil sie selbst erfahren hatte, wie ein großer Verlust das Leben umkrempeln konnte.

Neun
RORY

Boston, 19. Juni 1985

Rory ließ sich mit ihrem Notizblock auf die unterste Treppenstufe sinken, erschöpft, aber froh, einen weiteren Punkt auf ihrer To-do-Liste abhaken zu können. Das Gerüst für die Maler stand, nun konnten die Decken im Erdgeschoss erneuert werden; sie hatte den Müll entsorgt, den Elektriker angerufen und einen Heizungsmonteur kontaktiert. Nicht schlecht für zwei Uhr.

Bis zum Herbst gab es viel zu tun. Sie musste anfangen, nach geeigneten Künstlern zu suchen, einen Marketingplan und einen Veranstaltungskalender erstellen, herausfinden, wie man eine Pressemitteilung verfasste, und Ideen für die Vernissage sammeln. Die Lernkurve würde steil sein, und es würde mit ziemlicher Sicherheit ein paar Patzer geben, aber sie würde es durchziehen, komme, was da wolle. Niemand würde sagen können, dass KunstStoff nur dem Ego einer reichen Erbin schmeicheln sollte.

Rorys knurrender Magen erinnerte sie daran, dass sie nichts zu Mittag gegessen hatte. Sie ging ihre Notizen durch und kam zu dem Schluss, dass sie fürs Erste durch war. Sie würde nach Hause fahren, ein Sandwich essen und duschen, und sich dann an die Arbeit für die Broschüre machen.

Sie hatte die Fenster geschlossen und war gerade auf der Suche nach ihrer Handtasche, als sie eine kleine Tür in der dunklen Holzvertäfelung des Treppenhauses entdeckte. Dort, wo vermutlich einmal ein Knauf gewesen war, befand sich nur noch ein Loch. Nach einigem Ruckeln gab die Tür nach. Dahinter lag eine niedrige Kammer. Rory entdeckte weder einen Schalter noch eine Schnur, an der sie Licht hätte machen können. Sie kniete sich hin, spähte hinein und versuchte, nicht daran zu denken, was sich alles unter der Treppe eines Gebäudes, das seit drei Jahren verlassen war, eingenistet haben konnte.

Das rohe Holz unter ihren Knien war staubig, aber wenigstens bewegte sich nichts, als sie in der Kammer herumtastete. Beim zweiten Anlauf stieß sie gegen etwas, das sich wie eine große, flache Kiste anfühlte.

Mit einiger Mühe gelang es ihr, sie herauszuziehen. Es war ein altmodischer Pappkoffer, ähnlich wie die Hutschachteln, mit denen Frauen früher gereist waren. Er war aus Hartpappe und an den Ecken zum Schutz gegen Abnutzung mit Metall beschlagen. Eine stark ausgefranste Kordel diente als Tragegriff.

In einer Ecke war ein Schriftzug zu erahnen. Sie wischte mit dem Handballen den Schmutz beiseite, bis ein geschwungener Schriftzug zum Vorschein kam: *Madame Roussel, Paris*. Soline Roussel musste ein Geschäft in Paris besessen und diesen Pappkoffer mitgebracht haben. Aber was hatte er unter der Treppe des verlassenen Hauses zu suchen?

Rory hob vorsichtig den Deckel an. Unter mehreren Lagen von vergilbtem Seidenpapier kam der cremeweiße Spitzenstoff eines Kleides zum Vorschein, das wirkte wie von einer Märchenprinzessin. Den herzförmigen Ausschnitt zierten schimmernde Zuchtperlen, die Ärmel aus geschlitztem Organza, hauchzart wie Libellenflügel, waren fast zärtlich übereinander gefaltet. Eindeutig Vintage und, der Qualität der Perlenstickerei nach zu urteilen, höchstwahrscheinlich von Hand genäht.

Das Kleid kam ihr wie eine Landschaft vor, und sie brannte darauf, jedes Detail zu erkunden – die luftige Spitze, die zarte Seide, die kühlen Perlen. Und doch zögerte sie. Es jetzt zu stören, nachdem es so lange im Dunkeln geschlummert hatte, fühlte sich an, als würde man achtlos mit den Grabbeigaben Tutanchamuns umgehen. Aber das war albern. Wenn das Kleid jemandem etwas bedeutet hätte, wäre es ja nicht hier gewesen, in einer alten verstaubten Schachtel.

Sie hob es behutsam heraus und hatte fast den Eindruck, dass das Kleid seufzte, als sei es erleichtert, endlich frei zu sein. Die plissierten Organzaröcke entfalteten sich wie Blütenblätter, als sie sie vorsichtig aufschüttelte, leuchtend und luftig. Auch die Rückenpartie war atemberaubend schön, mit einer korsettartigen Schnürung und einer breiten Satinschleife, deren Bänder bis auf den Boden fielen.

Die Roussel-Schleife.

Sie begann zu verstehen, warum Soline Roussel sich so einen Namen gemacht hatte. Das Kleid war das Schönste, was sie je gesehen oder erträumt hatte. Es war einer Prinzessin würdig, wenn es auch eine zierliche sein musste. Die Ärmel wären Rory zehn oder fünfzehn Zentimeter zu kurz gewesen, und die Taille war geradezu lächerlich schmal. Ein maßgeschneidertes Brautkleid ohne den kleinsten Fleck – wahrscheinlich nie getragen. Was war aus der Braut geworden, für die es gemacht worden war?

Die Frage beunruhigte sie mehr, als sie sich eingestehen wollte. Vielleicht weil ihr nur schrecklich traurige Antworten einfielen. Krankheit. Verrat. Tod. Und immer kam das Gleiche dabei heraus: eine geplante Hochzeit, die nicht stattgefunden hatte.

Rory versuchte, die Gedanken zu vertreiben. Wie die Geschichte auch sein mochte, es war die einer anderen. Es war weder ein Zeichen noch ein Omen. Es hatte nichts mit ihr zu tun. Das einzig Vernünftige war, das Kleid wieder in die Schachtel zu legen und diese dorthin zurückzustellen, wo sie sie gefunden hatte.

Doch als sie es wieder hineinlegen wollte, entdeckte sie einen Stapel Briefe und ein monogrammiertes Etui mit einem umlaufenden Reißverschluss. Dem Anschein nach ein Reiseetui. Das Kalbsleder zeigte Gebrauchsspuren und das Monogramm war etwas abgetragen, aber die gute Qualität des Necessaires war unschwer zu erkennen.

Sie öffnete den Reißverschluss und klappte die beiden Hälften auf wie ein Buch. Auf einer Seite befanden sich ein Rasierpinsel und ein Rasierer mit einem silbernen Griff, auf der anderen ein Kamm aus Perlmutt, ein Schuhanzieher und ein leeres Fläschchen für Eau de Cologne. Sie fuhr über das abgeschabte Monogramm – A.W.P. Andrew? Allen? Vielleicht würden ihr die Briefe einen Hinweis geben.

Nachdem sie das Band gelöst hatte, fächerte sie die Kuverts auf. Es waren achtzehn. Keines war vollständig adressiert, geschweige denn frankiert und abgestempelt. Nur auf einigen wurde die Empfängerin benannt: Mademoiselle Roussel. Sie mussten also persönlich übergeben worden sein. Und sie waren zusammen aufbewahrt worden. Liebesbriefe von A.W.P.?

Sie zog einen hellblauen Brief aus einem zufällig gewählten Umschlag. Er war in Französisch geschrieben. Eine Enttäuschung, denn von dem bisschen Französisch, das sie im ersten Jahr an der Tufts University gelernt hatte, war so gut wie nichts hängen geblieben. Wenigstens konnte sie das Datum lesen: »17 décembre 1942«. Vor dreiundvierzig Jahren.

Die nächsten Briefe trugen ähnliche Daten und waren auch in Französisch abgefasst. Doch unten im Stapel entdeckte sie mehrere in Englisch. Der erste stammte vom 4. August 1964.

Liebe Mademoiselle Roussel,
es ist jetzt fast ein Jahr her, dass David und ich unsere Ehegelübde abgelegt haben. Sie hatten mich zwar gebeten, Ihnen erst ein Jahr nach unserer Eheschließung zu schreiben, aber ich kann keinen Tag länger warten, um Ihnen mitzuteilen, wie dankbar ich Ihnen bin. Sie waren so unglaublich freundlich, als es mir schlecht ging. Ihre Großzügigkeit erstaunt mich noch immer: In einem Kleid von Ihnen zum Altar zu gehen, war mehr, als ein Mädchen aus dem Süden Bostons je zu hoffen gewagt hätte. Was aber noch viel wichtiger ist: David ist nach seinem Unfall wieder gesund geworden! Die Ärzte konnten es kaum glauben, geschweige denn erklären. Ich musste sehr an mich halten, um ihnen nicht zu verraten, dass das an Ihrem Kleid gelegen hat. Sie hätten mich für verrückt erklärt, und nicht allzu lange davor hätte ich dem noch zugestimmt. Doch jetzt weiß ich, dass ich mein Glück nur Ihnen und Ihrem Zauberkleid zu verdanken habe. Und im neuen Jahr wird unser Baby zur Welt kommen. Falls ich mich je irgendwie revanchieren kann, lassen Sie es mich bitte wissen.

Mit unendlicher Dankbarkeit
Ihre Kathleen P. Shore

Rory las den Brief ein paarmal durch und bei jedem Mal fiel ihr etwas Neues auf. Eine arme junge Frau aus dem Süden Bostons. Eine unwahrscheinliche Genesung. Ein Brautkleid, auf das sie das Happy End zurückführte. Ein Zauber. Unvorstellbar! Aber war es nicht genau das, was ihre Mutter ihr letzte Woche beim Brunch erzählt hatte? Magische Brautkleider. Garanten für Glück. War so etwas möglich?

Kathleen Shore schien es zu glauben.

Sie las noch einen Brief, der zwei Jahre später datiert war und in dem Ähnliches berichtet wurde. Absenderin war eine junge Frau, die an ihrem ersten Hochzeitstag schrieb, um sich bei Ms Roussel dafür zu bedanken, dass sich ein kompliziertes finanzielles Problem nur einen Monat nach der Trauung in Luft aufgelöst hatte. Eine dritte Frau schrieb, dass es ihr gelungen war, ihrem Mann seinen Seitensprung am Polterabend zu verzeihen. Und eine vierte war wieder ganz gesund geworden, dabei hätte sie eigentlich aufgrund einer chronischen Krankheit im Rollstuhl sitzen müssen.

Mit jedem Brief wurde es merkwürdiger. Alle Absenderinnen führten ihr erstaunliches Glück auf Soline Roussels besondere Fähigkeiten als Schneiderin ihres Brautkleides zurück. Es war nur folgerichtig, in den französisch geschriebenen Briefen ähnliche Geschichten zu vermuten. Achtzehn Bräute. Achtzehn Kleider. Achtzehn Happy Ends. Verwahrt in einem alten Pappkoffer.

Rory band die Briefe wieder zusammen. Achtzehn Briefe aus vier Jahrzehnten, ein Brautkleid wie für eine Prinzessin und das Rasieretui eines Mannes. All das vermittelte den starken Eindruck einer unvollendeten Geschichte. Einer traurigen Geschichte.

Zehn
RORY

Boston, 20. Juni 1985

Rory war es mittlerweile gewohnt, mit einem Buch neben sich aufzuwachen, doch dieses Mal lag ein Brief zwischen den zerwühlten Laken. Sie faltete ihn vorsichtig zusammen und legte ihn auf den Nachttisch zu den anderen. Sie hatte die Briefe am Vorabend alle noch mal durchgelesen. Jedenfalls die englischen. Es waren alles Variationen auf ein Thema, ob es nun um Gesundheit, Geld, Beruf, Streit oder Untreue ging: Alles wurde gut. Und das hatte immer das Brautkleid aus dem Salon Roussel bewirkt. Jedenfalls wenn man den dankbaren Ehefrauen Glauben schenkte.

Sie betrachtete den Pappkoffer auf der Truhe unter dem Fenster. Das Naheliegende wäre gewesen, ihn im Haus auf der Newbury wieder in dem Kabuff unter der Treppe zu verstauen, wo er sie nicht an Hochzeiten erinnerte, die nicht stattgefunden hatten. Stattdessen hatte sie ihn mit nach Hause genommen. Ihr war einfach nicht wohl bei dem Gedanken gewesen, ihn zurück ins Dunkel zu schieben. Das war dumm, das wusste sie, aber ihre Mutter hatte etwas gesagt, was ihr nicht aus dem Kopf ging.

Sie fertigte sie alle von Hand an, sie waren nicht nur maßgeschneidert, sie waren angeblich auch eine Art von Glücksbringer.

Rory ging zu dem Koffer hinüber, hob den Deckel an und ließ ihre Hand unter das Seidenpapier und über den hauchfeinen Stoff des Ärmels wandern. So wunderbar, so offensichtlich maßgeschneidert. Mademoiselle Roussel hatte es entworfen, und es hatte einer Frau gehört. Aber welcher? Und was hatte das Rasierset damit zu tun? Vielleicht nichts, aber das kam ihr unwahrscheinlich vor.

Und wie passten die Briefe dazu? Offensichtlich waren sie irgendwann einmal wichtig gewesen, und doch waren sie unter die Treppe verbannt und mit den anderen Dingen dort zurückgelassen worden, als der Salon schloss. Oder … War es möglich, dass Soline Roussel gar nicht wusste, dass sie das Feuer überstanden hatten?

Rory setzte Kaffee auf und wählte Daniel Ballantines Nummer. Sie war überrascht, als die Sekretärin sie gleich durchstellte.

»Ms Grant. Ich habe nicht erwartet, so bald wieder von Ihnen zu hören. Hoffentlich gibt es kein Problem.«

»Nein, das nicht. Aber ich muss mit Ms Roussel sprechen. Ich weiß, dass sie nicht belästigt werden möchte, aber es ist wichtig. Kann ich Sie irgendwie davon überzeugen, mir ihre Nummer zu geben?«

»Nein, das geht leider nicht. Wie gesagt, ich kümmere mich um all ihre geschäftlichen Angelegenheiten.«

»Aber es geht nicht um etwas Geschäftliches. Es ist etwas Persönliches. Ich verspreche, sie nicht zu bedrängen. Ich muss nur einmal mit ihr sprechen.«

»Worum geht es denn bitte?«

Rory war sich nicht sicher, wie viel sie enthüllen und wie viel sie für sich behalten sollte. »Ich würde das lieber nur Ms Roussel persönlich sagen, wenn Sie nichts dagegen haben. Es handelt sich um … eine delikate Angelegenheit.«

»Alles, was ich für Sie tun kann, ist, Ihre Nummer weiterzuleiten«, sagte er. »Aber ich bezweifele, dass Sie das Ihrem Ziel näherbringt. Ms Roussel telefoniert überhaupt nicht gern. Selbst mit mir spricht sie kaum.«

»Gut. Würden Sie ihr bitte sagen, dass ich etwas gefunden habe. Einen Pappkoffer.«

»Was für einen Koffer?«

Rory zögerte. »Sagen Sie ihr einfach nur, dass ich einen Koffer gefunden habe. Es ist wichtig, sie wird wissen, worum es geht.«

»In Ordnung, ich gebe das weiter. Aber wundern Sie sich nicht, wenn Sie nichts von ihr hören.«

Zwei Stunden später klingelte das Telefon. Rory legte die To-do-Liste weg, an der sie gerade arbeitete. »Hallo?«

Einen Moment kam nichts, dann sagte eine weibliche Stimme: »Ich möchte mit Ms Grant sprechen.«

Rorys Puls beschleunigte sich. »Ja, hier ist Aurora.«

»Mein Name ist Soline Roussel. Mein Anwalt hat mich angerufen und mir gesagt, Sie hätten etwas gefunden. Einen Koffer …«

»Ja, in der kleinen Kammer unter der Treppe. Ich weiß natürlich nicht, wie er da hingekommen ist, aber ich dachte mir, dass Sie ihn vielleicht wiederhaben möchten.«

Wieder eine kurze Pause, diesmal kürzer, und dann kamen die Worte alle auf einmal. »Ich wusste gar nicht … Ich dachte … Ja … Ja, ich möchte ihn wiederhaben.«

»Ich würde Ihnen den Koffer gerne bringen, wenn Sie mir Ihre Adresse geben.«

»Oh, nein, das geht nicht. Ich empfange keinen Besuch.«

Rory schluckte ihre Enttäuschung hinunter. Sie hatte gehofft, die scheue Mademoiselle doch noch kennenzulernen. Anscheinend sollte es nicht sein. »Soll ich ihn bei Mr Ballantine abgeben? Dann kann er Ihnen den Koffer bringen.«

»Danke, aber so süß Daniel auch ist, er kann einem ganz schön auf die Nerven gehen. Ich möchte keine Fragen beantworten. Der Inhalt des Koffers ist … nun ja, er ist persönlicher Art, wie Sie sicherlich schon erraten haben.«

»Wo würde es Ihnen sonst passen? In der Galerie? Entschuldigung, in Ihrem Haus?«

»Es gibt dort in der Parallelstraße ein Café mit Patisserie namens Bisous de sucre. Kennen Sie das? Ich könnte Sie dort um halb zwei treffen.«

»Sugar Kisses«, übersetzte Rory. »Ja, gut, das kenne ich.«

Sie war sehr aufgeregt. Endlich würde sie Soline Roussel kennenlernen.

* * *

Rory schaffte es, ihren Audi millimetergenau in eine winzige Parklücke an der Boylston Street zu rangieren. Sie fütterte die Parkuhr und ging mit dem Pappkoffer unter dem Arm Richtung Café.

Ein paar Minuten später kam die schwarz-weiße Markise in Sicht. Der Name Bisous de sucre prangte groß, golden und verschnörkelt auf dem Leinenstoff, während der englische Name kleiner, dafür in schreiendem Pink darunter stand. Und wie immer brummte der Laden.

Rory schlängelte sich zwischen den Tischen auf dem Vorplatz hindurch und sah sich unter den Gästen um. Dabei wurde ihr bewusst, dass sie gar nicht wusste, nach wem sie eigentlich suchte. In ihrer Aufregung hatte sie vollkommen vergessen, Ms Roussel zu fragen, wie sie sie erkennen konnte.

Dann erinnerte sie sich daran, dass ihre Mutter etwas von Verbrennungen gesagt hatte. Wahrscheinlich mussten davon Narben zurückgeblieben sein.

Die berauschenden Düfte von Schokolade, Kirschen und stark gerösteten Kaffeebohnen schlugen ihr entgegen, als sie die Tür öffnete. Die Schlange vor dem Tresen zog sich fast bis zum Eingang. Rory zwängte sich daran vorbei. Familien. Touristen. Über Bücher gebeugte Studenten. Aber keine Dame, die zu ihrem frei erfundenen Bild von Soline Roussel passte, die sie sich mittlerweile als gebrechliche Achtzigjährige mit schrecklichen Brandnarben und strengem Blick vorstellte.

Plötzlich trafen sich ihre Blicke mit denen einer Frau, die allein im hinteren Teil des Cafés saß. Ihre dunklen Haare waren zu einem Chignon frisiert, und sie trug einen eleganten purpurfarbenen Strickanzug mit schwarzen Samtmanschetten und goldenen Knebelknöpfen. Dazu ein rot-weiß-schwarz kariertes Halstuch, das sie wie eine Krawatte gebunden und mit einer perlenverzierten Nadel zusammengesteckt hatte. Sie machte ein erschrockenes Gesicht, als sich ihre Blicke trafen, als würde sie von einer plötzlichen Panik erfasst werden. Doch einen Moment später hatte sie sich wieder im Griff und nickte.

Rory trug den Koffer durch das enge Café. Erst als sie am Tisch ankam, fiel ihr auf, dass dort eine große bauchige Tasse und ein Teller mit Gebäck vor dem leeren Stuhl standen, die auf eine zweite, gerade abwesende Person hinwiesen. »Tut mir leid«, platzte sie heraus, »ich dachte …«

»Miss Grant?«

Rory erkannte die rauchige, tiefe Stimme von ihrem Telefonat. Mit französischem Akzent. Aber diese Frau war so jung, Ende fünfzig, vielleicht etwas älter, aber nicht viel. Und unglaublich schön, mit einem porzellanweißen Teint und perfekt geschwungenen, rot geschminkten Lippen. Keine Narbe in Sicht. »Sind Sie … Ms Roussel?«

»Ja.« Sie deutete mit dem Kinn auf den leeren Platz.

Rory setzte den Koffer ab und nahm Platz. Sie konnte nicht aufhören, Soline anzustarren.

»Ich habe mir erlaubt, Ihnen etwas bringen zu lassen. Als eine Art Dank.«

Auf ihrem Platz standen ein Stück *Millefeuille*-Torte und ein *Café au lait*. »Vielen Dank. Ich liebe Kuchen und Gebäck. Aber das wäre wirklich nicht nötig gewesen. Ich habe mich auf unser Treffen gefreut, Ms Roussel.«

»Bitte nennen Sie mich Soline. Sicherlich haben Sie Fragen.«

Rory war überrascht von der sachlichen Art. Sie hatte keine Ahnung, wo sie beginnen sollte.

Soline schien ihre Hilflosigkeit zu spüren. »Ihr Name ist Aurora, ein schöner Name. In Frankreich sagen wir *Aurore*, Göttin der Morgendämmerung.«

Rory musste lächeln. Die französische Aussprache ihres Namens hörte sich wunderbar an. Gar nicht matronenhaft. »Alle nennen mich Rory«, sagte sie schüchtern. »Was meine Mutter auf den Tod nicht leiden kann.«

Um Solines Lippen erschien die Andeutung eines Lächelns. »Mütter haben uns die Namen gegeben und deswegen mögen sie sie auch.« Ihr Lächeln verschwand. »Sie haben den Koffer geöffnet, ja?«

Rory zog den Kopf ein. »Ja. Tut mir leid. Ich konnte mir nicht vorstellen, warum …«

»Fragen Sie, was Sie wollen«, ermunterte Soline sie.

Rory wunderte sich, dass Soline den Koffer noch nicht berührt hatte, sondern stattdessen kerzengerade dasaß, die Hände im Schoß, als würde sie sich für ein Verhör wappnen.

»Das Kleid«, begann Rory zögernd, »ist das Ihres?«

»Ja.«

»Und die anderen Dinge?«

»Die gehören mir auch.«

»Das Kleid ist so schön wie aus einem Märchen.« Sie hielt inne. »Es sieht … ganz neu aus.«

»Es ist ja auch neu. Und sehr alt.«

»Sie meinen, es wurde nie getragen?«

Soline senkte den Blick. *»Oui.«*

Das eine Wort warf so viele Fragen auf. Warum war das Kleid nie getragen worden? Untreue? Eine Tragödie? Rory dachte an die Briefe der dankbaren Ehefrauen mit ihren märchenhaften Happy Ends. Allem Anschein nach hatte die Besitzerin dieses Brautkleides kein Glück gehabt. Warum nicht?

»Ich habe ein paar Briefe gelesen.«

»Wirklich?«

Rory nickte. »Die englischen. Die französischen kann ich nicht verstehen.«

»Die letzten waren an mich gerichtet, die davor stammen von Frauen, für die meine Mutter vor Ewigkeiten geschneidert hat, damals, in Paris.« Sie schluckte. »Sie ist kurz nach dem Einmarsch der Nazis in Paris gestorben. Nachdem sich die Nachricht herumgesprochen hatte, traf ein Brief nach dem anderen ein.«

»Sie haben sie all die Jahre aufbewahrt.«

»Ja, im Gedenken an meine Mutter. Und um mich daran zu erinnern, dass es vor langer Zeit Märchen gegeben hat, die gut ausgegangen sind, und dass meine Mutter in einigen eine Rolle gespielt hat.«

Rory deutete auf den Koffer. »Mit einem Kleid wie diesem?«

Solines Lächeln war dünn, fast bitter. »Kein Märchen ohne entsprechendes Kleid, *chérie*.«

»Aber nicht irgendeines«, drängte Rory. Sie wollte sich mit der ausweichenden Antwort nicht zufriedengeben. »Ein Roussel-Kleid. Es ist etwas Besonderes an ihnen, stimmts? Etwas, das sie zu Glücksbringern macht.«

»Trinken Sie Ihren Café, *Aurore*, bevor er kalt wird.«

Gehorsam hob Rory die bauchige Tasse. »Tut mir leid, dass ich so neugierig bin. Ich versuche nur, die Briefe zu verstehen. All die frischgebackenen Ehefrauen, die so viel Glück hatten. Und mir kam es so vor, als würden sie Ihnen danken, als hätten Sie dafür gesorgt. Ich weiß, was die Leute geredet haben, meine Mutter hat es mir erzählt. In allen Briefen steht mehr oder weniger dasselbe, nämlich dass Ihre Kleider … magisch sind.«

Solines Mundwinkel hoben sich, was ihr etwas von einer Katze verlieh. »Jede Geschäftsfrau, die auf sich hält, weiß, was eine originelle Idee wert ist. Zahnpasta, die den Atem unwiderstehlich macht. Schimmernde Böden, um die die Nachbarn einen beneiden. Bräute wollen Märchen, und die habe ich ihnen erzählt.«

Rory sah sie skeptisch an. »Wollen Sie mir etwa sagen, Ihre Kleider hätten nichts mit den Wendungen zum Guten zu tun, die in den Briefen geschildert werden?«

»Menschen hängen an Vorstellungen, die die Welt besser machen, als sie ist. So ist das nun mal. Und wenn das Leben hart ist, können Illusionen hilfreich sein. Wahrscheinlich waren die Briefe damals meine Illusionen. Aber das Leben hat mich gelehrt, dass auch im Märchen die Heldin für den magischen Ausgang sorgen muss – ein anderer tut es nicht.«

»Aber Sie haben die Briefe behalten. Sie hätten sie ja auch wegwerfen können.«

Soline seufzte. »Es war eine entsetzliche Zeit. Nichts als Trauer und Verluste, wo man auch hinsah. Die Briefe haben mich an das Gute erinnert.«

»Und dann sind sie doch in dem Kabuff unter der Treppe gelandet.«

Nach einem kurzen Moment unangenehmen Schweigens antwortete Soline: »Vor ihrem Tod hat meine Mutter mir gesagt, dass es eine Zeit zum Festhalten und eine zum Loslassen gibt, und dass ich den Unterschied zwischen beiden erkennen soll. Damals habe ich das nicht verstanden, aber es kam eine Zeit – genauer gesagt ein Moment –, in dem mir klar wurde, dass ich mich von diesem zerbrochenen Teil meines Lebens verabschieden musste. Dennoch konnte ich mich nicht überwinden. Ich habe mir gedacht, wenn ich den Koffer vor mir selbst verstecke, wenn er irgendwo ist, wo ich ihn nicht täglich sehe, dann wäre das genug.«

Rory musterte sie über ihren Milchkaffee hinweg. Hinter dem Pariser Chic und dem sorgfältig aufgetragenen Make-up war eine Tragödie zu erahnen. Und das erinnerte Rory an Camilla. »War es genug?«

»Es muss Ihnen albern vorkommen, dass ich an solchen schmerzhaften Erinnerungen festgehalten habe, aber sie waren alles, was mir von meinem damaligen Leben geblieben ist. Von Paris und dem Leben, das ich mir für mich vorgestellt habe.«

Das Leben, das ich mir für mich vorgestellt habe. Rory ließ die Worte nachhallen. Dasselbe hätte sie sagen können. »Nein«, sagte sie schließlich. »Es kommt mir überhaupt nicht albern vor. Wir haben alle unsere eigenen Wege, um klarzukommen.«

»Und Sie, *chérie*?«, fragte Soline und sah Rory aufmerksam an. »Womit müssen Sie klarkommen?« Rory rutschte auf ihrem Sitz hin und her. »Ich meine nur, irgendwie müssen wir das doch alle, oder?« Sie hatte versucht, das wie nebenher gesagt klingen zu lassen, aber es war ihr nicht gelungen. Zeit, das Thema zu wechseln. »Das mit Ihrem Salon hat mir leidgetan. Ich meine, das mit dem Feuer. Haben Sie nie an eine Wiedereröffnung gedacht?«

Soline sah auf ihren Schoß, als wäge sie die Antwort ab. »Man spürt schon, wenn etwas vorbei ist. Es ist vielleicht nicht angenehm, doch wenn man aufmerksam hinsieht, ist es offensichtlich. Ich habe mich mein halbes Leben nach Dingen gesehnt, die nicht für mich bestimmt waren, und ich habe einen hohen Preis dafür gezahlt. Irgendwann musste ich die Zeichen erkennen.«

Rory trank einen Schluck Kaffee und fragte sich, nach welchen Dingen sich Soline gesehnt haben mochte und warum sie nicht für sie bestimmt gewesen waren.

»Haben Sie noch andere Fragen? Dann stellen Sie sie«, sagte Soline brüsk. »Das schulde ich Ihnen wohl.«

Solines Direktheit verunsicherte Rory. Zugleich hatte sie etwas Erfrischendes, eine willkommene Abwechslung nach all den vorsichtigen Unterhaltungen mit ihrer Mutter. »Was ist mit dem Reiseetui? Das hat etwas mit dem Kleid zu tun, oder nicht? Gehörte es dem Bräutigam?«

»Einem Rettungswagenfahrer, der im Zweiten Weltkrieg umgekommen ist.«

»Und das Kleid ist Ihres.«

Plötzlich stiegen Soline Tränen in die Augen. »Ja, es hätte meines werden sollen.«

»Es tut mir leid. Ich hätte Sie nicht so bedrängen dürfen.«

Soline schüttelte ungeduldig den Kopf. »Nein, nein, tut mir leid, dass ich sentimental werde. Es ist … nach dem Feuer … Man hat mir gesagt, alles wäre verbrannt. Ich habe nicht damit gerechnet, diese Dinge noch einmal wiederzusehen.«

»Bitte entschuldigen Sie sich nicht. Ich sollte mich entschuldigen. Ich bin Ihnen zu nahe getreten. Bitte verzeihen Sie mir.«

»Déjà oublié«, murmelte Soline, nahm eine Serviette und betupfte sanft die Augen. »Schon vergessen.«

Rory versuchte, nicht hinzustarren. Bis zu diesem Moment hatte Soline die Hände im Schoß gehalten, aber jetzt waren schwarze Glacéhandschuhe zum Vorschein gekommen. Sie hatten winzige Strassknöpfe an den Schäften und sahen Mitte Juni vollkommen deplatziert aus.

Die Narben. Sie sind nicht im Gesicht, sondern an den Händen.

Sie wandte den Blick ab und tat, als wäre sie nicht überrascht. »Bevor ich es vergesse: Ich möchte Ihnen danken, dass Sie mir Ihr Haus vermieten. Eigentlich hatte ich die Idee mit der Galerie schon fallen gelassen. Doch als ich neulich auf der gegenüberliegenden Seite der Kreuzung stand, ist es mir plötzlich aufgefallen. Ich war am Boden zerstört, als Mr Ballantine mir gesagt hat, es wäre nicht zu mieten. Wenn Sie wüssten, wie glücklich ich bin, dass Sie Ihre Meinung geändert haben!«

Soline rollte mit den Augen. »Mr Ballantine weiß genau, wie er mit mir umgehen muss. Er hat mir von Ihrer Idee mit einer Galerie für unbekannte Künstler erzählt. Wann ist die Eröffnung?«

»Im Oktober, wenn alles gut geht«, sagte Rory. »Bitte kommen Sie, wenn alles fertig ist. Vielleicht zur Eröffnung? Es wäre mir eine besondere Ehre.«

Soline zog die Schultern hoch. »Danke, aber danke nein. Ich gehe kaum noch aus, und ich war seit der Brandnacht nicht mehr im Haus.«

»In drei Jahren nicht ein einziges Mal?«

Soline zuckte mit den Achseln. »Erinnerungen … wissen Sie. Es ist hart.«

»Es tut mir so leid. Alles …«

»Ach, wissen Sie, Mitleid ist ein Gift.« Sie stand auf. Selbst in ihren hochhackigen Pumps war sie überraschend klein. »Noch einmal, vielen Dank, *Aurore*. Es war freundlich von Ihnen, sich die Mühe zu machen. Ich wünsche Ihnen *bonne chance* mit der Galerie.«

Sie fummelte mit ihren steifen Händen am Schultergurt ihrer Handtasche herum. Erst nach mehreren Versuchen schaffte sie es, sich den Riemen über die Schulter zu legen. Der Pappkoffer war fast so groß wie Soline. Mit viel Glück würde sie ihn aus dem Café hinausbugsieren können, aber mehr auch nicht.

»Wenn es Ihnen nichts ausmacht, begleite ich Sie zu Ihrem Auto.«

»Danke, nicht nötig. Ich fahre nicht mehr, aber mein Haus ist ganz in der Nähe.«

»Dann setze ich Sie da ab, wenn ich darf. Der Koffer …«

»Ich habe Ihnen schon so viel Mühe gemacht, und ich bin gut zu Fuß.«

Rory betrachtete Solines schwarze Pumps mit Skepsis. Die Bürgersteige in Boston hatten durch die harten Winter in Neuengland schwere Frostschäden bekommen, die einem schon in flachen Schuhen zu schaffen machen konnten. Bleistiftabsätze und ein Pappkarton, über den Soline nicht hinwegsehen konnte – da war ein Unfall programmiert.

»Das macht mir überhaupt keine Mühe«, sagte Rory und nahm den Koffer an sich. »Mein Auto steht nicht weit entfernt.«

Soline nickte, aber das Unbehagen war ihr deutlich anzumerken. Rory konnte sich ihre plötzliche Sorge um sie nicht erklären. Soline Roussel war alles andere als schwach. Und doch hatte sie etwas Zerbrechliches an sich – wie eine schlecht gekittete Porzellanvase. Wenn man grob mit ihr umging, konnte sie in tausend Scherben zerspringen. Und Rory wusste nur zu gut, wie sich das anfühlte.

Elf

RORY

Soline saß stocksteif auf dem Beifahrersitz, die Augen hinter einer Sonnenbrille verborgen, die Audrey Hepburn alle Ehre gemacht hätte, die Handtasche fest auf den Knien. Seit sie ihre Adresse in Beacon Hill genannt hatte, war kein Ton mehr über ihre Lippen gekommen. Rory warf ihr einen Seitenblick zu, als sie in die Cedar Street einbog und vom Gas ging.

»Welches Haus?«

»Das da«, sagte Soline. »Das mit der roten Tür. Wenn Sie mich da einfach rauslassen, dann komme ich klar.«

»Ich trage Ihnen den Koffer hinein«, sagte Rory, nachdem sie eingeparkt hatte.

Bevor Soline protestieren konnte, hatte Rory ihn schon vom Rücksitz genommen. Sie bewunderte das frei stehende historische Haus aus soliden roten Backsteinen mit den frisch gestrichenen schwarzen Fensterläden. Soline musste gut verdient haben, denn das Haus war nicht nur schmuck, es stand auch in einem der teuersten Viertel Bostons.

Rory folgte ihr in einen geräumigen Flur, der von einem Säulentisch und einem französischen Kronleuchter aus dem

Empire dominiert wurde. Sie legte die Sonnenbrille ab und begann augenblicklich damit, sich die Handschuhe auszuziehen.

Es wurde schnell klar, dass Soline große Schwierigkeiten damit hatte. »Das sieht wirklich kniffelig aus mit den feinen Knöpfen«, sagte Rory. »Kann ich Ihnen helfen?«

Soline sackte in sich zusammen, und statt einer Antwort streckte sie Rory die Hände entgegen. Rory stellte den Koffer ab und knöpfte die Handschuhe auf, dann blickte sie Soline in die Augen. »Möchten Sie, dass ich …«

Soline nickte. »Aber bitte nicht oben an den Fingern ziehen, sondern ganz vorsichtig von unten aufrollen. Schön langsam.«

Mit angehaltenem Atem tat Rory, worum sie gebeten worden war. Soline seufzte tief, als der erste Handschuh ausgezogen war. Bei der zweiten Hand biss Soline sich auf die Unterlippe. Anscheinend war es nicht nur die Peinlichkeit der Situation, die ihr Schmerzen verursachte.

Dann legte Rory die Handschuhe auf den Beistelltisch, worauf sie schlaff und auf links gedreht dalagen und wie abgestoßene Haut eines riesigen Insekts aussahen. Der Gedanke ließ Rory erschaudern und sie schaute weg. Soline hatte begonnen, ihre Hände mit langen, gleichmäßigen Bewegungen zu massieren. An einigen Stellen waren sie wächsern und weiß, an anderen rot und vernarbt. Die Finger waren gekrümmt und erinnerten an Klauen. Höflich wandte Rory den Blick ab.

»Das müssen Sie nicht«, sagte Soline. »Sehen Sie sich die Hände ruhig an.«

Der Anblick schnürte Rory die Kehle zu. Die Handflächen waren zusammengezogen, die Handrücken voll wulstigem Narbengewebe und auch die Finger überzogen von einem unregelmäßigen Netz aus kleinen und großen Narben. Für eine Frau, die ihren Lebensunterhalt mit Nadel und Faden verdiente, waren die Hände nutzlos.

»Sie werden sich denken, dass das beim Brand des Hauses geschehen ist.«

Rory nickte. »Ja. Und ich habe mich natürlich auch gewundert, warum Sie im Juni Handschuhe trugen.«

»Anderen Menschen ist der Anblick peinlich, deswegen trage ich in der Öffentlichkeit welche. Aber ich gehe nicht oft aus. Es ist leichter, Menschen aus dem Weg zu gehen, als ihr Mitleid zu ertragen. Dass meine Hände so aussehen, ist ja nicht deren Schuld. Außerdem sehen sie wirklich entsetzlich aus.«

Zu sagen, wie leid ihr das tat, hatte Rory auf der Zunge gelegen. Glücklicherweise hatte sie sich sofort eines Besseren besonnen. Kein Mitleid. »Deswegen haben Sie den Salon nicht wieder eröffnet.«

»Eine Weile habe ich noch geglaubt, dass es gehen würde. Ich wollte daran glauben, dass die Ärzte Wunder vollbringen könnten. Am Anfang haben sie es wohl selbst gedacht. Aber die Verletzungen waren zu schwer.«

»Tut das nicht weh?«

»Nicht so, wie Sie vielleicht denken. Meine Hände sind ziemlich taub. In Narbengewebe gibt es keine Nervenenden mehr. Aber bei schweren Brandverletzungen der Hände kommt es häufig zu sogenannten Kontrakturen. Beim Verheilen schrumpft das Gewebe und die Finger werden nach innen oder zu einer Seite gezogen.« Sie hielt ihre Hände noch einmal hoch. An ihrer rechten Hand hatte sie keine Fingernägel mehr, die früheren Nagelbetten waren flach und glänzend.

»Auch wenn Sie es vielleicht nicht glauben werden, gehöre ich zu den Glücklicheren. Ich habe nicht so starke Schmerzen. Doch wenn ich die Handschuhe zu lange trage, werden die Finger zu sehr gedehnt, und davon bekomme ich Gelenkschmerzen. Wahrscheinlich wie bei Arthrose.«

»Gibt es denn nichts … Kann man das denn nicht operieren?«

Solinewarwiederdabei,ihreFingerzumassieren,wobeisiemit dem Daumenballen einzeln die Finger entlangstrich. Sie zuckte immer wieder zusammen. »Ich habe sechs Operationen hinter mir. Wundausschneidungen, Sehnenreparaturen, Hauttransplantationen. Und alle Arten von Gips- odcr sonstigen Schienen. Dann die Therapien. Drucktherapie, Dehnungstherapie.« Sie zuckte mit den Achseln. »Irgendwann ist das Ende der Fahnenstange erreicht. Ich habe über lange Zeit Übungen gemacht, damit die Finger wieder beweglicher werden konnten. Aber irgendwann war Schluss. Als ich gemerkt habe, dass ich nie wieder eine Nadel werde halten können, habe ich keinen Sinn mehr darin gesehen.«

Die Endgültigkeit in ihrer Stimme gefiel Rory gar nicht. »Könnten Sie nicht jemanden anstellen?«

Soline blickte auf den Koffer zu Rorys Füßen. »Nicht für meine Kleider. Die Arbeit ist delikat und … hoch spezialisiert.«

»Aber könnten Sie nicht jemanden anlernen?«

»Meine Arbeit kann nicht gelehrt werden. Und sie muss eigenhändig durch mich ausgeführt werden.«

»Meine Mutter erinnert sich an Ihren Salon. Sie hat mir erzählt, es sei die eleganteste Brautboutique in Boston gewesen. Schade, dass ich sie nicht mehr gesehen habe …« Rory hielt inne. »Es muss ja ein wunderbarer Salon gewesen sein.«

»Kommen Sie, und bitte bringen Sie den Koffer mit.«

Sie durchquerten ein großes Wohnzimmer mit schiefergrauen Wänden und einem karamellfarbenen Ledersofa und betraten durch eine Glastür ein kleines Arbeitszimmer.

Es war ein warmer Raum, in dem man sich gleich wohlfühlte, auch wenn er sparsam möbliert war. Ein antiker Schreibtisch, ein Lesesessel und ein niedriges Tischchen vor dem Kamin, Regale mit alten Büchern, die in bernsteinfarbenes Leder gebunden waren. Aber was Rorys Aufmerksamkeit auf sich zog, war die gegenüberliegende Wand, an der schwarz gerahmte Fotografien, Zeitungsausschnitte, Zeitschriftencover und mehrere Kleiderskizzen hingen. Rory stellte den Koffer ab und las die Schlagzeilen.

»Oh, là, là! Ein Hauch von Paris weht durch Boston«

»Haute Couture für Bräute nun auch in Boston«

»Die Roussel-Schleife: Das gewisse Etwas am Brautkleid«

Die Fotos waren wunderbar: Soline kniend mit dem Mund voller Stecknadeln vor einer duftigen Kreation. Auf einer Leiter beim Herauswuchten eines Stoffballens. Beim Ansteppen einer großen Taftschleife an der Taille einer gertenschlanken Blonden. Rory sah sich Solines Hände auf dem Foto an, ihre langen Finger und perfekt manikürten Nägel. Wunderschön und so geschickt. Und jetzt ruiniert.

Auf dem jüngsten Foto – in der Zeitschrift *Die Braut von Boston* – sah man den Salon ein knappes Jahr vor dem Feuer. Elegant in Creme und Zinn gehalten und mit sorgfältig ausgewähltem Mobiliar. Es wirkte sehr französisch auf Rory – soweit sie das beurteilen konnte.

Ein anderes Foto zeigte das große Erkerfenster von der Straße aus. Der Name des Salons stand in einer eleganten Schrift auf dem Glas, aber Rory konnte ihn nicht entziffern. »Was steht dort?«, wandte sie sich an Soline.

»*L'Aiguille charmée*«, antwortete Soline leise. »Was so viel bedeutet wie ›Die verzauberte Nadel‹.«

»›Die verzauberte Nadel‹«, wiederholte Rory verträumt. Ein magischer Name. »Sehr passend für eine Boutique, die Märchenkleider und Happy Ends verkauft.«

»Alles nur Schein«, sagte Soline nüchtern. »Albernheiten, an die die Roussels generationenlang geglaubt haben.«

»Sie glauben nicht an Märchen?«

»Schon lange nicht mehr.«

Rory warf einen Blick auf Solines Spiegelbild im Glas des Bilderrahmens. »Aber Sie haben früher daran geglaubt?«

»Märchen können gefährlich sein, *Aurore*. Wir vergessen schnell, dass es keine gibt. Und bevor wir uns versehen, haben wir uns in einem verloren. Deswegen müssen wir lernen, das Vergangene loszulassen und mit dem zu leben, was ist.«

Rory spürte, wie ihr ein Schauder den Rücken hinunterlief. Natürlich sprach Soline über ihren eigenen Verlust – über A.W.P. Aber es passte ebenso gut zu ihrer eigenen Situation. Die Ähnlichkeiten in ihren Geschichten ließen sich nicht leugnen. Die Leidenschaft für das Kreative, die verlorenen Liebsten, der Hang zum Einsiedlertum – und jetzt auch noch das Haus auf der Newbury Street.

Ein Zufall? Oder hatte eine unsichtbare Hand sie in den Weg dieser tragischen Frau mit ihrem traurigen Kleid geführt? Ein abschreckendes Beispiel, vielleicht dafür, was passierte, wenn man sich zu sehr an die Hoffnung eines guten Endes klammerte?

»A.W.P. …«, murmelte Rory.

»Er hieß Anson.«

»Anson. Erinnern Sie sich noch … Haben Sie sein Gesicht vergessen?«

»Ich dachte, ich würde es vergessen. Aber das stimmt nicht.« Sie seufzte. »Erst habe ich ihn überall gesehen. Auf der Straße, wie er ein Taxi heranwinkte. An der Bar eines vollen Restaurants. Durch das Fenster bei einem Barbier. Er war überall und nirgends.«

»Passiert das immer noch?«

»Selten.«

Die Antwort beunruhigte Rory. »Wie ertragen Sie das?«

Soline senkte den Blick. »Wir haben alle unsere Geister, *chérie*. Gesichter aus unserer Vergangenheit, die nicht dort bleiben. Manchmal tauchen sie wieder auf, wenn wir sie am wenigsten erwarten. Deswegen habe ich den Koffer unter die Treppe verbannt. Weil ich es nicht ertragen konnte.«

Rory kannte diesen Schmerz, der jede Nacht auf einen wartete, wenn man die Augen schloss, und der immer noch da war, wenn man sie am nächsten Morgen wieder öffnete. Die Leere, dort, wo das Herz sein sollte. Bevor sie sich versah, hatten sich ihre Augen mit Tränen gefüllt.

Soline sah sie alarmiert an. »*Chérie*, was ist? Fühlen Sie sich nicht gut?«

»Doch, mir gehts gut. Aber ich muss los.«

»Irgendetwas stimmt doch nicht.«

»Nein, wirklich. Ich hätte Sie nicht belästigen sollen.« Rory quetschte sich seitlich an Soline vorbei und wäre fast über den Koffer gestolpert. »Sie müssen mich nicht an die Tür bringen. Ich finde allein hinaus.«

»*Aurore …*«

Rory rannte fast auf die Eingangstür zu. Sie musste aus dem Haus sein, bevor sie zu einem Häuflein Elend zusammensackte. Sie hatte bekommen, was sie gewollt hatte. Sie hatte es sich in den Kopf gesetzt, Soline Roussels Geschichte zu erfahren, und die kannte sie jetzt. Sie fragte sich allerdings, ob sie dabei einen Blick auf ihre eigene Zukunft geworfen hatte.

Zwölf
SOLINE

Wir leben in der Hoffnung auf ein »Und wenn sie nicht gestorben sind …« Aber nicht auf alle Menschen wartet ein glückliches Ende. Manche können es nicht, andere wollen es nicht, und wieder anderen wurde beigebracht, dass sie es nicht verdienen. Es ist an der Schneiderin der Zauberkleider, die einen von den anderen zu unterscheiden.

Esmée Roussel, *Die Zauberschneiderin*

Boston, 20. Juni 1985

Ich schließe die Augen, als sich nach dem ersten Schluck Wein Wärme in meinem Körper ausbreitet. Mein Laster. Louis Jadot Gevrey-Chambertin. Schokolade und reife Kirsche, auf der Zunge mineralisch, in der Kehle weich und samtig. Vornehm und nicht gerade billig. Ironischerweise musste ich den langen Weg nach Amerika auf mich nehmen, um französische Weine schätzen zu lernen. Maman hatte nie Wein im Haus, und doch habe ich hier angefangen, ihn zu genießen. Vielleicht ein wenig mehr davon, als gut für mich ist. Aber es hilft gegen die Schmerzen in den Händen. Und bei … anderen Dingen. Zumindest rede ich es mir ein.

Die heutigen Ereignisse haben mich erschüttert, und ich verstehe nur teilweise, weshalb. Ich empfange selten Gäste. Ehrlich gesagt nie. Keine Abendeinladungen, Cocktailpartys oder Mittagessen mit Freunden. Überhaupt keine Freunde. *Oui*, ich weiß, wie erbärmlich das klingt. Aber ich will kein Mitleid. Es ist eine Entscheidung, die ich vor Jahren gefällt habe. Nach dem Feuer. Mir scheint, dass mein ganzes Leben in ein Davor und ein Danach eingeteilt werden kann. Nicht, dass es noch viel Leben nach dieser schrecklichen Nacht gegeben hätte. Aber noch einmal: Es ist meine Entscheidung.

Wie lange ist es wohl her, dass ich Besuch hatte? Ein Jahr? Nein, länger. Daniel und seine Frau waren vorletztes Weihnachten hier. Ich kann gut allein sein – ich habe mich zumindest daran gewöhnt. Es hat mich erstaunt, wie sehr ich es bedauerte, als ich vorhin die Tür hinter dem Mädchen zufallen hörte. So vieles heute hat mich überrascht: Ein Telefonat mit einer Fremden. Das Bündel mit alten Briefen. Das Kleid. *Mon dieu* … das Kleid! Erinnerungen, die ich schon so lange verdränge. Und jetzt haben sie mich gefunden. Weil Aurora Grant mich gefunden hat.

Rory, das Mädchen, das meine Vergangenheit wieder zum Leben erweckt hat.

Als sie die Patisserie betreten hat, hatte ich für einen winzigen Moment das Gefühl, sie zu kennen. Eine Verbindung, die ich in der Sekunde spürte, als sich unsere Blicke zum ersten Mal trafen. Eine alte Kundin vielleicht. Oder eine abgewiesene Braut. Dann aber, als sie näher kam, wurde mir klar, dass ich mich geirrt hatte. Wir kannten uns nicht.

Und trotzdem lag ich nicht falsch – sie ist wie ich. Oder vielmehr ein Abbild von mir, als ich in ihrem Alter war. Trauernd und verloren. Verzweifelt nach dem kleinsten Schimmer am Ende des Tunnels Ausschau haltend. Sie ist anmutig; ein feines Gesicht, rosige Wangen, ein blasser Teint. Ihre Augen, weder grau noch blau, gleichen dem Himmel, bevor ein Sturm aufkommt. Die honigfarbenen Haare fallen ihr in Wellen ins Gesicht – so kann sie sich gut vor der Welt verstecken.

Ich kann das verstehen. Nicht zu wollen, dass die Welt die eigene Trauer sieht. Man denkt, man sei die Einzige – vom Schicksal auserwählt zu leiden. Das ist man natürlich nicht, aber so fühlt es sich an. Als ob der Rest der Welt sich weiterdreht, die anderen leben und träumen, während man selbst erstarrt. Für immer in diesem furchtbaren Moment gefangen, in dem die eigene Welt stehen geblieben ist und einem der Boden unter den Füßen weggezogen wurde. Man lebt in einem Vakuum, leer und dunkel, bis man das Licht irgendwann nicht mehr ertragen kann.

Sie wollte meine Geschichte hören, wollte, dass ich den Koffer öffne, und war enttäuscht, als ich es nicht tat. Und doch hakte sie aus Rücksicht nicht weiter nach. Ich fühlte mich verpflichtet, ihre Neugierde zumindest ein bisschen zu stillen.

Sie stellte ihre Fragen diskret und gab sich Mühe, meine Gefühle nicht zu verletzen. Es gibt eine Verbindung zwischen Menschen, die einen ähnlichen Schmerz teilen. Warum hätte ich mich sonst von ihr nach Hause bringen lassen sollen?

Und dann war da noch die peinliche Situation, in der ich ihr angeboten habe, meine Hände anzuschauen. Ich habe ihren Gesichtsausdruck immer noch vor Augen, als ich meine Hände ausgestreckt habe. Darin lag mehr Zärtlichkeit als Mitleid. Ich hätte sie dafür küssen können. Später, als sie weinend aus dem Haus gestürzt ist, wäre ich am liebsten hinterhergelaufen. Ich wollte sie trösten, sie in den Arm nehmen und ihr Gelegenheit geben, sich richtig auszuweinen. Es gibt da etwas, worüber sie so traurig ist, dass sie es nicht verbergen kann.

Ich weiß natürlich nicht, was Aurora Grant widerfahren ist. Ich weiß nur, dass ihr etwas widerfahren ist. Aber sie ist jung und wird dem Vakuum früher oder später entkommen. Die Galerie wird ihre Rettungsleine sein. So wie der Salon meine war. Mir gefällt die Idee – eine Galerie für unbekannte Künstler. Und erst der Name – KunstStoff. Mir gefällt das Mädchen und auch das, was sie über das Haus gesagt hat, dass es auf sie gewartet habe. Vielleicht soll es so sein, dass sie die Rettungsleine dort ergreifen kann, wo meine abgerissen ist. Unsere Schicksale sind nun miteinander verwoben. Vielleicht nicht nahtlos, aber unentwirrbar.

Mit dem Weinglas in der Hand betrachte ich die Fotowand im Arbeitszimmer. Das tue ich eigentlich nur noch selten – selbst jetzt ist der Verlust noch zu schwer. Doch als Rory heute Nachmittag hier war, habe ich zum ersten Mal versucht, die Bilder aus der Sicht eines anderen zu sehen. Sie hat konzentriert auf ein Foto vom Schaufenster geblickt und unvermittelt gefragt, ob ich mich noch an Ansons Gesicht erinnern könne, als sich unsere Blicke in der Spiegelung des Glases trafen. Und für den Bruchteil einer Sekunde sah ich Anson dort stehen, sein Gesicht, das das ihre überlagerte. Als ich blinzelte, war er verschwunden. Es war nur eine Täuschung, ein Zusammenspiel aus Licht, Schatten und Erinnerung. Und doch war es einen Augenblick lang wahr, verblüffend und unendlich schmerzhaft wahr.

Ich setze mich und halte den Pappkarton für eine Weile im Schoß. Ich muss ihn nicht öffnen. Ich weiß ohnehin, was er enthält: Bruchstücke meiner Vergangenheit, die sich in mein Herz bohren werden. Erinnerungen an unerfülltes Glück. Ich hatte den Koffer mitsamt den Erinnerungen verloren geglaubt, erst verbannt ins Kabuff unter der Treppe, dann zu Asche verbrannt. Jetzt wurden sie exhumiert. Ich habe keine Wahl – ich muss mich ihnen stellen.

Ich ringe nach Luft, als ich den Koffer öffne und das Seidenpapier zurückschlage. Das Kleid sieht so aus, wie ich es im Gedächtnis habe – es schimmert noch immer, ist luftig und weiß. Ich befühle die Perlenstickerei und erinnere mich an die langen Nächte, in denen ich heimlich an dem Kleid gearbeitet habe. Maman hätte es niemals gebilligt, sie durfte nicht Wind davon bekommen. In ihren Augen wäre es eine unverzeihliche Verschwendung gewesen, schließlich gab es zu der Zeit kaum noch heiratsfähige Männer in Frankreich. Aber als ich Frankreich verlassen habe, habe ich es mitgenommen. Weil ich von einem Happy End geträumt habe. Wie ich eines Tages dieses wundervolle Kleid mit dem eingenähten Zauberspruch tragen und Maman beweisen könnte, dass sie sich geirrt hatte. Allen Roussels würde ich das beweisen. Es hätte beinah geklappt. Doch stattdessen habe ich alles verloren.

Ich unterdrücke ein Schluchzen, während ich die Schachtel vorsichtig zur Seite lege und das Licht ausschalte. Ich hatte gedacht, damit abgeschlossen zu haben.

Ich halte das Weinglas nur noch mit den Fingerspitzen, während ich ins Schlafzimmer gehe. Ich bin müde, mein Kopf schmerzt. Ich hatte ganz vergessen, wie laut und anstrengend belebte Ort sind. Meine Gedanken schweifen zu den Pillen im Nachttisch, die mir ein Arzt gegen die Schmerzen verschrieben hat, als ich entlassen wurde. Eine Woche später habe ich sie abgesetzt, weil sie mich schrecklich müde gemacht haben. Das Glasfläschchen habe ich als eine Art Versicherung behalten – sollten die Nächte irgendwann unerträglich lang und die Tage unerträglich leer werden. Ab und zu denke ich daran. Dann schütte ich einige Pillen in meine Handfläche und stelle mir vor, sie alle auf einmal zu nehmen. Das werde ich natürlich nicht tun. Heute Nacht habe ich andere Dinge im Kopf.

Während ich mich im Dunkeln ausziehe und zu Bett lege, wandern meine Gedanken zu Rory. Würde ich sie lesen, wie

Maman es mir beigebracht hat, was würde ich sehen? Bei ihr wäre es wahrscheinlich leicht. Auch darin gleicht sie mir – zumindest meinem früheren Ich. Sperrangelweit offen der Welt gegenüber. Maman hat mich dafür gerügt. Sie sagte, dass ich nichts verbergen könne, weil mein Gesicht alles verrate.

Damals stimmte es, doch über die Jahre habe ich gelernt, eine Menge vor der Welt zu verbergen. Und vor mir selbst, nehme ich an. Schmerz betäubt, und jeder Verlust baut einen neuen Schutzwall auf. Bis wir denken, dass wir geschützt seien, wie vom Perlmutt im Inneren einer Muschel, an der Gegenwart und Zukunft scheinbar ohne Folgen vorbeiziehen.

Was für Narren wir sind, wenn wir das glauben!

Dreizehn

SOLINE

Manche können der Versuchung, *la magie* eigennützig zu beschwören, nicht widerstehen. Doch ein solcher Verstoß verheißt Unheil, das die nachfolgenden Generationen heimsuchen wird.

Esmée Roussel, *Die Zauberschneiderin*

Paris, 11. Dezember 1942

In zweieinhalb Jahren Nazi-Besetzung ist Paris geschrumpft.

Nie werde ich den Morgen, an dem sie kamen, vergessen. Ich hörte die Soldaten wie ein Donnergrollen aus weiter Entfernung, während ich die Rue Legendre auf dem Weg zum Place de la Concorde entlangeilte. Ich weiß nicht mehr, was ich erwartete, als ich auf die Champs-Élysées bog. Krieg, nehme ich an. Verzweifelte Pariser, die in einem letzten Kraftaufgebot versuchten, sich den Angreifern entgegenzustellen. Bewaffnete Soldaten, die Menschen gefangen nahmen. Gewehre. Bomben. Feuer. Blut. Das Chaos des Krieges.

Doch es gab kein Chaos. Vielmehr lag eine dunkle und unheimliche Ordnung über allem, eine stählerne Präzision, die mir den Atem verschlug. Motorräder, Pferde, Panzerkolonnen, gepanzerte Autos und Abertausende Soldaten, die in ihren graugrünen Uniformen und den Helmen tadellos aussahen, während sie im Gleichschritt an mir vorüberzogen. Keine Pariser, die versuchten, ihre Stadt zu verteidigen. Stattdessen standen sie schweigend am Straßenrand und betrachteten angsterfüllt die Maschinerie, die ihre ganze Stadt verschluckte.

Wer reich genug war oder Verbindungen besaß, hatte sich dem Treck aus Paris hinaus angeschlossen: Autos, Züge, Pferdekutschen verstopften Straßen und Schienen, als *l'exode* Ernst wurde und die Menschen sich auf den Weg zur Küste machten. Geschäfte wurden geschlossen. Hotels waren leer. Die Theater blieben dunkel. Selbst am Wochenmarkt war es vor dem Einmarsch ruhig geworden. Und jetzt, im Juni 1940, war es Wirklichkeit geworden. Hitlers Wehrmacht nahm Paris ein, ohne einen Schuss abzufeuern. Am späten Nachmittag wehten die Hakenkreuzflaggen am Arc de Triomphe und am Eiffelturm.

Seit diesem furchtbaren Tag verschwimmt alles. Sperrstunden wurden eingeführt und streng überwacht. Französische Straßenschilder wurden durch deutsche ersetzt, die Uhren auf deutsche Sommerzeit umgestellt. Salz in die Wunde einer ohnehin schon demoralisierten Stadt: Nicht einmal unsere Zeit gehört uns noch.

Französische Zeitungen sind verboten, die einzig erlaubten Radiosender bringen deutsche Propaganda. Die Stadt ist zugepflastert mit Plakaten, die uns dazu bringen sollen, unsere Besatzer als Freunde zu sehen. Als ob wir nicht bemerken würden, wie der Griff um unsere Kehlen immer fester wird.

Kleidung und Nahrungsmittel können nur noch mit Marken gekauft werden, weshalb sich jetzt endlose Schlangen für die notwendigsten Dinge bilden. Paris ist zu einer Stadt geworden, die sich ums Essen dreht. Nahrung aufzutreiben, sich leisten und schließlich für mehrere Mahlzeiten strecken zu können. Frauen verbringen den Großteil des Tages auf der Suche nach einem Ei oder einem Suppenknochen. Zeitschriften geben Tipps, wie man Butter mit Gelatine streckt und Kuchen ohne Ei backt. Dank Mamans Vorrat leiden wir weniger als andere, allerdings geht er in besorgniserregendem Tempo zur Neige.

Auch die Fortbewegung stellt uns vor Probleme. Benzin gibt es nicht mehr, weshalb wir auf Fahrräder oder die Metro angewiesen sind. Oder man läuft, was ich meistens tue. Die deutschen Soldaten sind überall, in Cafés und Geschäften, sie trinken unseren Wein und räumen die Regale leer, sie lungern an Ecken und belästigen Frauen. Als ob ihnen ganz Frankreich auf dem Serviertablett gereicht werden würde und sie nur zuzugreifen brauchten – was leider gar nicht so weit hergeholt ist. Doch niemand leidet unter dieser Situation mehr als die Juden.

Nachdem sie Grundstücke und Eigentum abgeben mussten, wurde ihnen mit den *Lois sur le statut des Juifs*, den Judengesetzen, verboten, bestimmte Berufe auszuüben, ins Theater zu gehen und in den meisten Geschäften einzukaufen. Nicht einmal Radios dürfen sie besitzen. Alle Juden, die älter als sechs sind, müssen einen gelben Stern, auf dem *Juif* steht, sichtbar an die Kleidung genäht haben, um sie für ihre Verfolgung eindeutig zu kennzeichnen – was obendrein noch einen Großteil ihrer Stoffration verschlang. Manche boykottieren das neue Gesetz, obwohl sie sich damit in große Gefahr bringen. Wer denunziert oder sonst irgendwie erwischt wird, muss mit Schlägen oder Schlimmerem rechnen.

Und dann begannen die Razzien und Deportationen. Sie sperrten Tausende Juden, vor allem Frauen und Kinder, tagelang weg, ohne Wasser und Essen, bis sie erst in ein Internierungslager in Drancy und schließlich in Viehwaggons gedrängt nach Auschwitz gebracht wurden. »Razzia des Wintervelodroms«

nannte man diese Massenverhaftungen, nach der Radsporthalle Vélodrome d'Hiver nahe dem Eiffelturm, dem größten der Sammellager. Organisiert und ausgeführt wurden sie von der französischen Polizei.

Von unserer Polizei.

Doch das war nur der Anfang. Es kamen immer mehr Einzelheiten über die Vernichtungslager ans Licht. Gerüchte über Gaskammern und Öfen, Gräben voller Leichen. In ganz Europa werden Juden vernichtet. Und die französische Regierung hilft dabei.

Wie fast alle Pariser beziehen wir unsere Nachrichten – echte Nachrichten – von *Radio Londres*, einem Sender der verbotenen BBC, oder von den Untergrundzeitungen, die heimlich von Hand zu Hand gereicht werden. So wie fast alles, wird auch das mit schweren Strafen geahndet.

Maman haben diese Entwicklungen besonders mitgenommen, was mich ein wenig verwundert. Sie war immer hart im Nehmen, aber nach zwei Jahren deutscher Herrschaft sind wir alle ausgelaugt. Die Krankheit hat Maman jetzt fest im Griff, ihre nächtlichen Hustenanfälle kosten sie viel Kraft. Und dann sind da noch die blutigen Taschentücher, die ich so lange übersehen habe, bis es ihr unmöglich wurde, sie vor mir zu verstecken. Mit diesem zweiten kalten Winter ohne Brennmaterial verschlechtert sich ihr Zustand fatal.

Die wenigen Aufträge, die wir noch haben, erledige ich. Und obwohl es meist nur um Anproben geht, bin ich doch dankbar für alles, was die Zeit etwas schneller vergehen lässt. Nachts, wenn die Verdunkelungsvorhänge zugezogen sind und Maman schläft, arbeite ich weiter an meinem Kleid, auch wenn ich bezweifele, dass sie noch lange genug lebt, um es sehen zu können.

Eines Nachts ruft sie mich zu sich und bedeutet mir, einen Stuhl an ihr Bett zu stellen. Es tut mir weh, die Veränderungen an ihrem Körper zu beobachten. In dieser Zeit haben zwangsläufig alle abgenommen, doch Mamans Dürre ist brutaler: Sie wird langsam dahingerafft, ihr Gesicht ist so ausgemergelt, dass sich die wächserne Haut über die Wangenknochen spannt.

»Setz dich!«, fordert sie mich mit flackerndem Blick auf und schlägt meine Hand beiseite, als ich ihr die Stirn abtupfen will. »Ich muss dir etwas sagen. Ich hätte es dir schon vor Jahren sagen sollen.«

»Du solltest dich ausruhen.« Ich will nicht mit ihr über ihren Tod sprechen. Oder über die Nazis. Oder darüber, wie viel schwerer es noch werden wird. In letzter Zeit haben wir ständig über diese Dinge geredet. »Wir können uns später unterhalten, wenn du geschlafen hast.«

»Was ich dir zu sagen habe, lässt sich nicht auf morgen verschieben.«

Ich nicke und warte ab.

»Im obersten Fach meines Kleiderschranks liegt ein Kästchen. Bringst du es bitte her?«

Ich finde es auf Anhieb, ein mit dunkelgrünem Samt bezogenes Schmuckkästchen, ungefähr faustgroß. Fasziniert sehe ich, wie zärtlich sie es an sich drückt. Bevor sich unsere Blicke eine ganze Weile später treffen, scheint es, als hätte sie mich völlig vergessen.

Mit zitternden Händen fummelt sie am Deckel herum. Irgendwann gibt sie auf und reicht mir das Kästchen. »Öffne es, bitte.«

Ich gehorche mit angehaltenem Atem. Im Kästchen liegt ein Medaillon, das mit zwei Lilien verziert ist. Ich suche ihren Blick, sie nickt mir kaum merklich zu.

Es dauert einen Moment, bis ich das Häkchen zum Öffnen finde, doch dann schaue ich in das Gesicht eines gut aussehenden Fremden. Er hat hohe Wangenknochen und dunkle

Locken, sein Blick ist nachdenklich, fast schon düster, aber um die vollen sinnlichen Lippen spielt ein leichtes Lächeln.

»Er hieß Erich Freede«, sagte Maman leise. »Im Sommer vor deiner Geburt hat er am Conservatoire de Paris studiert.«

Sie verstummt. Ich spüre ihren Blick, während ich das Bild betrachte. Nach einer Weile wird mir bewusst, was sie gerade gesagt hat: Im Sommer vor deiner Geburt. Ich schaue auf. Die Frage brennt mir auf der Zunge.

»Er war dein Vater.«

Mein Vater. Wie fremd das Wort aus ihrem Mund klingt.

»Warum erzählst du mir das gerade jetzt?«

»Weil wir nie über ihn gesprochen haben. Das müssen wir jetzt nachholen.«

Natürlich habe ich immer wissen wollen, wer der Mann gewesen ist, der meine Mutter hatte erweichen können, aber plötzlich möchte ich weder mehr über ihn erfahren, noch wissen, warum wir dieses Gespräch überhaupt führen.

»Er war auf dem Weg zu einer Probe, als wir uns das erste Mal begegnet sind. Ich lieferte gerade ein Kleid in der Nähe des Konservatoriums aus, in die Rue de Madrid. Es hatte den ganzen Morgen geregnet und die Straßen waren voller Pfützen. Ich stand an einer Straßenecke, als ein Auto vorbeiraste und mich von Kopf bis Fuß mit schmutzigem Wasser bespritzte. Ich war außer mir, als ich auf die Schachtel, in der ich das Kleid trug, hinunterschaute, denn sie war klatschnass und verdreckt. Mein einziger Gedanke war: Wenn das Kleid ruiniert ist, bringt Maman mich um. Und dann stand er da und reichte mir ein Taschentuch.«

»Erich«, sagte ich und ließ mir den fremden Namen auf der Zunge zergehen.

»Ja, Erich.« Ein seltenes Lächeln mildert ihre von der Krankheit verhärteten Züge. »Er trug einen maßgeschneiderten weißen Sommeranzug und auf Hochglanz polierte schwarz-weiße Budapester. *Très chic*, mit seinem Strohhut und dem makellosen Krawattenknoten. Und ich? Stand vor ihm wie ein begossener Pudel.«

»Er hat sich auf der Stelle in dich verliebt«, füge ich hinzu, weil ich den Rest der Geschichte schon in ihren Augen gelesen habe.

Ihr Blick schweift in die Ferne. »Das haben wir beide. Ich war wie vom Blitz getroffen. Als er mich nach meinem Namen fragte, konnte ich mich nicht daran erinnern. Es war, als hätte jemand mein Gedächtnis ausgelöscht, als wäre vor diesem Moment nichts passiert. Gemeinsam versuchten wir, die Schachtel zu säubern, und dann kniete er sich vor mich hin und wischte die Dreckspritzer von meinen Schuhen. Ich war so durcheinander, so aufgeregt, dass ich ihm irgendwie den Hut vom Kopf schlug. Wir schauten hinterher, wie er über die Straße trudelte, und plötzlich konnten wir uns nicht mehr halten vor Lachen. Er legte mir seinen Mantel um und begleitete mich den Rest des Weges.«

Ein Lächeln hat sich auf mein Gesicht gestohlen. Eine Seite an Maman, die ich mir nicht im Traum hätte vorstellen können – eine junge Frau voller Leidenschaft. »Und nachdem du das Kleid ausgeliefert hast?«

»Haben wir jede freie Sekunde miteinander verbracht, meistens in einem Park. Er brachte eine Decke und etwas zu essen mit, ich legte mir eine Ausrede zurecht, wo ich hinmüsse. Nachdem wir gegessen hatten, spielte er Geige für mich. Er spielte so schön, als würde er jedes Mal, wenn er den Bogen ansetzte, eine Geschichte erzählen. Ich besuchte ein paar seiner Konzerte im Konservatorium. Von den vielen Instrumenten auf der Bühne hörte ich nur seines. So kam es mir zumindest vor.«

»Wie lange ging es?«

»Sieben Monate und dreizehn Tage.«

Die schnelle und präzise Antwort erstaunt mich. »Was ist passiert?«

»Er hat sein Studium abgeschlossen. Es war Zeit für ihn, nach Hause zurückzukehren.«

»Nach Hause?«

Mit geschlossenen Augen schluchzt sie: »Nach Berlin.«

Es verursacht ihr sichtbare Qualen, was in meinen Augen so gar nicht typisch für sie ist. Wahrscheinlich, weil ich immer gedacht habe, dass sie gar nicht in der Lage ist, solche Gefühle zu empfinden. »Es tut mir leid, dass er dich verlassen hat, Maman.«

Sie schlägt die Augen auf, ihr Blick ist dunkel und unergründlich. »Ich war es«, flüstert sie. »Ich habe es beendet.«

»Du? Aber warum?«

»Er wollte, dass ich mit ihm nach Deutschland gehe, dass wir dort heiraten. Doch deine Großmutter hat es verboten. Selbst als ich ihr gestanden habe, dass ich schwanger war.«

»Wegen des Salons?«

»Wegen des Kriegs«, antwortete sie leise. »Erich war Deutscher. Ein *boche*, wie man sie damals nannte. Heute auch noch, nehme ich an. Meine Mutter hat ihnen die Schlacht an der Somme nie vergeben. So viele unserer Jungs sind dort gefallen, sie wurden zu Tausenden in den Schützengräben niedergemetzelt. Sie konnte es nicht vergessen. Das ging vielen so. Einen Deutschen zu heiraten, wäre eine größere Schande, als ein uneheliches Kind aufzuziehen, sagte sie.«

»Und das wars? Du hast ihn einfach ziehen lassen?«

Sie atmet rasselnd. »Ja. Seine Eltern waren tot, seine Schwestern waren bei einer Tante untergekommen, während er das Konservatorium besuchte. Er hatte Verpflichtungen. Ich hätte ihn dazu bringen können, zu bleiben«, flüstert sie mit belegter Stimme. »Hätte ich ihm von dir erzählt, wäre er geblieben.«

Ich starre sie mit offenem Mund an. »Du hast ihm nicht erzählt, dass du schwanger warst?«

Sie wendet den Blick ab. »Es hätte die Sache nur noch schwieriger gemacht, für uns beide. Wir hatten beide … Verpflichtungen.«

Ich gebe mir Mühe, das zu verstehen. Nicht, dass mir mein Vater jemals gefehlt hatte – jemanden, den man nicht kennt, kann man nicht vermissen –, aber ihre Erklärung ergibt keinen Sinn. »Welche größere Verantwortung hattest du, als den Vater deines Kindes zu heiraten?«

»So einfach war es nicht. Es gab ja auch noch den Salon. Ich konnte Maman nicht nur mit Lilou zurücklassen. Vor allem, weil ich wusste, dass sie nicht bleiben würde. Meine Schwester hatte schon seit unserer Kindheit einen Fuß aus der Tür. Und dann waren da noch die Geschichten – all die gebrochenen Herzen von den Frauen in unserer Familie, die es gewagt hatten, den Regeln unserer Berufung zu trotzen und die dafür büßen mussten. Maman prophezeite mir, dass mein Herz als nächstes brechen würde, ich danach aber nicht zurückkehren könnte.« Tränen rannen ihr die Wangen hinunter und hinterließen silbrige Spuren. »Ich wäre auf mich allein gestellt – wie meine Mutter, als Lilou geboren war.«

»Also hast du dein Geheimnis für dich behalten und Erich das Herz gebrochen.«

»Ich hatte Angst.«

Dieses Eingeständnis lässt mich schlucken. »Und du hast ihn nie wieder gesehen?«

Sie schüttelt schmerzerfüllt den Kopf. »Später hat er mir einen Brief geschrieben, in dem er mich anfleht, es mir anders zu überlegen. Weil ich Angst hatte, schwach zu werden, warf ich ihn ins Feuer. Lilou war wütend, sie wusste nicht, was Pflichtbewusstsein ist. Während ich … ich wusste nur das.«

»Es tut mir so leid«, sage ich sanft. Ich meine es auch so. Aber gleichzeitig bin ich wütend auf sie. Wütend, dass ich nie die Chance hatte, diesen Mann kennenzulernen, der mit seiner Geige Geschichten erzählte, und nie die Frau, die meine Mutter war, als sie sich an der Straßenecke Hals über Kopf in einen Fremden verliebt hat. Diese Frau hätte mir gefallen. Doch die Jahre hatten sie zu einer anderen werden lassen – zu einem unglücklichen Echo ihrer eigenen Mutter, die sie gezwungen hatte, ihre Liebe zu verleugnen. Die Situation, wie wir hier zusammensitzen und ich ihrer Geschichte lausche, hat eine tragische Ironie, und ich frage mich, ob sie sich genau deswegen dafür entschieden hat, mir die Geschichte zu erzählen.

»Es muss dir das Herz gebrochen haben, ihn gehen zu lassen«, sage ich behutsam. Dann schießt mir plötzlich ein Gedanke durch den Kopf. »Erzählst du es mir gerade jetzt, weil du meine Hilfe brauchst, um ihn ausfindig zu machen?«

Sie fängt an, schluchzend zu weinen, ein Dammbruch, von dem ich nicht weiß, wie ich mit ihm umgehen soll. Ich habe sie nie trösten müssen, und ganz offensichtlich mache ich irgendetwas falsch. »Es tut mir so leid, Maman. Was immer ich gesagt habe, es tut mir so wahnsinnig leid.«

»Er war Jude«, schluchzt sie. »Erich Freede war jüdisch.«

Ich starre sie verständnislos an. Ich brauche noch einen Moment, doch dann begreife ich. Ein Jude. In Deutschland.

»Die Nazis«, sage ich leise. *»Mon dieu.«*

Sie schließt die Augen, vom nächsten Schluchzer erfasst. »Die Gerüchte … Die Lager … Ich kann nicht einmal daran denken.«

Ich betrachte das Medaillon in meiner Hand und erinnere mich an den Tag, als eine Kundin uns etwas von einer entsetzlichen Nacht im November 1938 erzählt hat. Maman hat den Salon geschlossen, ist auf ihr Zimmer gegangen und bis zum nächsten Morgen nicht mehr rausgekommen. Und wie sie nicht mehr aufhören konnte zu weinen, als sie im Radio von der Razzia des Wintervelodroms erfuhr und tagelang nichts aß. Sie hatte nicht um die Menschheit geweint; sie hatte um Erich Freede getrauert, den sie immer noch liebte.

Deswegen lauscht sie den BBC-Nachrichten wie gebannt. Deswegen verschlingt sie die verbotenen Zeitungen, die gelegentlich ihren Weg in unseren Briefkasten finden, Zeile für Zeile, bis sie sie auswendig kann. Und vielleicht ist das auch der Grund, weswegen sie in der letzten Zeit so fieberhaft an ihrem Rosenkranz herumfingert – als Schutzschild gegen das Böse.

»Hast du … etwas von ihm gehört?«

»Nein.« Sie schlägt sich die Hand vor den Mund und kneift die Augen zusammen, als ihr neue Tränen die Wangen hinunterrinnen. »Ich habe ihn mir jahrelang auf Tournee in den ganz großen Konzerthäusern Europas vorgestellt, wie er das Publikum verzauberte. Es war meine Art, bei ihm zu sein: Mir vorzustellen, dass er auch nach allem, was passiert ist, glücklich war, und jetzt … Ich weiß nicht, wo er ist. Ich weiß noch nicht einmal, ob er am Leben ist.«

Ich leide mit ihr, aber ich bekomme auch immer mehr Angst. Ihre Atmung geht schwer und rasselnd, vor Anstrengung ist ihr die Farbe aus den Lippen gewichen. »Maman, ich bitte dich. Du darfst dich nicht so aufregen.«

»Wenn ich nur nicht auf meine Mutter gehört hätte … Wenn ich ihm nur von dir erzählt und ihn gebeten hätte zu bleiben, wäre er jetzt vielleicht noch in Sicherheit.«

»Das kannst du nicht wissen, Maman. Die Juden werden auch bei uns verhaftet. Von Franzosen.«

Mühsam versucht sie, sich aufzurichten, und ergreift meine Hand. »Aber es hätte anders sein können. Siehst du das nicht? Wäre er in Paris geblieben, dann hätte ich ihn schützen können. Stattdessen habe ich ihm das Herz gebrochen … und ihn umgebracht.«

Sanft drücke ich sie in die Kissen zurück und murmele beschwichtigend, als wäre sie ein Kind, das schlecht geträumt hat. Ich flüstere ihr zu, dass sie die Augen schließen soll, streiche ihr über die Haare und versuche, mich an die Zeit zu erinnern, in der die Rollen andersherum verteilt waren und sie mich getröstet hat. Aber ich kann mich nicht erinnern. Sie war nicht die Art von Mutter. Dennoch kann ich ihr dieses bisschen Zärtlichkeit nicht verwehren. Nicht wenn sie solchen Kummer hat.

Ich sitze auf ihrer Bettkante, bis sie sich beruhigt hat, und denke an *le maléfice* – den Fluch. Mamans Mutter hatte sie gewarnt, dass ihre Liebe zu Erich Freede ihr das Herz brechen werde. Aber wäre das schlimmer gewesen als ihre heutigen Qualen? Schlimmer als ihre Ungewissheit, ob der Mann, den sie liebt, sich irgendwo wie ein eingekesseltes Tier versteckt hält oder ob er in einem Lager eingesperrt und der Gnade von Monstern ausgeliefert ist. Maman hat versucht, ihr Herz zu schützen – und das kommt dabei heraus?

Sie entzieht mir ihre Hand und wischt sich ungeduldig die Tränen vom Gesicht. »Ich wollte dir das Medaillon geben, weil ich möchte, dass du irgendetwas von deinem Vater hast. Und weil du etwas für mich tun musst.«

Ich nicke schweigend.

»Eines Tages wirst du Paris verlassen. Nimm das Medaillon mit. Fort von diesem Ort mit all seinen furchtbaren Erinnerungen. Versprich mir, dass du das tun wirst.«

»Paris verlassen?« Erstaunt schaue ich sie an. »Aber wo sollte ich hin? Paris ist mein Zuhause.«

»Nicht mehr. Und du wirst gehen. Du wirst gehen müssen.«

»Aber der Salon. Die Arbeit. Du hast immer gesagt …«

»Ich habe eine Menge gesagt. Ich habe dir beigebracht, für die Arbeit zu leben, weil es das ist, was mir beigebracht wurde, aber ich habe mich getäuscht. Ich habe mich in so vielen Dingen getäuscht.«

»Maman …«

»Lass mich ausreden!«

Es ist klar, dass es nichts bringt, mit ihr zu diskutieren.

»Ich habe dich immer auf Abstand gehalten. Du brauchst nicht den Kopf zu schütteln. Wir wissen beide, dass das stimmt. Aber du kannst nicht wissen, warum.« Sie atmet rasselnd ein. »Du warst ihm so ähnlich, Soline. So sehr, dass es mir wehtat, dich anzuschauen. Du hast meine Augen, mein Haar und meinen Mund, aber sein Herz. Er war ein Träumer – *un rêveur*. Er hatte so große Pläne für uns.« Sie hält inne und ringt nach Luft. »Ich habe ihm die Träume genommen – und jedes Mal, wenn ich dich ansah, wurde ich daran erinnert.«

Mir ist, als würde mir ein tonnenschweres Gewicht von der Brust genommen, während ich versuche, ihre Worte zu verarbeiten. Jahrelang habe ich mich gefragt, womit ich so eine unterkühlte Mutter verdient hatte, habe mich gequält und gehofft, irgendeinen Grund zu finden. Jetzt verstehe ich, dass es nichts mit meinem Wesen zu tun hat. Dieses Wissen erleichtert mich ungemein.

Ich lege meine Hand auf ihre. »Ich glaube, du solltest deine Medikamente nehmen …«

Ihre Augen flackern im Fieber. »Sei still und hör mir zu. Du wirst eine Chance bekommen, von hier wegzugehen, und du musst sie ergreifen, Soline.«

»Ich kann nicht mehr zu Lilou. In London ist es auch nicht mehr sicher.«

»Nicht zu Lilou, noch weiter weg. Und das für immer.«

»Aber der Salon …«

Sie hebt die Hand und bringt mich zum Schweigen. »Auch das ist vorbei. Dafür haben die Nazis gesorgt. Sie werden verbrannte Erde hinterlassen, wo immer sie hinziehen werden. Doch du wirst neu anfangen. An einem anderen Ort.«

Mir wird flau im Magen. »Woher weißt du das?«

»Was denkst denn du? Ich habe deine Bürste aus deinem Zimmer genommen, als du beim Schlachter warst.«

»Du hast in meiner Zukunft gelesen?«

»Nur etwas, du bist zu früh zurückgekommen. Aber eigentlich habe ich genug gesehen.«

Ihr Eingeständnis verblüfft mich. Sie hatte mich so oft äußerst streng vor dem eigennützigen Einsatz von Magie gewarnt. »Aber du hast immer gesagt …«

»Ja, ja«, seufzt sie und wischt meine Bedenken mit einer ungeduldigen Bewegung ihrer knochigen Hand weg. »Ich weiß, was ich gesagt habe, und dennoch habe ich die Regeln gebrochen. Aber es gibt nun einmal Zeiten, in denen wir wissen müssen, wohin uns der Wind treiben wird, und dich wird er weit wegwehen, *ma fille*. Weg aus Paris und von dem Wahnsinn. Doch du wirst nicht unbeschadet entkommen. Auf deinem Weg wird Mühsal liegen und dein Herz wird gebrochen werden. Aber du darfst den Glauben nicht verlieren, Soline, was auch immer geschehen mag.«

Ich sehe sie fassungslos an. Die Roussels haben keinen Glauben. Wir haben Nadel und Faden. Das ist unser Glauben – die Arbeit, unsere Berufung. »Sprich nicht in Rätseln, Maman, bitte.«

»Mein Glaube wurde einmal infrage gestellt, da war ich nur wenig älter als du jetzt. Und ich bin daran gescheitert.« Sie hält inne, um atmen zu können. »Ich hatte keinen Glauben in das, was kommen konnte – ein eigenes Leben und eine große Liebe. Weil ich keine Träumerin war. Deshalb bin ich dem Pfad gefolgt, der für mich vorgesehen war. Doch du, So-So … Du hast solche Träume. Und du bist begabt. Begabter, als ich es jemals gewesen bin.«

Ich traue meinen Ohren kaum. So lange habe ich auf das kleinste Fünkchen Anerkennung gewartet, auf einen Beweis dafür, dass sie mich überhaupt zur Kenntnis nahm. Und jetzt, auf einmal … überschwängliches Lob. Ich spüre Tränen aufsteigen, weiß aber, dass Maman sie nicht gutheißen würde. »Ich hatte eine gute Lehrerin«, antworte ich stattdessen.

Sie wartet nur darauf, weitererzählen zu können. »Die Möglichkeit, von der ich gesprochen habe … wird dein Herz auf die Probe stellen. Womöglich wird es gebrochen. Doch für die wertvollsten Geschenke musste man von jeher den höchsten Preis zahlen. Das habe ich zu spät verstanden … weshalb ich dir jetzt diesen Rat gebe. Du musst …«

Sie bricht ab und hält sich das Taschentuch vor den Mund, bevor sie von einem Hustenanfall geschüttelt wird. Als er endlich vorüber ist, zittert sie, ihre Gesichtsfarbe ist kalkweiß und ihre Lippen sind bläulich angelaufen. Ich nehme ihre Hand in meine, ihre vogelhaften Knochen sind so zerbrechlich zwischen meinen Fingern. Mir wird schlagartig bewusst, wie selten ich sie ruhend erlebt habe. Stets war sie beschäftigt mit einer Nadel, einem Maßband oder einer Schere. Nähend, absteckend oder säumend.

Ehe ich mich wegdrehen und meine Tränen verstecken kann, schießen sie mir in die Augen. Sie greift nach meinem Ärmel und für einen Wimpernschlag erahne ich ihre Zärtlichkeit. »Keine Tränen, Liebes! Vergieß sie nicht meinetwegen. Du wirst sie später brauchen. So viele Veränderungen erwarten dich, und du musst vorbereitet sein.«

Gehorsam fahre ich mir mit dem Ärmel über die Augen, doch ihre dunklen Voraussagungen haben mich verunsichert. »Du machst mir Angst mit diesen düsteren Themen, Maman. Kannst du mir nicht einfach sagen, was du weißt?« Doch ich bereue die Frage schon in der Sekunde, in der ich sie gestellt habe. »Schon gut«, beeile ich mich zu sagen. »Du bist müde und solltest heute Abend nicht mehr sprechen.«

Einen Moment habe ich den Eindruck, dass sie weint. Als ihr Blick jedoch wieder auf mir ruht, sind ihre Augen trocken. »Ich sage dir jetzt, was ich weiß, *ma fille*«, sagt sie mit belegter und brüchiger Stimme. »Es gibt einen Schmerz, der schlimmer ist als der Tod. Es ist der Schmerz eines halb gelebten Lebens. Nicht weil du dir ausmalst, was alles hätte sein können, sondern weil du es genau weißt. Dir wird zu spät klar, dass es zum Greifen nah war, direkt in deinen Händen, und du hast es entwischen lassen. Weil du dich durch etwas oder jemanden hast beeinflussen lassen. Aber du, *ma fille*, kannst es anders machen, wenn es so weit ist. Und die Zeit wird kommen. Du musst deinen Liebsten nur am Leben halten, So-So.« Sie hält inne und legt eine Hand an die Brust. »Hier, in deinem Herzen. Und gib niemals auf, was möglich sein könnte. Solange du sein liebes Gesicht im Herzen trägst, wird er nie wirklich verloren sein. So lange gibt es immer einen Weg zurück.«

Ihr Geist beginnt zu wandern, sie ist kurz vorm Einschlafen, und dabei verwechselt sie meine Vergangenheit mit ihrer Zukunft. Der Schlaftrunk scheint Wirkung zu zeigen. »Ruh dich aus, Maman. Schließ die Augen und schlaf.«

Ihre Augen ruhen weiter auf mir, plötzlich weit aufgerissen und fieberglänzend. »Im Leben gibt es eine Zeit zum Festhalten und eine zum Loslassen. Du musst lernen, den Unterschied zwischen beiden zu erkennen, So-So. Vertrau deinem Herzen, lass zu, dass es bricht. Festzuhalten kann schwer sein. Doch da kommt der Glaube ins Spiel. Verstehst du?«

Ich nicke, weil ich glaube, dass ich es endlich verstehe. Ich werfe einen Blick auf das Medaillon, das geöffnet in meinem Schoß liegt. Erich Freedes dunkle Augen schauen mich an. Bewahre sein Gesicht … sein liebes Gesicht … für immer in deinem Herzen. Ja. Um Mamans willen werde ich es tun.

»Schlaf jetzt!«, sage ich sanft.

Sie lässt meine Hand los, schließt die Augen und sinkt mit einem rasselnden Seufzen in die Kissen zurück.

Ich bleibe noch einen Moment und versuche zu verarbeiten, was zwischen uns geschehen ist. Ich wünsche, es wäre früher passiert, gleichzeitig bin ich überrascht, dass es überhaupt stattgefunden hat. Es ist ganz still. Ich stehe auf und gehe hinaus.

»Lass ihn bei mir!«, ruft sie mir mit dünner Kinderstimme hinterher. »Nur für eine Weile.«

Ich klappe das Medaillon zu, drücke es ihr in die Hand und schließe ihre Finger darum. Anschließend beuge ich mich zu ihr hinab und küsse sie auf die Stirn. Das habe ich noch nie getan – und ich werde es auch nie wieder tun.

Als ich ihr Zimmer am nächsten Morgen betrete, ist sie entschlafen. Sie liegt ruhig da, ihr Gesicht ist totenblass und trotzdem schön, so als ob das Herausgleiten aus ihrer Haut sie befreit und glücklich gemacht hätte. Ihre Hände ruhen offen auf dem Laken, in der einen das Medaillon, in der anderen der Rosenkranz. Ich verwahre den Rosenkranz in ihren Schreibtisch, aber das Medaillon lege ich mir um den Hals. Das Gewicht am Dekolleté fühlt sich fremd an. Mein Vater. Ein Fremder. Doch ich habe ein Versprechen gegeben, und ich werde es halten.

Es erstaunt mich nicht, dass sie gegangen ist. Und dennoch überrollt mich eine dumpfe Welle der Traurigkeit, als ich die Tür zu ihrem Schlafzimmer zuziehe. Tief in mir wusste ich, dass unser Gespräch letzte Nacht eine Art Abschied war.

Wie üblich hat Maman das letzte Wort behalten.

Vierzehn

SOLINE

Wir erschaffen Liebe nicht aus heißer Luft – mit Zaubertränken, Elixieren oder durch Manipulation irgendeiner Art. Wir erschaffen gar keine Liebe. Wir hüten lediglich ihre Ausdrucksformen und stellen so ihr Überleben sicher.

Esmée Roussel, *Die Zauberschneiderin*

Paris, 3. März 1943

Den Salon habe ich für immer geschlossen. Ich glaube nicht, dass es irgendwem aufgefallen ist.

Maman wurde in einem Pappsarg begraben, den ich mit einem schönen Stoff umhüllt hatte. Es gab kein Holz mehr. Vor unserer Türschwelle wurden Blumen niedergelegt, kleine Sträuße, hübsch mit Bänderresten oder Zwirn gebunden. Und dann waren da noch die Briefe – Dutzende von Briefen, die in den Briefschlitz des Salons gesteckt wurden, von Herzen kommende Anteilnahme von Frauen, denen Maman dabei geholfen hatte, ihr Lebensglück zu finden. So viele an Wunder grenzende

Geschichten, die mit ein paar Stichen und einem kleinen bisschen Magie Wirklichkeit wurden.

Einige der Briefe habe ich zu einem Bündel zusammengeschnürt und aufbewahrt. Sie sind Mamans Vermächtnis an mich – eine Sammlung ihrer glücklichen Lebensgeschichten. Mir hilft es, sie ab und an zu lesen und mir in Erinnerung zu rufen, dass Mamans gedacht wird. Und dennoch: Das Leben muss weitergehen. Der Tod ist allgegenwärtig. Im Radio und in den Zeitungen, in den Lagern und an der Front, in den Gefängnissen und Lazaretten. Für die meisten ist Esmée Roussel nur ein Gesicht weniger in den Schlangen, während ich sie schmerzlich vermisse.

Solange ich denken kann, war sie die Stimme in meinem Ohr, mit der sie meine Arbeit gelenkt und meine Gedanken geformt hat – mich geformt hat. Nun fühle ich mich formlos, gestaltlos. Ich bin nie mehr gewesen als Esmée Roussels Tochter. Plötzlich bin ich nicht einmal mehr das.

Ich habe mein Kleid fertig genäht, nach Jahren der heimlichen Arbeit, ein Soline-Roussel-Original – doch ich sehe keinen Sinn darin, ein neues Kleid anzufangen. Maman hatte recht mit ihrer Vorhersage, dass es in Paris keine Bräute geben werde, weil die Bräutigame fehlen. Es sei denn, man zählt die Deutschen, was ich nicht tue.

Mein Leben ist aus dem Takt gekommen. Ich habe niemanden, für den ich koche und nähe, um den ich mich kümmere, und ich weiß nicht, wie es weitergehen soll. Meine Welt, deren Radius nie sehr viel größer als ein paar Kilometer war, ist auf ein paar Zimmer zusammengeschrumpft, denn manchmal verstreichen Wochen, in denen ich mich nicht vor die Tür wage. Doch meine Vorräte schwinden. Es ist an der Zeit, mich in der Welt der Lebenden in die Schlangen einzureihen.

An einem nieseligen Mittwochmorgen mache ich mich mit Regenschirm und Lebensmittelmarken auf den Weg zu den Geschäften. Heute ist Fleischtag, und die Schlange beim Metzger reicht schon bis auf die Straße. Eingefallene Gesichter, gezeichnet von Hunger und Misstrauen. Ich stelle mich dazu und halte meinen Regenschirm auch über die Frau hinter mir.

Es ist unmöglich, das Getuschel zu überhören. Diphterie und Tuberkulose, die Krankheit, die Maman umgebracht hat. Viele Kinder leiden an Rachitis, Babys werden so schwach geboren, dass sie nicht überleben. In Polen fallen Menschen vor Auszehrung tot um. Niemand spricht die Frage, die uns alle beschäftigt, laut aus: Wie lange noch, bevor es uns trifft?

Für mich ist das erdrückende Nichtstun fast schlimmer als der ständig drohende Hunger. Wenn ich nicht verrückt werden will, muss ich etwas tun, etwas, das meine Tage ausfüllt, das es mir ermöglicht, etwas Sinnvolles beizutragen. Ein paar der gehobenen Modehäuser haben noch geöffnet: Lelong, Grès, Schiaparelli. Allerdings kleiden sie die Ehefrauen der Nazis ein, weshalb Maman es sicherlich nicht gutgeheißen hätte, wenn ich mich dort um Arbeit bemühte. Dabei kann ich sowieso nur davon träumen, bei einem dieser Modehäuser einen Fuß in die Tür zu bekommen. Traurigerweise habe ich keinen blassen Schimmer, was ich sonst tun könnte.

Eines Morgens fahre ich auf Mamans altem Rad an den Stadtrand nach Neuilly-sur-Seine, um zwei Rollen Spitzenborte zu tauschen. Mittlerweile ist Spitze auf dem Schwarzmarkt ein begehrtes Gut: teurer als Fleisch und doppelt so schwer zu ergattern. Ich tausche sie gegen Butter und eine Handvoll Eier. In der Nähe des amerikanischen Krankenhauses rasen drei Rettungswagen an mir vorbei. Mir läuft ein Schauer über den Rücken. Sirenen sind keine Seltenheit in den Straßen von Paris – längst nicht mehr –, aber ich kann mir nicht vorstellen, dass sich irgendwer an das schrill klagende Heulen gewöhnt hat. Wir wissen alle, was es bedeutet. Mehr niedergemetzelte Männer. Mehr Witwen.

Ich beobachte gebannt, wie die Rettungswagen durch das Krankenhaustor in den großen Innenhof fahren. Als die Sirenen verstummen, beginnt dort ein geschäftiges Treiben, Türen werden geöffnet und wieder zugeschlagen, Uniformierte schwärmen aus, als die Fahrer sich daranmachen, Verwundete auszuladen.

Die französischen Krankenhäuser platzen aus allen Nähten. Jeder kennt die Schauergeschichten von Ärzten, die von Sonnenaufgang bis Sonnenuntergang nur Amputationen vornehmen, und von Krankenschwestern, die so überlastet sind, dass sie vor Schlafmangel auf den Gängen zusammensacken. Aber anscheinend gibt es auch Freiwillige, die Betten machen und Bettpfannen leeren, um die Bürde etwas zu verringern.

Ohne darüber nachzudenken, lehne ich mein Fahrrad an eine Kastanie und gehe durch das Tor auf den Innenhof. Nach zwei Jahren Pflege von Maman, in denen ich ihre Laken gewechselt und ihr beim Baden geholfen habe, ihre blutigen Taschentücher gewaschen und ihre Schlafmedikation dosiert habe, sind mir zumindest die niederen Grundaufgaben der Pflege vertraut. Plötzlich sehe ich eine Möglichkeit, mich nützlich zu machen und meine Tage zu füllen.

Keiner nimmt Notiz von mir. Hier ist so viel los, Männer hasten in alle Richtungen, es werden Befehle geschrien, während die amerikanischen Fahrer Verletzte auf Tragen hieven. Verbundene Augen. Ein zertrümmerter Kiefer. Ein grotesk verdrehtes Bein. Ein handtellergroßes Stück Schrapnell, das aus einer notdürftig verbundenen Brustwunde herausragt. Ein Junge, nicht älter als ich, mit einem blutigen Stumpf, wo sein rechter Arm sein sollte.

Eine Welle der Übelkeit überrollt mich, als ich all das aufnehme. Der Innenhof verschwimmt vor meinen Augen, während ich darum kämpfe, mein Frühstück bei mir zu behalten. Mit der Hand vor dem Mund konzentriere ich mich darauf, die Übelkeit zurückzudrängen und zu überlegen, wie ich am unauffälligsten zurück zu meinem Fahrrad gelange. Aber ich schaffe es nicht, meine Füße vom Boden zu lösen. Ich stehe wie angewurzelt da, schweißgebadet, hin- und hergerissen zwischen dem überwältigenden Drang zu fliehen und dem Impuls, die Hilfe zu leisten, zu der ich fähig bin.

Letztendlich wird mir die Entscheidung abgenommen. Der Fahrer, der anscheinend das Sagen hat, bemerkt, wie ich ganz still inmitten des Chaos stehe.

»Sag Alice, dass wir insgesamt sieben haben!«, schreit er zu mir herüber. »Drei kritisch.«

Alice?

Ich schaue mich um. Als ich bemerke, dass niemand hinter mir ist, wende ich mich ihm wieder zu und schaue ihn genauso ratlos an wie vorher.

»Parlez-vous anglais?«, blafft er mich in fast perfektem Französisch an.

»*Oui*. Ich meine, ja.«

Er mustert mich von Kopf bis Fuß. Es gibt nicht viel zu sehen. Mein Äußeres ist mir seit der Schließung des Salons ziemlich egal, und heute habe ich mir noch weniger Mühe gegeben als sonst. Ich trage eine alte Culotte, weil das auf dem Fahrrad praktisch ist, eine schlichte weiße Bluse und darüber einen Cardigan von Maman.

»Bist du eine Freiwillige?«, fragt er, jetzt auf Englisch.

Unbehaglich schaue ich mich um: *»Oui.«*

»Dann beweg dich! Sieben und drei.«

Er kehrt mir den Rücken zu, noch bevor ich ihn irgendetwas fragen kann, und gibt weiter Befehle. Den Blick zu Boden gerichtet, schlängele ich mich um die Tragen herum in Richtung Eingang. Mir fällt auf, dass dort keine Wache postiert ist, überhaupt sehe ich hier merkwürdigerweise keine Deutschen. Dabei kann man heutzutage keinen Block gehen, ohne einem Nazi zu begegnen.

Drinnen ist alles viel geordneter. Es ist düster und riecht antiseptisch, und die Geschäftigkeit gleicht der in einem Bienenstock, wo alle genau wissen, was ihre Aufgabe ist, und dieser mit unerbittlicher Entschlossenheit nachgehen. Krankenschwestern mit tiefen Augenringen, die in ihren gestärkten Kitteln und praktischen Schuhen vorbeihasten. Den Empfangsbereich durchqueren Freiwillige mit Wägelchen, Körben und Armen voller Wäsche sowie sonstigen Utensilien. Soldaten sitzen in Rollstühlen entlang der Wände, rauchend, ins Leere starrend oder Ruhm und Ehre vergangener Schlachten beschwörend.

Es ist überwältigend, aber auch belebend, mich inmitten all dieser Aktivität zu befinden. Seit die Nazis da sind, scheint ein Bann auf Paris zu liegen. Es ist wie ein Winterschlaf mit der Hoffnung aufzuwachen, wenn der Albtraum vorbei ist. Doch die Ärzte und Krankenschwestern, selbst die Freiwilligen, können nicht auf diese Weise überwintern. Sie erfüllen ihre Pflicht, und ganz plötzlich kann ich es nicht erwarten, mich einzureihen.

Irgendwie gelingt es mir, eine Krankenschwester auf mich aufmerksam zu machen. Unter ihrer gestärkten Haube quellen kupferfarbene Locken hervor. »Ich soll Alice etwas sagen«, teile ich ihr zaghaft mit.

»Da«, antwortet sie und deutet in einen Flur. »Die mit dem Klemmbrett. Wenn sie rennen, könnten Sie sie gerade noch erwischen.«

Ich erwische sie noch, bevor die Flügeltür hinter ihr ins Schloss fallen kann. *»Excusez-moi.«*

Sie dreht sich zu mir um und sieht mich kurz überrascht und belustigt mit ihren grauen Augen an. »Sie müssen neu sein. Niemand sagt hier Entschuldigung. Was brauchen Sie?«

»Der Fahrer eines Rettungswagens schickt mich, um Ihnen zu sagen: sieben insgesamt, drei kritisch.«

Ihre stählernen Brauen schießen hoch, ihre Erheiterung ist spurlos verschwunden. »Alles klar.«

Und damit lässt sie mich stehen, erteilt Befehle mit einer Stimme, die man noch lange hört, nachdem sich die Flügeltüren hinter ihr geschlossen haben. Einen Augenblick später werden die ersten Verwundeten hereingebracht, begleitet von hektischem Informationsaustausch und Fußgetrappel. Ich schaue ihnen beunruhigt nach, als sie hinter einer Tür verschwinden, auf der »Triage« steht, und frage mich, wie viele von ihnen es heim zu ihren Familien schaffen, falls überhaupt ein Einziger überlebt.

Die Geschäftigkeit legt sich, sobald die Verletzten verteilt wurden. Ich stehe blöd und deplatziert herum. Doch bevor ich jemanden fragen kann, an wen ich mich für einen freiwilligen Dienst wenden könnte, ruft mich eine Frau zu sich hinüber, die ich als Mutter einer ehemaligen Kundin von Maman ausmache. Sie trägt kein Make-up und statt ihrer früheren aufwendigen Frisur hat sie sich die Haare mit ein paar Klammern hochgesteckt.

»Du bist Madame Roussels Tochter, Soline, richtig?« Sie sieht mich freundlich an. »Ich habe von deiner Maman gehört. *Je suis désolée.*«

»*Merci*, Madame Laval.«

»Bitte, hier bin ich einfach nur Adeline. Bist du also auch hier, um den Jungs zu helfen?«

»Ja. Aber ich weiß nicht, an wen ich mich wenden soll.«

Sie tätschelt meinen Arm. »Komm mit!«

Ich gehe davon aus, dass sie mich in irgendein Büro bringt, damit ich mit dem Zuständigen spreche und Formulare ausfülle. Stattdessen führt sie mich zu einer Nische, in der sich Pappkartons stapeln. Sie reicht mir drei davon.

»Bring die in den Lagerraum, geradeaus und dann rechts! Dann kommst du wieder, bis du sie alle verstaut hast.«

»Sind Sie … hier verantwortlich?«

»Verantwortlich?« Sie wirft lachend ihren ergrauenden Kopf in den Nacken. »*Bonté divine!* Dr. Jack ist hier der Chef, daran lässt er nicht den geringsten Zweifel. Ich trage nur meinen Teil bei, so wie jeder andere. Und jetzt geh schon! Aber pass bloß auf: Ich würde dir nicht raten, an deinem ersten Tag gleich in die Chirurgie zu stolpern.«

Ich tue, was sie mir aufgetragen hat, und finde mich in einem engen Flur wieder, der wegen der Verdunkelungsvorschriften von blau gestrichenen Glühbirnen beleuchtet wird. Je länger ich dem Gang auf der Suche nach dem Schild »Lagerraum« folge, desto beißender wird der Geruch nach Alkohol und Jod.

So viele Türen säumen den Flur und die meisten sind unbeschriftet. Ich habe Angst, eine falsche zu öffnen oder sogar zur Rede gestellt zu werden, weil ich irgendwo reinplatze, wo ich nicht hingehöre.

Doch niemand interessiert sich auch nur einen Deut für mich, alle scheinen zu sehr mit ihren eigenen Aufgaben beschäftigt zu sein, um ein neues, verwirrtes Gesicht zu bemerken.

»Haben Sie sich verlaufen?«

Schuldbewusst zucke ich zusammen und lasse beinahe die Kartons fallen, als ich mich umdrehe. Da steht der Rettungswagenfahrer, der mir im Hof den Befehl zugerufen hat. Er wirkt hier drinnen größer mit seinem breiten Kreuz und der schlanken Figur in der Kakiuniform. Er ist auf eine Art blond und gebräunt, wie nur Amerikaner es sein können.

»Ich fürchte, schon«, gebe ich peinlich berührt zu, weil er mich heute schon zum zweiten Mal ertappt, wie ich irgendwo verwirrt herumlaufe oder im Weg stehe. Und das von ihm, der den Eindruck erweckt, als hätte er nicht nur sich selbst, sondern auch die anderen im Griff. »Heute ist mein erster Tag, ja, und ich bin …«, stammele ich.

Über seine Schulter zieht sich eine dunkle, noch frische Blutspur, an seinem Hals, direkt unterhalb des Ohres, eine weitere, und ich kann nur an eines denken: Ist es das Blut von dem einarmigen Jungen oder das von dem Mann mit dem Schrapnell in der Brust?

Ich muss schlucken, während sich um mich herum alles zu drehen beginnt. Das Licht der blau angemalten Glühbirnen wirkt jetzt gedimmt. Und dennoch kann ich meinen Blick nicht von dem Blut abwenden, als sei es das Sinnbild für all die toten französischen Jungen. Für all den Schmerz, den Verlust und das Grauen.

Der Amerikaner scheint meine Notlage zu bemerken und nimmt mir schnell die Kartons ab. »Müssen Sie sich übergeben?«

Seine Frage scheint von weit weg zu mir durchzudringen, als habe er unter Wasser gesprochen, doch langsam begreife ich. Übergeben? Muss ich mich übergeben? Ich wende den Kopf ab und atme tief ein, meine Schwäche vor diesem beherrschten Mann ist mir unendlich peinlich.

»Ich … weiß nicht«, bringe ich endlich mit belegter Stimme heraus. »Ich glaube …«

Noch bevor ich meinen Satz beenden kann, hakt er mich unter und manövriert mich den Flur entlang. Wir bleiben vor einer schmalen Tür stehen, auf der »Toilette« steht. Er drückt sie auf und schiebt mich durch sie hindurch. »Versuchen Sie gar nicht erst, dagegen anzukämpfen, dann zieht es sich nur länger hin.«

Ich sehe ihn erstaunt an und beuge mich in letzter Sekunde über das Toilettenbecken, um die Reste meines Frühstücks zu erbrechen. Es geht zwar schnell, doch mir zittern die Beine und kalter Schweiß steht mir auf der Stirn. Zu meinem eigenen Entsetzen fange ich an zu weinen.

Ich höre, wie er den Wasserhahn aufdreht, dann drückt er mir etwas Nasses, Kaltes in die Hand. Ein Taschentuch. Ich betupfe mir damit die Augen und wische mir den Mund ab. Er wäscht das Taschentuch aus, faltet es sorgfältig und reicht es mir. »Legen Sie es sich in den Nacken. Das wird Ihnen guttun.«

»Es tut mir wahnsinnig leid.«

»Was denn?«

Ich schüttele den Kopf und blinzele neue Tränen weg. »Ich bin sonst nicht so zimperlich, aber als ich das Blut auf Ihrer Uniform gesehen habe, da musste ich an den Jungen denken, den Sie vorhin reingebracht haben, der, dem der halbe Arm fehlte, und ich konnte nur noch denken: ›Wie viele wie ihn gibt es? Wie viele wünschen sich wohl, nur einen Arm verloren zu haben?‹«

»Sie sind neu hier«, sagt er leise.

Ich nicke und wische mir mit dem Handrücken über die Augen. »Keine Ahnung, wie ich hier reingeraten bin. Eigentlich bin ich heute früh mit dem Fahrrad losgefahren, um Eier aufzutreiben.«

Sein dröhnendes Lachen überrascht mich. Das ist das Letzte, was ich erwartet habe. Wahrscheinlich hat er das von mir auch nicht erwartet, und plötzlich muss ich selbst lachen.

»Sie werden sich dran gewöhnen«, sagt er, als unser Gelächter langsam abebbt. »Vielleicht nicht dran gewöhnen, aber Sie werden in der Lage sein, damit umzugehen. Bis dahin denken Sie daran, dass wir alle hier einen ersten Tag hatten.«

Ich wende den Blick ab. »So einen bestimmt nicht.«

Mit einem schelmischen Lächeln auf den Lippen beugt er sich zu mir herunter. »Kann ich Ihnen ein Geheimnis anvertrauen?«

»Was für eines?«

»Ich mache das jetzt seit einem Jahr und werde mindestens einmal die Woche mein Frühstück auf Ihre Art los.«

Ich weiß nicht, ob ich ihm das glauben soll, aber ich bin ihm dankbar für seine Freundlichkeit. Bevor ich ihm das sagen kann, werden wir von einem künstlichen Hüsteln unterbrochen.

»Los gehts, Romeo«, tönt eine Stimme barsch aus dem Flur. »Zeit abzuschwirren.«

Romeo.

Ich spüre, wie ich erröte. Der Mann hinter der körperlosen Stimme – wer auch immer das sein mag – scheint das zu denken, was sich wohl alle denken würden, wenn sie ein junges französisches Mädchen und einen jungen, gut aussehenden Amerikaner auf der Toilette erwischen würden: dass sie ein *rendez-vous romantique* unterbrechen.

Romeo seufzt. »Ja, ja.« Ich bemerke jetzt erst, wie müde er aussieht. »Sag Patrick, dass ich sofort da bin.« Er wartet, bis er ganz sicher ist, dass wir allein sind, und grinst mich verlegen an. »Tut mir leid, die Pflicht ruft.«

Als er weg ist, wasche ich das Taschentuch aus. Es ist ein teures Stück aus feiner Baumwolle mit einem in den Saum gewebten schmalen Seidenband. Ich halte inne, als ich etwas Rotes an einer Ecke sehe. Für den Bruchteil einer Sekunde denke ich, dass es Blut ist, aber es ist ein Monogramm. Das kommt mir so seltsam vor wie ein silbernes Teeservice auf einem Schlachtfeld. Was für ein Soldat hat ein monogrammiertes Taschentuch? Ich halte es gegen das Licht und betrachte die vornehm geschwungenen Buchstaben – A.W.P.

Den Rest des Tages halte ich auf den Fluren Ausschau nach seinem Gesicht und zerbreche mir den Kopf darüber, wofür die Buchstaben stehen.

Fünfzehn

SOLINE

Bevor man beginnt, muss man sich sicher sein, dass die Liebenden für das Glück bestimmt sind. Das ist keine Frage der Gefühle, sondern eine Frage der Anlagen. Beide müssen das Potenzial zum Glücklichsein in sich tragen. Ist das nicht gegeben, kann kein noch so gekonnt gearbeiteter Zauber einen glücklichen Ausgang garantieren.

Esmée Roussel, *Die Zauberschneiderin*

10. März, 1943 – Paris

Eine Woche vergeht, ohne dass ich meinen amerikanischen Romeo wiedersehe. Das Stofftaschentuch habe ich jeden Tag bei mir, weil ich auf eine Gelegenheit warte, es zurückgeben zu können. Nicht weil ich glaube, dass er es braucht – ein Mann, der in einem Kriegsgebiet ein monogrammiertes Stofftaschentuch bei sich trägt, hat sicher noch zig weitere –, sondern weil er wissen soll, dass ich noch hier bin, dass ich nicht aufgegeben habe.

Tatsächlich gewöhne ich mich an das Krankenhaus, an die Gerüche, an die täglichen Szenen, die lange Arbeitszeit und an die vom Krieg gezeichneten Gesichter. Ich wasche Verwundete, fülle Wasserkrüge, teile Mahlzeiten aus und leere Bettpfannen. Ich helfe sogar beim Verfassen von Liebesbriefen. Am Anfang war es nicht leicht, sich zurechtzufinden. Woher sollte ich wissen, welche Türen man öffnen darf und welche nicht, auf welcher Station welche Verletzten liegen und wie man am schnellsten zur Kantine kommt, wenn man endlich ein paar freie Minuten hat? Dort bin ich, in der Kantine, als ich Romeo endlich wiedersehe.

Gerade habe ich einen Brief für einen kanadischen Piloten mit gebrochenen Armen verfasst. Ich bemerke, dass mich jemand ansieht, und schaue von meiner Kaffeetasse auf. Es ist deutlich, dass er mich schon länger beobachtet hat, und ich spüre, wie ich rot werde.

Mein Puls rast, als sich unsere Blicke treffen. Er lehnt lässig mit verschränkten Armen am Türrahmen und grinst breit auf diese amerikanische Art. Als ich sein Lächeln erwidere, kommt er auf mich zu. Er hat einen Verband um die Stirn und einen Bluterguss etwas tiefer an der Schläfe.

»Sie sind noch hier«, sagt er grinsend. »Ich hätte nicht drauf gewettet.«

»Sie sind verletzt.«

Er zuckt mit den Achseln und reibt sich den Kiefer: »Ein Feldlazarett wurde abgeschnitten und ich steckte ein paar Tage da fest. In einer Nacht war es etwas brenzlig, aber jetzt bin ich ja wieder da. Wie auch immer, sieht so aus, als würden Sie bleiben.«

»Ich hatte keine Wahl, ich schulde Ihnen ja noch ein Taschentuch.«

Seine blaugrünen Augen blitzen schelmisch. »Freut mich, dass mein Plan funktioniert hat.«

Mit einem Mal bin ich schüchtern und aufgedreht zugleich. Hat Maman sich so gefühlt, als sie Erich Freede getroffen hat?

»Das Monogramm A.W.P. – wofür steht es?«

»Anson. Ich heiße Anson William Purcell. Und Sie?«

»Ich heiße Soline Roussel.«

»Angenehm.« Er reicht mir seine überraschend warme Hand. »Wie läuft es denn so? Etwas einfacher, seitdem Sie sich eingelebt haben?«

»Ja, etwas. Eine Freiwillige hat mich unter ihre Fittiche genommen. Sie kannte meine Mutter vor ihrem Tod. Sie ist sehr freundlich zu mir.«

Sein Lächeln verfliegt, und seine Gesichtszüge werden weich: »Das tut mir leid. Wann ist sie gestorben?«

»Ungefähr vor drei Monaten. Ich verliere mein Zeitgefühl. Wir hatten einen kleinen Salon für Brautkleider in der Rue Legendre, aber Maman wurde krank und dann kamen die Deutschen. Ich dachte, ich wäre für das hier gewappnet, weil ich sie gepflegt habe, aber als ich am ersten Tag diese Jungs gesehen habe … Darauf war ich nicht vorbereitet.«

»Natürlich nicht. Aber Sie sind geblieben. Das ist tapfer.«

Ich betrachte das rot-grüne Abzeichen »American Field Service« an seinem Ärmel. Ich habe Geschichten über amerikanische Fahrer gehört, die noch vor Kriegseintritt der Vereinigten Staaten auf eigene Kosten nach Europa gekommen sind, was ihnen den Spitznamen »Die ehrenamtlichen Gentlemen« eingebracht hat.

»Es gibt viele Gerüchte über die Fahrer. Man sagt, ihr kommt freiwillig und ihr zahlt selbst für die Reise. Stimmt das?«

Er schneidet eine Grimasse. »Das wird ganz schön aufgebauscht. Viele von uns sind reich und haben nach den Eliteunis Lust auf Abenteuer.«

»Und von welcher kommen Sie?«

»Yale University. Wie mein Vater und mein Großvater.«

»Sie haben die Uni hingeschmissen, um herzukommen? Wieso?«

Er zuckt ausweichend mit den Achseln. »Ich wollte meinen Teil betragen. Und mir hat das Motto des American Field Service gefallen: ›Freiheit und Gnade dürfen nicht von dieser Erde verschwinden.‹« Noch ein Achselzucken. »Sei's drum, hier bin ich.«

»Ihre Familie muss stolz auf Sie sein.«

»Meine Mutter lebt schon seit drei Jahren nicht mehr. Es gibt nur noch meine Schwester und meinen Vater. Und stolz würde ich nicht unbedingt sagen. Wir Purcells haben alle bei der Marine gedient, und das wurde auch von mir erwartet. Mein Vater hatte schon alles in die Wege geleitet, um mich nach meinem Abschluss in die Offiziersschule zu bugsieren, aber das war nicht das, was ich wollte. Genauso wenig wie ich in das Familiengeschäft eintreten will. Wie Sie sich bestimmt denken können, war er ziemlich sauer, als ich ihm erzählte, dass ich die Uni geschmissen habe, um für den AFS nach Europa zu fliegen.«

Ich begutachte die Wunden in seinem Gesicht. Wir alle haben die Geschichten über Fahrer gehört, die im Einsatz getötet oder von der Gestapo geschnappt und verhört wurden, weil sie Gefangenen geholfen haben zu fliehen. »Vielleicht macht er sich einfach Sorgen um Sie und denkt, Sie wären als Marineoffizier weniger in Gefahr.«

Seine Mundwinkel verziehen sich. »Glauben Sie mir: Ich habe einfach nur seine Pläne durchkreuzt.«

»Passen Sie denn … auf sich auf?«

Er legt den Kopf zur Seite und mustert mich. »Ist es Ihnen wichtig, dass ich auf mich aufpasse?«

Meine Wangen brennen. Er bedeutet mir nichts und dabei wird es wohl auch bleiben, aber ich rede mir ein, dass das eine völlig normale Frage ist. »Ihrem Vater und Ihrer Schwester wird es wichtig sein.«

Seine Gesichtszüge verlieren alles Weiche. »Für Vorsicht ist keine Zeit. Du machst deinen Job. Wenn du Glück hast, kommst du heile wieder zurück, damit du es am nächsten Tag wieder machen kannst.«

Sein plötzlicher Ernst schlägt mir auf den Magen. »Wie halten Sie das durch? Haben Sie keine Angst?«

»Doch. Jeden Tag.«

»Aber Sie machen es trotzdem.«

»Genauso wie Sie.«

Ich schüttele den Kopf. Was wir hier tun, lässt sich nicht vergleichen. »Sie retten Leben. Ich wechsele Bettwäsche und schreibe Briefe.«

»Glauben Sie bloß nicht, dass ein Brief an die Mutter oder die Geliebte einem Soldaten nicht das Leben retten kann. Das ist wie ein Rettungsanker, an dem man sich festhalten kann.« Er hält kurz inne und fährt sich mit der Hand durch seinen blonden Schopf. Sein Gesicht ist todernst. »Wir tun alle, was wir können, Soline, und wir haben alle eine Heidenangst. Und dann treten wir doch jeden Tag wieder an und machen weiter, weil es wichtig ist. Alles, was wir tun, alles, was wir alle tun – das ist wichtig.«

Gerade als ich nach einer Antwort suche, ruft jemand meinen Namen. Ich drehe mich um und sehe Adeline in der Tür, die auf ihre Armbanduhr zeigt. Ich nicke ihr zu und stehe auf. »Ich muss los.«

Anson springt auf und ergreift meine Hand. »Ich werde Sie vermissen, Soline Roussel.«

Seine tiefe, warme Stimme lässt mein Herz schneller schlagen. »Seien Sie nicht albern. Wie sollten Sie jemanden vermissen, den Sie gar nicht kennen?«

Er grinst verschmitzt. »Sie sind Soline Roussel aus Paris. Sie sind liebenswürdig und schön und bis vor Kurzem hatten Sie mit Ihrer Mutter einen Brautsalon. Momentan pflegen Sie verwundete Soldaten. Ich bin Anson Purcell und habe die Uni geschmissen. Meine Familie ist aus Newport in Rhode Island. Mein Vater heißt Owen und baut Rennjachten. Meine Mutter hieß Lydia. Meine Schwester heißt Cynthia – oder Thia –, und wenn sie groß ist, will sie französische Impressionistin werden. Bitte sehr. Jetzt kennen wir uns, was bedeutet, dass ich Sie ordnungsgemäß vermissen kann.«

Ein unbekanntes, warmes Gefühl macht sich in meinem Bauch breit. Meine Welt war immer voller Frauen, Bräute und Brautmütter und Maman natürlich. Niemand hat je mit mir geflirtet, aber ich bin nicht auf den Kopf gefallen, ich erkenne es, wenn jemand es tut. Und wer kann es ihm verübeln, es ist einfacher, als über Krieg und Tod zu reden. Aber man hat mich vor den Amerikanern gewarnt, vor ihrem entwaffnenden Lächeln. Ungeschickt trete ich einen Schritt zurück und befreie meine Hand. »Ich muss los, die Patienten brauchen ihr Mittagessen.« Beim Hinausgehen schaue ich über die Schulter. »Versuchen Sie, auf sich aufzupassen.«

Ich fühle mich sonderbar in meinem Körper und habe das Gefühl, meine Füße berührten kaum den Boden. Adeline empfängt mich grinsend.

»Was war das denn?«

»Nichts«, sage ich hastig. Gelogen. So aufgeregt und verwirrt ich auch sein mag, selbst in diesem Moment weiß ich, dass es das Gegenteil von nichts war. »Er hat mir an meinem ersten Tag ein Taschentuch geliehen und ich habe mich bedankt.«

»Beim gemeinsamen Kaffeetrinken?«

Ich suche nach einer Erklärung, aber vergebens. Nichts, was ich sage, wird ihr Grinsen vertreiben. »Das hat nichts zu bedeuten, Adeline. Er war einfach nett zu mir.«

Sie lacht abgeklärt. »Das sind sie meistens. Aber nimm dich in Acht, *chérie*. Wir sind nicht in einem Film. Und der Held, so gut aussehend er auch sein mag, ist keine sichere Bank.«

»Finden Sie, dass er ein Held ist?«, frage ich und höre mich dabei so träumerisch an, wie ich mich fühle.

»Er sieht auf jeden Fall so aus. Und beim AFS müssen sie ihn für einen halten, die sind nämlich sehr wählerisch. Müssen sie auch sein, denn es braucht einen besonderen Schlag Menschen für diese Arbeit. Zieh dich warm an, Liebes. Und binde dich nicht. In Kriegszeiten ist das zu heikel.«

Gehorsam nicke ich, aber tief in mir spüre ich, dass es dafür schon zu spät ist. Ich habe mich schon gebunden.

Kurz vor der orthopädischen Station steht ein Wagen voller Kantinentabletts mit Mittagessen. Adeline klatscht in ihre von der Arbeit geröteten Hände. »*Voilà! C'est très bien.* Wir versorgen die Männer, dann genehmigen wir uns selbst ein Mittagessen und du erzählst mir, was es mit diesem Taschentuch auf sich hat.«

* * *

Ich wüsste nicht, was ich ohne Adeline machen würde. Sie hat mich hier eingeführt, den anderen Freiwilligen vorgestellt und mir das eine oder andere Mal aus der Patsche geholfen.

Ich erinnere mich vor allem an einen Tag, an dem besonders viele Verwundete hereinkamen. Alle beeilten sich, frische Betten herzurichten. Ich kam gerade mit einem Berg von Bezügen aus der Wäscherei, bog um eine Ecke und stolperte in den leitenden Arzt, Dr. Jack, wie er genannt wird. Leider hatte er eine Tasse brühend heißen Kaffee in der Hand.

Sumner Jacksons Temperament ist ein viel diskutiertes Thema unter den Schwestern. Wie er an diesem Tag vor mir stand, mit kaffeedurchtränktem Kittel und düsterem Gesicht, wurde mir klar, dass ihm sein Ruf nicht gerecht wurde. Er war groß gewachsen und breit gebaut, seine dichten Augenbrauen lagen tief über seinen Augen und seine Nase erinnerte eher an einen Boxer als an einen Chirurgen.

Ich stammelte eine Entschuldigung auf Französisch, dann auf Englisch und dann noch mal auf Französisch, während ich versuchte, bloß kein Laken fallen zu lassen. Wie sonst auch tauchte Adeline auf und half mir aus der Klemme. Sie erklärte ihm, ich sei neu und noch ein wenig unbeholfen. Ich hielt den Atem an, während Dr. Jack mich aus seinen dunklen Augen musterte.

Schließlich ermahnte er mich mit dem Anflug eines Lächelns: »Mademoiselle, aus medizinischer Sicht ist Kaffee bei oraler Aufnahme äußerst effektiv, bei äußerlicher Anwendung auf der Haut jedoch nur von geringem Nutzen. Vielleicht fegen Sie in Zukunft ein wenig langsamer um die Ecken.«

Mit diesen Worten machte er einen Bogen um mich und ließ mich mit weichen Knien und einem Haufen kaffeebespritzter Laken stehen.

In den Wochen danach habe ich viel über Sumner Jackson erfahren. Über sein Engagement und seine Bemühungen, dass kein deutscher Soldat je eines unserer Betten belegt. Unsere Patienten sind Franzosen, Kanadier, Engländer oder Amerikaner, was aber niemanden weiter kümmert. Viel relevanter ist: Die Betten sind voll und die Bettpfannen sind es auch.

Manche Männer – eigentlich Jungs, kaum älter als ich – kommen aus den Gefangenenlagern und werden wieder dorthin zurückgeschickt, sobald sie sich erholt haben. Diejenigen, die es am übelsten erwischt hat, werden nach Hause geschickt, wenn sie so invalid sind, dass sie nicht mehr in den Krieg ziehen können. Und einige sterben. Manchmal unerwartet, nachdem sie scheinbar schon genesen waren. Es ist schockierend, morgens von einem leeren Bett überrascht zu werden oder von einem Fremden, der es nun belegt. Es sind immer die gleichen Geschichten: Eine plötzliche Verschlechterung des Zustands. Blutvergiftung. Innere Blutungen. Die Ärzte haben alles getan, was sie konnten. Es ist immer so plötzlich, so schrecklich unerwartet.

Am Anfang fragte ich öfter nach, aber es scheint, als wolle niemand über die leeren Betten sprechen. Den Ärzten und Schwestern geht es um die Lebenden. Ich habe gelernt, mich anzupassen, um im Krankenhaus bleiben zu können. Ich tue, was man von mir verlangt, und halte mich aus Dingen heraus, die mich nichts angehen.

Ich ziehe den Kopf ein und mache mich nützlich, kümmere mich um die Essensausgabe, stocke Vorräte auf und trage die Dinge herum, die herumgetragen werden müssen. Meine Lieblingsaufgabe aber ist das Briefeschreiben für die Soldaten, die es selbst nicht können. Vielleicht liegt es daran, was mir Anson neulich in der Kantine gesagt hat – dass auch das Briefeschreiben Leben retten kann.

Die Sätze, die ich zu Papier bringe, sind oft traurig, aber immer tapfer. Es ist schwer, beim Schreiben nicht zu weinen, wenn man weiß, dass es irgendwo eine Mutter, eine Verlobte gibt, die diese Zeilen bald mit einer Mischung aus Dankbarkeit und Kummer lesen wird. Verstümmelt, aber in Sicherheit. Blind, aber ansonsten verschont. Am Leben, aber seelisch für immer verändert.

Man weiß nicht, ob und wann die Briefe ankommen. Private Korrespondenz liegt Tage, manchmal Wochen herum, bevor sie von Zensoren inspiziert wird. Wird sie dann endlich freigegeben, landet sie auf einem Schiff oder in einem Flugzeug und erreicht mit ein bisschen Glück in vier bis sechs Wochen ihr Ziel. Wenn sie es erreicht.

Trotz allem schreiben die Männer, manche sogar jeden Tag. Sie versuchen, die dreckverschmierte, blutige Fratze des

Krieges mit falschen Versicherungen und Belanglosigkeiten zu übertünchen. Sie schicken Hoffnung nach Hause, sie halten das eine Ende eines dünnen Fadens, der sie mit jemandem auf der anderen Seite des Atlantiks verbindet. Mit ihren Müttern, Frauen oder Freundinnen, die alle ihre eigene Hölle durchleben. Wochen ohne Post. Gebete, die nicht erhört werden. Briefe, die nie ankommen.

Und Telegramme, die ankommen.

Sechzehn

RORY

23. Juni 1985 – Boston

Rory zog eine Grimasse, während sie versuchte, ihre Locken in einem Pferdeschwanz zu bändigen. Sie sah aus wie in ihren Klausurphasen, müde und blass, als hätte sie zu viele Nächte durchgelernt.

Drei Tage waren seit ihrem Treffen mit Soline vergangen, und sie wurde das Gefühl nicht los, dass es eine Art Weckruf war, eine Erinnerung daran, dass das Leben kein Roman war und nicht in geraden Bahnen verlief. Liebe war *nicht* allmächtig, Helden waren *nicht* unverwundbar und Liebende lebten selten glücklich bis an ihr Lebensende. Gebrochene Herzen blieben gebrochen.

Sie schaute auf ihre Armbanduhr und betrachtete sich dann wieder im Spiegel. Sie wünschte, sie wäre früher aus dem Bett gekommen, dann hätte sie wenigstens ihr Haar föhnen können. Oder noch besser, sie hätte ihre Mutter anrufen und absagen können, weil ihr etwas dazwischengekommen sei. Aber dafür war es zu spät, der Champagner war schon kaltgestellt und sie würde sich verspäten. Schon wieder.

Sie war halb unter das Bett gekrochen, um ihren linken Schuh hervorzuangeln, als es läutete. Vielleicht eine Pfadfinderin, die ihr Kekse verkaufen wollte? Oder zwei ordentlich gekleidete junge Männer mit religiösen Broschüren? Zu ihrer Überraschung stand Soline Roussel mit einem weißen Karton von Bisous de sucre vor der Tür.

»Bonjour«, begrüßte Soline sie herzlich. »Ich hoffe, Sie haben Hunger.«

Rory öffnete den Mund, aber sie brachte nichts heraus. Sie wäre nicht weniger verwundert gewesen, wenn Prinzessin Diana vor ihrer Tür gestanden hätte. »Was machen Sie hier?«, fragte sie schließlich und trat beiseite, um Soline hereinzulassen.

»Sie sind dran.«

»Dran?«

»Mir ihre Geschichte zu erzählen. Ich habe Ihnen meine erzählt, jetzt sind Sie dran, mir Ihre zu erzählen.«

»Ich habe keine Geschichte zu erzählen.«

Soline zog eine ihrer fast schwarzen Augenbrauen nach oben: »Ach, wirklich nicht?«

Rory spürte, wie sie unter Solines hellwachem Blick errötete. Ihre dunklen Augen hatten etwas sehr Beunruhigendes, sie waren zugleich warm und unbeirrbar, und Rory hatte den Eindruck, Soline könne ihr in die Seele schauen. »Woher wissen Sie, wo ich wohne?«

»Monsieur Ballantine war so freundlich, mir ihre Adresse zu geben.« Beim Lächeln bildeten sich Fältchen um ihre Augen.

»Aber … warum?«

Solines Gesichtszüge wurden weicher. »Als wir uns das letzte Mal gesehen haben, haben Sie unter Tränen mein Haus verlassen, *chérie*. Ich weiß nicht recht, warum, aber ich hatte das Bedürfnis, Sie zu sehen.«

Rory unterdrückte ein Stöhnen. Auch in der Erinnerung war ihr ihr Abgang noch entsetzlich peinlich. »Es tut mir leid. Bei mir geht zurzeit alles drunter und drüber. Und da ist plötzlich alles auf mich eingestürzt. Verzeihung, dass ich rausgestürmt bin, ohne mich zu bedanken oder richtig zu verabschieden. Das war schrecklich unhöflich.«

»Ach, überhaupt nicht. Aber ich bin nicht aufgetaucht, damit Sie sich entschuldigen. Ich wollte mich vergewissern, dass es Ihnen gut geht. Ich habe mir in den letzten Tagen Sorgen um Sie gemacht. Und dann hatte ich die Idee, Ihnen einfach einen kleinen Besuch abzustatten.«

Rory war es unangenehm, dass diese Einsiedlerin sich durch die halbe Stadt geschleppt hatte, um nach ihr zu sehen. »Sie hätten nicht kommen müssen. Mir geht es gut. Wirklich.«

»Sie müssen mir nichts vormachen, Rory. Es ist völlig in Ordnung, traurig zu sein.«

Rory sah sie an. Das klang so anders als die gut gemeinte Aufmunterung ihrer Mutter. Sie spürte, wie sich in ihrer Brust etwas löste.

»Haben Sie Kaffee?«, fragte Soline schließlich.

»Kaffee?«

»Ich habe Frühstück mitgebracht. *Pain au chocolat* und *Chausson aux pommes.«*

»Ja, sicher, Kaffee habe ich da.«

Rory führte Soline in die Küche und hoffte, dass ihr der Korb mit ungefalteter Wäsche auf der Couch und die vor dem Schrank herumliegenden Winterstiefel nicht auffallen würden. Es hatte seit März nicht mehr geschneit.

In der Küche sammelte sie schnell die Überreste des gelieferten Essens von gestern ein und warf sie in den Müll. Sie machte sich daran, das Geschirr umzuschichten, gab es jedoch gleich wieder auf. Eine Spüle mit benutztem Geschirr blieb eine Spüle mit benutztem Geschirr, egal, wie man es stapelte.

»Entschuldigen Sie bitte die Unordnung«, sagte sie, als sie das Kaffeepulver abmaß. »Es macht mir keinen Spaß, für mich alleine zu kochen. Deswegen bestelle ich mir fast immer was, und dann häuft sich das Ganze an.«

»Das geht mir auch so«, pflichtete Soline ihr bei und nahm ein Messer aus dem Messerblock, um den mitgebrachten Karton zu öffnen. »Es macht wirklich keinen Spaß, aber man muss nun mal essen. Haben Sie Teller für das Gebäck?«

»Im linken Schrank. Da sind auch Servietten.«

Soline schälte ihre Hände aus den Handschuhen und tat das Gebäck auf. Rory wusste zwar nicht, was ihre Vermieterin in ihrer Küche zu suchen hatte, aber ihr wurde schlagartig klar, dass sie es wunderbar fand. Auch wenn sie sich fragte, wie Soline ohne Auto den ganzen Weg aus dem South End hierhergekommen war. »Sie sind aber nicht mit der U-Bahn und zu Fuß gekommen?«

»Natürlich nicht. Ich habe ein Taxi genommen. Kommen Sie, setzen Sie sich.« Sie wartete, bis Rory zu Tisch kam, schob ihr den Teller mit Gebäck hin und fragte: »*Que désirez-vous*?«

Rory ärgerte sich, dass sie im Französischunterricht nicht besser aufgepasst hatte. »Tut mir leid, ich spreche kaum Französisch – eigentlich überhaupt nicht.«

»Ich habe nur gefragt, welches Sie möchten.«

»Ach so. Die Apfeltasche, glaube ich.«

»Ich nehme eines mit *chocolat*.« Soline legte sich ein Croissant auf ihren Teller, schüttelte die Serviette auf und breitete sie auf ihrem Schoß aus. »Also«, sagte sie schließlich und leckte sich den Puderzucker von den Fingern. »Was ist passiert?«

»Was meinen Sie?«

Soline sah sie fragend an: »Wollen Sie wirklich Spielchen mit mir spielen?«

»Ich weiß nicht, warum Sie gekommen sind. Warum Sie sich um mich kümmern.«

»Und was glauben Sie?«

»Weil ich an der Reihe bin?«

»Ja und nein. Aber es ist mehr als das. Sie erinnern mich an eine Frau, die ich früher kannte.«

»An wen?«

»An mich selbst.« Soline trank einen Schluck Kaffee. »Das Leben hat Ihnen etwas angetan, hat Ihnen etwas genommen. Ich weiß nicht, was oder wie lange es her ist, aber Sie haben keinen festen Boden unter Ihren Füßen. Ihre Galerie soll die Leere in ihrem Leben füllen. Aber tief in Ihrem Inneren wissen Sie, dass sie das nicht kann. Sie haben Angst, dass nichts diese Leere füllen kann.«

Rory schluckte, ihre Kehle war auf einmal staubtrocken. Es stimmte ja. Jedes einzelne Wort. Aber woher wusste sie das? »Hat mein Makler Ihrem Anwalt alles erzählt?«

»Nein, natürlich nicht.«

»Woher wissen Sie das dann?«

Soline lächelte wehmütig: »Wir sind Seelenverwandte, Sie und ich. Fremde mit einer ähnlichen Vergangenheit.«

»Wie meinen Sie das?«

»Wir sind die Summe unserer Geschichten, *chérie*. Geschichten unserer Freuden und unseres Leids, unserer Liebe und unserer Verluste. Das macht uns aus, die Gesamtheit unserer Qualen und Ekstasen. Manchmal hinterlassen die Qualen eine Wunde in der Seele. Manchmal sind wir äußerlich gezeichnet. Wir geben unser Bestes, diese Wunden vor der Welt zu verstecken; vor der Welt, aber auch vor uns selbst. Wir haben Angst davor, verletzlich zu sein, verwundet zu werden. Das ist es, was uns beide zu Seelenverwandten macht, Rory – unsere Wunden.«

Rory stellten sich die Nackenhaare auf. Hätte jemand anderes so etwas zu ihr gesagt, hätte sie es als albernes Gerede, wie man es von einer Handleserin auf einem Jahrmarkt zu hören kriegt, abgetan. Aber hatte sie es nicht ebenso gespürt? Die sonderbare, fast schon unheimliche Überschneidung ihrer Geschichten?

»Ich finde es schwer zu fassen, wie wir uns getroffen haben und wie … vertraut mir Ihre Lebensgeschichte vorkommt.« Plötzlich kamen Rory die Tränen. Sie wandte das Gesicht ab und sagte stockend: »Es tut mir leid, wir sehen uns jetzt zum zweiten Mal, und ich breche schon wieder in Tränen aus.« Sie schnäuzte sich energisch. »Sie müssen mich für eine echte Heulsuse halten.«

»Was ist passiert, Rory?«

»Mein Verlobter«, flüsterte sie nach einer Weile. »Er heißt Hux, also eigentlich Matthew, aber alle nennen ihn Hux. Vor neun Monaten ist er in den Südsudan aufgebrochen, um für Ärzte ohne Grenzen zu arbeiten. Er hat mir regelmäßig geschrieben, zwei bis drei Mal die Woche. Und dann auf einmal nicht mehr. Zwei seiner Kolleginnen und er sind entführt worden.«

Soline schlug die Hand vor den Mund. *»Pauvre enfant.* Armes Kind. Wurde er …«

Rory starrte auf die Serviette in ihrer Faust »Ich weiß es nicht, niemand weiß es. Es gibt keine Lösegeldforderung. Man hört nichts. Sie haben keine Ahnung, wo er ist, wer ihn gefangen hält oder ob er überhaupt noch am Leben ist.«

»Wie lange ist das her?«

»Sechs Monate. Ich liege nachts wach und male mir die schrecklichsten Dinge aus. Und trotzdem kann ich nicht glauben, dass er tot ist. Ich weiß, es klingt verrückt, aber ich habe das Gefühl, dass ich spüren würde, wenn er gestorben wäre. Das hört sich ziemlich bescheuert an, oder?«

»Nicht in meinen Ohren.«

Solines Anteilnahme war Balsam für Rorys Seele. *Seelenverwandte.* Vielleicht hatte sie recht. »Ich lese dauernd Liebesromane«, platzte sie heraus. »In denen der Held das Böse besiegt und die Liebe triumphiert. Es ist wie eine Sucht. Aber es ist ja alles nicht real. Im echten Leben gibt es kein Happy End.«

»Deswegen wollten Sie meine Geschichte hören«, erwiderte Soline sanft. »Sie haben auf ein glückliches Ende gehofft, und dieses Mal auf ein echtes.«

»Wie gesagt, ziemlich bescheuert.«

»Ganz und gar nicht. Ich weiß, was es heißt zu warten. Man klammert sich an den letzten Strohhalm, um den Tag zu überstehen.«

Rory löste das Haarband und fuhr sich durch die Locken. »Ich bin so durcheinander. Manchmal glaube ich, es wäre besser zu erfahren …«

»… dass er tot ist?«, beendete Soline den Satz.

Rory erschrak über ihre eigenen Gedanken. »Es ist furchtbar, oder? Dass ich überhaupt an so was denken kann. Aber dieser Schwebezustand ist einfach die Hölle. Als Sie es erfahren haben …« Rory realisierte, dass sie zum ersten Mal darüber sprachen, und hielt inne. »Wie haben Sie es eigentlich erfahren?«

Soline saß wie versteinert da und antwortete mit verschleiertem Blick: »Per Telegramm. Er kam von einem Einsatz nicht zurück. Man hat seinen Rettungswagen gefunden, er war voller Blut. Jemand hat gesehen, wie er von deutschen Soldaten mit vorgehaltener Waffe in einen Wald geführt wurde.«

Rory erbleichte. »Es tut mir leid, ich hätte nicht fragen dürfen. Man sagt ja, dass man damit abschließen kann, sobald man zumindest Klarheit hat. Und ich dachte, vielleicht wird es …«

»Nein«, unterbrach Soline sie. »Es wird nicht leichter. Zumindest nicht für mich. Man redet sich ein, dass man es wissen will, aber wenn man es erfährt und es nicht das ist, was man sich erhofft hat, dann wünscht man sich die Unsicherheit zurück, in der man wenigstens noch einen Funken Hoffnung hatte.«

»Das letzte Mal haben Sie gesagt, dass es irgendwann Zeit ist, loszulassen. Aber woher weiß man, wann es so weit ist?«

Solines Gesichtszüge wurden weicher. »Ich habe lediglich von mir gesprochen, *chérie*. Nur von mir.«

»Aber woher *wussten* Sie es?«

Soline senkte den Blick. »Am Anfang konnte ich es nicht glauben. Ich war mir sicher, dass man sich geirrt hatte.« Sie hob den Kopf und sah Rory an. »Und selbst danach … Jahrelang habe ich Ansons Rasierset hervorgekramt und an dem leeren Flakon seines Aftershaves gerochen. Es war sein Geruch, es war wie eine kühle Meeresbrise. Und dann, eines Nachts … nichts. Der Duft war einfach weg. Deswegen habe ich den Koffer unter die Treppe geräumt. Weil es nichts mehr gegeben hat, an dem ich mich hätte festhalten können. Aber bei Ihnen ist das anders. Sie haben Zeit, Rory.«

»Zeit wofür?«

»Vertrauen zu haben.«

Rory räusperte sich, entschlossen, den nächsten Schwall an Tränen zurückzuhalten. »Was Sie vorhin gesagt haben über die Galerie und dass sie die Leere in meinem Leben füllen soll … das stimmt. Es war Hux' Idee, und ich war begeistert. Nachdem ich erfahren hatte, dass er entführt wurde, hatte ich an nichts mehr Interesse – bis ich Ihr Haus gesehen habe. Es war, als würde mir das Schicksal ein Zeichen senden. Manchmal frage ich mich, ob ich das nur mache, um ihn nicht gehen zu lassen, weil es das war, was er wollte.«

»Haben Sie ein Bild von ihm, das Sie mir zeigen wollen?«

»Ja, natürlich. Ich hole es.«

Sekunden später erschien Rory mit dem Foto. Es zeigte sie Arm in Arm mit Hux, wie sie frisch verliebt in die Kamera strahlten. »Am Vortag hat er mir seinen Antrag gemacht. Wir sind ans Meer gefahren, um zu feiern.«

»Ihr gebt ein schönes Paar ab«, sagte Soline. »Schauen Sie sich sein Lächeln an. Sie machen ihn glücklich.«

»Er mich auch. Ich habe mich nie zugehörig gefühlt, bis ich ihn getroffen habe. Alle hatten immer irgendwelche Vorstellungen darüber, wer ich zu sein hätte. Alles, was Hux wollte, war, dass ich mir selbst treu bleibe. Er fand es völlig in Ordnung, dass ich das wollte, was ich wollte.« Sie strich über den Rahmen des Fotos. »Jetzt, da er nicht mehr hier ist, habe ich Angst …«

»Dass Sie sich wieder verlieren?«

Rory hob langsam den Kopf: »Ja.«

»Dann behalten Sie ihn hier bei sich.«

»Behalten …?«

»In der Nacht, in der meine Mutter gestorben ist, hat sie mir ein Medaillon mit dem Bild meines Vaters gegeben. Ich habe ihn nie kennengelernt, aber sie hat mich gebeten, ihn um ihretwillen am Leben zu erhalten – hier.« Sie legte sich die flache Hand aufs Herz. »Sie hat gesagt, man könne jemanden am Leben halten, indem man ihn in seinem Herzen trägt. Und das können Sie für Hux tun, Rory.«

»Haben Sie das mit Anson gemacht? Ihn in Ihrem Herzen lebendig gehalten?«

»Ich habe es versucht.«

»Gab es jemals einen anderen? Danach, meine ich.«

Soline lächelte traurig. »Das Herz einer Frau ist nicht so groß, *chérie*. Anson hat meines ganz gefüllt.«

Rory nickte. Dass jemand Hux' Platz einnehmen könnte, war unvorstellbar. »Manchmal kann ich nichts tun, als mir sein Foto anzuschauen. War es für Sie ähnlich?«

»Ich habe kein Foto von ihm.«

»Was, kein einziges?«

»Wir haben uns während des Krieges kennengelernt, in dem Krankenhaus, in dem ich Freiwillige war. Da hatte man keine Zeit für Fotos.«

Rory wollte gerade antworten, als das Telefon im Wohnzimmer klingelte. Ihr Blick schoss zur Wanduhr über dem Waschbecken und ihr fiel plötzlich siedend heiß ein, dass sie schon vor einer Stunde bei ihrer Mutter hätte sein sollen. »Das wird meine Mutter sein«, sagte sie und sprang auf. »Wir waren heute Morgen zum Brunch verabredet.« Sie machte sich auf das Schlimmste gefasst.

»Warum bist du immer noch zu Hause?«, fragte Camilla scharf, ohne sich mit einer Begrüßung aufzuhalten. »Was ich zum Brunch gemacht habe, ist ruiniert.«

»Tut mir leid, ich habe mich verzettelt und die Zeit vergessen.«

»Was war denn so wichtig, dass du es nicht mal geschafft hast, mich anzurufen und abzusagen?«

Rory biss sich auf die Lippe. Die sicherste Art, ihren brüchigen Waffenstillstand mit ihrer Mutter zu torpedieren, hätte darin bestanden, ihr zu sagen, dass sie den Brunch vergessen hatte, weil Soline mit Gebäck vorbeigekommen war. »Es hängt mit der Galerie zusammen.«

»Die Eröffnung ist doch erst in Monaten.«

»Ja, tut mir wirklich leid. Ich war gerade dabei aufzubrechen und habe mich komplett ablenken lassen.«

»Du klingst sonderbar«, sagte Camilla plötzlich. »Nasal. Als würdest du krank werden.«

»Wirklich?« Sie konnte kaum zugeben, dass sie geweint hatte. Stattdessen nahm sie den Ausweg, der sich ihr bot. »Jetzt, wo du es sagst. Ich habe etwas Halsschmerzen. Ich glaube, ich mache mir eine Kanne Tee und lege mich wieder ins Bett.«

»Das klingt nach einer guten Idee. Hast du Suppe da?«

»Ähm … ja, ich glaube schon.«

»Und Tee?«

»Ja, Tee habe ich auch.«

»Rühr dir ein bisschen Honig rein. Das ist gut für den Hals.«

»Okay, mache ich. Danke. Das mit dem Brunch tut mir wirklich leid.«

»Vergiss es. Erhole dich erst mal. Bis später.«

Soline kam ins Wohnzimmer, als Rory gerade den Hörer auflegte. Sie hatte ihre Handschuhe und Handtasche dabei. »Ich habe die Tassen und Teller in die Spüle gestellt.«

»Gehen Sie schon?«

»Sie hätten mir ruhig sagen können, dass sie verabredet sind.«

»Ach! Das war nur der Brunch mit meiner Mutter. Das machen wir jeden Sonntag.«

»Und ich bin Ihnen dazwischengekommen.«

»Nicht wirklich. Es stand mir sowieso bevor. Meine Mutter und ich … na ja, unsere Beziehung ist etwas schwierig in letzter Zeit. Sie hält nicht viel von meinen Galerieplänen. Oder von meiner Kunst oder überhaupt von irgendetwas, was mir wichtig ist.«

Soline sah sie überrascht an. »Ich wusste gar nicht, dass Sie Künstlerin sind.«

»Bin ich auch nicht. Es ist nur eine Spielerei. Als Hux verschwand, habe ich es aufgegeben. Ich war seit Monaten nicht mehr in meinem Arbeitszimmer.«

»Sie haben hier ein Atelier?«

»Atelier? Nein, es ist nur ein Raum, wo ich mein Material lagere.«

»Dürfte ich ihr Nicht-Atelier einmal sehen?«

Rory zögerte. Sie hatte nicht gerade ein gutes Gefühl dabei, einer Kennerin wie Soline ihre Werke zu zeigen. Aber konnte sie einer Frau den Wunsch verweigern, die mit dem Taxi durch die halbe Stadt gefahren war, weil sie sich ihretwegen Sorgen gemacht hatte? »Natürlich. Wenn Sie wirklich wollen.«

Sie führte Soline in das Zimmer am Ende des Flurs. »Wie gesagt, ich war lange nicht mehr hier drin, es ist alles ein bisschen durcheinander.«

Soline betrat den Raum und stieg über Eimer, die mit Utensilien und Stoffen befüllt waren. Sie wollte offensichtlich gerade etwas sagen, als ihr Blick auf die Seelandschaft hinter dem Schreibtisch fiel. »Oh, Rory!« Sie blickte sie staunend an. »Ist das von Ihnen?«

Rory nickte schüchtern.

»Es ist exquisit. Ein Gemälde aus Stoffen. Haben Sie noch mehr?«

»Vier im Schrank und zwei in den Rahmen hinter Ihnen.«

»Im Wandschrank, *mon dieu*!« Die unvollendete Arbeit im nächstliegenden Rahmen zeigte einen kleinen Schoner auf rauer See. »Die Stiche sind so fein, fast unsichtbar. Per Hand, nehme ich an?«

»Ja.«

»Wer hat Ihnen beigebracht, so zu nähen?«

»Niemand. Ich habe es mir selbst beigebracht.«

»Erstaunlich. Und die kommen in die Galerie, wenn sie fertig sind?«

»Oh, nein. Das ist nur ein Hobby.«

Soline legte die Stirn in Falten. »Wollen Sie nicht, dass Ihre Arbeit gesehen wird? Wollen Sie sich denn keinen Namen machen?«

Die Frage war Rory unangenehm. Statt zu antworten, stellte sie eine Gegenfrage: »War das Ihr Ziel? Dass man Ihren Namen kannte?«

Soline trat zu Seite und gab vor, die auf der Arbeitsbank herumliegenden Stoffe zu begutachten. »Früher«, sagte sie schließlich, »als ich ein kleines Mädchen war, habe ich von meinem eigenen Label geträumt. Ganz Paris sollte wissen, wer ich war. Dann kam der Krieg, und Anson …«

»Aber Sie haben es geschafft. Sie haben eine Wand voller Zeitungsartikel, die das bezeugen. Darauf können Sie doch stolz sein.«

»Und Sie können das hier vorweisen, Rory. Und denken Sie ja nicht, dass es nichts sei. Es ist das absolute Gegenteil. Schönheit in die Welt zu bringen, ist kein Ausdruck von Eitelkeit, *chérie*. Es ist eine Berufung.«

Eine Berufung.

Das Wort hallte nach, als Rory die Tür des Arbeitszimmers zuzog und ihren Gast zurück ins Wohnzimmer führte. Soline schaute auf ihre Armbanduhr und nahm Handtasche und Handschuhe vom Couchtisch. »Danke, dass Sie mir Ihre Arbeit gezeigt haben. Und denken Sie an das, was ich gesagt habe. Sie haben eine Gabe, die der Welt nicht verborgen bleiben sollte.«

»Bleiben Sie doch noch. Ich mache uns einen zweiten Kaffee und wir unterhalten uns weiter.«

Soline lächelte nachsichtig. »Ach, hören Sie auf! Sie wollen doch wohl nicht den ganzen Nachmittag damit verbringen, dem Geplapper einer alten Frau zuzuhören. Außerdem habe ich den Fahrer gebeten, mich wieder abzuholen. Wahrscheinlich wartet er schon. Ich wollte bloß nachschauen, ob es Ihnen gut geht.« Sie lächelte warm und legte Rory einen Finger unters Kinn. »*Gentille fille*. Wie liebenswürdig Sie sind! Denken Sie daran, was ich über Matthew und seinen Platz in Ihrem Herzen gesagt habe. Bis Sie es sicher wissen, gibt es noch Hoffnung. Und Hoffnung kostet nichts.«

Siebzehn

RORY

Rory streifte durch ihre Wohnung und bewunderte ihr Tagwerk. Nachdem Soline gegangen war, hatte sie sich dazu entschlossen aufzuräumen, Musik aufgelegt und sofort angefangen. Sie hatte sogar ein paar Kisten mit Büchern zum Verschenken ins Auto gebracht. Nicht schlecht für jemanden, der eigentlich mit einer Erkältung im Bett liegen sollte.

Sie kramte in der Speisekammer und fand Nudeln, aber keine Soße, Müsli, aber keine Milch, Erdnussbutter, aber kein Brot. Ihr blieb nichts anderes übrig, als schon wieder etwas zu bestellen. Soline hatte recht. Es wurde Zeit, dass sie sich mal wieder etwas kochte, aber vorerst musste sie sich mit Gerardo zufriedengeben. Sie bestellte eine Auberginenlasagne und eine Vorspeise und entschied, gleich noch eine Trommel Wäsche zu starten und unter die Dusche zu hüpfen.

Zu ihrer Überraschung klingelte es bereits fünfzehn Minuten später. Es musste wohl ein ruhiger Abend bei Gerardo sein. Sie nahm einen Zwanzigdollarschein aus der Tasche und stellte die Stereoanlage mitten im wilden, dumpfen Rhythmus von Duran Durans »The Wild Boys« ab.

»Das ging aber schnell«, sagte sie, als sie die Tür aufzog. »Scheint ja ziemlich …«

Sie stockte abrupt. Anstelle des Lieferjungen von Gerardo's stand ihre Mutter vor der Tür und wirkte ebenso überrascht. Sie hatte eine Apothekentüte und eine große orangene Tupperbox dabei und musterte Rory.

»Hast du eine Party geplant?«

Rory schob den Zwanzigdollarschein in die Hosentasche und seufzte. »Nein, habe ich nicht. Nur zum Aufräumen ein bisschen Musik angemacht.«

»Ich habe dir eine Suppe gekocht. Mit den Sternchennudeln, wie früher, als du klein warst. ›Krankenheitssuppe‹ hast du die genannt. Aber wie ich sehe, hast du dich auf wundersame Weise erholt.«

Rory stöhnte und ließ Camilla herein. Ihre Mutter zog mit ihrem ewig klimpernden Glücksarmband an ihr vorbei. Rory blieb nichts anderes übrig, als ihr in die Küche zu folgen.

»Ich habe doch gesagt, dass ich Suppe habe.«

»Du hast gesagt, dass du glaubst, du hättest Suppe«, erwiderte Camilla verstimmt. »Und ich wollte nicht, dass du dir die Mühe machen musst, wenn du dich nicht gut fühlst.« Sie fixierte Rory, während sie die Apothekentüte entpackte: Hustenbonbons, Erkältungssalbe, ein Fieberthermometer. »Davon brauchst du eigentlich nichts.«

Rory blickte beschämt zu Boden. »Tut mir leid.«

»Warum, Aurora? Warum erzählst du mir, du seist krank, wenn du es gar nicht bist? Ist es so schlimm, Zeit mit mir zu verbringen?«

Rory unterdrückte ein Seufzen. Was sollte sie dazu sagen? Sollte sie zugeben, dass sie den Brunch hatte sausen lassen, weil ihre Vermieterin mit Gebäck aus dem Bisous de sucre aufgekreuzt war? Das wäre nicht gut angekommen. Am besten, sie hielt Soline aus der Sache raus.

»Als du angerufen hast, hatte ich ein schlechtes Gewissen, weil ich mich verzettelt hatte. Und als du gesagt hast, dass ich mich krank anhöre, habe ich … die Gelegenheit ergriffen.«

»Die Gelegenheit ergriffen«, wiederholte Camilla trocken. »Bist du wenigstens hungrig?«

»Ja, ich habe ich mir gerade was bestellt.«

»Na toll.«

Camilla nahm die Tupperbox mit der Suppe und öffnete den Kühlschrank. Sie hielt mitten in der Bewegung inne und betrachtete den Inhalt. Eine Packung Bagels, zwei Stück Butter, eine Dose Sunkist und ein fast leeres Glas Oliven. Nach einer Weile drehte sie sich missbilligend um. »Du hast kein Essen?«

»Deswegen habe ich ja was bestellt. Ich wollte morgen einkaufen gehen.«

»Kochst du denn gar nicht mehr?« Camilla öffnete einen Küchenschrank und ließ ihren Blick über die kargen Vorräte gleiten. »Sieh sich einer das an. Cheerios und Dosensuppe. Es ist ein Wunder, dass du nicht krank bist, bei diesem Essen.« Dann entdeckte sie die Schachtel von Bisous de sucre. Sie warf einen Blick hinein. »*Pain au chocolat*. Wie schön. Ich sehe schon, auf dem Weg zur Bäckerei hast du dich heute Morgen nicht verzettelt.«

»Ich war nicht bei der Bäckerei«, entgegnete Rory. Sie hatte es satt, getadelt zu werden. »Das hat Soline mitgebracht.«

Camilla schaute sie verständnislos an.

»Meine Vermieterin«, schob Rory hinterher. »Sie kam heute Morgen hier vorbei, als ich im Begriff war aufzubrechen.«

»Deine Vermieterin ist aus heiterem Himmel hier aufgetaucht? Mit Gebäck?«

»So ist es.«

»Und deswegen hast du die Zeit vergessen?«

»Wir haben uns unterhalten.«

»Über was denn? Ihr kennt euch doch gar nicht.«

»Über Hux, die Galerie, meine Kunst.«

»Aha.«

Da war er wieder – dieser kühle, beleidigte Blick, den ihre Mutter aufsetzte, wenn sie sich herabgesetzt fühlte. Rory entschloss sich, nicht darauf einzugehen, und zählte bis zehn.

»Du sprichst jetzt also lieber mit Fremden über dein Leben, anstatt mit deiner eigenen Mutter?«

»Wir haben viele Gemeinsamkeiten.«

Camilla schloss den Küchenschrank und stemmte die Arme in die Seiten. »Was könnt ihr schon für Gemeinsamkeiten haben? Die gute Dame ist doch bestimmt schon achtzig.«

»Sie ist noch lange nicht achtzig. Und sie hat ihre Liebe im Krieg verloren, ein Rettungswagenfahrer, der von einem Einsatz nicht wiederkam.«

»Aurora …«

»Sie weiß, wie es ist, das Telefon klingeln zu hören und sich zu fragen, ob es der Anruf ist, durch den man erfährt, dass die eigenen Gebete nicht erhört wurden. Oder wie es ist, sich in Arbeit zu stürzen, weil man nicht mit seiner Trauer allein sein will. Sie versteht, warum ich die Galerie brauche. Sie mag sogar meine Kunst.«

Camilla ging einen Schritt auf Rory zu und legte ihr die Hand auf die Schulter. »Was ist los, Aurora? Ich fange an, mir ernsthafte Sorgen zu machen.«

»Bitte, nicht das schon wieder.«

»Doch, das schon wieder. Du klingst … ich weiß nicht. Du lässt unseren Brunch sausen, lügst, dass du krank seist. Jetzt redest du von deiner *Kunst.* Du hast die Uni hingeschmissen und lebst wie ein Einsiedler. Niemand hört was von dir. Alles, was dich plötzlich zu interessieren scheint, ist deine Galerie. Und diese Frau, mit der du dich auf einmal anfreunden willst. Ich habe das Gefühl, dich gar nicht mehr zu kennen.«

»Vielleicht hast du mich ja nie gekannt.«

Camillas Augen weiteten sich. »Dich nie gekannt? Ich habe dich großgezogen.«

»Nein, Mutter. Du hast mich geformt – oder hast es zumindest versucht. Und jetzt, wo ich das mache, was ich will, erkennst du mich plötzlich nicht wieder. Darum geht es hier. Nicht um die Uni oder darum, was in meinem Kühlschrank ist. Es geht darum, dass ich nicht so bin, wie du mich gerne hättest. Dass ich nicht alles mag, was du magst, nicht so lebe, wie du lebst. Mir ist das alles nicht wichtig, weil ich nicht so bin wie du.«

»Manchmal glaube ich, es steckt zu viel von deinem Vater in dir«, erwiderte Camilla steif.

Na klar. Es ging mal wieder um ihren Vater. Irgendwie drehte es sich auf die eine oder andere Weise *immer* um ihren Vater. »Können wir Daddy bitte aus dem Spiel lassen? Ich weiß nicht, wem ich ähnlich bin. Oder warum ich irgendjemandem ähneln muss. Kann ich nicht einfach ich sein?«

»Natürlich kannst du das. Ich habe dich nie davon abgehalten, das zu tun, was du wolltest.«

»Mich abgehalten?«, fauchte Rory. »Nein, du hast mich nie abgehalten. Aber du hast auch nie mit deiner Meinung hinterm Berg gehalten, wenn ich mal vom vorgesehenen Weg abgewichen bin. Was ich mir angezogen habe. Den Sport, den ich gemacht habe. Selbst die Leute, mit denen ich mich getroffen habe. Als ich dir erzählt habe, dass Hux mir einen Antrag gemacht hat, hast du mich gefragt, ob ich ihn nur angenommen hätte, um dir eins auszuwischen.«

»Ich bin deine Mutter, Aurora. Es ist meine Aufgabe, dich zu formen. Zu verhindern, dass du die gleichen Fehler machst wie ich.«

»Sprechen wir doch wieder über Daddy?«

Camilla senkte den Blick und betrachtete die Ringe an ihrer linken Hand: Ehering, Verlobungsring, der Ewigkeitsring mit drei Karat, den die Sekretärin ihres Mannes zum zwanzigsten Hochzeitstag ausgesucht hatte. Geoffrey Grant war vor drei Jahren gestorben, doch die Ringe trug sie immer noch. »Neulich hast du etwas über die negative Erfolgsbilanz meiner Ehe gesagt. Das hat mich zum Nachdenken gebracht. Vielleicht bin ich einfach nicht für die Liebe gemacht. Oder für das Glück. Nicht alle sind es.«

Rory runzelte die Stirn. Sie war nicht sicher, was sie erwartet hatte, aber sicherlich nicht das. »Erfolgsbilanz? Nicht für die Liebe gemacht? Das hört sich sehr merkwürdig an.«

Camilla lächelte traurig. »Schau dir die Familiengeschichte an. Die Lowells sind nicht gerade für ihre grandiosen Ehen bekannt.« Sie spielte geistesabwesend mit den Ringen. Dann sah sie Rory müde an. »Aber nach außen hin hat alles immer einwandfrei gestimmt – und das ist das, was wirklich zählt. Zumindest hat meine Mutter das immer gesagt.«

Jetzt war es Rory, die sich über ihre Mutter wunderte. Camilla sprach so gut wie nie von ihrer Familie und schon gar nicht von ihrer Mutter, nicht mal, wenn man sie fragte.

»Du sprichst nie über deine Eltern oder über deine Kindheit.«

Camilla wendete sich ab und beschäftigte sich mit den mitgebrachten Erkältungsmitteln.

»Deine Mutter«, begann Rory leise, »war sie … für die Liebe gemacht?«

»Nein«, antwortete Camilla wie aus der Pistole geschossen.

»Habt ihr euch viel gestritten?«

»So wie wir, meinst du? Nein. Niemand hat sich mit Gwendolyn Lowell gestritten.«

Gwendolyn. Sie wiederholte den Namen im Geist und dabei fiel ihr auf, wie selten sie ihn in ihrer Kindheit gehört hatte. »Warum hat sich niemand mit ihr gestritten?«

»Weil sie immer recht hatte. Bei allem. Wehe dem, der ihr widersprach. Vor allem mein Vater. Er ist mit siebenundvierzig an einem Herzinfarkt gestorben. Und ich habe mich immer gefragt, ob er ihr entkommen wollte. Ich war wütend auf ihn, dass er mich mit ihr alleingelassen hat.«

»Vielleicht ist es genetisch«, sagte Rory leise. »Nicht für die Liebe gemacht zu sein, meine ich. Vielleicht wird es von Mutter zu Tochter vererbt, wie blaue Augen oder lockiges Haar.«

»So funktioniert das nicht, Aurora.«

»Du hast doch selbst gesagt, dass die Lowells nicht für ihre grandiosen Ehen bekannt sind. Was, wenn Hux …«

»Um Himmels willen, Aurora. Du bist *keine* Lowell!«

Rory starrte sie an. »Was?«

Auf Camillas Gesicht bildeten sich hektische Flecken. »Du bist eine Grant. Aurora Millicent Grant. Meine Mutter und ihre … Veranlagung haben nichts mit dir zu tun.«

»Ich wollte dich nicht ärgern.«

Camilla prüfte den Sitz ihrer perfekt gestylten Frisur. »Tut mir leid, dass ich so aus der Haut gefahren bin. Die Beziehung zu meiner Mutter war so kompliziert.«

»Sprichst du deswegen nie von ihr?«

»Ich spreche nicht über sie, weil es nichts gibt, über das sich zu sprechen lohnt. Sie ist für die Schul- und Unikosten aufgekommen, hat mich mit Kunst und Musik vertraut gemacht, mir Tanz- und Rhetorik- und Benimmstunden bezahlt, damit ich lernte, welche Gabel man wann benutzt. Sie hat alles getan, was von ihr erwartet wurde – und sonst gar nichts.«

»Wurdest du denn nicht geliebt?«

»Ich wurde vorbereitet«, antwortete Camilla vorsichtig. »Ich wurde trainiert, um der Position gerecht zu werden, die mir als einer Lowell gegeben wurde. Genau so zu sein und genau das zu tun, was von mir erwartet wurde.«

Die Verwendung des Wortes *gegeben* machte Rory hellhörig. Ihr wurde langsam klar, warum ihre Mutter das Thema

Familie tunlichst vermied. »Und bist du es? Den Erwartungen gerecht geworden, meine ich?«

»Fast nie.«

Die Worte hingen in der Luft. Rory betrachtete Camilla aufmerksam. Es überraschte sie, einen Riss in der Rüstung ihrer Mutter zu entdecken, einen wunden Punkt in ihrer Kindheit, der nie verheilt war. Vielleicht war es ja doch möglich, dass sie sich einander annäherten. »Das tut mir leid«, sagte sie sanft.

Camillas Augen waren überschattet von Gefühlen. Sie war aufgewühlt und verletzt, tat aber alles, um es zu verbergen. »Ich habe es nicht so gemeint. Es ist Jahre her, ich war noch ein Mädchen. Es ist immer alles gleich ein Drama, wenn man klein ist. Bitte vergiss einfach, was ich gesagt habe.«

Rory war hin- und hergerissen. Sollte sie nachfragen oder das Thema ruhen lassen? Der heutige Streit hatte wie alle anderen begonnen, aber dann hatte sich etwas Neues in ihre Unterhaltung geschlichen. Etwas, das die untergründige Spannung zwischen ihr und ihrer Mutter vielleicht endlich erklären konnte.

»Du musst mir nichts vormachen«, versicherte sie Camilla und wurde sich bewusst, dass sie Solines Worte wiederholte. »Es ist in Ordnung, traurig zu sein. Oder wütend. Oder beides.«

Camilla zwang sich zu einem Lächeln. »Es ist nichts. Schnee von gestern.«

Rory griff nach ihrer Hand. »Wir müssen nicht jetzt darüber reden. Wir müssen auch nie darüber reden, wenn du nicht willst. Aber du kannst immer zu mir kommen, wenn du jemanden zum Zuhören brauchst.«

Es läutete an der Tür, bevor Camilla antworten konnte. Die Erleichterung war ihr deutlich anzusehen. »Du kriegst Besuch«, sagte sie und zog ihre Hand zurück. »Und ich muss los.«

»Das ist nur mein Abendessen. Auberginenlasagne und ein bisschen Antipasti von Gerardo. Bleib doch, wir können es uns teilen.«

Camilla schüttelte den Kopf. Sie hatte wieder dichtgemacht. »Du hast sicher viel zu tun. Genieß die Lasagne.«

»Du hältst mich nicht von der Arbeit ab. Bleib und lass mich heute Morgen wiedergutmachen.«

Doch Camilla war schon an der Tür. »Mir geht es gut«, rief sie über die Schulter und drückte sich am verwunderten Lieferboten vorbei. »Wirklich.«

Rory bezahlte ihr Essen und brachte die Tüte in die Küche. Sie war sicher, dass es ihrer Mutter alles andere als gut ging.

Achtzehn
SOLINE

Jede Seele hat etwas ganz Eigenes, ein einzigartiges Echo, das in der Welt nachhallt. Zu jedem Echo gehört ein anderes Echo. Wenn sich die beiden gefunden haben, stimmen sie sich aufeinander ein. Wenn sie voneinander getrennt werden, streben sie fortwährend zueinander.

Esmée Roussel, *Die Zauberschneiderin*

Boston, 23. Juni 1985

Ich starre aus dem Fenster. Vielleicht sollte ich auf der Terrasse essen und mir den Sonnenuntergang ansehen. Noch während mir der Gedanke durch den Kopf geht, weiß ich, dass ich es nicht tun werde. Ich bin in einer Stimmung, die nach einer besonders guten Flasche Wein verlangt. Ich genehmige mir einen großen Schluck und grüble über mein Gespräch mit Aurore.

Ich wollte mich vergewissern, dass es ihr gut geht, und bin froh, dass ich es getan habe. Sie braucht im Moment jemanden, der sich ihrer annimmt und sie ein wenig verwöhnt. Mehr als sie sich selbst eingestehen will.

Sie war überrascht, als ich ihr gesagt habe, dass sie mich an mich selbst erinnert. Und ein bisschen peinlich war es ihr auch, dass ich ihr Inneres so gut erkenne. Doch so ist es. Das Mädchen – für mich ist sie noch ein Mädchen – macht schwere Zeiten durch. Zeiten voller Ungewissheit und Dunkelheit. Sie liebt den jungen Mann über alles. Hux – was ist das eigentlich für ein Name? Wenn sie ihn so nennt, will ich es auch versuchen. Gut sieht er aus. Amerikanisch im besten Sinn. Und dazu hat er ein gutes Herz. Sie kann sich glücklich schätzen, ihn gefunden zu haben.

Stimmt das? Kann sie das wirklich? Kann man es Glück nennen, wenn man den einen findet, dessen Herz im selben Takt schlägt, nur um ihn dann zu verlieren?

Es ist unglaublich, wie ähnlich sich unsere Geschichten sind. Genau wie Anson ist Hux bereit, Arbeit zu übernehmen, vor der sich andere scheuen, weil sie nicht den nötigen Mut aufbringen können. Anscheinend muss auch er für seinen Mut einen hohen Preis zahlen. Vielleicht sogar den höchsten.

Ich leere mein Weinglas in einem Zug und genieße die Wärme, die sich langsam in meinem Bauch und meiner Brust ausbreitet. Doch es ist noch nicht genug. Ich fülle das Glas erneut und lasse den Salat liegen. Ich habe keinen Appetit mehr. Stattdessen pilgere ich mit Glas und Flasche ins Arbeitszimmer, setze mich an meinen Schreibtisch und krame mein graviertes Zigarettenetui und das Feuerzeug hervor.

Ich brauche mehrere Anläufe, um die Zigarette anzuzünden – meine Hände sind zittrig heute Abend –, aber schließlich glimmt sie. Ich nehme einen tiefen Zug und halte die Luft an, bis mir schwindlig wird. Es ist lange her, dass ich das Bedürfnis hatte zu rauchen. Es ist überhaupt lange her, dass ich das Bedürfnis hatte, irgendetwas zu tun.

Erich Freede blickt mich aus seinem verglasten Rahmen auf dem Schreibtisch an. Vater, Fremder, die Liebe meiner Mutter Esmée. Schicksal unbekannt. Ich habe das Bild von Mamans Medaillon vergrößern lassen und betrachte es oft, wie ich es meiner Mutter versprochen habe. Und heute riet ich Aurore – nein, sie möchte Rory genannt werden – das Gleiche mit Hux zu tun, ihn in ihrem Herz zu behalten. Ich hoffe, es hilft. Ich habe kein Foto von Anson, kein Bild, an das ich mich halten kann. Aber ich habe etwas anderes.

Mein Blick gleitet zum Koffer, der noch genau dort steht, wo ich ihn in der ersten Nacht abgestellt habe. Das Geflüster aus dem Inneren drängt mich, altes Leid neu zu durchleben. Bis jetzt habe ich ihm widerstanden, habe es vermieden, die Wunde wieder aufzureißen. Aber der Wein und die Zigaretten sind wie alte Freunde, die mich an die langen Nächte erinnern, in denen ich die Überreste meiner Träume beweint habe. Sein Rasieretui in den Händen haltend, seinen Geruch auskostend. Die Briefe lesend, einen nach dem anderen. Ich fühlte mich wie die Hüterin all dieser Happy Ends – *la gardienne des fins heureuses*. Außer meines eigenen natürlich. Aber ich war glücklich – wir beide waren es – in einer Zeit, in der es sehr wenig Glück gab.

Der Krieg ging einfach immer weiter, bis sich ganz Paris grau und tot anfühlte. Meine Tage im Krankenhaus waren lang und arbeitsreich, ein verschwommener und endloser Strom gequälter Gesichter und ruinierter Leben. Doch bei all dem Elend war Anson bei mir.

Er fand ständig Gründe, in der Kantine zu sein, darauf hoffend, dass er mich bei einer Pause oder beim Mittagessen erwischen konnte. Ich muss gestehen, ich bin auch das ein oder andere Mal ohne wirklichen Grund dort gewesen, vor allem nachdem neue Verwundete gebracht worden waren. Wir tranken schrecklichen Kaffee und unterhielten uns über Belangloses, über Musik und Filme, und wenn sich die Kantine langsam leerte, griff er über den Tisch nach meiner Hand.

Wir hielten uns für diskret und waren der festen Überzeugung, dass niemand etwas bemerkt hatte. Es gab Regeln zur Fraternisierung, aber in diesen Zeiten brachte es keiner übers Herz, zwei junge Verliebte zu trennen.

Mit der Zeit wurden wir unverfrorener und stahlen uns manchmal davon, um etwas zu essen oder spazieren zu gehen. Wir wechselten uns ab mit unseren Geschichten. Ich konnte ihm natürlich nicht alles erzählen – Maman hatte mich zur Vorsicht in Bezug auf unsere besondere Gabe erzogen –, aber das meiste. Von den Frauen, die für ein Kleid von Roussel lange Reisen auf sich nahmen, und von den Dankesbriefen, die ich nach Mamans Tod erhielt. Und ich erzählte ihm von meinem eigenen Salon, den ich nach Kriegsende eröffnen, und von den schönen Kleidern, die ich nähen würde.

Anson sprach über seine Kindheit in elitären Newporter Kreisen, über Partys im Jachtklub, das Internat in Boston, endlose Sommer, in denen er mit Freunden segeln war. Und er sprach über seine Familie, seinen Vater, der nach einer Verletzung als Held aus dem Ersten Weltkrieg heimkehrte und seinem älteren Bruder prompt die Leitung des Familienunternehmens abnahm; über seine Mutter, Lydia, die qualvoll an einer Lungenentzündung starb; über seine kleine Schwester, die malte und Lieder schrieb und davon träumte, in einer Pariser Dachstube zu wohnen und berühmt zu werden; über die Boote, die seine Familie seit Generationen baute, die schnellsten Segelboote in einer Regatta namens America's Cup.

Aber mein Lieblingsthema war Anson selbst. Zu hören, wie er aufgewachsen war, wie er mit acht ins Internat gesteckt worden war, wie er sich das Segeln selbst beigebracht hatte, wie er Kapitän seiner Segelmannschaft geworden war. Und dann hatte er das Segeln nach einem Streit mit seinem Vater an den Nagel gehängt und sich mit ihm überworfen, weil er die Uni schmiss, um dem American Field Service beizutreten und nach Frankreich zu gehen.

Ich hätte ihm stundenlang zuhören können, aber so viel Zeit hatten wir nicht. Wir hatten unsere Pflichten und das bedeutete, dass wir nur Momente miteinander teilen konnten. Es wäre uns kleinlich vorgekommen, uns zu beschweren, während so viele so viel opferten.

Eines Tages eröffnete er mir, dass er für uns beide einen freien Abend organisiert hatte. Ich fragte nicht weiter nach, weil es mir ganz gleich war, wie er das geschafft hatte. Er führte mich aus, aber nicht in eine dieser lauten Bars, die auch die Deutschen besuchten, sondern in ein kleines Lokal in der Rue Saint-Benoît mit karierten Tischdecken und Kerzenlicht. Wir bekamen eine Sitzecke weiter hinten zugewiesen. Anson bestellte eine gute Flasche Wein, die ihm schon nach einem Glas zu Kopf stieg. Wir aßen eine samtige Suppe mit Hummerstückchen, Schweinebraten mit Äpfeln und Zwiebeln und zum Nachtisch Mandel-Baiser-Torte. Es war das grandioseste Essen, das ich je gegessen hatte, und es muss Anson ein Vermögen gekostet haben, aber in diesen Stunden haben wir den Krieg vergessen und waren einfach nur beieinander.

Danach brachte er mich nach Hause. Wir gingen händchenhaltend, und ich hatte das Gefühl zu schweben. Vor meiner Haustür fummelte ich am Schloss herum und als ich endlich nach dem Türknauf griff, nahm er meine Hand und blickte mir tief in die Augen. Er flüsterte meinen Namen, strich mir die Haare aus dem Gesicht und küsste mich mit einer zärtlichen Langsamkeit, die mich schier wahnsinnig machte.

Die Nacht schwand, und ich gab mich seinem Kuss hin, bis es nur noch uns beide gab – sein Echo und meines. Ich fühlte mich wie im Déjà-vu, als hätte ich etwas gefunden, von dem ich nicht gewusst hatte, dass ich es suchte. Und ich wünschte mir, der Moment würde ewig währen. Aber das tat er nicht. Es gab Regeln für anständige Mädchen. Meine Leidenschaft aber war unwiderruflich entflammt.

Am Ende des Sommers liebte ich Anson Purcell. Und er liebte mich.

Neunzehn

SOLINE

Damit das Märchen ein gutes Ende nimmt, muss die Braut bereit sein, dem Bräutigam ihr Herz zu schenken. Doch niemals darf sie dabei vergessen, sich selbst treu zu bleiben.

Esmée Roussel, *Die Zauberschneiderin*

Paris, 14. August 1943

Die Lage im Krankenhaus wird immer angespannter. Unsere Essensvorräte schrumpfen, denn seit Beginn des Sommers wächst die Zahl der Menschen hier immer weiter an. Mittlerweile sind es fast fünfhundert Verwundete und das Krankenhauspersonal, die dreimal am Tag etwas zu essen brauchten.

Auch die Stimmung hat sich verändert. Wir haben Angst, das Krankenhaus schließen zu müssen, Angst vor der Deportation unserer Patienten, Angst vor dem Schlimmsten. Die Deutschen verdächtigen uns – vor allem Dr. Jack –, die Résistance zu unterstützen und französischen Juden zur Flucht zu verhelfen.

Im letzten Monat hat sich die Situation noch weiter zugespitzt, nachdem mehrere amerikanische Flugzeuge abgeschossen worden waren, den gesamten Besatzungen aber die Flucht gelang. Obwohl die Deutschen das Gebiet mehrfach durchkämmt hatten, konnten sie die Männer nicht finden. Sie haben eine hohe Belohnung für Informationen über die verschwundenen Amerikaner und ihre Sympathisanten ausgesetzt. Nachbarn schwärzen sich gegenseitig an, geben den Deutschen Hinweise – einige entsprechen der Realität, viele sind frei erfunden –, um sich ein paar Francs zu verdienen.

Auch unser Krankenhaus ist unter Verdacht geraten. Gerüchte verbreiten sich wie Lauffeuer. Auf einmal wird das Thema, über das vorher keiner sprechen wollte – die vielen überraschenden Todesfälle, die morgens plötzlich leer stehenden Betten –, heiß diskutiert, wenn auch nur hinter vorgehaltener Hand. Alle sind sehr nervös. Überall können sich Kollaborateure einschleichen, die nach Informationen herumschnüffeln, um Belohnungen einzuheimsen. Also sind wir auf der Hut. Die Angst, dass uns ein falsches Wort die Gestapo auf den Hals hetzen könnte, ist unser ständiger Begleiter. Außerdem wird getuschelt, dass Dr. Jack einen Koffer gepackt habe, weil er damit rechne, jederzeit verhaftet zu werden.

Gleichzeitig müssen wir alles geben, um unsere Arbeit gut zu machen. Was bleibt uns denn übrig? Der stete Strom von Soldaten reißt nicht ab. Sie sind verwundet. Gebrochen. Am Ende.

Wir sind erschöpft, und die Zeit vergeht trotz des Hochbetriebs viel zu langsam. Vielleicht bin ich auch so ruhelos, weil ich Anson kaum noch sehe. Nach Wochen heimlicher Momente – atemlose Küsse, gestohlen im Abstellraum oder im Kino in der letzten Reihe, ruhige Abendessen und endlose Gespräche darüber, was wir tun, wenn der Krieg vorbei ist – verhält er sich auf einmal distanziert.

Mir ist klar, dass sein Job unverzichtbar ist. Der Krieg macht Halt vor nichts – noch nicht mal vor jungen Liebespaaren. In letzter Zeit ist Anson immer öfter immer länger unterwegs. Wenn wir uns dann doch mal sehen, beschleicht mich zunehmend das Gefühl, dass er sich verändert hat. Er wirkt gereizt und zerstreut, dreht sich dauernd um, als hätte er Angst, verfolgt zu werden. Außerdem verschwindet er jetzt manchmal für mehrere Tage, und wenn er wieder zurück ist, erfindet er fadenscheinige Ausreden.

Heute Morgen habe ich ihn mit einer Krankenschwester namens Elise ertappt. Sie ist älter als ich und weltgewandter, hat volle Lippen und ein tiefes, kehliges Lachen. Die beiden standen so dicht beisammen, dass es aussah, als küsste sie Anson auf den Hals. Sie steckte ihm einen Zettel zu. Ich muss irgendein Geräusch gemacht haben, denn er drehte sich um und sah mich.

Er trat ein paar Schritte von Elise weg, doch es war zu spät. Ich konnte das, was ich gesehen hatte, nicht aus meinem Gedächtnis löschen. Genauso wenig konnte ich meine Tränen vor Adeline verbergen, der ich gleich darauf in die Arme lief. Sie wirkte nicht besonders überrascht, als ich ihr alles erzählte. Er sei sowieso zu gut aussehend, ich solle lieber froh sein, die Wahrheit jetzt schon erfahren zu haben, bevor ich mich zu sehr auf ihn eingelassen hätte. Aber das hatte ich längst getan.

Vor ein paar Stunden hat er sich aus dem Krankenhaus geschlichen. Als er mich entdeckte, zögerte er kurz und warf mir einen schwer zu deutenden, fast flehenden Blick zu. Ich wandte mich ab. Wenn er Elise haben wollte, dann konnte er sie haben. Das versuchte ich mir jedenfalls einzureden.

Eben ist er zurückgekommen und die Kellertreppe hinuntergelaufen. Ich weiß genau, wo er hinwill – und warum. Der Keller ist der ideale Ort für ein heimliches Rendezvous. Bei der Vorstellung, ihn dort mit Elise zu erwischen, wird mir übel.

Doch ich kann nicht anders, nach ein paar Sekunden laufe ich ihm hinterher.

Anson verschwindet gerade in der Dunkelheit. Kurz darauf geht seine Taschenlampe an. Der Lichtkegel macht es leicht, ihm zu folgen, und ich drücke mich in die Schatten des Labyrinths aus Kisten und Kartons voller Kohl, Rüben, Kartoffeln, Ersatzkaffee und billigem Wein. Plötzlich höre ich das leise Klimpern eines Schlüsselbundes, kurz darauf das Knarzen einer Tür.

Ich traue mich so weit vor, bis ich einen Lichtstrahl durch den Türspalt sehe. Von der Decke hängt eine nackte Glühbirne, darunter steht ein schmales Feldbett mit einer gefalteten Decke.

Ansons Schatten zeichnet sich auf der Steinwand ab. Ich höre, wie er den Reißverschluss seiner Jacke aufzieht. Irgendetwas raschelt leise, als würde er sich ausziehen. Ich weiche zurück. Ich hatte mir eingebildet, die Wahrheit zu wissen – ja, sie sogar sehen zu wollen. Doch jetzt wird mir klar, dass ich sie nicht ertragen kann.

Übelkeit und Scham überkommen mich. Wie konnte ich nur so naiv sein, so dumm und liebeskrank? Ich drehe um und laufe los, aber es ist so dunkel, dass ich gegen einen Stapel Kisten renne. Das Krachen hallt wie ein Schuss in der Stille.

Anson erstarrt. Dann ist seine Silhouette im Türspalt zu sehen. »Wer ist da?«

Ich presse die Lippen zusammen und gebe keinen Mucks von mir. Einerseits will ihn zur Rede stellen und ihm sagen, dass ich weiß, was er hier tut. Andererseits kann ich mich unmöglich von ihm erwischen lassen.

»Rauskommen!« Seine Stimme klingt misstrauisch und bedrohlich. »Sofort!« Ich habe ihn noch nie wütend erlebt, und die Vorstellung, dass er mich hier entdeckt, jagt mir einen kalten Schauder über den Rücken. Ich kauere zwischen zwei Türmen aus Kisten und stecke in der Falle. Als sich seine Schritte langsam wieder entfernen, seufze ich unwillkürlich erleichtert auf. Im nächsten Augenblick spüre ich, wie er mich mit eisernem Griff am Arm packt.

Mit einer Hand zerrt er mich aus dem Versteck, mit der anderen hält er eine Weinflasche über meinem Kopf. Sein Gesicht ist verzerrt vor Wut und Angst. Er ist kaum wiederzuerkennen.

Er presst mir die Hand auf den Mund und zieht mich rückwärts an sich. Eine geballte, tödliche Energie geht von ihm aus. Ich schluchze leise.

Dann spüre ich, wie sich seine Spannung löst, doch sein Griff bleibt fest, als er mich grob zu sich umdreht. Eine gefühlte Ewigkeit blicken wir uns in die Augen, bis seine aufgestaute Energie entweicht. Er lässt die Flasche sinken, gibt mir zu verstehen, dass ich leise sein muss, und schubst mich vor sich her in den kleinen Raum, der kaum größer ist als ein Kleiderschrank und sehr spartanisch eingerichtet. Außer dem Feldbett gibt es noch ein kleines Waschbecken mit einem zerbrochenen Spiegel, eine schmale Kommode und eine ramponierte Ledertasche, in der ein kleines Radio zu stecken scheint. Doch mein Blick bleibt auf dem Tisch hängen, auf dem mehrere offizielle Dokumente liegen. *Cartes d'identité* – französische Pässe, Geburtsurkunden, Lebensmittelkarten und Bezugsscheine für Kleidung.

Tausend Fragen schießen mir durch den Kopf, doch bevor ich den Mund öffnen kann, verstärkt Anson seinen Griff wieder. »Was machst du hier unten?«

Ich starre ihn fassungslos an. Wie kommt er auf die Idee, *mich* zu fragen, was ich hier mache, wenn er derjenige ist, der hier im Dunkeln herumschleicht. Aber sein Blick bringt mich zum Schweigen. »Ich habe gesehen, wie du mit Elise gesprochen hast. Sie hat dir einen Zettel zugesteckt, und ich dachte …« Ich verstumme und blicke zu Boden. »Ich musste die Wahrheit wissen.«

»Darum bist du mir gefolgt?«, fragte er mich ungläubig. »Weil du gedacht hast, dass ich mich hier unten mit Elise treffe?«

Ich weiche seinem Blick aus, als mir bewusst wird, dass es etwas geben könnte, was noch schlimmer wäre, als Anson mit einer Frau zu erwischen. Ich betrachte die Papiere, von denen die meisten vergilbt und zerknittert sind. Viele sind mit Tintenklecksen übersät, einige sind an den Ecken eingerissen. Wem gehören sie? Was haben sie hier unten zu suchen?

Ich will mir eines der Dokumente ansehen, eine Geburtsurkunde, doch Anson packt mich am Handgelenk. »Nicht anfassen«, zischt er. Im kalten Licht sind seine Augen farblos. Ich erschaudere.

Mir fallen die vielen Betten ein, die plötzlich leer stehen, die scheinbar genesenen Männer, von denen in der letzten Zeit immer mehr mitten in der Nacht sterben. Die Gerüchte, dass ein Verräter unter uns ist – ein Gestapospion. Wir haben alle so getan, als würden wir uns nichts weiter dabei denken, weil es sicherer ist als zuzugeben, dass diese Männer vielleicht gar nicht gestorben sind, sondern klammheimlich aus dem Krankenhaus geschmuggelt worden sein könnten. Es gibt aber die generelle Vermutung, dass Dr. Jack in etwas involviert ist und dass die Deutschen nur noch auf einen Beweis warten, um ihn zu verhaften.

Ist Anson deswegen hier im Keller? Hilft er Sumner Jackson, Amerikaner und Briten mithilfe gefälschter Papiere aus Frankreich zu schmuggeln? Aber warum würde er es mir dann nicht erzählen? Er weiß doch, dass er mir vertrauen kann. Ich schaudere, als mir ein anderer Gedanke kommt – ein schrecklicher Gedanke. Was, wenn Anson der Spion ist, der der Gestapo die Beweise liefert? Bei dieser Vorstellung werde ich kreidebleich. Hat er die ganze Zeit für die Nazis gearbeitet und so getan, als wäre er ein Held? Hat er alles nur vorgetäuscht?

»Diese Papiere«, sage ich und nicke Richtung Tisch. »Bitte sag mir, dass du damit nichts Schlimmes machst, dass du nicht …« Ich verstumme, der Rest des Satzes kommt mir nicht über die Lippen.

Er sieht mich ausdruckslos an. Die Sekunden verstreichen, während ich auf seine Antwort warte. Als stünden wir an einem Abgrund und warteten darauf, wer von uns zuerst springt.

»Bitte sag mir, dass du nicht für *sie* arbeitest«, platzt es aus mir raus.

Ein Muskel pulsiert an seinem Unterkiefer. »Das denkst du von mir?«

»Ich weiß nicht, was ich denke, Anson. Du schleichst hier unten mit einer Taschenlampe umher und wühlst in Papieren, die bestimmt nicht deine sind.« Ich spreche schnell, hasse die Worte, als sie mir über die Lippen kommen. So gerne würde ich falschliegen, aber was ist, wenn ich es nicht tue?

Als er nach meiner Hand greift, ziehe ich sie weg. Erstaunt blickt er mich an. »Du hast Angst vor mir?«

»Es wird so viel geredet. Und du hast dich in letzter Zeit so komisch verhalten …«

Er weicht zurück. »Du glaubst, dass ich der Spion bin? Und jetzt, wo du mein Geheimnis gelüftet hast, bin ich gezwungen, dich … was? Zu erwürgen? Dir die Kehle aufzuschlitzen?« Er funkelt mich wütend an, aber ich sehe auch, dass er verletzt ist. »Nach all dieser Zeit«, sagt er schließlich. »Nach all dem, was wir zusammen erlebt haben, kannst du dir das vorstellen?«

»Anson …«

»Ich glaube, ich fand es besser, als du gedacht hast, dass ich dich mit Elise betrügen würde. Wahrscheinlich würde sie das auch besser finden, jedenfalls besser als als Nazi beschimpft zu werden.«

»Ich habe euch nicht als Nazis bezeichnet. Aber was soll ich denn sonst denken?«

»Du sollst mir vertrauen.«

Ich recke mein Kinn in die Luft. »So, wie du mir vertraut hast?«

Er atmet aus, und auf einmal sehe ich, wie müde er ist. »Das hat nichts mit Vertrauen zu tun«, sagt er leise. »Ich muss einfach vorsichtig sein. Wenn ich dabei erwischt werde … Ich kann dich der Gefahr nicht aussetzen. Ich wollte einfach nicht, dass du irgendwas mitbekommst.«

»Aber jetzt weiß ich es. Oder zumindest glaube ich das. Also kannst du mir auch den Rest erzählen.«

»Nein.«

»Die Männer …«, hake ich nach, entschlossen, mir das bestätigen zu lassen, was jetzt klar zu sein scheint. »Die alle so plötzlich gestorben sind. All die leeren Betten. Die sind gar nicht gestorben, stimmts?«

»Lass es, Soline. Bitte. Geh wieder hoch und vergiss alles, was du hier gesehen hast.«

Ich schüttle den Kopf. So leicht lasse ich mich nicht abspeisen. Jetzt muss ich wissen, was er tut und welche Risiken er auf sich nimmt. »Du hast ihnen geholfen zu fliehen. Mit diesen Papieren.«

Er seufzt, offensichtlich verärgert über meine Hartnäckigkeit. »Daran sind viele Leute beteiligt. Eine ganze Zelle, die ihr Leben riskiert hat, um ein paar Menschen das Leben zu retten. Die meisten von ihnen sind Flieger, ein paar sind Freunde von der Résistance, die es irgendwie schaffen, immer gerade unter dem Radar der Gestapo zu bleiben. Einer kümmert sich um die Papiere, ein Künstler, der zum Fälscher geworden ist, so unglaubhaft das auch klingt.« Er deutet auf die Papiere auf dem Tisch. »Seine Arbeit. Wir geben den Leuten neue Namen und schaffen sie über die Grenze nach Spanien, dann weiter nach England, teilweise sogar in die USA. Manchmal brauchen wir oben auch das Bett von einem, bevor wir ihm zur Flucht verhelfen können, und dann verstecken wir ihn hier unten.«

Erneut schaue ich mich in diesem kleinen Raum um, die spärliche Einrichtung, das Radio, die primitive Waschgelegenheit. Anson riskiert sein Leben, um anderen zu helfen, vor den Nazis zu fliehen – Soldaten, die gegen Hitlers Truppen kämpfen, Widerstandskämpfer, denen die Verhaftung droht und anderen.

Ich muss an Erich Freede denken, die große Liebe meiner Mutter, den sie hat ziehen lassen. Vielleicht hat er in Deutschland eine Familie, eine Frau und Kinder, mit denen ich verwandt bin. Ich bete, dass jemand wie Anson ihnen geholfen hat, rechtzeitig zu fliehen.

»Du hättest es mir erzählen können«, sage ich sanft. »Ich hätte dein Geheimnis gehütet.«

»Es ist nicht nur *mein* Geheimnis. Es ist unser aller Geheimnis, Soline. Von jedem Einzelnen, der für die Résistance arbeitet. Und es liegt in unserer Verantwortung, dass es geheim bleibt.«

»Jetzt ist es auch meines«, sage ich ruhig. »Und jetzt möchte ich meinen Teil beitragen, Anson. Lass mich euch helfen.«

»Das kann ich nicht zulassen.«

»Bitte. Ich weiß nicht, was ich tun kann, aber irgendwas muss es doch geben.«

»Nein.«

»Dann gehe ich zu Dr. Jack«, entgegne ich. »Und frage ihn, ob ich helfen kann. Du musst nicht so tun, als würde er nichts davon wissen. Ohne seine Zustimmung passiert hier gar nichts.«

Ansons Gesicht bleibt hart. »Soline, ich will nicht …«

Ich lege ihm zwei Finger auf die Lippen und schneide ihm das Wort ab. »Sag nicht Nein, Anson. Sag mir, was ich tun kann.«

ZWANZIG

SOLINE

Ohne Vertrauen ist unsere Arbeit zum Scheitern verurteilt.
Vertrauen ist alles.

Esmée Roussel, *Die Zauberschneiderin*

Paris, 27. August 1943

Ich bin überwältigt davon, was wenige Männer und Frauen unter den wachsamen Augen der *boche* bewerkstelligt haben. Während Paris von der Gestapo kontrolliert wird, führen Dr. Jack und seine Leute im Stillen Krieg gegen Hitler. Und ich gehöre jetzt dazu.

Wenn mir jemand prophezeit hätte, dass ich mich irgendwann am Widerstand beteiligen würde, hätte ich ihn für betrunken gehalten. Doch es gibt mir eine Bestimmung, es ist ein Weg aus der Hilflosigkeit, in einer Zeit, in der die Nazis unsere Stadt beherrschen. Und ich stelle mir Maman vor, wie sie anerkennend auf meine geheimen Aktivitäten herabguckt – und sei es nur wegen Erich Freede.

Außerdem bringt es mich Anson näher. Seine Sache ist auch meine Sache, wir brennen beide dafür. In letzter Zeit sprechen wir wieder mehr über die Zukunft. Nicht von der Ewigkeit – der Krieg lässt solche Gedanken unsinnig erscheinen –, aber von morgen. Orte, die wir bereisen möchten, und Dinge, die wir tun wollen. Und in diesen wehmütigen und süßen Träumereien sind wir immer zusammen. Das muss fürs Erste ausreichen. Denn wie Maman immer zu sagen pflegte, die Arbeit steht an erster Stelle.

Seit dem Tag im Keller habe ich eine Menge darüber gelernt, was die Résistance tut: geheime Funk-Operationen, Sabotage von Versorgungstransporten, Drucken und Verteilen von Untergrundzeitungen, sogar Transportieren von Waffen und Sprengstoffen. Alle Zellen arbeiten unabhängig voneinander. Unsere Arbeit ist zwar nicht so waghalsig wie das Sprengen von Brücken und Eisenbahnschienen, aber sie ist kaum weniger gefährlich. Um abgeschossene alliierte Flieger aus Frankreich hinauszuschmuggeln, braucht es eine bis ins kleinste Detail durchdachte Planung und viele Hände.

Es beginnt mit gefälschten Sterbeurkunden und Pässen für die Flüchtlinge, die dann über ein weit geknüpftes Netzwerk von Kurieren – viele davon Frauen wie ich – und Schutzhäusern entlang einer streng bewachten Route über die Pyrenäen nach Nordspanien und dann weiter zum Hafen von Lissabon geschleust werden.

Anson transportiert die Männer, wenn es losgeht. Ich fürchte mich vor diesen Nächten, wenn er mich zum Abschied küsst und mir verspricht, wohlbehalten wieder zurückzukommen. Uns ist beiden klar, dass er das nicht garantieren kann. Wir alle scheinen von geborgter Zeit zu leben, es ist nicht die Frage, ob es uns erwischt, sondern wann. Die Tatsache, dass der Eingang des Krankenhauses dem Hauptquartier der Deutschen direkt gegenüberliegt, das natürlich Tag und Nacht streng bewacht wird, macht die Sache nicht einfacher.

Ich habe jetzt meine eigene Arbeit – als Kurierin. Nachdem ich zwei Wochen angelernt wurde, bekomme ich jetzt Aufträge. Ich habe mich niemals für besonders mutig gehalten, aber was ich tue, fühlt sich richtig an. Nicht nur für Paris, sondern auch für Anson. Der Sache zu dienen bedeutet, ihm zu helfen.

Er hat darauf bestanden, dass ich nicht ihm unterstellt werde, und so wurde ich Elise zugeteilt, deren Verlobter als Zwangsarbeiter in einer deutschen Munitionsfabrik schuftet. Sie ist kurz angebunden und sachlich, aber nicht unfreundlich, und sie hat mich gut eingearbeitet.

Ich arbeite als Bindeglied und leite Informationen innerhalb unserer Zelle weiter: einen Terminplan in einer Kaffeedose, einen Treffpunkt, der auf die Innenseite eines Käsepackpapiers gekritzelt wurde. Manchmal tauschen wir uns auch mündlich aus – über eine scheinbar harmlose Frage nach der kürzlich erkrankten Tante oder dem Metro-Fahrplan. Ich muss die verschlüsselte Botschaft wörtlich weitergeben, mir die Antwort genauestens merken und sie Elise übermitteln. Ich kenne die Bedeutung der Nachrichten nicht, und so ist das auch beabsichtigt. Für den Fall, dass ich geschnappt und ausgefragt werde, kann ich nichts verraten, da ich nichts weiß.

Aber heute wurde mir ein anderer Auftrag anvertraut. Ich soll Papiere bei einem Mann abholen, den Elise nur »den Maler« nennt. Sie hat mir aufgetragen, mit einem Korb mit Wein, Brot und Käse auf Mamans Fahrrad zu einer Adresse in der Rue des Saint-Pères zu fahren.

Als ich vor dem schäbigen Haus ankomme, bin ich nervös. Die Anweisungen lauten, dass ich so tun solle, als würde ich meinen Liebhaber für ein nachmittägliches Rendezvous treffen. Ich nehme die Puderdose und den Lippenstift aus der Tasche und mache mich umständlich zurecht, während ich im

Taschenspiegel die Straße hinter mir absuche, um sicherzugehen, dass ich nicht verfolgt worden bin.

Das ist das Erste, was sie einem beibringen: wie man sicherstellt, dass man nicht beschattet wird, und was man tut, wenn es der Fall sein sollte. Wonach man Ausschau hält. Wie man in einer Menschenmenge verschwindet. Wie man am schnellsten alles loswird, was sich zur Zelle zurückverfolgen ließe.

Aber nichts sieht ungewöhnlich aus.

Ich kette mein Fahrrad an, nehme den Korb in die Hand, steige die schmale Treppe hinauf bis zum dritten Stock und klopfe dreimal laut an. Nicht mehr. Nicht weniger. Mehrere Schlösser klicken, dann öffnet sich die Tür einen Spaltbreit, und ich blicke in ein Auge unter einer buschigen Augenbraue.

»*J'espère que tu as faim*«, sage ich, genau so, wie es mir aufgetragen wurde. Ich hoffe, du bist hungrig.

Die Tür öffnet sich ein paar Zentimeter weiter. Drei Viertel eines Gesichtes sind jetzt zu sehen. Die Augen werden schmal, während sie über mein Gesicht wandern. Schließlich geht die Tür so weit auf, dass ich hineinkann.

Die Wohnung ist winzig, sie besteht aus zwei Zimmern, die mit Tischen und Lampen vollgestellt sind. Obwohl es mitten am Tag ist, sind die dunklen Vorhänge zugezogen und lassen alles noch beengter erscheinen. Es riecht unangenehm. Nach Chemie, männlichen Ausdünstungen, verbranntem Eichelkaffee und abgestandenem Zigarettenrauch.

Während ich warte, rufe ich mir meine Anweisungen ins Gedächtnis. Ich darf nichts sagen, wenn ich nicht direkt angesprochen werde, darf nichts kommentieren oder hinterfragen, was ich sehe. Je weniger ich weiß, desto besser. Doch es ist nicht gerade leicht, meine Neugierde über das zu zügeln, was mich an ein Fließband erinnert. An der hinteren Wand stehen mehrere Tische mit Tintenfässern, Schreibgeräten, Siegeln, Stempeln und Klebstoffen.

Außer dem Mann, der mir die Tür geöffnet hat, sehe ich noch drei weitere, die über die Tische gebeugt sind. Keiner von ihnen spricht, trotzdem ist mir sofort klar, wer hier das Sagen hat. Er sitzt an dem Tisch, der am Ende des Raumes steht, umgeben von seinen Arbeitsinstrumenten – der Maler. Seine mit Tinte befleckten Finger fliegen mit kurzen, schnellen Bewegungen über das Papier und erschaffen neue Menschen.

Als er den Kopf hebt, treffen sich unsere Blicke für einen kurzen Augenblick. Er ist überraschend jung, nicht viel älter als ich, hat ein längliches Gesicht, eine runde Drahtbrille und einen Dreitagebart. Der Moment ist schnell vorbei. Er wendet sich wieder seiner Arbeit zu, als der Mann, der mich hineingelassen hat, wiederkommt. Er gibt mir einen wasserdichten Beutel. Ich schaue nicht hinein und gebe keinen Ton von mir, sondern stecke mir das Säckchen hinten in den Rockbund und verdecke es mit meiner Strickjacke. Ich gebe ihm kein Geld. Der Maler und seine Kollegen nehmen nichts für ihre Arbeit. Wie der Rest von uns arbeiten sie einzig und allein für die Sache.

Als genug Zeit verstrichen ist, nehme ich den Wein und das Essen aus dem Korb, verschmiere den Lippenstift ganz leicht und verwuschele die Haare. Für den Fall, dass mich jemand sieht. Dann bin ich wieder draußen in der Sonne und strample mit einem Stapel gefälschter Dokumente in meinem Rockbund versteckt davon.

Erleichtert komme ich im Krankenhaus an und übergebe Elise den Beutel. Ihr Lob fällt nüchtern aus, das ist nicht unüblich. Sie ist nicht gerade der überschwängliche Typ, aber etwas an der Art, wie sie meinem Blick ausweicht, beunruhigt mich. Dann erzählt sie es mir. Anson ist nicht von seiner Mission zurückgekommen.

Die Nachricht zieht mir den Boden unter den Füßen weg. Elise drückt mich sanft auf einen Stuhl und bringt mir eine Tasse Kaffee. Sie tut gar nicht erst so, als wären Anson und ich bloß Arbeitskollegen. Sie ist einfach eine Frau, die eine andere Frau tröstet, und dafür bin ich ihr dankbar. Sie erklärt mir, dass das schon mal vorkommen kann – es könnte tausend Gründe geben. Sie ist sicher, dass er zurückkommen wird. Aber ich höre die Besorgnis in ihrer Stimme, und als ich mich wieder meinen Aufgaben widme, schießen mir die schlimmsten Situationen in den Kopf, bis hin zu Ansons Erschießung oder seiner Deportation.

In der Résistance zu arbeiten bedeutet, immer auf das Schlimmste vorbereitet zu sein und zu akzeptieren, dass Gefangenschaft, Folter und der Tod unvermeidbar sind. Aber ich kann und werde diese Unvermeidbarkeiten für Anson nicht akzeptieren. Er muss doch in Sicherheit sein. Er muss. Aber langsam neigt sich der Tag dem Ende zu, und wir haben immer noch keine Nachricht oder ein Zeichen von ihm. Ich denke an Maman, wie ihre Hände mit dem Rosenkranz beschäftigt waren, während sie über Erich Freede sprach, und auf einmal verstehe ich es. In diesen Momenten vertrauen wir allem, glauben an alles, um die Hoffnung nicht zu verlieren.

Adeline spürt, dass etwas nicht stimmt. Ich versichere ihr, dass ich nur Kopfschmerzen habe und nicht nach Hause gehen muss, aber sie drängt mich, zumindest die Kantine aufzusuchen und etwas zu essen.

Ich versuche, ein paar Löffel Suppe hinunterzubringen, doch sie schmeckt nach nichts. Adeline versucht, mich zu überreden, nach Hause zu gehen und mich auszuruhen. Da steht er plötzlich in der Tür. Ich lasse beinahe den Löffel fallen und schlucke die Tränen hinunter, die ich hier nicht vergießen darf. Er sieht erschöpft aus, dunkle Ringe liegen unter seinen Augen, doch er fängt meinen Blick quer durch die belebte Kantine auf und schaut mich auf eine Weise an, die mir sofort alles sagt, was ich wissen muss.

Ich bin in Sicherheit. Es tut mir leid. Ich liebe dich.

Auf wackligen Beinen verschwinde ich in der nächstgelegenen Toilette und schluchze vor Erleichterung. Als ich herauskomme, hat er bereits eine Tasse Kaffee vor sich stehen. Schwarz, nicht schwach und süß, wie er ihn normalerweise trinkt. Elise sieht ihn vom anderen Ende des Raumes mit gehobenen Augenbrauen fragend an. Er schüttelt kaum wahrnehmbar den Kopf. Ich frage mich, was das zu bedeuten hat, weiß aber genau, dass ich ihn hier zwischen all den Menschen nicht fragen kann.

Später, als die Halle sich geleert hat und Anson mit seinem zweiten Sandwich fertig ist, hole ich das nach. Es geht gegen die Regeln, aber ich kann einfach nicht anders.

»Wo bist du gewesen?«

»Kann ich dir nicht sagen.«

»Ich dachte, du wärst tot«, zische ich ihn an. »Oder deportiert worden. Du musst es mir sagen.«

»Ich muss mit Sumner sprechen«, murmelt er mit ausdrucksloser Miene, als hätte ich nichts gesagt. »Wo ist er?«

Sein Blick ist leer, ohne jede Wärme oder Zuneigung. Er ist im Résistance-Modus – *clandestinité*. Es gibt da diese kalte Ecke in seinem Herzen, in der kein Platz für mich ist. Oder für irgendetwas, das nichts mit der Sache zu tun hat.

»Vor ein paar Stunden sind vier Verletzte eingeliefert worden«, sage ich und versuche, meine Stimme ruhig zu halten. »Es wurde über eine doppelte Amputation gesprochen. Vielleicht ist er aber auch schon gestorben.«

Anson nickt, trinkt seinen Kaffee aus und steht auf. »Wir müssen reden. Aber erst muss ich noch was erledigen. Geh nach Hause und schlaf ein wenig. Ich komme später zu dir.«

Bei diesem Regelbruch runzle ich die Stirn. Wir hatten uns klar darauf geeinigt, als ich der Zelle beigetreten bin, dass er niemals, unter keinen Umständen, zu mir in die Wohnung in der Rue Legendre kommen darf. Für die Außenwelt sind wir bloß Arbeitskollegen, nicht mehr. Das sei zu meinem Schutz, hatte er mir erklärt. Es hat sich etwas geändert, und das macht mir Angst.

»Ich dachte, wir sollten vorsichtig sein, damit sie meine Adresse nicht erfahren.«

Seine Augen verdunkeln sich. »Ja, so war es auch.«

»Und jetzt?«

»Jetzt haben sie deine Adresse.«

Ein kalter Schauer läuft mir den Rücken hinunter. »Die Gestapo weiß, wo ich wohne?«

»Sie wissen alles, Soline.«

Einundzwanzig

SOLINE

Zwischen dem Antrag und der Hochzeit kann vieles schiefgehen, denn das ist der Zeitpunkt, an dem ein Bund am gefährdetsten ist – bevor der Zauber eingenäht und die Ehegelöbnisse abgelegt werden. Die Schneiderin der Zauberkleider muss sich vor Stürmen in Acht nehmen, und Stürme wird es mit Sicherheit geben.

Esmée Roussel, *Die Zauberschneiderin*

Paris, 27. August 1943

Ich komme mir vor wie in einem Detektivroman, als ich einen Blick über die Schulter werfe, bevor ich den schweren Schlüssel aus Messing im Türschloss umdrehe. Kein schwarzer Mercedes – das Lieblingsauto der Gestapo – parkt auf der Straße. Kein Mann in feldgrauer Uniform lungert an einem Türrahmen herum.

Sie sagen uns, wonach wir gucken sollen. Sie sagen uns auch, womit wir rechnen müssen, falls wir gefangen genommen werden. Geschlagen und gefesselt werden, an den Füßen aufgehängt oder in ein Eisbad gedrückt und dabei so lange unter Wasser gehalten zu werden, bis man kurz vorm Ertrinken ist. Dann noch einmal und noch mal. *La baignoire* nennen sie es – die Badewanne.

Es ist außerdem üblich, die weiblichen Angehörigen eines Verdächtigen – Mutter, Schwestern, Geliebte – stundenlang zu verhören. Eine Vorgehensweise, die als sehr effektiv gilt, ist die Drohung, die Frauen in *spezielle* Bordelle zu schicken, die bei den deutschen Soldaten besonders beliebt sind. Die Vorstellung lässt mich erschaudern, während ich die Tür hinter mir verriegle.

Ich gehe nur noch zum Schlafen und Baden nach Hause. Seit Maman nicht mehr lebt, fühlt sich die Wohnung nicht mehr an wie mein Zuhause. Mit den zugezogenen dunklen Vorhängen wirken die Zimmer bedrückend und beunruhigend leer.

Ich gehe nach oben, um zu baden, und versuche danach, mich hinzulegen, aber Ansons Worte gehen mir nicht aus dem Kopf. *Sie wissen alles.* Schließlich gebe ich auf und ziehe mich wieder an. Dann versuche ich, etwas Essbares aufzutreiben, aber da ich im Krankenhaus verpflegt werde, ist kaum etwas in der Speisekammer.

Als ich gerade eine Dose mit alten Keksen und ein Glas Marmelade ausgegraben habe, klingelt es unten an der Tür. Dreimal kurz und schrill. Es ist Anson, natürlich, aber trotzdem erschrecke ich mich. Es ist eine Ewigkeit her, dass jemand die Klingel benutzt hat.

Er sieht wachsam nach allen Seiten, als ich die Tür öffne. Für einen Moment vergesse ich, was ich tue, und greife nach seiner Hand. Er zuckt zurück, wirft mir einen kurzen warnenden Blick zu und schlüpft herein. Ich verriegle die Tür hinter ihm und sehe, wie er den Türknauf nicht nur einmal, sondern zweimal überprüft.

Stöhnend lässt er sich auf den nächstbesten Stuhl sinken.

Er sieht noch erschöpfter aus als vorhin im Krankenhaus, falls das überhaupt möglich ist. Und da ist noch mehr. In seinen Augen steht eine unterschwellige Panik. Ich habe ihn noch nie so gesehen. »Was ist los? Was ist passiert?«

Er rauft sich die Haare. »Eigentlich dürfte ich gar nicht hier sein. Unsere Abmachung …«

»Unsere Abmachung ist mir egal. Aber mir ist nicht egal, wo du gewesen bist. Und jetzt bist du hier. Falls du verfolgt wurdest, ist es sowieso zu spät. Sag mir, was passiert ist.«

Er vergräbt sein Gesicht in den Händen. »Gestern Nacht ist etwas Schlimmes passiert.«

Mein Herz setzt einen Schlag aus. »Was?«

»Etwas, was ich seit dem Tag, an dem du mir in den Keller gefolgt bist, befürchtet habe.«

Anson erzählt die Geschichte emotionslos, als hätte er sie auswendig gelernt. Kurz nach Einbruch der Dunkelheit hatte er sich auf den Weg gemacht, um einen Mann, der von der SS gesucht wurde, von einem Schutzhaus in ein anderes zu bringen. Seine *carte d'identité* wies ihn als Marcel Landray aus, Landarbeiter, 1919 in Chauvigny geboren. Natürlich war das erfunden. In Wahrheit hieß er Raimond Lavoie, war auf der Flucht und wurde aufgrund »entarteten Verhaltens« von den Nazis gesucht – was der Ausdruck der Nazis für homosexuelle Aktivitäten war.

Er lebte bereits seit einem Monat im Untergrund, nachdem er von einem Nachbarn für ein paar Francs und einen Klaps auf die Schulter an die SS denunziert worden war. Gefangennahme hätte die Deportation bedeutet, wahrscheinlich nach Dachau oder Buchenwald. Dort hätte er ein rosa Dreieck auf seinem Oberteil tragen müssen – bis er dann schließlich vergast oder totgeschlagen worden wäre. Oder sie hätten ihn verhungern lassen. In Frankreich zu bleiben, kam nicht infrage.

Die Übergabe lief wie geplant, aber auf dem Rückweg überhitzte der Motor und Anson musste anhalten und darauf warten, dass die Kühlertemperatur weit genug abgesunken war. Um zwei Uhr morgens, fünf Stunden nach Beginn der Ausgangssperre, wurde er von der französischen Polizei mit einem Rettungswagen der AFS angetroffen, der auf der Straße nichts zu suchen hatte. Man nahm ihn mit und verhörte ihn. Seine Geschichte für den Fall der Festnahme war die, dass er sich aus dem Krankenhaus gestohlen habe, um sich mit seiner Geliebten zu treffen. Bei dem Rendezvous habe er die Zeit vergessen. Er gab ihnen den Namen – Micheline Paget – und die Adresse seiner »Geliebten«, doch die Polizei ließ sich nicht täuschen. Kurze Zeit später erschienen zwei Männer in feldgrauen Uniformen im Gefängnis – die Gestapo unter dem Kommando von Carl Oberg mit dem Beinamen »der Schlächter von Paris«, der die Stadt mit allen Mitteln von Widerstandskämpfern säuberte. Sie wollten nicht über Micheline Paget sprechen. Sie wollten über Sumner Jackson sprechen.

Anson schweigt einen Moment. Ich lege meine Hand auf seine. »Wie wäre es, wenn du dich ein bisschen ausruhst? Nur eine Stunde, dann kannst du mir den Rest erzählen.«

Er schüttelt den Kopf. »Ich habe ihnen keine Informationen gegeben.«

»Natürlich nicht.«

Ich will die Falte zwischen seinen Brauen ausstreichen, doch er stößt meine Hand weg. »Ich musste ihnen nichts erzählen, Soline. Sie wussten bereits alles – zumindest das meiste. Die gefälschten Papiere, die Schutzhäuser, die Flugzeugbesatzungen, die wir gerettet haben. Sie wissen, dass Sumner etwas damit zu tun hat.«

»Aber woher?«

Er zuckt halbherzig mit den Schultern. »Wahrscheinlich werden wir seit Monaten von einem Informanten Obergs bespitzelt. Sie haben nur darauf gewartet, dass einer von uns einen Fehler macht. Ich war derjenige. Jetzt ist es nur noch eine Frage der Zeit.«

»Es ist nicht deine Schuld, Anson. Du hast doch eben gesagt, dass du ihnen nichts gesagt hast. Wie kannst du überhaupt …«

Der Schmerz in seinen Augen ist so roh, dass ich fast erleichtert bin, als er wieder wegsieht. »Sie haben es mehr oder weniger gesagt, Soline. Sie kommen, um Dr. Jack zu holen. Um uns alle zu holen, vermutlich. Oberg wird nicht aufhören, bis er das hat, was er braucht. Es kümmert ihn nicht, auf welche Weise er es sich holt. Ich muss eine Entscheidung treffen.«

Von allem, was er bisher gesagt hat, ist es dieser Satz, der mir am meisten Angst einjagt. »Was für eine Entscheidung?«

»Eine, von der ich nicht weiß, *wie* ich sie treffen – oder damit leben soll.«

Plötzlich stockt mir der Atem. Ich verschränke meine Finger mit seinen, versuche nicht an Peitschen, Fesseln oder Badewannen mit Eiswasser zu denken. Aber ich muss es einfach fragen. »Haben sie dir … etwas getan? Ich kenne die Geschichten, wie sie Leute zum Reden bringen.«

»Nein.« Er starrt vor sich hin. Seine Stimme ist eigenartig tonlos. »So war es nicht.« Er macht eine Pause und blickt auf unsere verschränkten Hände, meine sind schmal und blass, seine kräftig und gebräunt. »Die Deutschen haben eine Abmachung mit dem Krankenhausbetreiber: Sie lassen uns in Ruhe, solange wir keinen Ärger machen und ihnen die Kosten für die Behandlung von verwundeten Briten und Amerikanern ersparen. Das ist der einzige Grund, warum Sumner Jackson noch nicht verhaftet wurde. Und Informationen aus mir herauszuprügeln, hätte sie in einem schlechten Licht dastehen lassen – also haben sie mir gedroht.«

»Womit?«

»Mit dir.«

Ich versuche, die beiden Wörter zu begreifen. »Mit mir? Das verstehe ich nicht. Woher wissen sie denn überhaupt, dass es mich gibt?«

»Ich habe dir doch gesagt, dass sie alles wissen. In der letzten Nacht ging es nicht darum, was ich weiß. Es ging darum, dass sie mir gesagt haben, was *sie* wissen. Sie wissen, dass wir gefälschte Papiere bekommen, aber sie wissen nicht, *wo* wir sie herbekommen. Außerdem wissen sie, dass wir mit einem Netzwerk von Kurieren arbeiten.«

»Und sie wissen, dass ich eine von ihnen bin«, füge ich leise hinzu.

»Nein. Zumindest gehe ich davon aus, dass sie es nicht wissen. Aber sie wissen über uns beide Bescheid, dass wir …«

Dass wir Liebende sind.

Die Worte stehen unausgesprochen zwischen uns. Es ist nicht ganz wahr – nicht im körperlichen Sinn des Wortes –, aber in jeder Hinsicht, auf die es ankommt.

»Ist Liebe etwa auch ein Verbrechen?«

»Nein«, sagt er und steht plötzlich auf. »Aber sie ist … nützlich.«

Ich starre ihn an, das Wort geht mir nicht aus dem Kopf. *Nützlich.* Und dann ergibt es auf einmal Sinn. Sie mussten ihn nicht bedrohen. Sie mussten nur mich bedrohen.

»Du musst verschwinden, Soline. Es gibt keinen anderen Ausweg.«

Ich stehe auch auf. Wir wissen, was passieren kann, und wir tun, als würden wir es verstehen. Trotzdem waren wir davon überzeugt, dass es uns schon nicht zustoßen würde. Dass niemand nach Mitternacht an unsere Tür klopfen wird, dass uns keine Stiefelschritte folgen, wenn wir eine leere Gasse entlanggehen, dass es keine sorgfältig geführte Liste mit unseren Namen gibt. Wir glauben es so lange, bis wir es nicht mehr glauben können.

»Verstehst du das, Soline?«

Ich nicke benommen. »Ich muss das Krankenhaus verlassen.«

»Du musst Frankreich verlassen.«

Es dauert einen Moment, bis die Worte zu mir durchdringen, und selbst dann ergeben sie keinen Sinn. »Frankreich … verlassen?«

»Du bist hier nicht mehr sicher.«

Ich befeuchte meine Lippen, mein Mund ist plötzlich staubtrocken. »Aber wo sollen wir hin?«

Ohne zu blinzeln, schaut er mir in die Augen. »Nicht wir, Soline. Du.«

Die Zeit scheint stillzustehen. Ich habe öfter gehört, wie es sich anfühlt, wenn man eine schlechte Neuigkeit erfährt – dass einem das Blut aus dem Gesicht oder die Luft aus den Lungen entweicht. So geht es mir.

Frankreich verlassen ohne ihn? Hat er das wirklich gerade vorgeschlagen? Als ich ihn erneut anschaue, merke ich, dass es genau so ist.

»Ich gehe nicht«, sage ich matt. »Nicht ohne dich.«

»Ich kann hier jetzt nicht weg, Soline. Das weißt du doch. Zu viele Menschen sind auf mich angewiesen.«

»Du bist ein Einziger, Anson. Sie schaffen das auch ohne dich. Und was ist mit der Gestapo? Glaubst du, wenn ich weg bin, lässt sie dich in Ruhe? Du weißt genau, dass das nicht so ist.«

»Solange du in Sicherheit bist, ist es mir egal, was sie mit mir machen.«

»Aber mir ist es nicht egal!«

Er seufzt erschöpft. »Bitte.«

»Es geht nicht, Anson. Ich kann nicht ohne dich von hier weg.«

»Ich habe schon alles organisiert.«

Ich mustere ihn erstaunt. »Ohne es mit mir zu besprechen?«

»Die Zeit war zu knapp. Ich habe es mit Sumner abgemacht. Du gehst morgen. Zuerst in ein Schutzhaus, dann nach Spanien. Wie die anderen.«

»Nein.«

»Soline, wir haben darüber gesprochen.«

»Haben wir nicht, nicht so! Wir haben darüber gesprochen, zusammen zu gehen. Wenn der Krieg vorbei ist. Es ging niemals darum, dass nur ich gehen würde. Willst du mich loswerden? Ist es eine Möglichkeit, mich aus dem Weg zu schaffen?«

Es ist unfair, das zu sagen. Furchtbar. Aber er hat mir den Boden unter den Füßen weggezogen und jetzt will ich ihn verletzen, so wie er mich verletzt hat. Ich drehe mich um und wische mir die Tränen mit dem Ärmel ab.

»Soline.«

Als er mich berührt, bewege ich mich nicht, aber ich wehre mich auch nicht, als er mich zu sich umdreht. Er hebt mein Kinn mit dem Finger und zwingt mich, ihn anzusehen. »Du musst es machen. Für mich. Verstehst du denn nicht?«

Als ich versuche, mich von ihm zu lösen, hält er mich an den Schultern fest. »Ich kann jetzt nicht gehen, Soline. Was ich mache – was wir alle hier machen – ist zu wichtig. Solange Sumner dabei ist, bleibe ich. So einfach ist das. Aber ich kann nicht arbeiten, wenn ich mir Sorgen mache, dass sie dich mitnehmen. Und das werden sie tun, wenn du bleibst. Denen ist klar, dass sie mir nur sagen müssen, dass sie dich haben. Dann werde ich ihnen alles sagen.«

»Würdest du nicht.«

»Doch würde ich«, sagt er leise. »Ohne zu zögern.«

Auf einmal verstehe ich. Er hat nicht nur Angst um mich. Es geht um die Sache, um die Menschenleben, die auf dem Spiel stünden, wenn man mich festnähme – denn wenn er sich entscheiden müsste, würde er sich für mich entscheiden. Aber das würde ich nicht wollen.

»Versprich mir, dass du ihnen nichts verrätst. Nicht meinetwegen.«

»Ich muss wissen, dass du in Sicherheit bist, Soline. Damit ich arbeiten kann.«

Ich versuche, meine Tränen hinunterzuschlucken. Die Entscheidung steht fest. Unsere Pläne, die wir geschmiedet haben, die Zukunft, die wir gemeinsam verbringen wollten – all das gibt es nicht mehr. *Uns* gibt es nicht mehr.

»Du schaffst das«, sagt er aufmunternd. »Du wirst mit unseren Leuten zusammen sein. Deine Papiere sind in ein paar Stunden fertig. In der Morgendämmerung gehts los.«

Morgendämmerung. Zehn Stunden.

Ich schaue ihn flehend an. »Lass mich bleiben. Ich verlasse das Krankenhaus und fahre aufs Land, irgendwohin, wo sie mich nicht finden können. Bitte.«

»Das geht nicht. Ich muss wissen, dass du in Sicherheit bist und dass sich jemand um dich kümmert. Es steht fest. Aber wir haben noch diese Nacht.«

Seine Worte sind messerscharf. »Ich will nicht diese Nacht. Ich will dich für immer. Ich weiß, dass wir das nie gesagt haben, aber ich dachte, du würdest das Gleiche empfinden. Nach alldem, soll ich einfach weglaufen, ohne zu wissen, wohin? Ohne zu wissen, ob wir uns jemals wiedersehen werden?«

Er starrt mich fassungslos an. »Das denkst du von mir? Dass ich dich an irgendwen übergebe, und dann war es das?«

»So was passiert«, flüstere ich und denke dabei an Maman und Erich Freede. »Menschen werden … getrennt.«

»Das wird uns nicht passieren.«

»Das kannst du nicht wissen.«

»Doch. Ich habe deine Flucht in die Staaten organisiert, auch wenn es nicht leicht für dich sein wird. Ich habe einen

Brief an meinen Vater geschrieben, den du verschicken kannst, sobald du in Lissabon bist. Ich habe ihm gesagt, dass wir heiraten, wenn ich wieder zu Hause bin – wenn du damit einverstanden sein solltest.«

»Heiraten …« Das Wort breitet sich in meinem Herzen aus wie zwei Flügel, die mich beinahe abheben lassen. Ich habe es niemals laut gesagt, aber ich habe Hunderte Male davon geträumt. »Ja«, hauche ich. »Ja, damit bin ich einverstanden. Aber willst du das wirklich? Als ich ›für immer‹ gesagt habe, habe ich dich nicht gefragt … bist du dir sicher, dass du mich heiraten willst?«

»Ich war mir zehn Minuten, nachdem wir uns kennengelernt haben, sicher, Soline. Ich liebe dich.«

Liebe.

Ich habe mich davor gehütet, dieses Wort zu benutzen. Nicht, weil ich es nicht fühlte, sondern weil ich es so intensiv fühlte. Vielleicht hat Maman mich abergläubisch gemacht, mit ihrem Gerede von Flüchen. Ich muss an Lilou denken. Sie war zwei Wochen, nachdem sie ihr Gelübde abgelegt hat, verwitwet – weil sie es wagte, zu lieben. Aber das Wort ist gesagt worden, und das lässt sich nicht rückgängig machen, selbst wenn ich es wollte. Es darf nicht so zwischen uns stehen, ohne Antwort.

»Ich liebe dich auch«, sage ich mit klarer Stimme. »Mehr als ich jemals für möglich gehalten habe, jemanden lieben zu können. Ich will dich heiraten. Aber bist du dir sicher, dass es das Richtige ist? Was wird dein Vater sagen, wenn ich auf einmal auf seiner Türschwelle stehe, eine Fremde, die erwartet, bei ihm wohnen zu können?«

»Es steht alles in dem Brief an ihn. Zumindest so viel, wie ich sagen kann. Er weiß nicht, was ich hier drüben mache. Und er darf es auch nicht wissen. Niemand darf das. Und das meine ich ernst, Soline. Egal, was du hörst oder wie schlimm sich etwas anhört, du darfst kein einziges Wort darüber verlieren, was wir hier tun. Es würde zu viele Menschen in Gefahr bringen. Die Sicherheit einer einzigen Person darf niemals die Sicherheit der gesamten Zelle gefährden. Verstehst du das?«

»Ja.«

»Vorerst muss mein Vater nur wissen, dass ich Rettungswagen fahre.« Er sieht mir in die Augen und nimmt meine Hände in seine. »Ich bin verrückt nach dir. Ich habe vor, dich in der Minute, in der ich amerikanischen Boden betrete, zu einer Purcell zu machen. Und ich kann es kaum erwarten, dir zu zeigen, wo ich aufgewachsen bin, und dich allen vorzustellen. Meine Schwester wird dich lieben, sobald du den Mund aufmachst. Sie hat eine Schwäche für alles Französische.«

Ich setze ein Lächeln auf. Aber mir macht ein Gespräch zu schaffen, das wir irgendwann über seinen Vater geführt haben und darüber, wie streng er war und was für starre Ansichten er von Pflicht und Anstand hat. Ich frage mich, ob er auch bestimmte Vorstellungen von der zukünftigen Ehefrau seines Sohnes hat.

Anson runzelt die Stirn und versucht, meine Gedanken zu lesen. »Bitte sei nicht traurig. Die Zeit wird im Flug vergehen, und dann können wir unser richtiges Leben zusammen beginnen.«

»Und was ist mit dir? Du bleibst hier – bei ihnen.«

Er nimmt meinen Kopf zwischen die Hände und küsst mich zärtlich. »Nichts wird mich davon abhalten, nach Hause zu kommen, wenn ich weiß, dass du auf mich wartest.«

»Aber wie soll das gehen? Wir schleusen die Leute über die Grenze nach Spanien, nicht nach Amerika.«

»Die Purcells sind seit jeher Marinesoldaten gewesen – nur ich nicht. Ich habe den Namen meines lieben Vaters fallen lassen und ein paar Leute um Gefallen gebeten. Er wird nicht allzu glücklich darüber sein – er will derjenige sein, der die Macht ausübt –, aber das müssen wir wann anders aushandeln.«

»Ich habe Angst«, sage ich sanft.

»Ich weiß. Aber du bist auch mutig.« Er küsst mich noch einmal, und ich schmecke meine Tränen auf seinen Lippen, bitter und salzig, und auf einmal ist jeder Moment, jede Berührung kostbar. Denn die Erinnerung daran ist alles, was mir bleibt, wenn die Sonne wieder aufgeht.

Er löst sich von mir und hält mich auf Armeslänge. »Ich sollte gehen. Du musst packen, nur das Allernötigste. Einen kleinen Koffer. Und dann versuche zu schlafen. Ich bin vor Tagesanbruch wieder hier.«

»Was ist mit dir? Du bist erschöpft.«

»Ich versuche, im Krankenhaus ein paar Stunden Schlaf zu bekommen.«

Ich greife nach seiner Hand. »Bleib bei mir. Bitte.«

»Du weißt, dass ich nicht bleiben kann.« Seine Stimme ist belegt, sein Blick ist unergründlich wie das Meer. »Wir dürfen nicht …« Er schluckt. »Es gibt Regeln, Soline.«

Ich schüttle den Kopf, denn auf einmal kommt mir alles so absurd vor. Männer werden auf der Straße erschossen und an der Front abgeschlachtet, Frauen und Kinder werden in Züge gepfercht und deportiert. Und das hier – zwei Menschen, die sich lieben und ihre vielleicht letzte Nacht miteinander verbringen wollen – verstößt gegen die Regeln. Es ergibt einfach keinen Sinn. Und dann fällt mir plötzlich ein Satz ein, den Lilou zu meiner Mutter gesagt hat, als sie durchgebrannt ist, um ihren Engländer zu heiraten. *Ich weigere mich, Regeln zu befolgen, die mich um meine Freude bringen.*

Ich weigere mich auch.

»Die Regeln sind mir egal«, murmele ich und ziehe ihn an mich heran. »Es ist unsere letzte Nacht. Bitte, lass sie mich nicht allein verbringen.«

Er sagt nichts, als ich ihn die Treppe hochführe. Als wir oben angekommen sind, liegt einen Moment lang Zögern in der Luft. Ich kann nicht sagen, ob von seiner oder meiner Seite, aber der Augenblick verfliegt schnell. Die Entscheidung ist getroffen, jetzt gibt es kein Zurück mehr.

Auf einmal bin ich verlegen. Ich lasse das Licht aus. Bis zu diesem Augenblick bestanden unsere Rendezvous aus kurzen, gestohlenen Momenten, hastigen Umarmungen und fiebrigen Küssen. Aber heute gibt es keinen Grund zur Eile. Ich weiß nicht, ob ich seine Erste bin – ich *will* es gar nicht wissen –, aber er ist mein Erster.

Ich knöpfe sein Hemd auf und lasse es über seine Schultern zu Boden gleiten. Dann versuche ich mit zitternden Fingern, seinen Gürtel zu öffnen. Er steht ganz ruhig da und schaut mich an, ich frage mich, ob er meine Nervosität spürt. Ich habe viele Männer nackt gesehen – ich habe Hunderte im Krankenhaus gewaschen –, aber ich war in keinen von ihnen verliebt.

Endlich ist Anson an der Reihe, mich auszuziehen. Ich fröstele, als meine Bluse nach unten rutscht, seine Fingerspitzen sind wie ein Hauch auf meiner Haut. Es wirkt fast ehrfürchtig, als er meinen Namen murmelt, seine Augen sind von solch einer Zärtlichkeit erfüllt, dass mir die Tränen kommen.

Einige Augenblicke später liegen meine Anziehsachen auf dem Boden, und ich stehe nackt da, fröstelnd und zitternd am ganzen Körper. Ich sehe mich im Spiegel der Kommode und wünsche mir, ich hätte auch das Flurlicht ausgeschaltet. Seit Kriegsbeginn habe ich ein paar Kilos abgenommen, und mein Körper ist dünn, sehnig und blass. Ich frage mich, ob ich eine Enttäuschung für ihn bin. Aber dann steht er hinter mir, legt mir einen Arm um die Taille, und haucht mir seinen Atem auf die Rundung meiner Schulter. Ich schließe die Augen und gebe mich ganz dem Moment hin. Ich will ihn. Seinen Atem. Seine Hände. Seine Haut.

Er führt mich zum Bett und zieht mich auf die Laken. Er riecht nach Schweiß und nach der strengen Karbolseife, die im Krankenhaus benutzt wird, erdig und herb. Männlich. Unser Atem vermischt sich warm und feucht, als wir uns in der Dunkelheit finden. Seine Hände erforschen meinen Körper wie eine Landschaft, sie sind überall und seine Berührungen sind entschlossen. Und doch hat er es nicht eilig, er genießt den Moment – er genießt mich –, und ich lasse ihn gewähren, ganz versunken in der bittersüßen Magie dieser kurzen Stunden, bevor wir uns verabschieden müssen.

* * *

Ich warte, bis Ansons Atem regelmäßig geht, und schlüpfe aus dem Bett. Bald wird es hell, und ich muss noch packen. Ich weiß, was für eine Reise mir bevorsteht. Viel werde ich nicht brauchen – einfache Kleidung, in der ich mich gut bewegen kann, feste Schuhe mit niedrigen Absätzen, ein paar persönliche Dinge. Aber da sind noch ein paar andere Dinge, die ich nicht zurücklassen kann.

Vorsichtig, um Anson nicht zu wecken, suche ich Mamans Rosenkranz, das Medaillon mit dem Bild von Erich Freede und das Päckchen Briefe, das ich seit Mamans Tod aufbewahrt habe. Das ist ihr Vermächtnis: eine Erinnerung daran, dass es früher einmal Geschichten gab, die gut ausgegangen sind, und dass es vielleicht wieder welche geben wird, die gut ausgehen werden.

Unten in der Werkstatt schalte ich das Licht an und betrachte das Kleid, das ich vor einer Ewigkeit angefangen habe zu nähen. Es ist seit Monaten fertig, es dämmert im Halbdunkel vor sich hin, der Moment seines Triumphes wurde ihm verwehrt. Aber die Träume, die ich hatte, als ich mit dem Nähen begonnen habe, waren ganz anders als meine jetzigen. Ich verlasse Paris

– wahrscheinlich für immer –, und ich habe noch eine Sache zu erledigen, bevor die Sonne aufgeht.

Ich klaube alles zusammen, was ich brauche: eine weiße Kerze, Stift und Papier, eine Schüssel mit Wasser, eine mit Salz, eine Nadel, eine Spule weißes Garn – und das Kleid. Ich zünde die Kerze an und schließe die Augen, atme tief und ruhig und warte darauf, dass etwas in mir aufwallt. Ich kritzle ein paar Worte auf das Papier, streiche sie wieder durch und fange von vorne an. Der Zauberspruch. Hätte ich Mamans Anweisungen doch genauer zugehört. Die Zeit ist fast um, und ich muss ihn noch einsticken. Ich versuche es noch einmal.

Und dann bin ich so weit. Aber meine Hände sind feucht, und ich habe Schwierigkeiten, die Nadel zu halten. In meinem Kopf erklingt Mamans tadelnde Stimme. *Du hast dich nicht richtig vorbereitet, bevor du angefangen hast. Dein Zauber ist plump und allzu umfassend. Die Stiche sind miserabel.* Jedes Wort davon ist wahr, doch schließlich lasse ich die Nadel sinken und begutachte mein Werk.

Über alle Zeiten, über alle Weiten
Und durch alle Widrigkeiten
Mögen die liebenden Herzen singen
Mögen ihre Echos vereint erklingen

Die unsaubere Arbeit ist schlimm genug, aber ich habe mich beim Sticken auch mehrmals gestochen und winzige Blutspuren auf dem Futter des Mieders hinterlassen. Es kommt mir wie ein schlechtes Omen vor. Ich verbrenne den Rest des Fadens, dann puste ich die Kerze aus. Die Arbeit entspricht Mamans Maßstäben nicht, aber ich habe mein Bestes gegeben. Alles andere ist Schicksal.

ZWEIUNDZWANZIG

SOLINE

Sich seiner Fähigkeiten bewusst zu sein und sie gezielt einsetzen … Ein Zauberspruch eröffnet Chancen … schafft glückliche Zufälle, die dem Schicksal auf die Sprünge helfen. Anziehungsmagie oder Verzauberung dagegen dienen der Täuschung und verschleiern die Realität.

Esmée Roussel, *Die Zauberschneiderin*

Paris, 28. August 1943

Ich bin schon angezogen und sitze auf einem Stuhl beim Fenster, als Anson aufwacht. Langsam schlägt er die Augen auf und verzieht die Mundwinkel zu diesem lässigen amerikanischen Lächeln, das ich so an ihm liebe. Ich würde ihn auch gerne anlächeln, aber es gelingt mir nicht. Ich bin zu bedrückt. Unsere Zeit verrinnt.

Er zieht sich im Dunkeln an und folgt mir dann in die Küche. Ich kratze den letzten Kaffee zusammen, den Maman vorm Krieg gehamstert hatte. Genug für zwei fast volle Tassen.

Er schmeckt schal, aber immerhin hilft er uns, unser Frühstück aus trockenem Brot mit Marmelade runterzuspülen.

Anson trinkt seine Tasse in einem Zug aus und stellt sie in die Spüle. »Wir müssen los«, sagt er ernst. »Die Sonne geht gleich auf.«

Ich nicke. Sprechen möchte ich nicht. Wenn ich jetzt den Mund aufmachen würde, würde ich ihn anflehen, hierbleiben zu dürfen. Aber darüber haben wir schon gesprochen.

»Ich warte unten auf dich.«

Ich gehe zum letzten Mal durch die Wohnung, überprüfe alle Fenster und mache die Lichter aus. Was für ein Unsinn, wenn ich doch alles zurücklasse. Was stört es mich, wenn jemand hereinkommt? Es gehört mir nicht mehr. Ich schließe die Schlafzimmertür und gehe hinunter.

Anson steht am Eingang und späht durch den Verdunkelungsvorhang. Er dreht sich zu mir um und runzelt die Stirn. »Wo ist dein Koffer?«

Ich zeige darauf.

Er schaut mich an. »Ein Pappkarton?«

»Ein Pappkoffer«, korrigiere ich ihn, als wäre das so ein großer Unterschied.

»Das Ding kannst du doch nicht mitnehmen, Soline. Du brauchst einen richtigen Koffer.«

»Ich habe keinen richtigen Koffer.«

»Das geht so nicht. Du brauchst etwas Solides, was du gut tragen kannst.«

»Ich habe nichts anderes, also nehme ich den hier.«

Er schaut auf seine Armbanduhr und nickt unwillig. »Na gut. Dann los. Halte den Kopf gesenkt und geh los. Egal, was passiert, geh weiter und halte nicht an, bis du am Krankenhaus bist. Dein Fahrer wartet schon.«

Mein Magen zieht sich zusammen. »Fährst du mich denn nicht?«

Er sieht weg. »Nein.«

»Warum nicht? Das ist doch dein Job! Du bist doch der Fahrer!«

»Dieses Mal nicht.«

Ich starre ihn ungläubig an. »Das hättest du mir sagen müssen. Wenn ich das gewusst hätte …«

Sein Blick bringt mich zum Schweigen. »Du weißt doch, wie es läuft, Soline. Wir haben Regeln, um die Zelle zu beschützen. Ich bin zu nah dran – zu nah an dir. Ich habe meine Beziehungen genutzt, um alles einzufädeln, aber ab jetzt muss ich mich raushalten. Das ist sicherer für alle. Das verstehst du doch?«

Ich kenne diesen Gesichtsausdruck an ihm – als hätte er einen Schalter umgelegt und alle Gefühle ausgeknipst. Ich ziehe den Kopf ein und spiegele seine Starre.

»Der Fahrer hat deine Papiere. Du musst alles auswendig lernen, die Daten, die Orte, alles. Bis du in Amerika bist, heißt du Yvonne Dufort und stammst aus Chartres. Sag es!«

»Yvonne Dufort«, wiederhole ich benommen. »Aus Chartres.«

»Sehr gut. Es wird gut gehen. Gib mir einen Kuss. Nachher haben wir keine Zeit.«

Er nimmt mich in die Arme, aber ich bleibe etwas steif hinter dem Pappkoffer stehen. Ich will ihn nicht küssen. Ich will ihn verfluchen, nicht weil er mich wegschickt – ich verstehe, warum ich gehen muss –, sondern weil er sich so kalt benimmt. Und weil ich weiß, dass er sich weiter in Gefahr begibt, wenn ich weg bin. Die Gestapo hatte ihn schon einmal in der Mangel. Diese Leute werden ihn nicht in Ruhe lassen, bis sie bekommen, was sie wollen. Und wenn sie es nicht bekommen, werden sie ihn verhaften.

Der Gedanke lässt mich erschaudern. So viel steht auf dem Spiel. Ich muss tapfer sein und meinen Teil für die Résistance tun. Selbst wenn das bedeutet wegzugehen. Jetzt, wo er mich an sich drückt, verlässt mich der Mut. Ich klammere mich verzweifelt an ihn. Tränen strömen mir übers Gesicht. Ich vermisse ihn jetzt schon wie wahnsinnig.

Nach einer Weile tritt er zurück. »Wir müssen los, aber zuerst möchte ich dir etwas geben.« Er nimmt seine kleine Tasche mit dem AFS-Emblem, zieht ein Etui aus braunem Glattleder hervor und legt es mir in die Hände.

»Ich möchte, dass du das mitnimmst.«

Ungläubig starre ich auf das goldene Monogramm A.W.P. in der unteren rechten Ecke. Es erinnert mich an das Taschentuch, das er mir geliehen hat, als wir uns kennengelernt haben.

»Das ist mein Rasierzeug. Meine Mutter hat es mir zum letzten Weihnachtsfest vor ihrem Tod geschenkt. Ich möchte, dass du es an dich nimmst.«

»Aber du brauchst es doch.«

»Ich kann mir bestimmt einen Rasierer im Krankenhaus besorgen. Nimm es. Bitte. Und pass gut darauf auf, bis ich zu Hause bin.«

Wir sehen einander schweigend in die Augen. Seine Worte sind ein Versprechen. Wir beide wissen, dass es nicht in seiner Macht liegt, es zu halten. Trotzdem nehme ich das Etui. Dann ziehe ich aus meiner Rocktasche Mamans Rosenkranz hervor. Ich nehme seine Hand und lasse die Granatperlen langsam hineingleiten. »Der gehörte meiner Mutter«, sage ich leise.

Er starrt auf das Knäuel aus Edelsteinen und das angelaufene silberne Kruzifix. »Ich wusste gar nicht, dass ihr katholisch seid. Ich habe nie daran gedacht, dich zu fragen.«

»Sind wir auch nicht. Wir sind gar nichts.«

»Und der Rosenkranz?«

Ich zucke mit den Schultern. »Versicherung.«

»Ich kann das nicht annehmen, Soline. Was ist, wenn …«

Ich lege ihm einen Finger auf die Lippen. Er soll es nicht aussprechen. »Ich will, dass du ihn nimmst und dass du ihn mir zurückgibst.«

Sein Lächeln ist gezwungen. »Wenn ich nach Hause komme, tauschen wir.«

Der Gedanke, wie lange es dauern mag, bis ich ihn wiedersehe – und an die unvorstellbare Möglichkeit, dass ich sein Gesicht jetzt zum letzten Mal sehe, versetzt mir einen Stich ins Herz. Dieser Mann, den ich erst seit wenigen Monaten kenne, ist das Wichtigste in meinem Leben. Ich brauche ihn wie die Luft zum Atmen und wie das Blut in meinen Adern. Und dennoch gibt es Dinge, die ich ihm nicht anvertraut, die ich ihm verschwiegen habe. Auf einmal fühlt es sich falsch an, so auseinanderzugehen, mit einem Geheimnis zwischen uns.

»Anson, ich muss dir etwas sagen, bevor ich gehe. Etwas Wichtiges über mich.«

Er streicht mir sanft mit dem Handrücken über die Wange und lächelt. »Willst du mir jetzt sagen, dass du eine Nazi-Agentin bist? Dass du für Himmler spionierst?«

Die Frage bringt mich fast zum Lächeln. »Natürlich nicht.«

»Eine Kommunistin?«

»Red keinen Unsinn. Ich muss dir etwas über meine Familie erzählen. Wir sind …«

Er küsst mich und bringt mich so zum Schweigen. »Erzähl es mir, wenn ich nach Hause komme.«

»Aber …«

Er unterbricht mich wieder. »Ich weiß, dass ich dich liebe. Alles andere ist unwesentlich.« Er öffnet die Hand und zeigt mir Mamans Rosenkranz. »Ich gebe dir den hier wieder, wenn ich nach Hause komme. Und dann kannst du mir dein Geheimnis erzählen. Abgemacht?«

»Gut. Wenn du nach Hause kommst.«

Er steckt den Rosenkranz in die Tasche, und ich verstaue sein Rasierzeug in meinem Gepäck. Der Pakt ist geschlossen. Wir haben alles gesagt, haben versprochen, was wir versprechen konnten. Und jetzt müssen wir los.

* * *

Hinter der Krankenhausküche wartet ein Mann in einem Sanitätswagen mit laufendem Motor auf mich. Er nennt sich Henryk, ein Pole mit einem dünnen Schnurrbart und stechenden dunklen Augen. Er trägt zwar die gleiche Uniform wie Anson, mit dem AFS-Abzeichen auf den Schultern, dennoch bin ich mir sicher, dass ich ihn noch nie gesehen habe.

Wortlos öffnet er die hintere Tür und hilft mir hinein. Anson steht etwas abseits im Schatten und beobachtet uns. Ich fühle ihn mehr, als dass ich ihn im Dunkeln sehen könnte, und wünschte, er käme zu mir, um sich noch einmal zu verabschieden. Aber ich weiß, dass er es nicht tun wird. Wir haben uns bereits verabschiedet. Ich beiße mir auf die Unterlippe. Ich will nicht weinen.

Henryk wirft die Tür zu, und plötzlich bin ich im dunklen Innern eingeschlossen. Panik steigt in mir auf. Ich bin ganz auf die Gnade fremder Menschen angewiesen. Alles, was ich kenne – mein Zuhause, Anson, sogar mein Name –, wurde mir genommen.

Und dann geht es los. Die Gänge knirschen, der Rettungswagen beschleunigt. Durch das Rückfenster sehe ich Anson aus dem Schatten treten, aufrecht und mit festem Schritt, die Schultern zurückgenommen. Ich denke an Mamans Worte und versuche, mir das Bild einzuprägen, während er immer kleiner wird, bis er ganz aus meiner Sicht verschwindet.

Solange du sein liebes Gesicht in deinem Herzen bewahrst, wird er nie wirklich verloren sein.

Dreiundzwanzig

RORY

Boston, 12. Juli 1985

Rory bereute schon jetzt ihren Entschluss, im frühen Feierabendverkehr quer durch die Stadt zu fahren. Sie warf einen Blick auf die orangefarbene Plastikdose auf dem Beifahrersitz und spielte mit dem Gedanken umzukehren. Schließlich besaß ihre Mutter jedes Teil, das Tupperware je hergestellt hatte. Diese Dose würde sie nicht so bald vermissen. Warum also hatte sie plötzlich das Bedürfnis gehabt, sie ihr zurückzubringen – an einem Freitagnachmittag?

Ihre letzte spannungsgeladene Begegnung war jetzt fast drei Wochen her, doch ihr Verhältnis war immer noch angespannt. Zwar hatte keine von ihnen den Vorfall erwähnt, aber ihre Telefonate waren seitdem steif und kühl. Das war typisch für ihre Beziehung. Sie übersahen den Zwischenfall geflissentlich und machten weiter, als wäre nichts passiert. Eine von beiden machte dann irgendwann die erste kleine Versöhnungsgeste, und die andere folgte. Ausfall, Rückzug, Ausfall und so weiter.

Dieses Mal würde Rory einlenken. Denn als sie sich in ihrer Küche gestritten hatten, hatte sie etwas Neues aufblitzen sehen. Etwas, was vielleicht dazu führen konnte, dass sie irgendwann aus ihrem Teufelskreis ausbrechen konnten. Außerdem hatte sie wie jeden Freitag den Großteil des Vormittags damit verbracht, Nachforschungen wegen Hux anzustellen und ihre Kontaktliste abzutelefonieren, in der Hoffnung auf eine Nachricht oder wenigstens ein Gerücht oder eine mögliche Spur. Wie immer war nichts dabei herausgekommen.

Leider gibt es keine neuen Nachrichten. Wir tun, was wir können. Es tut uns schrecklich leid.

Seit wann tat sie das eigentlich immer am Freitag? Sie hatte es vergessen. Doch je mehr Zeit verging, desto mehr beschlich sie das Gefühl, dass es ein schlechtes Ende nehmen würde. Sie war schließlich nicht die Erste, die ihren Partner verloren hatte. Frauen machten das seit Jahrhunderten durch: Sie warteten ewig und vergeblich auf eine Nachricht oder sie bekamen die schreckliche Nachricht. Welches mochte ihr Schicksal sein? Wie lange würde sie hoffen, wenn es nichts gab, an dem sie sich festhalten konnte? Wann würde es Zeit sein, loszulassen und weiterzumachen? Und wie sollte sie das tun? Oder tat sie das schon? War das der Grund, warum sie die Galerie brauchte? Als Ersatz für Hux? Camilla hatte so etwas angedeutet. Jetzt musste sie von ihr hören, dass das nicht stimmte, dass sie das Richtige und aus den richtigen Gründen tat – und kein schlechtes Gewissen zu haben brauchte.

Die Haustür war nicht abgeschlossen. Sie zog sich im Eingang die Schuhe aus und ging zur Küche. Als sie die Stimmen hörte, war es schon zu spät. Das klingende Lachen ihrer Mutter, Vicky Fosters tiefes Näseln und eine weitere Stimme, die sie nicht gleich erkannte. Sie hätte vorher anrufen sollen! Auf Small Talk mit den Freundinnen ihrer Mutter hatte sie überhaupt keine Lust.

Sie wollte gerade auf dem Absatz kehrtmachen, als Camilla auftauchte. »Aurora. Mir war doch so, als hätte ich die Tür gehört. Ist alles in Ordnung?«

»Alles okay. Ich wollte nur dies hier zurückbringen.« Rory hielt die Plastikdose hoch. »Wenn ich gewusst hätte, dass du Besuch hast, wäre ich nicht gekommen.«

»Sei nicht albern. Das sind nur Vicky und Hilly. Wie haben gerade zu Mittag gegessen. Hast du Hunger? Es gibt noch etwas Hummersuppe und reichlich Salat.«

»Nein, danke. Und ich bin nicht richtig angezogen.«

»Das interessiert doch keinen. Sie freuen sich, wenn sie dich mal wieder zu Gesicht bekommen.«

Mit diesen Worten schob sie Rory zum Esszimmer. »Ladys, seht mal, wen ich gefunden habe«, rief Camilla. »Aurora wollte mir nur eine Tupperdose zurückbringen, aber als sie gehört hat, dass ihr da seid, hat sie sich nicht abhalten lassen, Hallo zu sagen.«

Rory zwang sich zu lächeln. Vicky Foster und Hilly Standridge waren im Vorstand der Gesellschaft der Künstlerinnen und Kunstförderinnen und prominente Mitglieder von Camillas Entourage.

Hilly lächelte sie mitfühlend an. »Wie schön, dich zu sehen. Es tat uns so leid, als wir das von deinem jungen Mann gehört haben. Es wird bestimmt alles gut. Bleibst du noch zum Dessert? Ich glaube, deine Mutter holt es gerade.«

Wie aufs Stichwort trat Camilla mit einem Tablett durch die Tür. »Dein Timing ist perfekt, Aurora. Ich habe deinen Lieblingsnachtisch gemacht. Apfel-Gewürzkuchen mit Nussbutterglasur.«

»Danke, aber ich habe wirklich keine Zeit. Ich wollte nur kurz die Dose zurückbringen. Ich habe wahnsinnig viel zu tun und der Verkehr …«

»Bitte bleib noch und iss ein Stück Kuchen mit uns, ja? Die paar Minuten kannst du bestimmt erübrigen. Gib deiner Mutter die Chance, ein bisschen vor ihren Freundinnen anzugeben.«

Rory war die ganze Situation schrecklich unangenehm. Hilly und Vicky sahen sie milde lächelnd an. Ihr wurde übel. Auf einmal fühlte sie sich wie damals mit acht, als sie in dem grässlichen gelben Chiffonkleid auf die Klavierbank gehoben wurde. Es war auf einer Dinnerparty ihrer Mutter, und sie war umringt von Gästen, die sie erwartungsvoll anstarrten. Ihre Hände waren heiß und klebrig und lagen wie gelähmt auf den Tasten. Ihre Mutter drängte sie mit hoher, angespannter Stimme, den Fotoapparat im Anschlag: »Komm schon, Aurora, du willst Mommy doch nicht vor ihren Freunden bloßstellen.«

Das Foto stand jetzt in einem silbernen Rahmen neben den anderen im Wohnzimmer – Rorys Blamage blieb der Nachwelt für immer erhalten. Und jetzt sollte sie wieder vorspielen.

Alles verschwamm ihr vor den Augen. Es sind nur die Parfums, versuchte sie, sich zu beruhigen. Shalimar und White Shoulders und das Chanel No. 5 ihrer Mutter. Schnell blinzelte sie die Tränen weg und senkte den Blick auf den Kuchen. Der sah absolut perfekt aus, wie immer.

»Komm, setz dich zu mir.« Camilla zog ihr einen Stuhl hervor. »Ich schneide dir ein schönes großes Stück ab.«

Rory ließ sich gehorsam nieder, während ihre Mutter den Kuchen mit der Präzision eines Herzchirurgen zerteilte. Vicky schenkte Kaffee in Camillas hübsche Porzellantassen ein. Es waren vier Tassen, nicht drei. Ihre Mutter war sich sicher gewesen, dass sie ihren Willen durchsetzen würde.

»Deine Mutter hat neulich erwähnt, dass du ein Volontariat in Paris machst, wenn du mit der Uni fertig bist«, sagte Hilly und löffelte Zucker in den Kaffee. »Darauf freust du dich sicherlich. Wir haben unsere Mädchen auch alle nach Paris geschickt. Allerdings haben sie nicht gleich im Musée d'Orsay gearbeitet, wie du es vorhast.«

»Sie stellt das erst mal zurück.« Camilla antwortete an Rorys Stelle. »Aurora verfolgt jetzt ein anderes Ziel hier bei uns.«

Vicky nickte. »Oh, ja. Verständlich. Aber es ist doch wirklich schade, eine so wunderbare Gelegenheit nicht wahrzunehmen, wo du dich so reingehängt hast, das alles für sie zu organisieren. Tja, so ist das heutzutage.« Sie seufzte effektheischend. »Ich nehme an, die Ausbildung kann warten, und Paris läuft ja auch nicht weg.«

Rory hatte sich mit ihrem Kuchen beschäftigt und war froh, dass die Unterhaltung ohne sie ablief. Aber zu hören, wie ihre Mutter als Opfer dargestellt wurde, war dann doch zu viel. Sie legte die Gabel ab und wandte sich an Vicky. »Ich habe mich entschieden, die Uni abzubrechen, Mrs Foster. Stattdessen habe ich vor, eine Galerie zu eröffnen. Mit ein bisschen Glück ist die Eröffnung im Herbst.«

»Eine Galerie?«, fragte Hilly erstaunt. »Aber das ist ja wunderbar! Camilla, warum hast du uns denn gar nichts davon erzählt?«

Camilla lächelte etwas verkniffen. »Es ist ja alles noch in der Planungsphase. Ich wollte nicht zu früh darüber sprechen. Das bringt Pech.«

»Deine eigene Galerie! Wie aufregend! Ich hoffe, du hast eine gute Location gefunden. Du weißt ja, Location ist alles!«

»Ja, habe ich. Ein wunderschönes Stadthaus direkt neben DeLuca's.«

»Auf der Newbury? Perfekt.«

»Wartet mal …« Vicky fuchtelte aufgeregt mit der Gabel herum. »War da nicht dieser Brautsalon? Von der französischen Frau mit ihren magischen Kleidern, die den Bräuten glückliche

Ehen garantieren sollten. Hilly, hat deine Tochter da nicht ihr Hochzeitskleid gekauft, kurz bevor es in der Boutique gebrannt hat? Wie hieß der Laden noch mal? Irgendwas Eingängiges.«

»Die verzauberte Nadel«, antwortete Hilly. »Eine fantastische Schneiderin, und alles Handarbeit. Allerdings haben wir auch jeden Nadelstich fürstlich bezahlt.«

Rory vergaß ihren Kuchen. »Und? Hat es funktioniert? Die Magie, meine ich.«

Hilly lächelte zufrieden. »Ich habe drei Enkelkinder. Es muss wohl gewirkt haben. Sie hatte einen Reitunfall und es hieß, sie könne keine Kinder bekommen … und jetzt ich bin dreifache Großmutter.«

Vicky rollte mit den Augen. »Sag bloß nicht, dass du diese albernen Gerüchte glaubst.«

»Ich sage nur, dass es nicht schadet, auf mehrere Pferde zu setzen. Ich würde es wieder tun, auch wenn ich das Doppelte bezahlen müsste.«

Vicky rümpfte die Nase. »Soll doch jeder nach seiner Fasson glücklich werden, sage ich immer. Außerdem war es wirklich eine wunderbare Boutique. Ich erinnere mich an die Besitzerin. Eine umwerfend gut aussehende Französin. Ich glaube, sie hat auch ein Brautkleid für ein Mädchen aus dem Kennedy-Clan geschneidert. Es war eine große Sache. Die Kennedys sind ja auch wirklich nicht vom Glück verwöhnt. Und diese Frau hatte einen sagenhaften Ruf, was Glück angeht. Was ist wohl aus ihr geworden?«

»Ist sie nicht in dem Feuer gestorben?« Hilly spielte mit den Perlen ihrer Kette. »Meine Tochter war ganz aufgelöst, als sie es in der Zeitung gelesen hat. Da stand, sie hätte geschlafen, als das Feuer ausgebrochen ist. Ich komme einfach nicht auf ihren Namen.«

»Soline«, sagte Rory. »Ihr Name ist Soline Roussel. Und sie ist nicht gestorben. Sie ist meine Vermieterin.«

»Deine Vermieterin? Das ist ja ein Ding!«

»Das Gebäude sollte gar nicht vermietet werden – es hat jahrelang leer gestanden. Aber als sie erfahren hat, dass ich eine Galerie für unbekannte Künstler aufmachen wollte, hat sie ihre Meinung geändert.«

Vicky wandte sich an Camilla, die das ganze Gespräch über geschwiegen hatte. »Da hast du uns aber einiges vorenthalten, liebste Camilla. Du hast uns auch von Madame Roussel nie was erzählt. Sie scheint sich ja sogar für Kunst zu interessieren. Vielleicht sollten wir sie für unsere Gesellschaft anwerben.«

Camilla rührte in ihrem Kaffee und verzog keine Miene. »Aurora ist die Geheimniskrämerin. Ich kenne Madame Roussel nicht persönlich. Soweit ich weiß, lebt sie sehr zurückgezogen. Vielleicht sollten wir lieber versuchen, sie als Spenderin zu gewinnen.«

Hilly wandte sich an Rory. »Kannst du nicht mit ihr über die Gesellschaft sprechen? Und vorfühlen, ob sie sich eine Mitgliedschaft vorstellen könnte?«

Camillas Löffel klirrte auf der Untertasse. »Jetzt wollen wir die Kirche aber im Dorf lassen! Vor fünf Minuten konntet ihr euch nicht mal an ihren Namen erinnern, und jetzt soll sie Vorstandsmitglied werden? Meint ihr nicht, wir sollten erst herausfinden, ob sie gesellschaftlich zu uns passen würde?«

Hilly verdrehte die Augen. »Um Gottes willen, Camilla. Wir leben im Jahr 1985, nicht 1885. So denkt doch heutzutage niemand mehr.«

Vicky seufzte und legte ihre Serviette auf den Tisch. »Ich persönlich kann das nicht mehr hören. Und falls du es nicht bemerkt haben solltest, Camilla, unsere Mitgliederzahlen sind im Keller, Snobismus können wir uns nicht mehr erlauben. Wir sollten mit der Zeit gehen. Bestimmt kennt sie einen Haufen Leute. Und denkt doch mal an die Wellen, die das schlagen würde.«

Camilla war wie vor den Kopf gestoßen. Sie war keine Widerworte gewohnt, schon gar nicht in ihrem eigenen Haus. »Ich meinte nur, wir sollten uns an Leute halten, die wir kennen.«

Vicky redete unbekümmert weiter. »Aurora, vielleicht kannst du eine Bemerkung fallen lassen, wenn du das nächste Mal mit ihr sprichst. Und findest heraus, ob sie Interesse hätte.«

Rory griff nach ihrer Kaffeetasse. Die Situation war ihr unangenehm. »Ich weiß nicht, wann ich mit ihr spreche. Normalerweise läuft alles über ihren Anwalt. Da fällt mir ein«, sagte sie im Aufstehen, »um vier kommt der Elektriker. Es war schön, Sie beide zu sehen.«

Camilla sah sie enttäuscht an. »Du willst schon gehen?«

»Ich habe doch gesagt, dass ich nicht lange bleiben kann.«

»Aber ich hatte gehofft, dass du uns hilfst. Wir wollten Ideen sammeln, wie wir Mittel einwerben können, und uns fallen immer dieselben Sachen ein. Du bist doch immer so kreativ.«

»Ich bin sicher, ihr findet etwas Zündendes«, sagte Rory und wandte sich zum Gehen. »Das gelingt euch doch immer.«

An der Eingangstür fing Camilla sie ab. »Aurora. Du hast nicht wirklich vor, mit dieser Frau über den Vorstand der Gesellschaft zu sprechen, oder?«

»Sie heißt Soline. Aber das weißt du ja selbst. Und was wäre so schlimm daran, wenn sie deinem heiß geliebten Vorstand beitreten würde?«

»Na ja, wir wissen ja fast nichts über sie.«

»Falsch. *Du* weißt fast nichts über sie. Ich weiß recht viel über sie, und ich kann sie gut leiden.«

»Das ist nicht zu übersehen. Also wirklich, wie du sie in höchsten Tönen beschrieben hast, als wäre sie die Schutzheilige aller unentdeckten Künstler.«

»Ich habe nur Fragen beantwortet, und zwar die deiner Freundinnen. Ich bin nicht hergekommen, um über sie zu reden oder um Kuchen zu essen, sondern ich wollte … Ach, ist auch egal.«

»Was ist egal? Was wolltest du sagen?«

»Nichts. Ich hatte nur einen schlechten Tag. Und ich hatte nicht damit gerechnet, dass jemand hier sein könnte. Ich dachte … wir könnten uns unterhalten.«

»Das können wir. Ich schmeiße die beiden raus, und dann können wir uns unterhalten, so viel du willst. Du kannst zum Abendessen hierbleiben. Wir könnten zusammen kochen, wie früher. Oder wir gehen essen. Du kannst dir aussuchen, wohin.«

Aber dafür war es jetzt zu spät. Irgendwann zwischen dem Ausziehen ihrer Schuhe und dem Moment, als sie sich zum Kaffeetrinken hatte überreden lassen, war ihr Bedürfnis, sich ihrer Mutter anzuvertrauen, verschwunden. »Es geht mir jetzt schon wieder besser.«

»Aber dir geht es nicht gut. Das merke ich doch.«

»Als ich hierherkam, ging's mir nicht gut. Ich hätte es dir gesagt, aber ich musste mit deinen Freundinnen Kuchen essen und lächeln und brav Small Talk betreiben, damit du die Gastgeberin spielen konntest.«

»Aber es geht nicht um Matthew, oder? Hast du was Neues gehört?«

Sie schüttelte müde den Kopf. »Nein, nichts Neues.«

»Was ist es dann?«

»Geh zu deinen Gästen, Mutter. Mit ein bisschen Glück vergessen sie die Geschichte mit Soline.«

»So habe ich das nicht gemeint.«

»Doch, ich habe gesehen, wie du geguckt hast, als ihr Name aufkam. Ich verstehe nicht, warum, aber ich glaube, du kannst sie nicht ausstehen. Oder vielleicht konntest du es nicht leiden, wie ich über die Galerie gesprochen habe. Erst nötigst du mich zu bleiben, und wenn ich den unverzeihlichen Fehler begehe und nicht ordentlich mitspiele, bist du eingeschnappt. Alle sollen immer nach deiner Pfeife tanzen. Ich auch.«

»Das ist nicht wahr.«

»Doch, das war so, als ich acht war, und jetzt ist es immer noch so.«

»Als du acht warst? Was redest du denn da?«

»Vergiss es. Und mach dir keine Sorgen – ich werde Soline nichts sagen. Ich glaube sowieso nicht, dass sie da reinpassen würde. Aber aus anderen Gründen als deinen.«

Camilla sah sie bestürzt an. »Was soll das heißen?«

»Das soll heißen, dass ich nicht glaube, dass sie Teil deines Hofstaates sein möchte.« Rory deutete mit dem Kinn Richtung Esszimmer. »Sie ist nicht wie die da. Und sie ist auch ganz anders als du. Sie sieht mich, wie ich bin. Sie hat keine Erwartungshaltung, wie ich sein sollte. Dass ich irgendwie anders sein sollte. Vielleicht mag ich sie deshalb so sehr.«

Mit diesen Worten drehte sie sich um und ließ ihre Mutter stehen. Sie versuchte, nicht an die Achtjährige im gelben Partykleid auf der Klavierbank zu denken, die vor Angst wie gelähmt gewesen war.

Vierundzwanzig

RORY

Eine Stunde später stand Rory mit leckerem Essen von Gerardo's vor Solines Tür. Sie hatte schon viermal geklopft, bevor sich die Tür einen Spalt öffnete.

»Was auch immer Sie anbieten, ich kaufe nichts.«

»Ich bins«, rief Rory. »Entschuldigung, ich hätte vorher anrufen sollen.«

Die Tür schwang auf, und ein wunderbarer Kaffeeduft strömte heraus. »Rory?«

Soline war barfuß und trug nur ein einfaches weißes T-Shirt und hochgerollte Jeans. Ihre Haare waren locker hochgesteckt und sie hatte kein Make-up aufgelegt. Wie machten diese Französinnen – sogar die älteren – das nur? Sie fallen aus dem Bett, ziehen die nächstbesten Klamotten an und sind trotzdem so glamourös, dass die Fotosession sofort losgehen könnte.

Soline sah sie prüfend an. »Was ist los?«

»Nichts. Oder doch, schon. Haben Sie Hunger?«

Soline warf einen Blick auf die Tüte und trat zur Seite. »Kommen Sie rein.«

Die Küche befand sich am hinteren Ende des Hauses und war viel größer, als man erwarten konnte, mit einer hohen Decke und großen Fenstern, durch die die Abendsonne schien. Auch dieser Raum wurde offensichtlich viel benutzt. Zwiebeln und Knoblauch hingen an Schnüren an der Wand, Essigflaschen standen auf einem Brett über dem Herd, und Tomaten reiften auf der Fensterbank.

»Das riecht ja köstlich«, bemerkte Soline beim Auspacken. Ein Behälter enthielt Pasta mit Pilzen, Zucchini und Aubergine, in einem weiteren war Salat, und es gab eine Tüte duftendes Knoblauchbrot. »Wo haben Sie das geholt?«

»In der Nähe meiner Wohnung gibt es dieses italienische Restaurant – Gerardo's. Ich bestelle da bestimmt zweimal die Woche etwas. Alles ist köstlich, und sie haben auch einen Bringdienst. Soll ich den Tisch decken?«

»Es ist so schön draußen. Wollen wir nicht auf der Veranda essen? Nehmen Sie Teller und Gläser aus dem Schrank neben dem Herd. Besteck ist in der Schublade darunter. Ich tue das Essen in eine Schüssel und bin gleich draußen.«

Rory suchte die Sachen zusammen und brachte sie auf eine sonnige Veranda voller Kräuter- und Tomatentöpfe. In einer Ecke stand ein gusseiserner kleiner Tisch unter einer von Rosen überrankten Pergola. Es war ein zauberhaftes Plätzchen, kühl und schattig. In der Brise des frühen Abends lag der Duft von Rosen und Basilikum.

Soline erschien mit dem Tablett, als Rory gerade mit Tischdecken fertig war. »Hier bin ich. Könnten Sie mir helfen? Es ist schwerer, als ich dachte, und meine Hände verkrampfen sich.«

Rory eilte zu ihr und nahm ihr das Tablett ab. »Tut mir leid, ich habe nicht dran gedacht. Ich hätte es raustragen sollen.«

»So gebrechlich bin ich nun auch nicht, *chérie*. Ich komme ganz gut zurecht. Meistens jedenfalls.«

»Ja, natürlich. Tut mir leid. Ich wollte nicht …« Rory tat das Essen auf und ließ sich auf einen Stuhl fallen. »Vielen Dank, dass ich hier so hereinplatzen darf. Ich hoffe, ich habe Ihre Pläne fürs Abendessen nicht total durcheinandergebracht.«

»Was für Pläne?« Soline lachte auf. »Ich mache seit Jahren keine Pläne mehr. Schon gar nicht zum Abendessen.« Sie streckte die Hände aus – sie trug keine Handschuhe, da sie niemanden erwartet hatte. »Es ist hauptsächlich wegen der Handschuhe. Ich bin damit so ungeschickt, besonders beim Essen. Da macht man sich schnell zum Gespött, als exzentrische alte Schraube, die in der Vergangenheit lebt.«

Rory warf ihr einen ungläubigen Blick zu. Niemand hätte Soline Roussel für eine alte Schraube halten können. Selbst jetzt, ohne Make-up und überrascht von ihrem Besuch, sah sie wunderschön aus. Sie erinnerte Rory an die attraktiven, mühelos glamourösen Frauen in teuren Reisemagazinen, deren Gesichter von exotischen Abenteuern in fernen Ländern erzählten.

»Ich habe Handschuhe immer geliebt«, sagte Rory. »Ich finde, sie haben etwas sehr Elegantes.«

Soline war nicht überzeugt. Lächelnd schenkte sie Rory Wasser ein. »Nett von Ihnen. Aber erzählen Sie mir doch, warum Sie hier sind. Und sagen Sie nicht, dass Sie an der Reihe waren. Sie sehen nach sieben Tagen Regenwetter aus. Was ist passiert?«

»Eigentlich nichts. Ich habe nur …« Sie wurde plötzlich verlegen. »Ach, es ist nichts.«

Soline zog eine Augenbraue hoch. »Sie kommen her und klopfen an meine Tür, weil … nichts passiert ist? Und das soll ich Ihnen glauben?«

Rory stocherte abwesend an einem Stück Aubergine herum. »Es tut mir leid. Ich habe einfach einen schlechten Tag gehabt und brauchte jemanden zum Reden.«

Soline sah sie mitfühlend an. »Dann reden Sie.«

Rory zuckte mit den Achseln. »Es ist Freitag. Freitags mache ich Telefonate. Ob es etwas Neues über Hux gibt. Es war wie immer erfolglos. Natürlich würden sie mich sofort anrufen, wenn es etwas Neues gäbe. Ich kann einfach nicht anders. Aber …«

»Aber?«

»Ich weiß nicht, wie das alles weitergehen soll. Ich habe Angst. Ich fürchte, dass er nie mehr zurückkommt. Und dann habe ich nur noch die Galerie. Was wenn …«

»Wenn Sie so enden wie ich?«, ergänzte Soline leise. »Das können Sie ruhig sagen.«

»Nein, das meinte ich nicht.« Zumindest meinte sie nicht nur das. »Meine Mutter hat etwas gesagt, was mich nicht loslässt. Sie bezweifelt, dass ich die richtigen Motive für die Galerie habe.«

»Was meint sie damit?«

»Weil ich durch Hux überhaupt erst auf die Idee gekommen bin. Ich hatte zwar schon mit dem Gedanken gespielt, als mir das Studium langweilig wurde. So im Sinne von, was wäre wenn … Aber es war Hux, der es als realistische Option angesehen hat. Er hat von einem Traum gesprochen, den ich verfolgen sollte. Also habe ich das getan.«

»Und was soll daran falsch sein, dass jemand Sie inspiriert hat?«

»Ich hätte mein Studium beenden und dann ein Volontariat im Musée d'Orsay machen sollen. Als ich meiner Mutter gesagt habe, dass ich die Uni abbreche, um eine Galerie zu eröffnen, meinte sie, ich versuche nur, etwas zu beweisen, und zwar jemandem, der gar nicht da ist. Aus Angst.«

»Aber Sie haben doch gar keine Angst, oder?«

»Ich weiß es nicht. Eigentlich nicht bis … Jetzt kommen mir ständig Zweifel. Langsam fühlt es sich so an, als würde Hux nie wiederkommen, und vielleicht weiß ich das schon seit einiger Zeit. Warum sollte ich sonst so einen Schritt tun, wenn ich nicht ein neues Kapitel anfangen wollte. Einfach weitermachen.«

»Hat Ihre Mutter das gesagt?«

»Nein, jedenfalls nicht so direkt. Aber sie weiß, wie sie mich kriegt. Sie hasst es, wenn ich meine eigenen Pläne mache, also unterminiert sie sie, wo immer sie kann. In zweiundzwanzig Jahren hat sie nie daran gedacht, dass ich vielleicht selbst wissen könnte, was ich will.«

»Und was wollen Sie?«

Rory schloss die Augen und schluckte. »Dass Hux nach Hause kommt. Heil und unversehrt. Und ich will wissen, was dann passiert. Für mich, für uns.«

Soline lächelte sie traurig an. »Ja, sicher. Aber das ist unmöglich, *chérie*. Niemand kann das wissen. Wir können nur unser Leben leben, im Hier und Jetzt.«

»Das ist genau das Problem. Ich habe kein Leben. Nicht wirklich. Und manchmal habe ich Angst, dass ich einen großen Fehler begehe. Meine Mutter erinnert mich ständig daran, dass ich keinerlei Erfahrung habe und dass achtzig Prozent der Galerien ihr zweites Geschäftsjahr nicht überleben. Und wenn ich es vor die Wand fahre, was passiert dann? Wenn Hux …« Sie hielt inne, als ihr die Stimme versagte. »Ich könnte es nicht ertragen, noch etwas zu verlieren.«

Soline legte die Gabel ab und sah Rory direkt an. »Rory, Sie müssen lernen, zwischen Hux und der Galerie zu unterscheiden. Im Moment scheinen beide für Sie miteinander verwoben zu sein. Aber das sind sie ja nicht. Ich musste das auch lernen – nachdem Anson gestorben ist.«

Rory sah sie entgeistert an. »Sagen Sie bitte nicht, dass ich einfach weitermachen soll. Meine Mutter sagt das immer, und es macht mich wahnsinnig.«

»Na gut, dann sage ich es nicht. Aber Ihre Mutter hat nicht ganz unrecht. Sie hatten ein eigenes Leben, bevor Sie Hux kennengelernt haben, und Sie werden ein Leben haben, auch wenn Hux nicht da ist. Sie haben keine Wahl. So läuft das eben. Die Frage ist, was für ein Mensch Sie sein wollen. Was wollen Sie mit Ihrem Leben anfangen, mit Ihren Träumen, mit Ihrer Kunst?«

»Mit meiner Kunst?«, fragte Rory erstaunt.

»Ja, natürlich! Ihre Kunst. Sie haben ein Talent. Damit müssen Sie doch etwas anfangen!«

»Aber ich bin keine …«

»Wenn Sie es sich anders überlegen, können wir den Mietvertrag hier und jetzt zerreißen. Sie müssen das nicht machen.«

Rory starrte sie ungläubig an. Sie wusste nicht, was sie genau erwartet hatte, aber sicher kein Angebot, den Mietvertrag aufzuheben. Bei dem Gedanken wurde ihr flau im Magen. »Aber ich will es machen.«

Soline lächelte verständnisvoll. »Das habe ich mir gedacht. Sie haben – wie sagt ihr in Amerika – einfach nur kalte Füße bekommen. Aber wenn Sie Ihre Galerie wirklich wollen, werden Sie es auch hinbekommen.«

»Wie Sie mit Ihrem Brautsalon?«

»Als ich herkam, hatte ich nichts. Ich war eine Fremde, mittellos und allein. Es war eine schwere Zeit, schlimmer als während des Krieges, weil ich alles verloren hatte. Aber ich konnte nicht einfach aufgeben und sterben, selbst wenn ich es gewollt hätte.«

Rory beobachtete, wie Soline ein Stückchen vom Knoblauchbrot abriss und es dann langsam kaute. Nach all den Jahren konnte man ihr den Verlust immer noch deutlich ansehen. Sie hatte ihre Geschichte recht freimütig erzählt, aber Rory spürte, dass es noch nicht alles gewesen war, dass sie noch etwas Schmerzhaftes verschwiegen hatte. »Sie haben gesagt, dass Sie und Anson im Krieg getrennt wurden. Als Sie herausgefunden haben, dass er vermisst wurde, waren Sie da noch in Paris?«

»Nein. Ich war schon geflohen. Ich wollte nicht, aber Anson hat mich dazu gedrängt. Er war bei der Résistance und hat geholfen, von den Nazis Verfolgte außer Landes zu bringen. Ich war dann auch dabei, bis es schwierig wurde.«

Rory starrte sie verblüfft an. »Sie waren bei der Résistance?«

»Damals in Paris war man entweder Kollaborateur oder Teil der Résistance. Ein paar versuchten, neutral zu bleiben, aber früher oder später musste man sich entscheiden. Wir haben getan, was wir konnten. Ich war Kurier. Frauen wurden nicht so schnell verdächtigt, besonders die gut aussehenden nicht.« Sie lächelte bitter. »Die Deutschen mochten uns Französinnen. Sie flirteten mit uns und vergaßen dann, uns zu verdächtigen. Irgendwann haben sie herausgefunden, dass Anson eine Beziehung mit mir hatte – und das haben sie gegen ihn verwendet.«

Rory stellte ihr Glas ab und hörte gespannt zu.

»Eines Nachts hatte er nach einem Einsatz eine Panne mit dem Rettungswagen, und die Gestapo hat ihn aufgegriffen. Sie haben ihn stundenlang verhört. Als er nicht kooperieren wollte, haben sie ihm gesagt, dass sie das mit mir wüssten. Und dass sie mich holen kämen, wenn er ihnen nicht alle Namen verrate. So was hörte man oft, dass sie Ehefrauen und Verlobte an schreckliche Orte brachten. In Lager oder Bordelle. Anson hat sich weiter geweigert, etwas zu sagen. Sie haben ihn dann laufen lassen, aber am nächsten Tag musste ich fliehen.«

»Allein?«

Soline griff nach ihrem Wasserglas, aber es war leer. Sie schenkte sich mit zitternden Händen ein und nahm einen großen Schluck. »Was er getan hat, war unglaublich wichtig«, sagte sie schließlich. »Er musste diesen Männern zur Flucht verhelfen. Alles andere war nebensächlich. Also hat er dafür gesorgt, dass ich das Land verlassen konnte. Ich wollte nicht weggeschickt werden, aber ich habe es verstanden.«

»Wohin hat er Sie geschickt?«

»Über die Grenze nach Spanien, zusammen mit einigen anderen. Von da gings nach England und schließlich hierher, nach Amerika. Ich kannte die Route, aber mir war nicht klar, wie anstrengend die Reise sein würde. Ich hatte mir immer nur vorgestellt, wie es für die Menschen sein mochte, die wir hinausschleusten. Und plötzlich war ich selbst auf der Flucht.«

Rory erschauderte bei dem Gedanken, wie Soline sich gefühlt haben musste, als sie ihr Zuhause und ihren Geliebten verließ und sich Fremden anvertraute. »Aber das muss doch wirklich gefährlich gewesen sein. Mitten im Krieg.«

»Ja, sicher. Dennoch, für viele wäre es einem Todesurteil gleichgekommen, in Paris zu bleiben. Einige haben es nicht geschafft, doch wir haben mehr rausgeschleust als verloren. Das Risiko war es auf jeden Fall wert.«

»Ich kann mir das gar nicht vorstellen. Paris zu verlassen und hier in Boston anzukommen. Es war ja eine völlig andere Welt.«

Soline schwieg einen Moment und sah auf ihre Hände. »Ich bin nicht sofort nach Boston gekommen. Ich war zuerst in Newport – bei Ansons Vater. Anson hatte mich bei ihm angekündigt.«

Rory war überrascht. Bisher hatte Soline Ansons Familie nie erwähnt. »Das war sicher ein Trost, bei seinen Verwandten zu sein, und nicht ganz allein in der Fremde.«

Soline schüttelte sehr langsam den Kopf. Die Erinnerung hatte ihren Blick verdüstert. »Nein, es war kein … Trost.«

Fünfundzwanzig
SOLINE

Wenn du die Magie für deine eigenen Zwecke einsetzt, bringst du Unglück über die ganze Familie. Also achte darauf, dass deine Nadel wahrhaftig bleibt, und verwende deine Kräfte nicht für Wünsche, die dir nicht zustehen.

Esmée Roussel, *die Zauberschneiderin*

Newport, 22. September 1943

Ich komme an einem kühlen Mittwochmorgen am Bahnhof in Newport an. Nach der stundenlangen Zugfahrt sehe ich unordentlich und zerknittert aus, und meine geborgten Kleider schlottern mir um den spindeldürren Leib. Nach Wochen der Seekrankheit und Ungewissheit bin ich völlig erschöpft. Seit Tagen wünsche ich mir nichts sehnlicher als ein heißes Bad und ein richtiges Bett mit sauberen Laken. Ich stehe auf dem Gleis und halte im Gewühl nach einem Gesicht Ausschau, das wie Ansons aussieht.

Irgendwie habe ich mein Haar hochgesteckt, aber ich hatte nicht genug Haarnadeln. Auf Schiffen und in Zügen voller Männer war es schwierig, welche aufzutreiben. Ich mag mir gar nicht ausmalen, was für ein Bild ich abgebe. Kein Hut, keine Handschuhe, keine vernünftigen Schuhe. So möchte kein Mädchen ihrem zukünftigen Schwiegervater zum ersten Mal unter die Augen treten.

Die Menge auf dem Gleis löst verflüchtigt sich langsam. Auf Zehenspitzen drehe ich mich hin und her und versuche, etwas Vertrautes in einem der Gesichter zu entdecken. Nichts. Ein einarmiger junger Mann. Ein Alter mit einer ramponierten Papiertüte unter dem Arm. Zwei Soldaten in Uniform, die eine Truhe schleppen. Aber keine Spur von Owen Purcell.

Mir wird übel bei dem Gedanken, dass es vielleicht ein Missverständnis gab oder dass ein Brief verloren gegangen sein könnte. Doch dann sehe ich einen Mann auf mich zukommen. Er trägt einen einfachen schwarzen Anzug und eine Schirmkappe.

Er hebt eine Augenbraue und mustert mich von Kopf bis Fuß. »Sind Sie vielleicht Miss Roussel?«

Erleichtert atme ich auf. *»Oui …«* Mir fällt ein, dass ich ja in Amerika bin. »Ja, ich bin Miss Roussel.«

»Mein Name ist Stanton. Ich bin Mr Purcells Chauffeur. Wenn Sie mir sagen würden, wo sich Ihr Gepäck befindet, bringe ich es zum Wagen.«

»Ich habe kein Gepäck«, sage ich und hebe den verbeulten Koffer an. »Nur dies hier.«

Er wirft einen argwöhnischen Blick darauf und nickt höflich.

Aber als er danach greifen will, trete ich einen Schritt zurück. Alles, was mir lieb und teuer ist, ist in diesem Koffer, und ich habe ihn in den letzten Wochen wie meinen Augapfel gehütet. »Vielen Dank, aber ich trage ihn lieber selbst.«

»Wie Sie wünschen.« Er lässt sich nichts anmerken, wie Maman, wenn sie eine schwierige Braut bediente. »Wenn Sie mir bitte folgen.«

Der Chauffeur führt mich zu einer riesigen schwarzen Limousine mit glänzendem Kühler und Weißwandreifen. Bei dem Anblick wird mir übel. Ich muss sofort an die Wagen der Gestapo denken, die bedrohlich in den Straßen von Paris patrouillierten. Ich spähe durch die Scheibe, aber Ansons Vater ist offensichtlich nicht mitgekommen. Der Wagen ist leer.

Vielleicht hat Stanton meine Enttäuschung bemerkt, aber er verzieht keine Miene und öffnet mir die Tür zum Fond. Ich steige ein. Es ist so warm und bequem, dass mich sofort eine tiefe Müdigkeit überkommt und ich den Kopf an den Ledersitz lehne. Mit geschlossenen Augen entspanne ich mich und versuche, nicht darüber nachzugrübeln, warum Ansons Vater nicht zum Bahnhof gekommen ist, um mich kennenzulernen.

* * *

Als ich die Augen wieder öffne, gleitet der Wagen über eine lange gepflasterte Auffahrt. Der erste Anblick von Ansons Zuhause trifft mich wie ein Schlag. Es ist ein dreistöckiger Prachtbau aus eleganten hellgrauen Steinen mit Bleiglasfenstern und mehr Giebeln und Türmchen, als ich vom Wagen aus zählen kann. In den obersten Fenstern spiegelt sich die Morgensonne, und ich frage mich, ob Owen Purcell hinter einer der Scheiben steht und mich erwartet.

Ich nestele noch am Koffer herum, als Stanton mir die Tür öffnet. Beim Aussteigen ist mir mein desolater Zustand entsetzlich bewusst, besonders im Gegensatz zu dieser kolossalen und makellosen Umgebung. Die Limousine, das Anwesen, sogar Stanton, der in seiner finsteren schwarzen Uniform über mir aufragt. Er deutet auf eine breite, mit gusseisernen Ornamenten verzierte Glastür und tritt zur Seite.

Die Tür öffnet sich, bevor ich klingeln kann, und plötzlich steht Owen Purcell vor mir. Er trägt einen dunkelgrauen Dreiteiler, der mit Sicherheit maßgeschneidert ist. Er ist so groß wie Anson, hat ein breites Kreuz und einen leichten Bauchansatz. Sein Haar ist voll und silberblond, und seine Augen sind vom gleichen intensiven Blaugrün wie Ansons. Es entgeht ihnen nichts, als er mich von Kopf bis Fuß mustert. Schließlich bleibt sein Blick an meinen abgewetzten schwarzen Schuhen hängen.

»Miss Roussel, nun sind Sie endlich angekommen.«

Ich lächele unsicher. »Guten Morgen, Monsieur Purcell.«

Sein Blick ist hart, ohne die Spur eines Lächelns. »Er hat geschrieben, Sie wären Französin.« Dann blickt er an mir vorbei und ruft: »Stanton, bringen Sie bitte Miss Roussels Gepäck herein.«

»Sie hat keins, Sir. Nur den Koffer da.«

Mr Purcell sieht mich und mein Gepäck argwöhnisch an. »Nun gut. Kommen sie herein.«

Ich trete mir die Schuhe sehr sorgfältig ab, bevor ich den ersten Schritt in das Haus setze. Durch den auf Hochglanz polierten Parkettboden wirkt das Foyer wie ein Ballsaal. Die Wände sind in einem warmen, weichen Gelbton gestrichen und die hohen Decken aufwendig mit Stuck verziert. In den unzähligen Kristallen eines Kronleuchters bricht sich das Licht und tanzt an Wänden und Decke. Die leuchtenden Fünkchen schwirren mir im Kopf herum und einen Moment fürchte ich, gleich zu Füßen meines zukünftigen Schwiegervaters ohnmächtig zu werden.

»Fühlen Sie sich nicht wohl?«

Ich schlucke den bitteren Geschmack hinunter. »Ich bin nur … ich bin schon so lange auf Reisen.«

»Ja, natürlich. Vielleicht sollten Sie sich vor dem Mittagessen ein wenig ausruhen. Ich bringe Sie zu Ihrem Zimmer.«

Bevor ich widersprechen kann, geht er schon zur Treppe, ohne sich nach mir umzudrehen. Ich bemerke, dass er ein Bein etwas nachzieht – wahrscheinlich die Kriegsverletzung, von der Anson mir erzählt hat.

Im ersten Stock säumen Bilder mit englischen Jagdszenen den langen, breiten Flur, der sich in beide Richtungen erstreckt. Als ich zögere, wirft er mir einen kurzen Blick über die Schulter zu. »Hier entlang. Die letzte Tür auf der rechten Seite.« Er öffnet mir die Tür und tritt zur Seite. »Ich habe das Zimmer lüften und das Bett beziehen lassen. Dort ist Ihr Badezimmer, falls Sie sich vor dem Mittagessen frisch machen wollen.«

Durch die geschlossenen Vorhänge dringt wenig Licht in den kleinen Raum. Neben einem Doppelbett stehen ein Nachttisch mit Lampe und eine Kommode mit einem Spiegel. Von den Wänden schreien riesige Rosenblüten vor einem matten grünen Hintergrund. Durch die groß gemusterte Tapete hat das Zimmer etwas Beklemmendes.

»Danke sehr«, sage ich so höflich wie möglich. »Es ist sehr schön.«

Er verneigt sich. Offensichtlich hat er nicht vor, weiter mit mir zu reden. Ich versuche, ihn einzuschätzen. Er sieht gut aus für sein Alter, hohe Wangenknochen, eine breite Stirn, und seine Nase wirkt, als wäre sie gebrochen worden. Am meisten irritiert mich sein Mund. Seine Lippen sind voll, aber hart. Sie sind es nicht gewohnt, zu lächeln.

»Das Mittagessen wird um zwölf Uhr dreißig serviert. Ich werde Sie holen lassen.«

Damit schließt er die Tür von außen. Ich wurde wie ein Hotelgast zum Zimmer geführt und allein gelassen. Meinen kleinen Pappkoffer stelle ich auf der Kommode ab. Dann ziehe mir die Schuhe aus, lege mich angezogen aufs Bett und schließe die Augen. Owen Purcell hat den Namen seines Sohnes nicht ein einziges Mal erwähnt.

Kaum bin ich eingeschlafen, schrecke ich auf. Die Tür ist einen Spalt geöffnet, durch den mich ein Auge anstarrt. Schnell setze ich mich auf. *»Vous pouvez entrer«*, rufe ich benommen, bevor ich mich korrigiere. »Herein.«

Die Tür öffnet sich weiter. Ein Gesicht erscheint, mit breiten Wangen, blaugrünen Augen und einem dichten strohblonden Schopf. Eine jüngere, weibliche Version von Anson.

»Du musst Thia sein«, sage ich erleichtert. »Ansons Schwester. Dein Bruder hat mir so viel von dir erzählt. Dass du malst und gerne Gitarre spielst.«

Das Mädchen nähert sich schüchtern, aber offensichtlich neugierig. Sie ist elf oder zwölf und recht groß für ihr Alter, und mit ihren vielen Sommersprossen und den großen Schneidezähnen sieht sie ein bisschen drollig aus. Ein dicker, ausgeleierter Pullover und ein schlecht sitzender Rock lassen sie unförmig und unscheinbar wirken. Doch unter den unkleidsamen Lagen schlummert eine wahre Schönheit.

»Sind Sie wirklich Französin?«, flüstert sie ehrfürchtig. »Daddy hat das erzählt. Er sagt, Sie sind Ansons kleine französische Schneiderin. Was ist eine Schneiderin?«

Ich beschließe, die Beleidigung zu ignorieren. Stattdessen konzentriere ich mich auf Thia und wie sie den Kopf schief legt, wenn sie mich anschaut. Sie ist Anson wie aus dem Gesicht geschnitten. Ich würde sie zu gerne in den Arm nehmen. »Eine Schneiderin ist eine Frau, die Kleider macht«, erkläre ich. »Es stimmt, dass ich aus Paris komme, und du kannst du zu mir sagen.«

Sie sieht mich beunruhigt an. »Aber in Frankreich ist der Krieg.«

Es ist eine merkwürdige Art, dies auszudrücken, doch vielleicht nicht für ein Kind. Die USA schicken ihre Männer zum Kämpfen, aber die Schrecken von Besatzung und Bombardierung sind dem Land selbst erspart geblieben. »Ja«, sage ich leise. »So ist es.«

Sie setzt sich neben mich und klemmt die Hände zwischen ihre Knie. »Anson ist dort. Er fährt kranke Leute herum.«

Ich lächele sie an. Ihre Unschuld ist erfrischend. »Ja, das tut er. Und er macht das sehr gut.«

»Hat er dich rumgefahren? Habt ihr euch so kennengelernt?«

»Nein, wir haben uns in dem Krankenhaus kennengelernt, wo wir beide gearbeitet haben. Mir ging es am ersten Tag nicht gut, und er hat mir geholfen.«

Sie grinst und legt ihr Näschen in Falten. »Anson hilft immer anderen Leuten. Er ist sehr lieb.«

»Das finde ich auch.«

»Sag meinem Vater nicht, dass ich dich ausspioniert habe. Sonst kriege ich Ärger. Ich sollte nur an die Tür klopfen und dich runterbringen, aber ich möchte gerne deine Freundin sein.«

Mein Herz schmilzt bei ihrem Anblick, sie ist so schüchtern und voller Hoffnung. »Natürlich können wir Freundinnen sein. Und du kannst jederzeit zu mir kommen. Ist dein Zimmer nebenan?«

»Nein. Die Familienzimmer sind am anderen Ende vom Flur. Meins ist das erste auf der rechten Seite und Ansons das gegenüber. Das Zimmer von Mummy und Daddy ist ganz am Ende, aber es ist jetzt nur noch Daddys Zimmer.«

»Und wer wohnt an diesem Ende?«

»Ach, hier wohnt niemand. Das hier ist nur der Gästetrakt. Tante Diane hat hier übernachtet, als sie zu Mummys Beerdigung gekommen ist. Sie ist Mummys Schwester, aber Daddy sagt, sie gehört gar nicht richtig zur Familie.«

Ich nicke. Offensichtlich sind für Owen Purcell nur Blutsverwandte Teil der Familie. Schwägerinnen zählen nicht. Und französische Verlobte erst recht nicht.

»Wir müssen runtergehen«, sagt Thia. »Daddy mag es nicht, wenn man unpünktlich ist.«

Thia wartet, während ich mir das Gesicht wasche und versuche, meine Haare etwas in Ordnung zu bringen. Ich erschrecke, als ich mein Spiegelbild sehe: Ich bin blass und hager nach wochenlangen spartanischen Mahlzeiten und wenig Schlaf. Rock und Bluse sind abgetragen und furchtbar zerknittert. Alles Glattstreichen ist vergebens, aber ich habe nichts Besseres, was ich tragen kann, und kein Geld, um etwas zu kaufen.

Als ich aus dem Bad trete, sehe ich, wie Thia ganz sachte über den Koffer streicht. Trotzdem schießt Panik in mir hoch. Ich will mein Hab und Gut schützen.

Thia zieht erschrocken die Hand weg, deutet aber schüchtern auf den Koffer. »Was ist da drin?«

Ich lächele sie augenzwinkernd an. »All meine Geheimnisse.«

Owen sitzt bereits an einer langen Tafel im Esszimmer. Es ist für drei gedeckt. Er blickt missmutig zu Thia und mir auf. »Sie hätten sich vielleicht umkleiden können«, sagt er kühl. »Haben Sie sich ausruhen können?«

»Ja, danke. Es geht mir schon viel besser. Thia hat angeklopft, um mir zu sagen, dass es Zeit zum Essen ist.«

Thia sieht mich dankbar an, aber Mr Purcells Gesicht bleibt mürrisch. »Wir haben sie auf den Namen Cynthia getauft«, sagt er steif. »Nach meiner Mutter. Verkleinerungsformen lehnen wir ab.«

»Das tut mir leid. Ich wusste das nicht … Anson hat sie immer so genannt.«

»Nun ja, mein Sohn hat sie immer verwöhnt. Vermutlich, weil der Altersunterschied zwischen den beiden so groß ist. Cynthia, deine Serviette.«

Thia schafft es nicht ganz, sich eine Grimasse zu verkneifen, und legt sich die Serviette auf den Schoß. Ich tue es ihr gleich und frage mich, ob die Rüge nicht eigentlich mir gegolten hat.

Eine Weile vergeht ohne Gespräch. Ich sehe mich im Esszimmer um und versuche, Owens Blick zu meiden. Der Raum ist herrlich: Alles ist in strahlendem Weiß und Gold gehalten und blitzsauber. Umgeben von diesem Prunk komme ich mir schäbig und wie ein Schmutzfleck vor.

Eine hellgrau uniformierte Frau betritt das Zimmer durch eine Schwingtür und bringt eine Terrine, in der eine große silberne Kelle steckt. Auf Owens knappes Nicken stellt sie die Suppe auf dem Tisch ab. »Danke, Belinda«, sagt er förmlich und hebt den Deckel der Terrine. »Cynthia, reich mir deinen Teller.«

Thia starrt angewidert auf die dicke rote Suppe, die ihr Vater ihr serviert. »Ist das etwa Tomatensuppe?«

»Ja.« Ihr Vater tut sich selbst auf und reicht mir dann die Kelle. »Und du wirst sie essen. Im Krieg müssen wir alle unseren Beitrag leisten. Auch du, Cynthia. Das heißt auch, zu essen, was wir hier in der Region anbauen. Oder möchtest du, dass dein Bruder am anderen Ende der Welt Hunger leidet?«

Thia ist den Tränen nah, und in mir steigt maßlose Wut über die Herzlosigkeit ihres Vaters auf. »Eigentlich«, sage ich nebenbei, während ich mir Suppe auftue, »schickt das Rote Kreuz dem Krankenhaus regelmäßig Lebensmittel, in dem Anson arbeitet. Und alle Blumenbeete sind umgegraben worden, um selbst dort Gemüse anzubauen.«

Owen sieht mich wie versteinert an. »Mein Sohn hat geschrieben, dass er Sie im Krankenhaus kennengelernt hat, aber nicht viel mehr. Waren Sie dort Krankenschwester?«

»Nein, ich habe als Freiwillige gearbeitet.«

»Als Freiwillige? Was hat das zu bedeuten?«

»Wir haben uns um die Männer gekümmert.«

Er sieht mich eisig über seinen Suppenlöffel hinweg an. »So, so.«

Ich achte nicht auf seinen Ton und die unausgesprochene Unterstellung, ich hätte etwas Anstößiges getan. Er selbst ist im letzten Krieg verwundet worden und weiß genau, was Freiwillige tun. »Wir haben den Patienten Essen gebracht, sie gewaschen, haben ihnen vorgelesen oder Briefe für sie geschrieben.«

»Sehr löblich, in der Tat. Unsere Jungs haben es wirklich sehr gut. Sagen Sie mir, wie kam es, dass Sie sich mit meinem Sohn … angefreundet haben?«

Angefreundet.

Das Wort ärgert mich. Es ist deutlich, dass er meine Beziehung mit Anson verharmlosen will. Aber bevor ich antworten kann, sagt Thia: »Oh, das weiß ich. Es ging ihr an ihrem ersten Tag im Krankenhaus nicht gut, und Anson hat ihr geholfen.«

Owen wirft seiner Tochter einen tadelnden Blick zu und wendet sich dann wieder zu mir. »An Ihrem ersten Tag. Alle Achtung, schnelle Arbeit. Und wie es scheint, haben Sie sich mit meiner Tochter auch sehr schnell angefreundet.«

»Sie hat mich nach Anson gefragt, als wir runtergegangen sind«, erkläre ich ruhig, während ich weiteresse. »Sie vermisst ihren Bruder sehr.«

Er legt den Löffel ab und fixiert mich mit eisigem Blick. »Wir beide vermissen ihn, Miss Roussel. Und wir sind froh, wenn er wieder hier zu Hause bei seiner Familie ist – wo er hingehört.«

Ich bringe ein Lächeln zustande und schweige. Was meint er mit »zu Hause bei seiner Familie«? Er kann nicht davon ausgehen, dass Anson und ich hier wohnen werden, wenn wir verheiratet sind. Unvorstellbar, unter diesem eisigen Blick zu leben, ständig zu versuchen, ihm alles recht zu machen, und seinen Ansprüchen nie zu genügen. Schon bei dem Gedanken wird mir übel.

Belinda erscheint grau wie ein Geist und serviert wortlos drei Teller. Ein kleiner grüner Salat und ein Lachssteak mit einer Soße aus Dill und Gurken. Nachdem ich mich wochenlang von wenig anderem als von Brot und wässriger Suppe ernährt habe, wäre es ein Festessen. Doch mir ist der Appetit vergangen.

Sechsundzwanzig

SOLINE

Eine Braut sollte daran denken, dass sie nicht nur mit ihrem Geliebten eine Verbindung eingeht, sondern auch mit seiner Familie. Ob diese Beziehung erfolgreich sein wird, darauf können wir keinen Einfluss nehmen. Das ist nicht unsere Aufgabe.

Esmée Roussel, *Die Zauberschneiderin*

Newport, 5. Oktober 1943

In den zwei Wochen, seitdem ich aus dem Zug gestiegen bin, hat sich meine Beziehung zu Ansons Vater nicht verbessert. Er ist höflich, aber er spricht kaum mit mir, selbst wenn wir uns beim Essen direkt gegenübersitzen. Zum Glück ist er die meiste Zeit weg: Entweder er arbeitet bis spät in die Nacht, oder er ist bei Besprechungen oder bei Geschäftsessen in seinem Klub. Wenn er mal zu Hause ist, bleibt er meistens in seinem Arbeitszimmer hinter verschlossener Tür.

Die Tage ziehen leer und ereignislos an mir vorbei. Das Radio leistet mir Gesellschaft, wenn Thia in der Schule ist.

Angespannt verfolge ich die Nachrichten, immer mit der Frage, wo Anson wohl sein mag. Ich bete dafür, dass es ihm gut geht und dass er bald nach Hause kommt. Während meiner Reise habe ich ihm mehrfach geschrieben, auch von Newport aus. Doch ich habe keine Nachricht von ihm, und das Warten macht mich nervös.

Seit ich hier bin, habe ich das Haus nur verlassen, um mich an den Pool zu setzen oder am Strand hinter dem Parktor spazieren zu gehen. Die frische Seeluft hilft gegen meine Kopfschmerzen, und draußen fühle ich mich nicht so eingeengt. Im Haus habe ich immer das Gefühl, ein Eindringling zu sein. Aber ich bin nicht ganz allein. Belinda bereitet das Essen zu und eine Putzfrau namens Clara kommt zweimal die Woche. Beide tun so, als sei ich ein Möbelstück. Also bleibe ich in meinem Zimmer und ertrage die scheußliche Tapete und die bedrückende Stimmung.

Mein einziger Lichtblick ist Thia. Sie ist eine wahre Wonne, und sie sehnt sich nach Aufmerksamkeit und Liebe. Von ihrem Vater bekommt sie weder das eine noch das andere. Seine Kaltherzigkeit ist keine Absicht – sie würde ihn sonst mehr kosten, als er gewillt ist, für seine Tochter aufzubringen. Er nimmt Thia gar nicht wahr – was an sich herzlos genug ist. Vielleicht hat sie sich auch deswegen mit mir angefreundet. Sie nennt mich ihre »zukünftige Schwester«. Ich muss zugeben, dass mir dieser Ehrentitel sehr gefällt.

Sie kommt jeden Tag nach der Schule zu mir, um mit großer Begeisterung Französisch zu lernen. Wenn sie die Sprache fließend beherrscht, will sie nach Paris ziehen und eine berühmte Malerin werden. Heute hat sie eins ihrer Skizzenbücher mitgebracht. Sie lässt sich auf mein Bett fallen und als ich mich neben sie setze, schiebt sie mir das geöffnete Buch auf den Schoß.

Mir stockt der Atem, als ich Anson im Dreiviertelprofil auf dem Blatt sehe. »Das ist wunderbar«, flüstere ich und spüre den Umrissen seines Gesichts mit dem Zeigefinger nach.

»Ich vermisse ihn so unglaublich.«

»Ich auch.«

Tapfer hebt sie den Kopf. »Er ist sehr mutig, oder?«

»*Oui, chérie.* Er ist sehr mutig. Der mutigste Mann, den ich kenne.«

Sie blinzelt die Tränen weg, die sich in ihren Wimpern gefangen haben. »Ich hoffe, dass er bald nach Hause kommt. Dann könnt ihr heiraten. Und ich wohne bei euch.«

Ihre Worte versetzen mir einen Stich ins Herz. Als ich in Thias Alter war, wollte ich Maman unbedingt verlassen und bei meiner Tante leben, wollte wie Lilou aus meinem Käfig ausbrechen und meine Träume verwirklichen. Hier jedoch fühlt es sich anders an: Es ist nicht die Rastlosigkeit eines Mädchens, das flügge werden will, sondern die abgründige Traurigkeit eines ungeliebten Kindes.

Ich gebe ihr einen Kuss auf die Stirn und versuche, das Thema zu wechseln. »Als ich so alt war wie du, habe ich auch gezeichnet. Wunderschöne Kleider, die ich eines Tages schneidern wollte.«

Sie sieht mich erstaunt an. »Wirklich?«

»Ja, ich wollte auch berühmt werden. Nicht als Zeichnerin, sondern als Designerin. Ich wollte Kleider entwerfen und Kollektionen unter meinem Namen produzieren lassen.«

»Was ist mit deinen Zeichnungen passiert?«

»Ich musste sie in Paris zurücklassen. Sie waren auch nicht so gut wie deine, aber das war auch nicht nötig. Es waren Ideen.«

»Hast du die Kleider geschneidert?«

Ich lächele traurig. »Nur eins. Aber im Krieg, und da hat niemand solche Kleider gekauft.«

Thia seufzt verträumt. »Wie schade, ich hätte es zu gerne gesehen. Das Kleid, meine ich. Ich bin sicher, dass es wunderschön ist.«

Ich lege den Zeigefinger auf die Lippen, hole meinen Pappkoffer aus dem Schrank und hebe ihn aufs Bett. Thia macht große Augen, als ich den Deckel aufklappe.

»Das ist ja ein Märchenkleid!«

»Ja«, sage ich leise. »So etwas in der Art. Es ist das Kleid, das mir Glück bringen soll.«

»Und du hast das wirklich selbst gemacht?«

»Ja, sicher.«

»Einfach so? Ganz alleine?«

Ich muss lächeln. »Ja, einfach so und ganz alleine.«

»Ich habe noch nie im Leben etwas so Schönes gesehen.« Sie streicht ehrfürchtig über die Perlen. »Hast du es für die Hochzeit mit Anson gemacht?«

Nachdenklich falte ich das Kleid. Ich bin mir nicht sicher, was ich antworten soll. Tatsächlich habe ich damit begonnen, bevor ich Anson kennengelernt habe. Um Maman zu beweisen, wie gut ich war. Aber selbst damals habe ich von einem Mann wie Anson geträumt, von einem Märchenprinzen – liebevoll und mutig und gut aussehend. So wie der Engländer von Lilou.

»Ja«, sage ich schließlich leise. »Für die Hochzeit mit Anson.«

Sie strahlt mich an. »Ich kann es kaum erwarten, dass er dich darin sieht. Du wirst die schönste Braut der Welt sein.«

Ich habe einen Kloß im Hals. Es ist erstaunlich, wie sehr mir Thia in der kurzen Zeit ans Herz gewachsen ist. »Und du wirst eine wunderschöne Brautjungfer. Welche Farbe soll dein Kleid haben?«

»Blau«, antwortet sie sofort. »Mummy mochte Blau an mir. Sie hat gesagt, es würde mir gut stehen wegen meiner Augen. Ich habe ein blaues Kleid mit richtig schönen Puffärmeln, aber es passt mir nicht mehr. Alle meine guten Kleider passen mir nicht mehr. Aber Daddy sagt, es ist falsch, sich neue Kleider zu wünschen, solange unsere Jungs so viel entbehren müssen. Wir müssen alle unseren Beitrag leisten.«

Ungehalten räume ich den Koffer zurück in den Schrank. Ich habe Owens Mantra jetzt oft genug gehört. Er benutzt es, um seine Tochter kurzzuhalten und gefügig zu machen. Mir kommt eine Idee, als ich Thias unförmigen Pullover und den zu engen Rock betrachte, eine Möglichkeit, wie amerikanische Soldaten nichts entbehren müssten. Doch ich sage lieber nichts, bevor ich nicht mit ihrem Vater gesprochen habe.

* * *

Als Owen von wer weiß wo nach Hause kommt, fühlt er sich von mir überrumpelt. Ich habe auf ihn gewartet und sitze mit einem Buch aus seiner Bibliothek auf einem der cremefarbenen Sofas. Alles fühlt sich falsch an: Wie ich vorgebe zu lesen, wie meine Beine übereinandergeschlagen sind, wie ich aussehe. Er tut so, als würde er mich nicht sehen, und schenkt sich einen Drink ein.

Ich beobachte schweigend, wie er zwei Eiswürfel in ein Glas fallen lässt und eine bernsteinfarbene Flüssigkeit darüber gießt. Einen Moment lang überlege ich, wie das Eis in die Schüssel gekommen ist. Wahrscheinlich durch Belinda, den grauen Hausgeist. Owen wird es vollkommen egal sein. Hauptsache, alles entspricht seinen Vorstellungen. Deswegen mag er mich auch nicht. Ich entspreche seinen Vorstellungen für die Frau seines Sohns in keiner Weise.

Schließlich dreht er sich steif zu mir um. Ich klappe das Buch zu und sehe ihn wartend an. Er mustert mich kalt. »Was hält Sie zu dieser späten Stunde wach, Miss Roussel?«

Auch nach zwei Wochen weigert er sich, mich beim Vornamen zu nennen, als wäre unser Verhältnis nur von kurzer Dauer. »Ich würde gerne mit Ihnen über Cynthia reden – über ihre Kleidung.«

»Ihre Kleidung?«

»Mädchen sind anders als Jungen.«

»Was Sie nicht sagen.«

Sein Ton ist alles andere als freundlich, aber ich lasse mich nicht beirren. »Mädchen kommen in ein Alter, in dem sie sich mit ihren Freundinnen vergleichen. Wie sie aussehen. Was sie tragen. Sie wollen keine Außenseiterinnen sein. Cynthia ist jetzt in diesem Alter.«

»An der Kleidung meiner Tochter gibt es nicht das Geringste auszusetzen.«

»Sie ist sehr … schlicht. Und ihre Sachen passen ihr nicht mehr.«

»Seit Kriegsbeginn mussten wir alle Entbehrungen erdulden. Benzin. Öl. Papier. Unsere Männer kämpfen in Übersee – wer soll da die Bäume fürs Papier fällen? Man hält die Dinge für eine Selbstverständlichkeit, bis man ohne sie auskommen muss. Und jetzt heißt es, Opfer für sein Land zu bringen.«

Ich sehe ihn entgeistert an. So viele leere Phrasen. Soweit ich das beurteilen kann, müssen die Purcells sehr wenig Abstriche in ihrem Lebensstil machen, besonders verglichen mit den Menschen in Frankreich oder England. In Amerika fallen keine Bomben, hier werden keine Geschäfte geplündert oder enteignet, keine Familien abgeholt und in Lager deportiert. Es ist großartig, dass amerikanische Soldaten gegen die Nazis kämpfen und dass hier Opfer gebracht werden, aber die Entbehrungen hier sind kein Vergleich mit dem Schrecken in Europa.

»In meiner Heimat sind wir mit Entbehrungen vertraut, Monsieur Purcell. Seit dem Tag, an dem die Nazis in Paris einmarschiert sind und ihre Hakenkreuze überall aufgehängt haben.«

Sein Blick ist kalt, aber er ist überrascht. Er ist es nicht gewohnt, dass Leute ihm widersprechen, und schon gar keine zwanzigjährigen verarmten Schneiderinnen. »Welch glückliche Fügung, dass mein Sohn beizeiten zu Ihrer Rettung kam.«

Ich tue so, als hätte ich seinen Sarkasmus nicht verstanden. »Ja, ich hatte wirklich großes Glück. Nicht nur, dass Anson und ich uns gefunden haben und uns lieben, sondern auch, dass Sie so freundlich waren, mich bei sich aufzunehmen. Deshalb habe ich darüber nachgedacht, wie ich mich erkenntlich erweisen könnte. Vielleicht indem ich ein paar neue Kleider für Cynthia nähen würde. Sie ist so ein hübsches Mädchen, und ein oder zwei neue Kleider würden ihr viel bedeuten.«

Argwöhnisch sieht er mich an, als wittere er eine Falle. »Hat sie Ihnen diesen Floh ins Ohr gesetzt?«

»Nein, es war meine Idee. Sie weiß nicht mal, dass ich Sie frage. Ich wollte sicher sein, dass Sie damit einverstanden sind, bevor ich ihr etwas davon sage.«

Er nimmt noch einen Schluck und mustert mich über das Glas hinweg. »Die Kleider meiner Tochter sind in diesen Zeiten angemessen, Miss Roussel. Sie trägt gute, robuste Kleidung.«

Hässliche Kleidung.

»Aber sie passen ihr nicht mehr. Sie hat nichts davon gesagt, weil sie nicht selbstsüchtig scheinen möchte, denn sie hat verstanden, dass man wegen des Krieges viele Dinge nicht bekommen kann und dass man sie sich auch nicht wünschen soll. Aber ich habe eine Idee.«

Er klackert mit den Eiswürfeln in seinem Glas, um seine Ungeduld deutlich zu machen. »Soso, eine Idee.«

»In Paris sind die Nazis wie ein Schwarm Heuschrecken über uns gekommen. Nahrung, Kleidung, Schuhe, alles war weg. Und dann ging die Rationierung los. Als ich Paris verließ, arbeiteten Frauen die Anzüge ihrer Männer zu Kleidung für sich selbst um. Also dachte ich, wenn Sie vielleicht noch etwas haben, was Sie nicht brauchen, Kleider von Cynthias Mutter zum Beispiel, dann könnte ich sie für Ihre Tochter umarbeiten.«

»Das ist nicht nötig. Meine Sekretärin …«

»Bitte. Es wäre so schön für sie, wenn sie etwas von ihrer Mutter hätte – zur Erinnerung.«

Owen lässt das Glas sinken. Einen Augenblick lang wird sein Gesicht weicher. »Es gibt immer noch ein paar von Lydias Sachen in ihrem Ankleidezimmer. Wenn Sie wollen, können Sie etwas aussuchen. Aber nicht zu viel. Und machen Sie es nicht zu schick. Sie ist erst elf.«

»Selbstverständlich.« Ich unterdrücke ein Lächeln. Er soll meine Genugtuung nicht sehen.

Diese Runde habe ich gewonnen. Doch es stimmt auch, dass ich mich erkenntlich zeigen und nützlich machen möchte, bis Anson wiederkommt. Außerdem kann ich so endlich wieder Kleider nähen. Zwar keine Brautkleider, die Glück bringen, wie Maman es mir beigebracht hat, aber Kleider, die vielleicht für uns alle einen Neuanfang darstellen.

Siebenundzwanzig

SOLINE

Für eine Novizin ist *la magie* eine Herausforderung. Für unsere Arbeit musst du hellwach sein. Und denk daran, regelmäßig Pausen einzulegen, um neue Kraft zu schöpfen, sonst ist der Zauber unwirksam.

Esmée Roussel, *Die Zauberschneiderin*

Newport, 9. Oktober 1943

Ich nähe wieder heimlich, so wie früher. Diesmal ist es für Thia, statt für mich selbst. *Ma pauvre fille.* Natürlich mache ich mir Sorgen um das Mädchen. Thia war erst acht, als ihre Mutter gestorben ist, ihr Vater kümmert sich nicht um sie und ihr Bruder ist auf der anderen Seite des Atlantiks. Als ihre »zukünftige Schwester« bin ich die Einzige, die ihr Trost spenden kann. Ich habe sie sehr in mein Herz geschlossen, aber Eltern lassen sich nicht ersetzen.

Zwischen Owen und mir hat sich nichts verändert. Ich hatte gehofft, dass er nach unserem Gespräch über Thia vielleicht ein wenig auftauen würde, aber das Gegenteil scheint der Fall zu sein. Jetzt isst er nicht einmal mehr mir uns und kommt selten vor Mitternacht nach Hause. Manchmal denke ich, dass er vielleicht bei einer Frau ist, einer Geliebten, um die Leere zu füllen, die der Tod seiner Frau hinterlassen hat. Aber bei diesem Mann kann man sich Leidenschaft oder irgendeine Form von Wärme schwer vorstellen.

Heute Morgen beim Hinausgehen, als er sich den Hut aufsetzte, fragte er mich, ob ich mittlerweile einen Brief von Anson bekommen hätte. Die Frage hat mich überrascht. Er spricht nie über Anson. Als ich ihm gesagt habe, dass ich Anson geschrieben, aber noch keine Antwort von ihm erhalten hätte, verdunkelte sich sein Gesicht. Für einen Moment tat er mir fast leid.

Ich versuchte, ihn zu beruhigen, indem ich ihm erzählte, dass Anson sehr auf seine Arbeit konzentriert war und ich es erlebt hatte, dass er manchmal tagelang nicht schlief, wenn es viele Verwundete gab. Schließlich erinnerte ich ihn daran, dass die französische Post mit Briefen nach Amerika schrecklich unzuverlässig ist. Er nickte, aber Ansons Schweigen belastet uns beide. Es beunruhigt mich schon seit einer ganzen Weile. Außerdem mache ich mir Sorgen um meine Gesundheit, weil ich immer so müde und erschöpft bin. Oft ist mir übel, und ich schlafe nicht gut. Anson fehlt mir fürchterlich. Die Tage sind leer, die Zeit vergeht zäh.

Nur die Arbeit an Thias Kleidern macht mir Spaß. Es war ein seltsames Gefühl, Lydia Purcells Schrank durchzugehen, ihre Alltagskleidung und ihre Kostüme zu begutachten. Alles war sehr geschmackvoll und offensichtlich teuer gewesen. Selbst die einfachen Stücke, von denen ich schließlich einige auswählte, waren maßgeschneidert. Außerdem gab es Abendgarderobe aus juwelenbesetztem Satin, Samt mit Strassbordüren, Chiffon und Spitze und mit glänzenden Metallfäden durchwirkter Seide. Auf den Labels stand Worth, Dior, Lanvin. Es waren unglaublich schöne Kleider, von der Art, wie ich sie als Kind gerne selbst entworfen hätte. Im Vergleich zu Lydias Tagesgarderobe wirkten sie fast verschwenderisch, als würden sie einer ganz anderen Frau gehören. Ich fragte mich, welche Kleider wohl der echten Lydia Purcell entsprachen, und welche für die Person ausgewählt worden waren, die sich Owen Purcell als Ehefrau wünschte. Wenn Anson nach Hause kommt, will ich ihn fragen. Bis dahin konzentriere ich mich darauf, Thias Kleider zu schneidern.

Zwei sind bereits fertig und mit dem dritten müsste ich heute Abend zu Ende kommen. Thia ist von der Schule zurück, und ich kann sie in der Küche rumoren hören. So lässt sie mich wissen, dass sie da ist – und dass sie immer noch wütend auf mich ist. Ich habe ihr nichts von den Kleidern erzählt, sondern sie im Glauben gelassen, ich hätte unsere täglichen Französischstunden abgesagt, um mir selbst etwas zu schneidern. Aber heute Abend nach dem Essen zeige ich ihr, was ich für sie geschneidert habe, und dann wird sie meine Heimlichtuerei verstehen.

* * *

Das Abendessen besteht aus Rindfleisch, Kartoffeln und Möhren in einem Meer fettiger Soße, bei deren Geruch Übelkeit in mir aufsteigt. Belinda gibt sich deutlich weniger Mühe mit dem Kochen, seit Owen nicht mehr zu Hause isst. Ohne Appetit schiebe ich das Essen auf dem Teller herum. Auch Thia stochert mürrisch in ihren Möhren herum und versteckt ihr Gesicht hinter ihrem dichten blonden Haar.

Ich lege meine Serviette beiseite und wende mich ihr zu. »Hast du Lust, nach dem Essen zu mir aufs Zimmer zu kommen? Ich möchte dir etwas zeigen.«

Langsam hebt sie den Kopf. »Was denn?«

Sie versucht, verdrießlich auszusehen, aber ihre Neugier ist überdeutlich. »Eine Überraschung«, flüstere ich.

»Für mich?«

Einen Augenblick lang sieht sie Anson so ähnlich, dass mir die Luft wegbleibt. »*Oui, ma fille.* Für dich.«

»Au ja!«

Und damit sind wir wieder Freundinnen.

Sie folgt mir die Treppe hoch. Bevor ich meine Zimmertür öffne, muss sie die Augen schließen.

»*Voilà!* Augen auf!«

Sie juchzt, als sie die Kleider sieht, die wie lebensgroße Puppen auf meinem Bett ausgelegt sind. »Sind die … für mich?«

»Natürlich sind die für dich, *ma fille.*«

Sie macht einen zaghaften Schritt vorwärts und betrachtet die Kleider staunend. Da gibt es ein zartes rosafarbenes mit gesmoktem Oberteil und Puffärmeln, ein weißes A-Linien-Kleid mit gelbem Gürtel und meinen Favoriten, ein marineblaues Matrosenkleid mit Faltenrock und gestärktem weißen Kragen. Sie streckt die Hand aus, zieht sie aber im letzten Moment wieder zurück, als ob die Kleider durch die Berührung verschwinden könnten.

»Wo hast du die her?«

»Sie haben deiner Mutter gehört«, erkläre ich ihr sanft. »Dein Vater war damit einverstanden, dass ich sie für dich umarbeite. Ich habe eins der Kleider aus deinem Schrank als Vorlage genommen, also muss ich sie vielleicht noch hier und da ein bisschen ändern, aber es sollte eine Überraschung für dich sein.«

»Deswegen haben wir kein Französisch mehr gelernt?«

»*Oui, chérie*, deswegen.«

Ohne Vorwarnung wirft sie sich mir an den Hals. »Danke! Danke! Ich finde alle wunderbar!«

Ihre Umarmung weckt in mir eine unerwartete Sehnsucht. Einen Moment stelle ich mir vor, wie es wäre, eine eigene

Tochter zu haben, eine mit Ansons blondem Haar und seinen blaugrünen Augen. »Welches willst du zuerst anziehen?«

Thia wendet sich dem Bett zu und beäugt besonders das Matrosenkleid, doch dann zeigt sie auf das geblümte rosafarbene. »Das da.«

»Wirklich? Ich war sicher, du würdest das blaue nehmen.«

»Das wollte ich auch, aber ich will es mir aufheben und erst tragen, wenn Anson nach Hause kommt. Hättest du was dagegen?«

Ich lächele gerührt. »Das ist eine wunderbare Idee. Wir hängen es …«

»Daddy!« Thias Kopf wirbelt zur Tür. »Guck mal!«

Owen steht an den Türrahmen gelehnt, ein Glas in der Hand. In seinem Blick liegt eine Mischung aus Überraschung und Ärger, als hätte er vergessen, dass ich unter seinem Dach lebe. Sein plötzliches Erscheinen macht mich nervös. »Ich war gerade dabei, Cynthia ihre neuen Kleider zu zeigen.«

»Ich war davon ausgegangen, dass Sie sie zuerst mir zeigen würden.« Seine Worte sind breit und verwaschen, sein Blick stumpf.

»Das tut mir leid. Ich wollte Sie damit nicht belästigen. Ich weiß ja, dass Sie immer viel zu tun haben.«

»Guck mal, Daddy!«, ruft Thia begeistert. »Wie schön sie sind!«

Owen bewegt sich schwerfällig von der Tür fort und schiebt sich an mir vorbei. Thia streicht über den blauen Faltenrock und guckt ihren Vater von unten an. »Dies ist mein Lieblingskleid. Soline hat gesagt, es gehörte Mummy. Erinnerst du dich daran?«

Mit ausdruckslosem Gesicht steht er da. Schließlich nickt er. »Ja, ich erinnere mich.« Doch es ist das weiße Kleid mit dem gelben Gürtel, das es ihm angetan hat. Er streicht sanft über den Saum am Dekolleté und muss schlucken. In der Berührung liegt so viel Zärtlichkeit, dass ich kaum zusehen mag. Thia bemerkt es auch und nimmt seine Hand.

»Ich weiß, dass du sie vermisst, Daddy.«

Owen hebt den Blick, als hätte er vergessen gehabt, dass seine Tochter da ist. Er zieht seine Hand zurück und sieht mich an. »Die Kleider genügen erst mal«, murmelt er und leert sein Glas in einem Zug. »Danke, Miss Roussel.«

Thia ergreift noch einmal seine Hand, als er sich zum Gehen wendet. »Daddy, gibt es in Mummys Kleiderschrank nicht auch etwas für Soline? Sie hat gar nichts Schönes anzuziehen. Na ja, außer dem, was in ihrem Koffer ist, aber das kann sie ja erst tragen, wenn Anson zurück ist.«

Er schüttelt ihre Hand ab. »Was für ein Koffer?«

»Der aus Frankreich, in dem alle ihre Geheimnisse sind.« Sie grinst mich mit ihren übergroßen Zähnen an.

Owen dreht sich unsicher um. »Ein Koffer mit Geheimnissen?«

Ich sehe an ihm vorbei und lächele Thia an. »Es ist unser kleiner Scherz. Ein Geheimnis zwischen zwei Mädchen.«

»Wir sind zukünftige Schwestern, Daddy.«

Owen wird starr. »Es ist nach acht, Cynthia. Zeit, ins Bett zu gehen.«

Thia ist enttäuscht, aber sie protestiert mit keinem Wort, sondern nimmt schweigend ihre Kleider und verschwindet aus dem Zimmer, das plötzlich noch beengter wirkt.

»Meine Tochter mag sie.«

»Sie ist ein liebes Mädchen. Und sie ähnelt ihrem Bruder sehr.«

»Aber sie ist nicht ihr Bruder.«

»Nein«, sage ich leise. Ich weiß nicht, worauf er hinauswill.

»Cynthia bindet sich schnell an Menschen. Leider lässt ihr Urteilsvermögen dabei manchmal zu wünschen übrig. Auch in dieser Beziehung ähnelt sie ihrem Bruder – sie stürzen sich in Freundschaften, bei denen ihr Vertrauen missbraucht wird. Beide ziehen nicht in Erwägung, dass sie verletzt werden könnten.«

Ich sehe ihn betroffen an. »Glauben Sie, dass ich Ihren Sohn verletzen will?«

»Ich kenne Sie nicht, Miss Roussel. Ich habe keine Ahnung, was Sie vorhaben.«

»Ich liebe Ihren Sohn, Mr Purcell. Ich will seine Frau werden.«

»Das glaube ich sofort«, antwortet er trocken. »Zumindest den zweiten Teil. Es ist das Warum, wonach ich mich frage.«

Mir wird klar, dass ich schon die ganze Zeit damit gerechnet habe, dass sein Misstrauen mir gegenüber irgendwann herausbrechen würde. Trotzdem schockieren mich seine Worte. »Was werfen Sie mir vor?«

»Ich werfe Ihnen gar nichts vor. Ich versuche es nur zu verstehen. Nicht genug damit, dass mein Sohn sich entschließt, einfach wegzulaufen und beim AFS anzuheuern, anstatt zur US-Marine zu gehen, wo er hingehört. Zu allem Überfluss schickt er mir dann auch noch Sie, eine Schneiderin und Hilfskrankenschwester, deren Namen ich vorher nie aus seinem Mund gehört habe und den ich kaum aussprechen kann, und schreibt mir, dass es eine Hochzeit geben soll. Scheint Ihnen das nicht auch ein wenig überstürzt? Haben Sie es sich nicht etwas bequem gemacht?«

Mir schießt das Blut in die Wangen. »Denken Sie, dass es bequem war, aus Paris zu fliehen, mit den Nazis auf den Fersen? Meine Heimat zu verlassen? Anson zu verlassen?«

»Immerhin sind Sie so nach Amerika gekommen, oder etwa nicht?«

Das Zimmer beginnt, sich um mich zu drehen. Ich kämpfe gegen den Schwindel und die Übelkeit. »Ich bin hergekommen, weil dies Ansons Zuhause ist. Weil seine Familie hier ist. Ich möchte, dass Sie Teil unserer Familie werden, wenn wir verheiratet sind – Sie und Thia.«

»Und Ihre Eltern? Wo sind die?«

»Meine Mutter ist letztes Jahr gestorben.«

»Und Ihr Vater?«

Ich berühre das Medaillon an meinem Hals und denke an Erich Freede. »Ich weiß es nicht«, sage ich leise. »Vielleicht ist er in einem KZ. Oder tot.«

Seine Augen verengen sich. »Sind Sie Jüdin?«

Der Gedanke gefällt ihm offensichtlich nicht, und das bereitet mir eine gewisse Genugtuung. »Mein Vater war Jude. Aber es werden nicht nur Juden in KZs deportiert. Jeder, der sich gegen die Nazis auflehnt, ist in Gefahr, verhaftet zu werden.«

»Das interessiert mich momentan herzlich wenig, Miss Roussel.«

»Ja, das ist offensichtlich. Aber es interessiert Anson. Es ist der Grund, warum er immer noch dort ist – um zu helfen, die Nazis zu stoppen.«

Er sieht mich mit herablassender Verärgerung an. »Indem er als Behelfssanitäter durch Paris fährt, während die anderen kämpfen?«

Es macht mich fassungslos, wie er Ansons Arbeit abtut, doch ich beherrsche mich. Ich hebe das Kinn und sehe ihn fest an. »Haben Sie wirklich so wenig Achtung vor Ihrem Sohn? Weil er nicht auf irgendeinem Schiff ist, immer in Gefahr, in die Luft gejagt zu werden? Sie sind enttäuscht, dass er nicht mit Orden behängt zurückkommt – oder in einer Kiste? Ich bin es nicht! Der Krieg hat mir gezeigt, dass es verschiedene Arten von Helden gibt. Die meisten bekommen nie etwas Schimmerndes an die Brust geheftet.«

Er prostet mir mit seinem leeren Glas spöttisch zu und gerät dabei ins Schwanken. »Hübsche Worte. So … leidenschaftlich. Aber am Ende zählt, was wir tun, Miss Roussel. Was wir der

Nachwelt hinterlassen. Und darauf haben die Purcells immer geachtet. Unser Name steht für Anstand, Ehre und Dienst. Ich habe die Pflicht, diesen Ruf für die nächste Generation zu bewahren und dafür zu sorgen, dass mein Sohn es ebenfalls tut.«

»Warum nennen Sie ihn nie beim Namen?«

Er sieht mich irritiert an. »Was?«

»Wenn Sie über ihn sprechen, sagen Sie immer ›mein Sohn‹ oder ›Thias Bruder‹, aber Sie sagen nie seinen Namen. Nie Anson.«

»Ich nenne ihn, wie ich will. Er ist mein Sohn. Und ich habe mir mit seiner Erziehung nicht alle erdenkliche Mühe gegeben, nur damit er wegen der erstbesten Frau sein Leben wegwirft. Er muss seine Ausbildung beenden. Und dann habe ich weitere Pläne für ihn.«

»Und in diesen Plänen gibt es keine Ehefrau?«

Er schwenkt die Eiswürfel in seinem Glas. »Doch, sicherlich – irgendwann. Wenn es an der Zeit ist, wird mein Sohn eine Frau heiraten, die weiß, wie sie ihn dabei unterstützen kann, erfolgreich zu werden.«

»Woher wissen Sie, dass ich das nicht kann?«

»In unserem Leben gibt es sehr spezielle Regeln, Miss Roussel. Und keinen Platz für jemanden, der diese Regeln nicht versteht. Es ist mein Job, Ihnen das klarzumachen.«

Als ich die Tragweite seiner Worte verstehe, wird mir erneut übel. Er sagt mir ins Gesicht, dass er die Hochzeit nicht zulassen wird. Die Rosen auf der Tapete beginnen, um einander zu kreisen. Ich blicke zu Boden und halte mich an der Tischkante fest. Tränen steigen mir in die Augen, und meine Kehle ist wie zugeschnürt.

»Sie haben ihm geschrieben, stimmts? Um ihm zu sagen, dass Sie gegen die Hochzeit sind. Deshalb wollten Sie wissen, ob ich einen Brief bekommen habe. Nicht, weil Sie sich Sorgen machen, sondern weil Sie erwarten, dass er unsere Beziehung brieflich beendet.« Er schweigt, aber es ist deutlich, dass ich recht habe. »Sie wollen ihn zwingen, sich zu entscheiden«, sage ich leise. »Zwischen Ihnen und mir.«

»Das ganze Leben besteht aus Entscheidungen, Miss Roussel. Und ich werde dafür sorgen, dass mein Sohn die richtigen Entscheidungen trifft.«

»Was passiert, wenn er sich für mich und gegen Sie entscheidet?«

Sein dünnes Lächeln und der unfreundliche Gesichtsausdruck lassen mich erschaudern. »Wie lange kennen Sie meinen Sohn? Sechs Monate? Sieben? Ich kenne ihn sein ganzes Leben lang. Er hatte immer ein Herz für Streuner. Darin gleicht er seiner Mutter. Die hat sich auch immer um irgendwelche traurigen Fälle gekümmert. Aufgrund seiner Erziehung weiß Anson genau, was von ihm erwartet wird. Vielleicht hat er es in Frankreich vergessen, doch er wird sich früh genug daran erinnern.« Sein aufgesetztes Lächeln verfliegt, als er sein leeres Glas auf dem Tisch abstellt und sich zum Gehen wendet. »Er wird sich nicht für Sie entscheiden.«

Ich stehe noch einen Moment reglos da, bis er verschwunden ist. Dann haste ich ins Bad, um mich zu übergeben.

Achtundzwanzig

SOLINE

Unsere Arbeit ist unser Vermächtnis: die Zaubersprüche, die wir weben, die Herzen, die wir binden, und die Generationen, die nachfolgen. Auf diese Weise offenbart sich unsere Gabe.

Esmée Roussel, *Die Zauberschneiderin*

Newport, 18. Oktober 1943

Es ist ein Montagnachmittag, und das Haus ist gespenstisch still, als ich von meinem Spaziergang am Strand zurückkomme. Thia ist aus der Schule zurück, aber ich habe sie seit Tagen nicht gesehen. Belinda sagt nur, ihr gehe es nicht gut und ihr Vater wünsche nicht, dass sie gestört werde. Owen macht sich noch rarer als sonst und verschanzt sich in seinem Arbeitszimmer hinter verschlossener Tür. Ich muss allein essen.

Mit der Zeit wird meine Stimmung immer trüber. Ich bin hier abgeschottet, aus meiner eigenen Welt entwurzelt und fremd in Ansons. Ich habe hier keine Freunde, keine sinnvolle Beschäftigung und keine Möglichkeit, irgendetwas zu unternehmen. Die Tage ziehen sich endlos in die Länge, ohne Nachricht von Anson, an der ich mich festhalten könnte. Thia ist meine einzige Freude, und ich nehme an, umgekehrt verhält es sich genauso. Owen ahnt das und er trennt uns, um uns wehzutun.

Als ich zu meinem Zimmer hinaufgehe, frage ich mich, was für eine Frau einen Mann wie Owen Purcell lieben kann, der seine Kinder wie Schachfiguren behandelt, die er nach Belieben hin- und herschiebt. Trotz ihres kalten diktatorischen Mannes hat Lydia Purcell es geschafft, zwei wunderbare, warmherzige Kinder großzuziehen.

Vom Flur aus höre ich es in meinem Zimmer rascheln. Die Tür steht offen, und ich freue mich, Thia vorzufinden – wahrscheinlich im Schneidersitz auf meinem Bett mit einem ihrer Skizzenbücher. Stattdessen überrasche ich Owen, der sich über mein Bett beugt und in meinem Koffer wühlt.

»Was machen Sie da?«

Er sieht mich grimmig an. Er hat anscheinend kein schlechtes Gewissen, sondern ärgert sich nur, dass ich ihn unterbrochen habe. Am Kinn hat er helle Bartstoppeln, seine Augen sind geschwollen und blutunterlaufen. Er scheint kleiner als bei unserem letzten Gespräch, und um zehn Jahre gealtert. Dann fällt mir auf, dass er zum ersten Mal keinen seiner makellosen Maßanzüge trägt, sondern eine graue Strickjacke über einer Hose, die wirkt, als hätte er darin geschlafen. Die Veränderung ist erschütternd.

»Das sehen Sie doch! Ich gehe Ihren Koffer voller Geheimnisse durch.« Seine Sprache ist verwaschen. Es ist erst drei Uhr nachmittags, aber er scheint seit Stunden getrunken zu haben.

Ich unterdrücke einen Fluch, als ich mein Hochzeitskleid auf dem Boden entdecke, die Perlen und die weiße Seide zu seinen Füßen. Ich hebe es auf und drücke es an die Brust wie ein gerettetes Kind. »Sie haben kein Recht, meine Sachen anzufassen.«

Er funkelt mich kalt an. »Sie wohnen in meinem Haus, essen an meinem Tisch, schlafen auf meinen Laken. Das gibt mir sehr wohl das Recht dazu.«

»Wonach suchen Sie denn?«

»Das haben Sie wirklich schlau eingefädelt. Hier vor meiner Tür aufzutauchen und die Kriegswaise zu spielen, ohne einen Heller in der Tasche und mit all Ihrem Hab und Gut in einer Pappschachtel. Und dann behaupten Sie auch noch, sich erfolgreich den begehrtesten Junggesellen in Newport geangelt zu haben. Das muss man Ihnen lassen, lange gefackelt haben Sie nicht. Sie besitzen kein vernünftiges Paar Schuhe, aber es gelingt Ihnen, ein Hochzeitskleid aus Paris mitzubringen. Den ganzen Weg! Das nenne ich vorausschauend.«

»So war es nicht.«

Er kommt drohend und stark schwankend auf mich zu. »Wie war es denn dann?«

Mir fällt nichts Überzeugendes ein. Er wird mir sowieso nicht glauben, denn er sieht in mir, was er sehen will – eine Opportunistin, die ihren Charme genutzt hat, um seinen Sohn zur Verlobung zu bewegen.

Ich sehe auf den Boden und bemerke dort die Briefe, die zusammengeschnürt waren und jetzt über den Teppich verteilt liegen. Er hat mehrere geöffnet. Bei dem Anblick wird mir übel. »Sie haben meine Briefe gelesen.«

»Das wollte ich, aber sie sind ja alle auf Französisch. Liebhaber, nehme ich an. Hat mein Sohn von ihnen gewusst?«

In seiner Antwort ist keine Scham erkennbar. Er maßt sich einfach an, meine privaten Dinge zu durchsuchen. Nur kalte Anschuldigungen. Vorsichtig hebe ich die Blätter auf. Es stört mich maßlos, dass er die Briefe geöffnet und gelesen, dass er sie überhaupt angefasst hat. »Die gehören mir«, sage ich scharf. »Und sie haben nichts mit Anson zu tun.«

Als ich nach dem Band greife, mit dem sie zusammengebunden waren, sehe ich Ansons Rasieretui zwischen den Briefen liegen. Owen bemerkt es auch. Ich stürze mich darauf, bevor er es mir wegnehmen kann. Den Gedanken, dass er es auch anfasst, kann ich nicht ertragen.

Er sieht mich stumpfsinnig an, betrunken und wütend. »Wo haben Sie das her?«

»Anson hat es mir am Morgen meiner Abfahrt aus Paris gegeben.«

Es überrascht mich, dass er die Schulter sinken lässt, als wäre die Luft aus seiner Lunge entwichen. Einen Augenblick scheint er den Tränen nah. »Seine Mutter hat es ihm zu Weihnachten geschenkt. Es war das letzte Weihnachten, das sie erlebt hat.«

»Das hat er mir erzählt«, flüstere ich.

»Geben Sie es mir.«

Sein Tonfall ist plötzlich so hart, dass ich erschrecke. Ich starre auf seine ausgestreckte Hand und weiche einen Schritt zurück. »Nein. Anson hat es mir gegeben. Es ist meins.«

Die Ohrfeige trifft mich völlig unerwartet. Mein Kopf schnellt zurück, vor meinen geschlossenen Augenlidern tanzen helle Pünktchen. Im Mund habe ich den Geschmack von Blut. Bevor ich verstehe, was passiert, hat er mir das Lederetui aus der Hand gerissen.

»Hier gehört nichts Ihnen«, zischt er. »Und nichts davon wird Ihnen je gehören. Wenigstens dessen kann ich mir jetzt sicher sein.«

Ein eisiger Schauer läuft mir über den Rücken. Seine kalte Genugtuung lässt mir das Blut in den Adern gefrieren. Er zieht ein gefaltetes Papier aus der Hosentasche und hält es mir unter die Nase. Aber ich nehme es nicht entgegen. Schließlich gelingt es ihm, es mir aufzudrängen. Ich schließe die Augen, ahnend, was dort steht, in einer letzten Weigerung, die Worte zur Kenntnis zu nehmen.

Jede Mutter, Schwester, Ehefrau und Geliebte hat sich diesen Moment tausendmal vorgestellt, ihn im Geiste tausendmal durchgespielt und tausendmal gebetet, dass er niemals wahr wird. Und jetzt ist er wahr. Ich öffne die Augen. Meine Kehle ist wie zugeschnürt, als ich die Worte auf dem Briefkopf lese.

Western Union
13. Oktober 1943

Sehr geehrter Mr O. Purcell,
mit dem größten Bedauern müssen wir Ihnen mitteilen, dass Ihr Sohn, Anson William Purcell, am 9. Oktober vermisst gemeldet wurde. Er ist von einer Verwundetenbeförderung nicht zurückgekehrt. Sobald weitere Informationen bekannt werden, werden Sie unverzüglich verständigt.

Charles M. Petrie

American Field Service

Ich bekomme keine Luft mehr, als hätte mir jemand einen Schlag versetzt. Nicht tot – vermisst. Das Wort verschwimmt vor meinen Augen. Eigentlich müsste es mich trösten und hoffen lassen, aber ich kenne die Geschichten. Ich weiß, wie selten ein Vermisster lebend wieder auftaucht. Plötzlich erinnere ich mich an etwas, was Anson in der Nacht, bevor er mich wegschickte, gesagt hat … *Solange du in Sicherheit bist, ist es mir egal, was sie mit mir machen.*

Ich rede mir ein, dass ich gespürt hätte, wenn er gestorben wäre, dass ich es sofort gemerkt hätte, als würde mir jemand einen Teil von mir herausreißen. Aber ich habe nichts gespürt. Ich muss daran denken, was Maman in ihrer Todesnacht gesagt hat. Sie hatte mich auf diese Situation vorbereiten wollen. Auf diesen Tag, auf diese Stunde.

Solange du sein liebes Gesicht im Herzen bewahrst, wird er nie wirklich verloren sein.

Doch er ist gegangen. Das Telegramm bestätigt es.

Ich lese es noch einmal durch. Vielleicht haben sich die Worte verändert. Aber sie sind gleich geblieben.

Sobald weitere Informationen bekannt werden …

Informationen.

Ich will mir nicht vorstellen, dass er irgendwo liegt, verletzt, in seinem Blut. Oder noch schlimmer. Aber ich bekomme die Bilder nicht aus meinem Kopf. Wie viele Frauen haben solche Worte lesen müssen? Zu wie vielen von ihnen sind die Soldaten zurückgekehrt? Wie viele haben ihr Schicksal erfahren? Als Mitglied des AFS ist Anson eigentlich kein Soldat. Seine Arbeit für die Résistance steht ebenfalls nicht unter der Oberaufsicht des Militärs. Die Aufträge sind geheim und häufig spontan, sodass wahrscheinlich nur eine Handvoll Leute wussten, wo man nach ihm suchen sollte. Derartige Informationen preiszugeben, könnte die ganze Zelle aufdecken. Und die oberste Regel der Résistance lautet, die Zelle nicht wegen der Sicherheit eines Einzelnen in Gefahr zu bringen.

Niemand wird etwas sagen.

Ich lasse das Telegramm sinken und dabei fällt mir das Datum auf: der 13. Oktober. Ich sehe Ansons Vater durch meine Tränen an. »Das Telegramm ist ja schon vor fünf Tagen angekommen.«

Er stiert mich schweigend an.

»Sie wissen seit Tagen davon und haben mir nichts gesagt?«

»Es wurde an mich geschickt.«

Seine Antwort macht mich fassungslos. »Und wann wollten Sie es mir zeigen?«

»Ich habe es Ihnen jetzt gezeigt.«

Es schwingt keine Entschuldigung in seinem Ton, kein Bedauern, kein Mitgefühl. Nur diese Eiseskälte, die mir so unbegreiflich ist.

Thia.

Anson ist ihr Held, ihr einziger Lichtblick in diesem herzlosen Haus. Sie braucht Trost, und ich kann mir nicht vorstellen, dass sie ihn von ihrem Vater bekommt. Ich muss zu ihr und ihr helfen, stark zu sein.

»Weiß Cynthia es schon?«

Er sieht mich drohend an. »Nein, und sie wird es auch nicht erfahren, bis ich bereit bin, es ihr zu sagen. Haben Sie das verstanden?«

Ich nicke. Ich weiß, dass ihn meine Meinung dazu nicht interessiert, aber ich bin sicher, dass es keine gute Idee ist, ihr die Nachricht zu verheimlichen. Sie wird es ihrem Vater übel nehmen, wenn sie die Wahrheit herausfindet. Aber vielleicht braucht sie es nie herauszufinden. Es ist ja immer noch möglich, dass Anson wieder auftaucht, dass es ihm gut geht und Thia nie von dem Telegramm erfahren muss. Ich halte mich an dem Gedanken fest wie an einem Rettungsring.

»Wir müssen telefonieren. Es muss Leute geben, die mehr wissen. Beim AFS zum Beispiel.«

Owen sieht mich ausdruckslos an, aber er ist angespannt, als beherrsche er sich nur mit größter Mühe. »Ich habe gute Beziehungen, Miss Roussel, ich verfüge über ein Netzwerk von

Kontakten in verschiedenen Regierungsstellen, und ich versichere Ihnen, dass ich bereits alle Anrufe getätigt habe.«

»Haben Sie im Krankenhaus angerufen und mit Dr. Jack gesprochen? Er ist der Chefarzt.«

»Ein Arzt?« Er findet meinen Vorschlag offensichtlich lachhaft. »Junge Dame, meine Verbindungen gehen bis ins Weiße Haus. Aber auch dort konnte mir niemand etwas sagen, außer dass mein Sohn nicht wie erwartet ins Krankenhaus zurückgekehrt ist und dass man seinen Rettungswagen an einer Straße gefunden hat, wo er nicht hätte sein sollen. Niemand weiß, was er dort zu suchen hatte. Er steht auf keiner Liste von Kriegsgefangenen oder Gefallenen. Ein schwacher Trost, aber mir wurde gesagt, dass das nichts bedeuten müsse. Es gab wohl viel Blut am Fahrzeug, und zwei Zeugen behaupten, sie hätten gesehen, wie ein Mann, auf den die Beschreibung meines Sohnes passt, von zwei deutschen Soldaten in den Wald geführt wurde. Einige Minuten später hätten sie Schüsse gehört. Seitdem habe es kein weiteres Lebenszeichen von ihm gegeben.«

Seine Stimme ist belegt. Er nimmt das Telegramm an sich und faltet es langsam zusammen.

»Die offizielle Lesart ist ›mutmaßlich gefangen genommen oder getötet‹, obwohl sie annehmen, dass er nicht mehr am Leben ist und irgendwo verscharrt wurde. Anscheinend ist selbst den Nazis klar, dass man Sanitäter vom AFS nicht einfach so ermordet. Wie dem auch sei, mein Sohn ist aller Wahrscheinlichkeit nach tot.«

In meinem Kopf dreht sich alles. Ich greife nach seiner Hand. »Es tut mir so leid.«

Das ist alles, was ich sagen kann. Ich weiß, es ist nicht genug. Es gibt keine Worte. Ich fühle mich, als hätte ich meinen Körper verlassen und beobachte das Geschehen von weit weg. Ich sehe mein anderes Ich – das sich das Hochzeitskleid an die Brust drückt, dessen Herz verblutet. Aber ich kann es nicht fühlen.

Owen reißt sich von mir los, als hätte ich ihn versengt. »Was erlauben Sie sich?«

Ich sinke aufs Bett. Sein Hass ist unerträglich. Vielleicht hatte ich mir einen Moment eingebildet, dass wir uns durch unsere Trauer annähern und einander Trost spenden könnten. Doch ich habe mich getäuscht. Er will keinen Trost von mir, und ich werde keinen von ihm bekommen. Auch in diesem Schmerz bin ich allein.

Ohne Vorwarnung steigt Übelkeit in mir auf und mir bricht kalter Schweiß aus. Einen Moment lang fürchte ich, ohnmächtig zu werden. Ich schaffe es gerade noch an Owen vorbei ins Bad, bevor ich mich übergebe. Die Krämpfe sind diesmal besonders schlimm. Ich gehe auf die Knie und würge so heftig, dass mir schwarz vor Augen wird. Schließlich, als ich nichts mehr hochbringen kann, sacke ich schwer atmend in mich zusammen.

Meine Beine sind weich, als ich mir über dem Waschbecken den Mund ausspüle. Ich sehe mich im Spiegel an: Mein Gesicht ist leichenblass. Ich muss an den Tag denken, als ich Anson im Krankenhaus kennengelernt habe. Wie er mich zur Toilette geführt hat und bei mir geblieben ist, als ich mich mit seinem Taschentuch frisch machte. Damals wurde mir wegen eines Blutflecks übel. Heute dagegen gab es kein Blut. Tatsächlich gab es schon eine Weile kein Blut mehr. Nicht in diesem Monat und auch nicht im letzten. Plötzlich wird mir klar, was ich seit Wochen ignoriert habe.

Ich bekomme ein Baby.

Neunundzwanzig

SOLINE

Das Lesen ist die Grundlage und auch immer wieder der Anfang unserer Arbeit. Suchst du nach dem Zauberspruch, lässt du dir etwas Persönliches geben. Selbstverständlich unter der Prämisse, dass du es nicht zur Täuschung oder Manipulation benutzen wirst.

Esmée Roussel, *Die Zauberschneiderin*

Ich weiß nicht, wann Owen gegangen ist. Ich weiß nur, dass er weg war, als ich aus dem Bad kam. Ich war allein mit meiner Trauer und meiner schrecklichen neuen Erkenntnis. Es wird keine Hochzeit geben, aber ein Baby.

Enceinte. Schwanger.

Das Wort steckt mir wie ein Stein in der Kehle, den ich nicht hinunterschlucken kann. Babys sollten Freude bringen, doch ich fühle keine. Ich fühle gar nichts. Ich habe mein Innerstes hochgewürgt und geweint, bis keine Tränen mehr kamen. Ich bin leer, wund, und dennoch seltsam entrückt. Vielleicht gibt es eine Grenze, wie viel Leid ein Herz ertragen kann.

Das Zimmer ist dunkel. Ich habe jedes Zeitgefühl verloren. Anscheinend habe ich etwas schlafen können, aber jetzt liege ich wach in der bedrückenden Stille. Auf meiner Zunge habe ich noch den bitteren Geschmack von Galle. Ich habe nie daran gedacht, dass in unserer einzigen Nacht ein Kind entstanden sein könnte. Maman hat nie über solche Dinge gesprochen, und ich habe angenommen, dass es viel komplizierter wäre. Wie naiv ich war! Die Kopfschmerzen und die Übelkeit, meine ständige Müdigkeit. Es hat auf dem Schiff angefangen, etwa einen Monat nach meiner Abreise aus Paris. Ich habe es für Seekrankheit gehalten. Und später habe ich mir zurechtgelegt, dass ich wegen der anstrengenden Reise so angeschlagen war, weil ich so wenig zu essen hatte, dazu die ständige Angst, erwischt und verhaftet zu werden. Wie naiv ich war!

Ich schalte das Licht ein und sehe mich blinzelnd um, auf die verstreuten Briefe und den leeren Pappkarton. Das Hochzeitskleid liegt wie hingestürzt, der gefallene Geist der Braut, die aus mir hatte werden sollen. Ansons Rasierzeug – der einzige Gegenstand, der mir von ihm geblieben war, das Pfand, das ich versprochen habe, für ihn zu bewahren – ist weg.

Wo mag Mamans Rosenkranz, den ich ihm als Abschiedsgeschenk gegeben habe, jetzt sein? In den Händen eines SS-Offiziers, der die Taschen meines ermordeten Anson durchwühlt hat? Auf einem Berg von Schmuck und Wertsachen in einem KZ?

Mutmaßlich gefangen genommen oder getötet.

Ich kneife die Augen zu, doch die Bilder bleiben, als seien sie eingebrannt in meine Lider. Ansons Gesicht – sein geliebtes schönes Gesicht, voller Blut, reglos. Seine weit geöffneten Augen, blau und still wie das Meer an einem Sommertag, gebrochen und leer.

Er kann nicht tot sein. Er darf nicht tot sein.

Wenn ich sein Gesicht noch einmal sehen dürfte, dann könnte ich an ihm festhalten wie Maman an meinem Vater – ihn im Herzen bewahren. Ich taste nach dem kleinen warmen Medaillon an meinem Hals. Wenn ich doch ein Foto von ihm hätte! Dann würde ich ihn immer bei mir tragen. Und eines Tages könnte ich das Bild unserem Kind zeigen.

Bevor ich mich bremsen kann, bin ich auch schon aus dem Zimmer gestürzt und auf dem Flur. Das Haus ist dunkel und still. Ich laufe mit nackten Füßen lautlos über den dicken Teppich. Ich war noch nie auf dieser Seite des Flurs – der Familienseite –, aber ich weiß, dass Thias Zimmer hinter der ersten Tür auf der rechten Seite liegt und Ansons ihrem gegenüber ist.

Ich lausche einen Moment an Thias Tür. Alles ist still. Zumindest in diesem Moment bin ich froh, dass sie nichts von dem Telegramm weiß. Wenn die Sonne aufgeht und sie die Augen öffnet, weiß sie nicht, was ich weiß – dass ihr geliebter Bruder nie mehr nach Hause zurückkommen wird.

Ich drehe mich um und stehe vor Ansons Tür. In meinen Ohren pocht der Puls. Ich habe Angst, dass Owen mich hier herumschleichen sieht, aber das Schlimmste ist sowieso schon passiert. Wenn Anson wirklich tot ist, kann mich nichts, was Owen sagt oder tut, verletzen.

Der gläserne Knauf ist kalt. Ich blicke noch einmal den Flur entlang. Kein Licht, kein Geräusch. Ich atme langsam aus und gehe hinein. Ansons Geruch ist plötzlich überall, frisch und sauber und männlich, ganz nah. Einen Moment kommt es mir vor, als würde er leibhaftig aus der Dunkelheit auftauchen.

Ich warte, mit dem Rücken an die geschlossene Tür gelehnt, bis der Schmerz ein wenig nachlässt. Das Mondlicht dringt durch die dünnen Vorhänge hinter dem Bett und taucht das Zimmer in kühles Licht. Ich gehe zum Fenster und ziehe den Rollladen herunter. Dann schalte ich die Nachttischlampe ein. Das Zimmer ist nicht viel größer als meins und grau und sandfarben gehalten. Auf dem Doppelbett liegt eine hellgraue Brokatdecke, daneben steht eine schwere Kommode und in der Ecke ein kleiner Schreibtisch. All das passt zu ihm. Einfach und ordentlich, ohne Schnickschnack.

Während ich auf Zehenspitzen die Schubladen öffne und in seinen Schrank schaue, komme ich mir vor wie eine Einbrecherin. Doch ich möchte das Leben kennenlernen, das Anson geführt hat, bevor wir uns getroffen haben. Die Dinge anzufassen, die er jeden Tag benutzt hat, ist wie Folter für mich, aber ich kann es nicht lassen. Ich hungere nach ihm, will mich verzweifelt an den Erinnerungen festhalten, denn sie sind alles, was mir bleibt.

Der Schreibtisch ist leer bis auf eine Lampe und eine Schreibunterlage aus genarbtem Leder. Gedankenverloren streiche ich über die Rückenlehne des Stuhls und stelle mir vor, wie er dort sitzt, für sein Studium lernt oder Briefe schreibt. Dann öffne ich die mittlere Schublade. Ein gerahmtes Foto hinter gesprungenem Glas blickt mir entgegen. Anson und Thia sind sehr schick angezogen und tragen ähnliche weiße Wollpullover. Sie posieren zusammen mit ihrer Mutter vor einem großen Segelboot. Alle drei blinzeln grinsend ins Gegenlicht. Thia fehlt ein Schneidezahn.

Herzzerreißend. Anson ist vielleicht fünfzehn oder sechzehn, dünn und schlaksig, aber er überragt seine Mutter schon. Mir läuft eine Träne über die Wange. Ich wische sie weg, bevor sie hinabfällt. Eigentlich suche ich nach etwas anderem – dieses Foto ist viele Jahre alt –, aber es ist mehr, als ich bislang habe. Ich könnte es zerschneiden und in mein Medaillon einpassen. Aber als ich die drei lächelnden Gesichter betrachte, kommen mir Zweifel. Ich kann Anson doch nicht aus einem Foto mit seiner Mutter und seiner Schwester herausschneiden.

Ganz hinten in der Schublade finde ich ein Buch. Der Einband ist aus einem rauen blauen Stoff und trägt ein goldenes Wappen: das Jahrbuch der Yale University von 1940.

Ich nehme das Buch mit zum Bett und blättere durch die Seiten. Die jungen Leute sehen alle gleich aus. Doch dann blickt er mich plötzlich an. Anson William Purcell, laut Bildunterschrift Student im zweiten Jahr.

Ich liebkose sein Gesicht mit meinen Fingerkuppen. Er sieht so gut aus in Anzug und Krawatte, sein wildes blondes Haar ist für den Anlass ordentlich frisiert. Die jungenhaften Züge des früheren Fotos sind verschwunden, stattdessen lässt sich der unbeugsame Wille erkennen, etwas Großes zu tun, etwas in der Welt verändern zu wollen, seinen eigenen Weg zu gehen.

Eine neue Welle von Wut und Trauer erfasst mich. Ich weine um all die Versprechen, die nie gehalten werden, und all das Gute, das nie getan wird. Und um das Kind, das seinen Vater nie kennenlernen wird.

Vom vielen Weinen tun mir die Augen weh. Ich lasse mich rücklings mit dem Jahrbuch im Arm aufs Bett sinken. Ich bin plötzlich so unendlich müde. Das liegt am Baby, denke ich benommen. An Ansons Baby.

Ich schrecke hoch. Es ist sehr hell, und etwas fällt zu Boden, als ich mich aufsetze. Ich bin nicht in meinem Zimmer. Owen steht am Fuß des Bettes.

»Was zum Henker machen Sie hier?«, schnauzt er mich an.

Ich muss immer noch blinzeln und finde keine Worte. Er hat das Deckenlicht eingeschaltet, und der grelle Schein schmerzt mir in den Augen. »Es tut mir leid.« Vom Weinen fühlt sich meine Kehle wie ein Reibeisen an, und meine Stimme klingt rau. »Ich wollte nur sein Zimmer sehen, um ihm nah zu sein.«

Er geht zum Schreibtisch, dessen Schublade noch offen steht, nimmt den kaputten Bilderrahmen heraus und betrachtet das Foto. Seit unserer letzten Begegnung hat er sich rasiert, aber er trägt noch immer dieselbe zerknitterte Strickjacke wie gestern, die Ärmel bis zu den Ellenbogen aufgerollt. Ich stehe auf, während er sich nach Ansons Jahrbuch bückt. Einen Moment sieht es aus, als wolle er es öffnen, doch dann kommt er mir so nah, dass ich sein Haarwasser und seine ungewaschene Kleidung rieche.

»Sie haben kein Recht, die Dinge meines Sohnes anzufassen. Oder in seinem Bett zu schlafen. Sie haben kein Recht, überhaupt hier zu sein. Das hier ist nicht Ihr Zuhause.«

Ich trete einen Schritt zurück. Sein Atem stinkt nach Alkohol, und ich fürchte mich vor ihm. »Ich habe nach einem Bild von Anson gesucht und das Jahrbuch gefunden. Ich habe darin geblättert und muss dabei eingeschlafen sein.«

Er sieht mich argwöhnisch an. »Was wollen Sie mit einem Bild von meinem Sohn?«

»Ich wollte sein Gesicht sehen«, sage ich leise, fast flehend. »Und etwas zur Erinnerung haben. Sein Rasierzeug war alles, was ich hatte, aber Sie haben es mir weggenommen. Also dachte ich …«

»Raus hier«, brüllt er und zeigt zur Tür. »Oder ich zerre Sie eigenhändig raus.«

Mir schießen Tränen in die Augen, aber ich will nicht, dass er mich weinen sieht. »Ich bekomme ein Baby«, eröffne ich ihm. »Ansons Baby.«

Sein Blick gleitet über meinen Bauch. »Das hätte ich ja ahnen können. Jetzt, wo Sie wissen, dass es keine Hochzeit geben wird, haben Sie noch ein Ass im Ärmel. Hat mein Sohn davon gewusst?«

Ich schüttele den Kopf. »Es ist mir erst gestern klar geworden, nachdem Sie mir das Telegramm gezeigt haben.«

»Ein passender Zeitpunkt, das muss ich schon sagen.«

Ich kann seine Herzlosigkeit kaum fassen. »Ihr Sohn kommt nicht mehr nach Hause zurück, und ich bekomme sein Kind. Und das ist alles, was Sie dazu zu sagen haben?«

Er sieht mich herablassend an. »Ich habe keinen Zweifel daran, dass Sie schwanger sind. Nur eine Närrin würde in so einer Situation lügen, denn es wird mit der Zeit offensichtlich. Ich halte Sie für alles Mögliche, aber nicht für eine Närrin. Leider gibt es keine Gewissheit darüber, wer der Kindsvater ist.« Er hält inne und mustert mich von oben bis unten. »Soweit ich das beurteilen kann, wissen Sie das selbst nicht.«

Seine Worte verletzen mich mehr, als ich es je für möglich gehalten hätte. »Das können Sie doch nicht glauben!«

»Ach nein?« Sein Mund verzieht sich höhnisch. »Man kennt Frauen wie Sie. Expertinnen, die unsere Jungs zur Hochzeit nötigen. Und es hätte ja fast geklappt. Sie haben es über den Atlantik bis in mein Haus herein geschafft. Sie haben meine Tochter dazu gebracht, Ihnen aus der Hand zu fressen. Aber mit dem Telegramm haben Sie nicht gerechnet, was?«

»Das stimmt nicht! Das ist alles nicht wahr!«

»Sie können sich Ihre Entrüstung sparen. Es nützt Ihnen alles nichts.« Er legt das Foto in die Schublade zurück. Dann dreht er sich mit hartem, ausdruckslosem Gesicht zu mir um. »Sie haben sich für besonders schlau gehalten, wie Sie hier mit Ihrem Pappkoffer erschienen sind. Haben Sie wirklich geglaubt, ich lasse Sie meinen Sohn einfach so heiraten? Nie im Leben! Und jetzt denken Sie, Ihre Schwangerschaft wird Sie retten, weil Sie mit dem Baby irgendeinen Anspruch auf die Purcells haben? Da haben Sie sich aber verrechnet, Mademoiselle. Ihr Kind wird nie ein Purcell sein – weder dem Namen nach noch sonst wie. Sie und Ihr Kind haben hier nichts zu suchen.«

Ich sehe ihn entgeistert an. Langsam begreife ich, in was für einer Situation ich bin. Ich bin ihm lästig, eine

Unannehmlichkeit, die beseitigt werden muss. Je eher, desto besser. »Sind Sie wirklich so kalt – so voller Hass –, dass Sie damit leben könnten, Ihr eigenes Enkelkind seinem Schicksal zu überlassen? Und Thia? Wie soll sie damit leben?«

Er erstarrt, die Hände zu Fäusten geballt. »Meine Tochter wird kein Wort über Sie oder Ihre Schwangerschaft erfahren. Oder über ihren Bruder. Ist das klar? Ich schicke sie auf ein Internat in Connecticut. Übermorgen reist sie ab. Und bis dahin halten Sie sich gefälligst von ihr fern. Wenn sie zurückkommt, sind Sie weg.«

Die Aussicht lässt mich erschaudern. Ich kenne niemanden in Amerika, ich habe kein Geld und keine Arbeit. Aber jetzt geht es erst mal um Thia. »Darf ich mich wenigstens von ihr verabschieden?«

»Nein, das dürfen Sie nicht. Ich lasse nicht zu, dass Sie sie weiterhin beeinflussen.«

Ich habe nichts mehr zu sagen. Er wird seine Meinung nicht ändern. Weder über mich noch über irgendetwas anderes. »Und was passiert jetzt?«, frage ich einfach.

»Ich leite alles Weitere in die Wege. Um den Schaden zu begrenzen. Sie haben kein Geld, nehme ich an?«

»Nicht viel, und kein amerikanisches.«

»Ich kenne einen Mann in Providence. Einen Arzt, der Frauen wie Sie behandelt.«

»Frauen wie mich?«, wiederhole ich. »Was soll das heißen?«

»Das heißt unverheiratete schwangere Frauen ohne Familie oder Unterstützung. Ich rufe ihn heute an, damit er sich der Sache annimmt.«

Ich werde blass. In Paris gab es Frauen, die auf solche Dinge spezialisiert waren, auf die Medikamente und … Behandlungen. *Avorteuses*. Engelmacherinnen. Instinktiv lege ich mir die Hände schützend auf den Bauch. »Sich der Sache annimmt? Was meinen Sie damit?«

»Ein Dach über dem Kopf. Eine geeignete Familie für das Baby. Eine Finanzspritze für Sie, nachdem Sie alles hinter sich gebracht haben. Was dachten Sie denn?«

Ich schüttele den Kopf. Ich kann es nicht aussprechen.

Owen sieht pikiert auf den Boden. »Ich bin kein Unmensch, auch wenn Sie das vielleicht glauben. Ich will nicht, dass Ihre Umstände an die Öffentlichkeit geraten und mich und meine Tochter in einen Skandal verwickeln. Niemand weiß von Ihrer Verbindung zu meinem Sohn, und ich sorge dafür, dass das auch so bleibt. Wenn Sie so clever sind, wie ich denke, werden auch Sie dafür sorgen, dass das so bleibt. Im Film würde ich Ihnen jetzt einen Scheck schreiben oder Ihnen ein kleines Geschäft einrichten, aber in der Realität könnte das als Anerkennung der Schuld angesehen werden, statt als einfache christliche Nächstenliebe.«

»Das ist Ihre Nächstenliebe? Mich wie eine Schwindlerin zu behandeln? Wenn ich Sie um nichts gebeten habe?«

Er geht zur Tür, als hätte ich kein Wort gesagt. »Das Gespräch ist beendet. So viel noch: Wenn es Ihnen in den Sinn kommen sollte, Scherereien zu machen, oder wenn Sie versuchen sollten, zu mir oder zu meiner Tochter Kontakt aufzunehmen, oder wenn Sie den Namen meines Sohnes irgendwem gegenüber erwähnen, dann werde alles daransetzen, Sie zu ruinieren. Mit anderen Worten, Miss Roussel, ich kann Ihnen helfen oder Ihnen wehtun. Es liegt ganz bei Ihnen.«

Das ist also sein Ultimatum. Ich mustere den Mann, von dem ich dachte, er würde mein Schwiegervater werden. Wie kühl er plant, mich loszuwerden, wie hart und geschäftsmäßig. Ich bin nichts als ein Geschäft, das abgewickelt werden muss. Schwierigkeiten, die aus dem Weg geräumt werden müssen. Anson hat ihn irgendwann *formidable* genannt. Er hatte recht. Sein Vater hat an alles gedacht.

Doch auch Owen hat recht. Ich habe nicht viele Optionen. Genau gesagt habe ich gar keine. Ich brauche ein Dach über dem Kopf, einen sauberen, sicheren Ort, bis ich Arbeit finden und für mich selbst sorgen kann. Ich muss sein Angebot akzeptieren. Doch mein Baby wird keine Familie brauchen. Ich werde seine Familie sein.

Dreissig
RORY

Boston, 12. Juli 1985

Soline war sichtlich mitgenommen, nachdem sie Rory ihre Geschichte erzählt hatte. Rory sah sie voller Mitgefühl an und versuchte sich vorzustellen, was Soline durchgemacht haben musste. Die angsterfüllte Flucht. Das herzzerreißende Telegramm. Das ungeplante Baby. Und ein Unmensch, der sie hinausgeworfen und ihrem Schicksal überlassen hatte. Wie hatte Soline all das nur überstanden?

Wie wäre Rory selbst mit solchen Widrigkeiten klargekommen?

Dieser Gedanke war ihr irgendwie peinlich. Manchmal vergaß sie, wie behütet sie aufgewachsen war. Schon bei ihrer Geburt war ein Treuhandkonto für sie eingerichtet worden, und der Name ihrer Familie öffnete ihr jede Tür. Sie hatte nie unter Entbehrungen gelitten. Vor Hux' Verschwinden war ihr angespanntes Verhältnis zu ihrer Mutter die größte Herausforderung ihres Lebens gewesen.

»Es ist beschämend«, sagte Rory leise. »Die meisten Menschen hätten nach solchen Schicksalsschlägen irgendwann aufgegeben, aber Sie haben weitergekämpft. Und dann komme ich zu Ihnen, um mich auszuheulen, wie schwer ich es habe. Warum kann ich nicht so stark sein wie Sie?«

Soline seufzte. »Ach, *chérie*, wenn man zu lange stark ist, wird man irgendwann zerbrechlich. Und Zerbrechliches ist immer in Gefahr.« Sie wischte sich über die Augen. Dann zwang sie sich zu einem Lächeln. »Sie sehen, ganz so stark bin ich auch nicht.«

»Es tut mir leid, dass Sie all das meinetwegen noch einmal durchleben mussten. Geht es denn?«

Soline nickte tapfer und brachte ein Lächeln zustande, doch als sie aufstand, war es schon wieder verflogen. »Ja, mir ist nur etwas warm. Wollen wir hineingehen? Ich wasche ab, und dann gibt es Dessert. Ich zeige Ihnen, wie man richtigen Kaffee in einer Kaffeepresse macht. Danach wollen Sie nie wieder Filterkaffee trinken.«

Rory machte den Abwasch, während Soline über die Vorzüge einer Kaffeepresse referierte – die einzig zivilisierte Art, Kaffee zuzubereiten. Sie schenkte ihnen zwei Tassen ein, legte ein paar Madeleines in ein Gebäckschälchen und trug alles auf einem Tablett ins Wohnzimmer.

Sie machten es sich an den beiden Enden des Sofas gemütlich. Das Wohnzimmer war trotz seiner Größe behaglich und geschmackvoll eingerichtet, ohne protzig zu wirken. Es passte hervorragend zu Soline. Stilvoll, aber nicht so perfekt durchgestylt wie bei Rorys Mutter. Und mit dem Kaffee hatte sie auch recht. Hier stimmte einfach alles.

Rory biss von ihrer Madeleine ab und betrachtete Soline gedankenverloren. Sie konnte sich nicht erklären, warum sie so eine Nähe zu dieser Frau verspürte, warum sie sich ihr so verbunden fühlte. Aber die Verbindung war da, als hätte das

Schicksal beschlossen, ihre Lebensfäden miteinander zu verweben. Doch warum nur?

»Finden Sie es nicht auch seltsam, wie wir zueinandergefunden haben?«, fragte Rory. »Das Haus und Ihr alter Koffer. Es hat sich so angefühlt, als wäre es …« Sie suchte nach dem richtigen Wort. »… unausweichlich gewesen. Glauben Sie an so etwas? Dass manche Dinge vorherbestimmt sind?«

Soline schwieg einen Moment. »Früher vielleicht«, sagte sie schließlich. »Ich glaubte zu wissen, wie meine Bestimmung aussah: Er würde mit dem Rosenkranz meiner Mutter heimkehren, ich würde ihm sein Rasierzeug geben, wir würden heiraten und bis an unser Lebensende glücklich sein.«

Rory nickte betrübt, aber dann fiel ihr etwas ein. »Moment, Sie haben erzählt, dass Ansons Vater Ihnen das Rasierzeug weggenommen hat, aber ich habe es in dem Koffer gesehen.«

Soline zuckte mit den Achseln. »Er muss es zurückgebracht haben. Ich weiß nicht, warum oder wann er es getan hat. Ein paar Tage, nachdem er mich in Ansons Zimmer überrascht hat, bin ich abgereist. Der Fahrer hat mich zum Bahnhof gebracht, und eine Frau namens Dorothy Sheridan hat mich in Providence abgeholt.«

»Wer war Dorothy Sheridan?«

»Die Leiterin der Gesellschaft für Familienhilfe – ein hübscher Name für ein Heim für unverheiratete Mütter. Außer mir waren noch acht weitere Frauen da. Blutjunge Mädchen und angebliche Kriegswitwen, die keinen Mann und kein Zuhause hatten. Den ersten Tag habe ich nur geweint. Ich konnte nicht glauben, dass Owen mich so sehr hasste. Aber dann fand ich Ansons Rasierzeug unten in meinem ramponierten Koffer. Schwer vorstellbar, dass Owen Gewissensbisse hatte, aber vielleicht hat er es irgendwie für Anson getan. Sicher nicht für mich.«

»Konnten Sie sich wenigstens von Thia verabschieden?«

Soline schüttelte den Kopf. »Er hat sie gleich nach unserem Gespräch fortgeschickt.«

Rory schwieg eine Weile und stellte sich die schreckliche Situation vor. Schwanger und mutterseelenallein mit der Trauer. »Sie sind die tapferste Frau, die ich kenne. All das durchzumachen und sich trotzdem nicht unterkriegen zu lassen.«

Soline betrachtete ihre Hände, während sie die Finger ein paarmal streckte und wieder zur Faust ballte. Das tat sie oft, wenn sie in Gedanken versunken war. »Ich hatte keine Wahl.«

»Ich weiß, aber ein Baby aufzugeben …«

»Ich habe sie nicht aufgegeben«, sagte Soline. Sie senkte den Blick. »Sie ist gestorben.«

Rory stockte der Atem. »Das tut mir so leid. Ich dachte … was ist passiert?«

»An einem Morgen stand ich auf, und das Fruchtwasser strömte nur so aus mir heraus. Ich wusste, was los war, aber es war zu früh dafür. Ich sagte ihnen, dass sie es irgendwie aufhalten sollten, dass die Geburt doch erst in einem Monat wäre, aber sie meinten, es würde jetzt kommen, ich sollte beten. Sie brachten mich in einen winzigen, fensterlosen Raum mit einem schmalen Bett mit Lederriemen. Es gab auch eine kleine Wiege darin, ein Krankenhausbett für Babys. Dann haben sie mir etwas in den Arm gespritzt und eine Maske übers Gesicht gestülpt. An das, was dann kam, erinnere ich mich nur schemenhaft.«

Rory war schockiert. »Sie wurden für die Geburt sediert?«

»Damals wurde das so gemacht. Dämmerschlaf, nannten sie es. Als ich wieder zu mir kam, fühlte ich mich, als hätte man mich geschlagen. Meine Handgelenke und Knöchel waren grün und blau von den Riemen. Aber das war mir egal. Ich wollte nur mein Baby halten, es füttern, aber sie haben mir gesagt, es sei zu früh, sie könne noch nicht an die Brust. Sie sei nicht stark genug. Ich war völlig erschöpft und muss wieder eingeschlafen sein. Als ich das nächste Mal aufwachte, war das Bettchen weg. Ich habe geschrien, bis jemand kam. Die Schwester konnte mir nicht in die Augen sehen. Ich wusste schon, was sie sagen würde, aber es riss mich trotzdem fast entzwei: ›Sie war noch zu klein zum Überleben. Ihre Lunge war nicht ausreichend entwickelt. Sie ist jetzt bei den Engeln.‹«

Rory schloss die Augen. Ihr fielen keine tröstlichen Worte ein. Im Angesicht solchen Schmerzes gab es keine. »Es tut mir so leid«, wiederholte sie betroffen.

»Ich wusste, es würde ein Mädchen werden. Ich hatte ihr schon einen Namen gegeben – Assia. Das bedeutet Trostbringerin.« Sie musste schlucken. »Ich habe sie schreien hören«, flüsterte sie. »Gleich nach der Geburt. Manchmal wünschte ich, ich hätte es nicht gehört. Wenn sie eine Totgeburt gewesen wäre, wäre es vielleicht einfacher gewesen. Aber der Gedanke, dass sie ein paar Stunden ohne ihre Maman gelebt hat, dass sie gestorben ist, ohne mich zu spüren, das bricht mir immer noch das Herz. Nach ihrem Tod wollte ich mein Baby sehen, ich wollte Assia einmal nur im Arm halten, aber sie hatten sie schon fortgebracht.«

»Fortgebracht?«, fragte Rory entsetzt.

»Ja, der Gerichtsmediziner hatte die Todesursache schon festgestellt. Weil ich mittellos war, wurde Assia auf dem Bezirksfriedhof begraben, ohne Trauerfeier, ohne Grabstein. Ich flehte sie an zu warten, bis ich das Geld für ein ordentliches Begräbnis aufgetrieben hätte. Ich hätte Ansons Vater angerufen und ihn angebettelt, aber sie ließen mich nicht telefonieren. Drei Tage später war alles vorbei.«

Rory schluckte. »Haben sie Ihnen wenigstens gesagt, wo sie begraben lag, damit Sie sie besuchen konnten?«

»Nein«, flüsterte sie. »Vielleicht war das aber auch ein Segen. Ich weiß, es klingt seltsam, aber ich glaube, wenn ich ihr Grab gesehen hätte, wäre ihr Tod zu wahr geworden.«

»Aber er war doch wahr.«

»Ja. Aber wenn du einen Menschen liebst – wirklich liebst –, dann bist du so eng mit ihm verbunden, dass nichts die Verbindung trennen kann. Selbst wenn er dir weggenommen wird, wirst du ihn spüren, auch Jahre später, wie ein Echo, das immer wieder nach dir ruft. Und ein Teil von dir freut sich über diese Momente, selbst wenn sie jedes Mal schmerzhaft sind.«

Ein Echo, das nach dir ruft.

Ein kalter Hauch wehte Rory an. Würde es so mit Hux sein? Kein Abschied, keine Antwort, nur Erinnerungen?

»Manchmal glaube ich, sie zu sehen.« Solines Stimme klang wie aus großer Entfernung. »Genauso war es mit Anson. Ich sehe ein kleines Gesicht in einer Menschenmenge, und mein Herz setzt einen Augenblick aus. Sie hat Augen wie ihr Vater und ein Lächeln wie ihre Tante Thia. Doch dann dreht das Kind den Kopf herum, und das Gesicht ist ganz anders, und mir fällt wieder ein, dass Assia tot ist.«

Rory war überwältigt von den Verlusten, die Soline erlitten hatte. Wie konnte sie nur sagen, dass sie nicht tapfer war? Trotz dieser erdrückenden Trauer hatte sie sich ein Leben aufgebaut. Eine Frau, allein in einer fremden Stadt, in Kriegszeiten. Sie war beruflich sehr erfolgreich geworden und hatte allem Anschein nach nicht wenig Geld verdient. Was hätte sie alles erreichen können, wäre ihr Leben nicht von zahlreichen Schicksalsschlägen aus der Bahn geworfen worden?

»Wie lange sind Sie danach dort geblieben?«

»Nach der Geburt wollten sie die Frauen schnell loswerden. Eine Woche später sagte Dorothy Sheridan zu mir, dass sie Arbeit und ein Zimmer für mich gefunden hätten. Ich musste meine Sachen packen und gehen. Allerdings gab es in Providence schon bald keine Arbeit mehr, also bin ich nach Boston gezogen. Dann kamen die Männer aus dem Krieg zurück, und es war unmöglich, einen Job zu finden. Eine Zeit lang habe ich gegen Kost und Logis bei einem Schuster gearbeitet und nebenbei Aufträge zum Nähen angenommen. Ich musste meine Mahlzeiten mit Mäusen teilen, aber sie haben mich nicht weiter gestört. Die hatten auch Hunger.«

»Und Sie haben nie wieder mit Ansons Vater gesprochen?«

»Nein. Er hat mir sehr überzeugend deutlich gemacht, dass er mir das Leben zur Hölle macht, wenn ich auch nur versuchen würde, Kontakt zu ihm aufzunehmen. Außerdem wollte ich nichts von ihm. Aber Thia hätte ich gerne erzählt, warum ich so plötzlich fortgehen musste.« Sie lächelte. »Und dass ich schließlich Kleider unter meinem Namen geschneidert habe.«

»Ich bin unglaublich beeindruckt«, sagte Rory. »So viel aus dem Nichts zu erreichen. Wie haben Sie das geschafft?«

»Es war wie im Märchen. Ich hatte eine gute Fee.«

Rory grinste sie an. »Und wo haben Sie die gefunden?«

»Man findet sie nicht, *chérie*. Gute Feen erscheinen einfach. Oft, wenn man sie am meisten braucht. Meine hieß Maddy – und er war wunderbar.«

»Ihre gute Fee war ein Mann?«

Soline grinste. »Ganz genau.«

»Aha, und wie hat *er* Sie gefunden?«

Soline lächelte müde. »Das ist eine Geschichte für ein anderes Mal, glaube ich.«

»Oh, Entschuldigung, ich wollte Sie nicht bedrängen.«

»Nein, das haben Sie auch nicht. Aber jetzt bin ich erschöpft.«

Rory sah auf ihre Uhr und erschrak. Es war schon nach sieben. Schnell stand sie auf und stellte die Tassen auf das Tablett. »Ich wollte gar nicht so lange bleiben. Eigentlich hätte ich die Beleuchtung für die Galerie aussuchen müssen. Ich helfe Ihnen nur kurz beim Aufräumen.«

Soline nahm Rory das Tablett ab. »Es ist ja nichts weiter. Gehen Sie ruhig. Bitte.«

Rory hängte sich zögernd die Handtasche über die Schulter. »Es tut mir sehr leid, dass ich so aufdringlich war. Sie hätten mich schon vor Stunden rauswerfen sollen.«

»Seien Sie nicht albern. Ich hatte ja nichts anderes zu tun.«

»Wie dem auch sei. Ich verspreche, dass ich nächstes Mal nicht so hereinplatze. Vielen Dank für alles. Es war schön, sich mit Ihnen zu unterhalten. Ich kann sonst mit niemandem über Hux sprechen. Mit niemandem, der die Situation versteht, meine ich.«

»Ich meinte, was ich vorhin gesagt habe, Rory. Wenn Sie es sich anders überlegen, können wir den Mietvertrag auch sofort zerreißen und die Sache vergessen. Aber ich denke, Ihr Hux hatte recht – dieser Traum passt doch wunderbar zu Ihnen, er ist die Welle, die Ihren Namen trägt.«

Rory blinzelte durch die Tränen und bekämpfte den Wunsch, Soline an sich zu drücken. »Vielen, vielen Dank«, sagte sie stattdessen voller Rührung darüber, dass diese liebevolle und unerklärliche Frau in ihr Leben getreten war. Als sie die Stufen hinabgestiegen war, drehte sie sich noch einmal zu Soline um, die noch im Türrahmen stand. »Mir ist gerade etwas aufgefallen.«

»Was denn?«

»Sie sind meine gute Fee.«

Einunddreissig

SOLINE

Natürlich dürfen wir erwarten, für unser Wirken entlohnt zu werden, aber finanzielle Bereicherung darf keine Rolle spielen, wenn es darum geht, ob wir eine Kundin annehmen oder nicht. Vertraue darauf, dass *la mère* für dich sorgen wird, und denke daran, dass unser Hauptanliegen immer die Arbeit sein sollte.

Esmeé Roussel, *Die Zauberschneiderin*

Rorys Worte bleiben mir noch lange im Ohr. Ich fürchte, ich bin alles andere als eine gute Fee. Doch was sie gesagt hat, hat mir mehr Freude bereitet, als ich seit Langem gefühlt habe. Dennoch bin ich seltsam melancholisch. Das Haus fühlt sich auf einmal leer an. Und ich selbst mich auch.

Mit einer Flasche Wein und der Gebäckschale mit den restlichen Madeleines gehe ich in mein Arbeitszimmer. Hier verbringe ich die meisten Abende mit meinen Erinnerungen. Und irgendwann bin ich beschwipst genug, um traumlos schlafen zu können.

Die Madeleines schmecken leicht nach Zitrone und zergehen auf der Zunge. Ich muss lächeln, denn der säuerlich-süße Geschmack erinnert mich an Maddy. Deshalb kaufe ich die Madeleines auch von Zeit zu Zeit. Sie waren sein Lieblingsgebäck und haben letztlich keine geringe Rolle dabei gespielt, dass wir uns angefreundet haben.

Manchmal fühlt es sich an, als sei es erst gestern gewesen, manchmal wie vor einer Ewigkeit. Es war ein paar Wochen nach meiner Ankunft in Boston, und ich hatte noch keine Arbeit gefunden. Ich sprach mit starkem Akzent, und die Modegeschäfte wollten keine Ausländerinnen, die die Kundinnen an den Krieg erinnerten. Mein Geld wurde knapp, ich musste nehmen, was ich bekommen konnte, also ging ich von Geschäft zu Geschäft und fragte nach einem Job.

Eines Tages stand ich vor einer kleinen Patisserie namens Bisous de sucre. Hier, dachte ich, würde mein Akzent endlich von Vorteil sein. Aber es war schon spät, und ich war furchtbar erschöpft. Der Duft von Kaffee und süßen Backwaren erinnerte mich so sehr an zu Hause, dass ich fast in Tränen ausbrach und kein Wort herausbrachte, als mich die Frau hinter der Theke ansprach.

Ich tat ihr leid, deswegen führte sie mich in ein Hinterzimmer und brachte mir einen Teller mit dem herrlichsten Gebäck, das ich mir vorstellen konnte. Ich habe es gierig verschlungen, aber sie ließ sich nichts anmerken. Bei mehreren Tassen Kaffee erzählte ich ihr meine Geschichte – jedenfalls einen Großteil davon.

Claire Bruneau war zehn Jahre älter als ich, aber es gab viele Gemeinsamkeiten zwischen uns. Sie war zu Beginn des Ersten Weltkriegs mit ihrer Familie aus Chartres gekommen und hatte das Bäckereihandwerk von ihrer Mutter gelernt. Einen Bruder hatte sie in der Normandie verloren, ihr Mann war ertrunken. Jetzt zog sie ihre Tochter allein groß. Sie wusste, wie es war, als

Frau seinen eigenen Weg zu gehen. Leider konnte sie es sich nicht leisten, mich einzustellen, aber sie kannte jemanden, der eine Schneiderin gebrauchen konnte. Ein Schneider, der vor Kurzem seine beiden Mitarbeiter verloren hatte und dringend Hilfe suchte.

Sie schrieb mir seinen Namen und seine Adresse auf und sagte mir, ich solle ihn am nächsten Morgen aufsuchen, ihn von ihr grüßen und mich nicht abwimmeln lassen. Bevor ich ging, gab sie mir noch eine hübsch verpackte Schachtel mit Gebäck für ihn mit – um seine Laune zu versüßen.

* * *

Boston, 4. August 1944

Am nächsten Tag klopfe ich also mit der Gebäckschachtel in der Hand an die Tür eines wunderbaren Eckhauses auf der Newbury Street, an dessen Schaufenster in klaren goldfarbenen Buchstaben der Schriftzug »MADISON'S« prangt.

Beim zweiten Klopfen öffnet sich die Tür. Vor mir baut sich ein großer Mann Mitte fünfzig in einem zerknitterten dunkelgrauen Morgenmantel aus Seide auf. Seine gewellten Haare sind bernsteinfarben und von feinen silbernen Strähnen durchzogen, und er trägt einen dünnen Oberlippenbart, den er vermutlich mit Augenbrauenstift färbt, denn er ist deutlich dunkler als sein Haar.

»Nein«, grummelt er, bevor ich etwas sagen kann.

Ich schaue ihn verdutzt an. *»Pardon?«*

»Egal, was Sie mir verkaufen wollen, ich habe kein Interesse.«

»Sind Sie Myles Madison?«

»Wer will das wissen?«

Er ist so unhöflich und abweisend, dass ich am liebsten gehen würde, aber ich erinnere mich an meine Instruktionen. Ich soll mich nicht abwimmeln lassen. »Claire Bruneau schickt mich. Sie sagt, Sie suchen jemanden, der für Sie näht.«

Er fährt sich durch die Haare und sieht mich missmutig an. »Claire?«

»Von Bisous de sucre. Ich habe Ihnen dies von ihr mitgebracht.«

Seine Augen sind hellgrau, mit langen goldenen Augenbrauen. Er blickt kurz auf die Schachtel, dann wieder zu mir. »Madeleines?«, fragte er zögerlich.

»Ich weiß es nicht. Ich soll sie Ihnen nur geben – um Ihre Laune zu versüßen.«

Er schnaubt, nimmt mir die Schachtel ab und dreht sich um. Ich sehe das als Einladung, ihm ins Haus zu folgen. Im schummrigen Wohnzimmer stehen tiefe Ledersessel und dunkle massive Tische. So stelle ich mir die Einrichtung in Herrenklubs vor. Schwere Vorhänge aus Brokat, Messinglampen mit grünen Schirmen. Ein dicker türkischer Teppich in Weinrot und Salbeigrün. Alles ist makellos und stilvoll.

»Was wollen Sie von mir?«, fragt er mich ebenso schroff wie vorher. Er hat die Schachtel geöffnet und schaut hinein. Ich scheine ihn nur zu stören.

»Arbeit«, antworte ich unbeeindruckt. »Claire hat mir erzählt, Sie hätten Ihre beiden Mitarbeiter verloren. Meine Mutter hatte vor dem Krieg einen Salon in Paris. Ich habe mit ihr zusammengearbeitet.«

»Das ist hier kein Salon, junge Dame. Ich stelle keine Kleider her.«

»Schert sich die Nadel darum, was sie näht?«

Er hebt interessiert den Kopf. Das scheint sein Interesse zu wecken. »Wie heißen Sie?«

»Soline Roussel«, antworte ich, ohne mich von seinem prüfenden Blick einschüchtern zu lassen. »Und Sie sind Myles Madison, der beste Schneider in Boston – behauptet jedenfalls Claire. Ich bin gut, Monsieur Madison, ich bin sicher, meine handwerklichen Fähigkeiten werden Sie mehr als zufriedenstellen. Und ich brauche dringend Arbeit.«

Sein Gesichtsausdruck wird etwas weicher, während er mich vom Scheitel bis zur Sohle mustert. Kein Hut, ein mehrfach geflicktes Kleid, abgetragene Schuhe und eine abgewetzte Handtasche. Kein Ring am Finger. Er begutachtet mich wie Maman ihre potenziellen Kundinnen, und ihm entgeht kein Detail.

»Ja«, erwidert er trocken. »Das ist offensichtlich. Was hat Claire Ihnen sonst noch über mich erzählt?«

Ich weiß nicht, worauf er hinauswill. »Nichts.«

»Nichts darüber, warum ich meine Mitarbeiter verloren habe?«

Ich schüttele den Kopf und bin jetzt doch etwas beunruhigt.

»Ich nehme an, Sie sind nicht verheiratet?«

»Bin ich nicht.«

»Das dachte ich mir. Wie alt sind Sie – achtzehn?«

»Ich bin einundzwanzig.«

»Sie haben noch nicht allzu viel von der Welt gesehen, richtig?«

»Leider doch, Monsieur, mehr, als mir lieb ist.«

»Aha.« Er geht zu einer kleinen Bar in der Zimmerecke. »Dann geht es Ihnen wie mir. Vielleicht sollte ich Ihnen erst mal ein bisschen über mich erzählen.« Er schenkt eine klare Flüssigkeit in ein Glas, starrt es einen Moment an und dreht sich dann zu mir um. »Entschuldigen Sie. Wo sind meine Manieren? Kann ich Ihnen einen Drink anbieten?«

Ein Blick auf die Uhr auf dem Kaminsims sagt mir, dass es noch vor zehn Uhr ist. »Nein, danke. Um diese Zeit trinke ich lieber Kaffee.«

Er prostet mir zu und nimmt einen tiefen Schluck. Dann verzieht er das Gesicht, dreht sich um und schenkt sich nach. Ich frage mich, ob er vergessen hat, dass ich da bin.

»Sie wollten mir von sich erzählen«, erinnere ich ihn.

»Ach so, ja. Nun, meine Kunden kommen aus außerordentlich wohlhabenden Kreisen, Miss Roussel – oder besser, sie kamen. Die Brahmanen von Boston, wie sie genannt werden, sind wichtige Männer mit wichtigen Jobs. Männer mit altem Geld und viel Macht und Namen, die bis auf die *Mayflower* zurückgehen. Wie alter Adel. Natürlich haben sie jede Menge Geheimnisse. Aber nicht vor mir. Ich sehe meine Kunden auch hüllenlos – wie ein Arzt. Es ist eine Beziehung, bei der es bisweilen gewisse Vertraulichkeiten gibt. Ich weiß, wessen Gesundheit angegriffen ist, wer in finanziellen Schwierigkeiten steckt und wessen Aktien sich gut verkaufen, wer seine Frau wegen einer Geliebten verlässt – und wer seine Geliebte mit dem attraktiven neuen Tennislehrer betrügt.«

Er macht eine Pause, um zu sehen, ob ich schockiert bin oder rot werde. Da beides nicht passiert, redet er weiter. »Wie Sie sich vorstellen können, treffe ich die Herren, die ich ankleide, selten bei gesellschaftlichen Anlässen. Dafür stehen sie viel zu weit über mir. Aber vor ein paar Wochen war ich mit Freunden in der Bar des Statler-Hotels und traf dort auf einen meiner Kunden, einen Mann mit großen politischen Ambitionen und einer matronenhaften Gesellschaftsdame als Ehefrau.«

Mit melodramatischer Stimme und Pose fährt er fort: »Lawrence Tate, von den Mayflower-Tates, niemand Geringeres. Natürlich war ich sehr überrascht, ihn dort anzutreffen. Aber er war noch überraschter.«

»Warum?«

Er sieht mich amüsiert an und lächelt etwas anzüglich. Mir fällt auf, wie gut aussehend er ist oder es zumindest gewesen sein muss. »Meine Liebe, der Klub, von dem ich rede, wird normalerweise von feinen Herren frequentiert, die nicht nach einer jungen Dame aus gutem Hause suchen, sondern nach Liebhabern, mit deren Nachnamen sie sich nicht lange aufhalten.«

Ich sage nichts.

»Verstehen Sie, worauf ich hinauswill?«

»Oui«, sage ich leichthin. »Und?« Ich sehe ungeduldig zur Uhr hinüber. Schließlich bin ich hergekommen, um nach Arbeit zu suchen. Wenn er mich nicht will, soll er es gleich sagen. »Werden Sie mich nun einstellen oder nicht, Monsieur?«

Er leert sein Glas und wendet sich wieder zur Bar. Beim Einschenken zittert seine Hand. Zum ersten Mal sehe ich die Zerbrechlichkeit unter seiner barschen Art. Er ist am Boden zerstört, möglicherweise auch krank. Das Letzte, was er jetzt braucht, ist noch mehr Alkohol.

Ich stehe auf und nehme ihm das Glas weg. »Lassen Sie das stehen. Ich mache Ihnen lieber etwas zu essen, und dann können wir über den Job reden.«

»Ich bin ein Homosexueller, Miss Roussel.«

Ich sehe ihn unverwandt an. »Versuchen Sie, mich zu schockieren? Damit ich Sie in Ruhe lasse?«

Er rauft sich die Haare. »Verstehen Sie, was das bedeutet?«

»Ja.«

»Und wissen Sie, was man Männern wie mir antut, wenn es herauskommt? Man wird ruiniert! Mit Lügen und Anschuldigungen. Bis man alles verloren hat. Und ich habe alles verloren, meine Liebe. Meine Kunden. Meinen Ruf. Alles, wofür ich gearbeitet habe, ist weg. Deshalb haben mich meine Mitarbeiter verlassen. Niemand will mehr für mich arbeiten.«

»Ich schon.«

»Haben Sie mich nicht verstanden? Es gibt keine Arbeit. Vielleicht ist das anders, wo Sie herkommen, aber hier werden Männer wie ich wie Parier behandelt.«

Ich sehe ihn fest an. »Wo ich herkomme, Monsieur, werden Männer wie Sie verhaftet und in Konzentrationslager deportiert, wo sie misshandelt oder ermordet werden. Niemand hat Sie festgenommen. Niemand hat Sie getötet. Solange Sie am Leben sind, können Sie neu anfangen.«

»Wie denn?« Er schüttelt langsam mit leeren Augen den Kopf. »Mir ist nichts geblieben.«

Ich schaue mich demonstrativ in dem elegant eingerichteten Laden um und vergleiche ihn im Geiste mit Mamans Salon in der Nacht, als ich aus Paris fliehen musste. Plötzlich werde ich sehr wütend.

»Sie haben keine Ahnung davon, was nichts ist«, antworte ich kalt. »Ich schon. In zwei Wochen ist mein letztes Geld aufgebraucht, und dann stehe ich auf der Straße. Haben Sie also einen Job für mich oder nicht?«

Er sieht mich ärgerlich an. »Es gibt hier keinen Job – weder für Sie noch für sonst wen –, denn es kommt niemand mehr her. Und wollen Sie wissen, warum?«

Eigentlich will ich es gar nicht wissen, aber das hält ihn bestimmt nicht davon ab, es mir zu erzählen.

»Einen Tag nach unserer zufälligen Begegnung kam besagter Mr Tate in den Laden, angeblich um sich eine Hose ändern zu lassen. Ich war alles andere als überrascht. Im Gegenteil, ich hatte mich schon gefragt, wie lange es dauern würde, bis er kommen würde, um seine Anwesenheit im Statler zu rechtfertigen. So nach dem Motto: ›Ich hatte ja keinen blassen Schimmer, was das für eine Bar ist. Ich komme mir so dumm vor, ich wollte dort nur einen Freund treffen. Wie hätte ich so was denn ahnen sollen?‹ Ich habe ihn nach hinten zur Ankleide geführt, um die Hose abzustecken. Und dann hat er mich gegen die Wand gedrückt und mir die Zunge in den Hals gesteckt.«

Mir bleibt der Mund offen stehen. Jede Frau hat so etwas schon einmal erlebt, aber ich hatte mir nie überlegt, dass auch Männer Objekt ungewollter Annäherungen werden konnten.

Er lacht auf. »Dann kann man Sie also doch schockieren!«

»Ich bin nicht schockiert. Ich hatte gedacht, die Geschichte würde anders ausgehen.«

Er zieht die Augenbrauen vielsagend in die Höhe. »Er hatte sich das auch anders vorgestellt, meine Liebe. Er dachte an eine kleine Vereinbarung zwischen uns. Höchst diskret, versteht sich. Und lukrativ, wenn ich es geschickt anstellte. Als ich dankend abgelehnt habe, ist er nach Hause gerannt und hat seiner Frau erzählt, ich hätte ihm Avancen gemacht. Ich! Ihm! Als ob ich an so einem Parasiten auch nur das geringste Interesse haben könnte! Aber das Gerücht hat sich wie ein Lauffeuer verbreitet. Diese Frau hat es allen erzählt, die es hören wollten. ›Myles Madison belästigt seine Kunden, weil er eine lüsterne alte Schwuchtel ist.‹«

Er streicht sich mit den Fingern über den Schnurrbart. »Aber warten Sie's nur ab, irgendwann kriegt die geschwätzige alte Kuh ihr Fett weg. So ein Typ wie ihr Mann macht früher oder später immer einen Fehler und dann kommt alles raus. Dann werden wir sehen, wer hier der Paria ist. Er wird zum Gespött der Leute in dieser puritanischen Stadt. Sie werden ihn in der Luft zerreißen wie ein Rudel wilder Hunde.«

Er schwankt etwas, und seine Worte klingen verwaschen. Ich betrachte ihn kühl. »Tja, ein schwacher Trost, wenn Sie bis dahin bankrott sind.«

»Ich werde nie bankrott sein. Geld ist vielleicht das Einzige, was ich habe, aber dafür habe ich haufenweise davon.«

»Wie schön für Sie«, sage ich scharf und wende mich zur Tür. »Auf Wiedersehen, Monsieur.«

»Wo gehen Sie hin?«

»Ich gehe mir einen Job suchen. Im Gegensatz zu Ihnen habe ich nicht haufenweise Geld.«

»Machen Sie das immer so? Im Morgengrauen bei Leuten klopfen, einen Streit vom Zaun brechen und dann wieder abhauen?«

»Erstens ist das Morgengrauen lange vorbei, wie Sie wissen würden, wenn Sie nicht schon halb betrunken wären. Zweitens bin ich nicht hier, um mich mit Ihnen zu streiten.« Ich starre ihn wütend an. »Claire hat gesagt, ich solle mich nicht abwimmeln lassen, aber ich gehe lieber. Selbstmitleid ist ein Luxus, den ich mir nicht leisten kann, und ich habe Angst, dass Ihr Selbstmitleid auf mich abfärben könnte. Entschuldigen Sie die Störung.«

»Sie sind ja noch ein Kind«, knurrt er. »Was wissen Sie denn schon?«

»Ich bin jung, aber ich bin kein Kind mehr. Ich habe Dinge gesehen, die niemand sehen sollte. Länder, die vom Bösen überrannt wurden. Ganze Familien wurden gefangen genommen und umgebracht. Männer, die von Kugeln durchsiebt wurden, und Frauen, die alles verloren haben, was sie geliebt haben. Es gibt viele Tragödien in der Welt, Monsieur. Gerüchte zähle ich nicht dazu. Sie prahlen damit, dass Sie nie bankrott sein werden, aber Ihre Haltung ist eine Bankrotterklärung. Sie sind ein gebrochener Mann – weil Sie es nicht anders wollen.«

Ich klemme mir die Handtasche unter den Arm. Ich will nur noch weg.

»Na gut«, entgegnet er seufzend. »Aber wenn ich Sie einstelle, müssen Sie mir versprechen, dass Sie mich nicht Monsieur nennen. Ich mag Französisch nicht.«

Mein Herz macht einen kleinen Sprung. »Was soll ich sonst zu Ihnen sagen?«

»Meine Freunde nennen mich Maddy.«

Ich brate Spiegeleier und koche starken Kaffee, und dann frühstücken wir zusammen in seiner kleinen sonnigen Küche. Während er raucht, erzähle ich ihm meine ganze Geschichte. Ich lasse nichts aus, denn irgendwie spüre ich, dass ich ihm meine Geheimnisse anvertrauen kann und dass ihn nichts schockiert. Ich erzähle ihm von Maman und Anson und der Résistance. Er erzählt mir von Richard, der Liebe seines Lebens, in den er sich in der ersten Nacht unsterblich verliebt hat. Wie Richard in seinen Armen starb, nachdem er den Kampf gegen den Krebs verloren hatte, und wie Richards Familie ihn von der Beerdigung verbannt hat. Ich erzähle von Dorothy Sheridan und Assia, wie sie mir meine Tochter weggenommen und sie beerdigt haben, ohne mich zu fragen. Wir weinen und halten einander neben den leeren Tellern bei den Händen. Und so wird aus uns eine Familie. Wir sind Seelenverwandte, verbunden in Trauer und Einsamkeit.

* * *

Das Läuten der Uhr auf dem Kaminsims holt mich in die Gegenwart zurück. Doch noch will ich meinen Erinnerungen nicht den Rücken zukehren. Ich leere mein Weinglas und nehme das gerahmte Foto vom Beistelltisch, das an dem Tag aufgenommen wurde, als mein Name unter Maddys in das Schaufenster graviert wurde. In seinem dunkelblauen Nadelstreifenanzug sieht Maddy besonders elegant aus. Er grinst in die Kamera, voll väterlichem Stolz darüber, was sein Vögelchen erreicht hat. So nannte er mich immer.

Es war ein fröhlicher Tag mit Kuchen und Champagner. Anschließend sind wir im Marlive essen gegangen, einem todschicken französischen Restaurant, das Maddy angeblich furchtbar fand, obwohl er dort jeden Kellner mit Namen begrüßte.

Wir haben zu viel Wein getrunken und bis zum Morgengrauen getanzt, um Madisons glorreiche Wiederauferstehung zu feiern.

Die glückliche Wende des Geschäfts war schnell gekommen, und zumindest teilweise dank einer neuen Damenkollektion an Abendkleidern. Maddy hatte mich etwas schamlos in der Bostoner Gesellschaft angepriesen, und zwar als berühmte Designerin aus Paris, die Hochzeitskleider für einige der anspruchsvollsten europäischen Damen entworfen hatte. Mir war es egal, dass das nicht ganz stimmte, denn es hätte ja gut sein können. Und so durfte ich zu guter Letzt die Kleider entwerfen, von denen ich immer geträumt hatte.

Ich nannte ihn meine gute Fee. Es war nicht nur ein lustiges Kosewort, sondern durchaus wahr. Ich habe so viel von ihm über Kleidung und das Geschäftliche und das Leben gelernt. Wie man die Kollektionen am besten verkaufte und welche Accessoires was ergänzten, wie man Zulieferer um den Finger wickelte, ein Kassenbuch führte und auf die Finanzen achtete, wie man sich eine Aura der Exklusivität gab, damit sich die Kunden um die Kleider rissen. Alles, was er mir beibrachte, saugte ich auf wie ein Schwamm.

Und dann kam der Tag, an dem sich alles veränderte. Eine gewisse Mrs Laureen Appleton erzählte während einer Anprobe, dass sich ihre Enkelin Catalina gerade verlobt hatte. Maddy, der keine Gelegenheit ausließ, um das Geschäft zu expandieren, erwähnte in aller Beiläufigkeit, dass sich die Enkelin ein Haute-Couture-Hochzeitskleid entwerfen lassen könnte. Ganz Boston würde vor Neid erblassen. Außerdem, flüsterte er gerade so laut, dass es alle hören konnten, hätten die Roussel-Kleider in Paris den Ruf gehabt, der Braut Eheglück zu bescheren.

Als in der Stadt bekannt wurde, dass die Braut bei der bedeutendsten Hochzeit der Saison ein Roussel-Kleid tragen würde, kamen immer mehr Aufträge herein. Am Anfang war noch keine Magie im Spiel. Wir brauchten eine Weile, um den

Ruf des Geschäftes wiederherzustellen. Ich entwarf Kleider für alle, die sie bezahlen konnten, und ich hatte wohl das Glück, dass die Bräute das Gerücht, das Maddy schamlos in Umlauf gebracht hatte, weiterverbreiteten. Bald schon hatte ich eine Warteliste mit Bräuten, die bereit waren, sich meiner Lesung zu unterziehen, wenn sie dadurch das Recht erwarben, eins meiner Kleider zur Hochzeit tragen zu dürfen. Wie Maman mit ihrem Rosenkranz wollten sie sich gegen Schicksalsschläge absichern. Irgendwie, und ohne dass ich es wirklich darauf angelegt hätte, war ich zur *Sorcière de la robe* geworden – zur Zauberschneiderin. Auf seltsame Weise war ich froh darüber. Vielleicht weil ich verstanden hatte, wie selten ein Happy End ist.

Schließlich richtete mir Maddy einen kleinen Salon und meine eigene Werkstatt im Obergeschoss ein. Ein Jahr später nahm mein Salon das ganze Stockwerk ein, und ich musste zwei Frauen einstellen, die sich um die Anproben kümmerten und einfachere Arbeiten erledigten. Man könnte fast sagen, dass ich im Kleinen meinen eigenen und den Traum meiner Mutter verwirklicht hatte.

Ein paar Jahre später fing Maddy an zu husten. Er rauchte fast zwei Schachteln pro Tag, und ich selbst hatte auch mit dem Rauchen angefangen. Es entspannte mich und gab meinen Händen etwas zu tun, wenn ich nicht am Arbeiten war. Bald schlackerten Maddy seine wunderschönen Anzüge um die Beine. Ich musste an Maman denken, wenn ich ihn ansah. Ich wusste, wie es weiterging. Doch dieses Wissen machte es auch nicht leichter zu ertragen.

Ich tat, was ich konnte, um es ihm so angenehm wie möglich zu machen. Ich kaufte ihm einen Fernseher, den er vorgab zu hassen, auch wenn er fast ununterbrochen fernsah. Jeden Abend las ich ihm nach dem Essen aus der Zeitung vor. Ab und zu rauchte ich sogar für ihn, wenn er mich um einen Zug bat. Dann lag ich neben ihm in der Dunkelheit und blies ihm den

Rauch zu, den er passiv inhalierte. Sein Arzt wäre im Karree gesprungen, hätte er es erfahren, aber mir war es egal. Ich hatte Maddy so viel zu verdanken, und ich gönnte ihm jeden Genuss, den er in seinen letzten Tagen bekommen konnte.

Er starb an einem Sonntag und vererbte mir das Geschäft und jeden Cent, den er besaß. Er hinterließ mir auch eine Notiz mit ein paar handgeschriebenen Worten.

Jetzt ist es dein Nest, mein Vögelchen. Zeit, die Flügel auszustrecken. Flieg! Flieg! Flieg!

Zwei Monate später stand nur noch mein Name am Schaufenster, zusammen mit der Aufschrift »L'AIGUILLE CHARMÉE« und darunter »DIE VERZAUBERTE NADEL« in klassischen goldenen Lettern.

Ich vermisse ihn immer noch sehr.

Er war mein Held – mein Vater, mein Mentor und mein unglaublich lieber Freund. Ich kannte seine Geheimnisse, und er kannte meine. Ich habe ihn auf die Palme gebracht, und er hat mich zum Lachen gebracht. Ich habe ihm seinen Lebenswillen zurückgegeben, und er hat mir eine Zukunft geschenkt.

Zweiunddreissig
RORY

Boston, 7. September 1985

Rory legte ihre Handtasche auf die Kommode und ließ sich aufs Bett sinken. Als sie sich die Schuhe auszog, fühlte sie sich von Hux beobachtet. Sie nahm das gerahmte Foto von ihrem Nachttisch und betrachtete es. Die Einsamkeit überkam sie mit solcher Wucht, dass es ihr schwerfiel zu atmen. War das alles, was ihr von ihm blieb? Ein Foto hinter einem viereckigen Glas?

Er war jetzt seit fast acht Monaten verschwunden, und es gab keine neuen Nachrichten. Wie lange wartete man, bevor man es aufgab, an ein Happy End zu glauben? Ein Jahr? Zwei? Und dann? Wie sähe ihr Leben aus, wenn Hux irgendwann keine Rolle mehr in ihren Wünschen und Träumen spielte?

Sie hätte die Galerie und müsste sich um die Künstlerinnen und Künstler kümmern, aber würde das ihr Leben ausfüllen? Oder würde sie enden wie Soline, die sich in ihrer Trauer von der Welt zurückgezogen hatte? Hux hätte das nicht gewollt.

Sicher hätte er ihr gewünscht, dass sie weitermachte – in allen Lebensbereichen. Aber wollte sie das? Es war unvorstellbar, dass jemand anders die grässliche Leere, die Hux' Verschwinden in ihr hinterlassen hatte, füllen könnte. Sie war sich auch nicht sicher, ob sie das überhaupt gewollt hätte. Sie liebte ihn von ganzem Herzen und so würde es sehr lange bleiben. Im Moment – und dieser Moment konnte sehr lange andauern – hatte sie die Galerie, um ihre Tage auszufüllen. So wie Soline ihren Salon gehabt hatte.

Und in der Galerie nahmen die Projekte Fahrt auf. Die Maler hatten am Morgen angefangen, und sie war geblieben, um sich anzusehen, wie das Schiefergrau an den Wänden wirkte. Im Laufe des Vormittags war sie gegen eine Leiter gelaufen, und dabei war eine Rolle aus der Farbwanne auf sie herabgefallen – aber der Farbton war perfekt. Und sie hatte ein Treffen mit Kendra Paterson vereinbaren können. Rory war im Jahr davor bei einer Kunstmesse in Portsmouth auf die großartigen gläsernen Meer-Skulpturen der Künstlerin aufmerksam geworden. Wenn alles klappte, würden ihre Werke bei der Eröffnung im Mittelpunkt stehen.

Jetzt musste sie ihre Mutter anrufen, um ihr zu erklären, warum sie am nächsten Tag nicht zum Brunch kommen konnte. Schon wieder. Sie zog ihre farbbespritzten Klamotten aus und ging mit dem Telefon zur Waschküche.

»Hallo, ich bins.« Rory zog eine Grimasse, als Camilla sich meldete. Sie hätte ihr zu gerne eine Nachricht aufs Band gesprochen.

»Lass mich raten: Du kommst morgen nicht.«

»Ja, leider. Ich muss ganz früh nach Freeport fahren, um mich mit einer Künstlerin zu treffen.«

»Gibt es nicht genug Hippie-Künstlerinnen in Boston?«

»Sie ist kein Hippie, Mutter. Es ist 1985. Es gibt keine Hippies mehr.« Sie schüttete Waschpulver in die Kammer der

Maschine und knallte die Tür mit voller Wucht zu. »Sie hat eine Vollzeitstelle und gibt nebenher Kunstunterricht. Aber morgen hat sie Zeit.«

»Mein Gott, was war das für ein Krach?«

»Die Waschmaschine. Ich war ungeschickt und habe mich mit Farbe bekleckert.«

»Du weißt schon, dass es Handwerker gibt? Es ist ja nicht so, dass du so knapp kalkulieren musst.«

»Natürlich weiß ich das. Genau gesagt wimmelt es vor Handwerkern in der Galerie. Aber ich wollte sehen, wie sich die Wandfarbe macht. Ich war ihnen zwar im Weg, aber sie waren trotzdem total nett.«

»Also kommst du gut voran?«

»Sehr gut. Langsam sieht es aus wie eine richtige Galerie. Wenn du willst, kannst du ja mal vorbeikommen.«

»Ja, gerne. Ich hatte nur in der letzten Zeit furchtbar viel zu tun. Aber ich bin froh, dass alles nach Plan läuft.«

»Wir sind sogar schneller als gedacht. Ich hoffe, dass wir schon nächsten Monat eröffnen können. Dabei fällt mir ein: Ich hatte Vicky und Hilly versprochen, dass ich ihnen Bescheid sage. Ich brauche ihre Adressen für die Einladungen. Und von allen anderen, von denen du meinst, dass ich sie einladen sollte.«

»Maureen Cordeiro und Laura Ladd. Oh, und Kimberley Covington Smith. Sie sind alle etwas jünger und sehr gut vernetzt. Nützliche Kontakte.«

»Danke«, sagte Rory begeistert. »Und du? Willst du eine Einladung?«

»Natürlich! Warum fragst du das überhaupt?«

»Ich war mir nicht sicher. Ich weiß, dass du von der Idee nicht überzeugt bist. Ich wollte dich nicht in eine Lage bringen, wo du entweder mit zusammengebissenen Zähnen kommst oder dir irgendeine Entschuldigung ausdenken musst.«

»Was redest du denn da? Ich bin deine Mutter, Aurora. Natürlich will ich an so einem wichtigen Tag in deinem Leben dabei sein. Apropos, hast du dir schon überlegt, wen du fürs Catering möchtest? Ich könnte ein bisschen herumtelefonieren, und etwas Fingerfood organisieren. Dann hättest du eine Sorge weniger. Außerdem brauchst du unbedingt Musik. Damit steht oder fällt eine Veranstaltung manchmal. Laurie Lorenz hat einmal den unverzeihlichen Fehler begangen, einen Pianisten zu engagieren, den sie vorher noch nie gesehen hatte. Der Mann spielte den ganzen Abend Schmachtlieder von Barry Manilow. Ich wollte ihr ja eine wunderbare Harfenspielerin vermitteln, aber sie hat sich nichts aus der Hand nehmen lassen. Es war eine Katastrophe.«

Rory biss sich auf die Lippen. Eine Harfenspielerin kam überhaupt nicht infrage. Man musste Camilla Grant lassen, dass sie Veranstaltungen organisieren konnte, aber die einzige Handschrift bei dieser Eröffnung sollte Rorys eigene sein. »Danke, aber ich habe schon ziemlich konkrete Vorstellungen. Und ich würde es alles gerne allein wuppen.«

Camilla seufzte. »Ganz, wie du willst. Aber wenn du mich brauchst, stehe ich dir jederzeit zur Verfügung. Und wie wäre es, wenn ich dir ein Styling spendiere?«

Alles, bloß das nicht! »Ich brauche kein Styling, Mutter.«

»Liebes … Wie kann ich es dir schonend beibringen? In den letzten Monaten hast du dich ein bisschen gehenlassen. Du wirkst etwas … verwahrlost.«

»Das klingt, als wäre ich eine Landstreicherin.«

»Na gut, das ist vielleicht übertrieben. Entschuldige. Aber du musst zugeben, dass du dich in letzter Zeit auf andere Dinge konzentriert hast. Es würde dir guttun, dich ein bisschen … aufzufrischen. Wenn ich mich sonst nicht einbringen darf, könnte ich dir dabei helfen. Wir besorgen dir ein neues Outfit, irgendwas Umwerfendes, und dann machen wir was Schönes mit deinen Haaren.«

»Ich brauche nichts Umwerfendes. So eine Veranstaltung soll es gar nicht werden – und zu der Galerie passt das auch nicht.«

»Wie du meinst. Dann suchen wir dir etwas nicht ganz so Umwerfendes. Wie wäre es mit nächstem Samstag? Ich mache einen Friseurtermin bei Lorna und buche auch gleich eine Maniküre dazu, was meinst du? Danach gehen wir im Seasons Mittag essen.«

»Mal sehen. Ich muss jetzt dringend unter die Dusche!«

»Also … Was ist mit Samstag?«

»Ich rufe dich gegen Ende der Woche an.«

Rory war sauer, dass ihre Mutter sie verwahrlost genannt hatte. Aber vielleicht war etwas dran. War sie wirklich verwahrlost? Sie wischte über den beschlagenen Spiegel und blickte in ihr Gesicht. Auf Wangen und Stirn waren Farbspritzer, und auch die Strähnen, die aus ihrem Pferdeschwanz gerutscht waren, waren mit dunkelgrauer Farbe verklebt. Sie zog sich das Haarband ab und schüttelte ihre unbändige Mähne. Die Haare fielen ihr weit über die Schultern und der Pony hing ihr in die Augen. Sie wusste nicht mehr, wann sie das letzte Mal beim Friseur gewesen war. Man erkannte jedenfalls, wie weit ihre blonden Strähnchen rausgewachsen waren.

Vielleicht hatte ihre Mutter nicht ganz unrecht. Sie hatte sich wirklich gehenlassen. Auch wenn Schubladen voller Make-up und ein strenges Hautpflegeregime nie ihr Ding gewesen waren, hatte sie sich doch immer um ihr Äußeres geschert. Vielleicht brauchte sie tatsächlich etwas Neues. Nichts Raffiniertes, aber etwas, das ein Zeichen setzte und ihre neue Rolle als Galeristin unterstrich.

Nach dem Duschen ging sie durch ihren Kleiderschrank. Mit ihren Klamotten beschäftigte sie sich nur widerwillig. Sie bekam schon Anfälle bei dem Gedanken daran, Anziehsachen zu kaufen. Ihr passte einfach nichts so richtig, so als wären alle Kleidungsstücke der Welt für andere gemacht. Sie war nicht klein und schmal wie ihre Mutter, sondern ziemlich groß mit langen Gliedmaßen, breiten Schultern und einem schmalen Becken. Sie hatte den Körperbau einer Schwimmerin.

Hinten im Schrank hingen ihre guten Sachen. Die meisten waren Geschenke ihrer Mutter, die die feminine Seite ihrer jungenhaften Tochter mehr betonen wollte. Eierschalen, beige, taubengrau und elfenbeinfarben, zwischendrin ein paar Pastelltöne. An manchen Stücken hingen noch die Verkaufsetiketten. Wenn sie nächste Woche mit ihrer Mutter einkaufen ginge, käme noch so ein Fummel hinzu.

Aus einem Impuls heraus rief sie Soline an.

»Hallo?«

»Ist das die Hotline meiner guten Fee?«

»Rory? Ist alles in Ordnung?«

»Ja, aber ich hätte eine Bitte. Ich brauche Hilfe, um ein Outfit für die Vernissage auszusuchen. Meine Mutter will mit mir shoppen gehen und meinen Stil von Grund auf ändern.«

»Wo ist das Problem?«

»Ich hasse Shoppen. Ich würde lieber zum Zahnarzt gehen und eine Wurzelbehandlung machen lassen. Und wenn meine Mutter dann immer alles kritisiert, was ich anfasse, dann will ich nur noch schreiend wegrennen. Das Dumme ist, ich glaube, sie hat recht. Wenn ich Galeristin werde, sollte ich meinen Look auffrischen. Und da hatte ich gehofft, dass Sie mir ein paar Anregungen geben könnten.«

»Sie wollen, dass ich mit Ihnen shoppen gehe?«

»Nein, nein, das meinte ich nicht. Vielleicht … könnten Sie mir sagen, was ich anziehen soll. Und wie. Und wo ich es kaufen kann. Oder noch besser, Sie helfen mir dabei, aus den

Sachen, die ich schon habe, das Beste zu machen, sodass ich gar nicht einkaufen gehen muss.«

»Wann wollen Sie das machen?«

»Je eher, desto besser. Wenn ich meiner Mutter sagen kann, dass ich schon ein Outfit habe, und ihr verspreche, dass ich mir die Haare schneiden lasse, dann muss ich vielleicht nicht mit ihr losziehen. Ich will keinen komplett neuen Stil, aber ich hätte gerne Ihre Hilfe. Sie sehen immer so elegant aus. Ich kann auch etwas für uns kochen, als kleine Gegenleistung.«

»Vielleicht sollten Sie lieber mit Ihrer Mutter einkaufen gehen, Rory. Es könnte dabei helfen, die Spannung zwischen Ihnen beiden etwas abzubauen. Vermutlich steckt das auch hinter ihrem Angebot.«

»Ach was – ich bin sicher, sie will nur sicherstellen, dass ich sie nicht vor ihren Freundinnen blamiere.«

»Das klingt aber nicht sehr fair Ihrer Mutter gegenüber. Bestimmt möchte sie, dass dieser Abend ein voller Erfolg wird.«

»Ich bin nicht unfair, ich will nur kein großes Tamtam. Es wäre toll, wenn Sie mir helfen könnten.«

»Na gut, ich könnte morgen zu Ihnen kommen. Aber Sie brauchen nichts zu kochen.«

»Wunderbar! Ich treffe mich morgens mit einer Künstlerin in Freeport, aber ich müsste um drei wieder zu Hause sein. Wir können uns Pizza bringen lassen.«

»Pizza klingt gut. Aber bloß nicht dieser Quatsch mit Ananas.«

* * *

Soline kam um kurz nach vier und wirkte mühelos elegant in einer eng geschnittenen schwarzen Hose und einer weichen grauen Tunika. Dazu trug sie spitze, flache Ballerinas und schwarze Handschuhe und sah wie immer perfekt aus.

Solines lässig-eleganter Look erfüllte Rory mit einer Portion Neid. Nur Soline Roussel konnte im September Glacéhandschuhe tragen, ohne albern zu wirken. »Vielen Dank, dass Sie zugesagt haben. Es ist mir schwergefallen, Sie darum zu bitten, aber ich habe wirklich keine Ahnung, wenn es um Mode geht. Und es ist ja klar, dass ich auf einem Laufsteg nichts zu suchen hätte.«

»Das wollen wir doch mal sehen«, sagte Soline voller Tatendrang. »Zeigen Sie mir Ihren Kleiderschrank, damit ich mir ein Bild von der Situation machen kann. Und dann können wir uns unterhalten.«

Rory führte sie ins Schlafzimmer und öffnete die Schranktüren. »Bitte schön. Die Alltagsklamotten sind hier und die schickeren Sachen hängen weiter hinten. Die hat zum größten Teil meine Mutter gekauft.«

Soline ging mit militärischer Effizienz vor, hielt gelegentlich inne, um einen Kragen oder den Schnitt einer Bluse zu inspizieren, wobei sie mit der Zunge schnalzte oder missbilligende Geräusche machte. Schließlich drehte sie sich zu Rory um und verkündete trocken: »Ein Albtraum.«

»Ja, das Zeug ist wirklich scheußlich.«

»Nein, im Gegenteil. Die Sachen sind schön. Ihre Mutter hat einen hervorragenden Geschmack.«

»Haben Sie nicht eben gerade gesagt, es sei ein Albtraum?«

»*Oui*. Für Sie schon. Ich kann verstehen, warum Sie das meiste nie angezogen haben. Diese Stücke wurden für kleine, schmale Frauen entworfen. *Sie* sind nicht *petite*.«

»Stimmt«, sagte Rory mit leichtem Bedauern. »Das weiß ich ja auch.«

»Es ist überhaupt keine Kritik, *chérie*. Es ist nur eine Tatsache. Und wenn es um Kleidung geht, müssen wir mit den Tatsachen arbeiten.«

»Ich bin halt eine dieser Frauen, für die es nichts Schönes zum Anziehen gibt.«

»Für jeden gibt es etwas Schönes zum Anziehen. Aber die meisten Leute zäumen das Pferd von hinten auf. Sie konzentrieren sich auf die Mode und nicht auf den Stil.«

»Was ist denn der Unterschied?«

Soline sah sie entgeistert an. »Oh, Rory!«

»Was?«

»Schauen Sie mal.« Soline zog verschiedene Kleidungsstücke aus dem Schrank und warf sie aufs Bett. »Dieser Rock. Schön, aber zu kurz für Sie. Und mit den Rüschen am Saum sehen Sie aus wie ein Lampenschirm. Diese taillierte Jacke. Voll süß, würden Teenager sagen, aber nicht an Ihnen. Diese Bluse mit den Puffärmeln und den kleinen Perlenknöpfen. Nein. Nein. Nein. Diese Kleider sollten einer anderen Frau gehören. Sie müssen Ihren eigenen Stil finden.«

»Und wenn ich keinen eigenen habe?«

»Seien Sie nicht albern. Jeder hat einen Stil. Die meisten Frauen versuchen allerdings nie, ihn zu finden. Es ist einfacher, in eine Modezeitschrift zu gucken oder den ›Denver Clan‹ anzuschalten und die anderen zu imitieren. Deshalb sieht auch alles gleich aus in den Geschäften. Weil alle gleich aussehen wollen. Sie wollen alle Vanille sein. Aber Sie sind nicht Vanille, Rory. Sie sind wunderbar und außergewöhnlich, und eine ganz eigene Geschmacksrichtung. Sie verstecken sich schon so lange in diesen jungenhaften Klamotten, dass Sie sich selbst nicht mehr sehen können.«

Rory wurde rot. Es stimmte. Vielleicht hatte sie sich noch nie gesehen. »Ja, aber was soll ich denn anziehen? Ich hasse es, mich damit zu beschäftigen. Letztlich ist es sowieso egal. Am Ende sieht alles doof aus.«

»Aber wenn Sie die richtigen Kleidungsstücke kaufen, müssen Sie sich nicht mehr damit beschäftigen. Dann passt alles zusammen. Wie die Stücke, die Sie für Ihre Galerie aussuchen. Sie wollen, dass sie den Leuten etwas sagen. Sie wollen eine Botschaft rüberbringen. Mit Kleidung ist es das Gleiche.«

Soline nahm sie bei der Schulter und drehte sie zum Spiegel. »Sehen Sie mal, wie stark und breit Ihre Schultern sind. Die langen Beine und die schmale Hüfte. Sie sind schlank, aber nicht so dürr wie diese albernen Models. Sie signalisieren Kraft – oder zumindest werden Sie es tun, wenn wir Sie richtig anziehen. Sie brauchen Kleidung, die die Formen Ihres Körpers betont, anstatt ihn zu verstecken. Gut geschnittene Blusen und Blazer. Hose mit weiter Passform, um unten und oben ins Gleichgewicht zu bringen. Nadelstreifen. Karos. Ja, und Tweed. Kräftige Farben würden wunderbar zu Ihrem Teint passen. Kein Beige mehr. Und auf gar keinen Fall Spitze.« Sie lächelte und zwinkerte Rorys Spiegelbild zu. »Es sei denn drunter.«

Rory starrte sich im Spiegel an und versuchte, sich vorzustellen, wie sie statt des Red-Sox-T-Shirts und der ausgebeulten Jogginghose die von Soline beschriebenen Kleidungsstücke trug. »Und das alles haben Sie in diesen zwanzig Minuten herausgefunden?«

Soline zuckte mit den Achseln. »Ich ziehe Frauen seit vierzig Jahren an. Nächste Woche gehen wir shoppen.«

»Wir? Meinen Sie, wir beide?«

»Es sei denn, Sie haben keine Lust dazu.«

»Nein, das wäre wunderbar, aber sind Sie sicher?«

»Ja. Aber nur dieses eine Mal. Sehen Sie es als Training. Danach machen Sie es alleine. Oder mit Ihrer Maman. Jetzt zucken Sie nicht zusammen. Wenn Sie erst mal begriffen haben, was gut an Ihnen aussieht, haben Sie auch das Selbstvertrauen, die Sachen alleine auszusuchen. So funktioniert das mit dem

Stil.« Sie musterte Rorys Haare mit kritischem Blick. »Und haben Sie mal daran gedacht, sich die Haare kurz schneiden zu lassen?«

Rorys Spiegelbild zog eine Grimasse. »Ich weiß, ich müsste dringend mal die Spitzen schneiden lassen. Es steht schon auf der Liste.«

»Nein, ich meine so kurz.« Soline nahm Rorys Haare im Nacken zusammen und hielt sie ihr auf den Scheitel. »Sie haben tolle Wangenknochen und einen wunderschönen Hals. Wenn Sie die Haare kurz tragen würden, kämen auch Ihre Augen mehr zur Geltung. Und Ihr Haar ist wirklich super. Paul würde es sicher zu gerne in die Finger kriegen.«

Rory musste grinsen. »Meine Mutter würde Zustände kriegen. Sie findet ja jetzt schon, dass ich wie ein halber Junge aussehe.«

»Sie würden nicht wie ein Junge aussehen, *Aurore*. Nur schön. Und chic.«

»Chic«, wiederholte Rory leise und sah Soline durch den Spiegel an. »Ich?«

»*Oui, chérie* – Sie.«

Rory starrte in den Spiegel und versuchte, sich vorzustellen, wie so ein Haarschnitt an ihr aussehen würde. Und wie ihre Mutter darauf reagieren würde. Sie hatte sie mal gefragt, ob sie sich die Haare abschneiden dürfe. Damals hatte sie gerade mit dem Schwimmen angefangen und es immer lästig gefunden, ihre Mähne unter die Badekappe zu zwängen. Aber ihre Mutter wollte nichts von einem Kurzhaarschnitt wissen: »Junge Damen schneiden sich nicht aus praktischen Gründen die Haare.« Seitdem war es Rory nicht mehr in den Sinn gekommen, die Haare kurz zu tragen. Bis jetzt. Sie musste es auf jeden Fall machen, ohne ihrer Mutter vorher davon zu erzählen. Die würde es ihr sonst bestimmt ausreden, und Rory wusste, dass sie das nicht wollte.

Soline sah sie fragend an. »Was denken Sie?«

»Ich glaube, ich hätte Lust dazu. Aber meiner Mutter sage ich nichts davon, bis es geschehen ist. Es wird ihr nicht gefallen, aber danach ist es zu spät.«

Soline schwieg, aber sie hatte die Mundwinkel herabgezogen.

Rory lächelte sie schuldbewusst an. »Ich weiß, ich habe Sie schon viel zu lange in Beschlag genommen. Wie viel bekommt so eine gute Fee heutzutage denn pro Stunde?«

»Darum geht es nicht«, sagte Soline und ließ Rorys Haare auf ihre Schultern fallen. »Ich helfe sehr gerne.«

»Was ist es dann?«

»Ich werde das Gefühl nicht los, dass Ihre Mutter es mir übel nimmt, wenn ich Ihnen zu einem neuen Stil verhelfe. Wenn ich Sie richtig verstanden habe, ist sie eine der Frauen, die es nicht schätzen, wenn sich andere Frauen in ihr Leben einmischen. Wäre ich an Camillas Stelle, würde es mir wahrscheinlich ähnlich gehen.«

Rory dachte darüber nach. Der Einwand war sicher gerechtfertigt. Soline war die Letzte, die sich Camilla als Modeberaterin für ihre Tochter gewünscht hätte – oder als sonst irgendwas. Aber Rory brauchte dringend Rat. In so vielen Dingen. Von einer Person, die wusste, wie es war, sich neu zu erfinden, wenn das Leben einen umgeworfen hatte. Camilla dagegen war schon immer so gewesen, wie sie jetzt war. Stur und perfekt und die Herrscherin über jedes kleinste Detail in ihrem Leben.

»Dann müssen wir halt aufpassen, dass sie es nicht erfährt«, sagte Rory nach einer Weile. »Ich sage ihr einfach, dass es meine Idee war. Okay, wie finde ich diesen Paul? Hieß er so?«

»Wenn Sie sich sicher sind, kann ich ihn morgen anrufen und Sie dazwischenschieben lassen.«

Rory musste sich beherrschen, um Soline nicht in den Arm zu nehmen. »Wie aufregend! Vielen Dank!«

Solines Mundwinkel zuckten, als wollte sie noch etwas sagen, aber dann bemerkte sie nur leichthin: »Dafür sind gute Feen schließlich da.«

Dreiunddreissig

RORY

Boston, 14. September 1985

Rory hielt den Atem an und wiederholte im Stillen Solines Worte, während ein weiteres Büschel Haare in den Schoß ihres schwarzen Nylonumhangs fiel. *Wenn es um Haare geht, geh zu Paul Ramone und seinen Mitarbeitern im Bella Mia. Das sind die Besten.* Daran bestand kein Zweifel. Aber während sie dort inmitten ihrer frisch geschnittenen Locken saß, betete sie, dass sie keinen Fehler gemacht hatte, den sie monatelang bereuen würde.

Paul hatte ihr dunkle Strähnchen und einen frechen Pixie-Schnitt vorgeschlagen. Sie hatte ihm grünes Licht gegeben und hielt den Atem an, als er sich an die Arbeit machte. Anderthalb Stunden später waren ihre Haare gesträhnt, shampooniert, geschnitten und geföhnt, und jetzt wurden sie *entdichtet* – was auch immer das heißen mochte. Soline tat derweil hinter ihrer Zeitschrift so, als würde sie sie nicht beobachten.

Es war bereits ein voller Tag gewesen, der mit einem Besuch bei Neiman Marcus angefangen hatte. Solines Einkaufsberaterin,

Lila, hatte die Laufarbeit im Voraus erledigt, sodass bei ihrer Ankunft ein ganzes Regal mit sorgfältig zusammengestellten Stücken auf Rory wartete. Sie musste die Sachen nur noch anprobieren.

Am Ende ließ sie dort mehr Geld, als sie für all ihre Klamotten zusammen ausgegeben hatte, aber die neuen Kleider gaben ihr ein umwerfendes Gefühl. Tatsächlich war sie von ihrem neuen Look so begeistert, dass sie beschloss, ein Outfit gleich anzubehalten.

Sie verließ den Laden aber nur mit einer Handvoll Tüten, weil sie den Großteil ihrer Einkäufe für Änderungen zurückgelassen hatte. Sie hatte sich zunächst dagegen gesträubt, bis Soline ihr erklärt hatte, dass schöne Kleider – wie schöne Frauen – es verdienten, von ihrer besten Seite gezeigt zu werden. Und das bedeutete, dass sie wie angegossen sitzen mussten.

Ironischerweise war das Einzige, was sie nicht gefunden hatten, ein Outfit für die Vernissage. Lila bat um eine weitere Chance und versprach, rechtzeitig ein perfektes Outfit parat zu haben. Rory hatte nur zu gerne zugestimmt. Sie musste zugeben, dafür, dass sie sich nie für Mode interessiert hatte, genoss sie die Aschenputtel-Erfahrung allemal.

Es brauchte einen Moment, ehe sie bemerkte, dass Pauls Schere verstummt war. Er war einen Schritt zurückgewichen und begutachtete ihre Frisur mit zusammengekniffenen Augen. Nach einem kurzen Moment schüttelte er den Kopf. »Nein. Noch nicht ganz.«

Rorys Augen glitten besorgt zu Soline. »Kürzer über den Ohren, finde ich«, sagte sie zu Paul. »Und der Pony könnte noch etwas weicher ausfallen.«

Rory war sich nicht sicher, was sie verblüffender fand. Die Worte »Kürzer über den Ohren« oder dass Soline einem von Bostons meistgefragten Haarstylisten vorschrieb, wie er seinen Job zu erledigen hatte. »Kann ich jetzt *bitte* gucken?«

Pauls und Solines »Nein« kam zeitgleich. Paul ermahnte sie, still zu halten, wenn sie nicht so enden wollte wie van Gogh. Sie schloss den Mund, und das Schnippschnapp der Schere begann von Neuem. *Es wächst wieder nach*, erinnerte sie sich. *Irgendwie, irgendwann.*

Zwanzig Minuten später nahm Paul Rory den schwarzen Nylonumhang ab und drehte ihren Stuhl so, dass sie sich im Spiegel sehen konnte. »*Voilà!*«

Rory blinzelte die Frau an, die ihr aus dem Spiegel entgegenstarrte. Ihre Augen wirkten größer, ihre Wangenknochen schienen ausgeprägter. Sie fuhr sich mit den Fingern durch die kurzen Wellen und bewunderte die dezenten dunklen Strähnchen, die Paul ihr verpasst hatte. Sie berührte die nun unbedeckte Haut in ihrem Nacken, dann ihre entblößten Ohren. Sie fühlte sich nackt. Und auf seltsame Weise befreit. Sie wusste jetzt schon, was ihre Mutter davon halten würde, aber was war mit Hux? Sie sah nicht mehr wie die Rory aus, die er zurückgelassen hatte.

»Ich sehe …«

»… chic aus«, beendete Soline ihren Satz, als sie hinter Rorys linker Schulter auftauchte. »Und elegant. Und wunderschön.«

Rory blickte flüchtig in ihr Spiegelbild. »Wirklich?«

»Wie eine echte Galeristin.«

Rory drehte sich um und strahlte Paul an. »Sie vollbringen Wunder.«

Er zuckte mit den Schultern und winkte ab. »Wer hätte gedacht, dass sich hinter so einer Matte eine wahre Schönheit versteckt? Aber versprechen Sie mir, dass Sie uns beiden das nicht noch einmal antun. Wir sehen uns in fünf Wochen wieder. Und danach alle fünf Wochen. Kurzes Haar will gut gepflegt werden. Auch mit Schaumfestiger.« Er reichte ihr eine große silberne Sprühdose. »Ein Klecks in der Größe eines Golfballs. Nicht mehr, sonst wird es brüchig. Und jetzt nicken, damit ich weiß, dass Sie mich verstanden haben.«

Rory nickte gehorsam. »Wie viel schulde ich Ihnen?«

»Für heute? Nichts! Ich bin froh, dass ich Ms Roussel diesen Gefallen tun konnte. Ich schulde ihr weiß Gott noch tausend weitere. Und ich bitte Sie, das Trinkgeld stecken zu lassen. Ich will es nicht.« Er hielt kurz inne und zwinkerte ihr zu. »Zumindest dieses Mal nicht.«

Paul und Soline umarmten sich und tauschten ein paar Worte aus, während Rory ihre Handtasche und die Einkaufstüten zusammensuchte. Soline lächelte.

»Sie sind hinreißend, *ma petite*. So hinreißend, dass wir uns auf der Stelle duzen sollten.«

»Oh, ja, gerne! Ich weiß nicht, wie ich … dir für heute danken soll.«

»Du brauchst dich nicht zu bedanken. Dafür sind gute Feen nun einmal da.«

»Ich lade dich trotzdem zum Essen ein. Selbst gute Feen müssen mal etwas essen. Ein Stück die Straße runter ist das Seasons. Da bestellen wir uns etwas Dekadentes, und dann bringe ich dich nach Hause.«

Es war schon fast vier Uhr, als sie beim Seasons ankamen. Die Mittagsgäste waren längst gegangen. Die Kellnerin gab ihnen einen Terrassenplatz und bemerkte mit einem Blick auf Rorys Einkaufstaschen, dass die beiden den ganzen Tag damit verbracht haben mussten, Geschäfte leer zu räumen.

Sie bestellten sich Limonade und gingen die Tagesangebote durch. Schließlich entschieden sie sich für Shrimp-Fladenbrot und einen Salat, den sie sich teilen würden. Als die Kellnerin mit den Drinks und einem Brotkorb wiederkam, erhob Rory ihr Glas, um anzustoßen.

»Auf die beste gute Fee, die sich ein kleines Mädchen wünschen kann.«

Soline lächelte und hob ebenfalls ihr Glas, aber ihre Bewegung wirkte angestrengt. Rory senkte ihres wieder. Ihr wurde plötzlich bewusst, wie rücksichtslos sie in ihrer Aufregung gewesen war. »Es tut mir leid. Du bist müde. Komm, wir lassen uns das Essen einpacken und ich bringe dich nach Hause.«

»Sei nicht albern. Wir sind doch hier. Ich gehe nur kurz zur Toilette und mache mich frisch.«

Rory hatte Gewissensbisse, als sie Soline ins Restaurant verschwinden sah. Sie hatten so einen wundervollen Tag verbracht, dass sie nicht wollte, dass er zu Ende ging. Leider hatte sie dabei vergessen, dass Soline knapp vierzig Jahre älter war und sie beinahe sechs Stunden unterwegs gewesen.

»Aurora?«

Rory fasste sich instinktiv in die frisch geschnittenen Haare, als sie Camilla erblickte, die schnurstracks auf sie zueilte.

»Mein Gott, was hast du mit deinen Haaren angestellt?«

»Ich habe sie abgeschnitten.«

»Bitte sag mir nicht, dass Lorna dir das angetan hat?«

»Nein. Paul.«

»Wer zur Hölle ist Paul?«

»Der Besitzer des Bella Mia. Und mir gefällt es sehr gut. Also bitte behalte deine Kritik für dich.«

Das plötzliche Zuschnappen von Camillas Mund verriet, dass sie genau das Gegenteil gerade vorgehabt hatte. Stattdessen musterte sie mit zusammengekniffenen Augen den Leinenanzug, den Rory im Laden gleich anbehalten hatte. »Und die Klamotten?«

Rory lächelte, fest entschlossen, nicht auf die Frage hereinzufallen. »Du wolltest, dass ich mich aufpeppe, und genau das habe ich gemacht.«

Sie hielt inne und zeigte auf die vielen Taschen zu ihren Füßen. »Ich war den ganzen Tag shoppen.«

»Aha, ich verstehe. Und seit wann gehst *du* shoppen?«

»Seitdem du mir gesagt hast, dass ich verwahrlost aussehe. Du hattest recht. Es war Zeit für einen neuen Stil.«

»Und du hast dir die Sachen selbst ausgesucht?«

Rory widerstand dem Drang, sich in ihrem Stuhl zu winden. »Was machst du überhaupt hier, Mutter?«

»Ich war nur kurz bei Cartier, um meine Uhr abzuholen. Mir ist die Aufzugswelle vor ein paar Wochen abgebrochen.« Ihr Blick blieb beim zweiten Teller hängen. »Und du bist gerade beim Mittagessen. Mit wem?«

Rory wollte gerade antworten, als sie Soline entdeckte, die sich ihren Weg zurück zum Tisch bahnte. Camilla folgte ihrem Blick. »Wer ist das?«

»Das ist Soline.«

»Sie hat dir also beim Shoppen geholfen?«

»Ja.«

»Und die Frisur. War das auch ihre Idee?«

»Ich wollte etwas Neues. Etwas … anderes.«

»Nun ja, das hast du zweifellos gefunden.«

Camilla verstummte, als Soline näher kam. Die Stille zog sich noch etwas in die Länge, als die beiden Frauen sich gegenüberstanden. Schließlich räusperte sich Rory. »Soline, das ist meine Mutter Camilla Grant. Mutter, das ist Soline Roussel.«

»Ah, ja«, trällerte Camilla mit einem zuckersüßen Lächeln. »Die Vermieterin, von der ich schon so viel gehört habe. Endlich lernen wir uns einmal kennen.«

»Ja«, antwortete Soline mit einem höflichen Nicken. »Endlich.«

»Ist das nicht verrückt? Ich habe nur ein paar Besorgungen gemacht und bin zufällig hier vorbeigekommen. Sie hatten hier doch immer diesen wahnsinnig tollen Hummersalat. Rory, über den haben wir doch neulich erst gesprochen, stimmts? Und jetzt ist Rory mit Ihnen hier zum Lunch.«

Soline deutete auf den leeren Stuhl neben sich. »Setzen Sie sich doch zu uns.«

»Ach, ich weiß nicht. Ich will mich nicht aufdrängen.« Sie hatte die Worte kaum ausgesprochen, als sie auch schon den leeren Stuhl unter dem Tisch hervorzog. »Andererseits will ich mir auch nicht die Chance entgehen lassen, mit der berühmt-berüchtigten Soline Roussel zu Mittag zu essen.«

Soline hob ihre Augenbrauen. »Ganz sicher nicht berühmt-berüchtigt.«

Camillas Glücksarmband klimperte, als sie ihre Serviette ausschüttelte und auf ihrem Schoß ausbreitete. »Ich wollte damit nur sagen, dass mir meine Tochter viel von Ihnen erzählt hat. Und von Ihrem Laden. Was für ein Pech mit dem Feuer.«

Soline griff nach ihrem Wasserglas, spürbar verunsichert durch die Erwähnung des Feuers. »Sie hat mir auch von Ihnen erzählt«, sagte sie nach einem kleinen Schluck. »Tatsächlich spricht sie sehr viel über Sie.«

Camilla hielt Solines Blick einen Moment länger als nötig. »Tut sie das?«

Rorys Magen zog sich zusammen, während sie dem Wortgefecht der beiden Frauen lauschte. Ihr war schmerzlich bewusst, worüber gesprochen wurde – und worüber nicht. Sie musste das Gespräch in eine andere Richtung lenken, um zu verhindern, dass sich der passiv-aggressive Ton ihrer Mutter in einen offen-aggressiven verwandelte.

Sie wollte gerade damit herausplatzen, dass sie die Lichtinstallationen in der Galerie endlich fertiggestellt hatte, als die Kellnerin mit einem Tablett auftauchte. Ihre Augen wanderten von Camilla zu Rory. »Sorry. Ich wusste nicht, dass noch jemand Drittes kommen würde. Ich stelle kurz das Tablett ab und hole eine Speisekarte und Besteck.«

Camilla winkte mit ihrer perfekt manikürten Hand ab. »Ist nicht nötig. Bringen Sie mir einfach einen guten Chardonnay und einen Teller von diesem herrlichen Hummersalat, falls Sie den noch haben. Oh, und das Dressing extra, wenn es Ihnen keine allzu große Mühe macht.« Als die Kellnerin fort war, begutachtete Camilla das frisch gebrachte Essen. »Sieht das nicht köstlich aus? Und ihr teilt euch den Salat, wie wundervoll! Bitte, wartet nicht auf mich. Mein Salat kommt bestimmt auch gleich.«

Rory kochte, als sich ihre Mutter ein Stück Brot aus dem Korb nahm und nach Rorys Messer griff, um Butter darauf zu streichen. Das war die Strafe für ihre Untreue, wurde ihr bewusst. Genauso hatte Camilla ihren Mann jedes Mal bestraft, wenn eine Affäre ans Licht kam und sie vor ihren Freundinnen lächerlich gemacht hatte.

»Aurora hat mir erzählt, dass Sie ihr beim Shoppen geholfen haben«, sagte Camilla zwischen zwei Bissen Brot. »Das ist furchtbar nett von Ihnen. Ich muss allerdings zugeben, dass es mich etwas überrascht hat. Meine Tochter hat sich nie wirklich für Mode interessiert. Nicht, dass ich es nicht versucht hätte. Sie war so ein jungenhaftes Mädchen. Immer kletterte sie auf irgendwelche Bäume oder spielte mit Bällen. Ich konnte das Kind einfach nicht sauber halten.«

»Das *Kind* ist mittlerweile erwachsen geworden«, murmelte Rory. »Und sitzt direkt neben dir, falls dir das entgangen sein sollte.«

Camilla wandte sich an Soline, als hätte Rory nichts gesagt. »Die Frisur ist … interessant. War das Ihre Idee?«

»Rory fand, dass die bevorstehende Vernissage ein guter Anlass für einen neuen Look sei.«

»Das ist ihr eindrucksvoll gelungen, das muss ich schon sagen. Ich habe sie aufgezogen und wäre beinahe an ihr vorbeigegangen. Können Sie sich das vorstellen?« Daraufhin drehte sie sich zu Rory und schaute sie an. Ihre Blicke trafen sich für einen unangenehmen Moment. »Es hat schon was Verstörendes, wenn man seine eigene Tochter nicht wiedererkennt.«

Rory sah sie an, erschüttert von dem Schmerz, der in den Augen ihrer Mutter stand. Keine Wut. Keine Eifersucht. Schmerz. Und sie hatte ihn verursacht. Sie hatte sich so von der Magie des Nachmittags treiben lassen, dass sie nicht darüber nachgedacht hatte, wie sich ihre Mutter fühlen würde, wenn sie erneut von Soline verdrängt wurde. Soline hatte sie gewarnt, dass das passieren könnte. Und hier waren sie nun, von Angesicht zu Angesicht, gereizt und unbehaglich.

»Die Frisur war meine Idee, Mutter. Ich wollte …«

Camilla sah Soline an und unterbrach Rory mitten im Satz. »Ich kam nicht umhin festzustellen, dass Sie meine Tochter Rory nennen.«

»So nennt sie sich selbst.«

»Ihr Vater und ich mochten Aurora immer lieber.«

»Ja, das hat sie mir erzählt. Kommt der Name in der Familie häufiger vor?«

»Nein. Uns gefiel er einfach. Wir mochten die Kurzform noch nie. Sie klingt so jungenhaft, finden Sie nicht?«

»Ach, ich weiß nicht …« Soline neigte den Kopf und beäugte Rory lächelnd. »Es klingt jung und lebendig. Ich finde, es passt zu ihr.«

Rory war kurz davor, in lautes Gelächter auszubrechen. Soline schien hingegen keine Probleme zu haben, ihre Haltung zu bewahren. »Eigentlich«, sagte Rory und schob dabei ein Fladenbrot auf ihren Teller, »hat mein Vater mich zuerst Rory genannt. Er wollte einen Jungen und hat stattdessen mich bekommen.« Sie machte eine kurze Pause, um einen dramatischen Seufzer von sich zu geben. »Meine armen Eltern! Ich konnte es beiden nicht recht machen.«

Camilla warf ihren Kopf in den Nacken. »Im Ernst, Aurora. Wie kannst du nur so etwas sagen?«

Rory schluckte ihre Antwort hinunter, als die Kellnerin mit Camillas Essen auftauchte. Eine Weile kehrte Ruhe am Tisch ein. Camilla hob ihre Gabel und stocherte argwöhnisch an ihrem Hummer herum. Rory beäugte sie wachsam, während sie an ihrem Fladenbrot herumknabberte. Sie war dankbar für die sicherlich nur vorübergehende Waffenruhe.

Soline pickte die Stückchen roter Zwiebel aus ihrem Salat und verbannte sie an den Tellerrand. Als die Stille unerträglich wurde, wandte sie sich an Camilla. »Rory hat mir erzählt, dass Sie Präsidentin des Women's Art Council sind, Mrs Grant. Da muss es Sie besonders stolz machen, wie Rorys Träume für die Galerie langsam Gestalt annehmen.«

»Nun, ja«, antwortete Camilla sichtbar genervt von der Frage. »Natürlich bin ich stolz. Aurora ist wie ich mit der Kunst aufgewachsen. Es liegt ihr im Blut. Ich hatte gehofft, dass sie ihren Abschluss macht und ihre Ausbildung in Paris fortsetzt. Aber sie ist jung und hat dafür später noch Zeit.«

»Sie meint, ich werde dafür Zeit haben, nachdem ich *versagt* habe«, warf Rory bissig ein. Denn genau das meinte ihre Mutter damit. Früher oder später würde sie alles vermasseln und erst zu spät merken, dass sie sich übernommen hatte. Dann würde sie wieder einen vernünftigen Weg einschlagen. »Vernünftig« war das Lieblingswort ihrer Mutter. Nicht die vorgezeichneten Pfade verlassen. Nicht den Überblick verlieren. Und am wichtigsten: keinen Grund zur Blamage zu geben.

Camilla seufzte und stellte einen ihrer leidenden Gesichtsausdrücke zur Schau. »*Das* habe ich nicht gesagt. Aber wir haben darüber doch gesprochen, Aurora. Die Dinge, von denen du ständig sprichst, haben keine Zukunft. Sachen wie Tomatendosen und aufblasbare Kaninchen. Das sind Eintagsfliegen.« Sie tupfte sich den Mund ab. »Bei der Kunst geht es um die Erhaltung von Kultur, um den Ausdruck von Schönheit, nicht um die Provokation der Öffentlichkeit. Deshalb sind die alten Meister die alten Meister. Und deshalb wird sich in fünfzig Jahren niemand mehr an Andy Warhols

Namen erinnern. Nur *wahre* Kunst überdauert. Meinen Sie nicht auch, Ms Roussel?«

Rory unterdrückte ein Stöhnen. »Bitte zieh Soline nicht in unseren Streit, Mutter.«

»Es streitet sich doch niemand, Schätzchen. Wir führen eine ganz normale Unterhaltung. Und Franzosen wissen bekanntlich eine Menge über Kunst. Sie haben uns Monet, Degas, Renoir und Cézanne beschert, um nur ein paar zu nennen.«

»Da hast du es«, sagte Rory und wandte sich mit ihrer Antwort an Soline. »Wenn es nicht von Renoir, Monet oder sonst einem verstaubten alten Mann gemalt wurde, dann ist es keine wahre Kunst.«

»Nur zu«, erwiderte Camilla. »Mach dich ruhig über mich lustig. Aber zufällig verstehe ich etwas von der Thematik. Die Welt der Kunst hat Mittel und Wege, diejenigen auszusortieren, die sich nicht an die Regeln des guten Geschmacks halten.«

»Und wer stellt diese Regeln des guten Geschmacks auf? Du?«

»Das machen Experten. Historiker. Sammler. Kunstkritiker. Ihre Meinung entscheidet, welche Künstler es bis nach ganz oben schaffen und welche nicht. Das Gleiche gilt für Galeristen.«

Soline hatte sich eine Weile zurückgehalten und dabei das Essen auf ihrem Teller herumgeschoben. Sie legte ihre Gabel bedächtig ab und sah Camilla direkt an. »Während des Krieges haben die Nazis Kunst, die ihnen nicht gefiel, als ›entartet‹ bezeichnet. Nur ihre Meinung zählte. Sie behaupteten, die Motive seien ungeeignet oder unanständig, aber wir wussten es besser. Die *boches* haben sich einen Dreck um Anstand geschert. Es ging um die Künstler selbst: wen sie liebten, woran sie glaubten … wie ihre Nachnamen lauteten.«

Sie machte eine Pause und schloss kurz ihre Augen. »Künstler wurden inhaftiert und vernommen. Manche – vor allem Juden – wurden umgebracht. In einer Nacht haben sie ein riesiges Feuer gemacht und ganze Sammlungen zu Asche verbrannt. Picasso. Dalí. Miró. Für immer verloren. Werke von Ihrem Renoir und Ihrem Monet haben nur überlebt, weil Nazi-Offiziere sich die Bilder im letzten Moment unter den Nagel gerissen haben, während die anderen verbrannt sind. Weil die Nazis entschieden haben, was guter Geschmack ist.«

Camillas Wangen färbten sich rot, als hätte sie gerade links und rechts eine Ohrfeige bekommen. »Vergleichen Sie mich mit den Nazis, Ms Roussel?«

»Ich wollte lediglich darauf hinweisen, dass es schreckliche Folgen haben kann, wenn man eine einzelne Gruppe entscheiden lässt, was guter Geschmack ist und was nicht. Kunst sollte, wie alles andere, im Auge des Betrachters liegen, *n'est-ce pas*?«

Camilla straffte ihre Schultern und plusterte sich auf wie ein Vogel, der bedrohlich wirken will. »Das ist eine ganz reizende Haltung, Miss Roussel! Aber es ist weise, nicht von der eigenen Spur abzukommen, gerade hier in Boston, wo die Straßen so schmal sind. Wir mögen zwar wie eine große Metropole erscheinen, aber unter der Oberfläche sind wir schrecklich konventionell und misstrauen allem, was auffällig erscheint oder fremd ist.«

Rory starrte Camilla entsetzt an. Sie hatte bereits zuvor erlebt, wie ihre Mutter Leute, ohne mit der Wimper zu zucken, fertigmachte, mit der kühlen Präzision eines Chirurgen. Aber in diesen Fällen war es verdient gewesen. Heute war es etwas ganz anderes. Der herablassende Ton, die kaum verhüllte Feindseligkeit und die verkrampfte Körpersprache unterstrichen ihre Verachtung. Soline war kreidebleich geworden, und sie wirkte, als wäre sie hinterrücks überfallen worden. Rory musste eingreifen, irgendetwas sagen, das die Feindseligkeit ihrer Mutter abschirmte, aber was? Soline zu verteidigen, hätte alles nur noch schlimmer gemacht.

Sie war beinahe erleichtert, als Soline nach ihrer Handtasche griff und den Stuhl nach hinten rückte. »Mir ist gerade eingefallen, dass ich meinen Lippenstift auf der Toilette vergessen habe. Bitte entschuldigen Sie mich.«

Rory wartete, bis sie sicher sein konnte, dass Soline sie nicht mehr hören konnte. Dann wandte sie sich an Camilla. »Was fällt dir eigentlich ein?«

Camilla schaute sie aus großen runden Augen an. »Wieso? Was habe ich denn gemacht?«

»Sieh mich nicht so an. Du weißt genau, was ich meine. Du warst sauer auf mich und hast es an Soline ausgelassen. Hast du ihren Gesichtsausdruck nicht gesehen? Du hast sie verletzt.«

Camilla verzog keine Miene. »Ich habe sie verletzt?«

»Ja. Und du …« Rorys Worte blieben ihr im Hals stecken, als sie sah, dass Soline nicht zur Damentoilette ging, sondern zum Ausgang. »So ein Mist!« Sie sprang auf und warf dabei fast ihren Stuhl um. »Soline! Warte!«

Soline machte keine Anstalten, stehen zu bleiben. Rory bahnte sich einen Weg durch das Labyrinth von Tischen und Stühlen und hinaus auf den Bürgersteig. Etwas später entdeckte sie Soline, die gerade in ein leuchtend gelbes Taxi stieg.

Kochend vor Wut kehrte sie ins Restaurant zurück, nur um ihre Mutter seelenruhig an ihrem Weinglas nippend vorzufinden. »Und, bist du jetzt zufrieden mit dir?«

Camilla schaffte es, bass erstaunt dreinzuschauen. »Was habe ich denn getan? Wir haben hier eine ganz normale Unterhaltung geführt und im nächsten Moment haut sie mir nichts, dir nichts wütend ab, ohne sich zu verabschieden. Das ist geradezu unhöflich, wenn du mich fragst.«

»Ich sage dir, was unhöflich ist. In ein Mittagessen zu platzen, zu dem man nicht eingeladen war. Soline – meine Freundin – als *die Vermieterin* anzusprechen und nicht als meine Freundin. Dieser Unsinn mit dem nicht von der eigenen Spur abkommen. Und dann das Wort fremd fallen zu lassen, um es noch tiefer einzureiben. Warum machst du so etwas?«

»Um Himmels willen, Aurora, sprich leiser. Warum musst du immer so dramatisch sein?«

»Ich bin so dramatisch, wie ich will. Das ist mein Tisch. Und du hast Nerven, mich dramatisch zu nennen, nachdem du hier solch eine Show abgezogen hast. Du findest meine Frisur schrecklich. Ich habe es verstanden. Aber das war meine Entscheidung und nicht Solines.«

Camilla leerte ihr Glas und setzte es in aller Ruhe ab. »Du glaubst, ich sei deswegen aufgebracht? Weil du deine Haare abgeschnitten hast?«

Rory atmete aus, zugleich genervt und betroffen von der Gereiztheit ihrer Mutter. Sie wusste, dass ihre Haare nicht der Auslöser gewesen waren, aber sie war zu aufgebracht, sich das einzugestehen.

Camilla nahm die Serviette vom Schoß und faltete sie sorgfältig, bevor sie sie neben den Teller legte. »Ich hatte dich gebeten, dir helfen zu dürfen, Aurora, beim Shoppen und Haare schneiden. Aber du meintest, du seist zu beschäftigt. Du bist immer zu beschäftigt.«

»So ist es ja auch. Die Galerie …«

»Für *sie* warst du nicht zu beschäftigt. Ich wette, du hattest diesen kleinen Ausflug schon geplant, als wir telefoniert hatten.«

»Hatte ich nicht.«

»Ich verstehe. Du fandst die Idee gut, wolltest aber nicht, dass ich dich begleite.«

»Nein, so war es nicht.«

»Wie war es dann? Erklär es mir.«

»Ich wollte, dass es keine Tortur wird. Und das wäre es geworden, weil es immer so war. Du hasst alles, was ich mir aussuche, und ich gebe schließlich nach, weil ich die ständigen Diskussionen leid bin. Ich wollte mir die Sachen ganz alleine aussuchen und es schnell hinter mich bringen. Aber ich habe keine Ahnung von Klamotten, also habe ich Soline gefragt, ob sie mir ein paar Tipps geben kann. Sie hat einen Blick in meinen Kleiderschrank geworfen und entschieden, mich zu begleiten.«

»Hat sie das?« Camilla fischte blindlings in ihrer Handtasche, bis sie ihren Lippenstift fand, und frischte das Rot auf. »Wie nett von ihr.«

»Es *war* nett von ihr«, schoss es aus Rory heraus. »So ist sie nämlich. Eine nette Frau, die mir helfen wollte. Warum reizt dich das so?«

»Es reizt mich überhaupt nicht. Allerdings verstehe ich nicht, was dich an ihr so fasziniert. Eine alte Frau und eine Einsiedlerin obendrein. Diese lächerlichen Handschuhe, als käme sie gerade von einer Hochzeit oder vom Karneval. Und jetzt lässt du dir Mode-Ratschläge von ihr geben, weil sie vor langer Zeit einmal Brautkleider genäht hat. Ich finde es seltsam, das ist alles.«

Rory starrte sie an. »Wann bist du zu so einer Person geworden?«

»Zu was für einer Person?«

»Egal. Das hatten wir schon. Soline ist meine Freundin und heute hast du sie mit voller Absicht beleidigt. Sie mag nicht zum alteingesessenen Bostoner Adel gehören, aber sie hat deine Verachtung nicht verdient. Sie hat eine Menge durchgemacht.«

»Wir alle haben eine Menge durchgemacht, Aurora. Das Leben ist hart. Aber wir machen weiter, wenn wir nicht bemitleidet werden wollen.«

»Bemitleidet werden wollen …«, wiederholte Rory. »Dass Soline alles verloren hat, macht sie bemitleidenswert? Denkst du das auch über mich? Weil Hux verschollen ist, und ich mich weigere, einfach weiterzumachen?«

»Ich habe nie gesagt …«

»Doch, das hast du. Nicht wörtlich, aber genau das hast du gemeint. Du hast ein eisernes Rückgrat, Mutter, und darauf bist du schrecklich stolz. Aber Mütter sollten ein Herz haben und manchmal frage ich mich, ob du eins hast.«

Rory suchte ihre Einkaufstaschen und ihr Portemonnaie zusammen und kramte ein paar Scheine heraus. Es gab nichts mehr zu sagen. Nichts, was ihre Mutter jemals verstehen würde. »Das sollte für die Rechnung reichen.«

»Aurora, setz dich hin. Wir sind noch nicht fertig.«

»Doch, das sind wir. Und weißt du was, ich spare dir einen Anruf. Ich werde morgen nicht zum Brunch kommen. Ich glaube, nach dreiundzwanzig Jahren ist die Zeit gekommen, uns einzugestehen, dass wir uns nicht besonders mögen.«

Vierunddreissig

SOLINE

Es gibt Zeiten im Leben, in denen wir durchhalten, und Zeiten, in denen wir loslassen müssen. Du musst lernen, die einen von den anderen zu unterscheiden.

Esmée Roussel, *Die Zauberschneiderin*

Meine Hände zittern, während ich mir ein großes Glas Wein einschenke. Ich hätte direkt nach dem Bella Mia nach Hause gehen sollen und nicht mehr zum Essen. Rory konnte nichts für das, was passiert ist. Dass ihre Mutter aufgetaucht ist, war für uns beide eine unangenehme Überraschung.

Der Moment, in dem sich unsere Blicke trafen, da war ein Hauch von … was war es? Misstrauen? Abneigung? Ein bisschen von beidem. Aber da war noch etwas anderes. Für sie bin ich eine Rivalin. Und ihre Tochter ist der Preis, den es zu gewinnen gibt. Ich bin in ihr Revier eingedrungen und sie will mich wissen lassen, dass sie das nicht einfach so hinnimmt.

Und dann war da noch meine eigene Reaktion. Als ich das sorgfältig frisierte goldene Haar, die hohen Wangen und den breiten Mund betrachtete. Die Ähnlichkeit mit ihrer Tochter lässt sich nicht übersehen. Sie ist eine Erinnerung daran, dass ich eine Außenstehende bin – dass Rory nicht zu mir gehört.

Dennoch bin ich ihr in kurzer Zeit so nah gekommen. Ich, die ich doch die ganze Welt am liebsten auf Distanz halte. Rory ist mittlerweile ein Teil meines Lebens geworden. Ein Ersatz, nehme ich an, für die Tochter, die ich verloren habe. Vom allerersten Tag an, als sie ins Bisous de sucre spazierte, meinen ramponierten Pappkoffer an die Brust gepresst, spürte ich die Verbindung. Als würde das Schicksal uns beiden einen Wink geben.

Sie kam mir an diesem Tag wie ein Engel vor. Das Geschenk, von dem ich nicht gewusst hatte, dass ich es mir wünschte – oder es brauchte. Und vielleicht war ich das auch für sie. Sie nennt mich ihre gute Fee. Ich bin froh, dass ich ihr bei der Verwirklichung ihres Traumes helfen konnte. Mein Beitrag war es, ihr das Haus zu vermieten, und Danny weiß, dass ich es ihr schenken werde. So wie Maddy es mir einst geschenkt hat.

Sie hat mich gefragt, ob ich zur Vernissage komme. Ich hätte das zu gerne getan, aber jetzt wird mir klar, dass es ein Fehler wäre. Ich hätte kein Problem damit, die zweite Geige nach Camilla zu spielen, wenn ich willkommen wäre. Aber das bin ich nicht, und ich werde mich nicht lächerlich machen, indem ich mich aufdränge. Ich hatte meinen Lauf, wie man so schön sagt. Jede Tragödin, die auf sich hält, weiß, wann die Zeit gekommen ist, die Bühne zu verlassen. Genau wie jede anständige gute Fee. Sie bekommt ein letztes Geschenk von mir, das Haus für ihre Galerie. Und dann ist Schluss. Dann habe ich ihr einen Wunsch erfüllt und löse mich unbemerkt in Luft auf.

Ich rede mir ein, dass mir das alles nichts ausmacht, aber das ist eine Lüge. Was habe ich mir dabei gedacht, eine Fremde in mein Leben zu lassen, nachdem ich mich über all die Jahre selbst geschützt habe. Wieder etwas zu fühlen nach der seligen Taubheit. Ähnlich wie bei meinen Händen, als sich die Nerven nach den Verbrennungen wieder erholten und der Schmerz so unerträglich wurde, dass ich mir nur noch gewünscht habe, sie würden wieder taub.

Heute war es ebenso.

Ich sah es in dem Augenblick, als sich Camillas und meine Blicke trafen. Sie hat sich ein Bild von mir gemacht und ist zu dem Schluss gekommen, dass ich ihr nicht das Wasser reichen kann. Die aufgeblähten Nasenflügel, das vorgereckte Kinn und das schmale Lächeln, das mir einen kalten Schauer über den Rücken laufen ließ. Genauso schaute mich Ansons Vater immer an. Wie einen Eindringling, der eine Grenze übertreten hatte. Ich gehörte nicht in das Leben seines Sohnes und genauso gehöre ich nicht in Rorys Leben.

Ich schaue mir meine Finger an, die sich um den Stiel des Weinglases schließen, krumm und glänzend rosa. Dabei kommt mir Camillas beiläufige Erwähnung des Feuers in den Sinn – als müsste man mich daran erinnern. Solange ich lebe, werde ich mich erinnern.

* * *

Boston, 22. Juli 1981

Ich hatte keinen ruhigen Moment, seitdem sich herumgesprochen hat, dass »Die verzauberte Nadel« den Auftrag bekommen hat, das Brautkleid für eine der Kennedy-Cousinen zu nähen. Das Telefon klingelt schon den ganzen Tag – junge Frauen, die Gesellschaftsnachrichten lesen und plötzlich unbedingt ein Brautkleid von Roussel haben müssen. Und dann gibt es noch die Neugierigen, die einfach so hereinkommen oder vom Bürgersteig aus gaffen, als erwarteten sie, eine Braut im

Schaufenster zu entdecken, deren Hochzeitskleid gerade abgesteckt wird.

Ich verstehe, warum alle *très agités* … warum sie so aufgeregt sind. Die Kennedys sind vermutlich die Familie in Amerika, die am ehesten einer königlichen Familie entspricht. Deshalb wird selbst eine entfernte Cousine wie eine Märchenprinzessin behandelt. Und wenn es nach mir geht, wird ihr Brautkleid dem einer Märchenprinzessin in nichts nachstehen. Es ist wirklich umwerfend geworden, vielleicht meine beste Arbeit überhaupt. Elfenbeinfarbener Shantung mit silbernen Stickereien im Saum, verziert mit blassrosa Kristallen. Jetzt müssen nur noch die Schleife angebracht und die Perlen in die Schärpe eingearbeitet werden, doch die Zeit wird langsam knapp. Ich habe Tag und Nacht gearbeitet, um das Kleid rechtzeitig fertigzustellen, aber ohne zu schlafen kann ich nicht nähen. Nicht mal für Bostoner Königsfamilien.

Es ist schon fast zwei Uhr nachts, als ich die Treppe zu meiner Wohnung im dritten Stock hinaufsteige. Ich brauche nur ein oder zwei Stunden, dann werde ich wieder hinuntergehen. Aber ich bin zu aufgedreht, um zu schlafen. Ich gehe in die Küche und mache mir eine Tasse heiße Schokolade mit einem kleinen Schuss Bourbon. So hat Maddy ihn immer getrunken. Dann gehe ich ins Bett.

Ich würde gerne eine Zigarette rauchen, aber ich habe die Schachtel in der Werkstatt vergessen und bin zu erschöpft, um sie zu holen. Die heiße Schokolade muss reichen, ich spüre schon, wie mir die Augenlider zufallen. Zwei Stunden sind alles, was ich brauche.

Ich habe keine Ahnung, wie lange ich geschlafen habe, als ich mit einem Brennen im Rachen aufwache. Das Zimmer ist dunkel und voller Rauch. Ich rolle mich vom Bett, falle auf die Knie und krieche nach Luft japsend zur Treppe. Durch den dichten Rauch ist nichts zu erkennen. Die Hitze ist unerträglich und frisst sich durch meine Kehle in die Brust. *Geh einfach weiter*! Der rötliche Schein auf der Hinterseite des Hauses lässt mich erstarren. Das unheilvolle Knistern der alles verschlingenden Flammen dringt mir in die Ohren.

Meine Werkstatt. Meine Arbeit. Alles steht in Flammen.

Meine Füße tragen mich ohne mein Zutun in Richtung der abscheulichen Glut anstatt weg von ihr. Als ich den größten Werkraum erreiche, pralle ich an der Hitze wie an einer Wand ab. Die Flammen verschlingen die mit Stoffballen gefüllten Regale, die Vorhänge und den Arbeitstisch, an dem ich vor wenigen Stunden noch gestickt habe. So habe ich mir immer die Hölle vorgestellt.

Und dann entdecke ich sie – drei fast fertige Brautkleider. Ihre Schatten dehnen sich bizarr an der hinteren Wand aus und zucken wieder zusammen, sodass sie zu tanzen scheinen. Ich beobachte entsetzt, wie die Flammen an einem Rock hochzüngeln, dann springen sie zum Ärmel des mittleren Kleides über und dabei verschlingen sie Spitze, Knöpfe, Perlen.

Von ferne höre ich ein Heulen, jenseits der Feuersbrunst. Eine Sirene, denke ich dumpf. Jemand muss die Feuerwehr gerufen haben. Aber nein, das Geräusch geht von mir aus. Rau und verzweifelt – die Klage einer Mutter um ihre bedrohten Kinder.

Ohne nachzudenken haste ich hinein und schließe meine Arme um die Taille zweier Kleider. Schluchzend und nach Luft schnappend schleife ich sie zur Tür, stolpere über die Rocksäume und Schleppen, taumele die Treppe hinunter und taste blind nach der Haustür, nach der Sicherheit der Straße. Erst als ich auf den Bürgersteig wanke, bemerke ich den stechenden Schmerz in meinem linken Arm. Eines der Brautkleider steht in Flammen, die bereits auf den Ärmel meines Cardigans übergegriffen haben. Ich lasse beide Kleider fallen und schlage schreiend auf meine brennende Strickjacke ein, aber die Flammen züngeln schon um beide Handgelenke. Noch nie habe ich solche gleißenden Schmerzen bis ins Knochenmark gespürt. Trotz meiner Gegenwehr breiten sich die Flammen immer weiter aus. Dann sind die Sirenen da, ohrenbetäubend diesmal und real. Ich werde zu Boden gestoßen und in eine Decke gehüllt. Und auf einmal wird alles schwarz.

Stunden später wache ich auf der Intensivstation im Zentrum für Brandverletzte auf. Ich habe einen trockenen Mund und mein Kopf ist benebelt von Morphium. Meine Arme sind bis zu den Ellbogen verbunden. Verbrennungen dritten Grades, erklärt mir der Arzt, die linke Hand schlimmer als die rechte. Er spricht langsam, als würde er mit einem kleinen Kind sprechen, und so fühle mich auch, wie ein kleines Kind, hilflos und verwirrt.

Das Letzte, woran ich mich erinnere, ist die Decke, in die ich gewickelt wurde. Ich habe keine Erinnerung daran, in den Krankenwagen getragen worden zu sein, in dem sie mir Schläuche in die Arme legten, oder an die Notaufnahme, in der sie mir den versengten Cardigan vom Fleisch schneiden mussten. Der Arzt erzählt mir, was passiert ist, und dennoch kann ich mich an nichts erinnern. Eine Mischung aus Schock und starken Opiaten, erklärt er mir, nicht ungewöhnlich bei solchen Verletzungen.

Ich frage ihn nach meinem Geschäft. Dazu kann er mir nichts sagen. Aber er kann mir sagen, wie es weitergeht. Akute Wundversorgung, Hauttransplantationen, Reha, Narbenbildung, Kontrakturen – und Schmerzen. Er sagt mir immer wieder, dass ich mich glücklich schätzen könne, überlebt zu haben, glücklich, rechtzeitig herausgekommen zu sein, glücklich, dass die Verbrennungen nicht schlimmer sind. Aber alles, was zu mir durchdringt, ist, dass ich nie wieder werde nähen können, dass das Leben, das ich mir aufgebaut habe, für immer verloren ist. Das ist der Fluch der Roussels, hätte Maman gesagt.

* * *

Mein Glas ist leer. Ich fülle es nach und gehe ins Arbeitszimmer, um meinen kleinen Koffer zu holen. Auf einmal will ich von meinen Andenken umgeben sein. Es hat etwas Lächerliches, dass sie mir jetzt wieder wichtig sind, obwohl ich sie so lange verloren geglaubt habe. Aber ich habe so viel verloren – ich muss Trost im Vertrauten suchen. Ich trage den Koffer nach unten in den Flur und halte ihn ganz fest im Arm wie ein verloren geglaubtes Kind. Als ich am Spiegel vorbeilaufe, sehe ich sie für einen Augenblick auf mich zurückblicken – das Mädchen, das von Prinzen träumte und an Happy Ends glaubte. Aber einen Moment später ist das Mädchen verschwunden, und an ihre Stelle ist eine Frau getreten. Eine erschöpfte, einsame Frau. Ohne Träume. Vernarbt.

Eine Zeit lang, vielleicht ein paar Monate, habe ich tatsächlich daran geglaubt, etwas aus der Zeit machen zu können, die mir noch bleibt, vielleicht sogar wieder glücklich werden zu können. Aber jetzt weiß ich, dass das nur ein Trugbild war, eine flimmernde Fata Morgana, die bei genauem Hinsehen verschwindet. Ein weiterer Verlust. Ein weiteres unglückliches Ende.

Ich ziehe mich aus, nehme das Fläschchen mit den Pillen aus der Nachttischschublade und umschließe es fest. Ein langer Schlaf, das ist es, was ich brauche. Alles vergessen. Ich habe Schwierigkeiten mit dem Deckel, aber schließlich fallen die Pillen auf meine Handfläche, klein und weiß. Ich zähle sie. Es sind sieben. Nicht genug. Ich will lange, sehr lange schlafen.

Ich schlucke zwei Pillen mit dem Rest meines Weines hinunter und lasse mich auf die Decke fallen. Weit entfernt und seltsam gedämpft tickt eine Uhr. Ich schließe den Koffer in meine Arme. Jetzt sind es nur noch wir beide. Meine Erinnerungen und ich. Die Dunkelheit ist mir willkommen, hier ist es still und hier können mich selbst die Erinnerungen nicht mehr finden.

Ich habe immer getrauert, wenn etwas zu Ende ging.

Fünfunddreissig

RORY

Boston, 18. September 1985

Rory fuhr an den Bordstein und machte den Motor aus. Ihr Magen zog sich zusammen, während sie die rote Tür anstarrte. Es wäre nicht das erste Mal, dass sie unangekündigt bei Soline auftauchte. Aber die Umstände hatten sich geändert. Drei Tage waren seit dem katastrophalen Mittagessen vergangen, und sie hatte kein Wort von Soline gehört, obwohl sie mindestens ein Dutzend Mal versucht hatte, sie zu erreichen. Sie konnte es verstehen. Trotzdem musste sie sich entschuldigen. Nicht nur für das Verhalten ihrer Mutter, sondern auch dafür, dass sie nicht eingegriffen hatte. Wenn das bedeutete, auf Solines Tür einzuhämmern, bis sie sie öffnete, dann war es eben so.

Die Vorhänge waren zugezogen und auf der Treppe lagen drei in durchsichtige Plastikfolie verpackte Zeitungen. Sie läutete mehrere Male und versuchte es dann mit dem Türklopfer. »Soline, ich bin es! Rory.«

Eine Frau, die ihre beiden übergewichtigen Beagles ausführte, schaute sie misstrauisch an. Als sie endlich vorbeigegangen war, holte Rory einen Briefumschlag und einen Kugelschreiber aus ihrer Handtasche und kritzelte eine Nachricht darauf.

Bitte ruf mich an. Ich will mit dir sprechen. R.

Sie klopfte ein letztes Mal, dann klemmte sie die Notiz in den Türspalt. Sie hoffte inständig, dass sie nicht weggeweht werden würde, bevor Soline sie entdeckte.

Auf dem Rückweg zur Galerie machte sie sich große Sorgen. Was, wenn Soline sich nicht wegen ihrer verletzten Gefühle ein-igelte? Sie konnte ja auch krank oder gestürzt sein.

Sie versuchte es noch einmal auf Solines Nummer und ließ es x-mal klingeln. Vergeblich. Direkt danach rief sie Daniel Ballantines Kanzlei an. Wie immer stellte seine Sekretärin sie sofort durch.

»Rory, schön, von Ihnen zu hören. Ich gehe davon aus, dass es mit der Galerie vorangeht?«

»Ja, danke. Aber Sie müssen mir einen Gefallen tun.«

»Schießen Sie los.«

»Können Sie Soline anrufen und sich vergewissern, dass es ihr gut geht?«

»Warum sollte es ihr nicht gut gehen?«

Rory biss sich auf die Unterlippe. Wie viel sollte sie ihm erzählen? »Das ist eine lange Geschichte. Wir waren vor ein paar Tagen zusammen mittagessen und dann nahm unser Gespräch eine … unschöne Wendung. Und plötzlich steht sie auf und läuft weg. Jetzt geht sie nicht ans Telefon, und als ich vorhin bei ihr vor der Tür stand, machte sie nicht auf. Ich mache mir Sorgen.«

Er atmete langsam aus. »Wie lange ist das her?«

»Drei Tage«, antwortete Rory leise. »Ich habe Angst, dass ihr irgendetwas zugestoßen ist. Die Vorhänge waren noch zugezogen, und die Zeitungen stapelten sich auf der Treppe.«

»Ja«, sagte er, und zog das Wort dabei in die Länge. »Das kommt häufiger vor.«

Sein beiläufiger Ton überraschte Rory. »Was kommt häufiger vor?«

»Dass sie abtaucht. Sich versteckt. Irgendetwas löst das aus. Sie zieht sich dann zurück.«

»Glauben Sie, sie ist wütend?«

»Wütend ist vermutlich nicht das richtige Wort. Manche Situationen wecken Erinnerungen, mit denen sie sich nicht auseinandersetzen möchte. Abzutauchen ist ihre Art, damit umzugehen. Das hält sie auch länger als eine Woche durch.«

»Was macht man dann? Auf sie warten?«

»Normalerweise schon. Es geht ihr nicht um Aufmerksamkeit. Sie will tatsächlich in Ruhe gelassen werden.«

»Aber wenn es dieses Mal anders ist? Wenn sie krank oder verletzt ist?«

»Nach dem zu urteilen, was Sie mir gerade erzählt haben, bin ich mir sicher, dass sie weder krank noch verletzt ist. Sie taucht wieder auf, wenn sie bereit dafür ist.«

»Können Sie versuchen, sie anzurufen? Oder bei ihr vorbeischauen? Vielleicht macht sie die Tür auf, wenn sie weiß, dass Sie es sind.«

»Darauf würde ich nicht setzen.«

»Bitte.«

»In Ordnung.«

»Und falls sie aufmacht, können Sie sie bitten, mich anzurufen? Ich muss mit ihr sprechen.«

»Ich leite es weiter, wenn sie mir Gelegenheit dazu gibt. Aber ich werde sie nicht umstimmen können, wenn sie nicht will. Sie kann unglaublich stur sein. Ich schaue, was ich tun kann, und lasse es Sie wissen.«

* * *

Als Rory am nächsten Nachmittag von der Galerie nach Hause zurückkehrte, leuchtete ihr Anrufbeantworter. Der Anblick ließ ihren Puls höherschlagen. Dieses Hin und Her aus Hoffen und Bangen war ihr in den letzten Monaten nur allzu vertraut geworden. Aber auch diesmal hatte keine der Nachrichten etwas mit Hux zu tun. Zwei waren von ihrer Mutter, mit der sie seit dem Fiasko im Seasons nicht mehr gesprochen hatte. Eine weitere war von Daniel, der sie um einen Rückruf bat.

Sie wählte seine Nummer und musste sich in der Warteschleife eine blecherne Version von Christopher Cross' »Sailing« anhören, während sie darauf wartete, dass Daniel sein anderes Telefonat beendete. Ein Klicken ließ Christopher Cross endlich verstummen.

»Rory?«

»Haben Sie sie erreicht?«

»Nein, ich habe gestern mehrmals versucht, sie anzurufen. Heute war ich gegen Mittag bei ihr und habe geklingelt. Keine Antwort.«

Rory umklammerte den Hörer noch fester. »Wir müssen die Polizei benachrichtigen. Irgendetwas stimmt nicht.«

»Ich glaube nicht. Ich glaube, sie verkriecht sich nur. Stand gestern schon die Mülltonne an der Straße?«

Rory schloss ihre Augen und versuchte, sich zu erinnern. »Nein, ich glaube nicht.«

»Jetzt war sie da. Und die Zeitungen waren verschwunden.«

»War da eine Notiz? Ich hatte eine in die Türspalte gesteckt. War die noch da?«

»Ich habe keine gesehen.«

Rory entspannte sich etwas. »Hat sie jemanden, der ihr im Haushalt hilft? Eine Putzfrau oder jemand anderes?«

»Nein. Irgendein Jugendlicher mäht den Rasen, aber sonst gibt es niemanden.«

»Und was machen wir jetzt?«

»Wir warten.«

»Worauf?«

»Darauf, dass sie einen von uns anruft. Aber wir müssen uns nach ihrer Zeit richten. Vielleicht braucht sie noch mal so lang.«

»Versprechen Sie mir, dass Sie mir Bescheid sagen, wenn sie anruft?«

»*Falls* sie anruft«, korrigierte er sie sanft. »Und ja, ich verspreche es.«

Eine Stunde später saß Rory auf ihrem Bett, aß ein Stück kalte Pizza und blätterte Kataloge für Beleuchtungsmittel durch, als das Telefon klingelte. Sie griff so hektisch nach dem Hörer, dass sie ihn beinahe fallen ließ.

»Hallo?«

»Ich habe mit ihr gesprochen.«

Rory schloss die Augen. Erleichterung durchströmte sie. »Und, geht es ihr gut?«

»Launisch wie eh und je. Aber das könnte auch damit zusammenhängen, dass ich über die Gartenhecke geklettert und zum Küchenfenster geschlichen bin. Sie machte sich gerade einen Kaffee, und dann tauche ich plötzlich wie aus dem Nichts auf. Sie hat geschrien wie am Spieß, das kann ich Ihnen sagen. Letztlich ließ sie mich rein, aber einen Kaffee hat sie mir nicht angeboten.«

»Es geht ihr aber gut? Sind Sie sicher?«

»Na ja, ehrlich gesagt hat sie schon mal besser ausgesehen. Aber sie hat mir versichert, dass es ihr einigermaßen gut geht. Sie hatte wieder Schmerzen in den Händen und die Medikamente machen sie müde.«

»Haben Sie ihr gesagt, dass ich versucht habe, sie zu erreichen?«

»Das wusste sie«, sagte er nach kurzem Zögern. »Sie hat Sie gehört, als Sie bei ihr vor der Tür standen.«

»Und die Notiz?«

»Hat sie gelesen.«

»Sie ruft nicht an, oder?«

Er machte erneut eine Pause, dieses Mal eine etwas längere. »Sie glaubt, es sei besser, wenn sie es nicht tut.«

»Ich verstehe.«

»Ich bin mir nicht sicher, ob Sie es wirklich verstehen«, sagte Daniel leise. »Ich bin mir nicht einmal sicher, ob ich es verstehe. Sie erzählt nicht viel von ihrer Vergangenheit, aber das eine oder andere habe ich doch mitbekommen. Sie hat viel durchgemacht. Es war nicht leicht, aber sie hat ihren Frieden mit dem geschlossen, was von ihrem Leben nach dem Brand übrig geblieben ist. Sie hat sich vor den Geistern der Vergangenheit geschützt, indem sie sich betäubt hat. Dann kamen Sie, und sie war nicht mehr empfindungslos. Sie hat sich verändert. Jetzt ist irgendetwas passiert. Ich weiß nicht was, das hat sie mir nicht erzählt. Aber sie hat sich wieder in ihr Schneckenhaus verkrochen.«

»Es war mein Fehler. Das wollte ich ihr die ganze Zeit sagen. Dass es mir leidtut.«

»Sie ist nicht wütend, Rory. Sie glaubt nur, es wäre das Beste, wenn Sie beide sich nicht mehr sehen. Sie hat mich gebeten, Ihnen zu danken und Ihnen alles Gute für die Eröffnung zu wünschen.«

Rory schloss die Augen und ließ die Endgültigkeit dieser Worte auf sich wirken. »Glauben Sie, sie wird es sich anders überlegen?«

»Nicht, wenn Sie sie drängen. Geben Sie ihr Raum. Konzentrieren Sie sich fürs Erste auf die Galerie und versuchen Sie es noch einmal, wenn etwas Zeit verstrichen ist. Bis dahin bin ich für Sie da, falls Sie etwas brauchen.«

Nach dem Gespräch ging es Rory schlecht. Er hatte vermutlich recht, was den Freiraum anging, aber der Gedanke, Soline als Freundin zu verlieren, war schmerzvoll. Sie hatten sich doch erst vor so kurzer Zeit kennengelernt. Am Anfang war Soline ihr Rettungsring gewesen, eine Art Spiegel, in dem sie sich wiedererkannte. Doch dann war sie so viel mehr geworden. Eine Freundin. Eine Vertraute. Ihre gute Fee.

Verwandte Seelen.

So hatte Soline ihre Freundschaft beschrieben. Fremde, die eine ähnliche Vergangenheit miteinander verband. Bei diesen Worten war ihr ein wohliger Schauer über den Rücken gelaufen. Jetzt machten sie sie traurig. Es hatte den Anschein, als hätte nur Rory von ihrer Beziehung profitiert. Soline war mitfühlend und verständnisvoll gewesen, als Rory es am meisten gebraucht hatte. Doch dafür hatte Soline den Verlust des einzigen Mannes, den sie je geliebt hat, erneut durchleben müssen. Und das, ohne wenigstens ein Foto von ihm zu haben.

Auf einmal keimte eine Idee auf, wie Rory sich für Solines Großzügigkeit bedanken konnte. Aber dafür würde sie etwas Hilfe brauchen.

* * *

Am nächsten Morgen um neun Uhr rief Rory Doug Glennon an. Er war Sportjournalist bei der *Globe* und hatte Kelly, eine Freundin aus ihrer Zeit an der Tufts University, geheiratet. Doug war ein toller Typ, ein Sportler mit einem großen Herz und verrückt nach Kelly. Rory kannte ihn nicht richtig gut, aber Kelly hatte ihr versichert, dass er ihr helfen könne, und hatte versprochen, ihn vorzuwarnen.

»Hier ist Doug.«

»Oh«, stieß Rory überrascht hervor, nachdem er so lange nicht abgenommen hatte. »Hier ist Aurora Grant – Rory. Ich weiß nicht, ob du dich an mich erinnerst, aber ich war eine von Kellys Brautjungfern. Ich habe gestern mit ihr gesprochen und sie meinte, ich könnte dich anrufen.«

»Rory. Die Schwimmerin, richtig? Ja, Kelly hat mir gesagt, dass du mich anrufen willst. Was kann ich für dich tun?«

»Ich hoffe, dass du mir einen Gefallen tun kannst. Ich habe eine Freundin, die jemanden im Krieg verloren hat, einen Rettungswagenfahrer, mit dem sie damals verlobt war. Sie hat kein Foto von ihm. Na ja, ich habe gedacht, dass du vielleicht eins finden kannst.«

»Über welchen Krieg sprechen wir? Den Vietnamkrieg?«

»Über den Zweiten Weltkrieg.«

Doug pfiff leise. »Vierzig Jahre.«

»Ich weiß, es ist lange her. Aber ich dachte, dass es vielleicht irgendwo eines in einem Archiv gibt. Ich weiß, dass es nicht direkt in deinen Bereich fällt, aber Reporter kommen doch viel leichter an alte Aufnahmen. Er kommt aus einer prominenten Familie aus Newport. Bootsbauer, glaube ich. Rennboote. Deshalb dachte ich mir, dass in irgendeiner alten Zeitung ein Foto von ihm ist oder so.«

»Warum bittest du die Familie denn nicht darum?«

Rory war sich nicht sicher, wie viel sie ihm erzählen sollte. »Sagen wir einfach, die Familie wird nicht unbedingt hilfsbereit sein.«

»Okay, verstehe.«

»Ich will dich um nichts bitten, das dich in Schwierigkeiten bringen könnte. Ich fände es nur wahnsinnig schön, wenn ich ihr ein Foto von ihm schenken könnte. Glaubst du, du kannst mir helfen?«

»Wie ist sein Name?«

»Purcell«, schoss es aus Rory heraus, bevor sie ihre Meinung ändern konnte. »Anson Purcell. Sein Mittelname fängt mit ›W‹ an. Er war Fahrer für die AFS, falls das hilft.«

»Kann schon sein. Weißt du noch irgendetwas, das mir bei der Suche helfen könnte? Geburtsdatum? Verwandte?«

»Geburtsdatum nicht, aber der Name seines Vaters war Owen und er hat eine Schwester namens Cynthia.«

»Owen und Cynthia Purcell aus Newport, Rhode Island. Okay. Ich schaue, was sich machen lässt. Vielleicht gibt es ein altes Jahrbuch oder ein Foto von seiner Abschlussklasse. Gib mir ein paar Tage für die Suche. Ich melde mich, sobald ich etwas herausgefunden habe.«

Rory gab ihm ihre Nummer und dankte ihm überschwänglich, bevor sie auflegte. Sie würde Daniels Rat befolgen und Soline ihren Freiraum lassen, während sie sich auf die Vernissage konzentrierte. In ein paar Wochen konnte sie ihr vielleicht einen Brief mit einem Foto von Anson schicken. Es wäre ein Zeichen ihrer Freundschaft – oder ein Abschiedsgeschenk, wenn Soline das so wollte.

Sechsunddreissig
RORY

Boston, 23. September 1985

Rory kam müde, aber glücklich nach Hause. Sie hatte die frühe Fähre nach Provincetown genommen, um sich mit Helen Blum zu treffen, einer Bildhauerin, die vor allem mit Bronze arbeitete und die ihr Kendra Paterson empfohlen hatte. Das war eines der Dinge, die sie an jungen Künstlern so schätzte: Sie waren sehr großzügig und einander unglaublich wohlgesonnen. Wäre das nicht der Fall gewesen, hätte sie Probleme gehabt, genügend junge Künstler für ihre Eröffnung im nächsten Monat zusammenzubekommen.

Sie kickte die Schuhe beiseite und ging direkt auf das Telefon zu. Seit ihrer Unterhaltung mit Doug waren drei Tage vergangen, und sie machte sich langsam Sorgen, dass das nichts Gutes verhieß, sprich, dass er kein Foto auftreiben konnte. Die Anzeige des Anrufbeantworters blinkte. Sie drückte auf »Play«. Die erste Nachricht war von ihrer Mutter, wieder eine Einladung zu einem Abendessen, ohne dass sie das Mittagessen erwähnte. Offensichtlich versuchte sie, so zu tun, als hätte es nie stattgefunden.

Die zweite Nachricht war von Doug.

Ruf mich an. Ich glaube, ich habe gefunden, wonach du gesucht hast.

Sie rief ihn bei der Zeitung an und hoffte, dass er noch nicht nach Hause gegangen war. Sie wollte ihn nur sehr ungern zu Hause stören, war sich aber nicht sicher, ob sie es aushielt, bis zum nächsten Tag zu warten.

»Doug Glennon.«

»Hi, hier ist Rory. Ich habe deine Nachricht bekommen.«

»Ja, es hat etwas gedauert, aber dann habe ich den Jackpot geknackt. Ich habe zwei Porträts gefunden, eines aus einem Collegejahrbuch, und das andere zeigt ihn in Uniform, aufgenommen von einem Zeitungsfotografen, kurz bevor er an Bord gegangen ist. Ein typischer amerikanischer Soldat. Brauchst du die aktuellen Sachen auch?«

»Die aktuellen Sachen?« Rory sank das Herz. Er hatte den Falschen am Wickel. »Der Anson Purcell, über den ich spreche, ist im Zweiten Weltkrieg gestorben, wahrscheinlich in der Nähe von Paris. Er war Rettungsfahrer für den AFS.«

»Genau. Das ist der Richtige. Aber er ist nicht in Frankreich gestorben. Und sonst auch nirgendwo. Er lebt, und wie es aussieht, ist er ein ziemlicher Menschenfreund.«

»Das kann nicht sein.«

»Ob du es glaubst oder nicht, vor mir liegt ein Artikel über seine nicht unbeträchtliche Spende an eine Gesellschaft gegen Diffamierung vom März dieses Jahres. Hört sich an, als wäre er steinreich und ein Held obendrein. Hier steht, er wurde im Zweiten Weltkrieg schwer verwundet und gefangen genommen.

Die Daten stimmen überein, ich kann es dir faxen, wenn du willst, aber ich kann dir jetzt schon sagen, dass es der Typ ist, den du suchst.«

Rory sackte in sich zusammen, in ihrem Kopf war plötzlich nichts als weißes Rauschen. Es musste irgendeine Verwechslung vorliegen. Vielleicht hatte Thia einen Sohn, den sie nach ihrem Bruder benannt hatte. Aber die Daten … »Ich habe kein Fax«, sagte sie schließlich. »Wie lange bist du noch in der Zeitung?«

»Ich müsste längst zu Hause sein. Kellys Familie kommt zum Abendessen, und ich kann nicht schon wieder zu spät kommen. Aber weißt du was? Ich stecke es alles in einen Umschlag und hinterlege es am Empfang für dich. Was sagst du dazu?«

»Wunderbar, ich hole es mir gleich ab.«

Nachdem sie aufgelegt hatte, saß sie noch eine Weile da. Es konnte nicht wahr sein. Aber was, wenn es doch wahr war? Wie würde Soline die Nachricht aufnehmen? Nicht gut, wenn sie daran dachte, wie sehr sie sich jetzt schon eingeigelt hatte. Das Einzige, was quälender war als eine verlorene Liebe, war eine Liebe, die bewusst weggeworfen worden war.

* * *

Eine Dreiviertelstunde später saß sie im Auto vor dem Gebäude des *Globe* in Dorchester. Auf ihrem Schoß lag ein brauner Umschlag mit ihrem Namen in dicken schwarzen Großbuchstaben. Sie hatte ihre ganze Willenskraft aufbringen müssen, um den Umschlag nicht gleich in der Lobby aufzureißen.

Sie stellte die Innenraumbeleuchtung an, kämpfte kurz mit der Klemme und zog den Inhalt heraus. Es waren mehrere fotokopierte Zeitungsartikel. Der erste war der, den Doug erwähnt hatte, in dem die Purcell-Stiftung für ihr finanzielles Engagement gelobt wurde, etwa für die kürzliche Spende einer siebenstelligen Summe an die Anti-Diffamierungsliga (ADL). Der nächste beschrieb die Verleihung einer Auszeichnung für das Lebenswerk an Anson Purcell durch die Gesellschaft der Führungskräfte in Neuengland, in dem mehr über seinen Hintergrund berichtet wurde.

> *Seit Beendigung seiner Tätigkeit als Direktor für Finanzen der Internationalen Föderation des Roten Kreuzes (IFRC) dient Mr Purcell der Organisation weiterhin als politischer Berater und Verhandlungsspezialist, ist mit zahlreichen humanitären Organisationen in Verbindung und sitzt in den Vorständen mehrerer NGOs und anderer Stiftungen. Außerdem ist er Mitglied des Verwaltungsrats von Purcell Industries Ltd. und hat dort zusammen mit seiner Schwester eine beratende Funktion inne. 1940, vor dem Kriegseintritt der Vereinigten Staaten, verließ Mr Purcell die Yale University und ging nach Frankreich, wo er sich freiwillig beim American Field Service (AFS) meldete, einen Rettungswagen fuhr und im amerikanischen Krankenhaus in Paris arbeitete, bis er nach der erfolgreichen Rettung eines abgestürzten englischen Piloten schwer verwundet wurde. Er wurde gefangen genommen und war fast fünf Monate lang in einem deutschen Lager interniert, wo er sich kaum von seinen Verletzungen erholen konnte. Nach Kriegsende verbrachte Purcell zwei Jahre bei Spezialisten in der Schweiz, wo*

er wieder laufen lernte. Als einziger Sohn und Erbe eines beträchtlichen Vermögens hätte man ihm kaum einen Vorwurf machen können, wenn er sich dafür entschieden hätte, in die Fußstapfen seines Vaters zu treten und die Leitung des Familienunternehmens zu übernehmen – mit allen Vorteilen, die eine solche Position mit sich bringt. Stattdessen entschied er sich dafür, sein Leben in den Dienst der Allgemeinheit zu stellen. Dafür verleiht ihm die Gesellschaft der Führungskräfte in Neuengland die Auszeichnung für ehrenamtliches Engagement.

Rory legte den Artikel zur Seite und betrachtete die körnigen Fotos darunter. Sie hatte Anson Purcell noch nie gesehen, und doch kam ihr sein Gesicht auf gespenstische Weise bekannt vor. Sie konnte sich nicht erinnern, dass Soline ihn jemals detailliert beschrieben hätte, aber irgendwie fühlte sich sein Gesicht … richtig an. Helle Augen und volle blonde Haare, ein Mund, der so sinnlich wie ernst war. Er trug einen dunklen Anzug mit einer schmalen Krawatte. Die Bildunterschrift lautete:

ANSON WILLIAM PURCELL, KLASSE VON 1940.

Auf dem zweiten Foto trug er Kakihosen und eine Lederjacke, die er lässig über eine Schulter geworfen hatte, der gut aussehende, gesunde amerikanische Held. So hatte er ausgesehen, als Soline ihm über den Weg gelaufen war. Und als sich ihre Wege getrennt hatten.

Und dann war da noch ein drittes Foto. In Farbe, aufgenommen vor Kurzem. Für einen Mann in den Sechzigern war Anson immer noch auffallend gut aussehend, mit einem athletischen Körperbau und silbrig-goldenen Locken, um die ihn sicherlich viele halb so alte Männer beneideten. Doch nun gingen tiefe Falten von seinen Augen aus, und die einst kantige Kieferlinie hatte nachgegeben.

Auch der Mund war irgendwie anders. Das Sinnliche war verschwunden, er presste die Lippen fast grimmig aufeinander. Anson hatte nicht viel zu lachen gehabt, schloss Rory. Da war viel Schmerz, der sich im Laufe der Jahre verhärtet hatte. Aber nach dem, was er in der Gefangenschaft der Nazis durchgemacht haben musste, war das kein Wunder. Und doch hatte er sein Leben gemeinnütziger Arbeit gewidmet.

Eine Flut von Fragen brach über sie herein, als sie auf das Foto des heutigen Anson starrte. Fünf Monate in einem deutschen Lager interniert. Zwei Jahre in der Schweiz, wo er wieder laufen lernte. Was mochte er sich bei seiner Rückkehr gedacht haben, als Soline verschwunden war? Was mochte sein Vater ihm über sie erzählt haben – und über das Baby? Und vor allem: Warum hatte er nicht nach ihr gesucht? Oder hatte er sie gesucht und nicht gefunden? Unwahrscheinlich angesichts seiner Ressourcen. War es möglich, dass seine Gefühle in der kurzen Zeit erkaltet waren?

Bei der letzten Frage durchfuhr sie ein Angstschauer. Vielleicht, weil sie ihr so nah ging. Seit Monaten war sie nur darauf fixiert, dass Hux heil und gesund zu ihr nach Hause kam. Nicht ein einziges Mal hatte sie sich erlaubt, sich vorzustellen, dass er als veränderter Mann zurückkehren könnte, gebrochen an Leib und Seele, verfolgt von dem, was er in den Händen seiner Entführer erlitten hatte.

Rory verdrängte den Gedanken, als sie die Fotos und Zeitungsausschnitte in den Umschlag zurückschob, und konzentrierte sich lieber auf das, was anstand. Sie hatte Doug gebeten, ein Foto eines toten Mannes auszugraben, und stattdessen hatte er den Mann selbst ausgegraben. Und jetzt musste sie sich überlegen, wie sie Soline sagen konnte, dass der Mann, den sie seit fast vierzig Jahren betrauerte, noch lebte.

Eine Sache war sicher. Sie würde kein Wort darüber verlieren, bevor sie Anson Purcell nicht in die Augen gesehen und ein paar Antworten von ihm bekommen hatte. Das hatte Soline verdient.

Siebenunddreissig

RORY

Newport, 24. September 1985

Rory fuhr auf den Parkplatz und schaltete den Motor aus. Sie sah zum x-ten Mal auf den Post-it-Zettel, den sie ans Armaturenbrett geklebt hatte.

> Purcell Industries Ltd., 6 Commercial Wharf, Newport, Rhode Island

Und da war sie nun. Kein idealer Ort für die Art von Unterhaltung, die sie zu führen hatte, aber im Telefonbuch hatte sie keine andere Adresse gefunden.

Sie nahm die Handtasche vom Beifahrersitz und ging durch einen gepflegten Landschaftsgarten auf eine Rauchglastür zu. Das massive Gebäude aus roten Ziegelsteinen hatte ein Satteldach und gewölbte Fenster. Vielleicht war es mal ein Eisenbahndepot gewesen.

Als sie die Tür mit dem kunstvoll ins Glas geätzten Firmenlogo erreichte, zögerte sie. Wollte sie das wirklich? Einen

Fremden an seinem Arbeitsplatz überrumpeln und ihn fragen, warum er nicht tot war? Und was wollte sie damit erreichen? Vielleicht war es besser, die ganze Sache auf sich beruhen zu lassen. Aber jetzt war sie hier, nach einer fast zweistündigen Fahrt, mit einer langen Liste offener Fragen. Wenn er sich weigerte, mit ihr zu reden, hätte sie nur einen halben Tag vergeigt und wäre um eine Tankfüllung ärmer.

Sie zog die Tür auf und trat zur Seite, um einen Mann in marineblauen Shorts und Deckschuhen herauskommen zu lassen. Die Lobby war klar und großzügig gestaltet, mit einer hohen blauen Decke und schimmernden Dielen aus honigfarbenem Teakholz. Es gab einen gläsernen Empfangstresen mit dem Logo von Purcell Industries. Rory schritt darauf zu und hoffte, ein ähnliches Selbstvertrauen zu vermitteln wie ihre Mutter, wenn sie einen Raum betrat.

Die Rezeptionistin hob den Kopf. »Guten Morgen, wie kann ich Ihnen helfen?«, fragte sie lächelnd.

Rory räusperte sich. »Ich möchte mit Mr Purcell sprechen.«

Das Lächeln der Frau verschwand, als sie Rory über ihre halbmondförmige Lesebrille hinweg ansah. »Mr Purcell?«

»Anson Purcell«, verdeutlichte Rory, als ihr einfiel, dass es mehr als einen geben konnte.

»Es tut mir leid, Mr Purcell arbeitet nicht in seinem Büro. Wenn Sie mir mitteilen würden, was Sie mit ihm zu besprechen beabsichtigen, kann ich Sie unter Umständen an die zuständige Person weiterleiten.«

Sie war die Wächterin, das wurde Rory jetzt deutlich, und hatte hier Stellung bezogen, um irgendwelche Frauen davon abzuhalten, hereinzuschneien und unverschämte Fragen zu stellen. »Es ist nichts Geschäftliches. Ich bin wegen einer Freundin hier, einer alten Freundin der Familie, genau gesagt«, sagte Rory, weil sie an Thia denken musste. »Können Sie mir sagen, wie ich ihn kontaktieren kann?«

»Es tut mir leid, ich bin nicht befugt, diese Information weiterzugeben. Aber wenn Sie Ihre Kontaktdaten hierlassen wollen, dann leite ich sie an seine Assistentin weiter.«

Rory fiel es schwer, freundlich zu bleiben. »Ist Thia zufällig hier?«

Die Rezeptionistin hob die Brauen und sah Rory noch wachsamer an. »Thia?«

»Ansons Schwester, Cynthia. Ich komme aus Boston, und es ist wichtig, dass ich so bald wie möglich mit einem von beiden spreche.«

Die Frau nickte knapp. »Darf ich fragen, wie Sie heißen?«

»Aurora Grant.«

»Danke. Einen Moment, bitte.«

Sie griff zum Telefon und tippte eine Nummer ein. Während sie darauf wartete, dass jemand abnahm, wirbelte sie einen Stift durch die Luft. »Ja, hier ist Paulette«, sagte sie und setzte sich ein wenig gerader hin. »Es tut mir leid, Sie zu stören, aber hier ist eine junge Frau, die zu Mr Purcell möchte. Als ich ihr erklärt habe, dass er nicht hier arbeitet, hat sie darum gebeten, mit Ihnen zu sprechen. Sie ist aus Boston. Sie sagt, es ginge um eine alte Freundin der Familie.«

Sie deckte das Mundstück ab und blickte zu Rory auf. »Sie möchte wissen, um welche Freundin es geht.«

Rory wog ab, wie viel sie sagen wollte. Sie würde sich keinen Gefallen tun, wenn sie hier Familiengeheimnisse ausplauderte. »Sagen Sie ihr bitte, es handelt sich um eine Freundin ihres Bruders aus dem Krieg.«

Paulette wiederholte Rorys Worte wortwörtlich, hörte einen Moment zu und nickte dann. »Ja. Danke.« Sie legte auf und griff nach einem Notizzettel, auf den sie eine Adresse schrieb, die sie mit einer schnellen Skizze verdeutlichte. »Ms Purcell bittet Sie, zu dieser Adresse zu kommen.«

Rory tat, als hätte sie nichts anderes erwartet, und nahm den Zettel entgegen. »Vielen Dank für Ihre Hilfe, Paulette.«

Sie brauchte nur eine Viertelstunde zur Belleview Avenue, bog in die Einfahrt und kam vor einem hohen schmiedeeisernen Tor zum Stehen. Eine Frau in einer verblichenen Latzhose und mit einem breitkrempigen Strohhut erhob sich von den Knien, setzte sich eine Sonnenbrille auf und schaute Rory an.

»Mein Name ist Aurora Grant«, rief Rory, als die Frau auf sie zukam. »Ich möchte Cynthia Purcell besuchen.«

»Paulette sagte, Sie kämen aus Boston.«

Rory registrierte die Ähnlichkeiten. Die silbrig-goldenen Locken, die unter dem Strohhut hervorlugten, die blassen Augen und den breiten Mund. »Sind Sie Thia?«

Sie wischte sich die Hände an der Hose ab und stemmte sie in die Hüften. »Was führt Sie her?«

»Ich wollte eigentlich mit Ihrem Bruder über seine Verlobte sprechen.«

»Mein Bruder hat keine Verlobte.«

»Aber während des Krieges hatte er eine. Ich würde gerne mit ihm über Soline Roussel sprechen.«

»Das stimmt«, antwortete Thia. »Bitte kommen Sie herein.«

Rory parkte am oberen Ende der Auffahrt und versuchte, sich vorzustellen, wie beeindruckt Soline vom prächtigen Haus der Familie Purcell gewesen sein musste. Sie war ja direkt vom Schiff und aus dem kriegsgebeutelten Paris hierhergekommen. Es war fast ein kleiner Palast, drei Stockwerke aus cremefarbenem Naturstein mit hohen Sprossenfenstern und vielen Türmchen und Gauben.

Owen Purcell hatte verhindert, dass Soline Herrin dieses Hauses geworden war. Sie wäre hier gewesen, als die Nachricht kam, dass Anson tatsächlich noch lebte. Sie wäre hier gewesen, als er selber kam, um ihm zu helfen, sich von seinen Verletzungen zu erholen. Hochzeit und Kinder. Glück statt Kummer. Freude statt Kummer.

Wenn Owen nicht gewesen wäre.

Thia sagte nichts, als sie Rory durch den hinteren Eingang ins Haus führte. Sie zog ihre Schuhe aus, hängte ihren Hut an einen Haken und ging zu einem Waschbecken. »Ich muss mich eben sauberschrubben, bevor ich Ihnen eine Limonade anbieten kann.«

Rory versuchte, Ansons Schwester unauffällig zu mustern. Sie musste Mitte fünfzig sein, war groß und robust, mit sonnengeküssten Wangen und schweren Locken, die ihr über die Schultern fielen. Dass sie mit dem Mann auf den Fotos verwandt war, ließ sich nicht leugnen, aber da war noch etwas anderes, eine Eigenschaft, die Rory nicht benennen konnte und die sie trotz ihres unangenehmen Besuchs beruhigte.

»Vielen Dank, dass Sie mich empfangen haben«, sagte Rory, als Thia zwei hohe Gläser mit Eis und Limo füllte. »Ich weiß, dass es irgendwie … merkwürdig ist.«

Thia reichte ihr ein Glas, trank einen Schluck und sah Rory aus ihren blaugrünen Augen an. »Vielleicht gehen wir lieber in mein Arbeitszimmer, wo wir ungestört sind. Heute macht Nadine die Fensterläden sauber, und sie hat Ohren wie eine Fledermaus.«

Plötzlich fiel Rory ein, dass Thia vielleicht zu einer falschen Schlussfolgerung gekommen war, was ihren Besuch anging. »Ich bin nicht gekommen, um Ihnen irgendwelche Schwierigkeiten zu bereiten, Ms Purcell. Ich will nichts von Ihnen, falls Sie das denken sollten.«

»Ich weiß, warum Sie hier sind. Ich weiß es, seit Paulette mich angerufen hat. Kommen Sie.«

Thias Arbeitszimmer lag auf der hinteren Seite des Hauses, ein luftiges Zimmer mit interessanter Kunst an den Wänden. Ihrer eigenen? In der Mitte stand ein antiker Schreibtisch, hinter dem zwei Türen zur Terrasse geöffnet waren. Thia schloss sie und bedeutete Rory, sich auf ein pfirsichfarbenes Sofa zu setzen.

Thia nahm gegenüber Platz. Ihr Overall mit den Grasflecken und ihre nackten Füße passten nicht zur noblen, femininen Inneneinrichtung des Raums. »Wo wollen wir anfangen?«

Ihr sachlicher Ton war ernüchternd. Rory trank einen kleinen Schluck, um sich zu sammeln, dann sah sie Thia in die Augen. »Bei Soline.«

Thia nickte. »Ich habe in all den Jahren immer wieder an sie gedacht und mich gefragt, ob sie noch lebt und ob sie glücklich geworden ist.« In ihrer Stimme schwang große Zuneigung mit. »Wie geht es ihr?«

»Das Leben hat sie sehr mitgenommen, aber sie kommt zurecht. Sie hat mir erzählt, dass sie früher kurz hier gewohnt hat.«

»Ja, als ich ein Mädchen war.«

»Und sie musste ganz plötzlich weg. Wissen Sie, warum?«

»Mein Vater hat sie vertrieben.« Sie starrte in ihr Glas. »Nein, das stimmt nicht. Er hat sie weggeschickt. Mein Bruder und sie wollten heiraten, wenn er aus dem Krieg zurückkam, und dann …«

»Dann kam das Telegramm.«

»Ja, dass er vermisst wurde. Sein Rettungswagen war durchsiebt. Überall war Blut, aber er war nicht zu finden. Nur seine Jacke lag auf der Straße, sie hatte ein Schussloch. Irgendjemand – ich glaube, es war ein Bauer – hat gesehen, wie Nazis ihn in den Wald eskortiert haben. Es war nichts Ungewöhnliches, dass sie Menschen erschossen und ihre

Leichname in den Wald schleiften. Manchmal ließen sie sie dort liegen, den Tieren zum Fraß. Mein Vater erzählte mir das erst, als Anson in der Schweiz in Sicherheit war.«

»Aber niemand hat Soline je gesagt, dass Anson überlebt hat.«

»Nein, mein Vater hatte Soline weggeschickt und mich ein paar Tage nach dem ersten Telegramm aufs Internat abgeschoben. Als das zweite Telegramm ankam, war ich immer noch dort. Wie praktisch!«

»Weil er nicht wollte, dass die beiden heirateten. Von der ersten Sekunde an, in der sie dieses Haus betreten hat.«

Thias Augen verengten sich. »Sie scheinen sehr gut informiert zu sein, Ms Grant. Wenn ich fragen darf, wie ist Ihre Verbindung zu Ms Roussel?«

»Ich bin eine Freundin«, antwortete Rory und hoffte, dass das noch stimmte. »Außerdem habe ich ein Haus von ihr gemietet, in dem ich nächsten Monat eine Galerie eröffne. So haben wir uns kennengelernt. Ich habe Dinge im Haus gefunden, die ihr gehörten. Eines davon gehörte Ihrem Bruder: ein Rasieretui mit seinen Initialen.«

Thia schloss die Augen, ihre Unterlippe bebte. »Sie hat es all die Jahre aufbewahrt.«

»Dann erinnern Sie sich daran?«

Thia nickte. »Mein Vater hatte es ihr weggenommen. Sie sollte keinen persönlichen Gegenstand meines Bruders besitzen, schon gar nicht einen mit seinen Initialen. Ich fand es schrecklich gemein von ihm, deswegen habe ich mich in sein Zimmer geschlichen, ihm das Etui wieder weggenommen und es ganz unten in ihrem Koffer versteckt.«

»Sie waren das«, sagte Rory lächelnd. Kein Wunder, dass Soline so für Thia geschwärmt hatte. »Soline hat geglaubt, Ihrem Vater hätte es doch irgendwie leidgetan, wie er mit ihr umgegangen war.«

Thia presste die Lippen aufeinander. »Mein Vater kannte keine Schuldgefühle, Miss Grant. Auch keine Liebe. Für ihn waren das nur Zeichen von Schwäche.«

»Wissen Sie, warum er Soline weggeschickt hat?«, fragte Rory leise. »Den richtigen Grund, meine ich.«

Thia starrte wieder in ihr Glas. »Damals nicht. Jetzt schon.« Sie sah seufzend auf. »Jetzt weiß ich viele Dinge. Ich nehme an, Sie auch.«

»Das Baby, meinen Sie?«

»Ja, das Baby.«

»Sie hieß Assia«, sagte Rory still. »Was so viel wie Trösterin heißt. Soline hat sich so sehr gewünscht, etwas von Ihrem Bruder zu haben, an dem sie sich festhalten konnte. Die Erinnerung an ihn durch seine Tochter wachzuhalten. Aber als sie gestorben ist …«

Thia setzte das Glas ab und faltete die Hände verkrampft im Schoß. »Es gibt Teile der Geschichte, die Sie nicht kennen, Ms Grant. Teile, die niemand außer mir kennt. Ich habe sie auch erst vor Kurzem erfahren. Solines Baby ist nicht gestorben.«

Rory starrte sie an, erst verwirrt, dann entsetzt. »Was sagen Sie da?«

»Ich habe angenommen, dass Sie das wüssten. Dass Sie deswegen gekommen sind.«

Rory schüttelte den Kopf. »Woher hätte ich das wissen sollen? Wie ist das überhaupt möglich?«

»Mein Vater hat Schmiergeld gezahlt«, sagte Thia ausdruckslos. »Und so wurde Soline erzählt, dass das Baby gestorben ist, damit sie nicht zurückkommen und meinem Bruder gegenüber Ansprüche geltend machen konnte. Meinem Vater war es egal, was mit den beiden passierte, als er dachte, Anson wäre tot. Als das zweite Telegramm kam, wusste er, dass Anson nie etwas von dem Kind erfahren durfte. Mein Vater musste sichergehen, dass Soline nie mit dem Baby auf dem Arm zurückkehrte. Also stellte er einen dicken Scheck aus und ließ diskret eine Adoption arrangieren. Dann schrieb er Anson in die Schweiz, dass Soline gegangen wäre, weil sie ihr Leben nicht an das eines Krüppels ketten wollte. Mein Bruder musste Soline so abgründig hassen, dass er nie auf den Gedanken kommen würde, nach ihr zu suchen.«

Rory hörte voller Abscheu zu. »Ihr Vater hat an alles gedacht.«

»So ist es.«

Rory fuhr sich durch die Haare. Ihre Gefühle ließen sich kaum in Worte fassen. Wut. Ekel. Trauer. Nichts davon war angemessen. Einer Frau das Kind zu stehlen und es an Fremde zu verkaufen. Sein eigenes Fleisch und Blut. Es war unfassbar. Und es wäre an Rory, Soline das alles zu erzählen.

»Ich habe Soline noch nicht gesagt, dass Anson lebt. Wie soll ich ihr das nahebringen?«

Thias Brauen schossen in die Höhe. »Sie sind hergekommen, ohne ihr davon zu erzählen?«

»Ich habe es gestern erst herausgefunden. Bevor ich ihr etwas sage, musste ich doch verstehen, was passiert ist, und warum. Soline hat so viel durchgemacht, und das hat Spuren hinterlassen. Ich mache mir Sorgen, was passiert, wenn sie herausfindet, dass der Mann, den sie über alles liebt, doch aus dem Krieg nach Hause zurückgekommen ist, sich aber nicht einmal die Mühe gemacht hat, nach ihr zu suchen.«

»Es war nicht Ansons Schuld«, sagte Thia fast brüsk. »Als mein Vater ihm erklärt hat, dass Soline wegen seiner bleibenden Kriegsverletzung gegangen ist, ist etwas in ihm zerbrochen. Deswegen ist er auch in der Schweiz geblieben, bis er wiederhergestellt war. Ja, und weil unser Vater ihn überzeugt hat, dass es das Beste für ihn wäre. Er konnte irgendwann zwar tatsächlich wieder laufen, aber er ist so bitter und gebrochen zurückgekehrt, dass ich ihn kaum wiedererkannt habe.«

»Aber Sie haben ihm doch sicherlich die Wahrheit gesagt, oder? Über das Baby und Ihren Vater?«

»Wie denn? Ich habe es ja selbst erst nach dem Tod meines Vaters herausgefunden. Als ich seine Papiere sortiert habe.« Sie stand auf und öffnete die Türen eines Aktenschranks, der bis oben mit Kisten vollgestellt war. »So sah das aus für mich, die Sachen meines Vaters in Ordnung zu bringen. Anson war bei seinem Tod im Ausland – wo auch sonst? –, also fiel mir die Aufgabe zu. Ich wusste gar nicht, dass er so eine Sammelwut hatte. Ich musste tonnenweise Zeug rauswerfen. Und eines Tages bin ich auf das hier gestoßen.«

Sie nahm ein dunkelrotes Kassenbuch aus dem Schrank, das von zwei Gummibändern zusammengehalten wurde. »Ich hätte es fast entsorgt. Doch dann habe ich mir die Einträge genauer angesehen – und das, was sonst noch darin war.«

»Was denn?«

»Die Wahrheit«, antwortete Thia, löste die Gummibänder und reichte Rory das Heft. »Es ist alles da drinnen. Alle Papiere, alle Unterlagen, alles, was mein Vater brauchte, um Soline und das Baby aus unserem Leben zu stoßen. Bevor ich weitersprechen kann, müssen Sie es sich ansehen.«

Die Worte hatten einen unheilvollen Unterklang, fast wie eine Drohung. Mit angehaltenem Atem öffnete Rory das Buch. Der Name D. Sheridan sprang ihr entgegen. Sie erinnerte sich daran, dass Soline den Namen erwähnt hatte, aber dass er hier in einem handschriftlichen Eintrag Owens auftauchte, verursachte ihr Übelkeit. Es gab auch noch zwei andere Namen: Dr. Marcus Hartwell und Elliot Mason. Ein Arzt, ein Anwalt und eine gewisse Dorothy Sheridan von der Familienfürsorge.

Thia schwieg, während Rory das Buch durchblätterte und die lange Liste der Einträge überflog. Spenden für eine Wohltätigkeitsorganisation. Medizinische Ausgaben. Spenden für eine Wohltätigkeitsorganisation. Spenden für eine Wohltätigkeitsorganisation. Gerichtskosten und Prozessunterlagen. Spenden für eine Wohltätigkeitsorganisation. Der erste Eintrag stammte vom 14. Oktober 1943, der letzte vom 12. August 1972. Daten. Summen. Alles so sorgfältig aufgeführt, als handele es sich um normale geschäftliche Transaktionen.

»Achtundzwanzig Jahre«, flüsterte Rory. »Mit den Jahren werden es weniger Einträge, aber das muss ein fünfstelliger Betrag sein.«

»Schweigegeld«, sagte Thia sachlich. »Jedenfalls meiner Vermutung nach. Er wäre ruiniert gewesen, wenn herausgekommen wäre, dass er dafür bezahlt hat, sein Enkelkind loszuwerden. Und dann war da ja auch noch Anson. Wenn er auch nur das Geringste geahnt hätte, wäre die Dynastie der Purcells in sich zusammengefallen wie ein Kartenhaus. Nicht, dass es etwas verändert hätte, denn Anson wollte sowieso nie etwas mit dem Unternehmen zu tun haben. Ich bin sicher, dass mein Vater sich bei unserem Gespräch gerade im Grab umdreht – in dem Wissen, dass ich das Familienunternehmen leite und Herrin dieses Hauses bin.«

»Anson wollte es nicht?«

Camille schüttelte traurig den Kopf. »Seit er aus der Schweiz zurückgekommen ist, hat mein Bruder zusammengenommen keinen Monat unter diesem Dach geschlafen. Kein Wunder. In diesem Haus war so viel Trauer, nachdem unsere Mutter gestorben ist. Mein Vater war nie ein freundlicher Mann gewesen, aber nachdem er sie verloren hatte, wurde es noch viel schlimmer. Man hätte denken sollen, allein der Gedanke an ein Enkelkind hätte ihn auftauen können.«

»Wie lange wissen Sie das alles?«

»Rund vier Monate.«

»Und Anson weiß es immer noch nicht?«

»Nein.«

Rory musste sich Mühe geben, nicht aufzubrausen. »Sie glauben, Ihr Bruder sollte nicht wissen, dass Soline und er eine Tochter haben?«

»Nein, selbstverständlich nicht.« Thia stiegen die Tränen in die Augen. »Ich habe kaum an etwas anderes denken können, seit ich das Kassenbuch gefunden habe. Ich habe versucht, mit Anson darüber zu sprechen, als er mich aus London zu meinem Geburtstag angerufen hat, aber er hat mir gedroht aufzulegen und nie wieder anzurufen, wenn ich ihren Namen auch nur aussprechen würde. Ich habe ihm geglaubt.« Ihr Kinn bebte. »Soline ist nicht die Einzige, die die Ereignisse gebrochen haben. Was im Krieg geschehen ist, hat meinen Bruder verändert. Nach Hause zu kommen, hat ihm den Rest gegeben.«

»Aber er kannte Soline doch, Thia. Er hat sie geliebt. Was ich nicht verstehe: Wie konnte er seinem Vater diese Lügen glauben?«

»Erst hat er das auch nicht getan. Sie haben sich ohne Ende gestritten, wenn mein Vater wieder solche Sachen über sie gesagt hat. Dass sie nur hinter seinem Geld her war, aber dass ihr sogar das Geld nicht gelangt hat, um ihn im Rollstuhl vor sich herzuschieben. Es war, als wollte er Anson für seine Liebe zu ihr bestrafen. Manchmal waren sie kurz davor, mit den Fäusten aufeinander loszugehen.«

»Und dann?«

»Dann ist irgendetwas passiert. Als hätte Anson einen Schalter umgelegt. Von einem Tag auf den anderen hat er sich geweigert, ihren Namen auszusprechen. Und er hat es uns anderen auch verboten. So ist es immer noch. Jedes Mal, wenn ich versucht habe, mich mit ihm über sie zu unterhalten, hat er die Unterhaltung beendet. Als hätte sie ihn vergiftet.«

»Da wird sich Ihr Vater aber gefreut haben.«

»Wahrscheinlich schon. Er hat bekommen, was er wollte. Aber so war das eigentlich immer. Selbst wenn es bedeutete, die Menschen, die er hätte lieben sollen, zugrunde zu richten. Das hat er mit Anson getan.«

»Und mit dem Baby«, sagte Rory. »Er hat die Kleine einfach weggegeben. Seine eigene Enkeltochter, und er wusste nicht, was aus ihr geworden ist.«

»Oh, doch, das wusste er.« Thia wandte den Blick ab. Ihre Stimme hatte wieder dieses unheilvolle Drohen angenommen. »Die Frau von der Familienfürsorge hat ihm eine Kopie der Adoptionsurkunde geschickt, zum Beweis, dass sein Geld gut angelegt war. So ein Ungeheuer war er. Er hat kaum einen Gedanken an das Kind verschwendet, es ging ihm nur um Anson und das Familienunternehmen.«

»Sauber.«

»Tja, so war mein Vater. Ihm war kein Preis zu hoch, um zu bekommen, was er bekommen wollte. Und Dorothy Sheridan war nur allzu bereit zu helfen – gegen eine kleine Gebühr, versteht sich. Ich habe ein paar Nachforschungen angestellt, als ich das Kassenbuch gefunden habe. Die Polizei scheint Ms Sheridans Nebengeschäft 1972 auf die Schliche gekommen zu sein. Deswegen hören die Eintragungen in diesem Jahr auf. Sie ist verschwunden. Mein Vater war sie los.«

Rory fror. »Es ist unfassbar. Soline trauert seit vierzig Jahren um eine Tochter, die die ganze Zeit gelebt hat. Wie kann eine Frau einer anderen etwas dermaßen Verabscheuungswürdiges antun?«

Thia sah sie aufmerksam an. »Es kommt mir so vor, als hätten Sie einen starken Beschützerinstinkt, wenn es um Soline geht. Sie sind den ganzen Weg hierhergefahren und stellen all diese Fragen.«

»Gestern hat ein befreundeter Reporter plötzlich dieses Foto von Anson aufgetrieben. Ich habe ihn für tot gehalten, aber das Foto war erst zwei Jahre alt. Ich würde sagen, da kann man ruhig Fragen stellen.«

»Warum wollten sie das Bild von Anson haben?«

Wieder hatte Rory den Eindruck, als würde sie für irgendwas beschuldigt. Es ärgerte sie. »Ich wollte es rahmen und Soline schenken. Weil sie meine Freundin ist. So wie sie früher Ihre Freundin war.«

»Ja. Ja, das stimmt.«

Jetzt war Thias Stimme weicher. Rory merkte, wie ihr Ärger verflog. »Sie hat mir von den Skizzen erzählt und von den Kleidern, die sie für Sie umgearbeitet hat. Und wie Sie unterm Dach leben und malen wollten. Es hat ihr das Herz gebrochen, dass sie sich nicht von Ihnen verabschieden konnte, aber Ihr Vater hat es verhindert.«

Thia schlang die Arme um sich. »Er hat mich auf diese grässliche Mädchenschule geschickt. Als ich wiedergekommen bin, war sie weg. Ich habe immer gedacht, sie hätte uns verlassen, hätte mich verlassen. In der Zeit, bis Anson nach Hause kam, habe ich begonnen, sie zu hassen. Nicht nur meinetwegen, sondern auch seinetwegen. Mein Bruder und ich hatten früher ein enges Verhältnis, doch als er zurückkam, war er kalt und abweisend. Ich habe gedacht, wenn ich sie auch hassen würde, hätten wir etwas gemeinsam. Aber es machte ihn nur noch wütender.«

»Er hat Sie benutzt«, sagte Rory leise. »Ihr Vater, meine ich. Er hat Sie dazu gebracht, Soline zu hassen, und dann hat er Öl ins Feuer gegossen und Ihren Hass als Brennstoff für den Schmerz Ihres Bruders benutzt.«

»Ich habe Ihnen ja gesagt, dass er ein Monster war.«

»Es tut mir leid. Mir war nicht bewusst, dass das auch für Sie schmerzhaft ist. Ich wollte doch nur ein Foto von Anson!«

Thia seufzte. »Ich glaube, es ist an der Zeit, dass Sie sich Familienfotos ansehen.« Sie ging wieder zum Schrank hinüber und brachte zwei ledergebundene Alben zurück. »Meine Mutter liebte Alben. Sie hat auch für uns Kinder welche angelegt. Dieses ist Ansons.«

Rory legte das Album aufgeschlagen auf ihren Schoß. Die Seiten knisterten, als sie Bilder der üblichen Ereignisse durchblätterte. Das erste Weihnachten. Die ersten Schritte. Das erste Mal Haareschneiden. Mit der Zeit wurde aus dem pausbäckigen Kleinkind ein Schuljunge. Anson mit acht oder neun in einem Football-Trikot, auf einem Knie und ins Gegenlicht blinzelnd. Ein paar Seiten später sah er mit einem schiefen Grinsen in einem dunklen Anzug und gestärkten weißen Hemd mit einer Nelke im Knopfloch in die Kamera. Abschlussball. Und schließlich, auf der vorletzten Seite, in einer kakifarbenen Uniform, die Haare sehr kurz geschnitten und aus der Stirn gekämmt: definitiv kein Junge mehr.

Es war merkwürdig, ihn so aufwachsen zu sehen, Seite um Seite. Für Rory war er kaum mehr als ein Geist gewesen – und jetzt war er hier in Schwarz-Weiß. Und irgendwo in der Welt, sehr lebendig. Sie betrachtete den jungen Mann mit seinem kantigen Kinn und dem Aussehen eines Filmstars.

»Kein Wunder, dass Soline sich sofort in ihn verknallt hat. Er war umwerfend. Übrigens erkenne ich die Familienähnlichkeit. Sie haben die gleichen Wangenknochen und eine ähnliche Nase.«

»Wir sehen beide wie unser Vater aus. Die Haare, die Augen.« Sie machte eine Pause und faltete die Hände im Schoß. »Wem sehen Sie ähnlich?«

Rory riss die Augen auf. »Ich?«

Es war eine merkwürdige Frage, aber wahrscheinlich durfte Thia sie jetzt auch mal etwas fragen. »Haarfarbe und Augenfarbe sind von meiner Mutter, und wir haben auch die gleiche breite gerade Nase. Aber sie ist längst nicht so groß wie ich. Wahrscheinlich habe ich das von der Seite meines Vaters.«

Thia klappte das zweite Album auf und legte es Rory in den Schoß. »Bitte werfen Sie einen Blick in dieses Album.«

Rory sah ein kleines Mädchen von fünf oder sechs Jahren in einem Schlafanzug mit Füßen. Sie hatte Grübchen und den Kopf voller Engelslocken. »Was für wunderbare Haare. Hinreißend.«

Thias Gesicht blieb ausdruckslos. »Und was sehen Sie auf dem nächsten Foto?«

Das gleiche Mädchen, nur ein paar Jahre später. Ein Partykleid mit Rüschen und Söckchen mit Spitzenbesatz, die Mähne in einem Knoten auf dem Hinterkopf gezähmt und mit winzigen weißen Blüten verziert, wie eine Prinzessin oder eine Elfe. Merkwürdig vertraut. »Sind Sie das?«

»Ja.«

»Meine Mutter besitzt ein fast identisches Foto von mir. Sie hat mich herausgeputzt, als ich für ihre Freundinnen auf dem Klavier vorspielen sollte, aber ich bin damals ausgefallen, ich hatte einen Blackout. Verrückt, wie sehr sich die Fotos ähneln!«

»Ihre Mutter? Kommt sie ursprünglich aus Boston?«

Rory war noch immer mit dem Foto beschäftigt. Sie sah auf. »Wie bitte? Tut mir leid.«

»Ihre Mutter. Wie heißt sie?«

»Camilla Grant.«

»Und ihr Mädchenname?«

»Lowell. Warum?«

Thia zog ein zusammengefaltetes Blatt Papier unter dem Album hervor und reichte es Rory. »Es ist Zeit, dass Sie sich dies hier ansehen.«

Rory wappnete sich. Das Schreibmaschinenpapier war vergilbt. In roter Farbe war »KOPIE« darauf gestempelt. Es war eine Adoptionsurkunde, die auf den 17. Januar 1945 datiert war. Unterschrieben von einem Standesbeamten. Doch es gab nur sechs Buchstaben auf dem Dokument, die von Bedeutung waren. »Lowell«.

Achtunddreissig
RORY

Rory hatte das Gefühl, ihr Herz würde wie ein Stein in einen unendlich tiefen Brunnen stürzen. Da war nichts. Es fiel ins Bodenlose. Warum stand der Name ihrer Mutter auf dem Dokument? Warum war es unter Owen Purcells Papieren? Rory nahm Thia wie durch einen Nebel wahr, während sie die Urkunde nochmals durchlas.

State of Rhode Island
Standesamt
Abstammungsurkunde
Mädchenname der leiblichen Mutter: *Soline Louise Roussel*
Name des leiblichen Vaters: *unbekannt*
Geburtsname des Kindes: *N.N.*
Name der Adoptivmutter: *Gwendolyn Lucille Lowell*
Name des Adoptivvaters: *George Edward Lowell*
Name des Kindes nach der Adoption: *Camilla Nicole Lowell*

Schließlich ließ Rory das Dokument sinken. Ihre Gedanken rasten. Der Name ihrer Mutter und der Name ihrer Großmutter.

Was hatte das zu bedeuten? Sie sah Thia an. »Ich verstehe das nicht.«

»Doch, du verstehst es.«

»Sie ist … Sie sagen …« Rory presste die Fingerkuppen auf die Augen. »Ich verstehe es wirklich nicht.«

Thia atmete tief ein. »Deine Mutter ist das Baby, von dem auf der Adoptionsurkunde die Rede ist. Das heißt, dass Soline deine Großmutter ist, und mein Bruder dein Großvater.«

»Das muss ein Fehler sein. Einer dieser seltsamen Zufälle, von denen man in der Boulevardpresse liest. Lowells gibt es viele in Massachusetts.«

»Sieh dir das Bild von mir noch einmal an. Das ist keine Verwechslung. Und auch kein Zufall. Du kannst einen Test machen lassen, wenn du Bestätigung brauchst, aber ich wusste es in der Sekunde, in der ich dein Gesicht gesehen habe. Du bist eine Purcell, weil deine Mutter eine Purcell ist. Oder weil sie eine hätte sein sollen.«

»Meine Mutter …«, wiederholte Rory dumpf. Und dann fiel ihr etwas ein, was Camilla vor einer Weile gesagt hatte. Dass sie erzogen worden war, um der Position gerecht zu werden, die ihr als einer Lowell gegeben worden sei. *Gegeben.* Damals war ihr das Wort merkwürdig vorgekommen, aber Camilla hatte die Unterhaltung beendet, bevor Rory weiter nachforschen konnte. War es möglich, dass ihre Mutter die Umstände ihrer Geburt kannte? Und wenn ja, warum hatte sie sie dann all die Jahre geheim gehalten? Wie auch immer, alle Wege führten zu Soline.

Rorys Welt stand auf dem Kopf. Nichts ergab Sinn. Oder vielleicht umgekehrt: Plötzlich ergab alles Sinn. Vielleicht war das der Grund, warum sie sich von dem Haus auf der Newbury so angezogen gefühlt und eine solche Nähe zu Soline gespürt hatte. Das Schicksal hatte sie zusammengeführt. Aber war so etwas möglich?

Sie sah Thia an, die still mit den Händen im Schoß dasaß. »Wollen Sie etwa sagen, dass Soline und ich uns durch Zufall … über den Weg gelaufen sind?«

»Weißt du, wir sollten du zueinander sagen, meinst du nicht, Rory?«

Rory nickte.

Thias Lächeln war schwer zu deuten. »Ich habe ja nicht *durch Zufall* gesagt. Wobei das natürlich auch sein könnte. Wir schieben die Dinge, die wir uns nicht anders erklären können, auf den Zufall. Aber es gibt so vieles, was wir uns nicht erklären können. Kräfte, die wir nicht sehen können. Das heißt ja nicht, dass sie nicht da sind. Und Soline hatte etwas Besonderes an sich … etwas wie aus einer anderen Welt.«

»Also sagen Sie … sagst du, dass das alles durch Magie so gekommen ist?«

Thia zuckte die Achseln. »Magie. Kismet. Irgendeine psychische Verbindung. Mir ist das völlig egal. Mich interessiert nur, was tatsächlich passiert. Als Paulette mir eben am Telefon sagte, dass sich jemand nach einer alten Freundin erkundigt hat, habe ich gleich an Soline gedacht. Als ich dich gesehen habe, wusste ich es sofort. Ich habe aber geglaubt, dass du es auch wüsstest oder dass Soline es wüsste und dich deswegen geschickt hätte. Hat sie denn nie eine Bemerkung fallen lassen, wie ähnlich du meinem Bruder siehst?«

»Nein«, sagte Rory still. »Nie.«

Es war zu viel, um es alles auf einmal zu verarbeiten. Eine Lawine von Fragen und Gefühlen überrollte sie. Soline war ihre Großmutter. Anson war ihr Großvater. Plötzlich stiegen ihr Tränen in die Augen.

Sie versuchte, sich über die Konsequenzen klar zu werden. Ihre Mutter, die stolzeste Frau auf der Erde, war offensichtlich mit einem falschen Stammbaum herumgelaufen und würde sich bald mit der Wahrheit auseinandersetzen müssen.

Dass sie ein uneheliches Kind war, und zwar von einer Frau, die sie vor Kurzem mit den Nazis verglichen hatte. Es würde keine leichte Unterhaltung werden. Trotzdem kein Vergleich zu der, die sie mit Soline führen musste. Soline würde erfahren, dass ihre Tochter nicht tot war, sondern gestohlen, und dass sie die ganze Zeit in Boston gelebt hatte. Wie grausam! Und nach ihrem schrecklichen Lunch …

»Mein Gott, Thia. Wie soll ich den beiden das erklären?«

»Darüber habe ich mir auch schon Gedanken gemacht. Ich glaube, du solltest es nicht tun, jedenfalls nicht gleich. Vielleicht besinnt sich mein Bruder, wenn er erfährt, was wirklich passiert ist. Ich werde dafür sorgen, dass die beiden es erfahren. Und wenn es eine Chance gibt, dass etwas Gutes aus all dem hervorgeht, dann lohnt es sich doch, ein paar Wochen zu warten, oder?«

Rory dachte darüber nach. Auch für sie wäre etwas Zeit zum Verarbeiten sicherlich gut. Soline musste es erfahren, aber sie brauchte jemanden, der ihr zur Seite stand, jemand, der die Geschichte kannte und ihr helfen konnte, die Scherben ihres zerbrochenen Lebens aufzusammeln. Aber im Moment sprachen sie nicht einmal miteinander. Vielleicht würde sich die Verstimmung in Luft auflösen und vielleicht würde es Rory auch gelingen, die Beziehung zwischen ihrer Mutter und Soline irgendwie zu glätten. Beides würde nicht über Nacht passieren.

»Gut. Ich warte. Und wann sprichst du mit Anson?«

»Ehrlich gesagt habe ich mir eher vorgestellt, dass du mit ihm sprichst.«

Rory starrte sie fassungslos an. »Ich?«

»Er hat sehr deutlich gemacht, dass er von mir nicht mehr auf das Thema angesprochen werden will. Jedes Mal, wenn ich es versucht habe, hat er mich abgewürgt. Er kann sich Dinge und Menschen gut vom Hals halten. Er macht es jetzt schon so lange, dass er gar nicht mehr weiß, wie es ist, jemanden in sein Leben zu lassen.«

»Anson hat nie geheiratet?«

»Nach dem Ende seiner Beziehung zu Soline hat er sich verschlossen. Auch vor mir. Wir sprechen uns zu Weihnachten und an den Geburtstagen. Aber es ist immer gekünstelt. Ich hatte gehofft, das würde sich bessern, als mein Vater gestorben ist, dass er vielleicht sogar wieder nach Hause kommt, aber …« Sie zuckte die Achseln. »Meistens weiß ich nicht einmal, wo er ist. Irgendwo im Ausland. Als wäre er permanent auf der Flucht vor seinen Erinnerungen.«

»Und du glaubst, eine Fremde wäre imstande, sein Herz zu erweichen?«

»Eine Fremde? Nein. Eine Enkeltochter? Vielleicht.« Thia pochte mit dem Zeigefinger sacht gegen ihre Unterlippe, dann blickte sie auf ihre Armbanduhr. »Wahrscheinlich erreiche ich sie noch.«

Thia ging an ihren Schreibtisch und tippte mit kühler Effizienz eine Nummer ins Telefon. »Paulette, würden Sie Cheryl fragen, wo mein Bruder sich zurzeit aufhält? Danke.«

Rory spürte, wie Panik in ihr aufstieg. Was auch immer Thia Purcell sich vorstellte, es ging alles viel zu schnell. Sie öffnete den Mund, um zu protestieren, aber Thia griff bereits nach einem Bleistift.

»Ja, ich bin hier. Nein, ich brauche die Telefonnummer nicht, nur das Hotel.« Thias Blick glitt zu Rory. »Ich will ihm etwas schicken.«

Neununddreissig

RORY

San Francisco, 25. September 1985

Rory ließ ihre Reisetasche auf das Bett fallen und ging ans Fenster. Sie betrachtete die Skyline von San Francisco, die sich weit ausdehnende Stadt, die glitzernde Bucht mit der Golden Gate Bridge, die gerade noch durch den Nebelschleier sichtbar war. Es war atemberaubend, aber sie war nicht wegen der Sehenswürdigkeiten gekommen. Ihre Mission bestand darin, das Leben eines Mannes umzukrempeln.

Vor ein paar Stunden war sie noch in Boston gewesen und hatte versucht, einen Grund zu finden, sich aus der Affäre zu ziehen. Und dann wurde der Flug aufgerufen, was ihr die Entscheidung abgenommen hatte. War es klug, im Fairmont zu übernachten? Ansons Zimmer lag vier Etagen über ihr, und sie kam sich ein wenig wie eine Stalkerin vor. Aber da sie nicht viel Zeit hatte, ergab es Sinn, dort unterzukommen, wo sie nur durch eine Aufzugfahrt von Anson getrennt war.

Im Flugzeug hatte sie versucht, sich vorzubereiten. Sie hatte geübt, wie sie ihre Rede aufbauen wollte, in welcher Reihenfolge sie die Fakten darlegen und was sie sonst noch sagen wollte. Sie hatte ein Plädoyer ausgearbeitet, wie ein Anwalt vor Gericht. Und es lief darauf hinaus, warum er die Sache mit Soline in Ordnung bringen musste. Auf eines jedoch war sie nicht vorbereitet, nämlich ihrem Großvater gegenüberzustehen, von dem sie bis vor vierundzwanzig Stunden nicht einmal gewusst hatte, dass es ihn gab.

Wie überbrückte man so eine Lücke? Dreiundzwanzig Jahre ohne Großvater – und plötzlich war da Anson Purcell. Die Nachricht zu verkraften, dass Soline ihre Großmutter war, war schwer genug gewesen, aber sie hatten eine Beziehung zueinander entwickelt, bevor Rory die Wahrheit erfahren hatte. Zu Anson hatte sie keine Beziehung, abgesehen von Solines Erinnerungen verband Rory nichts mit ihm. Sie hatte gehört, dass manche Menschen sofort eine Verbundenheit fühlten, wenn sie einen neu entdeckten Verwandten zum ersten Mal trafen, während andere gar nichts spürten. Wie würde es für sie sein? Sie hatte keine Ahnung. Doch im Moment musste sie sich auf ihre bevorstehende Mission konzentrieren.

Sie ging zum Bett und nahm das Kassenbuch aus ihrer Reisetasche – sie würde es wahrscheinlich brauchen, um Anson von der Täuschung seines Vaters zu überzeugen. Sie hatte auch die Fotos dabei: das von der jungen Thia im Partykleid und das von ihr selbst, aufgenommen am Tag eines improvisierten Auftritts. Das Foto von sich hatte Rory sich aus der Vitrine ihrer Mutter ausgeliehen, während Camilla bei ihrem wöchentlichen Bridgespiel war. Sie hatte darauf geachtet, die restlichen Objekte neu zu arrangieren, um keine leere Stelle zu hinterlassen. Mit etwas Glück würde das gerahmte Bild wieder dort stehen, wo es hingehörte, bevor ihre Mutter bemerkte, dass es fehlte. Sobald sie wusste, wie Anson sich ins Bild fügte, würde sie ihrer Mutter und Soline die Nachricht überbringen.

Sie schaute auf ihre Uhr, die auf Bostoner Zeit eingestellt war, und zog drei Stunden ab. Fast sechs Uhr abends in San Francisco. Sie hatte ihr Rückflugticket für den Nachmittag des nächsten Tages gebucht, um rechtzeitig zur letzten Besprechung mit Brian zurück zu sein. Sie hatte knapp vierundzwanzig Stunden für ihre Mission. Sie nahm den Hörer ab, sah auf Thias Zettel mit Ansons Zimmernummer und ließ sich verbinden. Nach dem dritten Klingeln meldete sich eine männliche Stimme.

»Mr Purcell?«

»Am Apparat.«

»Mein Name ist Rory Grant. Ihre Schwester Thia hat mir mitgeteilt, wo ich Sie erreichen kann.«

»Was kann ich für Sie tun?«

Seine Stimme war einschüchternd und geschäftsmäßig. Plötzlich blieben ihr alle Worte, die sie auf dem Flug eingeübt hatte, in der Kehle stecken. »Ich bin eine Freundin von Soline Roussel«, platzte sie schließlich heraus. Atemlos wartete sie auf ein Klicken. Es kam nicht. »Mr Purcell?«

»Was wollen Sie?«

»Sie weiß nicht, dass ich hier bin. Auch nicht, dass ich mit Ihrer Schwester gesprochen habe. Ich möchte mich mit Ihnen über das unterhalten, was nach Paris geschehen ist. Ich glaube, dass Sie es wissen möchten.«

»Es gibt nichts, was Sie sagen können, was ich hören möchte, Miss Grant. Auf Wiederhören.«

»Nein! Warten Sie! Bitte lassen Sie mich persönlich mit Ihnen sprechen. Was ich zu sagen habe, dauert nicht lange, und man kann schlecht am Telefon darüber sprechen.«

Schweigen. Aber er hatte nicht aufgelegt.

»Bitte, Mr Purcell, es ist wichtig. Ich bin im Hotel, aber ich könnte Sie überall treffen. Wann immer Sie möchten.« Sie biss sich auf die Unterlippe.

»In der Bar unten. In einer halben Stunde.«

* * *

Rory erschien zu früh und setzte sich an einen Ecktisch. Es war eine kleine Bar neben dem Hotelrestaurant mit gedämpftem Licht und eleganter Einrichtung. Cremefarbener Teppich und helle Marmorsäulen zu beiden Seiten der Türen. Leise Klaviermusik untermalte die Gespräche, der Pianist spielte Cole Porter, »Night and Day«. Die Atmosphäre war angenehm und beruhigend, dennoch war Rory angespannt und hielt ihren Blick starr auf die Tür gerichtet.

Es hatte sie erleichtert, dass die meisten Tische besetzt waren. Das machte eine Szene unwahrscheinlicher. Sie bestellte ein Glas Chardonnay. Nicht weil sie Wein trinken, sondern weil sie etwas in den Händen halten wollte. In dem Moment, in dem sie das Glas an die Lippen führte, erschien Anson an der Tür. Sie erkannte ihn sofort. Groß und breitschultrig mit vollen silbriggoldenen Haaren, ein gut aussehender Mann trotz seiner mehr als sechzig Jahre.

Ihr Großvater.

Die Erkenntnis schnürte ihr die Kehle zusammen. *Jetzt nicht, Aurora. Fang nicht an zu flennen, sonst packst du das nicht.* Sie kippte einen Schluck Wein hinunter. Plötzlich waren ihre Hände feucht. Mit so einer unglaublichen Nervosität hatte sie nicht gerechnet.

Er ließ seinen Blick über die Tische schweifen, während sie den Atem anhielt und darauf wartete, dass ihre Blicke sich trafen. Dann hob sie die Hand. Er machte keine Anstalten zu lächeln, sondern näherte sich mit starrem Gesichtsausdruck. Er hinkte deutlich, aber sein Gang zeigte, dass er schon viele Jahre damit lebte und es gut kompensiert hatte.

Er vermied ihren Blick, während er einen Stuhl unter dem Tisch hervorzog und sich setzte. Bevor sie etwas hätten sagen können, erschien eine Kellnerin mit einem Getränk, das nach

Gin Tonic aussah. Er nickte zum Dank. Sie musterte Rory neugierig, dann wandte sie sich an Anson. »Soll ich Ihnen Speisekarten bringen, Mr Purcell?«

»Nein, danke, Ellie. Wir bleiben nicht lange.«

Ein Stammgast also, der immer das gleiche Getränk bestellte. Und der gerade sehr deutlich zu verstehen gegeben hatte, dass sich ihr Zeitfenster bald wieder schloss.

Als Ellie gegangen war, nahm er sein Glas, setzte sich bequem zurück und betrachtete sie kühl. Falls irgendetwas in ihm aufstieg, ließ er es sich nicht anmerken. »Gut. Warum bin ich hier.«

»Ich bin eine Freundin von Soline.«

»Das haben Sie bereits am Telefon gesagt.«

Sein eisiger Ton war einschüchternd, und er war sich darüber im Klaren. »Sie spricht oft von Ihnen.«

»Tatsächlich.«

»Darüber, wie Sie sich kennengelernt haben, was Sie im Krankenhaus und für die Résistance getan haben. Und wie Sie sie dazu gebracht haben wegzugehen, damit sie in Sicherheit war. Weil Sie sie geliebt haben.«

Er sah sie an, ohne mit der Wimper zu zucken. »Ach, wirklich? Ich kann mich kaum noch daran erinnern.«

Da war sie, die Bitterkeit, über die Thia gesprochen hatte. Schmerz, aus dem Feindseligkeit und Sarkasmus geworden waren. Und doch war da etwas unter seiner Nonchalance, was ihr verriet, dass Anson Purcell nicht halb so abgeklärt war, wie er tat.

»Sie hat mir von ihrer letzten gemeinsamen Nacht mit Ihnen erzählt«, sagte Rory und ließ ihn nicht aus den Augen. »Dass Sie um ihre Hand angehalten haben, und wie sie Sie durch das Rückfenster des Rettungswagens angesehen hat, bis Sie verschwunden waren.«

»Sie sind ja eine richtige Geschichtenerzählerin.«

»War es anders?«

Anson starrte in sein Glas. »Ich kann mich nicht erinnern.«

»Ich glaube, dass Sie sich sehr gut erinnern können. Und Ihre Schwester glaubt das auch.«

»Was wollen Sie von mir, Miss Grant?«

»Ich möchte, dass Sie sich ins Gedächtnis rufen, wie sehr Sie sie geliebt haben und wie sehr Sie von ihr geliebt worden sind. Bevor Sie nach Hause zurückgekommen sind und Ihr Vater Ihnen Gift eingeträufelt hat. Es gibt einiges, was Sie nicht wissen.«

Er schluckte. »Ich weiß Folgendes: Ich habe alle Beziehungen ausgenutzt, um sie in die Vereinigten Staaten zu bekommen. Ich habe x Hände geschmiert, Schuldscheine unterschrieben, und als das alles nichts geholfen hat, habe ich den Namen meines Vaters ins Spiel gebracht. Ich weiß, dass sie Reißaus genommen hat, als sie gehört hat, dass ich ein Loch im Bauch hatte und dass meine Beine vielleicht amputiert werden mussten. Das immerhin muss ich ihr zugestehen: Die meisten Frauen wären wegen des Geldes geblieben. Sie hat mich leicht vom Haken gelassen.«

»Hören Sie auf damit!«, sagte Rory schärfer, als sie beabsichtigt hatte. »Erinnern Sie sich nicht so an sie. Es ist nicht wahr.«

Anson setzte energisch das Glas ab. »Doch. Ich gebe es ungern zu, aber ich bin auf einen der ältesten Tricks hereingefallen. Und meinem Vater hat es große Genugtuung verschafft, dass er recht gehabt hat.«

Rory nippte an ihrem Glas. Es war schmerzhaft, ihn so über Soline sprechen zu hören, und ebenso schmerzhaft zu wissen, dass er tatsächlich daran glaubte. »Ihr Vater hat Sie belogen.«

Anson versteifte sich. »Moment mal, Miss Grant …«

»Er hat Sie belogen«, wiederholte sie. »Darüber, warum Soline gegangen ist, und darüber, wohin sie gegangen ist. Es war alles gelogen. Sie hat sie nicht verlassen. Ihr Vater hat sie rausgeworfen. Thia weiß das. Damals wusste sie es auch nicht, aber heute. Deswegen bin ich hier … um mit Ihnen darüber zu sprechen, was wirklich passiert ist.«

Anson saß ganz still da, sein Gesicht war völlig ausdruckslos. »Das mussten Sie mir mitteilen? Diese alberne ausgedachte Geschichte?«

»Komme ich Ihnen irgendwie bekannt vor?«, fragte Rory, als ihr bewusst wurde, dass es nur einen Weg gab, ihn zu überzeugen. »Sehen Sie sich mein Gesicht an. Meine Augen, meine Nase. Erinnere ich Sie an jemanden?«

Ansons Augen verengten sich. »Was soll das?« Er biss die Kiefer fest aufeinander. »Ich habe keine Ahnung, worauf Sie hinauswollen, aber es wird nicht klappen.«

»Ich will auf nichts hinaus. Aber ich glaube, Sie sollten mich Rory nennen. Oder Aurora, wenn Ihnen das besser gefällt.«

»Ich habe nicht die geringste Absicht, Sie mit welchem Namen auch immer anzusprechen.« Er schob seinen Stuhl zurück und stand auf. »Unsere Unterhaltung ist hiermit beendet.«

Winzig kleine Nadeln versetzten Rory Stiche, als Panik in ihr aufstieg. Wenn er jetzt ging, bekam sie nie wieder eine Chance. »Soline hat ein Baby bekommen«, sagte sie schnell. »Ihr Baby.«

Anson erstarrte.

»Assia«, fügte Rory leise hinzu. »Der Name Ihrer Tochter lautete Assia.«

Er drehte sich steif um und ließ sich auf den Stuhl fallen, als wäre das Gewicht dessen, was er gerade gehört hatte, zu schwer für seine Beine.

Rory nahm die beiden Fotos aus der Tasche und legte sie nebeneinander auf den Tisch. »Wissen Sie, was das für Fotos sind?«

Anson betrachtete sie kurz. »Bilder von meiner Schwester. Von einer Geburtstagsfeier, würde ich sagen.«

Rory nickte. »Eines ja. Aber das andere …« Sie deutete auf das linke Foto. »Das ist ein Bild Ihrer Enkeltochter, als sie acht war. Im Januar wird sie vierundzwanzig.«

Anson überkreuzte die Arme und saß wie versteinert da. »Bis vor einer Viertelstunde habe ich Sie noch nie gesehen. Und Sie erwarten, dass ich Ihnen das alles einfach so glaube?«

»Das müssen Sie nicht.« Sie legte das Kassenbuch auf den Tisch. »Sie können Ihrem Vater glauben.«

Er warf einen misstrauischen Blick auf das Buch. »Was soll das sein?«

»Das hat Thia im Nachlass Ihres Vaters gefunden. Sie sagt, dass er seine Bücher immer ordentlich geführt hat. Seine Unterlagen stimmen mit dem überein, was Soline mir erzählt hat. Er hat ihr einen Platz in einem Heim für unverheiratete Mütter verschafft. Und damit meine ich, er hat für den Platz bezahlt. Und als das Baby geboren war, haben sie Soline gesagt, dass es gestorben wäre, es aber an ein wohlhabendes Ehepaar in Boston vermittelt. Die beiden hießen Lowell. Dem Baby haben sie den Namen Camilla gegeben. Kaum war sie erwachsen, hat Camilla einen Mann namens Geoffrey Grant geheiratet und eine Tochter bekommen. Sie haben sie Aurora genannt – kurz Rory.«

Es dauerte ein paar Sekunden, aber dann begriff er den Sinn ihrer Worte. »Sie sind aber nicht …«

»Doch. Deswegen haben Sie auch gedacht, beide Fotos wären von Thia. Ich sehe ihr so ähnlich, weil ich ihre Großnichte bin. Ich sehe Ihnen ähnlich, weil ich Ihre Enkeltochter bin.«

Sein Gesicht lief dunkel an. »Falls Sie glauben, auch nur einen Cent …«

Rory schob ihm das Kassenbuch hinüber. »Es ist alles hier drin. Jeder Cent, den Ihr Vater ausgegeben hat. Auch die Schmiergelder. Und die Adoptionsurkunde, in der Soline als leibliche Mutter aufgeführt ist. Der Name des Vaters wird mit unbekannt angegeben, aber das Geburtsdatum passt genau zu Ihrer letzten gemeinsamen Nacht in Paris, da Soline Ihr gemeinsames Kind einen Monat zu früh bekommen hat.«

Anson schloss die Augen, als verursachte ihm die Erwähnung der Nacht körperliche Schmerzen. Schließlich räusperte er sich. »Mein Vater hat nach seinen eigenen Regeln gelebt, Ms Grant. Er hatte Pläne für mich, und in diesen Plänen kam keine Ehefrau vor, die nicht seinen ›Genehmigt‹-Stempel trug. Ich bezweifele gar nicht, was Sie mir erzählen. Es klingt sehr nach ihm. Aber er hatte gute Gründe, die Ehrlichkeit meiner … Verlobten anzuzweifeln.«

Die Art, wie er »Verlobte« aussprach, brachte Rory in Rage. »Wie kommen Sie dazu, so etwas zu sagen? Sie war mit Ihrem Kind schwanger, als er sie verstoßen hat.«

»Dann ist Ihnen nie eingefallen, dass ich vielleicht nicht der einzige Mann in Solines Leben war? Und dass es eine ganz einfache Erklärung dafür gibt, dass der Vater als unbekannt angegeben wird? Sie wusste selbst nicht, wer der Vater war.«

Rory starrte ihn an. Seine gespielte Gleichgültigkeit machte sie fassungslos. Und sie war gespielt. Das konnte sie an seiner Mimik erkennen und daran, wie fest er das Glas umklammert hielt. Er konnte es nicht zulassen, denn es hätte bedeutet, dass er das alles weggeworfen hatte.

»Sie glauben das nicht wirklich«, sagte Rory ruhig. »Ich weiß es genau.«

An Ansons Unterkiefer zuckte ein Muskel. »Überlassen Sie mir, was ich glaube und was nicht. Sie hat sie davon überzeugt, dass sie eine Art Märtyrerin ist, aber ich weiß es leider besser. Es spielt keine Rolle, woher ich das weiß. Verabschieden Sie sich lieber von dem Märchen, dass sie die letzten vierzig Jahre ihr gebrochenes Herz beweint hat.«

»Sie hat nie geheiratet.«

Anson hob das fast leere Glas. »Was geht mich das an? Muss ich Sie mit der Nase auf das Offensichtliche stoßen? Sie hat nie nach mir gesucht.«

»Warum hätte sie nach Ihnen suchen sollen? Sie hat Sie für tot gehalten.«

Ansons Kopf schoss hoch. »Tot? Warum?«

Endlich schien sie seine Aufmerksamkeit zu fesseln. »Ihr Vater hatte sie schon abgeschoben, als die Nachricht kam, dass Sie doch überlebt hatten. Und er wollte ja, dass Sie glaubten, Soline hätte sie im Stich gelassen. Er hat sie nicht nur weggeschickt, er hat auch dafür gesorgt, dass sie keinen Grund hatte, je zurückzukommen.«

Anson sah sie mit aufgesetztem Gleichmut an. »Was für eine Geschichte!«

»Ihre Schwester kann das alles bestätigen. Sie war am Boden zerstört, als Soline weg war, und sie wusste nur, was Ihr Vater ihr erzählt hat. Erst nach seinem Tod hat sie das Kassenbuch gefunden und die Puzzleteile neu zusammengesetzt. Sie hat versucht, mit Ihnen darüber zu sprechen, aber Sie haben es nicht zugelassen. Thia hat sich gedacht, vielleicht hören Sie mir zu.«

Rory glaubte, etwas in seinen Augen zu erkennen, einen Riss in seiner eisernen Rüstung – aber im nächsten Moment war es vorbei. »Ich kann verstehen, dass meine Schwester immer noch eine Schwäche für Soline hat. Sie waren sich einmal nah. Gestatten Sie mir eine neugierige Frage: Was kümmert Sie das Ganze? Es kann Ihnen doch vollkommen egal sein. Sie sind ein bisschen zu alt, um mit Opa Huckepack zu spielen oder

Campingausflüge zu machen. Warum ist Ihnen das nicht alles vollkommen egal?«

»Warum es mir nicht egal ist?« Ansons herablassende Art brachte Rory fast zum Weinen. »Soline ist meine Großmutter. Und selbst wenn es nicht so wäre, wäre sie immer noch meine Freundin. Von Ihnen will ich nichts. Ich versuche nur, ein vierzig Jahre altes Unrecht aufzuklären. Ich weiß genau, was Soline durchgemacht hat, als Sie vermisst gemeldet wurden. Es muss die Hölle gewesen sein, weil sie nicht wusste, ob sie lebten oder tot waren, weil sie nie erfahren hat, was Ihnen zugestoßen ist. Ich weiß, wie sich das anfühlt. Ich weiß es aus Erfahrung.« Sie wandte sich ab, um sich die Tränen von den Wangen zu wischen, entsetzt, dass sie so persönlich geworden war.

»Ms Grant …«

Als sie aufsah, reichte Anson ihr ein ordentlich gefaltetes und gestärktes Taschentuch über den Tisch. Dieses Mal war das Monogramm dunkelblau: A.W.P. Sie nahm es und tupfte sich die Augen trocken. »Entschuldigen Sie, das ist mir wirklich peinlich. Aber für mich ist das auch alles sehr viel. Und ich weiß, was es bedeutet, jemanden auf diese Art und Weise zu verlieren. Nie zu erfahren …«

Seine Haltung hatte sich verändert. Er beugte sich weit vor und stützte die Ellenbogen auf die Tischplatte. »Ihr Mann?«

Seine Falten um Mund und Augen waren weicher geworden. Er sah jünger aus – und er ähnelte Camilla so sehr, dass es sie etwas beruhigte. »Mein Verlobter, Hux. Nein, eigentlich heißt er Matthew, aber sein Nachname ist Huxley, deswegen wird er von allen nur Hux genannt.«

»Was ist passiert?«

»Er arbeitet für die Ärzte ohne Grenzen im Südsudan. Er ist Kinderarzt. Eines Morgens wurde die Klinik überfallen, und er wurde zusammen mit zwei anderen auf einen Lastwagen gezerrt. Das ist jetzt sieben Monate her, und niemand scheint irgendwas zu wissen.«

»Das tut mir leid. Im Südsudan ist es wirklich gefährlich, es gibt dort so viele Kriegsparteien, alle mit einer eigenen Agenda. Aber lassen Sie den Mut nicht sinken. Wer auch immer seine Entführer sein mögen, sie wissen genau, dass sie ihre Geiseln leben lassen müssen, um zu bekommen, was sie haben wollen. Damit steht und fällt alles. Es kann durchaus so wirken, als gäbe es keine Hoffnung mehr, aber ich habe Erfahrungen auf dem Gebiet. Das Internationale Komitee vom Roten Kreuz arbeitet mit Regierungen auf der ganzen Welt zusammen, um unsere Leute wieder heil nach Hause zu bringen. Wenn man nichts hört, bedeutet das nicht, dass hinter den Kulissen nichts stattfindet.«

»Vielen Dank, das hilft mir«, sagte Rory dankbar. »Es fällt mir manchmal schwer, die Hoffnung nicht aufzugeben, wenn nicht die geringste Nachricht kommt. Dann frage ich mich, wie lange ist zu lange? Ich kann mir jedenfalls nicht vorstellen, vierzig Jahre so zu leben. Wahrscheinlich habe ich gehofft …«

»Dass Soline und ich nach vierzig Jahren Hand in Hand in den Sonnenuntergang reiten, während der Abspann läuft?« Er rückte wieder vom Tisch ab, als bräuchte er Abstand. »Dass wir alle eine große Familie werden mit Geburtstagspartys und sonntäglichen großen Essen? Ich fürchte, dafür ist es ein bisschen spät.«

Rory spürte, wie sie rot wurde. Insgeheim hatte sie genau das ersehnt. Und einen Moment lang hatte sie einen Blick auf eine Seite von Anson erhascht, die das möglich gemacht hätte. Der Mann, der einer weinenden Frau ein Taschentuch anbot. Aber dieser Anson war in der Sekunde verschwunden, in der sie Soline erwähnt hatte.

»Sie glauben generell nicht mehr an ein Happy End?«, fragte Rory leise.

»Schon lange nicht mehr.«

»Haben Sie deswegen nie geheiratet?«

»Ich weiß nicht, inwiefern das wichtig sein sollte – oder, um präzise zu sein, inwiefern Sie das etwas angeht. Aber wenn es hilft, dann lassen Sie mich sagen, dass mir gewisse Fakten bekannt sind, die Sie nicht kennen.«

»Ich weiß nicht, was das bedeuten soll, aber wenn Sie nach Boston kämen …«

»Es wird in dieser Geschichte kein Happy End geben, Ms Grant. Manchmal lässt sich einfach nichts mehr retten.« Er stand auf und nickte kühl. »Wenn Sie mich bitte entschuldigen, ich habe morgen einen vollen Tag.« Er warf ein paar Scheine auf den Tisch. »Das mit Matthew tut mir leid. Ich hoffe, es geht für Sie beide gut aus.«

Rory sank das Herz, als sie ihm nachsah. Sie hatte nicht glauben wollen, dass die Jahre ihn so hart gemacht hatten, dass er der Frau, die er einmal so sehr geliebt hatte, den Rücken zukehren würde. Oder dass er Beziehungen mit seiner Tochter und Enkeltochter von vorneherein ausschloss. Aber offensichtlich war es so.

Sie steckte die Fotos ein, nahm das Kassenbuch und stand auf. Er hatte sich nicht einmal die Mühe gemacht, einen Blick hineinzuwerfen. Wenn er es getan hätte, hätte er vielleicht …

Ja … hätte er vielleicht …

Die Leute drehten sich nach ihr um, als sie aufsprang, sich hastig die Tasche umhängte und dabei nur knapp das Glas verfehlte. In der Lobby sah sie sich hektisch um. Anson bog gerade um die Ecke, hinter der sich die Aufzüge befanden. Sie rannte jetzt fast. Sie musste ihn unbedingt erreichen, bevor sich die Tür hinter ihm schloss und der Aufzug ihn forttrug.

»Anson!« Ihre Stimme klang hohl in dem leeren Vorraum vor den Aufzügen. »Warten Sie! Bitte!«

Er war schon im Aufzug, als er sie erblickte. Er zog die Augenbrauen zusammen und drückte schnell auf den Knopf im Bedienfeld, mit dem man die Türen schloss. Rory steckte den Arm zwischen die sich schließenden Türen. Sie ruckelten, als wären sie verwirrt, dann glitten sie zu den Seiten.

Anson war zu erstaunt, um zu reagieren, als sie ihm das Kassenbuch gegen die Brust drückte. Wahrscheinlich würde er es in den Müll werfen, wenn er sein Zimmer betrat, aber sie hatte wenigstens alles getan, was sie tun konnte. Der Rest war seine Sache.

Vierzig

RORY

Boston, 26. September 1985

Rory stellte die Scheibenwischer auf die höchste Stufe und wünschte sich, sie wäre in der Badewanne, wie sie es eigentlich vorgehabt hatte. Aber als sie vom Flughafen nach Hause gekommen war, hatte sie eine Nachricht ihrer Mutter auf dem Anrufbeantworter erwartet. Wieder eine Einladung zum Brunch am Sonntag – die Rory wieder nicht annehmen würde. Ihre Mutter hatte nebenher erwähnt, dass sie für den Abend Theaterkarten habe, und das bedeutete, dass Rory sich in ihr Haus reinschleichen und das Foto zurückstellen konnte, bevor ihre Mutter etwas gemerkt hatte.

Nach einer schlaflosen Nacht war Rory erschöpft. Sie war so naiv gewesen zu hoffen, dass Anson nur einen Blick in das Kassenbuch werfen musste, um seine Meinung zu ändern. Es schien nicht so. Als sie auf das Frühstück gewartet hatte, wollte sie sich von der Rezeption mit seinem Zimmer verbinden lassen, erfuhr aber nur, dass Mr Purcell bereits abgereist war. Sie hatte Thia angerufen, und sie waren einig geworden, dass Thia in den nächsten Wochen versuchen würde, ihren Bruder zur Vernunft zu bringen. Bis dahin würde Rory ihrer Mutter nichts sagen und alles tun, was sie konnte, um Soline zu besänftigen.

Das Haus ihrer Mutter war bis auf das Licht im Flur dunkel. Sie kramte ihren Hausschlüssel hervor, nahm die Handtasche vom Beifahrersitz und stieg aus.

Als sie im Flur stand, fühlte sie sich wie eine Einbrecherin. Sie tastete sich im schummerigen Licht weiter voran – sie würde ja nicht länger als eine Minute brauchen. Und dann würde sie sich zu Hause in das warme Badewasser sinken lassen, einen kleinen Snack essen und den neuesten Wälzer von Heather Graham lesen. Oder sie würde das mit dem heißen Bad überspringen und sich einfach ins Bett legen. Morgen hatte sie sehr viel zu tun.

Im Wohnzimmer ging sie um das Sofa und zwei Sessel herum auf die Vitrine zu. Sie hatte gerade den kleinen Schlüssel herumgedreht, als die Deckenlampe anging.

»Aurora, warum um alles in der Welt schleichst du hier herum?«

Rory suchte fieberhaft nach einer Erklärung.

Camilla runzelte die Stirn. »Ich habe dein Auto in der Einfahrt gesehen. Ist irgendwas …« Sie beendete den Satz nicht, als sie das gerahmte Foto in Rorys Hand bemerkte. »Was hast du denn damit vor?«

»Ich wollte es …« Rory blickte um sich, als könnte sich eine Entschuldigung in einer Ecke verstecken. »Warum bist du nicht im Theater?«

»Meine Allergie wurde plötzlich so stark, dass ich in der Pause gegangen bin.« Camilla setzte ihre Tasche ab und nahm ihren schimmernden Schal von den Schultern. Sie schüttelte einen Schauer von Regentropfen auf den Boden und legte den Schal zur Seite. »Aurora, was ist hier los? Du beantwortest meine Anrufe nicht, und jetzt überrasche ich dich, wie du hier im Dunkel herumschleichst. Hast du mir vielleicht etwas zu sagen?«

»Was denn?«

»Das weiß ich doch nicht. Aber wenn du ein Foto ausleihen willst, musst du mich nur fragen.«

Einen Moment lang überlegte Rory, ob sie lügen sollte. Aber das hätte ihre Mutter ihr nie abgenommen, sie wusste genau, dass sie dieses Foto noch nie hatte ausstehen können. »Ich will es nicht ausleihen. Ich bringe es zurück.«

»Zurück?« Camille wirkte verwirrt.

»Ich komme gerade aus San Francisco. Und davor war ich in Newport.«

»Jetzt verstehe ich überhaupt nichts mehr. Was haben San Francisco und Newport mit einem Foto von dir als kleines Mädchen zu tun?«

Rory schloss die Augen und seufzte. Sie kam nicht drum herum, es ihr zu erzählen. Alles. »Es hat nicht nur mit mir, sondern auch mit dir zu tun.«

»Ich verstehe überhaupt nichts mehr. Was willst du sagen?«

Rory senkte den Blick. Sie war auf diese Unterhaltung nicht vorbereitet. Sie hatte Anson das Kassenbuch und die Adoptionsurkunde gegeben, und deswegen konnte sie ihre Behauptungen nicht beweisen. Aber jetzt gab es kein Zurück mehr. Ihre Mutter wartete auf eine Antwort.

»Ich will sagen, dass wir uns unterhalten müssen.«

Camilla war plötzlich vorsichtig. »Worüber denn?«

Rory atmete tief ein und noch tiefer aus. »Über deine Eltern.«

Camilla ließ sich aufs Sofa sinken. Als sie schließlich den Kopf hob, wirkte sie müde, aber irgendwie auch erleichtert. »Wie hast du es herausgefunden?«

Rory glaubte, sich verhört zu haben. Sie hatte nicht gefragt: *Was ist denn mit meinen Eltern?* Sie hatte sich einfach nur hingesetzt. »Du weißt das mit der Adoption?«

Camilla nickte.

»Seit wann?«

»Ich habe es mit zehn rausgefunden. Ich hätte es eigentlich nicht erfahren sollen, aber meine Mutter hat irgendwann etwas fallenlassen, als sie sich über mich geärgert hat. Sie hat gesagt, sie hätte es besser wissen müssen und dass aus mir nie eine Lowell werden würde, weil ich immer Abschaum bleiben würde. Sie hätte mich wieder zurückschicken müssen, solange noch Zeit dafür war. Natürlich hatte ich keine Ahnung, wovon sie redete, aber etwa ein Jahr später hat sie sich mit meinem Vater gestritten, und da habe ich es wieder gehört. *Abschaum.* Ich weiß nicht, wo ich den Mut hergenommen habe, aber ich habe die Zimmertür aufgerissen und verlangt, dass sie mir sagt, warum sie dieses Wort benützt. Sie hat mich so heftig geschlagen, dass mir das Blut noch eine Stunde später in den Ohren gerauscht hat. Sie war zwar wütend, dass ich gelauscht habe, aber irgendwie hatte ich das Gefühl, dass es ihr Spaß gemacht hat, mir zu sagen, dass ich nicht ihre richtige Tochter war. Mein Vater hat vier Wochen nicht mit ihr gesprochen.«

Es schnürte Rory die Kehle zu. Die Frau, die man für seine Mutter gehalten hatte, sagen zu hören, dass man Abschaum sei und nie gut genug sein werde – unvorstellbar. Kein Wunder, dass Camilla nie über ihre Kindheit sprach.

»Warum hast du das all die Jahre vor mir geheim gehalten?«

Camilla hielt den Blick gesenkt. »Ich habe es nie jemandem erzählt. Nicht einmal deinem Vater.«

»Du hast es Daddy nie erzählt?«

»Meiner Mutter war vor allem eins wichtig: dass ich eine gute Partie machte. Ihr war egal, mit was für einem Mann, solange er aus einer guten Familie stammte. Ich sollte die Sache einfach hinter mich bringen. Ich habe mich deinem Vater mehr oder weniger an den Hals geworfen. Er hat mich wegen meines Namens geheiratet und weil ich erben würde. Mir machte das nichts aus. Ich hätte ihn unter jeder Bedingung geheiratet. Aber sie hat mich gewarnt: Wenn ich deinem Vater je von der Adoption erzählen würde, wenn ich irgendwem gegenüber auch nur die geringste Andeutung machen würde, dann würde sie mich enterben. Was das Ende meiner Ehe bedeutet hätte. Und ich weiß genau, dass sie es getan hätte. Das Geld war mir egal, aber ich konnte den Gedanken nicht ertragen, deinen Vater zu verlieren.«

Rory ließ das sacken, wobei sie sich fragte, ob sie sich nicht verhört haben konnte. Irgendwie war ihr die Ehe ihrer Eltern immer wie ein beidseitiger Pakt mit dem Teufel vorgekommen. In ihren Augen hatten beide etwas davon gehabt, eine lieblose Ehe zu führen, auch wenn sie nicht wusste, was. Täuschte sie sich? Hatte ihre Mutter ihren Vater geliebt, als sie ihn heiratete?

»Aber das ist schon so lange her. Willst du mir etwa weismachen, dass du ihn wirklich geliebt hast? Nach all dem Streit, nach all den Frauen?«

Es gelang Camilla, durch ihre Tränen hindurch zu lächeln. »Ich habe ihn immer geliebt, Aurora. Immer.«

Rory versuchte, das zu verarbeiten. Wie kam es, dass sie diese Liebe, die in diesem Moment auf dem Gesicht ihrer Mutter zu sehen war, nicht hatte erkennen können?

Du hast keine Vorstellung davon, was ich verloren habe.

Diese Worte waren ihrer Mutter neulich in einer hitzigen Diskussion herausgerutscht. Damals war Rory nicht schlau aus ihnen geworden, aber jetzt konnte sie es sich erklären. Als Kind war Camilla von ihrer Mutter weggestoßen worden. Und als erwachsene Frau von dem Mann, den sie liebte. Immer wieder, und ihre Freundinnen hatten mitleidig zugesehen.

»Es tut mir so leid, dass du das alleine mit dir herumgetragen und mir nie etwas davon gesagt hast.«

Sie zuckte die Achseln. »Wahrscheinlich habe ich mich einfach geschämt.«

»Geschämt? Wofür?«

»Dafür, dass ich es nicht wert bin, geliebt zu werden.« Camilla versuchte, die Tränen wegzublinzeln. »Außerdem bin ich die Mutter. Du solltest bei mir Kraft suchen, nicht umgekehrt. Aber trotzdem bin ich froh, dass du das mit der Adoption jetzt weißt. Ich habe mir immer Sorgen gemacht, dass es auf irgendeine schreckliche Weise ans Licht kommen könnte. Durch eine Krankheit zum Beispiel, für die die medizinische Vorgeschichte meiner Familie wichtig gewesen wäre. Was hätte ich erzählen sollen?« Plötzlich sah sie Rory besorgt an. »Wie hast du es herausgefunden?«

»Durch Zufall.« Rory warf einen Blick auf das Foto in ihrer Hand. Ohne es beabsichtigt zu haben, waren sie wieder beim ursprünglichen Thema angekommen. »Wie viel weißt du über deine leiblichen Eltern?«

»Ich bin ein Kriegskind. Meine Mutter hat mich zur Adoption freigegeben, weil sie nicht verheiratet war. Damals war das nichts Ungewöhnliches. So viele Jungs wurden getötet, die ihre Freundin und ein Baby hinterließen. Mein Vater hat mir alles kurz vor seinem Tod erzählt. Meine Mutter Gwendolyn hat drei Babys verloren. Sie hat sich geschämt, kinderlos zu bleiben, während ihre Freundinnen das Haus voller Kinder hatten. Deswegen hat mein Vater die Adoption in die Wege geleistet. In aller Diskretion, versteht sich. Ich war ihr Trostpreis.«

»Hat er dir den Namen deiner biologischen Mutter verraten?«

»Oh, nein! Damals waren Adoptionen etwas, was man streng geheim hielt, es war ein echtes Tabuthema. In dem Punkt war meine Mutter noch eiserner als sonst – niemand durfte erfahren, dass ich nicht ihre richtige Tochter war. Sie sind für ein Jahr ins Ausland gegangen – angeblich auf Anraten der Ärzte. Und siehe da! Sie kamen kerngesund zurück, mit einer Tochter auf dem Arm. Falls irgendwer irgendwas vermutete, dann jedenfalls nicht öffentlich. Natürlich hätten sie es auch nicht gewagt, wenn sie es sich mit den Lowells nicht hätten verderben wollen. Und der Arm der Lowells war lang. Niemand wollte das.«

»Und dein Vater? Ich meine, dein leiblicher Vater?«

»Über den hat niemand ein Wort verloren. Ich habe vermutet, dass er im Krieg gefallen ist.« Sie legte die Finger an die Lippen, als wollte sie sich für ihre Emotionen entschuldigen. »Ich habe George Lowell sehr geliebt. Er war freundlich und liebevoll, aber er war nicht stark. Wenigstens nicht, wenn es um meine Mutter ging. Er war nicht in der Lage, mich vor ihr … zu schützen. Als er gestorben ist, kam mir der Gedanke, dass er endlich einen Weg gefunden hatte, sich von ihr zu befreien. Ich konnte es ihm nicht verdenken, aber jetzt war ich meiner Mutter auf Gedeih und Verderb ausgeliefert. In der Zeit habe ich begonnen, Tagträume von meinem Vater zu haben. Ich habe mir oft vorgestellt, wie er ausgesehen haben mochte. Groß und gut aussehend, wie ein Ritter. Ein Held bis zum letzten Atemzug. Ich habe mich auch gefragt, ob er von meiner Existenz wusste und ob er je an mich gedacht hat. Ich musste mich an dem Gedanken festhalten.«

Die Worte klangen nach in dem Schweigen, das sich auf sie senkte. Rory setzte sich neben Camilla aufs Sofa, das Foto in dem silbernen Rahmen auf den Knien. Es waren ihre Gesichtszüge, aber auch Ansons und Thias und Camillas. Und die von Soline – das herzförmige Gesicht mit den hohen Wangenknochen, dem langen Hals und dem betonten Kinn. Das Vermischen von Genen – so offensichtlich, jetzt, wo sie die Wahrheit kannte.

Sie drückte Camilla den Rahmen in die Hand. »Du wolltest wissen, was ich mit dem alten Foto vorhabe. Und ich habe dir geantwortet, dass ich gerade aus San Francisco wiedergekommen bin. Und jetzt muss ich dir den Rest erzählen.«

Camilla versteifte sich kaum merklich. »Den Rest?«

»Ich habe noch etwas anderes herausgefunden. Etwas Unerwartetes. Ich habe einen alten Freund, der jetzt Reporter beim *Globe* ist, gebeten, ein Foto von Anson auszugraben. Ich wollte Soline damit überraschen. Und ein paar Tage später …«

»Wer ist Anson?«

»Der Mann, den Soline heiraten wollte.«

»Ah, der Rettungswagenfahrer, der im Krieg getötet wurde.«

»Ja, nur dass er nicht getötet wurde. Er wurde schwer verwundet und war Kriegsgefangener, aber er ist nicht gestorben. Vorgestern habe ich mit seiner Schwester in Newport gesprochen.«

Camilla runzelte verwirrt die Stirn. »Aber was hat Solines Verlobter mit einem Bild von dir im Alter von acht Jahren zu tun?«

»Dazu komme ich gleich.« Rory verstand die Ungeduld ihrer Mutter, aber es war eine lange Geschichte und sie musste sie behutsam erzählen. »Ich bin ursprünglich nach Newport gefahren, weil ich mit Anson sprechen wollte, habe dann aber seine Schwester Thia kennengelernt. Sie hat mir ein Foto von sich als Kind gezeigt. Das Mädchen darauf ähnelt dem Mädchen auf diesem hier wie ein Zwilling dem anderen – nur dass dreißig Jahre dazwischenliegen. Dann hat sie mir Unterlagen ihres verstorbenen Vaters gezeigt, ein Kassenbuch und eine Adoptionsurkunde. Deswegen bin ich nach San Francisco geflogen, um Anson alles zu erklären. Er hasst Soline seit vierzig Jahren, weil er glaubt, dass sie ihn wegen seiner schweren Kriegsverwundungen verlassen hat. Aber das war eine Lüge. Sein Vater hat sie damals weggeschickt, weil sie schwanger war.

Ich musste Anson persönlich treffen, um ihm zu beweisen, dass das Mädchen, das Soline auf die Welt gebracht hat … dass das du warst.«

Camilla wurde blass. »Das ist nicht wahr.«

»Doch«, sagte Rory sanft. »Ich habe die Urkunde gesehen. Georges und Gwendolyns Namen standen dort schwarz auf weiß. Und Solines. Und deiner. Der Vater wird als unbekannt angegeben, aber Anson ist zweifellos der Vater. Sein Vater hat eine Frau namens Dorothy Sheridan geschmiert, damit sie Soline sagte, dass du unmittelbar nach der Geburt gestorben bist.«

»Das ist nicht wahr.«

»Sie hat dir den Namen Assia gegeben«, sagte Rory, als hätte sie den Einspruch ihrer Mutter nicht gehört. »Das bedeutet Trostspenderin.«

Camilla schüttelte den Kopf mit geweiteten Augen. »Das ist unmöglich, Aurora. Nach all den Jahren … und dass es ausgerechnet … sie sein soll.«

»Ich weiß, wie viel das auf einmal ist. Das ging mir nicht anders. Die Frau, die dich zur Welt gebracht hat, lebt und wohnt hier in Boston. Und du hast letzten Mittwoch mit ihr Lunch gegessen.«

Camilla sprang auf. Der silberne Bilderrahmen fiel zu Boden. »Warum erzählst du mir diesen Unsinn? Brauchst du Soline so sehr, dass du dieser absurden Geschichte aufsitzt? Oder bestrafst du mich für mein schlechtes Benehmen neulich?«

Rory starrte sie ungläubig an. »Du glaubst nicht wirklich, dass ich mir das ausgedacht habe, um es dir heimzuzahlen, oder?«

»Nein. Aber dass du daran glauben willst, so weit hergeholt es auch ist. Du kennst diese Frau kaum, trotzdem ist sie so etwas wie eine Heilige für dich.«

»Du hörst dich wie Anson an. Er hat gestern genau das Gleiche gesagt.«

Camilla schien fast erleichtert. »Dann glaubt er den Kram auch nicht?«

»Es geht hier nicht darum, etwas zu glauben. Ich habe ihm Beweise mitgebracht. Ich habe ihm sogar das Kassenbuch dagelassen. Aber er hat sehr deutlich gemacht, dass er kein Interesse an einer wie auch immer gearteten Familienvereinigung hat.«

»Und Soline?«, fragte Camilla kühl. »Was sagt sie zu diesem Wunder?«

»Nichts. Sie weiß nämlich nichts davon. Sie spricht nicht mit mir. Seit dem Tag bei Seasons.«

»Und das ist meine Schuld, nehme ich an.«

»Das habe ich nicht gesagt, aber du musst auch Verständnis für Soline haben. Sie schützt sich, indem sie sich zurückzieht. Was neulich passiert ist, muss ihr wie ein Angriff vorgekommen sein – und es war ja auch einer. Du hast ja nicht gehört, was du gesagt hast, aber ich schon. Und sie auch. Ich höre dir auch jetzt zu. Durch eine merkwürdige Wendung des Schicksals hast du die Möglichkeit bekommen, deine leibliche Mutter kennenzulernen. Doch statt dich darüber zu freuen und sie wahrzunehmen, beschuldigst du mich, dich bestrafen zu wollen. Ich verstehe dich nicht.«

Camilla nickte steif. »Es ist einfach sehr viel, Aurora. Es tut mir leid, wenn ich nicht so schnell bin, wie du es dir vorstellst. Vielleicht kann Soline es ja besser.« Sie bückte sich nach dem Bilderrahmen und ging zur Vitrine, wo sie sich ein paar Minuten Zeit zum Umstellen der anderen Fotos nahm. Als sie sich zu Rory umdrehte, lag ein Ausdruck emotionsloser Resignation auf ihrem Gesicht. »Wann willst du es ihr sagen?«

»Erst mal nicht. Thia hofft, dass sie Anson zum Einlenken bewegen kann, und deswegen habe ich versprochen zu warten.

Es wird nicht viel bringen, aber ich brauche auch Zeit, um die Dinge mit Soline wieder ins Lot zu bringen.«

»Wie wird sie es aufnehmen, was denkst du?«

»Nicht gut. Ihn zu verlieren – ihn noch einmal zu verlieren –, daran könnte sie zerbrechen. Dann ist da noch die Kleinigkeit, dass sie seit vierzig Jahren um eine Tochter trauert, die lebt, aber nichts mit ihr zu tun haben will. Alle Voraussetzungen für einen Nervenzusammenbruch, wenn du mich fragst.«

»Aurora …«

»Ich bin müde, Mutter. Ich gehe nach Hause.«

Camilla sah verletzt aus. »Du kannst doch jetzt nicht einfach mitten im Gespräch gehen.«

»Ich habe heute Abend genug geredet. Ich bin erschöpft, ich brauche Schlaf.«

»Kommst du am Sonntag zum Brunch? Bitte … sag nicht, dass du zu viel zu tun hast.«

Rory wollte genau das sagen. Doch dann sah sie Camilla an. Sie sah müde aus. Oder eher erschüttert. Plötzlich war ihr eine Familie in den Schoß gefallen. Die auch ziemlich schweres Gepäck mitbrachte. Und heute Abend war Rory klar geworden, wie schwer das Gepäck ihrer Mutter jetzt schon war. Vielleicht war sie wie Anson nicht willens, noch mehr zu tragen. Oder sie konnten es beide nicht.

»Ich weiß nicht genau«, sagte Rory nach einer Weile. »Ich glaube, wir brauchen beide Zeit, um das zu verarbeiten.«

»Bitte geh nicht wütend weg, Aurora.«

»Ich bin nicht wütend, Mutter. Ich bin enttäuscht. Soline ist jetzt nicht mehr nur meine Freundin, sondern auch meine Großmutter. Ich sollte nicht dazu gedrängt werden, mich zwischen euch beiden zu entscheiden, aber nach dem Lunch scheinst du das von mir zu erwarten. Irgendwie habe ich geglaubt, diese Nachricht könnte daran etwas ändern … Und dass es eine Chance für einen Neuanfang geben würde. Es geht hier nicht nur um mich, sondern auch um dich und Soline. Du hast keine Vorstellung, wie sehr sie darunter gelitten hat, dich verloren zu haben, aber ich schon. Ich habe nur noch daran gedacht, dass sie nun doch eine Tochter hat und du die Mutter, die du verdient hast. Eine Mutter, die nie aufgehört hat, sich nach dir zu sehnen und dich zu lieben. Und ich hätte euch alle beide, ich hätte eine richtige Familie. Aber wahrscheinlich hatte Anson recht. Es wird kein Happy End geben.«

Auf dem Weg in den Flur drehte Rory sich noch einmal nach ihrer Mutter um. »Wenn du wissen möchtest, wie dein Vater aussieht: Ich habe ein relativ aktuelles Foto dabei.«

Camilla schlang die Arme um den Oberkörper und legte eine Hand an die Kehle, plötzlich sehr verletzlich. »Kannst du es vielleicht am Sonntag mitbringen?«

»Vielleicht.«

Einundvierzig
SOLINE

La mère hat einen Plan für jede ihrer Auserwählten, einen einzigartigen Weg. Deshalb müssen wir vor den Echos der vergangenen Generationen auf der Hut sein und uns davor schützen, ihre Echos zu unseren eigenen zu machen. Es ist nicht unsere Aufgabe, die Vergangenheit zu wiederholen, sondern aus ihr zu lernen.

Esmée Roussel, *Die Zauberschneiderin*

Boston, 27. September 1985

Das Telefon beginnt um Punkt acht Uhr zu klingeln. Ich nippe an meinem Kaffee und lasse es läuten, aber ich verfluche mich, weil ich vergessen habe, es abzustellen, nachdem ich den Lebensmittelhändler angerufen habe. Ich reiße den Hörer von der Gabel. Ich weiß genau, wer mich um diese Uhrzeit anruft. »Ja. Was gibts?«

»Guten Morgen. Hier ist der Telefonservice von Daniel Ballantine, ich würde gerne Ms Soline Roussel sprechen.«

»Sehr lustig. Was willst du?«

»Eben hat mich Camilla Grant angerufen – Rorys Mutter.«

Damit habe ich nicht gerechnet. »Ich weiß, wer sie ist. Was wollte sie von dir?«

»Offenbar wollte sie dich sprechen. Rory hat wohl irgendwann meinen Namen fallen lassen, denn sie hat mich ausfindig gemacht. Sie wollte deine Nummer. Ich habe ihr stattdessen angeboten, ihre Nummer an dich weiterzuleiten. Sie hat nicht gesagt, worum es geht, aber sie war ziemlich bestimmt, fast schon aufgeregt.«

»Ich werde sie nicht anrufen.«

»Hast du schon mit Rory gesprochen?«

»Nein. Warum? Hat sie gesagt, dass etwas nicht stimmt?«

»Nein, aber Camilla klang aufgewühlt. Sie sagte, sie müsse dringend mit dir sprechen. Vielleicht solltest du sie vorsichtshalber doch lieber anrufen.«

Vorsichtshalber? Was könnte sie von mir wollen? Ich habe mich zurückgezogen, so wie sie es sich von mir gewünscht hat. Und jetzt bleibe ich hier in meiner Höhle und tue mir keine weitere Szene an.

»Ich werde nicht mit dieser Frau sprechen«, teile ich ihm eisig mit.

»Was zum Teufel ist bei diesem Mittagessen überhaupt vorgefallen?«

»Spielt keine Rolle mehr.«

»Gut, schreib dir einfach ihre Nummer auf, sodass ich wieder an die Arbeit gehen kann. Vielleicht kannst du dich ja kurz bei ihr melden. Wie gesagt, sie klang aufgelöst.«

»Gib mir die Nummer.«

Ich schnappe mir Stift und einen Block aus der Schublade und notiere mir die Nummer, obwohl ich überhaupt nicht die Absicht habe, dort anzurufen. Aber nachdem ich aufgelegt habe, starre ich sie an und frage mich, was Camilla Grant von mir wollen könnte.

* * *

Als ich bei Camilla ankomme, bereue ich bereits, die Einladung zum Brunch angenommen zu haben. Doch das Taxi ist schon wieder weggefahren. Es war wahrscheinlich ein Fehler herzukommen, aber als ich vor zwei Tagen schließlich doch Mrs Grant angerufen habe, war es mir unmöglich, ihre Einladung auszuschlagen. Sie bat mich um einen Neuanfang, was amerikanisch ist für eine zweite Chance. Als ich zögerte, bat sie mich, Rory zuliebe zu kommen. Da konnte ich nicht Nein sagen. Jetzt wünsche ich mir halb, dass ich Nein gesagt hätte, und halb frage ich mich, worum es hier bloß gehen mag.

Beim Klingeln überkommt mich ein mulmiges Gefühl, so wie früher, als ich unser Handwerk zu Mamans Füßen lernte. Ein Echo, das ich nicht deuten kann. Irgendetwas stimmt nicht. Aber bevor ich wieder gehen kann, öffnet sich die Tür und da steht sie, die Perfektion in Creme, in hauchdünnem Leinen mit langen Ketten aus Korallenperlen, die ihr fast bis zur Taille reichen. Sie versucht zu lächeln, doch es gelingt ihr nicht ganz.

»Ms Roussel, vielen Dank, dass Sie es einrichten konnten. Bitte kommen Sie herein.«

Sie lässt mich eintreten und mein Blick streift ihr Handgelenk, fällt auf das Armband mit den goldenen Anhängern. Es erinnert mich an den Tag im Seasons, die Art und Weise, wie es klimperte, wenn sie ihre Serviette ausschüttelte.

»Wollen wir auf die Terrasse gehen?«

Mit einem weiteren Klimpern schließt sie die Tür und führt mich durch mehrere helle und penibel aufgeräumte Zimmer. Es ist genauso, wie Rory es beschrieben hat, makellos und steril. Für einen Moment bin ich die andere Soline, die gerade aus dem Zug gestiegen ist, die mit den abgetragenen Schuhen und schmutzigen Kleidern, und schmerzlich fehl am Platz.

Die Küche sieht aus wie aus einem Katalog, ganz aus Edelstahl und Stein. Eine Sammlung von hübschen Krügen steht über dem Herd, vermutlich nur zur Zierde. Sie bietet mir einen Kaffee an. Die Situation ist mir unangenehm, und ich weiß wirklich nicht, was ich hier zu suchen habe.

Sie gießt zwei Tassen Kaffee ein und stellt sie auf ein Tablett, dazu Sahne und Zucker.

»Hier entlang«, sagt sie mit einem erzwungenen Lächeln. Ihr ist das Ganze offensichtlich auch peinlich. Es überrascht mich, dass diese scheinbar souveräne und elegante Gesellschaftsdame sich in meiner Gegenwart unwohl fühlt.

Sie nickt in Richtung einer offenen Flügeltür. Ich folge ihr auf eine mit Schiefer gepflasterte Terrasse. Von Rory keine Spur, doch der nette kleine Tisch ist für drei gedeckt. Der Blick von hier oben ist atemberaubend, mit einem schönen Ausblick auf den Fluss und die Straßen von Boston.

Ich spüre, wie Camilla mich von hinten ansieht. Als ich mich umdrehe, schaut sie sofort weg und deutet auf einen Stuhl.

»Bitte, wollen Sie sich nicht setzen?«

Ich nehme eine Tasse vom Tablett und bin mir meiner Handschuhe dabei sehr bewusst.

»Vielen Dank, dass Sie gekommen sind.« Es ist das zweite Mal, dass sie das sagt, und ich ertappe mich dabei, dass sie mir leidtut. Sie wirkt sehr nervös und verletzlich. »Ich habe Sie gebeten, früher zu kommen, weil ich mit Ihnen vor Auroras Ankunft sprechen wollte. Sie hat mir erzählt, dass Sie beide seit diesem unseligen Mittagessen nicht mehr miteinander gesprochen haben. Ich befürchte, das ist meine Schuld. Wir hatten einen schlechten Start.« Sie macht eine Pause. »Nein, das ist falsch. Ich hatte einen schlechten Start. Ich habe mich fürchterlich benommen, und ich wollte Ihnen das erklären und … mich entschuldigen.«

Sie ist es offensichtlich nicht gewohnt, sich zu entschuldigen. Es ist schwierig für sie, und das verstärkt mein Mitgefühl. Ich nippe an meinem Kaffee und warte.

»Ich weiß nicht, was über mich gekommen ist. Ich konnte hören, was ich gesagt habe, aber ich konnte mich nicht stoppen. Als hätte meine Mutter an meiner Stelle geredet.«

Sie senkt den Kopf. »Es tut mir leid, das mit meiner Mutter wollte ich eigentlich nicht sagen. Es ist nur so, dass sie manchmal über mich kommt, wenn es um Aurora geht. Aurora und ich, wir sind nicht immer … Wir sehen die Dinge ziemlich anders. Eigentlich fast alles. Und dann, als Matthew … nein, Hux«, korrigiert sie sich. »Als Hux in ihr Leben getreten ist, bin ich schlecht damit umgegangen. Ich wusste nichts über ihn und machte mir Sorgen, dass er nicht …« Sie seufzt und verstummt. »Ich habe mir geschworen, dass ich nie so sein würde wie sie. Dass ich anders sein würde, wenn ich eine eigene Tochter haben würde, doch wie sich herausgestellt hat, bin ich genauso geworden wie sie.«

»Sie sprechen wieder über Ihre Mutter.«

Sie nickt, und sie macht einen Schmollmund wie ein Kind. »Ich war nicht die Tochter, die sie haben wollte, und das hat sie mich sehr deutlich spüren lassen.« Sie schlägt sich die Hand vor den Mund. »Es tut mir leid. Sie sind nicht hergekommen, um sich das anzuhören, aber es gibt nicht wirklich jemanden, mit dem ich darüber sprechen könnte, und Sie sind … Sie und Rory sind sich so nahe gekommen.«

Wieder senkt sie den Kopf. Ich bin mir darüber im Klaren, dass sie meine nächsten Worte verletzen werden, aber die Dinge, die wir hören müssen, tun oft weh. »Rory hat einmal dasselbe gesagt«, sage ich leise. »Dass *sie* nicht die Tochter sei, die *Sie* gewollt haben.«

Sie hebt langsam den Kopf und sieht mich erschüttert an. »Aurora glaubt …« Tränen steigen ihr in die Augen. »Aber das ist nicht wahr. Ich bin so stolz auf sie. *So* stolz. Sie ist mutig und schön und weiß genau, was sie tun und sein will.« Ihr stockt die Stimme, als sie ihre Tränen wegblinzelt. »Sie ist das Ich, das ich gerne gewesen wäre, wenn ich den Mut gehabt hätte, als ich in ihrem Alter war.«

»Warum weiß sie das nicht?«

Eine Frage, die ihr wehtun wird, aber ich musste sie stellen. Sie setzt ihre Tasse ab und tupft vorsichtig das Make-up unter den Augen weg. »Ich habe so viele Fehler gemacht. Ich habe sie zu sehr festgehalten. Um sie zu schützen, habe ich mir eingeredet, aber das war nicht der Grund. Das war *nie* der Grund. Ich habe versucht, ihre Flügel zu stutzen. Damit ich … jemanden hatte. Als Hux verschwand, zog sie sich von mir zurück, eigentlich von allem. Ich versuchte, irgendwie zu ihr durchzudringen, aber sie entfernte sich immer weiter von mir. Und dann hat sie Sie kennengelernt, und plötzlich kam wieder Leben in sie. Und auf einmal war die Galerie wieder da, und sie sprach auch wieder über ihre Kunst. Ich weiß, wie kleinlich das klingen muss, aber es fühlte sich so an, als würden Sie sie mir wegnehmen wollen, und sie ist alles, was ich habe. Ich habe mich so verhalten, weil ich eifersüchtig war. Und ängstlich.«

Ihr Blick schweift zum Horizont. Ich betrachte sie. Warum ist mir ihr Profil so vertraut, dass ich das Gefühl habe, sie schon immer zu kennen? In gewisser Weise ähnelt sie Rory. Aber sie hat auch ganz eigene Seiten. Nach außen hin ist sie kühl und geschliffen, aber unter ihrer Perfektion verbirgt sich ein tiefer Schmerz. Es berührt mich, ich öffne mein Herz.

»Niemand kann sie Ihnen wegnehmen, Camilla. Sie ist Ihre Tochter. Sie sind für immer mit ihr verbunden, durch etwas Wesentlicheres als Blut oder Erinnerungen. Durch Ihre Echos.«

Zwischen ihren Augenbrauen erscheint eine Falte. »Echos?«

Ich lächele sie an, denn sie sieht so aus, als könnte sie es gebrauchen. »Meine Mutter hat das immer gesagt. Sie glaubte daran, dass jeder von uns ein Echo besitzt, so etwas wie einen spirituellen Fingerabdruck, und dass diese Echos uns für immer mit denjenigen verbinden, die wir lieben.«

Sie sieht mich mit weit geöffneten, vor Tränen glänzenden Augen an. Ich kann den Ausdruck nicht lesen, aber ich spüre eine tiefe Sehnsucht in ihr, das Bedürfnis, etwas auszusprechen, und doch zögert sie. »Glauben Sie … daran?«, fragt sie schließlich. »An die Echos, die uns für immer aneinanderbinden?«

Ihre Stimme stockt, erstickt vor Emotionen, und mit einem Mal wird mir klar, dass sie sich völlig entblößt hat, wie ein Kind. Es schnürt mir die Kehle zu. Ich bin vollkommen verwirrt, aber sie schaut mich immer noch an; sie wartet auf meine Antwort.

Bevor ich darüber nachdenken kann, was ich antworten soll, springt sie auf. Sie wirkt nervös, fast schuldbewusst. »Das ist die Tür. Ich glaube, Aurora ist da.«

Im nächsten Moment steht Rory schon in der Terrassentür. Sie sieht mich verblüfft an, erleichtert und ängstlich zugleich, und mir wird klar, dass ihre Mutter ihr nicht gesagt hat, dass ich auch hier sein würde. Rory hat einen großen Umschlag dabei. »Was ist hier los?«, fragt sie ihre Mutter.

»Oh, gut, dass du hier bist«, trällert Camilla mit unterdrückter Nervosität. »Soline und ich haben nur etwas geplaudert.«

Rory blickt von mir zu ihrer Mutter und sagt leise mit einem beinahe drohenden Unterton: »Wir hatten das doch besprochen.«

»Nein, nein. Wir sind nur gerade dabei, uns kennenzulernen. Nur ein nettes Gespräch unter Frauen.«

»Du hast mich gebeten, so schnell wie möglich herzukommen. Ich dachte, es wäre irgendwas passiert.«

»Nur weil ich wusste, dass du Soline gerne sehen würdest. Es wäre doch schön, zu dritt zu frühstücken.«

»Außer, dass wir darüber gesprochen haben. Was hast du vor?«

Rory spricht noch immer mit gesenkter Stimme, sie ist wütend. Camilla schaut mich nervös über ihre Schulter hinweg an. Sie versucht zu lächeln, doch es misslingt ihr schon wieder. Mich beschleicht das Gefühl, dass hier eine Unterredung über mich stattfindet, in die ich nicht eingeweiht werden soll.

»Bitte.« Camilla ergreift Rorys Hand und hält sie mit beiden Händen fest. »Ich versuche nur, alles wiedergutzumachen. Ich erinnere mich an jedes einzelne Wort, das du gesagt hast. Ich würde nur gerne, dass wir …« Ihre Stimme wird leiser. Sie lässt die Hand ihrer Tochter los. »Ich will, dass wir … Freundinnen werden. Enge Freundinnen. Jetzt unterhalte dich mit Soline, während ich das Essen auftrage.«

Rory sieht ihre Mutter skeptisch an und reicht ihr den Umschlag. Sie wartet einen Augenblick, bis Camilla im Haus verschwunden ist und kommt dann zu mir. »Ich hatte keine Ahnung, dass du hier sein würdest. Hat sie dich auch reingelegt?«

»Sie hat Daniel angerufen, und er hat mich angerufen. Sie hatte ein schlechtes Gewissen wegen des Mittagessens und hat mich eingeladen, zu eurem Brunch dazuzukommen. Sie war sehr bestimmt. Ein Nein hätte sie nicht akzeptiert.«

»Es tut mir so leid. Sie war schon immer eine Naturgewalt. Wie ist es dir in der Zwischenzeit ergangen?«

»Gut.«

»Weißt du, ich habe versucht, dich anzurufen. Dann war ich bei dir und habe an deiner Tür geklopft. Als du nicht aufgemacht hast, habe ich dir einen Zettel dagelassen.«

»Und dann hast du Daniel geschickt, damit er an meinem Küchenfenster spioniert.«

»Ich habe mir solche Sorgen gemacht. Du warst so verärgert, als du aus dem Restaurant gegangen bist. Ich wollte mich entschuldigen, aber du bist nicht ans Telefon gegangen. Es tut mir so leid. Was sie gesagt hat, wie sie sich verhalten hat …«

»Warum entschuldigst du dich für deine Mutter? Das wäre doch ihre Sache. Und sie wird ihre Gründe gehabt haben, warum sie sich so verhalten hat.«

Rory macht große Augen. Sie ist überrascht. Und vielleicht auch ein kleines bisschen verletzt, dass ich mich auf die Seite ihrer Mutter geschlagen habe. »Verteidigst du sie jetzt etwa?«

»Sie hatte Angst, *chérie*. Menschen schlagen um sich, wenn sie Angst haben.«

»Angst vor *dir*?«

»Wie sich eine Person uns gegenüber verhält, hat niemals etwas mit uns zu tun. Es geht um sie. Deine Mutter fühlte sich bedroht. Du gehörst zu ihr, und das wollte sie mich spüren lassen. Weil sie Angst hatte, dich zu verlieren – und davor, allein zu sein.«

Rory wirft einen finsteren Blick zur Flügeltür. »Dann sollte sie aufhören, Dinge zu tun, die mich von ihr entfernen. Sie verhält sich so, als würde ich kein eigenes Leben verdienen, als ginge es bei allem, was ich bin und was ich tue, nur um sie. Meine Kunst, meine Galerie, sogar mit wem ich mich anfreunde.«

Ich spüre ihre Wut in meinen eigenen Knochen, das uralte Tauziehen zwischen Mutter und Tochter. Es hat schon immer Mütter gegeben, die alles besser wussten. So wie es auch schon immer Töchter gegeben hat, die alles besser wussten. Ein Widerspruch, der Teil des Lebens ist – das Bedürfnis, jemanden nach seinem eigenen Bild zu formen, und gleichzeitig die Abneigung dagegen, selbst geformt zu werden.

Ich lächele traurig. »Es ist hart für eine Mutter, ihr *bébé* loszulassen. Du bist ein Teil ihres Lebens gewesen, ein Teil ihrer

Welt, und jetzt bist du auf einmal erwachsen und führst dein eigenes Leben. Und sie ist einsam.«

»Wie um alles in der Welt kann sie einsam sein? Es gibt keinen einzigen freien Tag in ihrem Kalender. Sie ist immer unterwegs zu einem Lunch, einem Kartenabend oder ins Theater. Sie hat eine richtige Gefolgschaft. Besonders seit dem Tod meines Vaters, der sie allerdings nur selten begleitet hat.«

»Um einsam zu sein, muss man nicht allein sein, *chérie*. Das ist nicht das Gleiche. Wir alle gehen auf unsere eigene Art und Weise mit Verlusten um und erfinden Möglichkeiten, um die Leere zu füllen. Das ist der Grund, warum ihr Kalender so voll ist. Und warum sie so besitzergreifend ist. Sie will Teil deines Lebens sein, aber sie weiß nicht, wie.«

Rory verschränkt die Arme und stößt einen langen Seufzer aus. Sie sieht so jung und launisch aus, wie sie da steht mit ihren überkreuzten Armen. Ich reibe mich an beiden, wenn ich ihre Mutter verteidige. Aber der Riss zwischen den beiden muss gekittet werden. Sonst wird ihre Beziehung auf Dauer erkalten. Vielleicht ist das der Grund, warum sich unsere Wege so schicksalhaft gekreuzt haben. Damit ich ihnen Frieden bringe.

»In Frankreich sagen wir, *tu me manques*. Das bedeutet, du fehlst mir. Nicht, *ich vermisse dich* – wie die Amerikaner sagen –, sondern *du* fehlst *mir*. Der Teil von dir, der ein Teil von mir ist … ist weg. So ist es für sie. Da ist eine Lücke in ihrem Leben, wo du früher warst, und sie weiß nicht, wie sie sie füllen soll.«

Rory lässt sich stumm neben mich sinken. Sie ist entschlossen, sich an ihre Wut zu klammern.

»Ihr ist klar, dass sie Fehler gemacht hat, Rory. Deshalb hat sie mich gebeten, heute zu kommen, damit sie es irgendwie wiedergutmachen kann. Und dabei geht es nicht nur um mich, sondern auch um dich. Ich finde, du solltest es zulassen.«

»Du kennst sie nicht.«

»Nein. Aber sie findet, dass wir drei Freundinnen sein sollten, und das glaube ich auch. Wir wurden irgendwie zusammengeführt. Ich weiß zwar nicht wie und warum, aber du kannst es nicht abstreiten. Vielleicht sind wir dazu bestimmt, den anderen beiden in irgendeiner Weise zu helfen, die Lücken der anderen zu füllen.«

Sie sieht mich so eigenartig an, als hätte ich etwas Welterschütterndes gesagt und sie wäre drauf und dran, mich zu korrigieren. Für einen ganz kurzen Augenblick habe ich Angst davor, was sie sagen wird, Angst, dass dieser neu entstandene Kreis zu zerbrechen droht, und auf einmal möchte ich das nicht.

Und dann höre ich das Klimpern von Camillas Armband, als sie mit einem Tablett voller Essen auf die Terrasse tritt. »Ist das nicht herrlich«, sagt sie strahlend. »Wir drei, endlich vereint.«

Zweiundvierzig

RORY

Boston, 18. Oktober 1985

Rory starrte mit wachsendem Unbehagen auf die leere Wand vor ihr. Achtundvierzig Stunden zuvor hatte Dheera Petri angerufen, um Rory zu erklären, warum ihre Kunstwerke noch nicht angekommen waren. Eine Innenarchitektin wollte sie für ein neues Bürogebäude kaufen, mit dessen Einrichtung sie beauftragt worden war. Dheera war es schrecklich unangenehm, Rory kurz vor der Eröffnung hängen zu lassen, bat aber dennoch um Auflösung des Vertrags, weil sie die Gemälde verkaufen konnte.

Sie hatten sich darauf geeinigt, irgendwann einen neuen gemeinsamen Anlauf zu nehmen, und Rory hatte ihr bis dahin alles Gute gewünscht. Sie konnte so einem Angebot nicht guten Gewissens im Wege stehen, wusste aber auch nicht, was sie mit der frei gewordenen Wand so kurzfristig machen sollte. Zu allem Überfluss würden Camilla und Soline jede Sekunde eintreffen. Sie waren beide noch nicht da gewesen, und Rory hatte sich darauf gefreut, ihnen alles zu zeigen. Stattdessen quälte sie sich nun mit der Aussicht auf eine gähnend leere Wand bei der Vernissage ab. Nicht gerade ein gutes Omen.

Sie war so stolz darauf gewesen, wie sich alles entwickelt hatte. Brian hatte großartige Arbeit geleistet und war nicht nur unter dem vereinbarten Budget geblieben, sondern auch zwei Wochen vor dem Zeitplan fertig geworden. Ihr Farbschema – sanfte Kohle- und Schiefertöne – gab den Räumen ein leicht industrielles Flair. Die gezielte Beleuchtung und die restaurierten Art-déco-Elemente verliehen allem den Touch von Glamour, der noch gefehlt hatte. Selbst die Hängung war ohne größere Schwierigkeiten verlaufen. Bis Dheera mit ihrer schrecklich guten Nachricht angerufen hatte.

»Aurora? Liebes? Bist du hier?«

Rory erschrak, als sie Camillas Stimme hörte. Sie hatte den Türsummer nicht gehört, aber es war offenbar Showtime. »Ich komme.«

Der Anblick von Soline und ihrer Mutter, wie sie gemeinsam am Eingang standen, hob ihre Stimmung augenblicklich. Sie sahen sich überhaupt nicht ähnlich. Camilla hatte Ansons helle Augen und blonde Haare geerbt, während Solines Augen und Haare dunkel waren. Und dennoch, wie sie so nebeneinanderstanden, war da eine unerklärliche Zusammengehörigkeit, ein unsichtbares Band, das sie miteinander zu verbinden schien.

Vor einem Monat hätte Rory sich nicht im Traum vorstellen können, dass die beiden Zeit miteinander verbringen könnten, aber in den Wochen nach dem Überraschungs-Brunch ihrer Mutter waren sie erstaunlich vertraut geworden.

Es tat gut, Soline ausgehen zu sehen. Und ebenso begeistert wie freudig überrascht war Rory darüber, wie schnell hinter der kühlen, beigefarbenen Fassade ihrer Mutter eine lebensfrohe, fast verspielte Person hervorgekommen war – nicht zuletzt dank eines Ausflugs zum Friseur und anschließend zu Neiman Marcus, wo Solines Einkaufsberaterin Lila schon gute Vorarbeit geleistet hatte. Anscheinend war Soline auch zu Camillas guter Fee geworden. Camilla wiederum war mehr als glücklich darüber, sich revanchieren zu können, indem sie Soline in Restaurants, zu Shoppingausflügen und vorige Woche sogar zu einer Ballettaufführung einlud.

Soline hatte eine Lücke in Camillas Leben gefüllt, von deren Existenz nicht einmal sie selbst gewusst hatte. Dadurch war sie entspannter und klammerte nicht mehr so wie früher, was Rory Zeit verschaffte, sich auf die Arbeit in der Galerie zu fokussieren. Außerdem gingen sie regelmäßig zu dritt mittagessen.

Es war mehr, als Rory sich jemals erträumt hatte. Aber was würde passieren, wenn sie Soline endlich die Wahrheit erzählten. Nicht alle Nachrichten waren schlecht – sie wäre ja mit ihrer Tochter und Enkeltochter vereint –, aber selbst dann wären all die verlorenen Jahre ein Grund zur Verbitterung. Und das Wissen um Ansons Verhalten wäre niederschmetternd. Konnte die Nähe zwischen ihnen Soline helfen, die schweren Zeiten durchzustehen?

Camilla beschwerte sich in letzter Zeit immer öfter, dass ihr die Täuschung Solines zu schaffen mache, sodass Rory sich langsam sorgte, die Wahrheit könne irgendwann einfach aus ihrer Mutter herausplatzen. Und das würde ohne Zweifel in einem Desaster enden.

Rory war damit einverstanden gewesen, Thia noch etwas Zeit zu lassen, aber seit ihrer letzten Unterhaltung war an dieser Front nichts mehr passiert. Anson hatte wieder im Ausland zu tun, seit sie sich in San Francisco getroffen hatten. Er ging weder ans Telefon noch rief er zurück. Das hatte Rory nicht überrascht, dennoch hatte ein kleiner Teil von ihr gehofft, dass Thia es schaffen werde, ihn zu überzeugen. Vielleicht würde es Anson irgendwann wie Schuppen von den Augen fallen und es käme doch noch zu einem Happy End. Letztendlich wurde dies jedoch immer unwahrscheinlicher, je mehr Tage verstrichen.

»Also«, sagte Camilla und klatschte freudig in die Hände. »Wir sind zu einer kleinen Führung gekommen. Elf Uhr ist doch richtig, oder?«

Rory setzte ein Lächeln auf. »Ja, genau.«

Ihr Blick wanderte zu Soline, die sich mit offenem Mund umschaute. Sie war zum ersten Mal seit dem Feuer vor knapp vier Jahren wieder hier. Rory hatte sich bereits Gedanken gemacht, wie Soline reagieren würde. Ihre letzten Erinnerungen an dieses Haus waren alles andere als gut.

»Es ist unglaublich«, sagte Soline schließlich. »Ich habe fünfunddreißig Jahre hier gearbeitet und gelebt, aber ich erkenne es kaum wieder. Es ist so schön geworden. Und du hast das alte Treppengeländer behalten. Wie wunderbar!«

Rory spürte, wie sie sich entspannte. »Ich bin so froh, dass es dir gefällt. Ich wollte ein paar ursprüngliche Elemente als Verneigung vor der Geschichte des Hauses behalten. Und wir müssen noch an der Akustik feilen, denn auf den nackten Holzdielen hallt es ziemlich, wenn die Räume leer sind. Aber alles in allem bin ich begeistert, wie es geworden ist.«

Camilla sah Rory aufmerksam an. »Was ist los? Irgendetwas stimmt nicht, habe ich recht?«

»Nein, ich bin nur etwas angespannt wegen der Eröffnung. Und müde. Die letzten drei Wochen waren ein ganz schönes Durcheinander. Ich musste die Einladungen verschicken, Essen und Musik organisieren und mit den Künstlern den Aufbau der Ausstellung genauso hinkriegen, wie wir uns das vorgestellt haben. Es war enorm viel.«

»Aber jetzt bist du fertig. Und sieh es dir an. Ich kann kaum glauben, was du hier geschaffen hast. Die Farben, die klaren Konturen. Wie du mit dem Licht diese wunderbare Atmosphäre erzeugst. Es wirkt einerseits so … dramatisch, andererseits aber unaufgeregt. Die perfekte Mischung aus elegant und experimentell.«

Rory wartete auf das obligatorische Aber, gefolgt von einer Aufzählung all der Dinge, die ihre Mutter anders gemacht hätte: Aber es ist schon ein bisschen … Vielleicht hättest du … Hast du mal darüber nachgedacht … Doch es kam nichts. Ihre Mutter stand einfach nur da und lächelte.

»Danke. Seid ihr bereit für den Rest?«

»Ja, auf jeden Fall.«

Rory führte sie durch die Räume mit den Werken der sieben Künstlerinnen und Künstler. Sie zeigte ihnen die Biografien und Fotos der einzelnen Künstler auf den Plexiglasschildern, ging auf ihr jeweiliges Lieblingswerk näher ein und erklärte, mit welchen Medien und Techniken sie gearbeitet hatten. Es war eine gute Übung, und sie war erleichtert, dass ihr die Stichpunkte, die sie sich eingeprägt hatte, leicht von den Lippen gingen.

Sie beendete die Führung mit ihren persönlichen Favoriten, den Meerglasskulpturen von Kendra Paterson. Wie sich herausstellte, gefielen ihrer Mutter diese Werke ebenfalls am besten, insbesondere die große Wellenskulptur mit dem Titel »Crest«. Sie war ein absoluter Hingucker, eine gewaltige Welle aus Tausenden verwitterten Glassplittern, die in allen erdenklichen Schattierungen von strahlendem Weiß über helles Flaschengrün bis hin zu dunklem Seetang funkelten.

»Es ist einfach atemberaubend«, seufzte Camilla voller Bewunderung. »Was für eine durchdachte Arbeit! Kaum vorstellbar, was für eine Geduld man aufbringen muss, um so etwas zu erschaffen, von der Kunstfertigkeit ganz zu schweigen.«

Rory freute sich ungemein über die Begeisterung ihrer Mutter. Dass ihr gerade dieses Werk so gut gefiel, das Rory für das Highlight der Ausstellung hielt! »Genau das habe ich auch gedacht. Ich habe Kendra per Zufall über einen der anderen Künstler gefunden und bin wahnsinnig froh, sie für die Ausstellung gewonnen zu haben.«

Soline umrundete die Skulptur und hielt die behandschuhten Hände vor sich verschränkt, als müsste sie sich davon abhalten, das Werk zu berühren. »Wenn man es länger anschaut, scheint es sich zu bewegen. Wie eine echte Welle. Hast du die Künstlerin mal gefragt, wie viele Glasscherben sie in den einzelnen Skulpturen verarbeitet?«

»Früher wusste sie es, aber ihre Skulpturen werden immer größer und aufwendiger. Jedenfalls haben ihr Mann und sie jede einzelne Scherbe aufgesammelt. Sie reisen zu allen möglichen Stränden. Du kannst dir ihr Studio kaum vorstellen. Es ist voller …«

»Aurora? Liebes? Was passiert hier eigentlich noch?«

Camilla war während Rorys Gespräch mit Soline weitergegangen. Aber Rory wusste, ohne sich umzudrehen, dass Camilla die leere Wand meinte, an der eigentlich Dheera Petris Acrylgemälde hängen sollten. »Eine Künstlerin hat mir vorgestern abgesagt.«

»Oh, nein. Das ist ja schrecklich. Und nicht besonders fair, so kurz vor der Eröffnung.«

Rory zuckte mit den Schultern und versuchte, ihre Enttäuschung zu verbergen. »Eine Innenarchitektin wollte genau die Bilder kaufen, die für diese Wand bestimmt waren. Was sollte ich machen? Jetzt muss ich jemanden finden, der für sie einspringt. Und das in acht Tagen. Ich könnte die Wand wahrscheinlich mit Einzelstücken füllen. Allerdings müsste ich dafür die Installationen überdenken und wahrscheinlich die ganze Beleuchtung anpassen. Es wäre nicht das, was ich mir für die Eröffnung vorgestellt habe, aber mir bleiben noch ein paar Tage. Deshalb habe ich noch nicht endgültig aufgegeben.«

»Weißt du«, sagte Soline und schaute nachdenklich auf die leere Wand. »Ich kenne eine Künstlerin, deren Arbeit perfekt in die Ausstellung passen würde. Sie ist sehr … originell. Es ist ein bisschen kurzfristig und sie hat gerade wahnsinnig viel um die Ohren, aber ich glaube, ich könnte sie für die Ausstellung begeistern. Sie schuldet mir einen Gefallen.«

Rory wäre ihr vor Freude fast an den Hals gesprungen. Sie hatte gar nicht gewusst, dass Soline Beziehungen zur Kunstszene hatte. Ihre gute Fee. »Ist sie von hier? Bitte sag ja.«

»Ja, definitiv.«

»Kannst du sie anrufen? Ich kann überall hinkommen, wann und wohin sie will.«

Soline schenkte ihr eines ihrer rätselhaften Lächeln. »Ich meine dich, Rory, deine Kunst. Genau das Richtige für diese Wand, ein perfekter Gegenpol zu den Meerglasskulpturen. Und du müsstest nichts umstellen.«

Rory stieß einen Seufzer aus. Es hörte sich an, als wäre ein Reifen geplatzt. »Ich dachte, du meinst es ernst.«

»Ich meine es absolut ernst. Wie es beim ersten Mal ernst gemeint war, als ich deine Arbeiten gesehen habe. Du erinnerst dich doch, oder?«

Rory erinnerte sich – auch daran, dass sie damals gedacht hatte, Soline habe es nur aus Nettigkeit gesagt. »Aber sie sind nicht … Sie gehören hier nicht her, neben all das.«

»Oh, *ma princesse.* Siehst du es nicht? Sie gehören genau hierher. Diese Künstlerin, die abgesagt hat, das war kein Zufall. Das war Schicksal.«

»Aber ich habe nur fünf Stücke für die ganze Wand.«

»Perfekt«, sagte Camilla bestimmt. »Dann haben sie Raum zum Atmen.«

Rory sah sie verblüfft an. »Du bist auch dafür?«

»Ja, bin ich. Soline hat recht. Das ist Schicksal.«

»Aber du hast doch immer gesagt …«

»Vergiss, was ich gesagt habe. Ich hätte dich schon vor langer Zeit in deiner Kunst bestärken sollen, und es tut mir leid, dass ich es nicht getan habe. Aber ich unterstütze dich jetzt. Nicht weil du in der Klemme steckst, sondern weil deine

Kunst wunderschön und originell ist. Sie gehört an diese Wand. Bitte sag, dass du es machst. Oder wenigstens, dass du darüber nachdenkst.«

Rory brachte ein Lächeln zustande, berührt von dieser unerwarteten Ansprache, aber sie brauchte gar nicht darüber nachzudenken. Sie hatte schon genug um die Ohren, ohne grübeln zu müssen, wie ihre Arbeiten aufgenommen werden würden, wenn sie neben denjenigen von echten Künstlerinnen hing.

»Nun gut, die Führung ist hiermit beendet, es sei denn, ihr wollt die oberen Stockwerke auch noch sehen.«

Camilla zwinkerte Soline zu, als sie sich bei Rory einhakte. »Soline und ich haben eine Überraschung für dich.«

Rory war sich nicht sicher, ob ihr das gefiel. »Was für eine Überraschung?«

»Wirklich, Rory, sei doch nicht so misstrauisch. Es ist etwas Tolles. Wir geben dir unser Wort.«

Soline holte die Tasche von Neiman Marcus, die neben dem Eingang stand, und überreichte sie Rory. »Für dich«, sagte sie strahlend. »Von uns beiden.«

Rory legte die Tasche auf den Empfangstisch und zog eine flache Schachtel heraus. Ihr stockte der Atem, als sie den Deckel anhob und ein Anzug aus weinroter Seide zum Vorschein kam. Er war wie ein Smoking geschnitten, hatte ein schwarzes Samtrevers und einen einzigen Knopf. Sie starrte auf das Etikett. »Valentino«.

»Der muss ein Vermögen gekostet haben.« Sie fuhr mit der Hand über das Samtrevers. »Er ist umwerfend.«

»Der ist für die Vernissage«, eröffnete ihr Soline. »Es sei denn, du hast dir selbst schon etwas gekauft.«

Rory faltete andächtig den Smoking zusammen und legte ihn zurück in die Schachtel. »Ich habe gar nicht mehr daran gedacht.«

Camilla brach in schallendes Gelächter aus. »Siehst du? Ich habe es dir ja gesagt. Sie hat noch nie einen Gedanken an Klamotten verschwendet. Als sie klein war, bedeutete Verkleiden an Halloween eine Schaffner-Mütze und -Uniform. Sie wollte nie als Prinzessin oder Fee gehen wie alle anderen Mädchen. Und sieh sie dir jetzt an …« Sie brach mitten im Satz ab, und blinzelte, als wäre sie von ihren Emotionen überrascht worden. »Ganz erwachsen, eine Künstlerin mit ihrer eigenen Galerie.« Camillas Finger glitten zu ihrer Kette und spielten mit den Perlen. »Du hattest einen Traum, und du hast ihn verfolgt. Das können nicht viele von sich behaupten, und ich bin stolz auf dich. Du hast es verdient, Rory.«

Jetzt war Rory überrascht. *Rory. Nicht Aurora … Rory.* Das war neu.

»Danke«, sagte sie mit belegter Stimme. »Ich danke euch beiden. Ich kann gar nicht sagen, wie glücklich es mich macht, dass ihr beiden zur Eröffnung kommt.«

»Worauf du dich verlassen kannst.« Camilla gab ihr einen Kuss auf die Wange. »Wir gehen jetzt etwas zu Mittag essen und danach ein bisschen shoppen. Soline hilft mir dabei, ein Paar Schuhe auszusuchen. Ich hatte an Wildleder gedacht.«

Rory begleitete sie hinaus und sah ihnen nach, bis sie zwischen den Fußgängern auf der Newbury Street verschwunden waren.

* * *

Als Rory nach Hause kam, war sie erschöpft. Sie hatte den Rest des Nachmittags am Telefon verbracht, um jemanden zu finden, der für Dheera Petri einspringen konnte. Vier Künstlerinnen hatten gesagt, sie könnten ein oder zwei Arbeiten zur Eröffnung schicken. Aber keine von ihnen hätte so kurzfristig an der Vernissage teilnehmen können. Es sah alles danach aus, als müsste sie sich mit ausgewählten Einzelarbeiten zufriedengeben. Es sei denn, sie folgte Solines Rat.

Sie ging zögerlich den Flur hinunter und machte das Licht im Studio an. Das Objekt hinter dem Schreibtisch stach ihr sofort ins Auge. Ein Schoner, der auf einen düsteren blauschwarzen Horizont zusegelte. Es war ihre größte Arbeit und eine ihrer besten. Mit den vier anderen im Schrank hatte sie fünf. Sie stellte sie nebeneinander auf und betrachtete sie eine Weile. Es konnte funktionieren. Es war ja nur für den Übergang, bis sie eine Serie eines anderen Künstlers gefunden hatte, die ihre ersetzen würde. Aber sie brauchte noch ein weiteres Werk, um die Wand stimmig zu machen.

Sie ging zum Fenster und strich über das unvollendete Werk, das in einen Keilrahmen gespannt war. Eine winterliche Hafenszene, über die sich eine Nebeldecke spannt. Es fehlte nur noch der Himmel mit dem Glanz einer wässrigen Sonne, die darum kämpfte, die tief hängenden, zerrissenen Wolken zu durchdringen. Zinnfarbene Seide, lavendelblau changierendes Moiré und weicher grauer Flanell. Das Licht würde schwierig werden. Hatte sie nicht noch einen plissierten silbernen Stoffrest in einem Korb? Und es war ja noch eine Woche bis zur Eröffnung. Wenn sie heute Abend begann, würde sie rechtzeitig fertig.

Bei dem Gedanken flatterten Flügel in ihrem Bauch. Zog sie es ernsthaft in Erwägung? Die Worte ihrer Mutter hatten etwas Unerwartetes ausgelöst. Nicht nur, dass sie stolz auf Rory war, sondern auch, dass sie für beide sprach – für Soline und sich. Sie standen beide hinter Rory, wie eine Familie. Sie waren drei Frauen, die das Schicksal durch eine Kette von Ereignissen, die keine von ihnen erklären konnte, zusammengeführt hatte. Über das Meer und viele Jahre und so viele Verluste hinweg. Drei lose Enden, die zu einem Ganzen verwoben worden waren. Allein waren sie verwundbar gewesen, doch zusammen gaben sie sich Kraft.

Wenn die Zeit gekommen war, mussten sie stark sein – um Soline zu unterstützen. Es waren noch acht Tage bis zur Eröffnung. Danach würde sie mit Thia über ein endgültiges Datum sprechen. Sie hatte so lange gewartet, wie sie es mit ihrem Gewissen vereinbaren konnte. Es noch weiter hinauszuzögern, hätte bedeutet, Owens Lügen zu stützen. Es war an der Zeit, dass die Wahrheit ans Licht kam. Und dann mussten sie sehen, wie Soline darauf reagierte. Sie hoffte nur, dass Soline genug Trost in ihrer neuen Familie finden würde, um sich auf das neue Leben einzulassen.

Dreiundvierzig
RORY

Boston, 26. Oktober 1985

Rory schaute wieder auf ihre Uhr und atmete dreimal tief durch. In einer Stunde wäre es so weit und alles war bereit. An der Bar neben dem Eingang gab es verschiedene Sorten Wein und Bier; auf einem Büfett waren kalte Vorspeisen angerichtet; die klassische Gitarristin, die sie engagiert hatte, richtete sich gerade in einer Ecke ein, und alle sieben Künstler und Künstlerinnen waren überpünktlich angekommen. Sie hatten sich am Eingang versammelt und plauderten, während sie darauf warteten, dass die Türen für die Gäste geöffnet wurden.

Ihre Mutter und Soline waren im ersten Stock und hatten vorgegeben, sich noch zurechtmachen zu müssen, damit Rory etwas Freiraum hatte. Dafür war sie ihnen dankbar. Die Woche war ein einziges Durcheinander von manischer Kreativität und Entscheidungen in letzter Minute gewesen, in dem sie kaum Schlaf bekommen hatte, geschweige denn einen klaren Gedanken hatte fassen können. Gleich würde sie die Eingangstür aufschließen und das Schild auf »Geöffnet«

umdrehen. Bis dahin brauchte sie Ruhe, um sich auf den großen Moment vorzubereiten.

Es fühlte sich beinahe surreal an, hier zu stehen, an dem Ort, den sie aus dem Nichts erschaffen hatte. Es kam ihr vor, als lebte sie den Traum einer anderen – und in gewisser Weise war es auch so. Vor ein paar Monaten war das Haus noch ausgebrannt und verlassen gewesen, wenn auch nicht ganz leer. Ihre Großmutter hatte hier einst geträumt und etwas von ihrer Magie zurückgelassen, Brotkrumen, die sie eines Tages hatte finden sollen. Und sie hatte sie gefunden. Oder vielleicht hatten die magischen Brotkrumen sie gefunden. Was auch immer auf dem Schild über der Tür stehen mochte, Soline Roussels Echo würde durch das Haus klingen. So wie Rorys eigenes.

Sie blickte auf das Plexiglasschild der neuesten Serie – »AURORA GRANT Traumwelle« – und musste eine Träne wegblinzeln. Auf einmal war sie in Gedanken bei Hux, betrachtete wieder ihre Arbeit im Schaufenster von Finn's und hörte die Worte, die alles in Bewegung gesetzt hatten.

Träume sind wie Wellen. Du musst warten, bis die richtige kommt, die, auf der dein Name steht. Und wenn sie kommt, dann gehst du raus und reitest auf ihr. Und auf diesem Traum steht dein Name in Großbuchstaben.

»Sieh dir an, was ich getan habe, Hux«, flüsterte sie. »Sieh dir an, wo ich jetzt stehe. Mein Name stand in Großbuchstaben auf dem Traum. Und jetzt ist er Wirklichkeit geworden. Dank dir.«

»Ich glaube, es ist so weit, Liebes.«

Rory kämpfte gegen ihre Tränen an und drehte sich zu ihrer Mutter um. Sie trug einen wadenlangen Rock, darüber eine Weste aus pflaumenfarbenem Crêpe und graue Wildlederstiefel mit Pfennigabsätzen. Nicht eine Spur von Beige. »Habe ich dir schon gesagt, wie umwerfend du heute aussiehst?«

Camilla lächelte verlegen. »Danke. Ich glaube, wir haben dieselbe Modeberaterin. Und sieh dich an – der Anzug sitzt wie angegossen. Du bist umwerfend. So wie alles hier. Du hast unglaubliche Arbeit geleistet. Und ich bin so froh, dass du dich dafür entschieden hast, deine Arbeiten auszustellen. Sie verdienen es, gesehen und gewürdigt zu werden.«

»Es ist seltsam. Seit Monaten versuche ich, mir vorzustellen, wie dieser Abend wohl sein wird, und jetzt …«

Camilla griff nach ihrer Hand. »Oh, Liebes, was hast du?«

»Ach, ich habe nur an Hux gedacht und daran, dass all das nicht geschehen wäre, wenn er nicht an mich geglaubt hätte. Wenn er nur hier wäre und es sehen könnte!«

»Er wird es sehen, Liebes. Er wird wiederkommen und wahnsinnig stolz auf dich sein. Aber jetzt gehts los. Das Publikum erwartet dich.«

Bei diesen Worten spürte Rory wieder die Schmetterlingsflügel im Bauch. »Publikum? Was ist, wenn niemand auftaucht? Dann essen wir eine Woche lang gefüllte Kirschtomaten und geröstete Paprika-Crostini.«

Camilla brach in helles Gelächter aus, das für sie ganz ungewöhnlich war. »Jetzt machst du aber Witze. Wir haben über zweihundert Einladungen verschickt. Die beiden großen Zeitungen haben in der Wochenendausgabe über die Eröffnung berichtet, und ich habe buchstäblich jedem, den ich kenne, davon erzählt. Ich bin mir sicher, dass nicht mal eine Tomate übrig sein wird, wenn wir heute Abend die Türen schließen. Und jetzt, los: Partytime!«

»Wo ist Soline?«

»Sie ist noch oben, aber sie meinte, sie käme jeden Moment herunter. Ich glaube, so viele Leute machen sie nervös.«

Rory wusste genau, wie Soline sich fühlte, aber sie schaffte es trotzdem, sich in Bewegung zu setzen. Sie nahm die Anwesenheit ihrer Mutter kaum noch wahr, nickte der großen brünetten Frau hinter der Bar prüfend zu, dann der Rothaarigen am Büfett und schließlich der Gitarristin, die sofort ihre Gitarre nahm. Der sanfte Klang der »Blackbird«-Melodie von den Beatles erfüllte den Raum, und die Künstler und Künstlerinnen schwärmten aus, um ihren Platz vor ihren Arbeiten einzunehmen.

»Du bist bereit«, flüsterte Camilla ihr ins Ohr. »Ich stelle mich an die Tür. Deine Aufgabe – deine einzige Aufgabe – ist es, zu lächeln, dich unter die Leute zu mischen und wie eine Galeristin auszusehen. Und vergiss nicht, mit deinen Kräften zu haushalten. Es wird eine lange Nacht.«

Als Camilla die Tür aufzog, wehte frische Herbstluft herein. Innerhalb weniger Minuten kamen mehrere Frauengrüppchen, die sich mit Küsschen begrüßten. Rory erkannte mit einem Anflug von Dankbarkeit, dass es alles Freundinnen ihrer Mutter waren.

Camilla war ganz in ihrem Element und hatte alles unter Kontrolle. Mit einem Nicken oder einem kurzen Blick drückte sie genau die richtigen Knöpfe und ließ dabei alles ganz natürlich aussehen. Konnte Rory jemals so gut darin werden? Sie grübelte noch über dieser Frage, als ihre Mutter mit einer Schar von Freundinnen auf sie zukam.

»Ah, da ist sie ja. Meine Güte, wie hast du das angestellt? Du siehst einfach umwerfend aus, Aurora!«

Laurie Laurenz, die Schatzmeisterin der Gesellschaft der Künstlerinnen und Kunstförderinnen, musterte sie mit ihren stark geschminkten Augen von oben bis unten. »Ich habe dich ohne deine langen Haare beinahe nicht erkannt. Du siehst so schick aus, als wärst du gerade von einem Pariser Laufsteg heruntergestiegen.«

Hilly nickte enthusiastisch. »Es ist superb! Sieh dir diese Wangenknochen an. Genau wie die ihrer Mutter. Ich kann nicht fassen, was du aus dem Haus gemacht hast. Wir haben das Hochzeitskleid unserer Tochter vor fünf Jahren hier gekauft.

Niemand würde auf die Idee kommen, dass es beinahe abgebrannt wäre.«

»Danke«, sagte Rory unbeholfen und hoffte, dass Soline sie nicht hören konnte. »Der Schaden war nicht so groß, wie wir zunächst angenommen hatten, und ich habe ein tolles Bauunternehmen gefunden. Wir konnten einige der ursprünglichen Einrichtungselemente und die Treppe retten. In die habe ich mich auf den ersten Blick verliebt.«

Die Frauen betrachteten die Treppe anerkennend. Wie auf ein Stichwort erschien im selben Moment Soline auf der obersten Stufe. Sie sah überwältigend aus in ihrer Palazzo-Hose aus schwarzer Seide und dem engen silbernen Jackett. Sie hielt kurz inne und ließ ihren Blick über die Menge schweifen. Dann stieg sie langsam die Treppe herab, wobei sie ihre schwarz behandschuhte Hand über das Geländer gleiten ließ.

Niemand sprach. Rory konnte es den Gästen nicht verdenken. Soline war atemberaubend und bewegte sich so anmutig, dass ihre Füße kaum den Boden zu berühren schienen. Auf der letzten Stufe machte sie erneut eine kleine Pause und für einen Moment befürchtete Rory, sie würde sich umdrehen und Reißaus nehmen. Doch stattdessen straffte Soline ihre Schultern und schaute sich nach Rory um.

Rory hob die Hand und bemerkte die neugierigen Blicke der Freundinnen ihrer Mutter. Auch Camilla nahm sie wahr und machte sich bereit, Soline zur Seite zu stehen. Soline aber warf beiden ein beschwichtigendes Lächeln zu, während sie auf sie zukam. Sie sah wirklich umwerfend aus mit ihren dunkel umrandeten Augen und den scharlachroten Lippen. Ihr Haar hatte sie auf der einen Seite mit einem juwelenbesetzten Kamm nach hinten gesteckt.

Camilla hakte sich bei Soline ein. »Ladys, ich möchte euch meine liebe Freundin Soline Roussel vorstellen.«

Höfliches Gemurmel. Es war Hilly, die schließlich als Erste das Wort ergriff. »Madame Roussel! Das war doch früher Ihr Laden! Sie haben das Hochzeitskleid meiner Caroline genäht. Caroline Walden. Sie erinnern sich sicher nicht mehr, aber Caroline und ihr Ehemann haben dank Ihnen mittlerweile drei süße Kinder. Und die Leute reden immer noch über das Kleid, wie die Schleife …«

Camilla unterbrach sie mit einer Handbewegung. »Ich bin mir sicher, dass Soline den heutigen Abend nicht damit verbringen will, übers Geschäft zu reden, Hilly. Aber vielleicht kannst du mit ihr und Vicky über unsere Gesellschaft sprechen. Ich muss wieder an die Tür, und Aurora muss sich um die Gäste kümmern. Probiert auf jeden Fall die Vorspeisen und lasst mich wissen, ob ich Auroras Caterer für die Neujahrsfeier buchen soll. Ich finde das Fingerfood fabelhaft.«

Rory ließ ihren Blick durch den Raum gleiten und war überrascht, wie schnell er sich füllte. Hatte sie vorher noch befürchtet, dass niemand erscheinen werde, fragte sie sich jetzt, ob es genügend Wein gab. Aber es tat gut, so viele bekannte Gesichter zu sehen. Kelly und Doug Glennon kamen gerade an; Daniel Ballantine stand mit einer hübschen Blondine, vermutlich seiner Ehefrau, am Büfett; und Brian, der sich aus seiner Arbeitskleidung geschält hatte und gebügelte Kakis und ein braunes Tweedjackett trug, trank ein Bier und unterhielt sich mit einem Pärchen, das Rory als Freunde ihrer Mutter erkannte.

Sie entspannte sich langsam, mischte sich unter die Leute und war begeistert, wie sich die Gäste mit den Künstlern und Künstlerinnen über Medien, Techniken und Inspirationsquellen unterhielten.

Irgendwann hatte Camilla ihr ein Glas Chardonnay gebracht und später hatte sie sich ein weiteres genommen. Ein Fehler, wie sie nun feststellte. Die Aufregung des Abends, gepaart mit einer schlaflosen Woche trafen sie mit einem Schlag. Auf einmal spürte sie, wie erschöpft sie war. Das musste auch ihre Mutter bemerkt haben, denn sie stand mit einem Teller Vorspeisen vor ihr und gab ihr zu verstehen, dass sie etwas essen müsse.

Nachdem sie alles verschlungen hatte, fühlte sie sich besser. Und es ging ihr noch besser, als sie eines ihrer eigenen Werke an eine Chirurgin und ihren Ehemann aus der Gegend verkaufte. Als der letzte Gast um zehn Uhr dreißig die Galerie verließ, hatte sie vier Kunstwerke verkauft, zwei weitere Arbeiten in Kommission gegeben und einen vielversprechenden Interessenten für Kendra Patersons große Wellenskulptur aus Glassplittern in Aussicht. Alles in allem war der Abend ein voller Erfolg. Und jetzt, wo er vorüber war, wollte sie nur noch ins Bett fallen und schlafen wie ein Murmeltier.

Doch als sie aufschaute, kam ihre Mutter mit zwei Gläsern Wein auf sie zu. »Die Bar wird weggeräumt, und da habe ich uns beiden noch schnell ein Glas geholt. Soline ist vor einer Stunde in dein Büro gegangen. Der heutige Abend war anstrengend für sie, aber ich glaube, sie hat gut durchgehalten. Ich habe ihr gegen neun angeboten, sie nach Hause zu bringen, aber sie wollte unbedingt bleiben. Hier.« Sie drückte Rory eines der Gläser in die Hand. »Lass uns zur Feier des Tages noch einmal anstoßen.«

Rory schaute ihre Mutter besorgt an. »Ich weiß nicht, ob ich noch etwas trinken sollte. Ich bin todmüde und muss noch fahren.«

»Nur einmal anstoßen. Wir hatten bisher noch keine Gelegenheit.«

»In Ordnung. Aber nur einen Schluck.«

Camilla hob ihr Glas und wartete darauf, dass Rory ihrem Beispiel folgte. »Auf dich, Rory! Ich schätze mich glücklich, dich meine Tochter nennen zu dürfen. Ich habe dir viel zu selten gezeigt, wie stolz ich auf dich bin. Und dass ich Vertrauen habe, dass du die richtigen Entscheidungen triffst. Das tut mir leid. Aber ich *bin* stolz auf dich. Und das wird auch so bleiben, das verspreche ich dir.«

»Danke«, murmelte Rory, von der unerwarteten Liebesbekundung bewegt. »Jetzt bin ich dran«, sagte sie und hob ihr Glas. »Auf die Frau, die mich gelehrt hat, wie man schwierige Situationen meistert. Du warst wundervoll heute Abend, wie ein Fisch im Wasser. Und du hattest alles im Auge, mich eingeschlossen. Ich bin mir nicht sicher, ob ich das ohne dich durchgestanden hätte.« Sie räusperte sich mehrfach. »Ich habe dir nie richtig dafür gedankt, wie viel du tust – und wie gut du es tust –, und ich verspreche, dass ich mich bessern werde.«

Camilla sah ihr in die Augen, als sich ihre Gläser berührten. »Du bringst mich noch zum Weinen.«

»Du hast damit angefangen«, entgegnete Rory lächelnd.

»Stimmt auch wieder. Ich gehe mal in der Küche nachsehen, ob von den kleinen Crostini noch etwas übrig geblieben ist; und dann schaue ich oben nach Soline, bringe sie nach Hause und nehme ein langes Fußbad.« Sie deutete auf ihre neuen Stiefel. »An diese Absätze muss ich mich noch gewöhnen.«

Rory konnte sich ein Lächeln nicht verkneifen, als sie ihrer Mutter nachsah. Der Abend war voller Überraschungen gewesen. Er hatte mit den hochhackigen Stiefeln angefangen und mit einem Moment gegenseitigen Respekts geendet. Das hätte sie sich vor ein paar Wochen nicht einmal vorstellen können. Es war das perfekte Ende eines ohnehin schon perfekten Abends, auch wenn sie zugeben musste, dass sie froh war, ihn hinter sich gebracht zu haben.

Sie machte eine letzte Runde auf der Suche nach Tellern und Gläsern, die vom Catering-Dienst möglicherweise übersehen worden waren, und sammelte dabei ein paar hinuntergefallene Servietten auf. Sie bückte sich gerade nach einer zerknüllten Broschüre, als die Tür aufging. Anscheinend hatte niemand daran gedacht, sie abzuschließen.

Sie richtete sich auf und setzte ein höfliches Lächeln auf. »Tut mir leid, wir haben leider … Oh, mein Gott, Anson!«

Nein. Nicht jetzt. Nicht auf diese Weise.

»Was machen Sie hier?«

Anson stand einfach nur mit geballten Fäusten in der Tür, stocksteif und ohne den geringsten Anflug eines Lächelns. »Thia hat mir erzählt, dass Sie heute die Galerie eröffnen. Wir müssen uns unterhalten.«

»Bitte gehen Sie sofort«, zischte Rory. »Soline ist oben und sie weiß nicht, dass Sie noch …«

Sie machte eine Pause und warf einen verzweifelten Blick zur Treppe. »Bitte, gehen Sie! Schnell.«

»Aurora, ich habe gepackt …« Camilla verstummte, als sie Anson erblickte. »Es tut mir leid. Ich wusste nicht, dass noch jemand da ist.«

»Das ist Anson«, erklärte Rory steif. »Er wollte gerade gehen.«

Camillas Gesicht wurde komplett ausdruckslos, dann formte ihr Mund ein stilles »Oh«. Als sich der Bann löste, spiegelte sich Neugier und etwas, das Rory nicht benennen konnte, auf ihrem Gesicht. »Sie sehen aus wie auf dem Foto«, sagte sie kühl.

Anson machte einen Schritt vorwärts, bevor er sich besann und wieder stocksteif dastand. Seine Augen waren auf Camilla gerichtet. »Sind Sie …«

»Ja, so ist es. Und Sie müssen gehen. Und zwar jetzt.«

»Nein, ich muss mit Ihrer … Ich muss mit Rory reden.«

Camilla hob kühl eine Augenbraue. »Jetzt nicht. Was auch immer Sie zu sagen haben, konnte vierzig Jahre warten. Eine Nacht wird daran nichts ändern.«

»Ich bitte Sie«, flehte Rory ihn jetzt regelrecht an. »Gehen Sie. Wir hatten noch nicht die passende Gelegenheit, um mit

Soline zu sprechen. Sie darf es nicht auf diese Art und Weise erfahren.«

Sie hatte die Worte noch nicht ausgesprochen, als sie von oben einen gedämpften Aufschrei hörte, gefolgt vom dumpfen Aufprall einer bestickten Seidentasche.

Vierundvierzig

SOLINE

Es gibt einen Schmerz, der schlimmer ist als das Betrauern eines Geliebten. Es ist der Schmerz eines halb gelebten Lebens. Nicht weil man nicht weiß, was hätte sein können, sondern weil man es weiß.

Esmée Roussel, *Die Zauberschneiderin*

Es kann nicht sein, und doch ist es so.

Er ist gealtert. Die Jahre haben seinen einst harten Körper weicher werden lassen, Falten in sein Gesicht gezeichnet und silberne Strähnen in sein Haar. Aber ich würde ihn immer und überall erkennen.

Vierzig Jahre habe ich von einem Wiedersehen geträumt. Ich wusste, dass es unmöglich war, und dennoch habe ich davon geträumt. Und jetzt ist er hier. Wie aus dem Nichts. Lebendig. Und er starrt mich mit offenem Mund an, als wäre *ich* der Geist. Es schnürt mir die Kehle zu. Meine Gebete sind erhört worden. Aber als ich meinen Mund öffne, kommt nichts heraus. Irgendetwas stimmt nicht. Stimmt ganz und gar nicht.

Ich sehe es an der Weise, wie Rory mich anschaut, als würde sie sich für ein unverzeihliches Verbrechen entschuldigen. Ich sehe es an Camillas verschränkten Armen und ihrer kriegerischen Haltung. Und ich sehe es in der eisigen Kälte auf Ansons Gesicht. Im Bruchteil eines Moments bin ich eine Fremde für ihn geworden. Nein, keine Fremde – eine Feindin. Aber wie? Warum?

»Anson?«

Unsere Blicke treffen sich. Seine Augen sind hart und dunkel. Ich kann ihre Farbe nicht erkennen, aber spüre die Kälte, die sich wie eine Stahlklinge zwischen meine Rippen bohrt. Es ist derselbe Blick, mit dem er damals von den *boches* gesprochen hat. Und jetzt richtet er ihn gegen mich.

Es gelingt mir, einen Fuß vor den anderen zu setzen, zwei Stufen hinunterzugehen. Aber er weicht vor mir zurück, geht rückwärts zur Tür und hält eine Hand vor sich ausgestreckt, als wolle er mich abwehren. Und dann ist er verschwunden, ist draußen auf der Straße, und die Tür steht offen. Für einen Moment bin ich wieder in Paris, sitze im Krankenwagen und sehe ihn durch ein kleines rechteckiges Fenster verschwinden.

Ich sacke in mich zusammen wie ein abgeschossener Vogel, fassungslos, stumm, ohne Tränen. Rory kniet neben mir, nimmt meine Hände und murmelt wieder und wieder, dass es ihr leidtue, so wahnsinnig leid, als wäre es ihr Fehler. Ich versuche, ihren Gesichtsausdruck zu deuten. Trauer. Mitleid. Und … sind das Schuldgefühle?

»Ich wollte es dir erzählen. Nach der Eröffnung wollten wir dir alles erzählen.«

Wir?

Vom Fuß der Treppe blickt Camilla zu mir herauf. Sie klammert sich mit beiden Händen am Geländer fest. Und auch bei ihr sehe ich es. Schuldgefühle. Es ergibt keinen Sinn.

»Was wolltet ihr mir erzählen?«

»Dass Anson lebt. Ich weiß es jetzt schon eine ganze Weile und …«

»Wie lange?«

»Einen Monat. Vielleicht ein bisschen länger.«

Ich richte meinen Blick wieder auf Camilla. »Und du wusstest es auch? Und du hast mir nichts gesagt?«

»Wir wollten es dir sagen«, platzt es aus Rory heraus, bevor Camilla ein Wort über die Lippen bringt. »Wir wollten nur den richtigen Moment abwarten. Es tut mir so leid. Ich habe nicht im Traum daran gedacht, dass er hier aufkreuzen könnte. Er hat mir ziemlich deutlich gesagt, dass er dich nicht wiedersehen möchte, als ich ihn in San Francisco getroffen habe.«

»Du warst in San Francisco? Um Anson zu besuchen?«

Sie senkt den Kopf und nickt. »Ich war erst in Newport. Durch Thia habe ich erfahren, wie ich ihn erreichen kann.«

Newport. Beim Klang des Namens läuft mir ein Schauder über den Rücken. Thia. Dieser Namen ist mir nach all den Jahren so fremd. In meinem Kopf tauchen immer mehr Fragen auf. Ich bin kurz vor einem Blackout. Meine Welt ist aus den Fugen geraten. Nichts ist, wie es war.

»Ich habe es zufällig herausgefunden«, sagt Rory, als ob das einen Unterschied machen würde. »Ich habe einen befreundeten Reporter darum gebeten, nach einem alten Foto von Anson zu suchen. Es sollte eine Überraschung für dich sein. Aber ich wurde überrascht. Eines der Fotos, die er ausgegraben hatte, war gerade einmal zwei Jahre alt. Ich bin also nach Newport gefahren, weil ich herausfinden wollte, ob es wirklich der richtige Anson war. Und dann bin ich nach San Francisco geflogen, um mit ihm zu sprechen. Ich musste herausfinden, was nach dem Krieg passiert ist, warum er nie nach dir gesucht hat. Ich dachte, ich könnte ihn überzeugen, nach Boston zu kommen, aber er ließ nicht mit sich reden. Thia bat mich, noch ein wenig zu warten, bevor ich mit dir spreche. Wir haben gehofft, dass er seine Meinung ändert. Wir haben nicht damit gerechnet, dass er einfach so auftauchen würde.«

Ich schließe die Augen, als würde ich damit alles rückgängig machen können. Und jetzt lasse ich den Tränen freien Lauf. Die Wahrheit trifft mich wie eine Keule. Anson – mein Anson – war die letzten vierzig Jahre am Leben. Aber er wollte nichts von mir wissen … und er will immer noch nichts von mir wissen.

»Da ist noch was«, sagt Camilla sanft vom Fuß der Treppe. »Du musst jetzt auch noch den Rest hören.«

»Ich möchte den Rest nicht hören«, antworte ich und stemme mich hoch. »Ich möchte nur noch nach Hause. Bitte ruft mir ein Taxi.«

»Ich bringe dich«, protestiert Camilla. »Aber erst müssen wir uns unterhalten. Es ist nämlich …«

»Ich möchte mich nicht mit euch unterhalten.« Meine Stimme hallt in meinen Ohren. »Ich möchte allein sein.«

Ich versuche, die Tränen wegzublinzeln, doch sie rinnen mir über das Gesicht. »Bitte. Das Taxi.«

Aus den Augenwinkeln sehe ich, wie Camilla Rory einen flehenden Blick zuwirft. Sie will weiterreden, will sich rechtfertigen, warum sie das Geheimnis für sich behalten haben, um es irgendwie wiedergutzumachen. Aber sie können es nicht wiedergutmachen. Rory versteht das und antwortet ihrer Mutter mit einem leichten Kopfschütteln. Sie weiß genau, dass nichts, was sie sagen können, einen Unterschied machen würde.

Die Treppe schwankt bedrohlich, als ich hinuntergehe. Vor Angst, meine Füße könnten nachgeben, umklammere ich das Geländer. Ich husche an Camilla vorbei, dann an Rory, bücke mich nach meiner Handtasche und bewege mich auf die Tür zu.

»Ich warte draußen.«

Ich spüre ihre Blicke, als befürchteten sie, dass ich in tausend Scherben zerbreche. Aber ich kann nicht. Noch nicht. Denn wenn ich dieses Mal zerbreche, dann zerbreche ich für immer.

Fünfundvierzig
SOLINE

Beachte immer die Regel der Drei. Drei Mal kehrt dein Tun zurück zu dir. Tust du dein Werk mit kaltem Herzen, bringen dir drei Winde Kälte. Tust du dein Werk mit warmem Herzen, bringen dir drei Winde Liebe.

Esmée Roussel, *Die Zauberschneiderin*

Boston, 30. Oktober 1985

Vier Tage.

So lange habe ich mich schon in meine Höhle zurückgezogen, lebe nur von Kaffee und Toast, weil ich keine Energie habe, mir etwas anderes zuzubereiten. Ich geistere mit bleiernen Augen im Haus umher oder rolle mich wie ein Fötus auf dem Bett zusammen, Ansons Rasieretui an die Brust gepresst.

Den Hörer des Telefons habe ich neben die Gabel gelegt. Ich will es nicht klingeln hören und will mich nicht fragen müssen, wer dran sein könnte. Ich weiß es ohnehin. Ich will keine Ausrede hören. Ich zweifele nicht daran, dass Rory es gut mit mir meinte, als sie mir die Wahrheit vorenthielt. Es liegt nicht in ihrer Natur, grausam zu sein. Aber sie hält mich für eine zerbrechliche alte Frau, die keinen weiteren Schicksalsschlag ertragen kann. Und so ist es auch. Wahrscheinlich hat sie sich zu Recht gefragt, ob ich mich davon erholen werde. Ich bin mir selbst nicht sicher.

Ich versuche, mir einzureden, es ändere nichts, dass Anson am Leben ist. Doch das ist nicht wahr. Alles hat sich geändert. Ich habe ihn noch einmal verloren. Nur, dass es dieses Mal nicht die *boches* waren, die ihn mir genommen haben. Dieses Mal war es seine Entscheidung.

Sein Heiratsantrag kam wie aus dem Nichts, zu einer Zeit, als wir überschäumten vor Gefühlen. Hatte er ihn bereut, als wir auseinandergerissen wurden? War er insgeheim erleichtert, als er nach Hause kam und ich verschwunden war? Wusste er von unserer Tochter? Dass sie an dem Tag starb, an dem sie das Licht der Welt erblickte? Dass ich sie nie in den Arm nehmen konnte?

Meine Assia.

All die Jahre habe ich mir vorgestellt, dass Anson und sie vereint sind, dass sie irgendwo, irgendwie beisammen sind. Dabei war sie die ganze Zeit allein. Er hat wahrscheinlich eigene Kinder, vielleicht sogar Enkel – und eine Frau. Selbst jetzt, nachdem so viele Jahre vergangen sind, erschüttert mich dieser Gedanke, und dennoch bleiben meine Augen trocken. Es scheint, als hätte ich keine Tränen mehr, die ich vergießen könnte.

Ich habe jegliches Zeitgefühl verloren. Die Uhr über dem Herd geht schon seit zwei Jahren falsch. Ich ziehe die Küchenjalousien ein wenig hoch und wage einen Blick nach draußen. Der Himmel hat die Farbe von Blei, Grau in Grau, und der Regen prasselt unablässig gegen die Fensterscheiben. Ich nehme zwei Eier, Butter und Pilze aus dem Kühlschrank.

Der Spinat im Gemüsefach ist an den Rändern schon schleimig, doch auf dem Fensterbrett liegt eine Tomate, die noch nicht ganz hinüber ist. Ich habe keinen Appetit, aber mein Kopf tut weh und mein Magen knurrt. Ich muss etwas essen, und ein Omelett geht schnell.

Kaum habe ich die Pfanne auf den Herd gestellt, klingelt es an der Tür, und für einen kurzen Moment spüre ich einen wilden Funken Hoffnung. Könnte er seine Meinung geändert haben? Ich mache den Herd aus und schleiche mich an den Wohnzimmervorhängen vorbei ins Foyer.

Er ist es nicht. Er kann es nicht sein.

Die Klingel läutet noch einmal, gefolgt von einem heftigen Hämmern des Türklopfers. Ich halte den Atem an. Wer auch immer vor der Tür steht, soll einfach wieder verschwinden. Es wird Rory sein. Oder Camilla. Sie waren schon dreimal da, und ich habe sie schon dreimal ignoriert. Oder es ist Daniel, der dem schlechten Wetter trotzt. Auch ihn will ich nicht sehen. Er kennt bereits zu viel von meiner Geschichte. Ich habe nicht den Wunsch, ihm Rede und Antwort zu stehen.

»Soline?« Eine Frauenstimme dringt gedämpft durch die Tür. »Soline, hier ist Thia.«

Thia. Nach all den Jahren. Das Herz schlägt mir bis zum Hals und mein Mund wird so trocken, dass ich nicht schlucken kann. Ich lehne mich an die Tür, eine Hand am Knauf. Ein Fehler, ich weiß, aber ich bin schwach.

»Bist du allein?«

»Ich kann allein sein«, erwidert sie. »Wenn du es zulässt.«

Ich drehe den Knauf, öffne die Tür einen Spaltbreit und blicke in ein unbekanntes Gesicht. Ein voller Mund, eine breite Nase, die gegerbte Haut einer Frau, die viel Zeit in der Sonne verbracht hat. Und Augen von einem tiefen Blaugrün, mit goldenen Flecken rund um die Iris. Genau wie Ansons.

Ich öffne die Tür, die Hände in den Hüften gestemmt, überwältigt, dass sie hier auf meiner Türschwelle steht, überwältigt von allem. Die Ähnlichkeiten zwischen Bruder und Schwester sind nicht zu übersehen. Aber da ist noch irgendetwas anderes, das ich nicht begreife.

»Warum bist du hier?« Meine Stimmbänder sind von den vielen Tränen ganz rau. Meine Worte klingen unhöflich.

»Ich möchte mit dir sprechen«, sagt sie mit einer ruhigen Stimme, mit der man auch zu einem scheuen Tier sprechen würde, das jederzeit davonlaufen könnte. »Über das, was passiert ist, nachdem du das Haus meines Vaters verlassen hast.«

Ich behalte die Hand auf dem Türknauf und freue mich fast darüber, dass der kalte Regen ihr T-Shirt durchnässt. Plötzlich packt mich eine rasende Wut. »Ich weiß, was passiert ist. Dein Bruder ist zurückgekehrt. Keiner hat mir etwas gesagt.«

»Bitte, können wir uns alle zusammensetzen und sprechen?«

Alle? Meine Brust zieht sich zusammen. »Ist er ... Wer denn noch?«

»Nur Rory und Camilla. Sie sind im Auto. Ich weiß, dass du sauer und verletzt bist. Du hast jedes Recht dazu, aber es gibt noch etwas, was du wissen musst, Soline. Etwas anderes.«

Der unheilvolle Ton schnürt mir die Luft ab. »Etwas anderes?«

»Bitte! Ich stehe im Regen, und die Treppe ist nicht der richtige Ort für diese Unterhaltung. Lass uns reinkommen.«

Ich lasse den Knauf los und trete einen Schritt zurück. Thia dreht sich zur Straße und winkt den beiden, herzukommen. Als ich mich von ihr abwende, werfe ich einen Blick in den Spiegel. Ich sehe aus wie ein Geist, blass und zerzaust, meine Augen liegen von Trauer überschattet tief in ihren Höhlen. Ich fahre mit einer Hand durch mein Haar und plötzlich fällt mir auf, dass ich nur einen Morgenmantel trage, den ich seit vier Tagen anhabe.

»Ich brauche einen Moment, um mir etwas anzuziehen.«

Sie sind im Wohnzimmer, als ich wieder hinuntergehe. Rory und Camilla sitzen auf dem Sofa. Thia hockt auf der Stuhlkante, ihr feuchtes Haar ist auf der Stirn und im Nacken wie angeklebt. Sie mustert mich und ist offensichtlich erleichtert, dass ich mich etwas zurechtgemacht habe. Ich habe mir die Haare gekämmt und den Morgenmantel gegen einen Cardigan und eine lange Hose ausgetauscht. Thias Augen verweilen für einen Moment auf meinen weißen Handschuhen. Aber da ist noch etwas anderes in ihrem Blick, im Blick aller drei. Eine Mischung aus Mitleid und Unbehagen, und ich wünschte, ich hätte sie nicht hereingelassen.

»In Ordnung, ihr seid hier. Sagt, was ihr zu sagen habt, und dann verschwindet.«

»Du solltest dich setzen«, sagt Camilla und klopft auf das Sofakissen neben sich. »Hier, zwischen uns.«

»Ich möchte mich nicht setzen.« Ich klinge trotzig, wie ein störrisches Kind.

Rory schaut mich flehend an. »Bitte, Soline. Wir wollen dir etwas zeigen. Etwas, das vielleicht dabei helfen könnte, alles etwas … leichter zu machen. Bitte setz dich zu uns.«

Ich lasse mich neben sie fallen und sitze steif mit den Händen im Schoß da. Was auch immer hier gerade passiert, ich möchte, dass es vorübergeht.

Rory greift in einen schwarzen Beutel und zieht ein Fotoalbum hervor. Ich mache mich auf das gefasst, was nun folgen wird, auch wenn ich nicht weiß, was es ist. Dann drückt sie mir das Album in die Hand. »Öffne es.«

Mit den übergestreiften Handschuhen versuche ich etwas ungeschickt, das Album zu öffnen. Rory schlägt eine Seite auf. Ich betrachte ein altes Schwarz-Weiß-Foto, auf dem ein kleines Mädchen mit hellen Locken und weit auseinanderliegenden Augen zu sehen ist. Sie trägt Winterstiefel und einen wattierten

Schneeanzug und muss etwa drei Jahre alt sein, vielleicht auch vier. Sie wirkt irgendwie vertraut, obwohl ich dieses Foto noch nie gesehen habe. Ich werfe Rory einen unsicheren Blick zu, weil ich nicht weiß, was hier passiert und was gerade von mir erwartet wird.

»Das ist Thia«, erklärt sie mir. »Als kleines Mädchen.«

Ich schaue Thia an. Sie ist seltsam ruhig. Ich verstehe immer noch nichts.

»Blättere um.«

Darauf ist ein Foto desselben Mädchens, nur dass sie jetzt älter ist und ein Partykleid mit Rüschen trägt. Ich erkenne Thias Gesichtszüge jetzt deutlich, die breiten Wangen, das betonte Kinn, die Sommersprossen auf ihrer Nase. Ich schaue auf und starre in drei völlig ausdruckslose Gesichter. Ich bin kurz davor, die Geduld zu verlieren.

Camilla berührt meinen Arm. »Und jetzt blättere noch einmal um.«

Die Folie knistert, als ich ihrer Aufforderung folge. Wieder Thia, ungefähr im gleichen Alter wie auf der Seite davor, aber in einem anderen Kleid. Allerdings ist ihr Gesicht schmaler, die Wangenknochen sind ausgeprägter. Und da ist es wieder, dieses flüchtige Aufleuchten, das ich nicht zu fassen kriege. Ich bin verärgert und verwirrt – und plötzlich habe ich Angst.

Ich kneife die Augen zusammen und schaue Thia an. »Warum soll ich mir alte Fotos von dir ansehen? Was haben sie mit mir zu tun?«

»Sieh genau hin«, sagt sie leise. »Das auf diesem Foto bin nicht ich.«

Ich betrachte das Foto aufmerksam und blättere zurück. Bei genauerem Hinsehen erkenne ich, dass eines der beiden Fotos viel später aufgenommen worden sein muss als das andere. Das verworrene Knäuel, es entwirrt sich langsam. Unmöglich. Und dennoch …

»Wer ist das?«

Die Frage hängt in der Luft; die Sekunden vergehen. Niemand spricht, niemand atmet. Dann legt Rory ihre Hand ganz zart auf meine.

»Das bin ich.«

Meine Augen sind noch immer auf das Foto gerichtet, nehmen jede Nuance des Gesichts in sich auf. *Aurore.* Ja, jetzt erkenne ich es. Ich werfe erst Thia, dann Rory einen Blick zu, dann sehe ich das Foto an.

»Ich verstehe nicht, wie …«

»Wir sind verwandt«, sagt Rory mit einem behutsamen Händedruck. »Thia und ich … sind verwandt.«

In meinem Kopf ist nichts als ein kratzendes weißes Rauschen, das all meine Gedanken verdrängt. Ich kann nicht begreifen, was sie gerade gesagt hat, komme nicht auf die Fragen, die ich stellen müsste. Warum lässt Rory meine Hand nicht los? Warum sieht Thia so aus, als habe sie Angst auszuatmen? Und warum weint Camilla?

»Verwandt … wie?«, bringe ich endlich heraus.

»Sie ist meine Großtante.« Sie wartet darauf, dass ich etwas sage. »Verstehst du, was das bedeutet?«

»Nein.« Benommen schüttele ich den Kopf. Ich müsste nur an einem einzelnen Faden ziehen, um das Knäuel weiter zu entwirren, aber ich kann es nicht – oder will es nicht. Ich schlage die Hände vor die Augen.

»Anson ist mein Großvater, Soline. Und du, du bist meine … Großmutter.«

Ich starre auf das Foto und bekomme keine Luft mehr. »Das ist unmöglich.«

»Doch«, sagt Rory und blättert eine Seite weiter. »Es ist möglich. Deine kleine Tochter ist nicht gestorben. Sie haben sie dir weggenommen.«

Ich schaue auf die neu aufgeschlagene Seite hinab. Es ist eine Fotokopie, zerknittert aber gut lesbar: »ADOPTIONSURKUNDE«. In einer Zeile steht der Name Soline Roussel, in einer anderen Lowell. Und weiter unten Camilla Lowell.

Ich schiebe die Namen wie Scrabble-Steine herum. Richtig angeordnet ergeben sie etwas – es muss ja so sein –, aber ich weiß nicht, was.

»Lowell war mein Mädchenname«, ergänzt Camilla und bricht wieder in Tränen aus. »Camilla Lowell ist der Name, den mir das Paar gab, das mich adoptiert hat. Davor hatte ich einen anderen Namen.«

Ich starre sie an, bis meine Augen sich mit Tränen füllen und ihr Gesicht verschwimmt. Das kann nicht sein. Und doch beweist ihr Gesicht – beweisen all ihre Gesichter – das Gegenteil. »Du bist …«

»Ich bin Assia«, flüstert sie. »Deine Tochter.«

Der Ansturm der Gefühle und mein Schluchzen kommen so plötzlich und so heftig, dass ich zu ersticken drohe. Ich spüre, dass ich in den Arm genommen werde – ich weiß nicht, von wem –, und wiege mich vor und zurück. Ich gebe einen hohen Klageton von mir – unbeschreibliche Trauer, unbeschreibliche Freude. Das Geräusch schwillt immer weiter an und strömt wie Wasser aus einer Quelle aus mir heraus. Ich mache mich lächerlich, und es ist mir egal. Eigentlich ist mir alles egal. Dass Anson mich nicht genug geliebt hat, um nach mir zu suchen. Sogar, dass ich knapp vierzig gemeinsame Jahre mit meiner Tochter verloren habe. Jetzt ist sie hier. Und Rory auch.

Ich denke an Maman, an ihre Lehren, als ich ein Mädchen war und zu ihren Füßen saß. Ich weiß, dass auch sie jetzt glücklich ist. Wir können nicht ungeschehen machen, was passiert ist, aber wir können nach vorne schauen: auf drei Generationen, die durch Blut und Echos verbunden sind und nun die verlorenen Jahre wiedergutmachen.

Ich spüre, wie ein Taschentuch in meine Hand gedrückt wird, und nach und nach verebben meine Schluchzer. Ich putze mir die Nase und versuche, mich zusammenzureißen. Als ich mich umschaue, sehe ich, dass keine Wange trocken geblieben ist, aber es ist Camillas Gesicht, das meinen Blick auf sich zieht. Ich präge es mir ein, jede Linie, jeden kostbaren Umriss, als würde ich es zum ersten Mal sehen.

»Die ganze Zeit«, flüstere ich. »Die ganze Zeit warst du so nah. Meine Assia.«

Rory verschwindet kurz und kehrt mit einer Box voller Taschentücher zurück. In den nächsten Stunden halte ich die Hand meiner Tochter, während Thia erzählt, wie weit ihr Vater gegangen ist, um seinen Sohn gegen mich aufzubringen.

Jetzt ist er tot, ein Glück, dass wir ihn los sind. Ich werde ihm nie vergeben können – er hat mir zu viel genommen. Ich werde seinem Sohn nie vergeben können – er hat es zugelassen. Dass Anson mir einen solchen Verrat zutrauen konnte, ist das Schlimmste von allem. Jetzt weiß ich, dass er nie der Mann war, für den ich ihn gehalten habe. Den habe ich an jenem Morgen verloren, an dem ich in den Krankenwagen geklettert bin und ihn habe verschwinden sehen. Dass er nach all den Jahren plötzlich auftaucht, lebendig ist, ändert gar nichts. Anson – mein Anson ist tot.

Sechsundvierzig

SOLINE

Liebende verletzen sich aus vielerlei Gründen, aber im Kern geht es immer um Angst. Es ist schwer, wahrscheinlich am schwersten von allem, zu vertrauen, wenn man Angst hat – sich dem Wagnis der Vergebung zu öffnen. Aber Vergebung ist die höchste Magie. Sie erschafft alle Dinge neu.

Esmée Roussel, *Die Zauberschneiderin*

Sie sind gegangen, und ich bin nach einer langen heißen Dusche wieder in meinem Morgenmantel und allein mit dieser merkwürdigen neuen Realität. Ich liege zusammengerollt auf dem Sofa und blättere durch das Album mit den alten Fotos, das Rory und Camilla für mich hiergelassen haben. Ich bin es schon Dutzende Male durchgegangen, aber ich kann einfach nicht damit aufhören, die Seiten umzublättern, ich genieße die Details jedes einzelnen Kindheitsfotos, als würde ich versuchen, mir ihre kleinen Gesichter in die leeren Stellen meiner Erinnerung einzugravieren.

Assia – am Leben. Und Rory.

Das zweite Mal innerhalb weniger Tage ist ein geliebter Mensch von den Toten auferstanden. Es scheint unwirklich, wie das Ende eines Märchens, in dem die verzauberte Prinzessin mit einem Kuss erlöst wird. Endlich ist der lange dunkle Schlaf vorbei. Alle Roussels haben gelernt, dass Märchen für andere Menschen gemacht sind. Aber irgendetwas hat diese merkwürdige Kette an Ereignissen in Gang gesetzt. Es kann nicht purer Zufall gewesen sein, was Rory und Camilla in mein Leben treten ließ oder mich in ihres.

Wir werden uns viel zu erzählen haben in den nächsten Tagen, Geschichten, die ich ihnen früher oder später mitteilen muss – über *la magie* und unser Vermächtnis. Es wird eine eigenartige Unterhaltung sein, oder vielleicht auch nicht. Von Anfang an habe ich etwas Besonderes bei Rory gespürt, und natürlich hat Camilla – meine Assia – dieses Geschenk auch geerbt. Was sie damit machen, ist ihnen überlassen, aber sie werden alles über die Schneiderinnen der Zauberkleider erfahren, die vor ihnen kamen – Esmée, Giselle, Lilou und alle anderen.

Ich denke an Maman und an ihren Glauben, dass wir unlösbar mit denen verbunden sind, die wir lieben. Dass uns unsere Echos für immer aneinanderbinden. Über die Jahre und die Entfernungen und sogar über den Tod hinaus. Ist das passiert? Ein Zusammenprall von Echos? Ich stelle fest, dass es keine Rolle spielt.

Mit geschlossenen Augen und schweren Gliedern lasse ich die Ereignisse des Tages Revue passieren. Es gibt so vieles, worüber ich nachdenken muss, so viel Zeit, die nachgeholt werden muss, aber das kann bis morgen warten. Draußen prasselt starker Regen. Ein rauer Wind ist aufgekommen und fegt gegen die Scheiben. Ein Fensterladen muss sich gelöst haben. Ich höre, wie er gegen die Hauswand schlägt. Nein, Moment … das ist kein Fensterladen. Das ist die Tür. Jemand klopft an der Tür.

Hastig springe ich vom Sofa auf. Rory hatte versprochen, später nach mir zu sehen, aber der Telefonhörer liegt immer noch neben der Gabel. In diesem Gewitter wird sie doch nicht gefahren sein, oder?

Ich eile ins Foyer, hantiere erst an der Kette herum, dann am Riegel. Ein starker Windstoß stößt die Tür auf, und ich werde von einer Welle aus kaltem Regen überspült. Als ich mir die Haare aus dem Gesicht streiche, sehe ich ihn. Anson.

Seine Gestalt füllt den Türrahmen, unverwechselbar, trotz all der Jahre, doch seinen Gesichtsausdruck kann ich nicht erkennen. Er steht mit der Straßenlaterne im Rücken und hochgezogenen Schultern da, um sich vor dem strömenden Regen zu schützen. Ich starre ihn an, mein Atem geht schnell und flach. Vierzig Jahre lang habe ich mir diesen Moment ausgemalt, wie es wohl sein würde, wenn ich ihn nur noch einmal sehen würde, damit ich ihm all die Dinge sagen könnte, die ich ihm damals nicht gesagt habe, als sich unsere Wege trennten. Und jetzt, wo er in diesem Unwetter vor meiner Tür steht, bringe ich kein Wort heraus.

Er fährt sich mit einer Hand über das Gesicht und wischt sich den Regen aus den Augen. »Ich muss reinkommen. Es wird auch nicht lange dauern.«

Ich weiche zurück und lasse ihn eintreten. Als die Tür zuschlägt, drehe ich mich aus Angst davor, dass er wieder gegangen sein könnte, hastig um. Aber er ist noch hier, steht steif mit herabhängenden Armen da. Seine Jacke und sein Oberteil sind durchnässt, aus seinen Haaren tropft der Regen.

Auf einmal werde ich mir meiner unbedeckten Hände bewusst, die ich schnell in den Taschen meines Morgenrocks verschwinden lasse. Ich stehe mit nackten Füßen da. Die Sekunden ziehen vorbei, während wir so dastehen und uns in die Augen sehen. Ich frage mich, was er wohl sieht. Vierzig Jahre sind eine lange Zeit, und für eine Frau ist es eine besonders lange Zeit. Ob er immer noch die junge Frau in mir erkennt, die er damals im Gang des Krankenhauses getroffen hat? Oder haben mich die Jahre zu einer Fremden gemacht? Es sollte keine Rolle spielen, aber es spielt eine Rolle.

»Ich bringe dir ein Handtuch«, sage ich mit belegter Stimme.

Als ich zurückkomme, trage ich weiße Baumwollhandschuhe. Er steht immer noch am Eingang, knapp vor dem Teppich. Ich reiche ihm das Handtuch und trete wieder zurück.

Er tupft an seinem Hemd herum, fährt sich damit durch die Haare, dann gibt er es auf. Als er es zurückgeben will, nehme ich die Hände nicht aus den Taschen. »Leg es einfach auf den Stuhl.«

»Du hast etwas von deinem Akzent verloren«, sagt er ausdruckslos.

»Ich habe viel verloren.« Die Kälte seiner Augen tut mir weh, aber ich zwinge mich dazu, seinem Blick standzuhalten. Ist er gekommen, um sich zu entschuldigen? Um sich zu erklären? Nein. Keins von beidem. Was auch immer er mir zu sagen hat, er soll es sagen und verschwinden. »Was willst du?«

»Die Sache beenden.«

»Ich verstehe nicht ganz. Was gibt es zu beenden?«

»Spiel mir nichts vor. Du bist nicht mehr achtzehn. Also hör auf mit dem Theater – es ist vorbei.«

Seine Stimme ist genauso, wie ich sie erinnere, sie hat denselben heiseren Beiklang, der mich damals so elektrisiert hat, aber jetzt ist da dieser deutliche Unterton von Verachtung. »Was zwischen uns war, Anson, war vor vierzig Jahren beendet. In Paris.«

»Ach, wirklich?«

Ich kann nicht antworten. Ich kann nicht einmal atmen. Ich konzentriere mich auf die kleine Narbe über seinem rechten Auge. Früher war da keine. Da ist noch eine, direkt unter seinem Kinn, auf der linken Seite. Auch sie ist neu. Und noch eine am Haaransatz. Auf einmal wird mir bewusst, dass ich mir sein Gesicht einpräge. Ich schaffe eine neue Erinnerung, die ich über die alte legen kann, welche ich so lange mit mir herumgetragen habe – für die Zeit, nachdem er gegangen sein wird. Dabei will ich diesen Anson gar nicht in Erinnerung behalten.

»Rory hat mir gesagt, dass sie zu dir nach San Francisco geflogen ist und dass sie dir erzählt hat … dass sie dir alles erzählt hat.«

»Ja. Ich muss sagen, es war eine ziemliche Überraschung. Man wird nicht oft Vater und Großvater an ein und demselben Tag.«

»Du bist nicht erst an dem Tag Vater geworden, Anson. Du bist vierzig Jahre lang Vater gewesen. Und ich hatte nichts mit ihrem Besuch zu tun. Ich wusste noch nicht mal …« Ich höre auf zu sprechen, wütend, dass ich mich vor ihm rechtfertige. Ein Schluchzen steigt in mir auf, doch ich unterdrücke es. Ich werde nicht vor ihm weinen. »Ich habe das Haus deines Vaters in dem Glauben verlassen, dass du tot bist, dass die *boches* dich umgebracht und deine Leiche im Wald vergraben haben. Und dann stehst du auf einmal unten an der Treppe. Kannst du dir vorstellen, wie sich das angefühlt hat? Und du hast einfach dagestanden und mich zornig angestarrt. *Mich!* Als hätte *ich* etwas falsch gemacht. Ist dir nie in den Sinn gekommen, dass ich hätte wissen wollen, dass du noch lebst? Dass du mir das schuldig warst, auch wenn du mich nicht mehr wolltest?«

»Nein, das ist mir nie in den Sinn gekommen.«

Seine Antwort verblüfft mich. »Wir wollten heiraten.«

Er betrachtet mich kalt und zuckt mit den Achseln. »Und was hättest du getan? Alles stehen und liegen lassen, nehme ich an, um nach Newport zu kommen und die Krankenschwester für einen Mann zu spielen, dem vielleicht ein Leben im Rollstuhl bevorstand?«

Ja!, schreit es in mir. *Das hätte ich getan. Ich hätte alles getan, um dich zurückzubekommen.* Aber es ist zu spät für ein Melodrama. Ich drehe mich, gehe zur Hausbar in der Ecke und schenke mir einen Cognac ein. *Flüssige Tapferkeit*, hat Maddy das genannt. Und Tapferkeit brauche ich jetzt.

Ich stehe immer noch mit dem Rücken zu ihm und spüre seinen Blick zwischen meinen Schulterblättern, während ich das Glas in zwei Schlucken hinunterkippe. Die Wärme läuft durch meine Kehle in meinen Bauch. Ich greife nach der Karaffe und schenke mir noch ein Glas ein.

»Ich habe oft gemeint, dich nach mir rufen zu hören«, sage ich, den Rücken zu ihm gewandt. »Deine Stimme im Wind. Im Regen. Im Schlaf. Nur mein Name, immer und immer wieder, als hättest du mich berühren wollen, von dort, wo auch immer du gewesen sein magst. Wie albern, oder?« Ich warte einen Moment, bis die Stille unangenehm wird. »Kann ich dir etwas anbieten? Einen Cognac? Etwas Stärkeres vielleicht?«

»Ich trinke nicht mehr.«

Das Zögern vor dem Wort »mehr« ist kaum wahrzunehmen, aber es reicht aus. Ich stelle mein Glas ab und wende mich ihm zu. Wieder verstört mich, wie er sich verändert hat. Nicht sein Aussehen – er ist immer noch ein attraktiver Mann –, sondern sein Auftreten und seine Haltung. Die Zeit stimmt die meisten von uns milder, rundet unsere scharfen Kanten. Bei Anson ist es anders herum. Die Zeit hat ihn hartherzig und gespenstisch emotionslos gemacht. Das ist nicht der Mann, den ich geliebt habe.

Ich denke an einen Abend im Restaurant, als er von zwei Gläsern Wein einen Schwips bekam. Es war eines der wenigen Male, in denen ich ihn überhaupt habe trinken sehen. »Ich kann mich nicht daran erinnern, dass du jemals ein großer Trinker gewesen wärst«, sage ich, um die Stille zu durchbrechen. In der nächsten Sekunde bereue ich es. Ich will nicht darüber reden, wie er früher war.

»Ach, das hat sich geändert«, antwortet er knapp. »Das hat sich sehr geändert, um genau zu sein. Das hatte medizinische Gründe. Habe ich mir jedenfalls eingeredet. Es war gut gegen den Schmerz. Und es ist bemerkenswert effektiv, wenn man frühmorgens damit anfängt. Bis einem ganze Tage verloren gehen. Dann wird es heikel.«

»Der Schmerz … Kam er von deinen Wunden?«

Er schaut mich eine Weile an. So lange, dass ich nicht mehr mit einer Antwort rechne. »Klar«, sagt er schließlich. »Nennen wir es so.«

Es ist nicht schwer zu verstehen, was er meint. Ich bin schuld. Nicht sein Vater. *Ich.* Wegen der Lügen, die ihm sein Vater verkauft hat. Anson wollte an sie glauben. Trotzdem treffen seine rohen Worte einen wunden Punkt. »Wirst du mir erzählen, was dir passiert ist?«

Er blickt mich kalt an. »Warum?«

Ich zucke mit den Schultern und gebe mich gleichgültig. »Ich dachte, es wäre Teil dessen, was wir hier machen. Wie bei einer Autopsie, um die Todesursache herauszufinden.« Ich klinge wie Anson, als ich ihm die Worte entgegenschleudere, vollkommen gefühllos, und es tut mir nicht leid. »Wir wissen beide, wie es angefangen hat; wir waren da. Dann sind wir getrennte Wege gegangen, und alles verschwimmt. Habe ich nach vierzig Jahren nicht den Rest der Geschichte verdient?«

Er lässt sich auf die Lehne des nächsten Stuhls sinken, sein rechtes Bein steif ausgestreckt. Ich muss kurz an Owen denken. »Es war in einer Nacht auf dem Rückweg von einer Übergabe. Es passierte so schnell, ich habe es nicht kommen sehen. Eine Kugel erwischte mich in der Seite, eine andere in der Schulter. Sie zerrten mich aus dem Wagen und in den Wald. Ich dachte, das wars. Aber stattdessen haben sie mir in die Beine geschossen und mich dort liegen lassen. Ich weiß nicht, wie lange ich brauchte, um mich zur Straße zu schleppen, aber es hat mich erledigt. Ich schloss die Augen und nahm mein Schicksal an. Als ich zu mir kam, machte sich ein Nazi mit Gummihandschuhen an meiner Schulter zu schaffen. Offenbar waren Mitarbeiter des AFS gute Tauschobjekte, wenn ich auch nie herausgefunden habe, gegen wen sie mich eingetauscht haben.«

Dann schaut er weg, seine Augen verdunkeln sich. »Es ist ziemlich beschissen, sich so aus der Sache zu ziehen, wenn man weiß, dass unzählige andere nicht rauskommen. Du bist auf dem Nachhauseweg, und sie sind immer noch eine Nummer auf einer Liste – weil ihre Väter nicht die richtigen Nachnamen tragen.«

Bei dem Gedanken an die Lager muss ich ein Schaudern unterdrücken: Hunger, Zwangsarbeit, tödliche Verhöre und elektrische Zäune. Ich werde Owen Purcell niemals verzeihen, wie viel Leid er über uns gebracht hat – über mich, meine Tochter und Anson. Aber man kann ihm nicht vorwerfen, nicht alle Hebel in Bewegung gesetzt zu haben, um seinen Sohn nach Hause zurückzubringen.

»Wie lange wurdest du festgehalten?«

»Sechs Wochen im Krankenhaus, bevor ich ins Lager in Moosburg verlegt wurde. Ich war *Kriegie* Nr. 7877.«

»Du warst … was?«

»Ein *Kriegie,* ein Kriegsgefangener. Wir hatten alle Nummern. Meine war 7877.«

Ich spüre einen Stich in der Brust, die alte Narbe meldet sich. Ich habe so lange mit der Vorstellung gelebt, dass er tot ist, aber irgendwie kommt es mir jetzt noch schlimmer vor, zu wissen, was er ertragen musste, und dass er sich schuldig dafür fühlt, es überlebt zu haben.

»Dein Vater …« Ich breche ab, atme tief durch und fange noch mal an. »Es gab ein Telegramm, dass du vermisst wirst.

Dein Vater hat alle angerufen, die ihm eingefallen sind, aber niemand wusste, wo du warst. Sie sagten, du wärest in einen Hinterhalt geraten und dass du wahrscheinlich tot wärst. Und dann hat er mich weggeschickt – obwohl er wusste, dass ich dein Kind erwartete. Er hat mir niemals erzählt, dass du …« Ich schließe die Augen und kämpfe gegen die Tränen an. »Ich wusste nichts davon, Anson. Wenn ich es gewusst hätte, hätte mich nichts zurückgehalten.«

»Noch nicht mal Miles Madison?«

Maddys Name verwirrt mich. Und auf einmal ist da ein neuer Klang in seiner Stimme, noch härter und als hätte er mich bei irgendetwas ertappt. »Was hat Maddy mit uns zu tun?«

»Nicht mit uns – mit dir.«

»Ich verstehe gar nichts mehr.«

»Ich glaube, du verstehst es sehr gut.«

Er wirft mir etwas vor, aber ich weiß nicht was. »Bitte sag mir, wovon du sprichst.«

Wieder verschränkt er die Arme, und sein Lächeln ist so kalt, dass ich Gänsehaut bekomme. »Was, wenn ich dir erzählen würde, dass ich nach dir gesucht habe? Ich habe einen Privatdetektiv angeheuert, einen gewissen Mr Henry Vale, als mein Vater behauptete, er wisse nicht, wo du bist.«

Die Luft ist aus dem Raum entwichen. Das kann nicht wahr sein. Das darf nicht wahr sein. Er kann unmöglich die ganze Zeit gewusst haben, wo ich gelebt habe … Ich weiche einen Schritt zurück, dann noch einen, bis ich mit dem Rücken an der Bar stehe. »Du wusstest, dass ich hier war? All die Jahre? Und du hast dich ferngehalten?«

Er zuckt mit den Schultern. »Drei sind einer zu viel. Die Fotos waren aber schön. Ihr wart ein reizendes Paar. Er kam mir etwas alt vor, aber vielleicht magst du sie ja distinguiert. Manche Frauen stehen drauf. Wo ist er jetzt?«

»Sprechen wir über Maddy?«, frage ich benommen.

»Gab es noch einen anderen?«

Meine Nerven sind so angespannt, dass sie wie die Saiten einer Violine zu reißen drohen. Es ergibt alles überhaupt keinen Sinn. »Mehr als einen was, Anson? Welche Fotos?«

»Die, die Mr Vale gemacht hat.«

Ich stehe ganz still da. »Von mir?«

»Von euch beiden, um genau zu sein. Eins in der Küche, wie ihr euch in Bademänteln Frühstück macht. Sehr heimelig. Eins in einem Café, wo er dich mit irgendeinem Gebäck füttert. Du hast praktisch auf seinem Schoß gesessen. Aber ich glaube, mein Lieblingsbild war das von euch beim Tanzen, eng umschlungen, Wange an Wange. Ich bin auf jeden Fall auf meine Kosten gekommen. Er vermutlich auch.«

Ich bin so fassungslos, dass ich zunächst nicht weiß, was ich antworten soll. »Du hast jemanden bezahlt, um mich zu finden? Um mich auszuspionieren? Und Fotos von mir zu machen?«

»Es war nicht schwer, dich zu finden. Es hat weniger als eine Woche gedauert, wenn ich mich recht erinnere. Aber als er mir erzählte, du wärst in Boston und mit einem Mann zusammen, der alt genug war, um dein Vater zu sein, habe ich ihm mitgeteilt, dass er einen Fehler gemacht hätte. Die Frau, nach der ich suchte, sei in *mich* verliebt. Also hat er mir Beweise gebracht.«

Ich werfe meinem Kopf zurück und lache. Die Ereignisse des Tages machen mich ein bisschen hysterisch oder vielleicht ist es der Cognac, jedenfalls finde ich die ganze Angelegenheit plötzlich ziemlich lustig. »Du glaubst, Maddy und ich … wären ein Liebespaar gewesen? Dass er und ich …« Noch ein Lachanfall. »So viel zu deinen Beweisen!«

Sein Gesicht verfinstert sich. Er ist wütend, dass ich mich amüsiere. »Ich bin nicht blind, Soline.«

»Ich fürchte doch, Anson. Entsetzlich blind. Miles Madison war mein Chef und Freund. Außerdem war er ohne Wenn und Aber homosexuell. Er hat mich angestellt, nachdem … Assia auf die Welt gekommen war. Und er hat mir ein Dach über dem Kopf gegeben. Ich war am Ende, und er hat mich gerettet. Wir haben uns gestritten wie Hund und Katze und wir haben uns sehr geliebt. Aber wir waren kein Liebespaar. Selbst wenn er nicht homosexuell gewesen wäre, hätte niemals etwas zwischen uns laufen können. Ich habe dich immer noch geliebt.«

»Nur, dass ich nach deinem Kenntnisstand tot war.«

Ich starre ihn an, getroffen von der Absurdität seiner Äußerung. »Und damit hätte sich das erledigt? Es gab nur einen Mann in meinem Leben, Anson. Dass du das nicht weißt, schockiert mich. Aber dass du den Worten deines Vaters eher Glauben geschenkt hast als meinen, dass du so schnell das Schlimmste von mir angenommen hast, das schockiert mich noch mehr. Dein Vater hat mir meine Tochter genommen – mein kleines Mädchen – und mir vortäuschen lassen, dass sie tot war. Ich hatte dich verloren, und dann habe ich sie verloren, weil er irgendwen dafür bezahlt hat, sie bei Fremden aufwachsen zu lassen. Er hat sie auch *dir* genommen, Anson. Aber anstatt nach ihr zu fragen, wirfst du vorwurfsvoll mit Maddys Namen um dich. Und du klingst dabei genau wie dein Vater.«

Ich warte darauf, dass er etwas sagt. Aber er starrt mich nur stumm an. »Damals kam es mir unmöglich vor, dass du sein Sohn sein solltest. Jetzt erkenne ich mehr von ihm in dir, als ich mir je hätte vorstellen können.« Ich schlucke meine Tränen hinunter. »Vielleicht hat das Schicksal uns beiden einen Gefallen getan.«

Er zieht die Schultern zurück. Ich habe einen Nerv getroffen. Das befriedigt mich. Wir beäugen uns wortlos, und es scheint, als hätten wir einander nichts mehr zu sagen.

Er kommt etwas mühsam auf die Beine. »Ich gehe jetzt.«

Ich nicke, weil ich meiner Stimme nicht traue. Ich wünsche mir so sehr, dass er geht, und dennoch, der Gedanke, dass er mein Leben wieder verlässt, erfüllt mich mit einer Trauer, von der ich nicht weiß, ob ich sie ertragen kann.

Er geht auf die Tür zu, dreht sich aber noch einmal um und kommt zu mir zurück. »Beinahe hätte ich es vergessen«, sagt er und greift in die Hosentasche. »Der Grund, aus dem ich gekommen bin.«

Er streckt die Faust aus und zieht meine Hand aus der Tasche meines Morgenmantels. Ich widersetze mich kurz, dann schaue ich auf das Häufchen Granatperlen hinunter, das er in meine behandschuhte Hand gelegt hat – Mamans Rosenkranz.

Mir entfährt ein klagender Ton, als ich mich an den Moment erinnere, in dem ich ihm den Rosenkranz gegeben habe. Ein Schwur in der Nacht, in der ich unsere Tochter empfing. Ich schaue ihm forschend ins Gesicht. »Du hast sie behalten?«

»Ich habe versprochen, dass ich sie zurückbringen würde. Das habe ich getan. Schluss.«

Die Endgültigkeit seiner Worte trifft mich wie ein Schwall kaltes Wasser, und plötzlich weiß ich, was das heißen sollte: *die Sache beenden*. Er ist gekommen, um seinen Teil unserer Abmachung zu erfüllen. Ich kann nicht anders, jetzt schluchze ich doch. Es ist, als hätte er vierzig Jahre lang geplant, wie er mir das Herz am qualvollsten herausreißen kann. Und von allen Tagen musste er ausgerechnet an dem kommen, um alte Wunden wieder aufzureißen, an dem ich erfahren habe, dass unsere Tochter noch am Leben ist. Dann sei es so.

»Warte hier«, bringe ich heraus. »Ich habe auch etwas für dich.«

Als ich zurückkomme, blättert er in dem Fotoalbum, das Rory für mich gemacht hat. Ich reiße es ihm aus den Händen. »Es wäre mir lieber, wenn du das nicht anfasst.«

»Sie sehen Thia alle beide so ähnlich.«

Für einen Augenblick liegt eine Zärtlichkeit auf seinem Gesicht, die mich an den Anson erinnert, den ich einmal gekannt habe. »Sie sehen so aus wie du«, sage ich sanft. »Besonders Rory.«

Seine Mundwinkel heben sich kurz zu einem unsicheren Lächeln, das beinahe im selben Moment verschwindet. »Ich habe mir immer vorgestellt, dass unsere Tochter so aussehen würde wie du. Tja, nichts ist so gelaufen, wie ich es mir ausgemalt habe.«

»Ja«, antworte ich. »Nichts.« Ich lege das Album beiseite und reiche ihm sein Rasieretui. »Das gehört dir.«

Er nimmt es entgegen und betrachtet es lange. Schließlich heben sich seine Augen. »Du hast es … vierzig Jahre aufbewahrt?«

»Du weißt genau, wie lange ich es aufbewahrt habe«, sage ich tonlos. »Ich hätte es dir schon früher zurückgegeben, aber du warst ja tot.«

»Soline …«

Ich drehe ihm den Rücken zu, ich bin diesen nutzlosen Schlagabtausch leid, doch er packt mein Handgelenk und dreht mich zu sich herum. Zum ersten Mal scheint er zu bemerken, dass ich meine Hände bedecke. Er wird still, seine Miene ist undurchschaubar. »Warum trägst du Handschuhe? Was ist mit deinen Händen?«

»Es gab ein Feuer«, antworte ich und zwinge mich, seinem Blick standzuhalten. »Vor knapp vier Jahren. Ich wollte ein Kleid retten und mein Cardigan hat Feuer gefangen.«

»Du hast dich …«

»Verbrannt. Genau.«

Die Falten um seine Augen werden weicher, und ich spüre, wie sein Griff sich lockert. »Das tut mir leid. Das wusste ich nicht.«

Die Wärme seiner Hand überträgt sich auf meine und erschwert mir das Denken. Ich befreie mich aus seinem Griff. »Es gibt vieles, was du nicht weißt.«

»Soline …«

»Oh, bitte, gehst du jetzt?« Es bricht wie ein verzweifeltes Schluchzen aus mir heraus. »Du hast gesagt, was du sagen wolltest, und getan, was du tun wolltest. Was willst du noch?«

»Ich will wissen, warum du mein Rasierzeug aufbewahrt hast.«

»Wir hatten eine Abmachung, erinnerst du dich?« Meine Kehle ist rau, als ich mich dazu zwinge, ihm in die Augen zu schauen. »Du bist heute Abend hierhergekommen, um deinen Teil der Abmachung zu einzuhalten, und ich habe dasselbe getan. *C'est fini.* Schluss.«

»Wirklich?«, fragt er sanft. »Ist das der Schluss für dich? Für mich nicht. Obwohl ich es wollte. Als ich damals wieder nach Hause zurückkehrte und du verschwunden warst … als ich die Bilder von dir mit dem anderen Mann sah und dachte … Ich hätte alles dafür gegeben, dass es vorübergeht.« Seine Halsschlagader pulsiert. »Ich habe versucht, die Erinnerung an dich im Alkohol zu ertränken, aber das hat es nur noch schlimmer gemacht. Du warst wie ein Gift – dein Gesicht, deine Stimme –, das durch meine Adern floss. Sogar jetzt …« Er bricht ab und fährt mit einer Hand durch seine feuchten Haare. »Es gab nicht einen Tag in den letzten vierzig Jahren, an dem ich nicht an dich gedacht habe, Soline. An dem ich mich nicht gefragt habe, ob es nicht doch einen Weg gäbe …«

Dann bricht seine Stimme und er schließt die Augen, als wäre er von einem starken Schmerz überrascht worden. Als er sie wieder öffnet, sind sie gerötet und trübe. »Als du mich vorhin gefragt hast, was geschehen ist, habe ich dir erzählt, wie ich auf der Straße lag und auf den Tod wartete. Und dass ich meinen Frieden gefunden hätte. Aber ich habe nicht erzählt, wie.«

Meine Kehle schnürt sich zusammen. Ich möchte mir nicht vorstellen, wie er blutend und angsterfüllt auf der Straße lag. »Bitte, Anson ...«

»Ich habe den Rosenkranz aus meiner Tasche gezogen und immer wieder laut deinen Namen gesagt, wie ein Gebet, bis ich dein Gesicht vor Augen hatte. Denn das war das Letzte, was ich sehen wollte. Hätte ich dich nur sehen können, dann wäre alles in Ordnung gewesen. Ich hätte ... loslassen können. Als ich im Krankenhaus zu mir kam, lag der Rosenkranz neben mir. Und es fühlte sich so an, als lägst du auch dort. Deshalb habe ich ihn all die Jahre aufgehoben. Denn solange ich ihn bei mir hatte, fühlte ich mich noch mit dir verbunden, und das, was wir in Paris hatten, hatte nie wirklich geendet. Als du mir das hier gerade überreicht hast ...« Er schaut auf das Rasieretui hinunter und zuckt mit den Schultern. »Da dachte ich, du hättest es vielleicht aus demselben Grund behalten.«

Meine Augen bleiben trotz dieser Erklärung trocken. Ich möchte ihm glauben und vertrauen. Aber der Schmerz der letzten vierzig Jahre sitzt fest in meiner Brust. »Warum bist du nie zu mir gekommen, Anson? Ich war hier. Die ganze Zeit war ich hier und musste lernen, ohne dich zu leben. Du sagst, dass du mein Gesicht sehen wolltest, aber du hast mein Herz nie gesehen, wenn du glaubst, ich hätte die Erinnerung an dich mit einem anderen Mann auslöschen können. Es gab nie jemand anderen als dich. Damals nicht, heute nicht und dazwischen auch nicht. Wir hätten zusammen sein können, aber du hast deinen Vater gewinnen lassen. Er wollte, dass du mich hasstest, und das hast du getan.«

»Nein. Ich habe dich nie gehasst. Ich wollte es. Ich habe es versucht. Aber ich habe *mich* gehasst. Den Mann, zu dem ich nach dem Krieg und den Krankenhäusern geworden bin. Der verbittert und hart geworden ist, der an der Flasche hing. Ja, du hast recht, ich bin wie er geworden. Ich habe es geschehen lassen. Ich habe den Krieg als Ausrede benutzt – und dich ebenso. Bis ich eines Tages in den Spiegel schaute und *er* mir entgegenblickte. Alles, was ich an ihm hasste, starrte mich aus dem Spiegel heraus an. Am selben Abend bin ich zum ersten Mal zu den Anonymen Alkoholikern gegangen. Seither kämpfe ich mich zurück.«

»Zurück zu was?«

»Zu dem hier«, sagt er heiser. »Zu dir.«

Ich wehre mich gegen die Worte. Worte lassen sich einfach sagen. »Aber als Rory nach San Francisco ging … als sie dir erzählte …«

Er schaut weg, als würde ihn die Erinnerung daran schmerzen. »Zwanzig Jahre trocken, und nie habe ich einen Drink mehr gebraucht als an diesem Abend. Für diese Art von Neuigkeiten ist Club Soda keine wirkliche Hilfe, das kann ich dir sagen. Es war, als hätte sie den Schorf von meinen Wunden gerissen. Meine Fehler, meine Bitterkeit, mein gottverdammter Stolz, alles, was ich weggeworfen hatte. Sie erwartete von mir, es einzugestehen, aber ich war noch nicht bereit.«

»Und jetzt?«

»Jetzt hat sich alles geändert. Als ich dein Gesicht gesehen habe, floss das ganze Gift wieder durch meine Adern. Ich dachte, ich käme heute Abend hierher, um es zu beenden, um dir deinen Rosenkranz zurückzugeben, und dann wäre es vorbei. Jetzt wird mir bewusst, dass es niemals vorbei sein wird. Ich weiß nicht, was ich mit dieser Erkenntnis anfangen soll, außer es endlich zuzugeben – und mich zu entschuldigen. Für die Jahre, die wir verloren haben. Für unsere Tochter. Und dafür, dass ich den Lügen meines Vaters geglaubt habe.« Er greift nach meiner Hand und streichelt so zärtlich über den Rücken des Handschuhs, dass mir der Atem stockt. »Und für das hier.«

Ich wehre mich nicht, als er meine Hand an seine Lippen führt. Ich fühle die Wärme seines Mundes an meinen Fingerknöcheln, dann drehe ich meine Hand um und umschließe sein Gesicht, als wäre es die natürlichste Sache der Welt, und es kommt mir vor, als sei kein einziger Tag vergangen. Die Erinnerung kann trügerisch sein. Das Herz ebenso. Und es verwundert mich, wie die simple Berührung einer Wange, die Landschaft eines Gesichts den jahrelangen Verlust und Schmerz auslöschen kann – und einen verletzlich macht.

Er hält meine Hand mit beiden Händen, als habe er Angst, ich würde sie zurückziehen. »Sag mir, was du willst, Soline, und ich tue es. Wenn du willst, dass ich gehe, dann wirst du mich nie wiedersehen. Aber wenn du willst, dass ich bleibe, dann verbringe ich den Rest meines Lebens mit dem Versuch, dir die verlorenen Jahre zurückzugeben.«

Meine Augen füllen sich mit Tränen, bis sein Gesicht verschwimmt. »Diese Jahre bekommen wir nicht zurück, Anson. Sie sind vergangen.«

Er nickt, lässt die Hände fallen und weicht meiner Berührung aus. »Ja, das stimmt.«

Meine Kehle schnürt sich zu, als ich ihn zur Tür gehen sehe, und ich denke an den Morgen, an dem ich Paris verlassen habe. Hätte ich damals gewusst, dass vierzig Jahre vergehen würden, bis ich ihn wiedersehen würde, hätte ich dann zugelassen, dass wir getrennt werden würden? Kann ich es jetzt zulassen?

Wie zur Antwort kehren Mamans Worte zu mir zurück. *Im Leben gibt es* eine *Zeit zum Festhalten und eine zum Loslassen. Du musst lernen, den Unterschied zwischen beiden zu erkennen.*

Und plötzlich weiß ich es.

Er stellt den Kragen hoch und bereitet sich auf den Regen vor, als ich nach seinem Arm greife. Ich habe nicht noch einmal vierzig Jahre zu verschwenden und er auch nicht. »Wir können die verlorenen Jahre nicht zurückholen, Anson, aber vielleicht können wir etwas aus denen machen, die uns noch bleiben.«

Siebenundvierzig

SOLINE

Boston, 31. Oktober 1985

Wir wachen mit den hereinfallenden Sonnenstrahlen auf. Anson lächelt mich schüchtern an, als sich unsere Blicke treffen. Und für einen Moment scheint es, als wäre keine Zeit vergangen. Wir sind dieselben Menschen, die sich im geschäftigen Gang des amerikanischen Krankenhauses über den Weg gelaufen sind, ein gut aussehender Held und eine aufgeregte Freiwillige. Aber diese Menschen sind wir nicht mehr. Die Zeit hat ihre Narben hinterlassen und uns zu anderen gemacht. Menschen, die hart arbeiten müssen, wenn sie sich neu entdecken wollen. Wir haben uns entschieden, es zu versuchen.

Es gibt Lücken, die gefüllt werden müssen, leere Jahre und hohle Träume, und wir haben damit angefangen, sie zu füllen. Ich habe ihm über die Roussels und unsere eigenartige Berufung erzählt. Und er hat mir von den Gesichtern erzählt, die ihn immer noch in seinen Träumen verfolgen und nachts manchmal wachrütteln – Geister aus der Zeit in Moosburg.

Es gibt natürlich noch viel mehr. Wir haben furchtbare Dinge erlebt, aber es gab auch schöne Ereignisse und irgendwann werden wir zu alldem kommen.

Wir liegen auf zerwühlten Laken, erhitzt und verlegen, und versuchen, uns in dieser neuen Wirklichkeit zurechtzufinden. Es ist lange her, dass einer von uns von einer geliebten Person wach geküsst wurde. In einem Bett zu schlafen, miteinander zu schlafen und all das, was danach kommt, all das ist so ungewohnt für uns.

Ab und zu wird einer von uns ganz still und schaut den anderen einfach nur an oder wagt eine kurze Berührung, um sicherzugehen, dass dies alles auch wahr ist. Mir wird bewusst, dass es jetzt so ist, wie es nach der ersten Nacht vor all den Jahren gewesen wäre – oder wie es hätte sein sollen. Wir wären mit der Sonne aufgewacht, junge Liebende, staunend über dieses Wunder. Wir wurden um diesen Morgen gebracht, aber wir haben einen zweiten Versuch bekommen, wie Rory es nennt, eine Chance, es anders zu machen. Es besser zu machen.

Schließlich stehen wir auf. Ich mache Kaffee, während Anson von dem Telefon in meinem Arbeitszimmer aus ein paar Gespräche führt. Später schlendern wir zum Bisous de sucre, um ein paar Croissants zu kaufen. Dann gehen wir im Park spazieren. Die Blätter haben begonnen, sich zu verfärben, und in der Morgenluft liegt ein Hauch von Frost. Wir schlendern um den Froschteich herum und setzten uns schließlich auf eine Bank in der Sonne. Wir haben uns ohne Unterbrechung unterhalten; wir füllen die Lücken, die in vierzig Jahren entstanden sind, doch auf einmal entsteht ein Schweigen. Ich beobachte ein zwei- oder dreijähriges Kind, das einem Entenpaar hinterherläuft, dicht gefolgt von seiner Mutter.

»Ich liebe diesen Ort«, sage ich mit einem Seufzer. »Er erinnert mich an Paris, an die Zeit, als wir uns zum Mittagessen in den Park stahlen. Früher bin ich hier jeden Sonntag mit Kaffee und einem Croissant hergekommen. Weil es mich an uns erinnert hat. Deshalb wollte ich es dir heute zeigen.«

»Ich bin schon hier gewesen«, sagt er, plötzlich bedrückt.

»In diesem Park?« Es ist mir nie in den Sinn gekommen, dass ihn seine Arbeit nach Boston geführt haben könnte. »Wann?«

Seine Augen verdunkeln sich. »Manchmal, wenn ich dich so sehr vermisst habe, dass ich Angst hatte, wieder mit dem Trinken anzufangen, bin ich hergefahren und hier stundenlang herumgelaufen, um vielleicht einen Blick auf dich zu erhaschen.«

Das Geständnis überwältigt mich. »Und? Hat es geklappt?«

»Nein.«

»Und wenn es geklappt hätte?«

Er zuckt mit den Schultern. »Ich weiß nicht. Ich würde gerne glauben, dass wir hier auf dieser Bank gelandet wären, dass wir irgendwie immer hier gelandet wären. Aber ich fürchte mich, darüber nachzudenken.«

Ich verschränke meine Finger mit seinen, halte seinem Blick stand. »Rory hat mich einmal gefragt, ob manches dazu bestimmt ist, zu geschehen. Ich war mir damals nicht sicher, aber jetzt bin ich es. Trotz all der Widrigkeiten haben wir wieder zueinandergefunden. Mit der Hilfe einer Enkeltochter, von der keiner von uns wusste, dass sie existierte. Ich kann es nicht erklären. Ich weiß nur, dass wir hier sind, auf dieser Bank. Der Rest spielt keine Rolle.«

Er antwortet mir mit einem Kuss, und ich fühle mich wieder wie ein Teenager, mit roten Wangen und einem Bauch voller Schmetterlinge.

Er grinst auf diese jungenhafte amerikanische Weise, als wir uns schließlich voneinander lösen. »Ich muss daran denken, unserer Enkeltochter zu danken«, sagt er rau. Er wirft einen Blick auf die Uhr. Auf einmal sieht er sehr ernst aus. »Apropos

Rory, ich habe dir nie erzählt, warum ich in dieser Nacht in der Galerie aufgetaucht bin. Ich wollte zu Rory, aber dann … warst du da.« Er hält inne und streichelt mir zärtlich die Wange. »Auf die Gefahr hin, den Moment zu verderben – ich muss ins Hotel zurück. Ich erwarte einen Anruf, und danach muss ich mit Rory sprechen. Persönlich.«

Achtundvierzig

RORY

Rory setzte sich mit einer frischen Tasse Kaffee an ihren Schreibtisch und schlug ihren Kalender auf. Jetzt, wo die Vernissage hinter ihr lag, konnte sie sich mit den alltäglichen Arbeiten beschäftigen. Die Verkäufe liefen etwas schleppend, und so würde es wohl noch eine Weile weitergehen, aber sie wollte die Zeit dafür nutzen, ihren Künstlerstamm zu erweitern und die Pläne für ein paar Frühjahrsveranstaltungen voranzutreiben. Außerdem hatte sie gegen eine ruhigere Phase nach den Aufregungen der letzten Tage auch nichts einzuwenden.

Sie hatte sich gerade notiert, Dankeskarten zu kaufen, als sie das leise Läuten der Eingangsglocke hörte. Sie trank schnell noch einen Schluck Kaffee und ging hinunter. Kein Grund zur Eile. Sie wollte den Besuchern Zeit lassen, sich ein bisschen umzusehen. Aber es waren keine Kunden, sondern Soline – und Anson.

Nach einem kurzen Moment der Panik realisierte sie, dass alles in Ordnung war. Wobei das nicht der richtige Ausdruck war. Anson hatte Soline den Arm um die Taille gelegt, als würde er dort hingehören, und Soline schaute mit großen sanften Augen zu ihm auf. Wurde sie gerade rot?

Rory konnte sich ein Grinsen nicht verkneifen. »Wenn ich mich nicht irre, dann ist irgendwas passiert, seit wir uns das letzte Mal gesehen haben.«

Soline griff nach Ansons Hand. »Ziemlich viel sogar.«

Seit sie ihn das erste Mal gesehen hatte, hatte Anson sich sehr verändert. Er wirkte fast jungenhaft, wie er da mit Soline Hand in Hand stand, als wären fünfzehn Jahre von ihm abgefallen. Sie hatte keine Ahnung, was zwischen den beiden vorgefallen war. Sie wusste nur, dass es sich richtig anfühlte, wie ein Kreis, der sich endlich schloss.

»Soll ich dich jetzt Großvater nennen? Oder Opa? Opi, vielleicht?«

Anson räusperte sich umständlich. »Lass uns später darüber sprechen. Jetzt müssen wir über was anderes reden.«

Soline warf Anson einen Seitenblick zu. »Es gibt Neuigkeiten, Rory. Über Hux.«

»Neuigkeiten …« Der Raum begann sich zu drehen, als sie das Wort wiederholte. »Was … für Neuigkeiten?« Anson ließ Solines Hand los. »An dem Abend in San Francisco hast du mir erzählt, dass dein Verlobter seit einer Weile vermisst wird. Ich habe mir seinen Namen eingeprägt – Matthew Huxley –, um am nächsten Tag ein paar Anrufe zu machen.«

Rory klammerte sich an das Treppengeländer, ihre Hände waren auf einmal ganz feucht.

»Nach dem Krieg«, fuhr Anson fort, »als die Ärzte mich zusammengeflickt hatten, habe ich angefangen, für das Internationale Rote Kreuz zu arbeiten und mich für Häftlinge einzusetzen. Das Rote Kreuz hat überall auf der Welt Verhandlungsprofis, und mit einigen bin ich befreundet. Also habe ich herumtelefoniert, um zu erfahren, wer einen hilfreichen Kontakt haben könnte.«

»Und hatte jemand einen?«

Anson sah sie ernst an. »Vielleicht setzt du dich lieber.«

»Nein. Sag es mir einfach. Bitte.«

»Vor ein paar Monaten hat das Außenministerium einen Hinweis erhalten. Jemand behauptete, zwei Frauen und einen Mann beim Kleiderwaschen in einem Dorf vor Atbara gesehen zu haben, die von zwei bewaffneten Männern in Schach gehalten wurden. Danach wurden sie in einen grünen Lieferwagen ohne Kennzeichen geschubst. Unsere Männer waren natürlich misstrauisch, was den Hinweis anging. Ich bezweifle, dass es im Sudan irgendjemanden gibt, der nichts von den Entführungen weiß – und von der ausgesetzten Belohnung für Hinweise. Sobald es Geld zu holen gibt, muss man mit Schwindlern aller Art rechnen. Aber manchmal hat man Glück. Und diesmal hatten wir Glück. Sie haben ihn gefunden, Rory. Sie haben alle drei gefunden – lebendig. Das war alles, was ich wusste, als ich neulich hierherkam. Dass er am Leben war. In der Zwischenzeit ist es einem unserer Verhandlungsexperten gelungen, die Bedingungen für die Freilassung abzusprechen. Von einem Freund habe ich vor ein paar Stunden erfahren, dass die drei gestern Abend freigekommen sind. Sie müssen noch untersucht werden, aber wenn es keine ernsthaften medizinischen Probleme gibt, müsste Hux in ungefähr einer Woche auf dem Weg zurück in die Staaten sein.«

Rory ließ sich auf die unterste Treppenstufe sinken und vergrub das Gesicht in den Händen. Tränen stiegen auf, aber sie blieben ihr in der Kehle stecken, bis sie Angst hatte, zu platzen.

Am Leben. In Sicherheit. Er kommt nach Hause.

Endlich bahnten sich die Schluchzer einen Weg, brachen aus ihr heraus, aus dem tiefen dunklen Brunnen, den sie versucht hatte zu ignorieren. *Er kommt nach Hause.* Die Worte schienen in ihr zu singen, immer und immer wieder. Hux kommt nach Hause – nach zehn Monaten unbekannter Strapazen. Sie hatte die Geschichten gehört, jeder hatte sie gehört, von Männern, die seelisch so beschädigt waren, dass sie nie wieder richtig zurück ins Leben fanden. Sie hob ihren Kopf, wischte sich mit dem Ärmel über die Augen. »Haben sie gesagt … Weißt du, ob er …«

»Nein, ich weiß nichts Näheres. Aber wenn irgendwas Ernsthaftes mit ihm wäre, dann hätten sie es mir gesagt. Dennoch wird er sehr viel durchmachen müssen. Es gibt immer eine Phase der Eingewöhnung. Bei manchen ist sie steiniger, anderen gelingt es besser. Doch es gibt Menschen, die auf diese Art von Traumata spezialisiert sind. Und noch wichtiger ist: Er wird dich haben.«

Sie nickte stumm, während ihr wieder die Tränen kamen. Er würde sie haben – und sie würde ihn haben. Zusammen würden sie alles durchstehen, was immer auch kommen mochte.

Dann bemerkte Rory, dass Soline sich neben sie auf die Treppenstufe gesetzt hatte. Rory wischte sich das Gesicht noch einmal mit dem Ärmel trocken und lächelte schwach. »Er kommt nach Hause.«

»*Oui, ma petite*. Er kommt nach Hause. Und du bekommst dein Happy End.«

»Ich kann es noch nicht glauben. Ich hatte schon angefangen zu denken, dass das nie mehr passieren wird, und jetzt ist es passiert. Ich weiß, dass er zu kämpfen haben wird. Aber weißt du, ich kann es kaum abwarten, dass du ihn kennenlernst und er dich und Anson kennenlernt. Und ihm die Galerie zu zeigen. Es ist so viel passiert …« Sie machte eine kurze Pause und lächelte verlegen. »Entschuldige, ich weiß, dass ich vor mich hinplappere, aber es ist wie ein Wunder. Und wenn wir schon von Wundern sprechen …« Sie deutete mit ihrem Kinn auf Anson, der durch die Ausstellung schlenderte, wahrscheinlich, damit sie unter sich sein konnten. »Wie ist es denn dazu gekommen?«

Soline lächelte verschmitzt. »Das, *ma petite*, ist eine zu lange Geschichte, um sie jetzt zu erzählen. Wir wissen auch noch nicht, wo uns die Reise hinführt. Aber wir sind beide bereit, es herauszufinden.«

Eine Welle des Glücks durchströmte Rory. Nach all diesen Jahren, nach all den Schmerzen eine Versöhnung. »Ich freue mich so, Soline. Er hat nie aufgehört, dich zu lieben. Sieh ihn doch nur an.«

Solines Lächeln wurde breiter, als sie Anson beobachtete, wie er von Kunstwerk zu Kunstwerk ging. »Wir haben deiner Mutter sehr viel zu erzählen.«

Rory nickte schniefend. »Du kannst sie von meinem Büro aus anrufen, wenn du willst. Ich hätte gerne eine Minute allein mit Anson, wenn dich das nicht stört.«

Sie wartete, bis Soline das obere Ende der Treppe erreicht hatte. Anson stand vor der Wand mit ihren Werken. Als er sie kommen hörte, drehte er sich um. »Sie sind wunderschön.«

Rory lächelte schwach. »Danke.«

Die Stille dehnte sich aus, als die beiden sich anschauten, und für einen Moment hatte sie Angst, dass sie wieder anfangen müsste, zu weinen. »Ich habe Soline nach oben geschickt, damit sie meine Mutter anruft, weil ich mit dir sprechen wollte, um mich zu bedanken, was du für Hux getan hast. Und für mich. Ich habe mich nicht gerade bei dir eingeschmeichelt, als wir uns kennengelernt haben, aber du bist trotzdem …« Sie brach ab und schluckte die Tränen hinunter. »Ich bin dir unendlich dankbar, und das wird bis zum Ende meiner Tage so bleiben.«

»Ich habe eigentlich kaum etwas zur Wendung der Ereignisse beigetragen. Sonst würde ich sagen, wir sind quitt.«

»Du meinst, du und Soline?«

Anson wurde rot, als wäre er ein Junge und es ginge um seine erste Freundin. »Vielleicht war dein Überfall in der Bar des Fairmont-Hotels das Beste, was mir jemals passiert ist.«

Rory spürte, wie sie rot wurde. Auch für sie war es gut ausgegangen. Und für Camilla. An diesem Abend in der Bar hatte er ihr ganz unverblümt gesagt, dass es keine Chance auf ein Happy End gab. Er hatte sich getäuscht. »Keine Ahnung, wie es dazu kommen konnte, aber wie es aussieht, habe ich statt null Großeltern gleich alle zwei bekommen. Meinst du, ich könnte dich vielleicht … umarmen?«

Die Frage schien ihn zu überrumpeln. Er schluckte, dann nickte er.

Und dann legte er die Arme um sie. Sie atmete seinen Geruch ein – Seife, Zitrusfrüchte und ein Hauch von Aftershave. Unaufdringlich und männlich zugleich, vermittelte er Trost und Sicherheit. Wie hatte sie all die Jahre ohne diesen Geruch leben können? Sie hatte immer geahnt, dass sie es genießen würde, Großeltern zu haben. Sie musste sich aber wirklich etwas einfallen lassen, wie sie sie nennen konnte.

Kurze Zeit darauf hörten sie das Klappern von Solines Absätzen. »Na, ihr beiden, holt ihr schon die verlorene Zeit nach?«

Rory zwinkerte Anson zu. »Ich würde mal sagen, wir haben alle etwas, worauf wir uns freuen können. Hast du sie angerufen?«

»Ja.«

»Und hast du ihr alles erzählt? Nicht nur über Hux, sondern alles?«

»Ja, das meiste.«

»Und hat sie sich gefreut?«

Soline antwortete mit einem rauchigen Lachen. »Was glaubst du? Sie wollte erst Thia anrufen und dann vorbeikommen. Sie sagt, wir müssen anfangen, deine Verlobungsparty zu planen. Und die Hochzeit natürlich.«

Rory ließ die Worte auf sich wirken. Hochzeit. *Ihre* Hochzeit. Bei diesem Gedanken hätte sie sich am liebsten gezwickt. Hux käme nach Hause, wahrscheinlich nicht unbeschadet, aber er käme nach Hause – zu ihr. Ja, es würde eine Hochzeit geben, zwar nicht direkt – er würde Zeit brauchen, um sich zu erholen –, aber sie würde so lange warten, wie er brauchte. Und den Rest würden sie gemeinsam meistern.

Der Gedanke erfüllte sie mit einer stillen Freude, wie kleine Wellen, die sich an der Oberfläche eines Teiches ausbreiten und immer weiter werden. Sie wandte sich strahlend an Soline und Anson. »Irgendwann brauche ich dann wohl ein Kleid. Und jemanden, der mich zum Altar führt.«

Es schien immer noch unwirklich. So ein unerklärliches Zusammentreffen von Ereignissen. Lebenswege hatten sich gekreuzt und Herzen hatten sich wieder vereint. Familien waren zusammengeführt worden. Und das alles wegen eines Pappkoffers, den sie in einem Kabuff unter der Treppe eines halb ausgebrannten Hauses gefunden hatte. Ein Koffer voller Happy Ends – und vielleicht einem Hauch von Magie.

Epilog
SOLINE

Für jede Braut muss ein neuer Zauberspruch gefunden werden, einzig und allein für sie. Der Zauberspruch wird der ihre sein bis ans Ende ihrer Tage und darf nie von einer anderen genutzt werden.

Esmée Roussel, *Die Zauberschneiderin*

Lyman, Massachusetts, 17. Mai 1986

Endlich ist der Tag der Hochzeit gekommen.

Ich stehe am Fenster und blicke auf sattgrüne Rasenflächen, perfekt geschnittene Hecken und rosafarbene Pfingstrosen. Darüber ein Himmel, der so blau strahlt, dass es mir beinah in den Augen wehtut. Ich blinzele die Tränen weg, ich will ja nicht das Make-up verwischen. Hinten am See steht ein hübsches Gartenhäuschen, das mit Efeu und meterlangen Bahnen von weißem Tüll dekoriert ist. Davor wurden mehrere Reihen von Klappstühlen aufgestellt. Es wird eine kleine Hochzeit im engsten Familien- und Freundeskreis.

Camilla hatte sich etwas Grandioseres vorgestellt, den Ballsaal im Park Plaza, ein Streichquartett und üppige Buketts duftender weißer Lilien, aber sie wurde überstimmt und musste sich mit einer Gartenzeremonie auf diesem kleinen Anwesen in der Nähe von Boston zufriedengeben.

Ich schaue auf die Uhr. Es ist noch ein bisschen Zeit. Rory ist bei ihrer Mutter und kleidet sich an; Hux hat Anson beiseitegenommen, weil irgendetwas mit seiner Ansteckblume nicht stimmt; und ich bin allein mit meinen Gedanken. Seit Wochen zum ersten Mal, wie mir scheinen will.

Ich weiß aus eigener Erfahrung, wie anstrengend die Planung einer Hochzeit sein kann. Umso mehr, wenn man zusätzlich noch das Kleid entwirft und die Herstellung beaufsichtigt. Ich war skeptisch, das Schnittmuster aus der Hand zu geben, aber mit dem Ergebnis war ich sehr zufrieden und mit dem fertigen Kleid bin ich sogar noch glücklicher – eine ausgestellte A-Linie aus elfenbeinfarbenem Satin mit eng anliegendem Mieder, wadenlang und mit einem Tüllunterrock. Kein Kleid für eine Prinzessin, aber ein Kleid für ein Happy End.

Ich denke an den Zauberspruch, den ich in die linke Seitennaht eingestickt habe. Mit meinen steifen und schmerzenden Händen hat es zwei Wochen gedauert, und es ist nicht annähernd so schön, wie ich es mir gewünscht hätte, aber es ist vollbracht. Unter diesen Umständen wird mir *la mère* wohl kaum Punkte abziehen, während ich mir bei Maman nicht sicher wäre.

In den letzten Tagen habe ich ständig an sie gedacht, ich hörte ihre Stimme und erinnerte mich an all die Roussels vor mir. Verflucht in der Liebe, so hieß es. Man hat uns früh erklärt, was uns zustand – und was nicht. Wir sollten uns nicht nach dem sehnen, was andere haben, denn irgendwann in grauer Vorzeit hatte eine von uns die Regeln einer anderen gebrochen.

Aber inzwischen bin ich zu der Überzeugung gelangt, dass wir unsere Flüche selbst erschaffen und dass wir sie auf uns nehmen, weil uns gesagt wurde, dass es unser Los sei. Wir wurden gelehrt, den Liebeskummer unserer Mutter am eigenen Leib zu durchleben, ihr Leiden als unser Leiden zu akzeptieren und es an die nächste Generation weiterzugeben, wieder und wieder, bis eine von uns irgendwann Nein sagt, und der Fluch endlich gebrochen ist. Weil wir eine neue Art der Magie entdeckt haben – die Art, mit der wir uns für uns selbst entscheiden, mit der wir sagen, ich werde etwas anderes machen, etwas anderes sein, etwas anderes besitzen. Das war die Lektion, die Maman mir beizubringen versucht hat, in der Nacht, in der sie von mir ging. Es gibt keine Flüche. Nur Muster, die es zu durchbrechen gilt. Träume, die es zu verfolgen gilt. Herzen, die es zu halten gilt. Und Magie, die ausgeführt werden will.

Noch ein Blick auf die Uhr. Es ist Zeit. Ich wiederhole den Zauber noch einmal als Glücksbringer, die Worte sind denen so ähnlich, die ich vor so vielen Jahren für ein anderes Kleid erdacht habe.

Über alle Zeiten, über alle Weiten
Und durch alle Widrigkeiten
Mögen die einst getrennten Herzen singen
Mögen ihre Echos vereint erklingen

Mein Herz ist voll, als ich mir die Handschuhe anziehe und die Blumen aus der Schachtel am Fußende des Bettes nehme. Ich schwebe förmlich hinunter in den Garten. Rory strahlt, sie ist wunderschön. Sie blinzelt ihre Tränen weg und legt eine Hand auf ihr Herz. Neben ihr steht Hux, breit grinsend, ein Mann, der weiß, dass er hoffnungslos gesegnet ist. Und warum sollte es anders sein, wenn ihn das Schicksal nach Hause zu der Frau geführt hat, die er liebt. Und wenn alles gut geht, wird er im nächsten Monat sogar eine eigene Praxis eröffnen.

Camilla steht auf und wischt sich schon jetzt ein paar Tränen aus den Augenwinkeln. Thia gibt den Musikern ein Zeichen, und die ersten Töne von Pachelbels »Kanon« erfüllen die Luft. Ich gehe auf das Gartenhäuschen zu. Und dann sehe ich Anson. Er lächelt mich vom anderen Ende des Schieferpfades an, er hält meinen Blick, während wir die Entfernung zwischen uns überbrücken. Der Mann, den ich vierzig Jahre lang geliebt habe und der einzige Bräutigam, den ich jemals haben wollte.

Die Musik verklingt, als ich meine Hand in seine gleiten lasse. Auf einmal ist Mamans Stimme da, ein Hauch, der meine Wange streift. *Solange du sein liebes Gesicht in deinem Herzen bewahrst, wird er nie wirklich verloren sein. So lange gibt es immer einen Weg zurück.* Und letzten Endes haben wir den Weg gefunden. Es hat uns Jahrzehnte gekostet, hierher zu gelangen, aber das spielt keine Rolle. Denn jetzt wissen wir, dass keiner von uns jemals losgelassen hat. Im tiefsten Inneren unserer Herzen haben wir aneinander festgehalten.

La fin.

Danksagung

Und jetzt kommt der schwierigste Teil beim Schreiben eines Buches. Danke zu sagen. Ernsthaft, wo soll ich nach diesem verrückten Jahr überhaupt anfangen? Bei jedem Buch gibt es Menschen, denen man danken muss, die unsere Vision unterstützen und uns das Händchen halten, unsere Tränen trocknen und uns mit Essen versorgen, aber mir graut immer vor dem Gedanken, dass ich in dem dichten Nebel, der sich stets am Ende eines Projekts über mich senkt, jemanden vergessen könnte, und, du meine Güte, diese Liste ist lang. Also, los gehts …

Meiner unglaublichen Agentin, Nalini Akolekar, die mir eine Rettungsleine zuwarf, als ich drauf und dran war, über Bord zu gehen. Danke, dass du meinen Kopf über Wasser hältst und mich daran erinnerst, zu atmen. Und natürlich ein riesiges Lob an das gesamte Spencerhill-Team – ihr seid echt der Hammer.

An meine Lektorin, die außergewöhnliche Jodi Warshaw, die Verständnis dafür hat, dass einem das Leben manchmal in die Quere kommt, und die auch das in Ordnung bringt – meine Dankbarkeit kennt keine Grenzen. Für deine Geduld und Unterstützung, deinen Enthusiasmus und deine Großzügigkeit vielen, vielen Dank. Gleiches gilt für Gabe Dumpit und

Danielle Marshall und jedes einzelne Mitglied des Lake-Union- beziehungsweise APub-Teams, das ohne Zweifel das beste im Geschäft ist.

An Charlotte Herscher, die mich dazu ansporni, die Extrameile zu gehen – und danach noch eine weitere. Danke für deinen geübten Blick, dein Fachwissen, deine Liebe zur Geschichte und dafür, dass du immer weißt, was ich zu sagen versuche – selbst wenn ich mir nicht sicher bin, wie ich es sagen soll – und dafür, dass du mir hilfst, schließlich ans Ziel zu kommen.

An die Buchblogger, deren Liebe zum geschriebenen Wort in diesem Jahr so vielen Autorinnen und Autoren Auftrieb verliehen hat, mich eingeschlossen. Eure Unterstützung und euer Engagement für Schriftstellerinnen und Schriftsteller bedeutet uns allen enorm viel.

Besonderen Dank an Susan »Queenie« Peterson, Kathy Murphy (auch bekannt als die Pulpwood Queen), Kate Rock, Annie McDowell, Denise Birt, Linda Zagnon und Susan Leopold.

An meinen fabelhaften Clan im Blue Sky Book Chat: Kerry Anne King, Jane Healey, Patricia Sands, Alison Ragsdale, Marilyn Simon Rothstein, Bette Lee Crosby, Peggy Lampman, Soraya Lane, Lisa Ann Braxton, Lainey Cameron und Loretta Nyhan. Danke für den Spaß, den wir zusammen haben, für eure Freundschaft und eure wunderbare Großzügigkeit.

An meine fantastischen Brüder und Schwestern: Todd, Gina, David, Scott, Nanette, Tom und Shelly, ohne die ich das Jahr 2020 nicht überstanden hätte. Ich werde euch immer lieben und bin euch dankbarer, als ihr euch vorstellen könnt. Ich bin mir ziemlich sicher, dass ich einigen von euch eine Niere angeboten habe. Das Angebot steht noch.

An meine Mutter, Patricia Crawford, die immer meine größte und lauteste Cheerleaderin war. Danke, dass ich immer zu dir aufschauen konnte, dass du mir beigebracht hast, jeden Tag hart zu arbeiten und immer freundlich zu sein. Ich liebe dich.

Und schließlich an Tom: Ehemann, bester Freund, Beta-Leser und Seelenverwandter. Es gibt einfach keine Worte, aber wir haben auch nie Worte gebraucht.

Printed in Poland
by Amazon Fulfillment
Poland Sp. z o.o., Wrocław

87571663R00289